Gesloten gelederen

Van dezelfde auteur

Missie: Kosovo

Brian Haig

Gesloten gelederen

A.W. Bruna Uitgevers B.V., Utrecht

Oorspronkelijke titel
Mortal Allies
© 2002 by Brian Haig
This edition was published by arrangement with Warner Books, Inc.,
New York, USA. All rights reserved.
Vertaling
Jan Smit
Omslagontwerp
Myosotis Reclame Studio
© 2002 A.W. Bruna Uitgevers B.V., Utrecht

ISBN 90 229 8585 7
NUR 332

1

Er zijn twee dingen die je nooit vergeet van Korea.

Het eerste is die mengeling van vieze luchtjes. Het was mei en er hing een bittere stank van traangas: een parfum dat in de lente en herfst aanwezig is, omdat Koreaanse studenten nu eenmaal 'mooi weer'-demonstranten zijn. Dan was er de rijpe geur van *kimchee*, een kruidige, belegen koolsoort die je neusgaten de illusie geeft dat je bovenlip is aangetast door koudvuur. Nog sterker was de scherpe lucht van knoflook, het levenselixer van iedere Koreaan. En ten slotte hing er de stank van de woekerende vooruitgang: smog, bouwprojecten en menselijk zweet.

Het tweede dat je nooit vergeet is hoe vochtig en benauwd een Koreaanse zomerdag kan zijn. Mijn hemd plakte al tegen mijn rug voordat ik het asfalt naar de terminal van de luchtmachtbasis Osan was overgestoken.

Snel stapte ik naarbinnen en ik schoof een sputterende legerkapitein opzij die als een plant aan de vloer leek vastgegroeid om mij op te wachten.

'Majoor Drummond, ik... Oef!' was het enige wat hij kon uitbrengen voordat hij tegen de muur viel. Het volgende moment hoorde ik zijn haastige voetstappen achter me.

Ik liep zo snel als mijn stijve benen het toelieten, tot ik de deur zag waar ik wanhopig naar had gezocht. Ik smeet hem open, met zo'n kracht dat hij uit zijn scharnieren vloog. De kapitein zat me op de hielen. Bij de pisbak rukte ik de rits van mijn gulp omlaag. Geen moment te vroeg. Eén milliseconde later en ik had het niet meer gehouden.

Mijn begeleider leunde tegen de wastafel en staarde me vol ontzag aan. 'Jezus, u zou uw gezicht moeten zien,' zei hij grijnzend.

'Je hebt geen idee.'

'Lange vlucht, zeker?'

Ik legde mijn linkerhand tegen de muur. ' "Lang" is niet het goede woord. Weet je wie ik graag zijn nek zou omdraaien? De klootzak die de enige plee aan boord van die C-130 heeft verstopt. Sinds de grens van Alaska zit ik al met mijn benen over elkaar geklemd.'

'Nou ja, u bent er nu,' zei hij troostend, met een onnozel lachje.

'Ja...'

Er verstreken wel dertig seconden voordat hij zenuwachtig met zijn vingers tegen zijn been begon te trommelen. 'Ik ben Chuck Wilson. Ik eh… ik moest u afhalen en naar Seoul brengen.'

'Geweldig, Chuck. Waarom?'

'Wat?'

'Waaróm moet je me naar Seoul brengen? En nu we het er toch over hebben: waarvoor hebben ze me naar Korea laten komen?'

Er kwam een stomverbaasde uitdrukking op zijn gezicht. 'Geen idee, majoor. Weet u dat zelf niet?'

Mijn straal werd nog steeds niet zwakker. Ik begon ongerust te worden. Had iemand zich ooit doodgezeken?

Maar dat vroeg ik hem niet. In plaats daarvan zei ik: 'Als ik dat wist, waarom zou ik het jou dan vragen?'

Hij keek op zijn horloge. 'Bent u al klaar, majoor? We staan hier al meer dan een minuut.'

'Nee, ik ben nog niet klaar,' klaagde ik. 'Mijn hand wordt moe. Dit ding is zo groot en zwaar. Kun je hem niet even voor me vasthouden?'

We grinnikten allebei een beetje te nadrukkelijk, zoals mannen doen als het onderwerp homoseksualiteit ook maar heel in de verte ter sprake komt.

'Shit,' teemde hij met een zware, mannelijke stem. 'Sommige dingen moet een vent toch zelf doen.'

'Zo is dat,' beaamde ik ferm. Eindelijk was ik klaar.

Hij wendde zijn blik af toen ik Oom Jan nog een laatste, mannelijke slinger gaf, voordat ik hem weer in de holster stak en mijn gulp dichtritste. Ik liep naar de wastafel en plensde wat water over mijn handen en gezicht. 'Oké, laten we mijn bagage maar halen, dan kunnen we hier weg.'

'Niet nodig,' zei hij. 'Mijn chauffeur heeft de bagage al ingeladen.'

We liepen naar buiten, waar een forsgebouwde jonge korporaal die Vasquez heette trots naast een splinternieuwe zwarte Kia-sedan stond, met veel glanzend chroom. Ik vroeg hem de kofferbak open te maken en inderdaad lagen daar mijn plunjezak en mijn grote advocatenkoffer. Daarna stapte ik met kapitein Wilson achterin.

'Wat een luxe,' merkte ik op, terwijl ik bewonderend met mijn vingers over de leren bekleding streek. 'Ik had zo'n rammelende oude Humvee verwacht.'

'Daar heb ik een gewapend escorte voor nodig.'

'Een gewapend escorte?'

Hij keek me onderzoekend aan. 'Hebt u de kranten niet gelezen?'

'Hé, Chuck,' zei ik, 'ik loop in een korte broek en een oud T-shirt. Dat zie je toch?'

'Jawel, majoor.'

'In Bermuda gaat dat voor avondkleding door. En daar zat ik dus tot, eh...' Ik keek op mijn horloge. 'Tot ongeveer achtentwintig uur geleden. En weet je wat zo prettig is van Bermuda? Nee? Dan zal ik het je vertellen. Geen kranten, geen tv, geen andere zorgen in het leven dan de vraag op welk strand je de kleinste bikini's kunt zien en bij welke bar je voor half geld terechtkunt tijdens het *happy hour*.'

Hij knikte begrijpend. 'Ja, nou...' begon hij, 'het gaat hier dus niet geweldig. De ene anti-Amerikaanse betoging na de andere. Het is al zo erg dat we op de bases moeten blijven. En buiten de bases zijn geen Amerikaanse auto's met Amerikaanse nummerborden toegestaan, en geen militaire voertuigen zonder een gewapend escorte.'

'Dus daarom rijden we in deze Kia?'

'Die valt minder op. Ik had de handtekening van een tweesterrengeneraal nodig om u van het vliegveld te mogen halen. Ik heb nog om een helikopter gevraagd, maar daar was u niet belangrijk genoeg voor, zeiden ze. Sorry.'

'Een helikopter?' vroeg ik. Misschien overdreef deze kapitein een beetje. We zaten per slot van rekening in Zuid-Korea. Deze mensen waren onze bondgenoten, niet onze vijanden.

Maar zonder blikken of blozen ging hij verder: 'Ik weet dat het krankzinnig klinkt, maar twee dagen geleden is er een brandbom naar de Amerikaanse ambassade gegooid. De ambassadeur is gewond geraakt. Hij was er slecht aan toe. Ze hebben hem met een vliegtuig naar een ziekenhuis op Hawaii overgebracht.'

Ik gaf hem een klopje op zijn arm met de wereldwijze berusting van iemand die enige ervaring had in Korea. 'Ach, die anti-Amerikaanse betogingen zijn hier een nationale sport,' zei ik. 'Jij bent nog nieuw. Geloof me, Chuck, je raakt eraan gewend.'

Drie seconden later moest ik die woorden inslikken.

We waren net een lange, steile heuvel op gereden en waren de achteruitgang van de luchtmachtbasis tot op twintig meter genaderd toen er opeens een klap klonk alsof het dak van onze auto explodeerde. Het bleek een hagel van stenen te zijn, die als pistoolschoten tegen onze Kia sloegen. Ik keek door de voorruit en zag drie molotovcocktails op ons afkomen, tuimelend door de lucht. Twee ervan explodeerden op het asfalt vlak voor de auto. De derde raakte de kofferbak en ontplofte achter ons. Een twintigtal militaire politiemensen werd achteruitgedreven door het hek. Ze moesten zich terugtrekken, wanhopig zwaaiend met hun gummiknuppels, achternagezeten door een grote meute Koreanen.

Ik ben geen expert in relletjes, maar ik heb er wel een paar meegemaakt. Ooit heb ik gezien hoe een stel Somalische provocateurs een groep Amerikaanse soldaten van de vredesmacht probeerde uit te dagen. Dat was echt een provocatie, niet bedoeld om de soldaten aan te vallen, maar juist het omgekeerde: om hen zo te tarten dat ze hun geduld zouden verliezen tegenover de menigte en een slechte beurt zouden maken in de media. De hele bedoeling van het opstootje was het uitlokken van buitensporig geweld.

Als iemand die de Vietnam-periode nog had meegemaakt, herinnerde ik me ook de demonstraties tegen de oorlog uit die tijd. Die 'relletjes' waren eigenlijk grote studentenfeesten geweest, waar veel jongelui op afkwamen vanwege de kans op seks en gratis drugs. Bij die demonstraties liep iedereen op eieren, heel voorzichtig, in de hoop dat de andere partij geen domme dingen zou doen, omdat niemand behoefte had aan buitensporig geweld.

De meute die nu op ons afkwam, voorspelde niet veel goeds. Dit was de derde variant: een levensgevaarlijk oproer. Ik zag de moordlust in de ogen van de relschoppers. Ze wilden bloed zien. Hun gezichten waren verwrongen van woede en haat. Een groot deel was gewapend met honkbalknuppels, molotovcocktails en grote stenen. Bij het wachtlokaal waren al twee MP's tegen de grond gegaan. Een stel Koreanen was bezig hen te schoppen en te slaan alsof ze zich uitleefden op een drumstel.

Korporaal Vasquez, onze chauffeur, trapte op de rem. Haastig draaide hij zich naar ons om en hij vroeg met overslaande stem: 'Kapitein, wat moet ik doen?'

Wilson boog zich naar voren en tuurde door de ruit. Peinzend wreef hij over zijn kin terwijl hij de situatie probeerde in te schatten. Hij dacht even na, maar het duurde zo lang dat ik er nerveus van werd.

'Rijden!' brulde ik.

'Wat?' vroeg Vasquez.

'Gas geven en rijden!' riep ik.

Vasquez was mijn favoriete type militair, zo een die blindelings gehoorzaamt. Hij draaide zich weer om, trapte de koppeling in, gaf een dot gas en schakelde naar z'n één. De auto sprong bijna letterlijk van de grond. Je kon de banden horen piepen toen ze grip kregen op het asfalt. Vasquez was zo verstandig om de claxon ingedrukt te houden, wat de herrie nog groter maakte.

Opeens richtte de aandacht van de meute zich op de grote, zwarte, loeiende Kia die op hen afstormde. De woede op hun gezichten sloeg snel om in iets anders. Ik denk dat er een groot verschil bestaat tussen het opjagen van een groep angstige MP's die in de minderheid zijn en het ontwijken van de voorbumper van een auto op volle snelheid.

De demonstranten vluchtten alle kanten op. We stormden de smalle poort door, waar Vasquez met gierende banden scherp naar rechts draaide. Even later reden we door een labyrint van smalle, bochtige straatjes met winkels aan beide kanten. Het kostte ons drie minuten om vanuit het dorpje Osan een provinciale weg te bereiken die uitkwam op de snelweg tussen Seoul en Pusan.

Kapitein Wilson had zijn vingers om de rugleuning van Vasquez' stoel geklemd. Zijn knokkels waren wit en zijn gezicht was doodsbleek. 'Dat had u niet moeten doen,' kreunde hij. 'Dat was een heel slecht idee.'

'O ja? Hoezo?' vroeg ik.

Hij schudde zijn hoofd en keek me vermoeid aan. 'Omdat we nu een officiële klacht krijgen. Daar kunt u op rekenen. U had slachtoffers kunnen maken.'

'Hé, Chucky, je moet de zaken niet omdraaien. Zij probeerden óns aan te vallen. En de luchtmachtbasis Osan is militair terrein. We hebben een overeenkomst met de Zuid-Koreanen. Die mensen bevonden zich op verboden gebied. Als we iemand hadden geraakt, zouden we in ons recht hebben gestaan. Geloof me maar.'

Hij keek me weifelend aan. 'Hoe weet u dat zo zeker?'

'Omdat ik advocaat ben,' zei ik tegen hem. 'Ik weet die dingen.'

'Advocaat?' herhaalde hij, alsof hij net in een stinkende hondendrol was getrapt.

'Ja, JAG-officier, weet je wel? Ik werk voor de Judge Advocate General. Ik hou me bezig met de juridische kant van ons militaire wereldje.'

Hij keek zuur. 'U bedoelt... u bedoelt dat ik al die moeite heb gedaan om een JAG-officier van het vliegveld te halen?'

Waarschijnlijk kwam het door de spanning dat hij het er spontaan uit flapte. Maar ik nam er geen aanstoot aan. In het leger staan JAG-officieren nu eenmaal niet hoog op het lijstje van veelgevraagde feestgangers. Wij worden gezien als zeikerds, watjes en intellectuelen, zonder enig excuus. In de burgermaatschappij zijn advocaten al niet populair, maar in elk geval wekken ze nog jaloezie op omdat ze zoveel verdienen. Op een militair advocaat is geen hond jaloers. We scheren onze kop kaal, we dragen een uniform en we verdienen nauwelijks meer dan het minimumloon.

Ik leunde naar achteren tegen de bank en sloeg mijn door de zon op Bermuda gebruinde benen over elkaar. 'Waarom hebben de inboorlingen nu weer naar de molotovcocktails gegrepen?'

Wilson liet Vasquez' rugleuning los en zakte weer terug op zijn bank.

'Drie Amerikaanse soldaten hebben een Zuid-Koreaan verkracht en vermoord.'

'Niet zo mooi,' zei ik nogal nonchalant. 'Heel vervelend. Maar dat soort dingen gebeurt hier wel vaker. Waarom is dat zo bijzonder?'

'Nou...'

'Wat?'

'Het was een flikkermoord.'

Ik knikte. 'Hmm,' was alles wat ik zei.

'En dat is nog niet alles. De jongen die ze hebben verkracht en vermoord was een Katusa.'

'Hmm,' zei ik nog eens, en knikte weer. Katusa's zijn Zuid-Koreaanse soldaten die bij Amerikaanse eenheden zijn ingedeeld. De naam is een afkorting van Korean Augmentees to the US Army, het bewijs dat het leger overal een afkorting van kan maken. Katusa's zijn in het algemeen goed opgeleide studenten die redelijk tot vloeiend Engels spreken. Om allerlei redenen zien de meeste Koreaanse jongens de Katusa-dienst als de gunstigste manier om hun dienstplicht te vervullen.

Het Koreaanse leger is vrij hiërarchisch gestructureerd, net als het Amerikaanse leger in de jaren dertig. Een gewone soldaat heeft het er niet makkelijk. De soldij stelt niets voor, de kazernes zijn primitief en onverwarmd, het eten is net genoeg om niet te verhongeren en de Koreaanse sergeants geloven heilig in de disciplinaire werking van het rietje. Afranselingen en kloppartijen zijn aan de orde van de dag.

De Amerikaanse soldaat daarentegen is misschien wel de meest vertroetelde en verwende militair ter wereld. De kazernes lijken op studentenhuizen, het eten is... nou ja, in elk geval ruim voldoende, en als een sergeant zelfs maar zijn hand opheft tegen een soldaat, heeft hij meteen een goede advocaat nodig, zoals ik.

Geen wonder dat iedere verstandige Koreaanse jongen het liefst bij de Katusa's wil. En het is al evenmin een wonder dat jongens met welgestelde of invloedrijke ouders de meeste kans maken.

Ik keek Chuck aan. 'Dat is een probleem, dat snap ik.'

'U weet de helft nog niet,' antwoordde hij, met een zichtbare en hoorbare zucht. 'Die Katusa heette No Tae Lee. Iedereen hier heet Kim of Lee, dus dat zegt u waarschijnlijk niet veel. Maar zijn vader is Jung Kim Lee. Ooit van gehoord?'

'Nee.'

'Hij is minister van Defensie, de baas van de Zuid-Koreaanse strijdkrachten.'

Meteen voelde ik een steek in mijn maag. Ik bedoel, hier zat ik dan, een gewone JAG-officier die een paniektelefoontje had gekregen van een tweesterrengeneraal die het bevel had over het JAG-korps – een telefoontje waarin hij me sommeerde om onmiddellijk mijn vakantie af te breken en naar de luchtmachtbasis Andrews te komen om daar op de eerstvolgende MAC-vlucht naar Zuid-Korea te stappen. Hij had me niet eens verteld waarom. Dat zou ik wel horen als ik daar aankwam, zei hij.

Nu was het mijn beurt om mijn vingers om de rugleuning van de stoel voor me te klemmen. 'Heeft dat iets te maken met de reden waarom ik hier ben?'

Dat was natuurlijk een retorische vraag. Deze kapitein wist nergens van.

'Nee, majoor,' zei hij met grote stelligheid. 'Helemaal niets.'

'O nee? Hoe weet je dat zo zeker?'

'Omdat volgens de kranten de OGMM, een belangenvereniging voor homoseksuele militairen in Amerika, een paar civiel advocaten heeft ingehuurd om de verdachten hier te verdedigen.'

Mijn vingers ontspanden zich en ik slaakte een zucht van verlichting. Ik wil geen angsthaas lijken, maar in mijn acht jaar als militair advocaat had ik rechtszaken over homoseksualiteit altijd weten te vermijden. Er zijn niet veel doorgewinterde militair advocaten die me dat kunnen nazeggen. Maar ik was blij toe.

Ik had twaalf uur in een vliegtuig gezeten. Met mijn blaas vol koffie en zes blikjes Molson die ik stom genoeg aan boord had gesmokkeld, had ik de hele reis geen oog dicht durven te doen uit angst om wakker te worden met een natte broek. Ik was doodmoe, ik stonk, en dus zei ik tegen kapitein Wilson dat hij me wakker kon maken als we in Seoul waren.

Toen sloot ik mijn ogen en ik droomde van roze koraalstranden met leuke studentes in bikini's die nog te minuscuul waren om als ondergoed te dragen.

2

Korporaal Vasquez wapperde met zijn armen en beet op zijn lip toen hij de grote deuken in het dak van de auto inspecteerde. Ik had medelijden met hem toen ik mijn spullen uit de kofferbak haalde. Het angstzweet brak Vasquez al uit bij de gedachte dat hij die lelijke littekens zou moeten verklaren aan de sergeant van het wagenpark die hem de auto had meegegeven. Wie iets van sergeants in het leger weet, zal begrijpen waarom.

Als hij problemen kreeg, zei ik tegen Vasquez, moest de sergeant mij maar bellen, dan zou ik het wel uitleggen. Hij grijnsde dankbaar en ik stapte de Dragon Hill Lodge binnen, een militair hotel in het garnizoen van Yongsan, de legerbasis in het hartje van Seoul. Dit was het hoofdkwartier van de hoge bazen.

Kapitein Wilson was zo sportief om met me mee te lopen door de grote marmeren lobby en te wachten totdat ik me had ingeschreven. Het meisje achter de balie vond mijn reservering, ruilde mijn creditcard voor een magneetsleutel en tuurde op het scherm van haar computer. Ik had een bericht, meldde ze.

Nu al? Was ik echt zo populair?

'*Kam sam ni da,*' zei ik charmant, een van de weinige Koreaanse zinnetjes uit mijn beperkte repertoire.

'Geen dank, majoor,' zei ze in nog beter Engels dan het mijne. Volgens het bericht had ik om klokslag vijftienhonderd uur een afspraak op het kantoor van de opperbevelhebber van het VN-commando en het Combined Forces Command. Dat was de grote baas zelf, een viersterrengeneraal die Martin Spears heette en die ik nog nooit had ontmoet. Volgens de verhalen moest hij griezelig intelligent en akelig veeleisend zijn.

Vijftienhonderd uur is drie uur 's middags, voor wie het militaire jargon niet kent, en het woord 'klokslag' was drie keer onderstreept. Als ik één minuut te laat kwam, stond het vuurpeloton al klaar, begreep ik. Op mijn horloge was het tien voor één. Geen probleem. Ik had nog twee uur de tijd om een lange, ontspannende douche te nemen, de stoppels van mijn kin te scheren en mijn geruite Bermuda-short en bezwete T-shirt te verruilen voor een schoon uniform. Toen pas besefte ik dat mijn horloge nog op Bermuda-tijd stond. Snel keek ik op de klok aan de muur. Het was tien voor drie.

Ik draaide me om naar Wilson. 'Volgens deze boodschap moet je me binnen tien minuten naar het kantoor van de opperbevelhebber hebben gebracht, want anders zwaait er wat. Ik wil je niet ongerust maken, Chuck, maar ik hoop dat we daar binnen tien... oeps, negen... minuten kunnen zijn.'

Die arme Wilson sperde zijn ogen wijd open. Zijn lip trilde van angst. Hij tilde mijn plunjezak van de grond, gooide hem over de balie, greep me bij mijn arm en sleurde me de lobby door.

We stonden al buiten voordat hij zich herinnerde dat hij Vasquez al had weggestuurd met de auto. In paniek keek hij alle kanten op, tot hij een vent in een zwarte taxi zag stappen, tien meter verderop. Hij rende naar hem toe, greep de arme man bij zijn schouder en duwde hem opzij. 'Militair vervoer!' brulde hij.

Ik dook achter hem aan de taxi in en luisterde geduldig toen hij de chauffeur toeschreeuwde om vol gas te geven. We hadden nog acht minuten. De chauffeur trapte het gaspedaal in en we stoven het parkeerterrein af.

Het militaire garnizoen van Yongsan is verdeeld in twee helften. De ene helft, waar wij nu reden, bestaat grotendeels uit woonhuizen en voorzieningen zoals een ziekenhuis, een veearts, een supermarkt, enzovoort. De twee helften worden gescheiden door een grote verkeersweg. Het hoofdkwartier van alle strijdkrachten binnen het Koreaanse bondgenootschap ligt... raad eens? Aan de overkant, uiteraard.

Toen we bij de weg kwamen, konden we de overkant van Yongsan al zien, maar opeens leek de situatie hopeloos. De weg werd versperd door Koreaanse demonstranten met borden en spandoeken, sommige in het Engels, met beledigende teksten, andere in het Hangul, de Koreaanse schrijftaal. Geen idee wat erop stond, maar wat niet weet, wat niet deert.

Kapitein Wilson wierp me een vrolijke grijns toe en beval de chauffeur: 'Vooruit, doorrijden! Dwars erdoorheen!'

'Wat?' riep de man.

Wilson wierp zich naar voren en brulde hem letterlijk in zijn oor: 'Rijden! Hou je claxon ingedrukt! Schiet op, we moeten naar de overkant!'

De chauffeur toeterde luid en gaf vol gas. We schoten vooruit door een menigte Koreanen die in paniek alle kanten op stoven.

Als door een wonder wisten we de weg over te steken zonder slachtoffers te maken – dat veronderstelde ik tenminste, omdat ik niet van die afschuwelijke krakende geluiden hoorde die je vertellen dat je iemand overreden hebt. Wel sloegen er drie of vier lichamen met een klap tegen de zijkant van de taxi, maar hopelijk hielden ze daar alleen wat blauwe plekken aan over.

'Dat had je beter niet kunnen doen,' zei ik.

'Wat?' vroeg Wilson.

'Dát,' antwoordde ik, wijzend door de achterruit. 'Heel dom.'

'Maar dat hebt u zelf ook gedaan in Osan!'

'Dat was iets heel anders,' wees ik hem terecht. 'Toen bevonden we ons op militair terrein. Dit is gewoon een openbare weg in Seoul. En die mensen waren vreedzame demonstranten, geen bloeddorstige relschoppers die met stenen en molotovcocktails gooiden.'

Ik zag zijn ogen glazig worden. 'Dus ik zit fout?'

'Ja, Chucky. Helemaal fout,' verzekerde ik hem op het moment dat de auto stopte voor de ingang van het grote gebouw van het hoofdkwartier.

Toen ik uitstapte, boog ik me naar hem toe, ik keek hem in zijn sombere ogen en zei: 'Hoor eens, bel me maar als je problemen krijgt. Dan kan ik je verdedigen, oké? Maak je geen zorgen, ik verlies haast nooit een zaak.'

Opeens greep hij mijn arm en hij pompte mijn hand op en neer. Toen ik de overdreven grootse ingang van het hoofdkwartier binnenstapte, mompelde hij nog steeds verontschuldigingen tegen mijn rug. Infanterie-officieren hebben misschien niet veel op met advocaten, maar ze zijn wel bereid je kont te kussen zodra ze denken dat ze je nodig hebben.

De kolonel die duidelijk als poortwachter voor de generaal fungeerde, keek op van zijn bureau toen ik het kantoor binnenkwam. Hij wierp een misprijzende blik op mijn sandalen en mijn geruite broek en staarde peinzend naar de tekst op mijn T-shirt, die luidde: GO NAVY, BEAT ARMY. Misschien niet zo gelukkig gekozen van me. Hij kwam blijkbaar van West Point, want toen hij die tekst las, werd hij pas echt giftig.

'En wie mag u wel wezen?' snauwde hij.

'Majoor Sean Drummond,' zei ik. 'Ik ben net bij mijn hotel aangekomen en er lag een berichtje bij de receptie dat ze mijn ballen eraf zouden hakken als ik me niet om vijftienhonderd uur zou melden.' Ik grijnsde er wat onnozel bij. Het was een geintje, bedoeld om het ijs te breken, om duidelijk te maken dat ik gewoon een van de jongens was. Ik hoopte op een begrijpend lachje.

O jee. Hij sprong overeind en riep: 'U bent majoor, maar u hebt nooit geleerd om te salueren als u zich meldt bij een hogere officier?'

Ja, hij kwam van West Point, geen twijfel mogelijk. Je kunt nooit genoeg salueren of in de houding springen voor die jongens van de Hudson.

Ik salueerde strak, volgens het boekje. 'Majoor Sean Drummond, kolonel! Present, kolonel!'

Dat scheen hem wat milder te stemmen. Niet veel, een beetje maar. Hij beantwoordde het saluut – nog strakker dan ik het zelf kon, verdomme. Je hoorde de lucht bijna knallen, zo snel sneed zijn hand erdoorheen.

'U bent die advocaat, zeker?' vroeg hij.

'Ik ben advocaat, dat is waar,' bevestigde ik braaf.

'Uw collega zit al te wachten in het kantoor van generaal Spears.'

'Mijn collega?' herhaalde ik – verbaasd, want dat was ik.

'Juist,' zei hij, met een blik op zijn horloge. 'In tegenstelling tot u was zij wel op tijd.'

'Zij?' vroeg ik, nog verbaasder.

'Waar wacht u op?' blafte hij, terwijl hij met een lange strenge vinger naar een met houtsnijwerk versierde deur wees.

Ik begreep de hint. Ik liep naar de deur, klopte zachtjes en stapte het kantoor binnen van generaal Martin Spears, opperbevelhebber van alles wat maar legerkleuren droeg ten zuiden van de 38e breedtegraad.

Het eerste wat ik zag was de rug van de vrouw die voor het bureau van de generaal stond. Ze had glanzend zwart haar, dat als een vlag tot aan haar heupen viel. Ze was klein en slank, maar met brede schouders, en ze droeg de traditionele kleding van een vrouwelijke advocaat: een donkerblauw gestreept broekpak, dat het midden hield tussen sexy en niet-sexy. Het leek niet te passen bij haar lange haar. Ze maakte de indruk van een kleine ballerina die de verkeerde kleren uit de kast had getrokken.

Verontrustend genoeg had ze ook iets bekends.

Generaal Spears maakte zijn doordringende blik van haar los en richtte die op mij. Hij was een magere man van rond de vijftig, met dun grijzend haar, een gezicht als van een bloeddorstige Mohawk en ogen die zo dreigend keken dat ze tankgranaten leken af te vuren.

Ik stapte snel naar voren. Zijn opgetrokken wenkbrauwen maakten me pijnlijk duidelijk hoe ongepast en onverzorgd ik was gekleed. Maar als ik dit goed deed, zou hij misschien – heel misschien, hopelijk, als God het wilde – mijn kleding door de vingers zien. Ik bleef voor zijn bureau staan. Geïnspireerd door het voorbeeld van de kolonel op het secretariaat ramde ik mijn rechterhand naar mijn rechterwenkbrauw, zo hard dat ik bijna een deuk in mijn voorhoofd sloeg.

'Majoor Sean Drummond meldt zich volgens orders, generaal!'

Hij knikte en mompelde somber tegen de vrouw: 'Uw collega is gearriveerd.'

Langzaam draaide ze haar hoofd om en ik viel bijna van mijn stoel. Bij wijze van spreken, want ik zat niet op een stoel.

Acht jaar geleden hadden Katherine Carlson en ik samen rechten gestudeerd aan Georgetown. Katherine was veruit de beste geweest van ons jaar, of van welk jaar dan ook. Ze was een genie: summa cum laude aan Harvard, daarna een volledige beurs aan Georgetown, hoofdredacteur van het juristenblad en – geloof me – een ongelooflijk secreet.

Ze zeggen wel eens dat 'de vonken eraf vliegen', maar dat was een te zwakke beschrijving van wat er gebeurde als Katherine en ik met elkaar in discussie raakten. Wij konden bomen spontaan in brand laten vliegen. Alle docenten hadden de pest aan ons. Alle studenten ook. Zelfs de schoonmakers, nu ik erover nadenk. Begrijp me goed, ze hadden niet de pest aan mij persoonlijk, of aan haar – nee, aan ons sámen.

De bedoeling van een rechtenstudie is het bestuderen, analyseren en bespreken van juridische zaken. Nou, dat déden Katherine en ik. Het probleem waren die besprekingen. We waren het nooit, maar dan ook nooit met elkaar eens. Alsof de paashaas en Attila de Hun een filosofische discussie hielden over hun levensstijl. Met Katherine in de rol van paashaas, uiteraard. Ik was niet echt Attila de Hun, hoewel ze me soms zo noemde om me te provoceren. Op mijn beurt noemde ik haar Meibloesem om haar te treiteren, omdat ze zo links was dat ze elk moment over de rand van de aarde dreigde te kieperen.

In ons tweede jaar werd het zo erg dat de rector besloot dat Katherine en ik niet meer samen college mochten lopen. Vervolgens kregen we een verbod om samen in de kantine te eten. Daarna mochten we niet meer samen door de gang lopen, in de bibliotheek zitten of zelfs in een en hetzelfde gebouw studeren. In ons derde jaar gingen er geruchten dat het faculteitsbestuur plannen maakte om een van ons naar een andere universiteit over te plaatsen, heel ver weg: bij voorkeur in Europa of Azië, waar niemand ons kon horen schreeuwen.

We waren niet gewoon verschillend; we hadden echt niets, maar dan ook niets met elkaar gemeen. We waren elkaars absolute tegenpolen. Carlson was niet eens haar echte naam. Stel je voor! Ze had die naam gewoon zelf gekozen, het achterlijke mens, omdat haar ouders niet echt getrouwd waren. Niet in de traditionele zin tenminste. Ze hadden nooit tegenover een dominee of een ambtenaar gestaan. Namen, kerken, regeringen en wetten waren onzinnige anachronismen, vonden Katherines ouders. Ze waren bloemenkinderen uit de jaren zestig, die nooit volwassen waren geworden, en zelfs toen nog – in de tijd dat wij studeerden – in zo'n belachelijke plattelandscommune woonden, in de bergen van Colorado. Die commune heette Carlson, had ik eens gehoord. Is het dan een wonder dat ik haar Meibloesem noemde?

Zelf was ik de zoon van een kolonel van het Amerikaanse leger, die meteen na mijn geboorte zijn naam op mijn geboorteakte had laten zetten en ervoor had gezorgd dat ik die hield. Hij was beroepsmilitair en dicht bij een bevordering tot generaal, totdat hij gedwongen ontslag moest nemen nadat hij met een kruisboog was beschoten tijdens de oorlog in Vietnam. Waar hij precies werd geraakt is een pijnlijk onderwerp, maar voor wie het echt wil weten: ja hoor, midden in zijn reet. Politiek gesproken zou hij rechts zijn geweest, als hij rechts niet veel te links zou hebben gevonden. Wat je ook van mijn vader kon zeggen, hij was geen kwezel. Dat was misschien zijn enige linkse trekje.

Spears keek me nu onderzoekend aan, waarschijnlijk omdat mijn onderlip zo trilde en mijn ogen uit hun kassen puilden.

'Ik begrijp dat mevrouw Carlson en u elkaar al kennen, majoor,' zei hij.

'Eh… ja, we hebben elkaar al eerder ontmoet,' wist ik met moeite uit te brengen.

'Ja, Martin,' zei ze rustig, 'ik heb gestudeerd met Attila hier.'

Het duizelde me, niet omdat ze me Attila noemde, maar omdat ze Spears niet had aangesproken met generaal, of generaal Spears, maar met Martin. Als je je brood verdient bij het leger, zoals ik, komt het niet eens bij je op dat generaals ook voornamen hebben, behalve als initialen bij hun handtekening, voor het geval er meer met dezelfde achternaam zijn en je dus weet met welke generaal Spears je te maken hebt.

Een vrouw als Katherine Carlson vond militaire rangen natuurlijk absurd: een verderfelijke uitwas van een orwelliaanse dictatuur. Zo was ze echt, neem dat van me aan.

Spears leunde naar achteren op zijn stoel en ik zag dat hij ons bestudeerde alsof hij probeerde te volgen wat zich hier afspeelde.

'Mevrouw Carlson, dit is toch de officier om wie u had gevraagd?'

'Absoluut,' verzekerde ze hem.

'Gelukkig maar. Ik was al bang dat we een fout hadden gemaakt en de verkeerde lul van een Drummond hiernaartoe hadden gehaald.'

'Nee, hij is de goede lul van een Drummond,' bauwde ze hem na.

Toen boog Spears zich naar voren. Zelfs als hij ontspannen keek, waren zijn ogen nog dreigend. Nu keek hij niet ontspannen. 'Majoor, is er een reden waarom u er zo bij loopt?'

'Eh ja, generaal. Ik was in Bermuda met verlof toen ik door het Pentagon werd gebeld met de order om meteen naar de luchtmachtbasis Andrews te komen en daar op een C-130 te stappen.'

'En u had tussen Bermuda en hier niet de tijd om een uniform aan te trekken?'

'Eh... nee, generaal. Ik had helemaal geen uniformen bij me. In Bermuda, bedoel ik. Maar dat is geen probleem. Mijn assistente heeft een plunjezak gestuurd die in het ruim van de C-130 is geladen. Ik heb mijn uniformen dus wel bij me, maar ik had geen tijd om me te verkleden.'

Ik kletste maar wat, terwijl ik probeerde mezelf een houding te geven. Spears leunde weer naar achteren en dacht over mijn antwoord na. Waarschijnlijk hield hij me voor geschift.

'Weet u waarom u hier bent?' vroeg hij langzaam en nadrukkelijk, zoals ouders tegen kleine kinderen praten.

'Nee, generaal. Maar uit uw woorden begrijp ik dat mevrouw Carlson mij als collega heeft gevraagd,' zei ik, terwijl ik zonder veel succes probeerde mijn ongeloof te verbergen.

'Dat hebt u goed begrepen.'

'Als ik zo vrij mag zijn, generaal... om welke zaak gaat het precies?'

Spears speelde met de knokkels van zijn rechterhand. Ik hoorde er twee kraken, heel luid, alsof hij de botjes in zijn vingers gebroken had. 'Hebt u de zaak-No Tae Lee gevolgd?'

Ik had het gevoel alsof ik een stomp in mijn maag kreeg.

'Ik heb ervan gehoord,' gaf ik toe. 'Een Katusa-soldaat die is verkracht en vermoord?'

'Klopt,' beaamde de generaal. 'Het is alleen niet volledig. Hij is verkracht en vermoord.' Zijn mond vertrok van walging. 'En daarna nog eens verkracht.'

'Ik ben ingehuurd door de OGMM, de belangenvereniging voor homoseksuele militairen, om een van de verdachten te vertegenwoordigen,' zei Katherine. 'Omdat een militaire rechtbank eist dat civiel advocaten terzijde worden gestaan door een JAG-jurist, heb ik om jou gevraagd.'

Mijn mond viel open van verbazing. Een militair die ergens van wordt verdacht heeft het recht zich te laten verdedigen door een civiele strafpleiter in plaats van een advocaat in uniform, maar dan moet hij de kosten zelf betalen. Alleen kent de UCMJ, de Uniform Code of Military Justice – de wettelijke bepalingen die het Congres speciaal voor de strijdkrachten heeft ingevoerd – een paar opvallende verschillen met het gewone civiele recht. En aangezien civiel advocaten niet verondersteld worden al die bepalingen van het militaire strafrecht te kennen, móéten ze zich laten assisteren door een bevoegde JAG-officier. Als de verdachte de zaak verliest, kan hij of zij achteraf niet in beroep gaan omdat de civiel advocaat niet het verschil wist tussen een 105 mm-granaat en een sergeant-majoor.

Spears' havikskop leek opeens nog agressiever toen hij ons allebei vuil aankeek. 'Goed, luister. De reden waarom ik u hier heb laten komen is om u voor een aantal dingen te waarschuwen.'

Hij keek nu nadrukkelijk naar mij. 'Ik kan niet genoeg benadrukken hoe gevoelig en explosief deze zaak is. No Tae Lee was de zoon van Jung Kim Lee. Minister Lee is niet alleen een goede persoonlijke vriend van me, maar ook een man met een legendarische status in dit land. Dit verhaal beheerst al drie weken lang de voorpagina's van alle kranten op het schiereiland. We hebben hier vijfennegentig Amerikaanse bases, en op dit moment worden ze allemaal belegerd door demonstranten en relschoppers. Dat is al zo sinds we de drie soldaten hebben gearresteerd die van dit misdrijf worden beschuldigd.'

Ik draaide me om en keek even naar Katherine, die maar met een half oor luisterde, alsof ze met haar gedachten elders was.

Haar bestudeerde onverschilligheid kon de generaal niet ontgaan, maar hij ging toch verder. 'Wij zitten al sinds 1945 op dit schiereiland, en eerlijk gezegd zouden we hele bibliotheken kunnen vullen met de misdaden die onze soldaten tegen Koreaanse burgers hebben begaan. De Koreanen hebben er genoeg van, en terecht. Moord, verkrachting, beroving, kinderverkrachting, noem maar op – we hebben het allemaal gedaan, en meestal niet één keer, maar een paar honderd keer. Het is al erg genoeg als de ene Koreaan een misdrijf begaat tegen een andere Koreaan, maar dubbel zo ernstig als een Amerikaan dat doet. Om te beginnen zijn we buitenlanders, en er zit ook een element van racisme in. Maar dit misdrijf: moord, en de verkrachting van een lijk... Jezus, je maag draait ervan om. En ik heb de Koreanen nog nooit zo woedend gezien. Begrijpt u wat ik bedoel?'

Katherine verplaatste haar gewicht van haar linker- naar haar rechtervoet en bestudeerde haar nagels, alsof ze hem maande op te schieten omdat ze nog een dringende afspraak bij de manicure had.

'Nee, Martin,' zei ze, 'ik begrijp het niet. Wat wil je nou eigenlijk zeggen?'

Als ik niet net als tweede raadsman van de verdachte was benoemd, zou ik Spears meteen op het hart hebben gedrukt om goed op zijn woorden te passen als hij antwoord gaf. Om te beginnen mocht hij geen vooringenomen of bevooroordeelde indruk maken over de schuld of onschuld van de verdachte. Dit was nu eenmaal het leger, en als Katherine kon bewijzen dat hij op een of andere manier zijn vier sterren had aangewend om het lot van haar cliënt te beïnvloeden, kon ze de zaak onmiddellijk niet-ontvankelijk laten verklaren voor het hof in New York. Een ander probleem was dat Katherine Carlson met haar drieëndertig jaar nog steeds een engelachtig kindergezichtje had, met grote, smaragdgroene, zogenaamd onschuldige ogen, waardoor het leek of ze nog maar pas van de universiteit kwam en geen benul had van hoe dingen werkten. Terwijl achter dat onschuldige uiterlijk het meest rancuneuze en meedogenloze juridische brein schuilging dat ik ooit had meegemaakt. Hij knipperde even met zijn ogen en slikte iets weg. Wat geforceerd zei hij toen: 'Ik wil u alleen waarschuwen, mevrouw Carlson, om heel voorzichtig te zijn. Het is een explosieve situatie hier. Ik zou het niet op prijs stellen als iemand roekeloos met vuur speelde.'

Ze staarde een paar seconden naar het plafond, alsof ze naar de sterren keek, maar de enige vier sterren in deze kamer prijkten op de schouders van de generaal, die ze heel nadrukkelijk negeerde.

Ik niet. Nee, ik zeker niet.

'Je bedoelt dat ik mijn cliënt niet mag verdedigen met alle juridische mogelijkheden die me ter beschikking staan?'

'Dat zeg ik helemaal niet,' protesteerde hij, hoewel ik eerlijk gezegd weinig overtuiging in zijn stem kon horen.

'Wat bedoel je dan wél, Martin?'

'Ik bedoel dat ik van deze zaak geen mediaspektakel wil maken. Het is een misdrijf met een homoseksueel element, en we weten allemaal wat dat betekent. U moet goed beseffen dat het ook verdomd ernstige diplomatieke consequenties kan hebben. Eén verkeerd woord, en we hebben de poppen aan het dansen. Dan kunnen er slachtoffers vallen. Dus maak er vooral geen circus van.'

Katherine leunde naar voren, legde haar handen op de rand van Spears' bureau en boog zich naar hem toe, met haar gezicht vlak bij het zijne. IJzig koud voegde ze hem toe: 'Ik zal er geen doekjes om winden. Mijn cliënt wordt beschuldigd van moord, necrofilie en verkrachting, en nog een hele lijst minder zware vergrijpen. Hij kan de doodstraf krijgen. Ik zal alles doen wat binnen mijn wettelijke mogelijkheden ligt om hem te beschermen. En ik zal jou en al die andere kleine dictators in uniform scherp in de gaten houden. Als je maar één ding, één klein dingetje, doet om mij te hinderen bij de verdediging van mijn cliënt, zal ik ervoor zorgen dat deze zaak onmiddellijk nietig wordt verklaard. En leg het Koreaanse volk dan maar eens uit hoe mijn cliënt vrijspraak heeft gekregen omdat jullie een foutje hebben gemaakt.'

Ze richtte zich weer op tot haar volle lengte van ruim een meter vijfenvijftig en keek woedend op hem neer. 'Heb je dat goed begrepen, Martin?'

Die arme generaal Spears kreeg een aardig voorproefje van wat ik in drie jaar studie aan Georgetown had moeten doorstaan. En dan hield Katherine Carlson zich nog in. Het kon wel twee – of vier – keer zo erg. Die meid was echt een ramp, geloof me.

Spears liep rood aan en balde zijn vuisten. Hij was er niet aan gewend om zo te worden toegesproken. Bovendien maakte hij zich terecht grote zorgen om de dertigduizend Amerikanen onder zijn bevel en om het voortbestaan van het militaire bondgenootschap, dat door deze kwestie groot gevaar liep. Ik voelde volledig met hem mee.

Ik had mijn mond al open om hem te verzekeren dat we heel voorzichtig zouden zijn en ons heel verantwoordelijk zouden gedragen, toen Katherine zich opeens omdraaide en me strak aankeek.

'Kop dicht,' siste ze. 'Geen woord! Jij bent dan wel toegevoegd als raadsman, maar het is míjn zaak. Je voert gewoon mijn orders uit, anders dien ik een klacht in en word je geschorst wegens wanpraktijken.'

Ik voelde het bloed naar mijn wangen stijgen en slikte een paar keer. Ik keek naar generaal Spears, die me een blik toewierp. Geen prettige blik. In zijn haviksogen stond duidelijk te lezen dat ik mevrouw Carlson heel snel onder de duim moest zien te krijgen, omdat mijn kloten anders als versiering in zijn kerstboom zouden eindigen.

3

De hele weg terug naar mijn kamer in de Dragon Hill Lodge zat ik te mokken. De andere drie mensen in de hotellift deden voorzichtig een stapje terug omdat ik zo woedend keek. Ik kan heel agressief mokken. Ik hou er niet van om publiekelijk op mijn donder te krijgen, zeker niet van een gewone burger en vooral niet van een vrouw, in het bijzijn van een viersterrengeneraal. En waar ik helemáál niet tegen kan is een grote bek van Katherine Carlson, mijn aartsvijandin. Het klinkt misschien kinderachtig, maar ik kan er niets aan doen.

Ik wist heel goed wat ze de afgelopen acht jaar had gedaan. Vreemd genoeg was de universiteit van Georgetown, ondanks haar katholieke signatuur, vreselijk trots op Katherine Carlson. Er stonden slijmerige stukjes over haar in het universiteitsblad dat ik nog elk kwartaal in de bus kreeg. Bovendien werd haar naam regelmatig genoemd in *Time*, *Newsweek* en andere vooraanstaande bladen, om nog maar te zwijgen over de grote landelijke kranten. Ze was betrokken bij alle belangrijke militaire rechtszaken waarin homoseksualiteit een rol speelde.

Katherine Carlson was de juridische waakhond die de Amerikaanse homowereld tegen het leger moest verdedigen. Ze was ooit de 'homo-apostel' genoemd door een rechtse journalist die zich groen en geel ergerde aan haar agressieve houding en onverzettelijkheid. Wat mildere journalisten noemden haar een 'William Kunstler in travestie'. Ze had tientallen van zulke zaken gedaan, op een manier die geen mens ontging. Ze terroriseerde rechters en aanklagers, ze verketterde de militaire gemeenschap. Ze ging als een snijbrander door elke rechtszaal heen. Niet dat ze zoveel zaken won, want ze had de wet niet aan haar kant, maar als een juridische Sisyfus rolde ze steeds opnieuw die zware steen de lange helling op. Het maakte haar niets uit. Winnen vond ze niet belangrijk. Zolang ze het leger maar kon laten bloeden voor elke Pyrrusoverwinning die het behaalde. Ze was een briljant theoreticus en een eersteklas tacticus. Ze veegde met iedereen de vloer aan, ze haalde de media erbij en de Amerikaanse pers was dol op haar.

Voor Katherine was het oorlog. Ze had maar één thema. De verdediging van homo's was een soort religieuze roeping voor haar. En waarom? Dat vond ik nou zo vreemd. Ik bedoel, er waren zoveel goede, nuttige, linkse onderwerpen waarvoor een dame met haar fanatieke, anarchistische houding zich kon inzetten: het natuurbehoud, de walvissen, de daklozen of de burgerrechten. Allemaal keurige linkse stokpaardjes, nietwaar? Maar nee hoor, zíj had zich ontfermd over de homo's. Ik wil geen overhaaste conclusies trekken, maar een echte, doorgewinterde heteroseksueel zal zich niet zo gauw druk maken over homorechten. Niemand is vrij van eigenbelang en ze werd bepaald niet rijk van zulke zaken. Het ging meestal pro Deo, dus verdiende ze maar half zoveel als ik, en dat was een schijntje, geloof me.

Dus ging ik er vanzelfsprekend van uit dat Katherine Carlson lesbisch moest zijn, hoewel ik niet zo overhaast en bekrompen was dat ik die conclusie alleen baseerde op het soort zaken waar ze zich zo fanatiek voor inzette. Het punt was dat ze aan Georgetown nog nooit een vriendje had gehad. Ze was een knappe meid en zelfs wel sexy op een vreemde, kuise manier. Jongens praatten daar dus over. De anderen hadden haar ook nooit met een vriend gezien. En dat was raar. Ik bedoel, genoeg jongens zal het een zorg zijn of een meid een kreng is – en Katherine was een kreng tot in het diepst van haar gedachten – zolang ze er maar goed uitziet en er niet vies van is.

Maar hoe aantrekkelijk ze er ook uitzag, niemand van de studenten had met een triomfantelijke grijns enig succes op dat terrein kunnen melden. Ze werd altijd omringd door meiden, van wie de meesten er in mijn ogen nogal mannelijk uitzagen.

Ik gooide mijn kleren op het bed en stapte de badkamer in voor een hoognodige douche. Na het scheren sloeg ik een handdoek om mijn middel en strekte ik me uit op bed. Ik was doodmoe van al die drukte na het rustige vakantietempo van Bermuda. Ik sloot mijn ogen en was bijna ingedommeld toen de telefoon ging.

'Hallo,' gromde of mompelde ik, of wat dan ook.

'Attila, over tien minuten hebben we een tactische bespreking. Zorg dat je er bent. En op tijd.'

En ze hing op, zonder te zeggen waar ik moest zijn, waar ze zelf logeerde of wie er verder nog kwam. Ik had haar wel kunnen wurgen.

Ik belde de receptie en vroeg of ze misschien een kamer in de Dragon Hill Lodge had. Ik had geluk. Ze logeerde in hetzelfde hotel als ik, twee verdiepingen lager. Ik trok mijn uniform aan, strikte haastig mijn veters en stond keurig op tijd voor de deur van kamer 430.

Ik klopte, de deur ging open en een amazone keek op me neer. Ik overdrijf niet: ze keek echt op me néér. Ze moest bijna een meter negentig zijn, een grote, slungelige vrouw met een lang, smal gezicht, een scherpe neus en piekhaar. Ze droeg een bloemetjesjurk tot op haar knokige knieën, maar niets zou deze dame ooit iets vrouwelijks kunnen geven. Ik staarde perplex omhoog. Wat moest ik anders? Ik ben maar een meter vijfenzeventig en ze stond vlak voor me, alsof ze haar overwicht nog wilde benadrukken.

Ik gaf bijna een kreet van schrik, maar dat was toch mijn eer te na.

'Wie bent u?' vroeg ze nors.

'Drummond, Sean. Majoor, allebei. Present,' antwoordde ik zo eigenwijs mogelijk. Zo reageer ik nu eenmaal als ik doodsbang ben: brallerig, op het irritante af.

Ze draaide zich om en riep: 'Katherine, verwacht je een ventje in uniform?'

'Lijkt hij op een Neanderthaler, een beetje achterlijk?' riep ze terug.

'Mm-mm,' gromde de amazone.

'Dat is Drummond. Laat hem maar binnen.'

De amazone deed een stap opzij en ik liep voorzichtig om haar heen. Behalve Katherine en de amazone waren er nog twee anderen in de kamer, een man en een vrouw.

De man was onwaarschijnlijk knap. Hij moest een paar jaar jonger zijn dan ik, blond, met hemelsblauwe ogen, smetteloos witte tanden, een slank postuur en een gezicht met gebeeldhouwde gelaatstrekken, zoals pretentieuze schrijvers dat noemen. Misschien was ik bevooroordeeld, maar ik kreeg de indruk van een vent die van nature al knap was en zich behoorlijk had ingespannen om nóg knapper te lijken. Dat maakt échte mannen een beetje voorzichtig en wantrouwend, als je begrijpt wat ik bedoel.

De andere vrouw had kortgeknipt bruin haar dat haar fijne poppengezichtje accentueerde. Ze was zelfs nog een paar centimeter kleiner dan Katherine en zo tenger dat je haar *petite* kon noemen – een term van mijn moeder. Net als Katherine droeg ze een modieus zijden broekpak. Ze had knap kunnen zijn als ze niet zo somber en chagrijnig had gekeken. Ik vond haar wel vrouwelijk, op een kokette manier, maar die mening moest ik snel herzien toen de amazone langs me heen stampte, zich op hetzelfde bed liet vallen en een ongelooflijk lange arm om haar heen sloeg. Dat ze een onwaarschijnlijk stel vormden, was nog voorzichtig uitgedrukt. Ze leken een parodie op een Disney-film: de jonge schoonheid en het slungelige beest.

Het is op dit punt misschien nuttig te vermelden dat ik mijn hele jeugd op militaire bases heb doorgebracht en mijn hele carrière in het leger heb gezeten. Dan raak je gewend aan een militaire cultuur die nogal mannelijk en conservatief van aard is. Bij alles wat maar een beetje afwijkt lopen de rillingen je over de rug. Dat gebeurde me dus

nu. Ik trok snel mijn jasje recht in de hoop dat het niet zou opvallen.
'Hallo, allemaal,' zei ik met een pijnlijk geforceerde glimlach.
'Attila, je kijkt alsof je elk moment kunt flauwvallen,' zei Katherine.
'Neem het hem maar niet kwalijk, mensen. Ik had jullie al gewaarschuwd dat hij erg zou tegenvallen.'
'Ha ha,' lachte ik, om te bewijzen dat ik wel tegen een geintje kon.
Niemand anders lachte, viel me op.
'Ik ben Alice. Zeg maar Allie,' zei de amazone.
'Prettig kennis te maken,' mompelde ik onverstaanbaar, omdat het niet echt waar was. Ik vond het helemaal niet prettig om kennis met haar te maken.
'En ik ben Keith,' zei de man, terwijl hij van het bed sprong en een gebaar maakte met een slap handje. 'Keith Merritt, voor de volledigheid.'
Zijn handdruk was zo licht en snel dat ik me afvroeg of ik het me had verbeeld.
De andere vrouw bleef op het bed zitten en zei fronsend, op zeurderige toon: 'Ik ben Maria.'
'Hallo,' zei ik met een lachje. Ze lachte niet terug.
'Goed, nu kennen we elkaar,' zei Katherine. 'Ga zitten, dan kunnen we beginnen.'
Ik keek even om me heen en vroeg me af wáár. Allie de amazone zat nog steeds op het bed naast Maria de mopperkont. Keith klopte uitnodigend op de matras waarop hij lag.
Ik rolde met mijn ogen, kreunde hoorbaar en ging in de hoek op de grond zitten, zo ver mogelijk bij iedereen vandaan. Ik keek hen strijdlustig aan, maar ze begonnen te giechelen alsof mijn verlegenheid dolkomisch was.
Katherine keek zakelijk het groepje rond. 'Er is een datum voor de eerste zitting vastgesteld,' kondigde ze aan. 'Vandaag over twee weken. Ze laten een rechter uit Washington overkomen. Attila, heb je ooit gehoord van kolonel Carruthers?'
'Barry Carruthers?' vroeg ik, en ze knikte. Het groepje militair rechters is maar klein en advocaten roddelen graag, vooral over rechters.
'Ik heb over hem gehoord,' zei ik. 'Ik heb hem zelf nooit meegemaakt, maar ik ken zijn reputatie.'
'En die is?' vroeg ze.
'Een geschenk uit de hemel voor iedere aanklager. Hij neemt het niet zo nauw met de bewijzen, hij heeft de pest aan theater en hij maakt je af als je de pers erbij haalt.'
'Hmm,' zei ze, kennelijk niet onder de indruk.
Dat had ze wél moeten zijn. Barry Carruthers danste graag met advoca-

ten, maar het was een gruwelijke dans, omdat hij altijd wilde leiden, altijd op je tenen trapte en je zo hard in het rond slingerde dat je herhaaldelijk op je bek ging. Alleen al het nieuws dat een zaak aan hem was toegewezen was voor sommige advocaten voldoende om in snikken uit te barsten. De verhalen over hem waren legio. Ooit had hij een zaak twee maanden geschorst omdat een advocaat een bezwaar had opgeworpen. Dat bezwaar ergerde hem zo dat hij de man had laten opsluiten. Het ontging me niet dat het leger een rechter had benoemd die berucht was om zijn antipathie tegen strafpleiters.

Ik stak mijn vinger op als een schooljongen. 'Mag ik wat vragen?'

'Wat dan?' snauwde Katherine.

'Sorry, ik wil niet te specifiek worden in dit stadium, maar wie is onze cliënt?'

De andere vier in de kamer keken elkaar aan alsof dat de stomste vraag was die ze ooit hadden gehoord.

'Kapitein Thomas Whitehall,' zei Katherine.

Toen ze haar mond opende om verder te gaan, stak ik weer mijn vinger op.

'Hé, het spijt me als ik op de zaken vooruitloop, maar waar wordt hij van beschuldigd?'

Katherine schudde haar hoofd en keek de anderen vermoeid aan.

'Sorry,' antwoordde ze venijnig. 'Deze zaak haalt al weken de voorpagina's van alle kranten in Amerika en Korea, maar Attila hier heeft een beetje moeite met lezen. Keith, wil je een korte samenvatting geven aan onze advocaat voor spek en bonen?'

Keith draaide zich naar me toe en glimlachte. 'Oké, Sean. Drie Amerikaanse militairen – sergeant der eerste klasse Carl Moran, soldaat Everett Jackson en onze cliënt Thomas Whitehall – gingen op 3 mei, omstreeks negen uur 's avonds, een flatgebouw binnen in Itaewon, een wijk van Seoul. Dat wordt bevestigd door drie verschillende getuigen. Ze waren in het gezelschap van een vierde man, een Koreaanse soldaat in een Amerikaans uniform. Zijn naam was No Tae Lee. De getuigen verklaren dat ze geluiden hebben gehoord van een rumoerig feestje dat tot na middernacht duurde.'

'Die getuigen,' vroeg ik, 'waren allemaal Zuid-Koreanen?'

Zijn glimlach werd breder. 'Heel slim van je, Sean. Hoe dan ook, de vier soldaten bevonden zich in appartement 13C, een flat met een woonkamer, een keuken en drie slaapkamers, gehuurd door kapitein Whitehall. Omstreeks halfvijf in de ochtend kwam sergeant der eerste klasse Moran de slaapkamer binnen, waar kapitein Whitehall op een matje naast No Tae Lee lag te slapen. No was gewurgd met een riem.

Bij de sectie werden in zijn anus twee verschillende spermasporen aangetroffen. Het ene spoor bleek toe te behoren aan sergeant Moran, het andere aan kapitein Whitehall. De sectie wees uit dat de anus van het slachtoffer minstens één keer was gepenetreerd toen hij al dood was. Omdat een lijk geen toestemming kan geven, volgt daaruit een aanklacht wegens moord, necrofilie en verkrachting.'

'Hmm,' zei ik. 'Welke bewijzen zijn er dat kapitein Whitehall de dader is, afgezien van het feit dat het slachtoffer naast hem lag?'

'Lee was gewurgd met de riem van Whitehalls uniform. Bovendien hebben sergeant der eerste klasse Moran en soldaat Jackson een verklaring tegen Whitehall afgelegd. Ten slotte werd een van de twee spermasporen herleid tot Whitehall en was hij de laatst bekende partner met wie Lee geslapen had.'

'Niet zo best,' zei ik, een overbodige opmerking waar iedereen weer om moest grinniken.

'Erger nog,' vervolgde Keith. 'Je weet wie Lees vader is?'

'De minister van Defensie, als ik het goed heb?'

'Ja. Een levende legende. Een grote oorlogsheld uit een van de twee legerdivisies die de Koreanen in de jaren zestig naar Vietnam hadden gestuurd. Bij zijn terugkeer kreeg hij genoeg van de militaire dictatuur in zijn land, nam ontslag uit het leger en wierp zich op als activist voor de democratie. Hij heeft een paar keer gevangengezeten. Hij is geslagen, gemarteld en bijna terechtgesteld, maar hij hield vol. Steeds als hij vrijkwam, klom hij weer op de barricades. Toen de democratie eindelijk overwon, had hij zich verkiesbaar kunnen stellen voor het presidentschap en gemakkelijk kunnen winnen, maar dat deed hij niet. Hij wilde geen enkele beloning, totdat Kim Dae Jung, de huidige president, hem smeekte de post van minister van Defensie op zich te nemen. De reden waarom hij dat vroeg was dat het ministerie van Defensie zo corrupt is dat de vorige drie ministers allemaal in de gevangenis zijn beland. President Kim hoopte dat minister Lee met zijn goede naam het volk weer vertrouwen zou kunnen geven in een ministerie dat als volkomen verrot werd beschouwd.'

'Dat is niet zo mooi, publicitair gezien,' zei ik, 'maar wat heeft het met deze zaak te maken?'

'No Tae Lee zou naar die flat zijn gelokt zonder dat hij zou hebben geweten dat de drie Amerikaanse militairen homoseksueel waren. Zou hebben… No Tae Lee dacht dat het gewoon een leuke fuif was met een paar aardige Amerikanen, onder wie een hoge onderofficier en een officier. Als je dat gelooft, is hij dus twéé keer verkracht, één keer door Moran en nog eens door Whitehall.'

'Dat geeft de aanklager de mogelijkheid om Moran onder druk te zetten. Bedoel je dat?'

'O, Sean, wat slim van je. Maar er is nog iets. Het Amerikaanse leger wil minister Lee niet beledigen door te suggereren dat zijn zoon homoseksueel zou zijn geweest. Dat zou het nog erger maken, als je begrijpt wat ik bedoel.'

'En wat hebben Moran en Jackson daarover gezegd?'

'We hebben de verklaringen gelezen die ze tegenover de recherche hebben afgelegd. Volgens hen was No hetero, kwam hij alleen voor het feestje, werd er te veel gezopen en is de zaak uit de hand gelopen.'

'Verder nog iets?' vroeg ik. Tot mijn verbazing leek Katherines hele team te geloven dat het slachtoffer, soldaat No, homoseksueel was geweest, ondanks de verklaringen van de getuigen.

'Om voor de hand liggende redenen weigerde Moran te bekennen dat hij gemeenschap met No had gehad. De laatste keer dat hij No had gezien, verklaarde hij, was toen No en Whitehall samen de slaapkamer binnengingen, om een uur of één 's nachts. Hij hoorde dat ze ruziemaakten in de slaapkamer, maar kon niet verstaan waarover. Jacksons verhaal komt op hetzelfde neer.'

Vervolgens wees Katherine met haar kleine vingertjes naar haar assistenten en verdeelde ze haar opdrachten, terwijl ze mij in mijn sop liet gaarkoken.

Ik had nooit veel nagedacht over homoseksualiteit, waarschijnlijk omdat het nooit een rol had gespeeld. Ik weet verdomd goed met welke sekse ik naar huis wil aan het einde van een cocktailparty, en daar hou ik het bij. En omdat je in het leger niemand kunt vertellen dat je homo bent, of je zo kunt gedragen, wist ik dus niet beter of ik had geen homo's onder mijn vrienden en kennissen.

Maar ik had wel mijn hele leven grappen over homo's gehoord. Uiteindelijk hebben die toch hun uitwerking, dus ga je homo's – mannelijke homo's – beschouwen als vreemde, grillige, verwijfde types. Niet allemaal natuurlijk, omdat er ook andere figuren zijn, zoals Rock Hudson, die je volkomen kunnen belazeren. Ik bedoel, hij heeft toch een paar spannende scènes met Doris Day gespeeld, of niet? En ondanks alle onthullingen over die ouwe Rock hou ik nog steeds mijn twijfels. Ik heb trouwens geen moeite met zijn type, want wat niet weet, wat niet deert.

Hoe dan ook, ik zou graag ergens anders zijn geweest. Sommige zaken neem je zonder probleem op je, andere zijn wat minder aangenaam, en soms zou je het liefst door de grond willen zakken omdat je je doodschaamt als advocaat.

Moord, necrofilie, verkrachting... Katherine moest acht lange jaren hebben gewerkt aan dit plannetje om zich op mij te wreken.

Eindelijk was ze klaar met haar instructies, en het viel me op dat ze mij overal buiten had gelaten. De andere drie verlieten haastig de kamer. Ik bleef roerloos in mijn hoek zitten tot ze verdwenen waren. Katherine deed alsof ze me vergeten was, totdat ik ten slotte opstond en naar haar toe liep. Ik bleef vlak voor haar staan, zodat ze me niet langer voor een meubelstuk kon aanzien.

Ze lachte ondeugend. 'Leuk, hè?' vroeg ze. Verdomd, ze meende het.

'Nee, helemaal niet. Een vakantie in Bermuda, in een huisje op tien minuten lopen van Horseshoe Bay, dát is leuk. Zorgeloos liggen zonnen op het strand, dát is leuk. Je afvragen welk meisje het eerst haar piepkleine bikini zal verliezen in een hoge golf, dát is leuk. Dus ik had het geweldig naar mijn zin, tot dertig uur geleden.'

'Hoe wil je dit dan noemen?'

'Mag ik eerlijk zijn?'

'Binnen redelijke grenzen,' antwoordde ze. Zoals ik al zei, ze was niet dom.

Volkomen absurd. Je hebt een cliënt die waarschijnlijk schuldig is. Je hebt een situatie die politiek toch al moeilijk ligt en door jouw cliënt nog een paar eeuwen is teruggedraaid. En je hebt een rekening te vereffenen met mij.'

De grijns verdween van haar gezicht. Ze draaide zich om en ging in een stoel bij het raam zitten. Ik vermoedde dat ze tijd wilde winnen om over haar antwoord na te denken. Ze tuurde door het raam naar de glinsterende lichtjes in de verte.

'Op twee van de drie punten heb je gelijk,' zei ze luchtig.

'Welke twee? De schuldige cliënt? De politieke situatie? Of de rekening met mij?'

Daar gaf ze geen antwoord op. 'Maak je niet druk, Attila. Toen ik hier tien dagen geleden aankwam, hadden ze me een plaatselijke advocaat als collega toegewezen. Ik moest hem niet, dus heb ik hem ontslagen en om jou gevraagd.'

'Waarom moest je hem niet?'

'In de eerste plaats was hij een fatsoensrakker en een homohater, daarom vertrouwden mijn assistenten hem niet. In de tweede plaats was hij dom. En ten slotte was hij zo'n figuur met glimmende schoenen en een messcherpe vouw in zijn broek, die nog voor zichzelf in de spiegel salueert. Daar hebben ze er te veel van bij die JAG van jullie. Dit wordt een lastige zaak. Ik heb niets aan domme robots in mijn team.'

'Maar waarom ik?' wilde ik weten. 'We hebben nooit met elkaar overweg gekund, om het maar voorzichtig uit te drukken.'
Ik keek nog steeds naar haar achterhoofd.
'Jou kende ik in elk geval,' zei ze.
'Ja, en? Je wist wat je in huis haalde, bedoel je?'
'Als je het zo wilt stellen.' Ze knikte.
'Maar ik wil van tevoren een paar afspraken maken, anders gaat het fout. Het zal toch wel fout gaan, maar vooruit. Om te beginnen laat ik me niet meer publiekelijk de les lezen. Als je me iets te zeggen hebt, doe je dat onder vier ogen. Dit is de universiteitsbibliotheek niet, en ik ben beroepsofficier. Bovendien doe ik niet voor spek en bonen mee. Als je zo'n type wilt, zal ik wel even bellen en kunnen ze er een sturen.'
Ze draaide zich langzaam om in haar stoel en keek me aan met een vreemde glinstering in haar ogen, die niet paste bij iemand die de wind van voren kreeg. Dat had me aan het denken moeten zetten, maar ik was zo pissig dat ik er niet op lette.
'Als je niet voor spek en bonen mee wilt doen, hoe dan wel?'
'Ik doe gewoon mijn werk, net als de rest van je team. Maar met één verschil. Ik ben een afgestudeerd advocaat met acht jaar ervaring in de rechtszaal. En ik weet alles van het militaire recht.'
Haar mondhoeken gingen wat omhoog. 'En waarom dacht je dat de anderen geen advocaten waren?'
'Bedoel je...'
'Keith is afgestudeerd aan Yale, als derde van zijn jaar. Maria en Allie hebben allebei rechten gestudeerd aan UVA. Ze waren niet de besten van hun jaar, maar ze zijn zeker niet slecht.'
Ik had het liefst mijn tong afgebeten, maar ik zag een andere kans: 'Dus je hebt nog geen juridisch medewerkers, nog geen secretariaat?'
'Nog niet,' gaf ze toe. 'Maar de OGMM is er al mee bezig.'
'Zeg ze maar dat het niet nodig is.'
'Nee, dat zeg ik ze niet. We hebben nog maar twee weken tot de zaak voorkomt. We hebben werk te doen, verzoekschriften in te dienen. Keith, Allie en Maria kunnen niet langer hun tijd verspillen aan administratieve problemen.'
'Ik regel het wel.'
'En hoe wil je dat doen?'
'Ik heb een uitstekende juridisch medewerkster, die drie of vier van de beste assistenten uit het vak voor je zal vinden.'
'Hoor eens, Attila, niets persoonlijks, maar ik heb gezien wat voor juridisch broddelwerk die sukkels in uniform afleveren. Dat kan ik niet riskeren. Niet in een zaak als deze.'

'Je bent me wat schuldig,' zei ik, letterlijk stampvoetend als een kind van drie. Opeens wilde ik tot elke prijs deze discussie winnen.

'Ik ben je helemaal niets schuldig. Ik heb om je gevraagd, maar dat schept nog geen verplichtingen.'

'Daar vergis je je in,' zei ik, terwijl ik een beschuldigende vinger naar haar uitstak. 'Je hebt mijn vakantie in Bermuda verziekt. Heb je enig idee hoe moeilijk het is om een huisje aan het strand te vinden in mei?' Ze wilde iets zeggen, maar ik deed een stap naar haar toe, zodat ze terugdeinsde. 'Bovendien had ik net een aantrekkelijke Zweedse stewardess ontmoet, en dat ging de goede kant op, als je begrijpt wat ik bedoel. Heb je enig idee hoe moeilijk het is om een echte Zweedse stewardess te vinden in Bermuda?'

Ze keek me vol afschuw aan, duidelijk niet geïnteresseerd in mijn seksleven. Tenzij mijn Zweedse stewardess toevallig biseksueel was. In dat geval zou ze misschien een uitzondering willen maken.

'En nog iets anders,' ging ik verder, voordat ze nee kon zeggen. 'Dit is een legerbasis in Korea, meer dan tienduizend kilometer van huis. Dat is een heel andere situatie dan de zaken die je in Amerika hebt gedaan, waar je meteen weer op eigen terrein was zodra je de poort uit stapte. Hier kun je geen kant op. Hier heb je iemand nodig die het klappen van de zweep kent. Ik heb het over simpele dingen, zoals een auto regelen uit het wagenpark, een fotokopieerapparaat bestellen of een reis organiseren.'

Ze kreeg genoeg van mijn argumenten, maar ze hoorde wel aan mijn toon dat ik de hele avond door kon gaan als ik mijn zin niet kreeg.

'Wanneer kan hij hier zijn?' vroeg ze, nog niet helemaal door de knieën, maar al half overtuigd.

'Binnen vierentwintig uur, denk ik.'

'Vierentwintig uur?' vroeg ze, opeens met een peinzend gezicht. Maar toen keek ze me weer dreigend aan. 'Als ik akkoord ga, mag hij wel verdomd goed zijn,' snauwde ze.

'Zij. En ze is geweldig, neem dat maar van me aan.'

Katherine stemde toe en ik vertrok, genietend van mijn kleine overwinning. Als ik Katherines juridische circus moest doorstaan, zou ik in elk geval een paar vertrouwelingen naast me hebben. Bondgenoten. Normale mensen. Nou ja, normaal vergeleken bij wat de OGMM zou hebben gestuurd. Nu ik Katherines topadvocaten had gezien dacht ik maar liever niet aan de assistenten en secretaressen waar de OGMM mee aan zou komen.

Ik was al bijna op mijn kamer, triomfantelijk en zelfvoldaan, toen het eindelijk tot me doordrong. Ik had mezelf wel kunnen schoppen, maar daar was ik niet lenig genoeg voor. Katherine had me zojuist te grazen genomen. En heel vakkundig.

Daarom had ze me zo lopen treiteren en honen sinds dat allereerste moment in het kantoor van Spears. Als toegevoegd raadsman hoefde ik me helemaal niet druk te maken. Officieel was ik alleen verplicht haar advies te geven als dat nodig was, uitsluitend over details van het militaire recht. Voor spek en bonen, had ze gezegd. Nou, dat was precies waarvoor ik hier betaald werd.

En eerlijk gezegd was dat ook wel zo veilig. Zo kon ik uit het politieke schootsveld blijven, wat heel verstandig was met het oog op mijn eigen carrière. Ik had zo'n vermoeden dat het leger me niet dankbaar zou zijn als ik me met hart en ziel in de verdediging van kapitein Whitehall zou storten.

Maar dat sluwe secreet had me zojuist in haar team ingelijfd. Uit ervaring wist ze precies hoe ze me moest manipuleren en dat had ze heel goed gedaan. Ik was er met open ogen ingetuind.

De intrigerende vraag was natuurlijk waaróm ze dacht dat ze me nodig had. Zij was immers de advocaat met acht jaar ervaring in homozaken. Zij kende alle voetangels en klemmen, net als dat trio dat ze had meegebracht. Maar misschien voelde ze zich minder zeker in moordzaken en kon ze me daarom goed gebruiken. Of misschien wist Katherine dat ze geen schijn van kans had en klampte ze zich aan de laatste strohalm vast – aan mij, in dit geval.

Nou, mijn wraak zou zoet zijn. Over minder dan vierentwintig uur zou specialist zevendeklasse Imelda Pepperfield hier uit het vliegtuig stappen en met vliegende vaandels de stad binnentrekken. Eén blik op Katherine en haar clubje zou genoeg zijn voor Imelda. Bij dat vooruitzicht begon ik haast te kwijlen. Ik had het over Imelda Pepperfield, die bakstenen kon verpulveren met haar kleine kraaloogjes. Binnen de kortste keren zou ze hen allemaal hun schoenen laten poetsen en om genade laten smeken. Verdomme, ze zou nog hetero's van ze maken!

Dus greep ik onmiddellijk de telefoon en belde ik het Pentagon. 'Met het kantoor van generaal Clapper,' antwoordde een ijzige stem.

'Majoor Drummond hier,' zei ik. 'Kan ik generaal Clapper spreken?'

'Eén moment, alstublieft,' klonk het formeel.

Ik zat vijf minuten duimen te draaien voordat een warme, vriendelijke stem riep: 'Sean! Hoe gaat het, kerel?'

De toon was veel te vriendelijk. Leuk geprobeerd, maar ik was niet achterlijk.

'Waarom hebt u me zo'n streek geleverd?' kreunde ik zo zielig mogelijk, omdat ik Clapper zo'n schuldgevoel moest aanpraten dat hij alles zou doen wat ik hem vroeg.

'Dat is mijn schuld niet, Sean. Ze had om jou gevraagd, met naam en toenaam.'

'Hebt u enig idee wat u me hebt aangedaan? Ik zit hier met vier andere advocaten. U zou ze moeten zien.'

Hij grinnikte. 'Ik heb foto's van Carlson gezien. Die valt toch wel mee?'

'Laat u niet misleiden door de buitenkant. Haar innerlijk hoort thuis in de krokodillenvijver, maar de andere krokodillen willen haar niet hebben: veel te gemeen en achterbaks.'

Hij grinnikte weer, zo'n lachje dat duidelijk maakte dat het zijn probleem niet was omdat hij wel andere dingen aan zijn hoofd had. 'Hoor eens, Sean, ik had daar toch een goede vent nodig, iemand met ruggengraat, die niet bezwijkt onder grote druk. Toen ze om jou vroeg, leek me dat een uitstekende keus.'

Een oude truc. Hij probeerde me te lijmen met complimenten. Clapper gooide nu alles in de strijd.

'Generaal,' zei ik, 'ik heb nog maar pas gehoord wat er aan de hand is, maar die zaak is een tijdbom. Generaal Spears heeft me vanmiddag al onder handen genomen en ik moest door twee demonstraties heen waden.'

'Ik weet er alles van, geloof me. Het is hier al bijna net zo erg.'

'Hoe dat zo?' vroeg ik, omdat ik in drie weken geen krant had gezien en geen flauw idee had wat er zich afspeelde.

'De Republikeinen willen een wetsvoorstel door het Congres drukken om de gedoogpolitiek af te schaffen. Whitehall, Moran en Jackson hebben bewezen dat die niet werkt, zeggen ze. En weet je wie om die wet heeft gevraagd?'

'Nee. Wie dan?'

'De Zuid-Koreaanse ambassadeur. In het openbaar. Hij formuleerde het ongeveer als volgt: als jullie de homo's niet uit het leger zetten, gooien wij jullie troepen het land uit.'

'Denkt u dat ze het menen?'

'Dat weten we wel zeker. Lees de kranten en tijdschriften van de afgelopen weken er maar op na. En bel me dan terug.'

Het was een beleefde manier om van me af te komen, maar ik was nog niet klaar. 'Eh… ik wilde u om een gunst vragen,' zei ik snel.

'Een gunst?' vroeg hij, niet echt enthousiast. Ik had gehoopt op een andere reactie, in de geest van: 'Nou, Sean, je zegt het maar. Ik ben je wel wat schuldig na de ellende die ik je heb bezorgd.' Ik had meteen moeten beseffen dat ik me op drijfzand waagde.

'Kunt u specialist zevendeklasse Imelda Pepperfield onmiddellijk op het vliegtuig zetten hiernaartoe? En vraag of ze haar eigen assistentes meeneemt.'

Het bleef een hele tijd stil. Dat voorspelde niet veel goeds.

'Dat eh… dat is geen goed idee, ben ik bang.'

'Waarom niet?' vroeg ik onnozel.

'Omdat we niet te veel militairen aan de kant van de verdediging willen hebben. Whitehall heeft zelf gekozen voor een civiel advocaat en daar waren we heel gelukkig mee. Je begrijpt me wel, neem ik aan?'

En óf ik hem begreep. Het leger was allang blij dat ze waren verlost van de onaangename verplichting om Whitehall te verdedigen. Hoe het ook afliep, het zou geen *happy end* worden, en de legerleiding liet Whitehalls verdediging liever aan een stel rooie rakkers over. Clappers boodschap aan mij was duidelijk: verberg je achter Carlsons rokken.

Ik besloot te liegen. 'Hoor eens, generaal, ik ben alleen de boodschapper. Carlson heeft me gevraagd het verzoek door te geven. Als u Pepperfield niet stuurde, zei ze, zou ze haar vriendjes bij de pers waarschuwen dat u probeert haar verdediging te saboteren.'

'Gelul. Ze heeft nog nooit van Pepperfield gehoord.'

'Nou eh… dat is mijn schuld. Ik heb mijn mond voorbijgepraat. Tot een paar seconden geleden wist ik ook niet dat u zo min mogelijk militairen in het team wilde.'

'Oké,' zei hij. Of beter gezegd: hij spuwde het. Hij vuurde het als een kogel op me af. Toen hing hij op, met een veel hardere klap dan nodig was. Toch had ik veel meer recht om pissig te zijn dan hij. Ik wist nu waar ik stond.

Ik werkte voor een lesbo die slechte ervaringen met me had en duistere plannen koesterde om me voor haar karretje te spannen. De generaal van het JAG-korps die me op de zaak had gezet wilde dat ik mijn collega's en mijn cliënt – die ik nog niet eens had ontmoet – onder de duim zou houden. Ik had trouwens weinig behoefte om iemand te ontmoeten die zo'n misdrijf had begaan, zoals het nu leek.

Een ellendige toestand, al met al.

Gelukkig is mijn aandacht snel afgeleid. Ik liet me op bed vallen en ontspande me. Ik dacht aan Bermuda en die Zweedse stewardess, hoewel ze strikt gesproken niet echt Zweeds was. Ze kwam uit de Bronx en had een Italiaanse naam. En eigenlijk was ze ook geen stewardess, maar secretaresse op een of ander reclamebureau. Ze was naar Bermuda gekomen om zich te amuseren. En ik ben behoorlijk amusant, reken maar. Als je haar accent uit de Bronx en haar hoog opgekamde kapsel even vergat, zou je best kunnen geloven dat ze Zweeds bloed had. Ik bedoel, die Europeanen vielen toch constant elkaars landen binnen? Wie weet hoeveel gemengd bloed daar zat. Misschien hadden de Zweden ooit Italië veroverd, of vice versa.

Oké, het is vergezocht, maar als het om de andere sekse gaat, mag je best je fantasie gebruiken om het wat mooier te maken.

Ik viel in slaap met een gelukkige grijns op mijn gezicht.

4

Om zes uur in de ochtend ging de telefoon. Ik nam op en hoorde Katherine zeggen: 'Kom meteen hiernaartoe. We hebben een probleem.'

Uit nijd nam ik een lange douche, schoor ik me op mijn gemak, nam ik' alle tijd om mijn uniform aan te trekken en mijn veters te strikken en ik keek ik zelfs nog tien minuten naar de tv. Je moet in dit leven je kleine triomfen boeken wanneer je de kans krijgt.

Allie de amazone deed weer open. Maria was er ook, maar Keith was nergens te bekennen. Maria had weer een frons op haar gezicht.

'Hé, hoe gaat ie?' vroeg ik jolig aan Allie. Ze bood geen prettige aanblik zo vroeg in de morgen, dus had ik de keuze tussen joligheid of de vloer onderkotsen.

Ze keek op me neer alsof ík zo lang en slungelig was. 'Hé, Katherine, daar heb je hem weer.'

Ik lachte vriendelijk en probeerde iets geestigs te bedenken, maar ik wist niets. Of beter gezegd, er kwamen genoeg suggesties bij me op, maar het leek me niet verstandig om zo vroeg al onherstelbare schade aan te richten.

'Attila, waar bleef je nou?' blafte Katherine uit de andere hoek.

'Wat is er aan de hand?' riep ik terug, zonder op haar vraag te reageren. Katherine liep de kamer door tot ze vlak voor me stond. 'Ik heb net gehoord dat de Zuid-Koreanen de jurisdictie over onze zaak overnemen. Ze willen dat we Whitehall uitleveren.'

'Wie heeft je dat verteld?'

'De juridisch adviseur van generaal Spears.'

'Die zal het wel weten,' beaamde ik laconiek.

'Kunnen ze dat?'

'Dit is Zuid-Korea. Ze kunnen doen wat ze willen. Of ze een juridische grond hebben is een andere vraag.'

Ik rook koffie en mijn neusvleugels trilden. Katherine wees naar een kan in de hoek. Ik schonk mezelf een kopje in en nam de tijd om na te denken.

'Volgens mij zit het zo,' zei ik. 'Als wij troepen stationeren in het buitenland, tekenen we eerst een SOFA, een Status of Forces Agreement, waarin dit soort dingen wordt geregeld. Natuurlijk hebben we een SOFA-verdrag met Zuid-Korea, waarin staat dat Amerikaanse soldaten die een misdrijf hebben begaan door onszelf worden berecht.'

'Dus ze kunnen dit niet doen?' concludeerde ze – vroeg ze, hoopte ze...

'Nou, dat ligt lastig. Het misdrijf is gepleegd buiten de basis, in Itaewon, en het slachtoffer was een Zuid-Koreaans burger. Hij droeg een Amerikaans uniform en diende bij een Amerikaans onderdeel, als Katusa. Maar hij bleef Zuid-Koreaan. Het is een gruwelijke misdaad en het Koreaanse volk is geschokt.'

'O ja? Jammer dan,' zei Allie. 'Een diplomatiek verdrag is een wettig document, of niet soms?'

'Ja, maar dat SOFA-akkoord heeft hier nogal wat kwaad bloed gezet. Het is een paar jaar geleden zelfs aangepast, omdat de Zuid-Koreanen genoeg kregen van al die vergrijpen waaraan Amerikaanse militairen zich de afgelopen veertig of vijftig jaar schuldig hebben gemaakt.'

'Aangepast? Hoe dan?'

'We hebben nog steeds het recht om verdachten te berechten, maar er is overleg mogelijk over de plaats van bewaring tot aan het proces. En als de schuldige eenmaal is veroordeeld moeten we met het Zuid-Koreaanse ministerie van Justitie onderhandelen over de vraag wie het vonnis zal uitvoeren.'

'Dus ik heb gelijk,' constateerde Allie. 'Ze kunnen Whitehall niet berechten.'

'Gedeeltelijk. De Zuid-Koreanen hebben weinig op met ons rechtssysteem. Ze vinden dat we de verdachte te veel beschermen en ons te veel aan procedures houden. Voor hen is het onbegrijpelijk dat een misdadiger kan vrijkomen omdat iemand is vergeten hem op zijn rechten te wijzen, omdat een bepaald bewijsstuk niet wordt toegelaten of omdat een lid van de jury buikpijn had en te impulsief stemde. Dat soort risico's willen ze in dit geval vermijden.'

Katherine streek over haar kin. 'Hoe zit hun rechtsstelsel dan in elkaar?'

'Vanuit het standpunt van de verdediging is het Dantes inferno. Het hele systeem is ontworpen door slachtoffers en voor slachtoffers. Zij zien een rechtszaak als een zoektocht naar waarheid en gerechtigheid. En soms gebruiken ze heel onaangename methoden om achter die waarheid te komen. Zuid-Koreaanse politiemensen en aanklagers kunnen flink tekeergaan, als je begrijpt wat ik bedoel. Ik ken nog een goede mop over een Koreaan die zijn bekentenis wilde ondertekenen, maar dat niet kon omdat al zijn vingers waren gebroken. Maar die mop willen jullie niet horen, neem ik aan?'

Allie stak haar grote neus nog verder naar voren. 'Ze bekijken het maar.

We hebben dat SOFA-verdrag toch aan onze kant? Ze krijgen hem niet. Punt uit.'

'Mooi gesproken,' zei ik, 'maar zo simpel ligt het niet. Het is hun land, dus wij moeten op eieren lopen, of we willen of niet.'

Katherine begon te ijsberen. Ze nam kleine, afgemeten passen, niet alleen vanwege de kleine kamer, maar ook omdat ze zo was: heel berekenend, heel sluw.

'Heb jij een idee?' vroeg ze ten slotte aan mij.

'Jawel. Organiseer zo snel mogelijk een gesprek met de juridisch adviseur van Spears en de ambassadeur. Alleen schijnt de ambassadeur in een ziekenhuis op Hawaii te liggen, heb ik gehoord. Vraag dan de zaakgelastigde.'

'Goed,' zei ze. 'Waarom?'

'Voornamelijk om te horen wat ze te zeggen hebben.'

'Verder nog iets?' vroeg Katherine.

'Ja.'

'Wat dan?'

'Ik zou maar stevig ontbijten. Het wordt een lange dag.'

Katherine, Allie en Maria hadden geen trek in een stevig ontbijt, of wat voor ontbijt dan ook. Dat deerde me niet, dus ging ik naar beneden om in mijn eentje te ontbijten. Maar eerst haalde ik bij de kiosk de kranten van de afgelopen twee dagen. Het waren nummers van de *Stars and Stripes*, een overzeese militaire krant die uittreksels van AP-artikelen en veel plaatselijk nieuws van een regionale redactie in Japan bevatte. Aanvullingen op de Whitehall-zaak besloegen de voorpagina's van beide dagen. Zoals Clapper al had gewaarschuwd was de commotie in Washington net zo groot als in Seoul. Niet alleen probeerden de Republikeinen een eind te maken aan het gedoogbeleid, maar een verbond van woedende gelovigen uit de zuidelijke staten wilde een protestmars naar Washington organiseren tegen de goddeloze politiek van een president die de strijdkrachten had opengesteld voor homo's.

Ik was net klaar met mijn tweede kop koffie toen Katherine en Keith beneden kwamen. Keith leek knapper dan ooit in een uitstekend gesneden grijs wollen pak met een zijden pochet in zijn borstzakje, passend bij zijn das. Hij zag eruit als zo'n model dat je in dure mannenmodebladen ziet waar militairen nooit op geabonneerd zijn. Onze mode wordt nu eenmaal tot in de kleinste details voorgeschreven, zodat niemand er nog geïnteresseerd is welke breedte de revers of de stropdas dit jaar weer zullen hebben.

Katherine keek gejaagd. 'Over een halfuur hebben we een afspraak op de ambassade.'

'Veel plezier,' mompelde ik en ik dook weer weg achter mijn krant.

Ze bleven voor mijn tafeltje staan. Ik begreep heel goed wat er door Katherines hoofd ging. Ze verdomde het om mij te vragen mee te gaan, maar veel keus had ze niet.

Ik voelde me als een vis in het water. Dit was mijn eigen vijver. En ik had geen zin om mee te gaan. Tenzij ze het me heel vriendelijk zou vragen natuurlijk. Zo kinderachtig ben ik ook wel weer.

'Attila, ik zou er geen bezwaar tegen hebben als je meeging.'

'Hmm,' zei ik, verschanst achter mijn krant.

'Het kan best interessant worden.'

'Vast wel,' mompelde ik vaag.

'Toe nou, Attila. Ga je mee?'

'Ik ben nog niet klaar met de kruiswoordpuzzel,' zei ik onverschillig.

Weer verstreken er een paar seconden. Ik hoorde dat Keith haar iets in het oor fluisterde.

'Attila, ga nou mee. Alsjeblieft,' zei ze.

'Hé, Meibloesem, ik heet niet Attila,' antwoordde ik, terwijl ik naar mijn naamplaatje wees. Keith trok verbaasd zijn wenkbrauwen op en keek vragend naar Katherine, alsof hij wilde zeggen: Meibloesem? Toen glimlachte hij, omdat het wel goed bij haar karakter paste, zoals zo vaak met bijnamen.

Ze negeerde hem en zei: 'Goed, majoor... Majoor Drummond, Sean... ga nou mee.'

Ik legde mijn krant neer en zuchtte overdreven. 'Mij best. Als je denkt dat het zal helpen, bedoel ik.' Ik keek op naar haar mooie gezichtje en zag hoe pijnlijk dit voor haar was.

Ze kneep haar grote groene ogen halfdicht en pruilde met haar schattige lipjes. 'Daar zou je me misschien mee helpen,' zei ze, zonder haar woede te verbergen.

'Sorry. Hoorde ik daar "misschien"? Verstond ik dat goed?'

'Daar... daar zou je me geweldig mee helpen. Oké?'

Ik wist dat ik haar niet nog dieper kon vernederen. Deze keer niet, tenminste.

'En hoe wilden jullie naar de ambassade?' vroeg ik.

'Met de taxi.'

'Dat gaat niet,' zei ik tegen haar.

'Waarom niet?'

'Omdat we er dan nooit komen. Eén moment.'

Ik liep naar een telefoon bij de receptie, belde de centrale en vroeg of ze me onmiddellijk wilden doorverbinden met de post van de militaire politie. Even later kreeg ik een norse, weinig toeschietelijke sergeant aan de lijn. Ik vroeg naar de dienstdoende commandant.

'Kapitein Bittlesby,' klonk een stem, niet veel vriendelijker dan de sergeant.

'Bittlesby, met majoor Drummond, een van de advocaten van kapitein Whitehall.'

'Ja, majoor?'

'Mijn twee collega's en ik hebben transport en een escorte nodig naar de Amerikaanse ambassade. Nu meteen.'

'Hebt u daar toestemming voor?' vroeg hij vermoeid.

'Toestemming van wie?'

'Generaal-majoor Conley, de stafchef van generaal Spears.'

'Dit kwam plotseling op. Daar hebben we nu geen tijd meer voor.'

'Jammer,' zei hij, iets te vrolijk. 'Niemand verlaat de basis zonder Conleys handtekening.'

'Hoor eens, kapitein,' zei ik, 'over achtentwintig minuten hebben we een afspraak met de plaatsvervangend ambassadeur. Dat lijkt me dringend genoeg. Of moet ik tegen de ambassadeur zeggen: "Sorry, meneer, maar kapitein Bittlesby geeft ons geen toestemming om te komen?" Dan bel ik daarna *The New York Times* om ze te vertellen dat een zekere Bittlesby de verdediging van kapitein Whitehall probeert te saboteren.'

In het leger kun je met wat zachte dwang een heel eind komen. Soldaten krijgen liever geen problemen met diplomaten. En ze willen vooral niet aan hun woedende baas hoeven uit te leggen hoe ze op zo'n ongunstige manier de voorpagina van een landelijke krant hebben gehaald.

'Dat doet u niet,' zei Bittlesby. 'Toch?'

Dat was geen vraag. Het was de eerste onwillige stap van een volledige terugtocht.

'Zevenentwintig minuten, kapitein.'

'Waar bent u nu?'

Over dertig seconden staan we voor de ingang van de Dragon Hill Lodge.'

Een halve minuut later stonden Katherine, Keith en ik inderdaad voor de deur van het hotel toen er drie Humvees met gele zwaailichten de hoek om stormden. Katherine keek me aan en ik haalde luchtig mijn schouders op met zo'n treiterend gebaar van: 'Niet gek, hè? Had jij dat voor elkaar gekregen?'

De voorste en de achterste Humvee puilden uit met gehelmde MP's in volledige uitrusting. In de middelste zat alleen een chauffeur, ook met een helm op.

Snel liep ik naar het achterportier van de middelste Humvee en ik hield het open voor Katherine. Je bent niet voor niets een *officer and gentleman*. Maar voordat ik iets kon doen liep Keith al langs me heen en stapte hij in. Zijn hand raakte mijn arm. 'Dank je, schat.'

Katherine grinnikte en ging voorin zitten. Ik had geen andere keus dan naast Keith op de achterbank te schuiven. Ik kon haar wel wurgen.

Tegen de tijd dat we de poort bereikten hadden de MP's blijkbaar al bericht gestuurd, want een peloton Zuid-Koreaanse oproerpolitie in blauwe uniformen duwde en mepte een groep demonstranten uiteen om ruimte te maken voor ons konvooi.

Woedende, fanatieke gezichten staarden ons aan toen we ons een weg baanden door de menigte. Het gaf je niet het gevoel dat je onder vrienden was.

De rit naar de ambassade duurde ruim een halfuur. Bij het hek stond weer een peloton Zuid-Koreaanse politie in blauwe uniformen met schilden en wapenstokken klaar om de meute uiteen te drijven.

We stapten uit voor de deur en de jonge luitenant die het bevel had over het konvooi kwam naar ons toe. Ik vroeg hem te wachten tot we klaar waren en hij gehoorzaamde overdreven beleefd. Bittlesby had hem blijkbaar gewaarschuwd om me niet dwars te zitten.

Na een veiligheidscontrole namen we de lift naar de derde verdieping en liepen we naar het secretariaat van de ambassadeur. De secretaresse had een gezicht van oude lappen met een lange, smalle neus. Ze keek ons aan alsof we straathonden waren die op haar mooie gras hadden gepoept. Ze pakte de telefoon, drukte op een toets en meldde dat we waren gearriveerd. Met een wegwerpgebaar wuifde ze ons naar de deur links van haar bureau.

Twee mannen zaten op goudkleurige zijden sofa's in de hoek van het bijna koninklijke kantoor. Ze stonden op toen we binnenkwamen. Misschien dat ik het me verbeeldde, maar ze keken een beetje schuldig, of verlegen, of geamuseerd, of dat alles tegelijk.

Een van hen had de adelaar van een kolonel op zijn kraag en de naam Janson op het plaatje op zijn borst. Hij was halverwege de vijftig en had stug grijs stekeltjeshaar, harde, wantrouwende ogen en lippen die te dik en te breed waren voor zijn smalle gezicht – als de lippen van een piranha. Op zijn andere kraag droeg hij vanzelfsprekend het koper van het JAG-korps. Dit was de juridisch adviseur van generaal Spears. Hij leek trouwens niet op een advocaat. Hij deed meer denken aan een strenge onderdirecteur van een middelbare school, die per ongeluk zijn meestertitel had gehaald en daar nog steeds spijt van had.

De andere man leek precies wat hij moest zijn: een diplomaat. Maar wel een speciaal soort diplomaat. Ik bedoel, ze zijn niet allemaal zo suikerzoet, en dit leek me een type dat me niet beviel. Hij was eind veertig, met zwart haar dat was geföhnd volgens de laatste mode en dat al wat grijze strepen zou moeten vertonen, die wonderbaarlijk genoeg ontbraken. Hij had een scherp gesneden, gegroefd gezicht met donkere, doordringende ogen en een hooghartige uitdrukking om zijn mond. Aan zijn linkerhand droeg hij een gouden Harvard-ring maar geen trouwring. Hij was dus vrijgezel of hij adverteerde met zijn beschikbaarheid. 'Welkom,' zei hij met valse warmte, terwijl hij ons schattend opnam. Met mij was hij in een milliseconde klaar. Hij keek jaloers naar de snit van Keiths pak en ten slotte bleven zijn ogen een lange, wellustige seconde op Katherine rusten. Hij moest eens weten. Hij had meer kans bij Keith.

'Ik ben Arthur Brandewaite, de waarnemend ambassadeur. Dit is kolonel Mack Janson, de juridisch adviseur van generaal Spears. Gaat u zitten,' zei hij met een zwierig armgebaar naar de twee sofa's. Het was zo'n vloeiende beweging dat hij die voor een spiegel moest hebben geoefend.

We deden wat hij vroeg. Brandewaite en Janson lieten zich weer op hun bank terugzakken en wij drieën wrongen ons op de sofa tegenover hen. 'Goed,' begon Brandewaite, 'ik heb van kolonel Janson begrepen dat u het nieuws al hebt gehoord. Het spijt ons allemaal verschrikkelijk, maar...' Hij spreidde hulpeloos zijn handen.

'Waarom zou het u spijten?' vroeg Katherine met een strijdlustig gebaar van haar eigen handen. 'Wij zijn niet van plan onze cliënt uit te leveren. Punt uit. Geen discussie. Hij wordt niet berecht door een Koreaanse rechtbank.'

Brandewaite keek even naar Janson – een ongeduldige, geïrriteerde blik, alsof hij wilde zeggen: 'Wat krijgen we nou? Heb je ze het hele verhaal dan niet verteld?'

Toen keek hij Katherine weer aan en hij schudde zijn hoofd met gespeelde verbazing. 'Mevrouw Carlson, kennelijk is hier sprake van een misverstand. De Zuid-Koreaanse regering heeft ons niet gevraagd om Whitehall uit te leveren, maar geëist dat hij aan het eind van de dag zal worden overgedragen. Wij zijn per slot van rekening slechts gasten in dit land.'

'Kan me niet schelen,' zei Katherine. 'Mijn cliënt heeft rechten en volgens het SOFA-verdrag moet u hem laten berechten door een Amerikaanse krijgsraad. Voor het geval u dat was vergeten: hij is niet alleen militair, maar ook belastingbetaler en dus uw werkgever. Hij wordt niet uitgeleverd.'

Janson keek mij nijdig aan, omdat iemand Katherine blijkbaar over het

Status of Forces-verdrag had verteld. En eh… nou, ik was natuurlijk de meest voor de hand liggende kandidaat.

'Mevrouw Carlson,' zei Brandewaite op neerbuigend geduldige toon, 'ik kan me uw positie heel goed voorstellen. Ik voel zelfs met u mee. Maar…' vervolgde hij, met een nadruk op dat 'maar' die er een diepere en bredere kloof van maakte dan de Grand Canyon, 'als een van de twee internationale partijen zich niet langer aan dat akkoord wenst te houden, staan wij machteloos.'

Katherine boog zich woedend naar voren. 'Gelul. Dan dwingen jullie ze maar om zich aan dat verdrag te houden. Verdomme, we beschermen ze toch tegen hun vijanden hier? Dat is ook wat waard.'

'Zo werkt het niet,' wierp Brandewaite tegen.

'Dan zórgt u maar dat het zo werkt,' hield Katherine vol.

'Dat zou ik niet kunnen… zelfs als ik het zou willen. Mijn standpunt is bevestigd door Buitenlandse Zaken en de Nationale Veiligheidsraad. De situatie is al ernstig genoeg. We willen geen olie op het vuur gooien. Whitehall wordt vanmiddag om vijf uur aan de Koreanen overgedragen.'

'Helemaal niet! Ik zal een verzoekschrift indienen om dat te verbieden,' dreigde Katherine.

'Bij wie?' informeerde Brandewaite met een nauwelijks verholen grijns.

'Hoe bedoelt u, "bij wie"?'

Hij leunde naar achteren op de bank en sloeg zijn benen over elkaar. Toen gleed hij met zijn vingers over de messcherpe vouw van zijn wollen broek en hij bewonderde de glans van zijn dure schoenen.

'Bij wie u dat verzoekschrift wilt indienen. We zijn hier niet in Amerika, maar in Zuid-Korea. Als u zich tot het militaire hof wendt, wordt het binnen een paar uur afgewezen. En een Koreaanse rechtbank zou u in uw gezicht uitlachen.'

Janson knikte heftig, en omdat hij de juridisch adviseur van de opperbevelhebber was, nam aan ik dat Brandewaite gelijk had.

Katherine keek vragend naar Keith, die zijn schouders ophaalde. Toen pas richtte ze haar grote groene ogen smekend op mij.

Ik had haar natuurlijk moeten negeren.

Maar ik zei: 'Meneer Brandewaite, wat is precies uw afspraak met de Zuid-Koreaanse regering? Met wie hebt u gesproken en hoeveel hebt u toegegeven?'

Brandewaite knikte naar Janson om het over te nemen.

'We hebben erin toegestemd dat Whitehall tot aan het proces door de Koreanen in bewaring zal worden gesteld. Over ongeveer een uur heeft generaal Spears een gesprek met Chun Moon Song, de minister van

Justitie, om de Koreanen te vertellen dat we officieel ons recht opgeven om Whitehall voor te leiden.'

'Alleen Whitehall? En Moran dan? En Jackson?'

'Eh, nee. Het gaat alleen om Whitehall. De Zuid-Koreanen hebben geen uitleveringsverzoek gedaan voor die andere twee. Hun vergrijpen zijn wel ernstig, maar niet zo schandalig als wat Whitehall heeft gedaan.'

'Hebben we ooit eerder ons recht opgegeven om iemand voor te leiden?'

'Dit is een unieke zaak. U weet hoe het recht werkt, majoor. Precedenten zijn een richtlijn, maar niet bindend. Elke zaak wordt op zijn eigen merites beoordeeld.'

'Is dit een wederzijdse afspraak?'

'Wat bedoelt u?' vroeg Janson, alsof hij van de prins geen kwaad wist.

'Voor wat hoort wat. U draagt Whitehall over en in ruil daarvoor blijven andere gevangenen onder ónze jurisdictie? Ik bedoel, is het een koehandel?'

Brandewaite legde snel een hand op Jansons been. 'Majoor, u weet dat diplomatieke gesprekken tussen de regering van de Verenigde Staten en die van de Republiek Zuid-Korea strikt vertrouwelijk zijn. Daar kunnen we geen mededelingen over doen.'

'O nee?'

'Nee,' verklaarde hij ferm.

'Kunt u me in elk geval vertellen wie de onderhandelingen met de Zuid-Koreanen heeft gevoerd?'

'Natuurlijk,' zei hij, irritant zelfvoldaan. 'Ikzelf. En kolonel Janson was zo vriendelijk om als mijn helper op te treden.'

Helper? Waar vónden ze die types?

Maar dat vroeg ik hem niet. Wat ik wel vroeg was: 'Dus alleen u en kolonel Janson zijn erbij geweest?'

Janson opende zijn mond, maar Brandewaite legde hem met een kapgebaar het zwijgen op. Dat was een domme fout.

'Precies, majoor. Er waren een paar stenografen bij, maar de kolonel en ikzelf hebben de gesprekken gevoerd.'

'Mooi,' zei ik. 'Dan blijft het overzichtelijk.'

'Dan blijft wát overzichtelijk?'

'Wie we moeten noemen.'

'Noemen? Waarvoor?'

'Voor het belemmeren van de rechtsgang en het deelnemen aan een criminele samenzwering om onze cliënt van zijn wettelijke rechten te beroven. En dat geldt ook voor de civiele zaak die we zullen aanspannen

wegens het schenden van de constitutionele rechten van onze cliënt.'
Brandewaite keek nu toch onaangenaam getroffen. Hij klopte even op
zijn geföhnde, merkwaardig zwarte haar en staarde me aan. 'Drummond, ik ben waarnemend ambassadeur en jij maar een lagere legerofficier. Als je me durft te bedreigen, zal ik met generaal Spears overleggen en je voor de krijgsraad slepen.'
Ik keek onmiddellijk boetvaardig. 'Meneer Brandewaite, neemt u me
niet kwalijk. Alstublieft. Ik weet niet wat me bezielde,' zei ik. Zijn
mondhoeken trilden even. Het was geen echte glimlach, maar het deed
er vaag aan denken. Totdat ik vervolgde: 'Dit is een geval van persoons-
verwisseling. Ik ben niet zomaar een legerofficier, ik ben advocaat. Bovendien is er een groot verschil tussen een dreigement en een belofte.
Soms moet je heel goed luisteren, maar dit was geen dreigement – is
het wel, mevrouw Carlson?' Ik keek hulpzoekend naar mijn collega.
'Absoluut niet,' zei ze met een perfecte timing. 'Ik zou het eerder een
gunst willen noemen, Brandewaite. Hij geeft je in elk geval de kans je
persvoorlichter te waarschuwen voor mijn verklaring tijdens de persconferentie die ik onmiddellijk zal beleggen zodra we hier vertrokken
zijn.'
'Ik laat me niet in een hoek drijven,' zei Brandewaite met een nijdige
blik naar Katherine, Keith en mij, en ook naar Janson, die geen ander
verwijt trof dan dat hij advocaat was, net als wij. Waar je mee omgaat…
'Nee, we laten ons niet in een hoek drijven,' beaamde Janson luid en
verontwaardigd, in een poging weer in de gunst te komen bij de diplomaat. 'Bovendien is het bluf. U kunt een ambtenaar die in het belang
van de Amerikaanse regering handelt niet aanklagen. En u kunt ons
ook niet noemen in een strafzaak.'
Tot mijn grote verbazing zei Keith opeens: 'Meneer Janson, mijn specialiteit is het aanklagen van federale ambtenaren. Daar verdien ik mijn
brood mee. En het is een goed belegde boterham, geloof me. Wat mij
vooral zo bevalt aan deze zaak is dat ik niet alleen heel veel geld kan eisen van u allebei, maar dat ik u ook kan aanklagen wegens crimineel gedrag. U geeft het immers zelf toe? U moet in het belang van de Amerikaanse regering handelen.'
'Dat doen we ook,' beweerde Janson.
'Dat doet u niet. U hebt een complot gesmeed met een buitenlandse regering om een Amerikaanse militair van zijn grondrechten te beroven.
Geen twijfel mogelijk. En wij hebben u nu persoonlijk daarvan op de
hoogte gesteld, dus u kunt zich achteraf niet op onwetendheid beroepen,' zei Keith. Toen boog hij zich hongerig naar voren en grijnsde
sluw. 'Zoals de feiten nu liggen, zou het heel moeilijk zijn geworden

om onze cliënt te verdedigen. Wat voor kans hadden we om te winnen? Op deze manier kunnen we toch iets binnenhalen. Een officier, vermoedelijk homoseksueel, wordt als eerste Amerikaanse militair aan de Zuid-Koreaanse regering uitgeleverd voor een proces. Daarmee schrijft u juridische geschiedenis. Jammer dat Whitehall daarvoor een martelaar moet worden, maar was het niet Robespierre die heeft gezegd dat waar gehakt wordt nu eenmaal spaanders vallen?'

Ik was er niet blij mee dat hij de zaak had uitgebreid van de positie van onze cliënt tot een algemene kwestie, maar voordat ik daarover kon nadenken kwam Katherine al met de afmaker.

Zij boog zich nu ook naar voren. 'We zullen jullie allebei wereldberoemd maken.'

En ze had gelijk, dat was waar. Ze zouden gehakt maken van dit tweetal. En Janson, de getrainde advocaat, was de eerste die het besefte. Hij liep zo rood aan dat ik bang was dat hij zou ontploffen.

'Hoor eens, dame.' Hij priemde met een vinger naar Katherines gezicht. 'Dit is niet zomaar een beslissing. We hebben toestemming van de Nationale Veiligheidsraad.'

Katherine glimlachte. 'Al hadden jullie toestemming van de kerstman zelf, klootzak! Dat maakt geen enkel verschil. Jullie zijn de twee ambtenaren die we persoonlijk hebben gesproken en gewaarschuwd. Als jullie kapitein Whitehall uitleveren, nagelen we jullie aan de schandpaal.'

We konden nog een hele tijd blijven zitten om beledigingen uit te wisselen, maar dat had weinig zin. We hadden ons standpunt duidelijk gemaakt, dus stonden we op en liepen we naar de deur. Ik stond al bijna buiten toen Janson me bij mijn mouw greep en me naar achteren trok. Hij fluisterde me iets in het oor, kort en venijnig, liet me toen weer los en stapte terug.

Wat hij zei was: 'Ik mag jou niet, Drummond. Ik maak je helemaal kapot.'

Echt subtiel kon je hem niet noemen.

Niemand zei een woord tijdens de rit naar het hotel, omdat er een MP voorin zat en geheimhouding op dit moment van cruciaal belang was. Bovendien was ik te kwaad om iets te zeggen. Ik was woest op Katherine omdat ze me hierbij betrokken had, woest op het leger en generaal Clapper omdat hij me hiernaartoe had gestuurd, en woest op Keith omdat hij de discussie van Whitehall en zijn positie had uitgebreid tot een kruistocht voor homorechten in het algemeen.

Maar op wie was ik nu het kwaadst? Op die vent met zijn grote bek. Waarom had ik de waarnemend ambassadeur bedreigd? Waarom had ik vrijwillig mijn stomme kop in de bek van de leeuw gestoken? Ik wist het antwoord op die vragen en daar was ik niet trots op.

Ik had gewoon indruk willen maken op het knapste meisje van de klas, dat me drie jaar lang het bloed onder de nagels vandaan had gehaald. Ik wilde haar bewijzen dat ik haar kon overtreffen als juridisch straatvechter.

Nou, dat had ik bewezen.

5

We gingen meteen naar Katherines kamer, maar daar was niemand. Er lag alleen een berichtje dat ons een grote verrassing wachtte in de kapsalon op de heuvel naast het hotel. Dus vertrokken we daarheen.

Toen we binnenkwamen waren drie juridisch assistentes in camouflagepak bezig om dozen, computers, klaptafels en stoelen naar binnen te sjouwen om de kapsalon in een tijdelijk advocatenkantoor te veranderen. In de hoek stond een kleine, gedrongen zwarte vrouw, een onderofficier met kort grijzend haar, een brilletje met een gouden draadmontuur en een rond, pafferig gezicht dat vreemd genoeg keihard overkwam. Ze blafte instructies tegen haar mensen, zwaaide met haar armen en dirigeerde iedereen.

Bijna rende ik op haar toe om haar te omhelzen, maar ik deed het niet. Ze zou me een dreun hebben verkocht als ik zelfs maar naar haar geknipoogd had. Katherine en Keith keken om zich heen en staarden elkaar verbaasd aan.

'Specialist Pepperfield, wilt u even hier komen? Dan kan ik u voorstellen.'

Ze keek op alsof ze ons nu pas ontdekte. Flauwekul natuurlijk, want Imelda had alles in de gaten wat binnen tien mijl afstand van haar gebeurde. Ze hees haar camouflagebroek op, liet haar goudomrande brilletje op haar neus zakken, zuchtte en steunde een paar keer alsof ik vreselijk lastig was, en waggelde toen onze kant op.

Katherine inspecteerde de snit van haar uniform.

'Katherine, Keith, dit is specialist zevendeklasse Imelda Pepperfield, de beste juridisch medewerkster van het hele Amerikaanse leger. Zij krijgt de leiding over het secretariaat.'

Imelda zette haar voeten stevig voor Katherine neer en de twee vrouwen keken elkaar strak in de ogen, met zo'n blik die een eeuwigheid leek te duren. In werkelijkheid was het waarschijnlijk niet langer dan een halve seconde.

'Hoe gaat het?' zei Katherine, terwijl ze haar hand uitstak.

Imelda greep hem en snauwde: 'Ik heb niks met jou of je diploma's te maken, is dat goed begrepen? Ik ben hier de baas en je doet gewoon wat ik zeg. Dit kantoor is mijn terrein, vergeet dat niet.'

'Oké,' zei Katherine.

'Als je iets wilt, zeg het dan. Pepperfield zorgt er wel voor.'

'Goed,' zei Katherine.

Op dat moment kwamen Maria de mopperkont en Allie de amazone haastig uit een kantoortje achterin.

Maria glimlachte zelfs – een rare glimlach, maar het kon niets anders zijn.

'Moet je zien wat die vrouw voor elkaar gekregen heeft! Wij zitten hier al zeven dagen en we hadden nog niet eens een eigen telefoon! Zij is hier twee uur en ze heeft een gebouw, zes telefoonlijnen en vijf computers.'

'En drie auto's,' jubelde Allie enthousiast. 'Met chauffeurs.'

'Geweldig,' zei Katherine. 'Ik wil niet ondankbaar lijken, maar konden we niets beters krijgen dan een kapsalon?'

Imelda schuifelde met haar voeten. 'We konden hier terecht omdat alle Koreanen die hier werken in staking zijn.'

'En omdat het een kapsalon is en wij de advocaten zijn van het homokamp?' vroeg Katherine.

'Maakt mij geen bal uit,' snoof Imelda. 'We hebben drie kantoren achterin, met airco, wc's en genoeg stopcontacten.'

'Dat is waar,' zei Katherine met een warme, trotse glimlach naar Imelda. 'Het is ideaal.'

Imelda straalde als een blij kind. Ze grijnsde van oor tot oor. Ik stond perplex. Dit was een liefdesverklaring. Ze gedroegen zich nu al als de grootste vriendinnen, sloegen elkaar op de schouders en grijnsden mallotig. Hier klopte iets niet helemaal. Imelda Pepperfield was een van de chagrijnigste, onverzoenlijkste schepsels die God ooit op deze mooie aarde had gezet. En een van de slimste. Ze speelde de rol van een slecht opgeleid zwart meisje uit een achterlijk dorp in het Amerikaanse zuiden. Op de een of andere manier trapten de meeste mensen daar steeds weer in. Maar ik niet. Imelda is zo sluw als de beste advocaten die ik ken, en bijna even goed opgeleid. Ze is afgestudeerd in Engelse letterkunde en strafrecht, maar dat houdt ze zorgvuldig verborgen omdat ze, zoals veel beroepsonderofficieren, weet dat de zaak beter marcheert als de officieren zich superieur kunnen voelen.

Ik keek Imelda doordringend aan en ze keek uitdagend terug.

Katherine verstoorde onze krachtmeting door te roepen: 'Oké, mensen, ze zijn nog steeds van plan om Whitehall vanavond om vijf uur aan de Koreanen uit te leveren.'

De glimlach verdween van Maria's poppengezichtje en Allie keek om zich heen alsof ze iets zocht om te gooien, te breken of te vermoorden.

Het was een vreemd stel, dacht ik nog eens: twee absolute tegenpolen, de een lang, de ander klein, de een luidruchtig en stoer, de ander stil en teruggetrokken en, nou ja… mopperig. Niet dat ik iets van lesbische relaties begreep, maar wat zagen ze in godsnaam in elkaar?

Hoe dan ook. 'Ik zou me geen zorgen maken,' zei ik.

'Waarom niet?' vroeg Katherine. 'Denk je dat ze bang geworden zijn?'

'Ik denk dat ze nu allebei aan de telefoon hangen met Washington. Ze doen het in hun broek. Brandewaite is een ambitieuze figuur die graag ambassadeur wil worden, of onderminister of zoiets. En die kolonel met zijn dikke lippen droomt van een bevordering tot generaal. Het soort beroemdheid dat jij hun hebt beloofd is niet bevorderlijk voor hun carrière.'

'Laten we de druk nog wat opvoeren,' snauwde Katherine. 'Allie, bel Carson van *The New York Times* en Millgrew van *The Washington Post*. Zeg dat ik ze meteen wil spreken.'

Allie wilde al naar haar kantoortje lopen toen ik zei: 'Zou ik niet doen.'

'Waarom niet?'

'Je moet er geen regel van maken om elke keer naar de pers te lopen als je je zin niet krijgt.'

'Gelul,' zei de kleine Maria. 'Je begrijpt het niet.'

'Wat?' vroeg ik honend.

'De pers is ons beste wapen. Het systeem is tegen ons, maar door de media in te schakelen hebben we een gelijke kans.'

'Hoor eens,' zei ik zo neerbuigend mogelijk, 'ik weet dat jullie allemaal iets tegen het leger hebben, maar ik niet. Ik werk er toevallig. Het leger mag niet volmaakt zijn, maar het is heel wat beter dan jullie denken.'

Katherine en haar gevolg rolden even met hun ogen. 'Drummond,' zei Katherine, alsof ze het tegen een kleuter had, 'jíj bent degene die het niet helemaal begrijpt. Jij komt van de andere kant van het hek. Je hebt geen idee hoe je eigen partij zich gedraagt.'

'Daar vergis je in. Ik kom inderdaad van de andere kant van het hek en ik weet precies hoe wij ons gedragen.'

Katherine wilde weer iets zeggen, maar ik was haar voor. 'En zoals mijn moeder altijd zei: een goed dreigement is als een goede bieflap. Laat maar een tijdje sudderen. Geef ze drie uur en stort dan je hart maar uit bij je vriendjes van de vierde macht.'

Katherine, Allie, Keith en Maria gingen in conclaaf in een hoek van het kantoor. Ik was duidelijk niet welkom. Ik hoorde niet bij het team. Het kostte hen bijna twee minuten om tot een soort beslissing te komen, voordat Katherine weer terugkwam.

'Goed, we wachten nog even,' zei ze. 'Dan kun jij ondertussen kennismaken met onze cliënt.'

Ze dacht zeker dat ik haar niet doorhad. Zij en de anderen dachten dat ik de belangen van onze cliënt zo gemakkelijk verkwanselde omdat ik hem nog nooit ontmoet had en daarom nog niet de persoonlijke band met hem had die vaak ontstaat tussen een raadsman en zijn cliënt. In hun ogen was de zaak voor mij nog te onpersoonlijk.

Maar ze maakten een grote fout. Waarschijnlijk was ik juist wat lankmoediger tegenover hem omdat ik hem níét ontmoet had. Ik was eerder bang om een gruwelijke afkeer van hem te krijgen als ik hem eenmaal had gesproken en zou weten wat die man allemaal op zijn kerfstok had.

Hoe dan ook, ik kon hem niet ontlopen, dus volgde ik Katherine en Maria naar buiten, waar we in een van de auto's stapten die Imelda – de verraadster – voor ons had geregeld.

Het was tien minuten rijden naar het cellenblok van de basis, dat was ondergebracht in een klein gebouw van één verdieping, opgetrokken uit grauwe betonblokken en met de bekende zwarte roosters voor de ramen. Een legerkapitein met de koperen versierselen van de militaire politie kwam naar het kantoortje en nam ons mee langs een zware ijzeren deur naar een korte gang met een stuk of zes cellen aan weerskanten. Zoals in de meeste militaire gebouwen was het er smetteloos schoon. Het rook er vaag naar ontsmettingsmiddelen, maar ook naar gekookte ham. De kapitein zei dat hij net geluncht had. Het bekende rantsoen van sandwiches met bacon, sla en tomaten, veronderstelde ik.

We liepen naar het eind en bleven staan voor de laatste cel rechts. De kapitein zocht aan zijn sleutelbos en het duurde bijna een minuut voordat hij de sleutel van de stalen deur gevonden had. Ik ijsbeerde zenuwachtig heen en weer omdat ik niet wist wat ik kon verwachten, hoewel ik me op het ergste voorbereidde. Moord, verkrachting en necrofilie… veel smeriger kan het toch niet worden. Onwillekeurig moest ik denken aan die film, *The Silence of the Lambs*.

Eindelijk ging de deur open en zag ik iemand op een metalen brits liggen, tegen de achterwand van de cel. De man kwam langzaam overeind en liep met uitgestoken hand op ons toe.

Hij leek nog jong, negenentwintig of dertig, en hij had kort zwart haar, scherpe groene ogen, dikke wenkbrauwen, een lange rechte neus, een krachtige smalle kaak en dunne, vreugdeloze lippen. Hij was in goede conditie, mager en gespierd, met het postuur van iemand die regelmatig jogde en met gewichten werkt.

'Katherine, Maria, ik ben blij dat jullie er zijn,' zei hij, terwijl hij hun een hand gaf.

'Het spijt ons dat we niet eerder konden komen,' zei Katherine. 'Zodra we het hoorden zijn we meteen naar de ambassade gegaan om te proberen de zaak weer terug te draaien.'

'Is dat gelukt?'

'Dat weten we nog niet. We hebben ze de stuipen op het lijf gejaagd, maar je weet nooit hoe het uitpakt.'

Er viel een pijnlijke stilte toen Whitehall een verbaasde blik op mij wierp.

Ten slotte zei Katherine: 'Thomas, dit is majoor Sean Drummond. Je weet nog dat ik de militair advocaat had ontslagen die me was toegewezen? Ik heb een eigen kandidaat gevraagd. Dit is hem.'

'Hoe maakt u het?' vroeg Whitehall en hij stak weer zijn hand uit.

Ik aarzelde heel even voordat ik hem een hand gaf, maar hij merkte het toch. Daarna mompelde ik iets onverstaanbaars dat het midden hield tussen 'hallo' en 'vuile smeerlap'. Wat dan ook.

Whitehall ging weer op zijn bed zitten. Katherine en Maria volgden zijn voorbeeld. En ik? Ik leunde tegen de muur, demonstratief aan de andere kant.

Maar ik verloor mijn cliënt geen moment uit het oog. Ik had mijn eerste indruk gevormd op het moment dat ik de bijzonderheden over zijn misdrijf had gehoord en ik wilde zien of die klopte met zijn fysieke aanwezigheid. Zijn uniform was keurig geperst, met scherpe vouwen, en zijn schoenen glommen alsof hij ze twintig uur per dag zat te poetsen. Misschien was dat wel zo. Wat moest je anders in zo'n cel? Volgens de insignes op zijn kraag was hij een infanterie-officier en aan de derde vinger van zijn linkerhand droeg hij een academiering met een grote rode robijn. Hij beantwoordde in alle opzichten aan het beeld van een jonge model-officier: knap, gezond en pijnlijk netjes.

Maar hij was geen model-officier. Hij verkrachtte dode mensen.

'En, majoor,' zei Whitehall, die mij net zo onderzoekend opnam, 'Waar komt u vandaan?'

'Ik werk bij een gerechtshof in de buurt van Washington. Een hof van beroep.'

Dat was een leugen, maar ik had mijn redenen om te liegen.

'Hebt u ooit eerder iemand verdedigd die beschuldigd werd van moord?'

'Een paar keer,' antwoordde ik.

'En van verkrachting?'

'Genoeg.'

'En van necrofilie?'

'Nee. Niemand. Nooit.'

'Dan hebben we iets gemeen.'

'O ja? Wat zou dat in vredesnaam kunnen zijn, kapitein?' vroeg ik ve-nijnig. Volgens mij hadden we helemaal niets gemeen, behalve dat we allebei in het leger zaten. En dat we mannen waren. Als je hem een man kon noemen, tenminste.

'Ik ben nog nooit eerder van necrofilie beschuldigd,' verzekerde hij me met een heel bitter lachje om zijn lippen.

'Hebt u aan West Point gestudeerd?' vroeg ik, om dat onderwerp zo ver mogelijk uit de weg te gaan.

'Lichting '91.'

'Bent u homoseksueel?' Ik viel opzettelijk met de deur in huis, een nut-tige advocatentruc die ik had geleerd, omdat ik vermoedde dat hij zou liegen. Ik wilde weten of hij bij zo'n onverwachte vraag zou gaan blo-zen, stotteren of me een non-verbale aanwijzing zou geven over zijn wa-re seksuele aard.

Die moeite had ik me kunnen besparen.

'Ja, dat ben ik,' zei hij neutraal, alsof het hem niet deerde. Maar snel voegde hij eraan toe: 'Dat mag u niet vermelden. U bent mijn raads-man, alles wat ik u vertel is vertrouwelijk. Ik bepaal zelf wat u wel of niet naar buiten mag brengen.'

'En als mevrouw Carlson en ik het in uw eigen belang vinden om uw seksuele voorkeur toe te geven?' vroeg ik.

Katherine keek me geschrokken aan en opeens begreep ik wat er hier aan de hand was.

'Ik herhaal het nog een keer, majoor,' zei Whitehall. 'Ik bepaal wat u naar buiten kunt brengen en wat niet. Op West Point was ik de beste van mijn jaar in militair recht, en zoals veel homoseksuele militairen heb ik me sindsdien uitvoerig in de wet verdiept. Mijn leven en mijn carrière staan op het spel, en die wil ik niet in handen leggen van advo-caten die ik zelf niet eens heb ingehuurd.'

'Bent u ontevreden over ons?' vroeg ik. 'Hebt u geen vertrouwen in onze capaciteiten?'

'Jawel. Ik heb geen klachten. Maar ik vertrouw liever op mijn eigen oordeel en capaciteiten. Laten we het daarop houden.'

Katherine streek nerveus met haar hand door haar lange, zwarte, weel-derige haar. Ze staarde naar een paar onzichtbare vlekjes op het pla-fond, alsof ze tot elke prijs mijn blik wilde ontwijken.

Een bekend verschijnsel in gevangenissen is de zelfstudie-advocaat. Ook in kazernes kom je dat type wel tegen. Het zijn mensen die, als ze een paar juridische boeken hebben gelezen, zo dom zijn om zichzelf als de reïncarnatie van Clarence Darrow of Perry Mason te beschouwen. Een ramp. Het is een ware nachtmerrie voor een advocaat als je cliënt plotseling denkt dat hij slimmer is dan jij. Dat is best mogelijk, maar hij mist wel een paar wezenlijke voorwaarden zoals opleiding en ervaring, en hij probeert zijn verwrongen kijk op de wereld tot een universeel perspectief te maken.

Het grote gevaar van de zelfstudie-advocaat is dat hij vaak zijn eigen gigantische tekortkomingen niet inziet, tot het moment waarop de woorden 'Schuldig, edelachtbare' uit de mond van de juryvoorzitter klinken. En dan dringt het soms nóg niet tot hen door. Hoven van beroep worden overspoeld met verzoekschriften van zelfstudie-advocaten die in de gevangenis nog dieper met hun neus in de boeken zijn gedoken omdat ze ervan overtuigd zijn dat ze hun zaak alleen hebben verloren door het geklungel van de advocaat die naast hen achter de tafel zat.

'Begrijp ik dat u zelf uw verdediging wilt voeren?' vroeg ik.

'Grotendeels wel,' zei hij. 'Ik neem alle belangrijke beslissingen, ik verwacht dat u alles met mij bespreekt en ik heb altijd het laatste woord.'

De wet gaf hem dat recht en aan de vermoeide uitdrukking op Katherines gezicht te zien was dit onderwerp al uitvoerig besproken met onze cliënt. Ik besloot niet aan te dringen. Whitehall kende en vertrouwde me niet, dus had ik weinig kans om hem zo kort na onze kennismaking al tot andere gedachten te brengen. Afhankelijk van zijn zelfingenomenheid of de ontwikkeling van onze relatie zou het me misschien nooit lukken om hem uit de droom te helpen.

'Dat recht hebt u zeker,' was het enige wat ik zei.

'Dat weet ik,' antwoordde hij.

'Mag ik u een paar vragen stellen die verband houden met de zaak?'

'Eh... vooruit dan maar,' antwoordde hij, alsof hij me een grote gunst bewees.

'Wat was uw functie op de basis?'

'Commandant van de hoofdkwartiercompagnie.'

'En hoe lang was u dat al?'

'Elf maanden. We rouleren eens per jaar, dus over een maand had ik een ander commando moeten krijgen.'

'Hoe waren uw beoordelingen?'

'Uitstekend. Ik heb mijn hele carrière alleen maar goede beoordelingen gehad.'

'Hmm,' mompelde ik, terwijl ik me voornam dat te controleren. Veel officieren liegen als ze zeggen dat ze een goede beoordeling hebben. En omdat de personeelsdossiers in Washington achter slot en grendel liggen, komt een buitenstaander er toch nooit achter. Maar ik ben geen buitenstaander. Ik ben advocaat, dus ik heb toegang.

'Wat deden sergeant der eerste klasse Moran, soldaat Jackson, No Tae Lee en u in dat appartement?' vroeg ik.

Hij liet zich ontspannen tegen de achtermuur zakken. 'Het was mijn appartement en het waren mijn vrienden. Ik weet wel dat officieren eigenlijk niet met onderofficieren en manschappen mogen omgaan, maar ze stonden niet onder mijn eigen bevel, dus leek het me geen probleem. Ik had ze gewoon uitgenodigd voor een borrel.'

'Kunt u wat meer zeggen over de aard van uw vriendschap? Wat betekent dat woord voor u?'

'U bedoelt of ik… romantische relaties met ze had?'

'Dat is precies wat ik bedoel.'

Snel boog hij zich naar voren. 'U hebt geen ervaring met zaken tegen homo's?'

'Nee,' gaf ik toe. 'Dit is mijn eerste.'

'In homozaken, majoor, moet u uw vragen veel duidelijker formuleren. Sommige homo's zijn heel promiscue. Ze vinden romantische relaties maar lastig of zelfs ongewenst. U moet altijd vragen of er een fysieke relatie bestond, want dat is vaak het enige.'

Whitehall nam me aandachtig op om te zien hoe ik zou reageren. Ik had het gevoel dat dit erg belangrijk voor hem was. Hij had me zojuist een juridisch lesje gegeven alsof ik een eerstejaarsstudent was. Hij wilde dus bewijzen dat hij het beter wist dan ik. Maar hij had ook een nogal provocerende bewering over homo's gedaan. Was dit een soort test?

Hoe dan ook. 'Ik zal er rekening mee houden,' antwoordde ik koeltjes. 'Had u een romantische of fysieke relatie met een of meer van die mannen?'

Hij gaf geen antwoord. In plaats daarvan boog hij zich nog verder naar voren, steunde zijn ellebogen op zijn knieën en zei: 'Vertel me eens iets, majoor. Ik heb gelezen dat sommige advocaten liever niet willen weten of hun cliënten schuldig zijn of niet. Vanuit die ongewisheid geven ze iedere cliënt het voordeel van de twijfel en storten ze zich met hart en ziel op de verdediging. Bent u een aanhanger van die theorie?'

'Nee, absoluut niet.'

'Waarom niet?'

'Om te beginnen zal iedere goede strafpleiter zijn eigen gevoelens opzij zetten. En in de tweede plaats verbrokkelt het je strategie. Als je gelooft in de onschuld van je cliënt, kun je al je tijd gebruiken om anderen daar ook van te overtuigen. Als je weet of vermoedt dat hij schuldig is, zul je elke seconde bezig zijn om de tactiek van de aanklager te frustreren en te ontkrachten. Denk maar aan de les van de militaire handboeken over het concentreren van je belangrijkste inspanningen op het slagveld en het bezuinigen op andere onderdelen. We hebben nog maar twee weken. We kunnen onze strategie niet laten verbrokkelen.'

'Zeg me eens eerlijk… als u dacht dat ik schuldig was aan die misdrijven – moord, verkrachting, necrofilie, homoseksuele handelingen en omgang met gewone manschappen – zou u zich dan volledig inzetten voor mijn verdediging?'

'Ik heb een eed afgelegd als advocaat en officier om u naar mijn beste vermogen te verdedigen.'

Daarmee ontweek ik zijn vraag en dat wist hij. Blijkbaar leidde hij daar iets uit af, iets belangrijks, want hij leunde weer tegen de muur en opeens kwam er een ijzige uitdrukking op zijn gezicht.

'Oké,' zei hij, 'dan doen we het zo. Jullie proberen zoveel mogelijk te ontdekken. Verzamel en analyseer de feiten en kom dan bij mij met de vragen die je nog hebt.'

'Maar zult u ze beantwoorden?' vroeg ik.

'Dat zei ik niet. Kom eerst maar met die vragen als jullie klaar zijn.'

We lieten kapitein Whitehall in zijn cel achter en verlieten het cellenblok. Katherine en Maria vroegen me niet wat ik ervan vond. Dat wisten ze waarschijnlijk al. Dat kon ook niet anders, want ze moesten hetzelfde hebben gedacht als ik.

6

Imelda had werkelijk een wonder verricht. Er stonden al vier bureaus met werkende computers. De kapsalon leek een advocatenkantoor dat al jaren bestond, afgezien van de merkwaardige aanwezigheid van kapperssspullen die overal verspreid lagen. Een van haar assistentes zat te typen, een ander borg dossiermappen op en de derde nam een brief op voor Keith.

Imelda zat in een van de vier kappersstoelen, met haar benen omhoog, verdiept in de correctie van een of ander juridisch stuk, waarop ze aantekeningen maakte met een dikke, rode pen. Ze leek de koningin van Sheba wel. Ik zou haar nooit kunnen vergeven.

Er lag een bericht op ons te wachten van de ambassade. Katherine en ik werden uitgenodigd voor overleg op het kantoor van de minister van Justitie van de Republiek Zuid-Korea, om een uur 's middags. Het was tien over halfeen, dus renden we weer naar buiten en sprongen we in een auto. In volle vaart reden we naar de poort en pas onderweg beseften we dat het een hopeloze zaak was. De poort werd natuurlijk versperd door demonstranten.

Maar toen we daar aankwamen waren die Koreaanse jongens in het blauw al bezig een weg voor ons vrij te maken door de menigte. Imelda natuurlijk! Ze had alvast gebeld. Die vrouw ontging ook niets.

Het ministerie zelf lag acht kilometer verderop en gelukkig was het verkeer, dat in Seoul altijd ernstig geconstipeerd is, verdacht rustig. Ik vermoedde dat de halve stad was uitgelopen om te demonstreren tegen de Amerikanen. Dat had voor- en nadelen, zal ik maar zeggen.

De o zo elegante meneer Brandewaite en zijn trouwe beulsknecht, kolonel Piranha-lippen, wachtten ons al op bij de indrukwekkende ingang van het ministerie van Justitie.

Na een paar haastige handdrukken zei Brandewaite met een deugdzaam gezicht: 'Het spijt me echt van die irritaties van vanochtend. Ik sta aan uw kant in deze zaak, dat moet u geloven. Daarom heb ik de minister gebeld en hem gevraagd in elk geval uw argumenten aan te horen. Daarmee geef ik u nog een kans. Het is nu aan u. Ik zou graag meer hebben gedaan, maar mijn handen zijn gebonden.'

Wat een onzin. De man was waarnemend ambassadeur in een land dat volledig van ons afhankelijk was om de Noord-Koreanen te weerhouden van een vijandige overname, zoals dat in de zakenwereld heet. Hij zou van alles kunnen doen. De enige reden dat hij nu een vinger had uitgestoken was dat hij doodsbenauwd was om door Katherines homovriendjes aan de schandpaal te worden genageld. Maar dat zei ik niet.

We beklommen de brede trappen en staken een ruime hal over naar een paar bewerkte mahoniehouten deuren. Brandewaite en Janson schenen de weg te kennen. We kwamen een groot kantoor binnen met een stuk of zes secretaresses achter verspreide bureaus. Brandewaite zei iets in het Koreaans en een van de secretaresses sprong van haar stoel op de deemoedige manier van sommige Koreaanse vrouwen, maakte een beleefde buiging en bracht ons naar de volgende houten deuren. Ze klopte zachtjes en we stapten naar binnen.

We kwamen in een grote kamer met een hoog plafond en de bekende inrichting van een Koreaans overheidskantoor: goedkope meubels, veel stucwerk tegen de muren en een paar aquarellen van dartelende fazanten in het veld of grote witte kraanvogels in de lucht. Voor een Koreaan zullen ze wel een verborgen betekenis hebben, maar ik ben geen Koreaan.

De man achter het bureau knikte beleefd en wees met een statig handgebaar naar de stoelen die tegenover hem stonden opgesteld. Het viel me op dat hij het gesprek niet wilde voeren in de hoek met de drie sofa's. In Korea speelt symboliek een belangrijke rol en in dit geval was de betekenis wel duidelijk. Het zou geen gezellig gesprekje worden, dus wilde hij geen valse illusies wekken.

De minister was een wat oudere man met wit haar, een breed, hoekig gezicht, donkere ogen en een strakke mond die met een kapmes in zijn gezicht gekerfd leek.

Er was ook een andere Koreaan, nog ouder dan de minister, en met een voornamere uitstraling. Ook hij had wit haar, een knap gezicht en serene ogen. Hij zat rustig op een stoel in de hoek, de traditionele plaats voor een stenograaf of een tolk.

Brandewaite en de minister praatten wat heen en weer in het Koreaans. Ik kon er geen woord van verstaan, maar dit was een van de uitzonderingen op de regel dat wat niet weet ook niet deert. Brandewaite zou juist veel schade kunnen aanrichten. Zijn houding en gedrag waren bijna komisch kruiperig.

Toen ze eindelijk klaar waren, keerde minister Chun Moon Song zich naar ons toe en zei in redelijk Engels: 'Mevrouw Carlson, ambassadeur Brandewaite zegt dat u ons verzoek om uitlevering van kapitein Whitehall wilt aanvechten.'

'Dat klopt,' bevestigde Katherine.

'Waarom hebt u daar zoveel bezwaar tegen? Stelt u geen vertrouwen in de objectiviteit van onze Koreaanse rechtspleging?'

In juridische termen was dit een verbale valstrik – zoiets als wanneer iemand je vraagt wanneer je ophoudt met je vrouw te slaan.

Katherine verblikte of verbloosde niet. 'Bent ú niet degene die om een verandering van jurisdictie vraagt? Hebt ú geen vertrouwen in de objectiviteit van de Amerikaanse rechtspleging?'

Het was een goed antwoord, en als ik niet zo de pest aan haar had gehad zou ik zelfs trots op haar zijn geweest.

De minister knipperde met zijn ogen en leunde naar achteren in zijn stoel. Hij was een bijzonder machtige man, en dit was Zuid-Korea, een patriarchaal, confuciaans land. Hij was er niet aan gewend om te worden tegengesproken door iemand die jonger was dan hij, en al helemaal niet door een vrouw. Dat moest een pijnlijke ervaring zijn.

'Mevrouw Carlson, als een Koreaanse militair in Amerika op brute wijze de zoon van uw minister van Defensie zou hebben vermoord, hoe zou uw land dan reageren?'

'In Amerika komen wij onze afspraken na. Daar zijn onze hele economie en rechtspraak op gebaseerd. Als wij een verdrag hadden, zoals het SOFA, zouden we ons daaraan houden.'

'Maar u bent het toch met me eens dat het misdrijf van kapitein Whitehall de grenzen van een gewone misdaad ver overschrijdt? Begrijpt u niet waarom ons volk eist dat wíj de straf bepalen?'

Katherine keek hem onderzoekend aan. 'Nee, daar begrijp ik niets van. Bovendien spreekt u alsof u kapitein Whitehall al schuldig hebt bevonden.'

'Het spijt me,' zei hij wat onhandig. 'Mijn Engels is niet zo goed.'

'O nee?' vroeg ze cynisch.

De minister negeerde dat. Anders had hij ons de kamer uit moeten gooien. Het verbaasde me toch al dat hij dat niet deed.

Maar hij trok zijn nek wat naar achteren en zei: 'Ik verzeker u, mevrouw Carlson, dat kapitein Whitehall het voordeel van de twijfel zal krijgen. Hij zal net zo eerlijk worden behandeld als door een Amerikaanse rechtbank.'

Ik moet op dit punt bekennen dat ik een heel bijzonder gebrek heb. De meeste advocaten zijn dol op lange, omslachtige verhandelingen. Dat vinden ze zo leuk aan hun vak. Ze houden van het debat, van subtiele nuances en haarkloverijen, van de kick om een waardige en welsprekende opponent intellectueel de loef af te steken. Zo ben ik dus niet. Je zou mij eerder impulsief of ongeduldig kunnen noemen, of allebei.

Voordat iemand verder kon gaan, zei ik opeens: 'Ach verdomme, meneer de minister, kapitein Whitehall is een Amerikaanse militair. Hij is hier gedetacheerd op bevel van onze regering om de veiligheid van uw land te garanderen. Hij is hier niet uit vrije wil. Als hij door uw rechtbanken wordt veroordeeld, volgens uw juridische normen, zal dat ernstige consequenties hebben. De beweging die mevrouw Carlson vertegenwoordigt zal heel vervelende vragen stellen en daar nog jaren mee doorgaan. Whitehall zal een symbool worden, een martelaar voor de gerechtigheid. Zijn gezicht op CNN zal net zo bekend worden als... als mosterd op een hotdog. Is dat wat u wilt?'

Ik had precies hetzelfde gedaan als Keith in het kantoor van Brandewaite die ochtend. Ik had de homobeweging en al haar politieke en publicitaire invloed in de strijd geworpen. Maar gezien de belangen van de zaak leek een filosofische discussie me weinig zinvol in dit kantoor.

'Denkt u dat echt?' vroeg de oudere heer in de hoek opeens.

'Absoluut,' zei ik meteen. 'Ik bedoel, het is een schande wat er met die Koreaanse jongen is gebeurd, maar hij is dood en u kunt hem niet meer tot leven wekken. Dus moet u zich ernstig beraden op de schade die deze kwestie aan het bondgenootschap kan toebrengen.'

De oudere man keek peinzend. 'En u denkt dat wij het bondgenootschap zullen schaden?'

'Dat dénk ik niet alleen, beste kerel, dat weet ik zeker. Het kan me niet schelen wat meneer Brandewaite of kolonel Janson u heeft verteld. Zij zijn verplicht uw reet te likken, ik niet. Ik zeg waar het op staat. De Amerikanen hebben misschien niet zoveel op met homorechten, maar wel met de rechten van een militair die op buitenlands grondgebied is gedetacheerd – een man die aan West Point heeft gestudeerd, met acht jaar ervaring in het leger en een goede staat van dienst, zonder één smet op zijn blazoen. Ze zullen van Whitehall een soort Jeanne d'Arc maken. Ze zullen jullie afschilderen als Torquemada en zijn vrolijke inquisiteurs. Dezelfde juridisch commentatoren van CNN die het proces tegen O.J. Simpson hebben gevolgd zullen maanden bezig blijven om de enorme verschillen tussen jullie en ons rechtssysteem bloot te leggen. We hebben het over Amerika! Er zal al een televisieserie over deze zaak zijn gemaakt voordat jullie zijn celdeur op slot hebben gedraaid. En hoe diplomatiek we ook willen zijn in deze kamer, laten we de feiten onder ogen zien. Vergeleken bij onze rechtbanken zijn die van jullie een schertsvertoning.'

Brandewaite was rood aangelopen. Hij kwam overeind en stond op het punt me een klap in mijn smoel te verkopen toen de oude man in de hoek hem met een snel gebaar weer naar zijn stoel wees. Daarna wisselden de minister en de oude man in de hoek een blik, heel even maar, als een soort teken.

'Dank u vriendelijk voor uw komst,' zei de minister. 'Ik zal u later vandaag mijn beslissing laten weten.'

Dat was diplomatiek jargon voor: 'Wegwezen, en gauw!' We stonden op en verlieten haastig zijn kantoor. Brandewaite liep stampend de trappen af, maar wachtte tot we buiten waren voordat hij losbrandde.

'Drummond, stomme idioot, weet je wel wie die man was tegen wie je het had?'

'Nee,' zei ik, 'en eerlijk gezegd kan me dat ook niet schelen. Ze maken een grote fout en iemand moest ze dat vertellen.'

Brandewaite staarde me ongelovig aan. 'Dat was Jung Kim Lee, de minister van Defensie. Het was zijn zoon die is verkracht en vermoord.'

Ik zou graag beweren dat ik met mijn gebruikelijke laconieke nonchalance op die onthulling reageerde. Maar dat was niet zo. Ik werd vuurrood van schaamte. Iemand had ons moeten vertellen dat hij aanwezig was. Hij had er natuurlijk nooit bij mogen zijn. Geen enkele ouder van een vermoord kind hoort getuige te zijn van het gekibbel van de advocaten.

Maar het was veelzeggend dat hij toch gekomen was. In Amerika zou de familie van het slachtoffer nooit bij de rechter worden uitgenodigd. Hoe moesten we in godsnaam geloven dat Whitehall een eerlijk proces zou krijgen als hij werd uitgeleverd?

Toen we weer in de auto stapten, legde Katherine een hand op mijn arm en zei: 'Neem het jezelf niet kwalijk. Dat kon je onmogelijk weten.'

'Makkelijk gezegd voor iemand die niet zojuist met loden laarzen op het hart van die oude man heeft getrapt.'

We zwegen een paar minuten – een onprettige stilte. Ten slotte stapte Katherine over de pijnlijke situatie heen en vroeg: 'Maar afgezien daarvan, hoe ging het? Wat denk je?'

'Moeilijk te zeggen,' antwoordde ik. 'Als ze logisch nadenken, zullen ze hun vingers er niet aan branden. Het probleem is alleen dat Koreanen niet bekendstaan om hun logica.'

'Waarom dan wel?'

'Weet je hoe ze door andere Aziaten worden genoemd?'

'Nee.'

'De Ieren van het Verre Oosten. Ze zijn heel anders dan Japanners of Chinezen. Om te beginnen zijn ze niet ondoorgrondelijk; integendeel zelfs. Ik denk dat je ze grillig zou moeten noemen, net als... net als de Ieren. Je kunt er dus niet op rekenen dat ze superpraktisch zullen rea-

61

geren, zoals de Japanners, of koel en berekenend, zoals de Chinezen. Koreanen kunnen van de ene stemming in de andere vallen en nemen soms beslissingen die tegen hun eigen belang ingaan, alleen omdat ze zich laten leiden door hun emoties.'

'Dat klinkt niet als Koreanen,' zei Katherine, 'dat klinkt gewoon als mannen.'

'Als vrouwen, wilde ik juist zeggen.'

Het was niet geestig, maar ze grinnikte toch. 'Je deed het best goed in dat kantoor, Attila.'

'Nou... je was zelf ook niet slecht.'

Dit uitzonderlijke moment van wederzijdse goede wil duurde tot we terugkwamen bij de kapsalon, waar ik zag dat een of andere klootzak een groot bord boven de ingang had gehangen. HOMOS stond erop, in grote zwarte letters. Met daaronder, in veel kleinere lettertjes: HIER ONTWIKKELT MEIBLOESEM ONZE STRATEGIE.

Daar moest Keith achter zitten, want hij was de enige die me die bijnaam had horen gebruiken. Misschien had hij toch gevoel voor humor. Een pervers en ziek gevoel voor humor, weliswaar, maar in zijn ogen zou het wel geestig zijn. Ik keek alle kanten op om te zien of niemand me onder dat bord naar binnen zag gaan.

Katherine verzamelde de advocaten en Imelda en sleepte ons naar het kantoor dat Imelda en haar meiden voor haar hadden ingericht.

Imelda, Allie en Maria liepen te dollen als de beste vriendinnen. Ik moest toch eens met Imelda praten. Misschien had het arme mens niet eens in de gaten dat ze allemaal lesbisch waren.

'Goed,' zei Katherine toen iedereen weer rustig was. 'Dit is de situatie. Ergens in de komende uren wordt er een besluit genomen over de jurisdictie. Wij hebben alles gedaan wat in ons vermogen lag. Als de Koreanen het overnemen, kunnen we vertrekken, want niemand van ons weet iets van de Koreaanse wet. Ik zal een goede Koreaanse raadsman zoeken en achterblijven om toezicht te houden op zijn werk. Als Whitehall toch voor een Amerikaanse krijgsraad komt, hebben we alleen een dag verloren bij de voorbereiding van onze verdediging.'

We keken elkaar somber aan. Het was een ontmoedigende samenvatting. Accuraat, maar heel ontmoedigend. We hadden alleen maar geruzied over de vraag waar Whitehall berecht zou worden, en dat bracht ons geen stap dichter bij zijn vrijlating. Waar toch al weinig kans op was, als je het mij vroeg, maar niemand vroeg het me.

Met een plechtig gezicht ging Katherine verder: 'Ik heb gekozen voor een strategie om zijn onschuld aan te tonen. Daar concentreren we ons dus op.'

Dat had ik verkeerd verstaan, dat kon niet anders. 'Ik, eh... zeg dat nog eens, als je wilt?'

'Ik zei dat ik zijn onschuld wil bewijzen.'

Ik sprong overeind uit mijn stoel. 'Verdomme, Carlson, dat kun je niet menen! Dat is waanzin. We kennen allemaal de bewijzen. Tenzij hij met opzet in de val is gelokt, is hij zo schuldig als een vos in een kippenhok met de veren nog in zijn bek.'

'Goed punt,' zei Katherine, en ze wreef over haar kin. 'Dat wordt onze verdediging. Iemand heeft hem erin geluisd. Je hebt gelijk, een andere optie is er niet.'

Ik kon het niet geloven. Geen enkele ervaren advocaat zou ooit op die manier een strategie uitstippelen. Niet bij een moordproces, of welk proces dan ook. Geen enkele juridische school propageerde zelfmoord. 'Verdomme, doe dat nou niet!' sputterde ik. 'Concentreer je op de argumenten van de aanklager. Dat is de enige zinnige benadering.'

Katherine schudde nadrukkelijk haar hoofd. 'Attila, moet ik je eraan herinneren dat ik de leiding heb in deze zaak?'

'Ach, schei toch uit! Je hebt geen idee waar je aan begint. Straks zijn we alleen nog bezig met de getuigen te verhoren, de plaats van het misdrijf te inspecteren, de rapporten van de patholoog-anatoom door te worstelen en noem maar op! Als je beweert dat hij erin is geluisd, zul jíj dat moeten bewijzen. Dat is de gevaarlijkste verdediging die je kunt bedenken. Zo haal je de bewijslast bij de aanklager vandaan en zit je er zelf mee! Zo geef je de tegenpartij de kans om gaten in onze verdediging te schieten. Er is één ijzeren wet in het strafrecht: als je cliënt waarschijnlijk schuldig is, maak het de aanklager dan onmogelijk dat te bewijzen en geef hem niet de gelegenheid je eigen theorieën te ondermijnen.'

Katherine stond op en zette haar kleine handen op haar smalle heupen. Haar engelengezichtje stond opeens niet engelachtig meer. 'Ik hoef van jou geen preek, Drummond. Ik heb ook rechten gestudeerd, weet je nog? Ik heb hier goed over nagedacht. Onze cliënt is erin geluisd. Die aanklacht van moord, verkrachting en necrofilie is flauwekul. Dat wordt onze verdediging.'

Tegen die tijd stonden we allebei te schreeuwen en staarden we elkaar woedend aan. De anderen zaten als verstijfd in hun stoelen en keken ongelovig toe. Ik zag hun geschrokken gezichten en voelde opeens een golf van misselijkmakende nostalgie. Het leek wel of we terug waren aan de universiteit van Georgetown, waar we de andere studenten ook altijd zo onrustig en nerveus hadden gemaakt.

Ik kon het niet helpen. 'Je zit helemaal fout!' schreeuwde ik.

'Het kan me niet schelen wat jij vindt!' gilde ze terug. 'Of wat de bewijzen zijn! Vanaf dit moment is onze cliënt erin geluisd. Iemand anders heeft die jongen vermoord en Thomas de schuld in zijn schoenen geschoven.'

Ik schudde nog steeds mijn hoofd. Ik kon mijn oren niet geloven.

'Heb je dat met onze cliënt besproken?' vroeg ik.

'Nee. En dat ben ik ook niet van plan. Nog niet, tenminste. En jullie houden allemaal je mond tegen hem, anders zwaait er wat.'

'Hebben we dan niet een ethisch probleempje?'

'Drummond, hij houdt feiten voor ons achter. Waarom zouden wij dat dan niet mogen?'

Tenzij we nu op elkaar afstormden om elkaar de keel dicht te knijpen was onze discussie weer op de bekende onaangename manier geëindigd. In plaats van een moord te plegen in het bijzijn van zoveel getuigen beende ik woedend het kantoor uit om te gaan eten. Ik liep terug naar mijn kamer, pakte de telefoon en snauwde tegen roomservice dat ik een licht gebakken biefstuk met doorgekookte aardappels wilde hebben. Ik had trek in rauw rood vlees, een echte mannenmaaltijd. En ik werkte alles in mijn eentje naar binnen, zodat ik me eenzaam in zelfmedelijden kon wentelen. Ik zette mijn tanden in elke hap alsof ik ermee in oorlog was.

Carlson zat helemaal fout. Erger nog, ik had het akelige voorgevoel dat ik ook wist waarom. Ik bedoel, ze was niet dom. En ze verstond haar vak, nietwaar?

Dus kon ik maar één reden bedenken. Whitehall was een symbool geworden voor alle homohaters die een eind wilden maken aan het gedoogbeleid. Als hij vrijkwam vanwege een vormfout of omdat de aanklager te onnozel was om Whitehalls schuld te bewijzen 'zonder redelijke twijfel', zou Whitehall wel vrijkomen, maar zouden de homohaters helemaal het schuim op de bek krijgen. Dan konden ze het afschilderen als een groot onrecht na het nog grotere onrecht van die afschuwelijke moord.

Carlsons loyaliteit lag niet in de eerste plaats bij haar cliënt, maar bij de beweging die haar had ingehuurd en haar betaalde. Bovendien was ze een fanaat. Zoals Keith al had gezegd: waar gehakt wordt vallen spaanders. Carlson of de mensen die haar hadden ingehuurd wilden Whitehall kennelijk tot spaanders hakken. Ze moesten alles op alles zetten, dat was de enige kans op succes. Om de schade ongedaan te maken die deze zaak had aangericht zouden ze moeten bewijzen dat Whitehall onschuldig was. Alles of niets. Bij elke andere uitkomst zou Whitehall het eeuwige bewijs blijven dat er voor homo's geen plaats was in het leger.

Maar die strategie had één klein nadeel. Het zag er niet naar uit dat Whitehall onschuldig was. En als we verloren, zou hij de doodstraf krijgen.
Carlson vond dat blijkbaar een onbetekenend detail. Ik niet.

7

Die avond om acht uur namen de Zuid-Koreanen een besluit. Ze waren bereid af te zien van hun eis tot uitlevering, maar ze wilden Whitehall zelf in bewaring houden tot aan het proces. Dus moest hij de volgende morgen om tien uur vanuit het cellenblok van Yongsan worden overgebracht naar de streng beveiligde gevangenis van Seoul.

Wat de uitvoering van de straf betrof, begreep ik dat de Koreanen eerst wilden afwachten hoe het vonnis zou uitpakken. Als Whitehall de doodstraf kreeg, zouden ze waarschijnlijk heel genereus ons de eer gunnen om de hefboom over te halen en hem te roosteren. Als hij tot levenslang werd veroordeeld, zou hij de rest van zijn miserabele dagen en jaren in een Zuid-Koreaanse gevangenis mogen slijten.

Het was Janson die me op de hoogte bracht. Hij belde mij. Niet Katherine, niet Keith, niemand van de hele club – alleen mij. Dat moest een subtiele betekenis hebben, maar ik had geen idee welke.

Ik belde meteen Katherine om haar het goede nieuws te melden. Ze bedankte me koeltjes en hing weer op. Goh, bedankt, Sean! Ik kan je werkelijk niet zeggen hoe geweldig je ons hebt geholpen in dat kantoor van de minister...

Geen woord van dank dat ik haar uit de nesten had gered. Een kort 'Oké' en een klik. Ze moest net zo kwaad zijn op mij als ik op haar, of ze schaamde zich zo voor haar intriges dat ze geen woord meer durfde te zeggen. Een van beide.

Ik stond me uit te kleden toen er op de deur werd geklopt. Ik verwachtte het kamermeisje om mijn lakens terug te slaan en een paar van die lekkere chocolaatjes naast mijn bed te leggen. Maar het was geen kamermeisje, tenzij kamermeisjes blanke mannen van rond de vijftig in een regenjas zijn, die behoedzaam om zich heen kijken in de gang voordat ze langs je heen naar binnen glippen.

'Buzz Mercer,' verklaarde hij, terwijl hij zijn hand uitstak.

Ik voelde me niet verplicht me voor te stellen, dus zei ik: 'Aangenaam. U weet zeker dat u de juiste kamer hebt?'

'Reken maar, Drummond,' zei hij met een roofdiergrijns. 'Jij en ik moeten even praten.'

'Wilt u misschien gaan zitten?' vroeg ik, met een vaag gebaar naar de stoel bij het raam.

Hij liep erheen en liet zich op de stoel vallen. Hij was een onopvallend type met een vierkant, doodgewoon gezicht, kort stekeltjeshaar, een bril met een helder montuur en een soort spottende grijns om zijn mond. Die grijns reikte echter niet tot zijn ogen, die broeierig en somber keken.

'Ik ben de bureauchef,' zei hij.

'Geweldig,' zei ik. Wat moet je anders zeggen tegen iemand die zich bekendmaakt als het hoofd van de CIA voor heel Korea?

'Ga zitten,' beval hij, dus dat deed ik maar.

Hij keek me met half toegeknepen ogen aan. 'Ik heb overwogen om je te vragen naar ons kantoor te komen, maar dit leek me beter. Jij en ik zullen de komende weken wel vaker moeten praten. Het is wel zo veilig voor alle betrokkenen als niemand daar iets van weet.'

Ik had je toch gewaarschuwd dat ik nogal impulsief kan zijn? Ik toverde een staalharde uitdrukking op mijn gezicht en snauwde: 'Luister goed, beste vriend, je komt naar me toe omdat ik de enige militair ben binnen het team van de verdediging. En de enige hetero, trouwens. Dat is goed gezien van je, maar ik zeg geen woord over de zaak. Niet tegen jou of tegen wie dan ook.'

Hij leek geamuseerd, maar niet echt. 'Rustig maar, Drummond. Daar gaat het niet over. Ik heb het met generaal Spears besproken. Hij vindt dit de juiste aanpak.'

'Aanpak waarvan?' vroeg ik, terwijl ik haastig met mijn ogen knipperde omdat ik mezelf binnen een paar seconden compleet voor joker had gezet. Dat was geen nieuwe ervaring voor me, maar een afgang is iets waar je vreemd genoeg nooit aan went.

'Wat ik je ga vertellen is strikt vertrouwelijk. Praat er met niemand over, zelfs niet met je collega's van het team... eh... zéker niet met je collega's van het team. Begrepen?'

'Best.'

'Oké, luister. Deze zaak begint de aandacht te trekken in de verkeerde hoek.'

'De Zuid-Koreaanse regering, bedoel je?'

'Het juiste land, maar het verkeerde voorvoegsel. Er zijn mensen in Pjongjang die exemplaren van de *Seoul Herald* krijgen binnen een paar uur nadat hij is uitgekomen. Ze kijken naar ons nieuws, ze luisteren naar onze radio en ze lezen zelfs die pulpbladen over marsmannetjes in het Witte Huis. Ze weten welke filmster het deze week met welke andere filmster heeft gedaan en wat het nieuwste dieet is om in recordtijd 15 kilo af te vallen. Kim Jung Il en zijn jongens zijn volledig op de hoogte van wat er hier gebeurt.'

Ik knikte instemmend. Gezien de scheur die deze zaak in het bondgenootschap veroorzaakte was Noord-Korea natuurlijk hevig geïnteresseerd. Daar had ik nog niet aan gedacht, maar het lag voor de hand.

'Heb je enig idee hoeveel agenten Noord-Korea hier heeft?' vervolgde hij.

'Nee.'

'Nou, ik heb een nieuwtje voor je: wij ook niet. En de Zuid-Koreanen evenmin. Maar het zijn er een heleboel. We weten bijvoorbeeld dat ze een groot aantal *sleepers* hier hebben achtergelaten in 1950, toen ze door MacArthur en zijn mannen uit Zuid-Korea waren getrapt. En we weten ook dat ze later nog veel meer mensen hebben gerekruteerd en die groep gestaag hebben uitgebreid. Sommige schattingen houden het op tien- tot twintigduizend Noord-Koreaanse agenten, maar je hoort ook cijfers van een paar honderdduizend.'

'Dat is heel wat,' zei ik, omdat het soms nuttig is een overbodige opmerking te maken, alleen om te laten merken dat je goed oplet.

'Ja, dat is het zeker,' knikte hij, als bevestiging van wat ik zojuist had bevestigd, waarschijnlijk om te laten merken dat we allebei goed opletten. 'We hebben de afgelopen twee weken ook een grote toename van Noord-Koreaanse infiltraties geconstateerd, en zo nu en dan onderscheppen we radioberichten van Noord-Koreaanse cellen hier aan hun opdrachtgevers in het Noorden. Ook dat verkeer is de afgelopen twee weken sterk toegenomen. Normaal gesproken is dat een dreigend signaal dat iemand iets van plan is.'

'Dat klinkt niet gunstig,' zei ik.

'We weten het nog niet. Het is duidelijk dat dit proces het lot van het bondgenootschap kan bepalen. Ik bedoel, misschien is het bluf van de Zuid-Koreanen dat ze ons bleekscheten van het schiereiland zullen gooien... misschien ook niet.' Hij haalde onverschillig zijn schouders op. 'Maar als ik de Noord-Koreaanse inlichtingendienst was, zou ik in elk geval willen weten welke kant het op gaat. Het is heel goed mogelijk dat ze alleen hun spionagenet versterken voor het geval wij het land uit worden gezet en ze besluiten het Zuiden aan te vallen.'

'Maar wat heeft dat allemaal met mij te maken?' vroeg ik, zoals hij ongetwijfeld had verwacht.

'Misschien niets. Misschien heel veel.'

'Bedoel je dat er in die radioberichten over ons gesproken wordt?'

'Er waren wat verwijzingen, maar we weten niet zeker wat ze betekenen. Kijk, de Noord-Koreanen begrijpen ook wel dat we meeluisteren en dat we hun berichten kunnen ontcijferen, dus nemen ze hun maatregelen. Ze hebben allerlei belachelijke codenamen en puzzeltjes om ons op een dwaalspoor te brengen.'

'Maar blijkbaar hebben jullie een vermoeden of een theorie, anders zou je hier niet zijn.'

'Niet echt,' zei hij. 'We willen gewoon het zekere voor het onzekere nemen. Misschien zijn die collega's van je volkomen te vertrouwen, maar misschien ook niet. Dus wees voorzichtig. En als wij iets ontdekken, willen we jou als tussenpersoon gebruiken. Op voorwaarde dat je heel behoedzaam met die informatie omgaat. We kunnen Carlson en haar circus niet rechtstreeks benaderen.'

Daar had hij gelijk in. De informatie waar hij over sprak was vermoedelijk verzameld via heel gevoelige methoden en Katherine gedroeg zich niet als iemand aan wie de Amerikaanse regering veilig haar diepste, donkere geheimen kon toevertrouwen.

Mercer stond op en liep naar de deur. 'Als ik iets meer weet, hoor je het wel.'

'Moet ik verder nog iets doen op dit moment?' vroeg ik hem.

Hij had de deur al open en stapte de gang in. 'Nee,' was alles wat hij zei voordat de deur achter hem dichtviel.

Het was al met al een raar gesprek. Hij had iets gezegd, maar toch ook niet. Als ik achterdochtig van aard was, zou ik kunnen denken dat hij me had willen ronselen en na mijn afwijzende reactie maar dat verhaal over Noord-Korea had opgehangen. De meeste mensen zal dat paranoïde in de oren klinken, maar de meeste mensen hebben niet zoveel ervaring met de geheime dienst als ik. Ze liegen nog tegen hun eigen moeder, gewoon als oefening.

In elk geval had ons kleine tête-à-tête me nog eens gewezen op het belang dat de Amerikaanse regering aan onze verdediging van Whitehall hechtte. Zelfgenoegzaamheid zou ook heel dom zijn, laten we eerlijk wezen. Carlson was meedogenloos en fanatiek, en het lot had haar een bijl in handen gegeven die ze op de wortels van het bondgenootschap kon richten. Geen wonder dat Washington haar scherp in de gaten wilde houden.

Ik sliep die nacht onrustig. Ik probeerde me mijn Zweedse stewardess met de Italiaanse naam en het Bronx-accent weer voor de geest te halen, maar tijd en afstand veranderden haar in een vage schim. Haar plaats werd ingenomen door een kleine vrouw met lang donker haar, een engelengezichtje en smaragdgroene ogen, die koppig mijn hoofd binnendrong. Ik wist dat ik geen verlangens naar haar koesterde, omdat ik geen type ben voor onbeantwoorde lust. Ik hou mijn fantasieën graag wederkerig.

Toen ik de volgende morgen wakker werd, voelde ik me geradbraakt. Moeizaam opende ik de zonwering om te zien wat voor dag het was.

Aan de universiteit had ik een professor gehad die Maladroit heette. Hij gaf juridische ethiek, ik verzin het niet. Hij heette echt Harold Maladroit III, een geweldige naam voor een advocaat, als je het mij vraagt. Hoe dan ook, die arme oude Maladroit legde maar weinig *Sturm und Drang* in zijn colleges, als je begrijpt wat ik bedoel. Hij kwam meestal een kwartier te laat en schuifelde het lokaal binnen alsof hij overal had willen zijn behalve daar. Toch was hij een briljant en kundig jurist.

Zo nu en dan legde hij ons praktijkgevallen voor die zo multi-interpretabel waren dat je er hoofdpijn van kreeg. Ik staarde door het raam naar het silhouet van het centrum van Seoul en dacht terug aan een van die zaken.

Volgens het verhaal van Maladroit werd een advocaat gebeld door een man die ervan werd beschuldigd dat hij twaalf mensen had vermoord en opgegeten. De advocaat ging naar de verdachte om met hem te praten en trof tot zijn verbazing een knappe jongeman, goed gekleed en verzorgd, beschaafd en goed opgeleid. En nog innemend bovendien. De advocaat stond versteld. Maar hij was ook voorzichtig. Het gesprek duurde vijf uur, omdat de raadsman zoveel tijd nodig had om vast te stellen dat hij met iemand sprak die veel te verstandig en fatsoenlijk was om zo'n afschuwelijke, bizarre misdaad te hebben gepleegd. Natuurlijk was de advocaat bereid de verdediging op zich te nemen.

Het proces zou zes maanden daarna beginnen en de advocaat en zijn cliënt benutten elke minuut om hun zaak op te bouwen. Ze werkten onvermoeibaar, kregen steeds meer contact en ontwikkelden bijna een vader-en-zoonrelatie. De sterkste bewijzen tegen de verdachte waren een paar kleine botfragmenten die in het oude steenkoolfornuis in zijn kelder waren gevonden. Hij hield vol dat het de botten waren van Jackie, zijn geliefde beagle, die twee maanden voor de inval door de politie was gestorven. Hij had het hondje eerst naar een dierenbegraafplaats willen brengen, maar in een opwelling van zuinigheid had hij de stoffelijke resten zelf verbrand. Een DNA-test bestond nog niet en medische proeven leverden geen duidelijke uitkomst op. De botten hadden zowel van een mens als van een hond kunnen zijn.

De advocaat geloofde zijn cliënt en wierp al zijn – aanzienlijke – vakkennis in de strijd. Hij werkte vijftien uur per dag, verwaarloosde zijn andere cliënten, leende geld van de bank om zijn praktijk in stand te houden en had alleen maar aandacht voor deze ene zaak. Het werd een obsessie. Hij nam een gevaarlijke gok met zijn financiële toekomst. Hij offerde zijn hele cliëntenbestand op voor deze ene man, dit ene proces. De dag voordat het proces zou beginnen namen de raadsman en zijn cliënt hun voorbereidingen nog één keer door. De advocaat was zo overtuigd van de onschuld van zijn cliënt en van de positieve, gezonde indruk die hij op de jury zou maken dat hij een groot juridisch risico nam. Hij besloot zijn cliënt als getuige op te roepen. Ze repeteerden zijn verklaring tot op het punt waarop de advocaat hem naar de kleine botfragmenten in het fornuis in zijn kelder vroeg.

'O, die...' zei de cliënt met het aanstekelijke lachje dat zeker de harten van de juryleden zou stelen. 'Ik had een hondje, een leuke kleine schnauzer die Max heette. Een geweldig beest. Ik hield zielsveel van hem. Toen hij was gestorven, heb ik hem zelf gecremeerd.'

De raadsman was gezegend, of in dit geval vervloekt, met een ijzeren geheugen. Zes maanden eerder had zijn cliënt hem verteld dat het hondje Jackie heette, niet Max. En het was een beagle geweest, geen schnauzer. Voor het eerst kreeg hij grote twijfels. Als het verhaal over de hond niet klopte, zou de rest misschien ook gelogen zijn.

In de week die volgde had hij slapeloze nachten. Het proces vorderde. De officier gooide alles in de strijd en de verdediging sloeg hard terug. De advocaat was uitstekend voorbereid. Hij had overal een antwoord op en zaaide twijfel waar hij maar kon.

Op de zevende dag zou de getuige worden opgeroepen die de advocaat het meest vreesde: de politieman die de eerste huiszoeking bij zijn cliënt had verricht. In de achtertuin, weggegooid achter een paar grote struiken, had de rechercheur wat kinderkleding ontdekt. Een moeder die vier straten verderop woonde had verklaard dat haar zoontje op de dag van zijn verdwijning net zo'n rood shirt had gedragen als er in de tuin was gevonden. De jongen werd toen al vier maanden vermist.

De kleren konden daar zijn verborgen door iedere willekeurige voorbij- ganger, of misschien was het shirt helemaal niet van haar kind geweest, omdat het geen bijzondere kenmerken vertoonde en gewoon confectie was. Maar het feit dat het daar had gelegen zou de jury toch te denken geven. De officier had enkel indirecte bewijzen, maar iedere strafpleiter weet dat de invloed van twee indirecte bewijzen veel groter is dan de som van de delen.

Het probleem voor de officier was dat hij het shirt niet als bewijs kon aanvoeren omdat de advocaat bij een voorlopige zitting de lankmoedige rechter ervan had overtuigd dat de kleren niet als bewijsstuk mochten worden toegelaten, omdat ze buiten het huis waren aangetroffen en het huiszoekingsbevel niet voor de tuin had gegolden.

Maar de rechter was natuurlijk niet achterlijk en bepaalde dat de kleren niet mochten worden toegelaten zolang het punt van wat er buiten het huis was gevonden door niemand naar voren werd gebracht. De officier kreeg de instructie om onder geen enkele omstandigheid een discussie te beginnen over bewijzen buiten het huis. Dat klinkt idioot, maar juridische redeneringen hebben nu eenmaal hun eigen perverse logica.

Het probleem was dit. De advocaat werd opeens geplaagd door twijfels. Hij vermoedde dat zijn cliënt hem zes maanden lang had misleid en gemanipuleerd. Hij wist het niet zeker. Hij had een goede verdediging opgebouwd en overal aan gedacht. Het moest mogelijk zijn om de argumenten van de officier te ondergraven. Alle belangrijke bewijsstukken waren of niet toelaatbaar of konden gemakkelijk worden ontkracht.

Tenzij… de advocaat bij zijn kruisverhoor van de rechercheur ongewild een discussie begon over bewijzen die buiten het huis waren aangetroffen. Dan zou de officier ook het shirt als bewijs mogen aanvoeren, waardoor de zaak tegen de verdachte er opeens heel anders uitzag en zijn cliënt groot gevaar liep. Dat kon echter ook heel schadelijk zijn voor de carrière van de raadsman zelf, die inmiddels op de rand van een faillissement balanceerde.

De advocaat kon de hele nacht niet slapen. Die aardige, keurige jongeman op wie hij zo gesteld was geraakt, had misschien toch twaalf mensen vermoord en opgegeten, onder wie zes kleine jongetjes. Die gedachte maakte hem misselijk. Om de situatie te herstellen hoefde hij zich de volgende dag maar één keer te verspreken, maar één keer te verwijzen naar de tuin van de cliënt. Dan zou hij de officier de kans geven om toe te slaan.

Hij worstelde nog altijd met zichzelf toen het moment aanbrak waarop hij de politieman aan de tand moest voelen. De rechercheur, brigadier Curtis Lincoln, was een grote, zwarte man met diepliggende ogen en een onverzettelijke blik. Hij maakte een gekwelde indruk, ongetwijfeld omdat het OM er zo slecht voor stond. De advocaat kwam overeind. Hij bleef bijna een halve minuut staan, zo verscheurd door tegenstrijdige emoties dat hij geen woord kon uitbrengen. Drie keer noemde de rechter zijn naam. Hij staarde de politieman aan en Lincoln staarde verbaasd terug. Hij keek naar zijn cliënt en de jongeman keek nog verbaasder terug.

Op dat moment besloot de advocaat dat zijn juridische eed zwaarder woog dan zijn eigen diepe overtuiging. Hij zei tegen de rechter dat hij geen vragen had en liet zich weer op zijn stoel zakken.

Zijn cliënt werd vrijgesproken. Het was een ongelooflijke triomf. De pers bejubelde de raadsman alsof hij Jezus Christus zelf was. Hij werd geïnterviewd in talkshows en aangekondigd als de grootste juridische belofte van de stad, de staat of misschien wel het hele land. Aanbiedingen stroomden binnen van advocatenkantoren die hem als partner wilden binnenhalen, van rijke verdachten die hem goed wilden betalen voor zijn diensten en van uitgevers die zijn verhaal in boekvorm wilden uitbrengen.

Binnen een jaar verdwenen er nog zes mensen. Brigadier Curtis Lincoln wist weer een huiszoekingsbevel te krijgen, doorzocht het huis en ontdekte nu zes zakken met botten in de kelder van de cliënt, allemaal afgekloven maar niet verbrand, zodat ze nu gemakkelijk konden worden geïdentificeerd als menselijke beenderen. De cliënt werd opnieuw aangehouden en het eerste wat hij deed was dezelfde advocaat bellen.

Bijna iedereen in de klas zat te grinniken toen die oude Harold Maladroit III deze zaak beschreef. De ironie was te groot, het verhaal te mooi. Hij moest het zelf hebben verzonnen. Dit kon niet waar zijn.

Maar ik grinnikte niet. Ik keek naar Maladroits ogen.

Na afloop van het college rende ik naar het juridisch archief en ik ging op onderzoek uit. Na vier uur vond ik eindelijk de juiste map: de staat versus Homison. Het ging om ene William Homison, die van kannibalisme was beschuldigd en briljant was verdedigd door zijn advocaat, Harold Maladroit III. De reden waarom de zaak de wetboeken had gehaald was de revolutionaire redenering die Maladroit had opgebouwd om de kleding als bewijs te weren. Geen wonder dat de oude sukkel de praktijk was ontvlucht om ethiek te gaan doceren.

Zoals veel ethische kwesties waar advocaten mee te maken krijgen bracht ook de les van dit voorbeeld je op allerlei donkere, kronkelige wegen. Maladroit had gedaan waartoe hij volgens zijn eed verplicht was geweest. Hij had zijn geweten genegeerd en zijn cliënt verdedigd. En daarmee had hij nog eens zes mensen ter dood veroordeeld.

Míjn eed verplichtte me om gehoorzaam Carlsons instructies op te volgen en alles te doen wat in mijn vermogen lag om de onschuld van mijn cliënt te bewijzen. Maar als ik dat deed, zou ik misschien de kans vergroten dat Whitehall de doodstraf kreeg. Er waren geen garanties, wat ik ook zou kiezen, maar een advocaat moet proberen zijn eigen normen van goed en kwaad met elkaar in het reine te brengen. Alle advocaten gokken met het lot en het leven van hun cliënten. Het gaat erom de kansen af te wegen en een gok te wagen waar je mee kunt leven, ongeacht de uitkomst.

Whitehall had de beste kans als wij zouden proberen de bewijsvoering van de aanklager te ondermijnen. Maar dan zou ik veel meer moeten weten van wat er precies was gebeurd. Dus pakte ik de telefoon, belde Imelda en vroeg haar om alle dossiers om twaalf uur naar mijn kamer te laten brengen. Ik kon ze ook meteen laten komen, maar ik wilde erbij zijn als Whitehall vanuit zijn Amerikaanse gevangenschap aan het Koreaanse gezag werd overgedragen.

Carlson stond een onprettige verrassing te wachten en ik moest er zijn om haar te kalmeren. Daarom belde ik haar. We spraken af dat ik om halftien met haar mee zou gaan naar het cellenblok.

Toen dat geregeld was, zette ik CNN aan en ik keek naar een verslag over de anti-homomars naar Washington. Het was een ontnuchterende aanblik. Meer dan een miljoen demonstranten liepen mee. Bij de Mall was een sfeeropname gemaakt van een dichte menigte waaraan geen einde leek te komen. Er waren korte beelden bij van de ene bevlogen predikant na de andere die vanaf een spreekgestoelte de toeschouwers ophitste en zijn afkeer liet blijken van de president, van homoseksuelen en van alles en iedereen die achter de president of de homo's stond.

Er waren duizenden spandoeken te zien, met bijna allemaal een grote foto van één enkel gezicht. Natuurlijk kende ik dat gezicht: Thomas Whitehall. De begeleidende tekst luidde meestal: 'Homo's gaan naar de hel', wat niet van christelijke naastenliefde getuigt, als je het mij vraagt.

Om halftien stond ik voor de ingang van de Dragon Hill Lodge toen Katherine naast me opdook. We zeiden allebei geen woord, maar wisselden een kort, kil knikje en stapten in de auto.

Een grote zwarte politiebus en tien gewone auto's met Koreaanse agenten stonden voor het cellenblok geparkeerd. De Koreanen waren kennelijk bang om te worden overvallen door een menigte van woedende burgers die Whitehall wilden lynchen in de straten van Seoul. Hun angst stelde me niet echt gerust.

In het gebouw stond een opvallend lange en stoere Koreaan in een goedkoop uitziend zwartzijden pak naast de legerkapitein die het commando had over het complex. De Koreaan had brede, knokige schouders en een gezicht dat meer littekens en butsen vertoonde dan de hakken van mijn schoenen. Hij tekende wat papieren, waarin de overdracht werd geregeld, nam ik aan.

Een sergeant bracht ons naar Whitehalls cel, zodat we nog een paar woorden met hem konden wisselen voordat hij werd afgevoerd. Whitehall stond op toen we binnenkwamen en gaf ons koeltjes een hand. Hij maakte totaal geen nerveuze of ongeruste indruk – de optimist. Hij hoorde te trillen op zijn benen.

'Goedemorgen, kapitein Whitehall,' begon ik. 'Weet u iets van Zuid-Koreaanse gevangenissen?'

'Ik heb verhalen gehoord,' zei hij nonchalant.

'Het is er heel onaangenaam,' waarschuwde ik. 'Ik vermoed dat ze u wel zullen isoleren, voor uw eigen veiligheid, maar de accommodatie en het eten zijn niet zo geweldig als hier.'

'Ik heb op West Point gezeten,' zei hij, alsof dat het antwoord was op alle vragen. 'Ik kom er wel doorheen.'

Dat zal je nog zwaar tegenvallen, wilde ik tegen hem zeggen. West Point en een Zuid-Koreaanse gevangenis hadden net zo weinig met elkaar gemeen als het Waldorf Astoria en een opvanghuis voor daklozen. Maar waarom zou ik olie gooien op een vuurtje dat al was aangestoken? Hij zou de hitte gauw genoeg voelen.

Even later stapte de lange, forse Koreaan de cel binnen, in het gezelschap van twee nauwelijks minder zwaar gebouwde gorilla's in blauwe uniformen. De Koreaan wierp een korte, onverschillige blik in onze richting, duwde Whitehall ruw tegen een muur, fouilleerde hem efficiënt en wenkte de twee agenten. Met snelheid die een lange ervaring verried, sloegen ze een stel boeien om Whitehalls handen en voeten, voorzien van zware zwarte kettingen die niet half zo elegant waren als de Amerikaanse uitvoering.

Toen draaiden ze Whitehall met geweld om zijn as en duwden ze hem naar de deur.

'Stop!' schreeuwde Carlson. 'Nu meteen!'

Ze negeerden haar. Of beter gezegd: ze hoorden haar wel, maar gaven Whitehall een nog hardere zet.

Ziedend van woede versperde Carlson hun moedig de weg, ze trok haar visitekaartje en zwaaide ermee voor hun gezicht. 'Ik ben zijn advocaat. Ik eis dat u onmiddellijk stopt met deze behandeling van mijn cliënt. Nu!'

Een van de politiemannen keek vragend naar de lange Koreaan in het zwarte pak. De man knikte even, waarop de agent een hand uitstak en Carlson zo hard opzij smeet dat ze tegen de muur sloeg en op haar kont viel.

Mijn mannelijke ego beval me om in te grijpen en de agent op zijn gezicht te slaan. Ik deed al een stap in zijn richting. Maar meteen hoorde ik het geluid van een pistool dat werd doorgeladen. De lange vent in het donkere pak hield een indrukwekkende .38-kaliber op mijn borst gericht.

Ik grijnsde even en trok me voorzichtig terug. Het volgende moment werd Whitehall met grof geweld de cel uit gesleept.

Katherine krabbelde overeind. Ik wilde haar helpen, maar ze keek naar mijn uitgestoken hand alsof ze nog nooit zoiets smerigs had gezien.

'Ik heb je toch gewaarschuwd dat ze ruw tekeer kunnen gaan?'

Ze was niet iemand die graag op haar ongelijk werd gewezen. Ze keek me vernietigend aan voordat we haastig naar buiten liepen, achter Whitehall aan. Onze chauffeur sloot als laatste aan bij het konvooi. Het werd een rit van veertig minuten, en niemand zei een woord.

De processie sloeg af naar een straat halverwege Seoul en Inchon, twee steden die zo ongecontroleerd waren gegroeid dat ze bijna in elkaar overgingen. Het grote, imposante hek van de gevangenis zwaaide open en de zwarte politiebus reed naar binnen, gevolgd door elf auto's. De Koreaanse wagens vormden een cirkel om de bus heen en een leger van agenten stroomde als mieren naar buiten om een kordon te vormen.

Twee overijverige Koreaanse cameraploegen hadden hun apparatuur al opgesteld, klaar om te draaien. Ze richtten hun lenzen op de zwarte politiebus, zodat heel Korea zou kunnen zien hoe de Amerikaanse verdachte zijn trekken thuis kreeg. Opeens zag ik twee agenten in blauwe uniformen voor de camera's stappen om ze het zicht te ontnemen.

Toen vlogen de achterdeuren van de politiebus open en werd er iemand naar buiten gegooid. Whitehall kwam met een luide bons op de grond terecht en bleef even roerloos liggen, alsof hij bewusteloos was. Leuk geprobeerd, maar het hielp niet.

Drie Koreaanse politiemensen kwamen naar hem toe en sleurden hem hardhandig overeind. Ik keek scherp toe, maar kon geen zichtbare verwondingen ontdekken. Misschien hadden ze zich onderweg beperkt tot klappen op zijn lichaam.

Van zijn onverschillige houding was weinig meer over. Hij keek doodsbang, en dat kon ik hem niet kwalijk nemen. Dat was het moment waarop de twee agenten voor de camera's een stap opzij deden en de tv-ploegen hun gang lieten gaan. Wat heel Korea zou zien was een angstige gevangene die half overeind door een paar dreigende dubbele deuren naarbinnen werd gesleept. Dat moest een grote voldoening zijn voor al die Koreanen die hadden geëist dat deze homoseksuele verkrachter en moordenaar zou worden vernederd en gestraft.

Katherine en ik probeerden hem naarbinnen te volgen, maar de lange politieman met de brede schouders versperde ons de weg.

'We hebben het recht onze cliënt te spreken,' verklaarde Katherine ijzig, met alle gezag dat ze in haar stem kon leggen. De politieman keek grijnzend op haar neer. Misschien sprak hij geen woord Engels.

'Alstublieft,' zei ik nederig, 'we willen alleen maar zien of onze cliënt goed wordt behandeld. We hebben een afspraak met minister Moon van Justitie om verslag uit te brengen. Wilt u zo vriendelijk zijn om ons door te laten?'

'Geen probleem,' antwoordde hij eindelijk, in bijna perfect maar merkwaardig koloniaal Engels. 'U mag zijn cel zien, maar u kunt niet met hem spreken. Vandaag niet. In Koreaanse gevangenissen is de eerste dag van groot belang. Dan moet de gevangene leren onze regels te respecteren. Hij moet zijn plaats leren binnen de orde. Whitehall zal niet worden beschadigd zolang hij zich aan de regels houdt.'

Vreemd, dat woord 'beschadigd', alsof het niet om een mens maar om een voorwerp ging.

Katherine keek geschokt, maar eerlijk gezegd gaat het in Amerikaanse gevangenissen net zo toe – misschien minder agressief, maar het principe blijft hetzelfde. Als de eerste indruk goed is, verloopt alles daarna veel soepeler voor iedereen.

De politieman nam ons mee naarbinnen. We liepen een paar lange, goed verlichte gangen door, van elkaar gescheiden door stalen deuren, tot we in een grote ruimte kwamen met drie rijen cellen boven elkaar. Anders dan in Amerikaanse gevangenissen, waar het altijd een geweldige herrie is en alle ruimtes galmen, was het hier doodstil. Ik dacht eerst dat er niemand zat, maar toen we verder liepen zag ik dat bijna elke cel bezet was. De gevangenen zaten rechtop op de vloer, met hun benen strak gekruist, alsof ze in de houding zaten. Zelfs hun ademhaling ging geruisloos.

'Dit is de leestijd,' verklaarde onze gespierde gids.

'Ik zie niemand met een boek,' zei ik luchtig.

Hij grijnsde als een wolf. 'Het boek zit in hun hoofd. Wij noemen dat het Boek van Berouw. Ze moeten elke ochtend drie uur lang over hun schuld aan de samenleving mediteren.'

Toen bleef hij staan en haalde hij een sleutel uit zijn zak, waarmee hij een celdeur opende. Hij loodste ons naar binnen.

De cel was ruim één bij twee meter groot en deed denken aan een hoge doodskist. Op de vloer lag een dun slaapmatje; daarnaast stond een metalen waskommetje. Ramen waren er niet. Het licht kwam van een zwakke lamp achter een rooster tegen het plafond. Het was er koud en het stonk er naar uitwerpselen, braaksel en menselijke wanhoop.

Katherine keek om zich heen. Ik zag haar huiveren.

'U hoeft zich geen zorgen te maken,' verzekerde de politieman ons met een nog bredere lach op zijn gezicht. 'Ik ben persoonlijk verantwoordelijk voor kapitein Whitehall en ik zal goed voor hem zorgen.'

Een hele geruststelling, dat begrijp je.

8

Toen ik terugkwam, stonden er vier dozen op mijn kamer. Ik belde roomservice en vroeg om een verse pot koffie, elk uur. Daarna ging ik aan het werk.

Het verhaal luidde als volgt.

Om vijf uur in de ochtend van 3 mei had sergeant der eerste klasse Carl Moran de dienstdoende sergeant van de militaire politie op de basis Yongsan gebeld met de melding dat er zich een dode bevond in appartement 13C, gebouw 1345, Namnoi Street in Itaewon. Meteen hing hij weer op.

Tien of vijftien minuten later ontstond de eerste paniek. Het flatgebouw stond op Koreaans grondgebied en was geen Amerikaans eigendom. De dienstdoende officier van de militaire politie was nieuw in Korea en kende de juiste procedures nog niet. Ten slotte belde hij de bevelvoerende kolonel van de militaire politie en vroeg wat hij moest doen. De kolonel gaf hem instructies om hoofdinspecteur Nah Jung Bae van de Koreaanse politie in Itaewon te bellen om hem op de hoogte te brengen en om een gezamenlijk rechercheteam te verzoeken.

Itaewon is vrij bekend. De wijk ligt recht achter het garnizoen van Yongsan en er zijn duizenden kleine winkeltjes met souvenirs en koopwaar voor buitenlanders en toeristen. Hier ga je naartoe als je een leren jack wilt, een paar Nikes of een goedkoop poloshirt. Bovendien is er een beroemde rosse buurt, waar buitenlanders ook iets kunnen opdoen: een gemene syfilis of gonorroe. Omdat drank, hoertjes en soldaten een berucht ontvlambare combinatie vormen werken de politie van Itaewon en de Amerikaanse militaire politie regelmatig samen.

De dienstdoende commandant deed wat de kolonel gezegd had. Hij belde de Koreaanse hoofdinspecteur en stuurde twee MP's naar het flatgebouw. Tegen de tijd dat ze daar aankwamen, waren zo'n twintig Zuid-Koreaanse politiemensen, onder leiding van een rechercheur, al op de plaats van het misdrijf gearriveerd.

Sergeant Wilson Blackstone was de hoogste MP van het tweetal. Hij voelde meteen nattigheid, belde zijn commandant en vroeg om assistentie van iemand van de CID, de recherche.

In zijn schriftelijke verklaring onderstreepte sergeant Blackstone nog eens wat hem niet beviel aan de plaats van het delict, maar je hoefde geen genie te zijn om een paar logische conclusies te trekken. Amerikaanse politiemethoden behoren tot de modernste ter wereld. De politie in ontwikkelingslanden begint nu pas vertrouwd te raken met het onderzoek naar vingerafdrukken en vezelsporen, waar de Amerikaanse recherche al meer dan een halve eeuw ervaring mee heeft. Nog modernere technieken, zoals DNA-onderzoek of een uitvoerige obductie, zijn nog maar weggelegd voor een handjevol rijke, wetenschappelijk geavanceerde landen.

Als je toch niet over zulke middelen beschikt, leer je agenten ook niet om de plaats van het delict te behandelen als een operatiekamer in een ziekenhuis, zoals Amerikaanse politiemensen doen. Dus vermoedde ik dat sergeant Blackstone twintig smerissen zonder handschoenen en zonder enig technisch benul door de flat had zien banjeren, waarbij ze belangrijke sporen vernielden, voorwerpen aanraakten die ze met rust hadden moeten laten, overal hun eigen haren kwijtraakten en de hele situatie overhoophaalden. Het was slechts een vermoeden, maar het zou voor de verdediging heel nuttig kunnen zijn als ik gelijk had.

De militaire politie belde een rechercheur uit bed, maar het duurde een halfuur voordat de man zich had aangekleed en bij de flat was aangekomen. De rechercheur in kwestie was een adjudant, Michael Bales, die meteen tot leider van het onderzoek werd gebombardeerd. Ik las zijn verbaal zorgvuldig door. Het was goed geschreven, heel accuraat en beknopt. Alles wees erop dat we hier met een opmerkzame en intelligente smeris te maken hadden.

Toen Bales arriveerde, zag hij sergeant Blackstone in een verhitte discussie gewikkeld met hoofdinspecteur Choi, de leider van het Koreaanse team. Blackstone probeerde Choi ertoe te bewegen zijn mensen terug te trekken. Choi vond dat Blackstone zijn mond moest houden. Het was tenslotte zíjn land en zíjn moordonderzoek, het slachtoffer was een Koreaan, en hij hield er niet van bevelen te krijgen op zijn eigen terrein.

Advocaten zijn dol op zulke situaties. Er wordt wel eens beweerd dat er meer zaken stuklopen op territoriumdiscussies tussen politiemensen en de chaos die daarvan het gevolg is, dan op bewijzen voor de onschuld van een verdachte. Ik noteerde het in elk geval als een mogelijke zwakte in het betoog van de aanklager.

Bales overlegde nu met Choi. Hij schreef dat ze elkaar al kenden en goed konden samenwerken. Ik vermoedde dat Bales een tijdje stond stroop te smeren, want daarna werd de sfeer opeens heel warm en vriendelijk.

Choi nam Bales mee naar een slaapkamer waar drie Amerikaanse militairen zenuwachtig tegen een muur stonden geleund. Ze werden bewaakt door twee Koreaanse agenten, die moesten voorkomen dat ze met elkaar praatten om een gezamenlijk alibi af te spreken.

Vervolgens bracht Choi zijn Amerikaanse collega naar een andere slaapkamer waar hij een naakt lichaam op een slaapmatje zag. Het lichaam lag op zijn rug en had een lange, paarse striem om zijn hals, een bewijs dat er grof geweld was gebruikt. De tong van het slachtoffer stak uit zijn mond en zijn ogen puilden uit. Zijn huid was grauw, een teken dat er al veel bloed uit het hoofd was weggestroomd, waarschijnlijk omdat iemand de lus had verwijderd waarmee de jongen was gewurgd. Het slachtoffer had kneuzingen en schaafwonden op zijn armen, schenen en buik, waaruit Bales de logische conclusie trok dat hij zich hevig had verzet.

Choi vertelde Bales dat de dode op zijn zij had gelegen toen hij en zijn team arriveerden. De jongen had iets om zijn nek gehad, maar een van de drie Amerikanen had dat al weggehaald voordat de Koreanen kwamen. Het uniform van het slachtoffer lag in een hoop op de grond. Het naamplaatje op het uniform luidde No Tae Lee, meldde Choi. Hij had die naam al aan het bureau van Itaewon doorgegeven voor identificatie. Een paar minuten later kwam er bericht over de radio. No Tae Lee bleek de zoon te zijn van de minister van Defensie. Dat had een enorme uitwerking op de Zuid-Koreaanse politiemensen, die – volgens Blackstone en Bales – tot dat moment de hele zaak bijna onverschillig en laconiek hadden benaderd. Een moord was niets bijzonders in Itaewon, en zoals alle smerissen nam ook de Zuid-Koreaanse politie een verveelde en apathische houding aan, al was het maar om hun collega's te bewijzen dat ze eelt op hun ziel hadden.

Plotseling was dat eelt verdwenen en keken ze allemaal alsof ze een voetzoeker in hun reet hadden. Binnen een paar minuten verschenen er nog drie Zuid-Koreaanse rechercheurs, gevolgd door de commissaris, de hoofdcommissaris en de burgemeester van Seoul. Bales beschreef het als een lange stoet van drukdoenerige functionarissen met zorgelijke gezichten, die allemaal instructies riepen en zich belangrijker en machtiger probeerden voor te doen dan de rest.

Er werden foto's gemaakt op de plaats van de misdaad, er werden zakken met bewijzen verzameld en van etiketten voorzien, en het lijk verdween naar een Koreaans ziekenhuis, waar onmiddellijk om sectie werd verzocht.

Pas twee uur nadat de eerste politieman ten tonele was verschenen werden de drie Amerikanen voor het eerst verhoord. Op het politiebureau van Itaewon werden ze in bewaring gesteld, waarna ze naar het cellenblok van de militaire politie in Yongsan werden overgebracht. Bales leidde de ondervraging, met inspecteur Choi naast zich als verbindingsofficier.

Heel interessant. Dit bood goede aanknopingspunten, als je tenminste koos voor de strategie die mij voor ogen stond: zoveel mogelijk gaten schieten in het betoog van de aanklager. Aangenomen dat Whitehall zichzelf nog niet de das om had gedaan bij het verhoor.

Ik sloeg net het dossier open met Whitehalls eerste verklaring toen de telefoon ging. Het was Carlson. Ze beval me op kille toon naar haar kantoor te komen. Ik zei dat ik het druk had. Dat kon haar niet schelen, antwoordde ze. Ik zei dat ik met belangrijke zaken bezig was. Niet zo belangrijk als waar zij me over wilde spreken, verklaarde ze, en toen hing ze op. Geweldig is dat, als mensen geen idee hebben wat je doet maar toch beweren dat ze zelf met veel belangrijker dingen bezig zijn. Misschien was ik wel bezig een drukverband om een slagaderlijke bloeding in mijn been te leggen. Dat was niet zo, maar hoe kon zíj dat nou weten?

Als een gehoorzame militair sloot ik toch mijn kamer af en liep ik naar de kapsalon met het bord HOMOS boven de deur. Weer keek ik zorgvuldig om me heen of niemand me naarbinnen zag gaan.

Imelda had zich weer geïnstalleerd op een van de grote draaistoelen midden in de salon, met een stapel juridische stukken op haar schoot. Ze was verdiept in een dik dossier. Ik hoorde haar meesmuilend snuiven toen ik langs haar heen liep.

In Carlsons kantoor hadden Keith, Allie en Maria zich al verzameld. Ze luisterden naar Carlson, die druk zat te telefoneren.

'Mm-mm,' hoorde ik haar zeggen, 'heel goed. Hoe eerder hoe beter.' Ze luisterde nog even en zei toen: 'Vandaag CNN, en morgen NBC en ABC. Dat is de beste volgorde. CNN brengt het nieuws altijd kaal, zonder redactioneel commentaar. Als je NBC en ABC de kans geeft, maken ze er een miniserie van.'

Ik hoorde dat ze nog wat details van de coördinatie besprak en kreeg een akelig voorgevoel.

Ten slotte hing ze triomfantelijk op en ze wisselde snel een tevreden knikje met de andere drie.

'Wat gebeurt hier?' vroeg ik.

Voordat ze kon antwoorden zwaaide de deur open en stapte een aantrekkelijke vrouw naarbinnen die te veel make-up ophad en een microrecorder aan een riem aan haar schouder had hangen. Ze werd gevolgd door een man met een grote camera, die ook een plaatsje zocht in het toch al veel te volle kantoor.

'Waar wilt u het doen?' vroeg de vrouw.

'Buiten,' antwoordde Carlson, en ze stond op.

'Wat is dit?' vroeg ik onnozel. Ik bedoel, ik zag ook wel wat het was. Een rampzalig stom idee.

De andere drie liepen al vrolijk met de cameraploeg de deur uit, toen ik mijn arm tegen de deurpost zette om Carlson de weg te versperren.

Ik keek haar streng aan. 'Ik word niet graag genegeerd. Ik zal het je nog één keer vragen: wat stelt dit voor?'

'Wat? Begrijp je dat niet? We hebben een interview op CNN.'

'Niet doen.'

'Te laat. Het is al afgesproken.'

'Niet doen,' zei ik nog eens. 'Dat is echt heel onverstandig.'

'Onzin,' zei ze en ze haalde onverschillig haar schouders op. 'Het kan helemaal geen kwaad. Ze willen alleen een kort item over het advocatenteam. Kom maar mee, dan kun je het zien.'

Een innerlijke stem waarschuwde me, maar ik luisterde niet. Daar zou ik nog spijt van krijgen. Ik liet mijn arm zakken en ze wrong zich langs me heen. Ik kwam een paar passen achter haar aan. Ze liep door de voordeur naar buiten en wachtte vreemd genoeg tot ik naast haar liep. Tot mijn verbijstering legde ze toen haar kleine hand op mijn elleboog, zwaaide ze met haar linkerhand en begon ze een heel verhaal.

Ik hoorde niet eens wat ze allemaal zei, omdat ik stomverbaasd naar de cameraman staarde, die zijn lens op ons tweeën had gericht. Ik voelde me als een hulpeloos hert in de lichtbundels van een aanstormende tientonner. Er verstreken vijf pijnlijke seconden voordat ik haastig mijn arm losrukte en me naar haar toe draaide.

'Wel, verdomme...' begon ik.

'Majoor Drummond,' vroeg de verslaggeefster van CNN, terwijl ze me de microfoon onder de neus duwde, 'is het waar dat uw cliënt is mishandeld door de Zuid-Koreaanse politie?'

Ik keek Carlson vernietigend aan, maar ze hield uitdagend haar hoofd schuin.

Toen wierp ik de verslaggeefster een woedende blik toe en ik klemde mijn kaken op elkaar. 'Geen commentaar,' gromde ik.

Ze wachtte even, zichtbaar verward, en vroeg toen: 'Is dat alles wat u te zeggen hebt?'

'Geen commentaar, verdomme!' brulde ik, nu met zoveel nadruk dat er geen misverstand meer kon bestaan.

Carlson pakte de journaliste bij haar arm en ze slenterden samen naar een schaduwplekje onder een grote boom. De cameraman volgde en

Carlson gaf een spontaan interview van drie minuten. Ik keek smeulend toe. Carlson had duidelijk ervaring met het geven van interviews, want ze hielp de cameraman zelfs de beste hoek te vinden – van de zon af – en bewoog zich voor de lens met de theatrale gebaartjes van een geboren actrice.

Toen ze eindelijk klaar was, schudden zij en de CNN-verslaggeefster elkaar warm de hand en namen ze afscheid. Mijn eigen handen jeukten om haar te wurgen.

Ze liep me voorbij zonder me een blik waardig te keuren. Maar ik negeerde haar niet. Ik rende achter haar aan als een leeuw achter zijn prooi. Haar drie collega's bleven op veilige afstand, omdat ze zagen dat Tsjernobyl voor de tweede keer de hele omgeving radioactief zou maken.

Toen we Carlsons kantoor binnenkwamen, sloeg ik met een klap de deur achter me dicht. Een harde klap. De hele kapsalon stond te trillen. 'Jij hebt een probleem, dame!' schreeuwde ik.

Ze liet zich op haar stoel vallen en keek me aan, niet echt geïnteresseerd in wat ik te melden had.

'Heb ik een probleem?' schreeuwde ze terug.

'Ja. Een groot probleem.'

'Nee, Drummond, jíj bent de man met de problemen.'

'O ja?' vroeg ik. 'En wat is mijn probleem dan wel?'

Ze ontplofte bijna. 'Je begrijpt het nog steeds niet, is het wel? Het is mijn plicht om mijn cliënt te beschermen. Dat zou jij ook moeten doen.'

'Je beschermt je cliënt niet door bij elke gelegenheid tegen een camera te gaan zwetsen.'

'Als het om homo's gaat, Drummond, is dat de enige manier om hen te beschermen. Je hebt geen idee hoe bevooroordeeld mensen zijn. Hoewel, misschien weet je dat heel goed.'

'Wat bedoel je daarmee?' vroeg ik kwaad.

'Toe nou, Drummond. Ik heb gezien hoe je naar Keith, Maria en Allie kijkt. Wat hebben zij je in godsnaam misdaan om zoveel minachting op te roepen?'

Daar had ik eigenlijk geen antwoord op. Ze had me bij de ballen. Dus nam ik maar mijn toevlucht tot het eerste redmiddel van iedere advocaat. Als je met je hand in de koekjestrommel wordt betrapt, wijs dan naar de koelkast.

'Hoor eens,' zei ik, 'je helpt onze cliënt echt niet door verhalen te houden op de televisie. Jij kent de Koreanen niet. Daar maak je ze nog pissiger mee. Je moet ze niet in een hoek drijven.'

'Je doet alsof ík hiermee begonnen ben! Zijn die camera's je dan niet opgevallen vanochtend bij de gevangenis? Zij wilden onze cliënt publiekelijk vernederen. Dus zal ik vuur met vuur bestrijden.'

Opnieuw had ze gelijk. En toch maakte ze een fout. Een gruwelijke fout.

'Dat was alleen voor het grote publiek. Ze hadden hun jurisdictie opgegeven, dus moesten ze hun gezicht redden. Dit is Azië, dame. Zo gaan die dingen hier.'

'Ze hebben hem afgetuigd,' zei ze, en haar groene ogen leken te gonzen als kleine horzelnesten met duizenden furieuze insecten.

'Heb je dat zelf gezien?' vroeg ik.

'Ik heb gezien hoe ze hem meesleurden en hoe hij uit die politiebus werd gegooid.'

'Misschien was hij gestruikeld,' zei ik. 'Ik vraag het je nog eens: heb je gezien dat iemand hem geslagen heeft?'

'Dat hoeft niet. Ik heb gezien hoe hij keek.'

'Je bent advocaat! Je hoort onderscheid te maken tussen feiten en veronderstellingen. Je hebt net tegen een internationale nieuwszender verklaard dat onze cliënt is afgetuigd. Kun je dat bewijzen? Kun je dat hardmaken?'

Ze streek met een hand door haar haar, wat ik maar als een teken van overgave opvatte.

'Bel CNN,' zei ik tegen haar, 'en zeg dat ze het niet uitzenden.'

Ze slikte één keer, nadrukkelijk, en zei toen: 'Dat doe ik niet.'

'Jawel. Je stond onzin uit te kramen, dat weten we allebei.'

'Als dat zo is, mogen de Koreanen het als een schot voor de boeg beschouwen. Ze blijven van mijn cliënt af, anders zal ik ze elke dag van dit proces publiekelijk door de mangel halen.'

We staarden elkaar aan, een lang en zinloos moment. Ten slotte draaide ik me op mijn hakken om en vertrok. Terug op mijn kamer begon ik te ijsberen als een grote, norse beer in zijn hol, tot ik daar ook genoeg van kreeg. Maar ik was nog te emotioneel om me weer in mijn dossiers te verdiepen, dus zette ik de tv aan.

Wat je ook van die lui van CNN mag zeggen, ze zijn wel snel.

Het verslag begon met een totaalopname van Carlson en mij terwijl we naarbuiten kwamen onder een bord met HOMOS in grote, zwarte letters. Die redacteuren van CNN zijn ook snel. En schandalig selectief.

Het volgende beeld was geleend van een Koreaanse zender. Ik zag Whitehall toen hij, slap en ellendig als een natte vaatdoek, door een dubbele deur naar binnen werd gesleept. Daarna ging het beeld weer terug naar Carlson, met haar hand op mijn arm. We maakten een heel vriendschappelijke indruk, alsof we iets bespraken en het volledig met elkaar eens waren. Daarna volgde het interview met Carlson onder de boom. 'Mijn collega's en ik zijn woedend over de mishandeling van onze cliënt. Hij is afgetuigd door enkele Zuid-Koreaanse politiemensen. Toen ik tussenbeide wilde komen, vielen ze mij ook aan.'

Ten slotte zag ik mezelf, met de microfoon voor mijn nijdige, verontwaardigde gezicht. 'Geen commentaar, verdomme,' gromde ik. Alleen leek het nu alsof ik zo woedend was over de mishandeling van mijn cliënt dat ik er geen woorden voor had, behalve: 'Geen commentaar, verdomme.'

Binnen twee minuten ging de telefoon.

'Hallo, generaal,' zei ik voordat generaal Clapper, hoofd van het hele JAG-korps, zijn naam zelfs maar genoemd had.

'Drummond, wat is er in godsnaam aan de hand daar?' snauwde hij.

'Het ging heel anders dan wat u op tv hebt gezien, generaal. Dat zweer ik. Ze hebben me in de val gelokt. Carlson heeft me erin geluisd.'

Hij zweeg een moment. 'In de val gelokt?'

'Precies. Ze liet me naar ons kantoor komen en ik...'

'Kantoor?' viel hij me in de rede. 'Is dat soms dat rare gebouwtje met het woord HOMOS boven de deur?'

'Eh... ja, generaal. Dat is ons kantoor,' antwoordde ik zwakjes, terwijl ik voelde dat ik bloosde. 'Maar ook dat is anders dan het lijkt. Je moet dat bord van heel dichtbij lezen. Het is HOMOS, niet homo's met apostrof-s, en het betekent...'

Veel verder kwam ik niet voordat de hoorn tegen mijn oor explodeerde. 'Drummond! Het zal me een rotzorg zijn wat het betekent. De hele wereld heeft zojuist een officier van het Amerikaanse leger gezien die uit een deur kwam met dat bord erboven! Heb je enig idee wat voor indruk dat maakt?'

'Nu u het zegt, generaal, zou het natuurlijk...'

'Ze heeft je in de val gelokt, zei je?'

'Precies. Ze belde me dat ik naar kantoor moest komen en toen...'

'Jezus, heb ik de verkeerde vent gestuurd? Is ze te slim voor je?'

Dat deed pijn. Ik bedoel, dat kwam hard aan. 'Nee, generaal, maar ik was er niet op bedacht. Dat gebeurt me geen tweede keer, dat zweer ik.'

'Dat is je geraden, Drummond. Dat is je geraden.'

Hij hing op. Ik kon het hem niet kwalijk nemen. Het was drie uur in de nacht in Washington en waarschijnlijk had hij niet toevallig tv zitten kijken. Iemand moest hem uit bed hebben gebeld met het slechte nieuws. Waarschijnlijk een zwaargewicht, zoals de stafchef van het leger, of een nog hogere figuur, zoals de voorzitter van de stafchefs. Of nog hoger...

Opnieuw stoorde de telefoon me in mijn overpeinzingen. Nu was het generaal Spears. In eigen persoon. En hij gaf een uitstekende imitatie weg van generaal Clapper. Daarna was het de beurt aan waarnemend ambassadeur Brandewaite. Zijn voorstelling viel wat tegen, moet ik zeggen, omdat hij zo witheet was dat hij alleen maar kon blazen en sputteren. Maar de toonhoogte klopte, dat wel. Ten slotte kreeg ik kolonel Piranha-lippen, Spears' juridisch adviseur, nog aan de lijn, die me de stenoversie gaf. Hij kwam meteen terzake, zonder een hele serie vragen en zonder onbeschofte interrupties. Gewoon heel kort: 'Ik mag jou niet, Drummond. Ik maak je helemaal kapot.'

Ongelooflijk. Ik was pas twee dagen in Korea en nu al had ik alle hoge officieren tegen me in het harnas gejaagd, had ik de waarnemend ambassadeur bijna een attaque bezorgd en was ik op een rampzalige manier met mijn kop op CNN verschenen.

En dat had ik te danken aan een klein, slank meisje met een boosaardige inborst en geen greintje benul van wat ze allemaal aanrichtte.

Toegegeven, ze dacht dat ze haar cliënt beschermde. En thuis in Amerika zou die aanpak misschien hebben gewerkt. Maar niet hier. Katherine Carlson zou een lesje krijgen in wat de Aziaten onder gezichtsverlies verstaan. Bij de maffia kennen ze dat trouwens ook. En meestal volgt er dan een afrekening.

9

Zoals ik het later reconstrueerde, was Keith door de achteruitgang naar buiten geglipt om inkopen te doen. Dat was om een uur of negen die avond. Hij stak een boulevard met druk verkeer over naar het winkeldistrict van Itaewon. Misschien begonnen ze hem daar al te volgen. Als dat zo was, had hij niets in de gaten.

Hij stapte een paar winkels binnen en kocht het een en ander: een hip leren jack met een bontkraag, een paar gympies en een nieuwe leren portemonnee, echt heel mooi. Tegen elf uur was hij halverwege Itaewon. Hij kwam bij een druk kruispunt waar het verkeer voorbijraasde en wachtte netjes bij het voetgangerslicht op het lopende groene mannetje toen een paar sterke handen hem optilden en hem voor het aanstormende verkeer smeten. De eerste auto wierp hem hoog de lucht in, waarna hij midden op de voorbumper van de volgende belandde. De ziekenwagen had twintig minuten nodig om hem te bereiken. Keith werd achterin geladen en in volle vaart naar het dichtstbijzijnde ziekenhuis gebracht.

Het goede nieuws was dat hij zijn paspoort bij zich had. Het ziekenhuis wist dus meteen wie hij was en belde de Amerikaanse ambassade dat er een Amerikaan was aangereden. De dienstdoende telefoniste herkende zijn naam niet en maakte alleen een aantekening voor de volgende ronde van de nachtofficier. Die kwam om een uur of vier langs, maar ook hij kende de naam Merritt niet. Maar hij volgde de standaardprocedure en gaf de naam telefonisch door aan de dienstdoende sergeant van de militaire politiepost van het garnizoen Yongsan. Ook de sergeant had nog nooit van Merritt gehoord, maar hij noteerde de naam plichtsgetrouw in het journaal. Dat was de reden waarom we pas de volgende morgen om zeven uur werden gewaarschuwd.

En nu het slechte nieuws. Keith lag op de intensive care, bewusteloos. De artsen stonden er handenwringend bij en mompelden sombere berichten. Hij had een schedelbasisfractuur, een geperforeerde nier, een gebroken rib, een verbrijzeld been, een verbrijzelde arm, en de doktoren probeerden nog de oorzaak te vinden van een groot aantal inwendige bloedingen.

Dat begreep ik allemaal uit een hysterisch telefoontje van Katherine. Ik rende meteen naar haar kamer. De deur stond op een kier, dus liep ik naarbinnen. Allie en Maria zaten huilend in een hoek, met hun armen om elkaar heen om elkaar te troosten. Katherine zat achter haar bureau met een gezicht dat eruitzag alsof er gewichten van twintig pond aan haar lippen en mondhoeken hingen. Er heerste de stemming van een rouwkamer.

Ze keek me aan. 'Misschien gaat hij dood.'

'Ja.' Ik knikte ernstig.

Ik ging op de rand van het bed zitten, zonder iets te zeggen. Ik begreep wat ze alle drie dachten. Niemand van ons wist precies wat er gebeurd was, maar het moment en de omstandigheden konden geen toeval zijn. De conclusie drong zich op.

Ten slotte zei Katherine: 'Zijn die klootzakken echt zo barbaars?'

'Misschien,' zei ik.

Ik had het niet bevestigd, maar voldoende om hen te laten beseffen dat ze de gevaren hadden onderschat.

'Zijn jullie ook op de Koreaanse televisie geweest?' vroeg ik.

'We hebben een paar interviews gegeven voordat jij hier aankwam,' antwoordde Katherine nors.

'Jullie allemaal? Hebben jullie je allemaal laten filmen? En misschien foto's laten nemen, voor de plaatselijke kranten?'

'Ja,' zei Allie. Ze liet Maria los en kwam naast Katherine staan. 'We zijn op de televisie geweest en we hebben in de krant gestaan. Nou en?'

'Dan zou ik geen overhaaste conclusies trekken.'

'Wat bedoel je daar nou weer mee?' vroeg Allie op haar karakteristieke uitdagende toon.

'Ik bedoel dat het iemand kan zijn geweest die voor de Zuid-Koreaanse regering werkte. Ze hebben een paar streng geheime diensten, verantwoordelijk voor de nationale veiligheid, die bijzonder slecht bekendstaan. Of misschien was het nog iemand anders.'

Katherine draaide zich bliksemsnel om, haar gezicht verwrongen en verbitterd. 'Wie had het ánders kunnen zijn? Klets toch niet, Drummond, het is wel duidelijk wie erachter zit.'

'Helemaal niet,' zei ik. 'Door zo uitvoerig in de media te paraderen hebben jullie een schietschijf op je eigen borst geschilderd.'

'Een schietschijf voor wie?' vroeg Allie.

'Misschien was het een van die anti-Amerikaanse studentengroeperingen die je steeds ziet demonstreren. Of een groepje Zuid-Koreaanse soldaten die woedend waren dat een van hun wapenbroeders is verkracht en vermoord. Aan één ding hebben we hier geen gebrek: vijanden.'

'Drummond, je staat te lullen,' zei Katherine met een vernietigende blik.

'Absoluut niet. Ik zal jullie een beknopt college geven. Dit is misschien niet het geschikte moment, maar het zou jullie geen kwaad doen om eens naar me te luisteren.'

Maria slofte naar ons toe vanuit haar hoek en eindelijk had ik hun onverdeelde aandacht.

'Technisch gesproken is Korea een land in oorlog,' legde ik uit. 'Ik wil niet beweren dat de Zuid-Koreanen perfect zijn, maar het zijn prima mensen. Veertig kilometer bij ons vandaan ligt een leger van zo'n drie miljoen man. Het wemelt hier van de Noord-Koreaanse infiltranten en agenten. Een paar jaar geleden liep er een Noord-Koreaanse onderzeeboot aan de grond op een zandbank voor de oostkust, waar tien commando's uit kwamen. Herinneren jullie je dat incident nog? Het was de hele week in het nieuws, totdat de Zuid-Koreanen die commando's hadden opgespoord en gedood. De enige reden waarom ze werden ontdekt was dat die onderzeebootcommandant een fout maakte en vastliep met zijn boot. Durven jullie te raden hoeveel andere onderzeeboten en schepen naar deze kust zijn gekomen om agenten en commando's aan land te zetten die nooit zijn ontdekt?'

Maria trok een ongelovige grimas, of misschien was dat haar gewone gezicht, maar toen ze haar mond opende om iets te zeggen, maakte ik een kapgebaar met mijn arm.

'Nee, geen woord! Luister!' beval ik grof. 'Deze mensen leven al zo sinds 1953. Hebben jullie enig idee wat dat betekent? Elk jaar zijn er hinderlagen en schietpartijen langs die grens. Deze hotelkamer waar wij zitten ligt binnen het bereik van de Noord-Koreaanse artillerie. Dit land zou binnen een fractie van een seconde totaal verwoest kunnen worden. Dat heeft grote invloed op je manier van denken. Dit is Amerika niet. Besef dat nou eens.'

'Hier is geen enkele rechtvaardiging voor!' zei Katherine.

'Ik rechtvaardig helemaal niets,' zei ik met een strenge blik. Spreek me niet steeds tegen. Luister. En hou alsjeblieft geen stomme persconferentie om de Zuid-Koreaanse regering te beschuldigen. Misschien zitten zij erachter, misschien ook niet. Het kan ook nog een bende zakkenrollers zijn geweest die hij had betrapt en die hem daarom voor een auto hebben gegooid.'

'Je weet wel beter!' zei ze.

'Ik weet helemaal niets, en jij ook niet. Ik weet alleen dat jij gisteravond het Zuid-Koreaanse volk hebt gekwetst en dat een van je collega's vandaag in het ziekenhuis is beland. Je kunt wel een zaak opbouwen met indirect bewijs, maar niet met toevalligheden!'

Ik stond op en boog me over haar heen. Ze keek me aan met een blik die duidelijk maakte dat ze graag een uitnodiging voor mijn begrafenis zou krijgen.

'Dit is Amerika niet, Carlson. Herinner je je de waarschuwing van die gorilla van gisteren nog? Je moet hier leren je aan de regels te houden. Dat is beter voor iedereen.'

Ze opende haar mond, maar ik hief mijn hand op. 'Hoor eens, ik zal zien wat ik kan ontdekken. Zolang je maar geen ontmoeting organiseert met je vriendjes van de pers als ik mijn hielen heb gelicht. En schrap die interviews met NBC en CBS waar ik je gisteren over hoorde. Die zijn niet gunstig voor je cliënt en zeker niet voor onze eigen gezondheid.'

Ik liet hen achter om daarover na te denken. Ik kan niet zeggen dat ik een vriend van Keith was, omdat ik hem nauwelijks kende, maar als mens was ik net zo geschokt en woedend over wat er met hem gebeurd was als zij, en ik hoopte vurig dat hij het zou overleven. Maar Katherine en haar makkers hadden geen idee wat ze overhoophaalden. Ik had geprobeerd hen te waarschuwen, maar ze hadden niet geluisterd. Thomas Whitehall, schuldig of niet, was een symbool voor allerlei extremistische groeperingen met fanatieke standpunten. En als je naast een bliksemafleider gaat staan, moet je niet verbaasd zijn als je door een verdwaalde bolbliksem wordt getroffen.

Terug op mijn kamer belde ik het kantoor van Spears en zei ik tegen die kolonel die zo prachtig kon salueren dat ik Buzz Mercer wilde spreken. 'Oké,' zei hij en hij hing weer op.

Twaalf minuten later ging de telefoon. Het was een vrouwenstem. Ze vroeg me om meteen naar beneden te komen en te wachten voor de ingang van het hotel. Dat deed ik.

Toen ik naarbuiten kwam, stond een grijze sedan al stationair draaiend langs de stoep. Een Koreaanse vrouw stapte uit. Ze keek even rond tot ze me zag en wenkte me toen.

'U bent Drummond?' vroeg ze toen ik binnen gehoorsafstand was.

'Klopt,' zei ik.

'Stap maar in, alstublieft,' zei ze, wijzend naar de rechterkant.

Ik stapte in de auto en nam haar even op. Ze was slank, conservatief gekleed, eind twintig of begin dertig, en wel aantrekkelijk, maar op een zakelijke, strenge, winterse manier. Haar haar was kortgeknipt en niet in model gebracht, en ze droeg een bril met een gouden draadmontuur, waardoor ze de indruk wekte van een academica die was verdwaald buiten haar ivoren toren.

'Hoe heet u?' vroeg ik, omdat ik geen idee had wie ze was.

'Ik ben Song Moon Kim. Carol voor vrienden.'

'Carol? Hoe kom je van Song Moon Kim op Carol?'

'Moeilijk,' gaf ze toe. 'Ik ben Amerikaanse. Eigenlijk heet ik Carol Kim, maar hier in Korea noem ik me Song Moon Kim.'

'Echt waar? En je werkt voor dezelfde firma als Buzz Mercer?'

'Buzz is mijn baas.'

'Laat me raden. Je bent opgegroeid in Californië, je hebt gestudeerd aan Stanford of misschien Berkeley, daar hebben ze je gerekruteerd en de afgelopen drie jaar heb je hier wat rondgeneusd?'

'O, mijn god, ben ik zo doorzichtig?' vroeg ze geshockeerd.

'Ik noemde maar wat clichés. En telepathie is een van mijn sterke punten.'

'In werkelijkheid,' zei ze, 'ben ik opgegroeid in Boston. Ik heb gestudeerd aan Middlebury College – waar ik ook Koreaans heb leren spreken – en daarna nog rechten aan Duke. En ik ben niet gerekruteerd. Na mijn rechtenstudie heb ik de CIA benaderd en ze ervan overtuigd dat ik met mijn Koreaanse uiterlijk en mijn bcheersing van de taal nuttig werk zou kunnen doen. Ik zit hier nog geen maand.'

'Nou, het meeste had ik dus goed.'

'Wat dan?'

'Je hebt gestudeerd.'

Dat negeerde ze maar. 'Dus jij bent advocaat?' vroeg ze. 'Zo zie je er niet uit.'

'Nee? Hoe zien advocaten er dan uit?' vroeg ik, vissend naar complimentjes.

'Meestal heel intelligent.'

'O,' zei ik.

'En over het algemeen vrij mollig, of juist mager en niet zo gespierd.'

'Aha,' zei ik, wat opgewekter.

'En de besten, de allerbesten, hebben afgekloven nagels en lijken altijd nerveus.'

'Die indruk maak ik niet?' vroeg ik.

Ze keek me weer even aan. 'Nee. Jij lijkt me erg zelfverzekerd, misschien zelfs eigenwijs.' Dat liet ze even bezinken, voordat ze verderging: 'Ik moet je erbij zeggen dat ik de contactofficier ben voor jullie proces. De CIA heeft me hierheen gestuurd om een oogje in het zeil te houden.'

'Gelukkig heb je mooie ogen,' zei ik, flirt die ik ben.

Ze keek me vermoeid aan en draaide de auto een parkeerplaats op, voor de officiersclub. We stapten uit en ze liep naar de ingang in een tempo dat verried dat ze in haar vrije tijd aan snelwandelen deed. Ik volgde haar als een hijgende poedel een trap op en een paar deuren door, tot we in een kleine, gezellige lobby kwamen. Ze ging me voor door een eetzaal waar geen klant te bekennen was en door een volgende dubbele deur naar een achterkamer.

Buzz Mercer zat met zijn voeten op tafel, zijn das los en zijn mouwen opgerold. Hij praatte in een mobiele telefoon die veel te groot en hoekig was voor een commercieel model. Het moest een beveiligd toestel zijn. Zodra ik binnenkwam liet hij zijn stem dalen, mompelde nog wat, nam haastig afscheid en verbrak de verbinding.

Misschien had hij wel een pizza besteld, wist ik veel. Zo zijn CIA-agenten nu eenmaal: altijd geheimzinnig, op het belachelijke af.

'Ga zitten,' zei hij tegen Carol en mij. Dat deden we.

Hij keek me een tijdje onderzoekend aan en zei toen: 'Het spijt me wat er met Merritt is gebeurd.'

Het leek hem niet echt te spijten, maar waarom zou het ook?

'Ja, verschrikkelijk. Hij is er slecht aan toe, heb ik gehoord.'

'Twintig minuten geleden is hij in coma geraakt.'

'Dat klinkt nog erger.'

Zijn wenkbrauwen maakten een sprongetje. 'Nou, ze hebben de inwendige bloedingen onder controle. Afgezien van de coma zal hij in elk geval niet doodbloeden.'

'Als je zo goed geïnformeerd bent, weet je dan ook wie het heeft gedaan?'

Hij boog zich naar voren en plantte zijn ellebogen op de tafel. 'Drummond, er wonen zesenveertig miljoen mensen in de Republiek Korea. Als je iedereen in een rolstoel of in een ziekenhuisbed eraf trekt, en de kinderen die te klein zijn om hem op te tillen en de straat door te smijten, houd je er nog zo'n vijfendertig miljoen over. En vergeet die tweeëntwintig miljoen in Noord-Korea niet.'

'Ja, dat zal wel. Maar om voor de hand liggende redenen denkt Carlson dat de Zuid-Koreaanse regering erachter zit.'

Weer maakten zijn wenkbrauwen dat vreemde sprongetje. 'Tien jaar geleden had dat nog gekund, maar tegenwoordig maken we zulke dingen niet meer mee, nu ze het woord "democratie" kunnen spellen. Ik sluit niet uit dat ze het hebben gedaan, ik zeg alleen dat je verdomd voorzichtig moet zijn met je veronderstellingen.'

'En die jongens in het Noorden?' vroeg ik.

'Carol en ik hebben daar ook over gesproken, maar eerlijk gezegd zien we geen verband.'

'Maar je sluit het ook niet uit?'

'Nee. Maar we zien geen verband, zoals ik al zei.'

'Wat blijft er dan over? Een anti-Amerikaanse groepering binnen Zuid-Korea? Of een stel demonstranten die Whitehall niet te pakken konden krijgen en daarom hun woede hebben gekoeld op een van zijn verdedigers?'

'Dat lijkt me het meest waarschijnlijk. Van zulke groepen zijn er genoeg. Het probleem voor jullie is alleen of het hierbij blijft.'

'Dus je denkt dat we fysiek gevaar lopen?'

Hij stond op, liep naar de koffiepot en schonk zichzelf een kopje in zonder te vragen of ik ook wilde. Dat kon twee dingen betekenen: hij was een onbehouwen vlerk of dit gesprek was afgelopen.

'Ik weet niet wat ik daarop moet antwoorden.'

'Dat jullie ons zullen beschermen, bijvoorbeeld.'

Hij bleef met zijn rug naar me toe staan. De koffie was ingeschonken, dus ik vroeg me af wat er zo interessant was aan de blinde muur tegenover hem.

'Dat is ons werk niet,' zei hij ten slotte. 'Maar we houden jullie wel in de gaten, als dat je geruststelt.'

'Jullie houden ons in de gaten?' herhaalde ik onnozel. Ja, dat zei hij al. Maar waarom, als ze ons niet wilden beschermen?

'Natuurlijk. Hoe denk je anders dat Carol zo snel bij je hotel kon zijn? Ze stond al op het parkeerterrein.'

'Als jullie ons in de gaten houden, waarom hebben jullie dan niet gezien wat er met Merritt is gebeurd?'

Eindelijk draaide hij zich om en hij keek me aan, met een raadselachtige uitdrukking op zijn gezicht, zoals dat heet. Als ik een metafoor moest kiezen, zou ik het vergelijken met een tijger die een dier bestudeert dat hij nooit eerder heeft gezien maar dat misschien wel eetbaar is.

'Het is maar een klein team,' zei hij, 'dus het is geen volledige bewaking. Merritt is ons ontglipt, daarom hebben we niets gezien. Het zou veel eenvoudiger zijn als we iemand bij jullie op kantoor konden zetten. Maar daar voel je niets voor, neem ik aan.'

Daar had hij gelijk in. Dat kon ik niet toestaan. Misschien zou hij het eerlijk spelen en zou zijn agent geen woord overbrieven over onze strategie voor Whitehalls verdediging. Of wel, natuurlijk.

'Ik heb drie mensen die jullie volgen,' verklaarde Carol. 'Meer kunnen we er niet missen.'

'Maar we zijn met vijf advocaten, plus de juridisch assistenten, en een dag telt vierentwintig uur en jullie moeten ook slapen.'

'Ik kan ook tellen, majoor. Maar bekijk het eens van de positieve kant. Mijn werk is toch wat makkelijker geworden. Gisteren waren er nog vijf advocaten, nu nog maar vier.'

'Merritt is nog niet dood,' zei ik kwaad.

'Oké,' zei ze met een lachje. 'Viereneenhalf dan.'

Ik vond dat lachje nogal verontrustend. Ze had wel mooie ogen, maar ik had net geconstateerd dat haar hart zo kil was als dat van een hagedis. Als iemand mij morgen vanaf de zestiende verdieping van een flat zou gooien, zouden Carol en Mercer misschien enthousiast een *high five* uitwisselen omdat ik hun werk weer een stuk gemakkelijker had gemaakt.

'Dus dat is alles?' vroeg ik verontwaardigd. 'Jullie kijken alleen maar toe?'

'Ja, meer doen we niet,' gaf Mercer toe. 'We hebben onze handen al vol aan de vijand in het Noorden en we mogen ook onze Zuid-Koreaanse vrienden niet uit het oog verliezen. Ik wil niet onverschillig lijken, Drummond, maar dat proces tegen Whitehall valt buiten ons werkterrein.'

En dat vond ik nu juist zo vreemd. Als wij buiten zijn werkterrein vielen, waarom liet hij ons dan schaduwen door zijn mensen?

Dat was het moment waarop ik al die vreemde blikken en dubbelzinnige opmerkingen doorzag. Geen wonder dat Mercer in het holst van de nacht naar mijn kamer was gekomen. Geen wonder dat Carol Kim en haar agenten een oogje op ons hielden. Wat de CIA betrof waren Carlson en wij allemaal slechts pionnen in hun grote spel – pionnen die geofferd konden worden.

Het maakte geen enkel verschil of wij het zouden overleven of niet. Nee, dat was niet waar: het maakte wel degelijk verschil. Als iemand een paar mensen van ons team zou elimineren en Noord-Korea daar de hand in had en de CIA dat kon bewijzen, zou dat heel nuttig zijn. Voor hen, tenminste.

Een paar minuten later zette Carol me weer af onder de markies van de hotelingang. Met dat kille lachje zei ze tegen me: 'Waarschuw de anderen dat ze geen onnodige risico's nemen. Verlaat de basis niet zonder een MP-escorte. En blijf zoveel mogelijk bij elkaar.'

'Moet ik dat als een officiële waarschuwing beschouwen?' vroeg ik bitter.

'Precies,' zei ze. 'Dit is je officiële waarschuwing.'

'Weet je wat me dwarszit?'

'Wat zit je dwars?'

'Wat een advocaat zoals jij bij de CIA te zoeken heeft.'

Ze keek me recht aan. 'Na drie jaar rechtenstudie besloot ik dat ik geen jurist wilde worden. Ik merkte dat ik een hekel had aan advocaten.'

'Aha,' zei ik.

'Aha,' antwoordde ze ijzig en ze reed weg.

Ik ging terug naar mijn kamer, haalde de volgende doos uit de kast en begon te lezen wat kapitein Thomas Whitehall tegen adjudant Michael Bales had gezegd de morgen van die 3e mei.

Eerst was hij op zijn rechten gewezen, zoals gebruikelijk, en daarna kwamen de bekende vragen: naam, onderdeel, enzovoort. Whitehall wuifde zijn rechten weg. Hij was onschuldig, beweerde hij, dus had hij niets te verbergen. Domme zet, vond ik. Als je onschuldig bent, schreeuw je dat niet van de daken tot het moment dat iemand je beschuldigt. Als je onschuldig bent, ga je er automatisch van uit dat iedereen dat weet.

Als een ervaren ondervrager nam Bales een paar minuten de tijd om Whitehalls tong los te maken met de standaardvragen: waar hij woonde, wat hij voor werk deed, hoe lang hij al in Korea zat, bla, bla, bla. Dat was alleen bedoeld om Whitehall eraan te laten wennen dat hij antwoord moest geven op wat hem werd gevraagd.

'Kende u het slachtoffer?' vroeg Bales toen.

'Ja.'

'Hoe had u hem ontmoet?'

'Via een wederzijdse vriend. Hij was een Katusa en we zijn een paar keer samen gaan winkelen.'

'Was hij een vriend van u?' vroeg Bales. Op dat moment leek dat een heel onschuldige vraag, omdat Bales nog niets wist van de omstandigheden van de moord of van Whitehalls seksuele voorkeur.

'Nee, geen vriend, meer een kennis. Ik kende hem niet zo goed. Het was handig dat hij de weg wist in Seoul en de taal sprak. Hij wees me goede winkels en eettentjes en hielp me bij het onderhandelen met winkeliers en dat soort dingen.'

'Wat deed hij in uw flat?'

'Ik had hem uitgenodigd.'

'Waarvoor?'

'Ik gaf een feestje. Ik dacht dat hij het leuk zou vinden om andere Amerikanen te ontmoeten.'

'En Moran en Jackson? Zijn zij vrienden van u?'

'Moran is een vriend. Hij had Jackson meegenomen.'

'Waarom?'

'Geen idee. Dat heb ik hem niet gevraagd. Misschien dacht hij dat No en Jackson elkaar wel zouden liggen.'

'Neem me niet kwalijk, kapitein, maar dat klinkt een beetje vreemd. U bent officier en zij zijn allemaal onderofficieren of manschappen.'

'Dat is helemaal niet vreemd,' wierp Whitehall tegen. 'Het is niets bijzonders dat officieren en hogere onderofficieren buiten het werk met elkaar omgaan. No is Koreaan en hij had me een paar diensten bewezen. Ik zag er niets verkeerds in om hem te helpen wat meer Amerikaanse vrienden te krijgen.'

'Misschien niet,' zei Bales – op weifelende toon, stelde ik me voor. 'We hebben heel wat lege flessen in uw appartement gevonden. Is er gedronken?'

'Ik heb wel wat geschonken, ja.'

'Sterkedrank?'

'Ja, natuurlijk. Waarom niet? We waren allemaal volwassen.'

'Drugs?'

'De implicatie van die vraag bevalt me niet.'

'Kapitein, er is iemand vermoord in uw flat. U zult nog een heleboel lastige vragen krijgen. Geef alstublieft antwoord. Zijn er drugs gebruikt?'

'Nee, geen drugs,' antwoordde Whitehall ten slotte.

'Waarom hebben de anderen de nacht in uw flat doorgebracht?'

'Het feestje ging nog laat door. Iedereen had het naar zijn zin. Voordat we het wisten was het twee uur 's nachts.'

'Waren de anderen dronken?'

'Volgens mij hadden ze wat te veel op, ja. Het leek me niet verstandig om ze in die toestand drie kilometer te laten teruglopen naar de basis. Daarom zei ik dat ze konden blijven.'

'Hmm,' zei Bales. 'Wanneer hebt u No Tae Lee voor het laatst in leven gezien?'

'Dat kan ik me niet precies herinneren. Om een uur of twee, denk ik. Toen verdween hij naar de slaapkamer. Ik deed de buitendeur op slot en ging ook slapen.'

'Dus de deur van de flat zat op slot?'

'Ja.'

'Er zijn drie slaapkamers, klopt dat?'

'Ja. Ik heb hun de slaapkamers gegeven en ik heb zelf op de bank in de woonkamer geslapen.'

'Hebt u 's nachts nog geluiden gehoord?'

'Wat voor geluiden?'

'Van iemand die uw flat binnenkwam, bijvoorbeeld? Of geluiden van een worsteling? Een ruzie, misschien?'

'Nee. Ik slaap meestal vrij licht, maar ik vrees dat ik zelf ook wat te veel gedronken had, eerlijk gezegd. Ik heb niets gehoord.'

'Bent u de enige met de sleutels van uw appartement?'

'Ik veronderstel dat de verhuurder ook nog een stel sleutels heeft. Maar verder niemand, nee.'

'Dus u hebt geen idee wat er met soldaat No is gebeurd?'

'Nee. Het was een geweldige schok toen we hem dood aantroffen. Ik zou niet weten hoe dat is gebeurd.'

'Dan ben ik klaar met dit deel van het onderzoek,' zei Bales. 'Hebt u nog iets toe te voegen aan uw verklaring?'

'Nee, niets. Behalve, eh… heeft iemand zijn ouders al op de hoogte gebracht?'

'Zijn vader is twee uur geleden ingelicht.'

'Misschien kan ik bij hen langsgaan om mijn medeleven te betuigen. Hij was een aardige kerel. Dat zou ik zijn ouders graag vertellen. Hebt u hun adres? Wonen ze hier in Seoul?'

'Meent u dat echt?' vroeg Bales.

'Het lijkt me niet meer dan fatsoenlijk. Hij is vermoord in mijn appartement.'

'U bedoelt dat u niet weet wie zijn vader is?'

'Nee. Hoe zou ik dat moeten weten?'

'Soldaat No was de zoon van de Zuid-Koreaanse minister van Defensie.'

'O, verdomme.'

En met die vloek eindigde het eerste verhoor. En gezien de feiten leek het een passende samenvatting van de situatie waarin Whitehall terecht was gekomen.

Ik probeerde me voor te stellen wat er door Whitehalls hoofd was gegaan toen hij werd verhoord. Ik bedoel, zijn antwoord klopte niet. Natuurlijk had hij geweten wie No's vader was. Dus had hij zitten liegen, draaien en bluffen. Hij moest doodsbang zijn geweest, maar toch…

Had hij echt gedacht dat hij er zo vanaf zou komen? Dat kon toch niet? Het lichaam was gevonden in zijn appartement, in zijn eigen slaapkamer, vlak naast hem. Allemachtig! Er waren twee getuigen geweest in de flat. Hadden ze de tijd tot aan de komst van de Koreaanse politie gebruikt om hun alibi's op elkaar af te stemmen? Was Whitehall zo dom dat hij niet begreep dat zijn sperma in No's lichaam zou worden aangetroffen?

En was hij echt zo achterlijk dat hij dacht dat iemand zou geloven dat hij niet wist wie No's vader was? Ik bedoel, het was duidelijk dat hij zoveel mogelijk afstand probeerde te scheppen tussen hemzelf en de dode jongen. No was een kennis geweest, iemand met wie hij ging winkelen, die hij nauwelijks kende en die hij alleen had uitgenodigd om hem de kans te geven wat andere soldaten te leren kennen.

Als alibi was het nogal mager.

Ik sloeg het verhoor van Moran open – Carl G. Moran, zoals hij voluit heette. Een foto die op de MP-post was genomen, zat met een paperclip aan de binnenkant van het omslag.

Het was een zwartwitfoto van een grote, sterke man. Zwaargebouwd zou misschien een betere typering zijn. Ik schatte hem op een jaar of veertig. Hij had peper-en-zoutkleurig haar, een breed gezicht en een neus die meer dan eens met een stevige vuist in aanraking was gekomen, zo te zien. Maar het waren vooral zijn ogen die opvielen. Ze leken onnatuurlijk groot en vormden een vreemd contrast met de rest: echte reeënogen, met lange, dikke wimpers, in een gezicht dat beter bij een bokser paste. Hij deed denken aan Marlon Brando, voordat Brando zich volgevreten had en zijn gezicht zo opgeblazen raakte dat je zijn ogen nauwelijks nog kon terugvinden.

Morans uitdrukking was verward, misschien ook geïrriteerd, of allebei. Ook nu wees Bales hem eerst op zijn rechten, de vaste procedure. Het vreemde was dat Moran hem in de rede viel om te vragen of Whitehall een advocaat had laten komen. Toen Bales nee zei, hoefde Moran ook geen advocaat.

Ik legde het dossier neer. Waarom was dat belangrijk geweest voor Moran? Was het een soort lakmoesproef? Wat maakte het hem uit of Whitehall om een advocaat had gevraagd? Het was een merkwaardige opmerking, alsof Moran Whitehalls betrouwbaarheid had willen testen. In elk geval was het iets waar ik nog over na moest denken.

'Wat was uw relatie met het slachtoffer?' vroeg Bales na zijn repertoire van routinevragen om Morans tong los te maken.

'Hij was een vriend van kapitein Whitehall,' zei Moran. 'Ik kende hem niet, maar de kapitein had hem uitgenodigd.'

'Waarom?'

'Hè?'

'Waarom had kapitein Whitehall hem uitgenodigd?'

'Geen idee,' antwoordde Moran. 'Misschien omdat ze vrienden waren. Of omdat hij dacht dat hij ons wel zou bevallen.'

'Had u het slachtoffer ooit eerder ontmoet?'

'Nee. Misschien had ik hem wel eens op de basis gezien, maar al die spleetogen lijken op elkaar.'

Spleetogen? Ik kon me voorstellen hoe hoofdinspecteur Choi op dat moment gekeken had.

'Werd er ook gedronken op dat feestje?'

'Ja, natuurlijk. Waar ziet u ons voor aan, een stelletje koorknapen?'

'En werden er drugs gebruikt?'

'Toe nou, adjudant. Met een kapitein en een sergeant erbij? Dacht u dat iemand zo stom zou zijn geweest om dat spul onder onze ogen te gebruiken?'

'Dat betekent dus nee?'

'Precies, dat betekent nee.'

'Hoe laat was het feestje afgelopen?'

'Geen idee. Ik heb niet op mijn horloge gekeken. Maar wel laat.'

'Had u of een van de anderen te veel gedronken?'

'Ja, natuurlijk. Ik kon bijna niet meer op mijn benen staan. Daarom zei de kapitein dat we konden blijven slapen.'

'En waar sliep iedereen?'

'Ik... eh... dat weet ik niet meer. Ik had veel te veel gezopen.'

'Maar u hebt wel het lijk ontdekt. Hoe ging dat?'

'Om vijf uur werd ik wakker. Ik was behoorlijk suf. Ik bedoel, ik had bijna een hele fles Jack Walker gedronken of zoiets. Ik stond op om te gaan pissen. Daarna liep ik naar de kamer van de kapitein om zien of alles oké was. Niemand zei iets toen ik klopte, dus deed ik de deur open. Die spleetoog lag er nog, doodstil. Ik boog me over hem heen om hem bij zijn schouder te schudden. Geen reactie. Daarom draaide ik hem op zijn rug en toen zag ik die riem om zijn nek. Hij leek morsdood, dus heb ik de militaire politie gebeld.'

'Die riem zat om zijn nek toen u hem probeerde wakker te maken?'

'Dat zeg ik toch?'

'Wat voor riem?'

'Eh... een gewone uniformriem. Hij had van iedereen kunnen zijn. Zelfs die spleetoog droeg een Amerikaans uniform, omdat hij een Katusa was. Het had zijn eigen riem kunnen zijn. Ik bedoel, misschien had hij zich wel aan het plafond opgehangen en was hij naar beneden gelazerd.'

'Hebt u de riem verwijderd?'

'Nee, ik ben er niet aan geweest.'

'Iemand anders misschien?'

'Nee. Ik heb niemand gezien die de riem heeft weggehaald.'

'Dus u weet niet wie dat heeft gedaan?'

Bales stelde de juiste vragen. Bij gebrek aan sectiegegevens moest hij ervan uitgaan dat de riem het moordwapen was. En als hij erachter kon komen van wie de riem was geweest, had hij misschien de moordenaar.

'Geen idee,' verklaarde Moran.

'Hebt u de anderen wakker gemaakt?'

'Ja.'

'En waar sliepen die?'

'Dat weet ik niet meer.'

'Dat weet u niet meer?' vroeg Bales, en ik kon me het ongeloof op zijn gezicht goed voorstellen. Natuurlijk wist hij op dat moment nog niet hoe belangrijk die vraag achteraf zou blijken te zijn.

99

'Dat zeg ik, ja. Ik was behoorlijk suf en dat werd er niet beter op toen ik het lijk van die spleetoog had gevonden.'

Bales liet hij het daarbij en drong niet verder aan, waarschijnlijk omdat hij de aard van de relatie tussen de vier mannen nog niet kende.

'En u hebt in de loop van de nacht ook geen geluiden gehoord, bijvoorbeeld een vechtpartij of een ruzie?'

'Nee. Na een fles Jack Walker slaap je als een blok, man. Jezus, zelfs als iemand dat joch had doodgeschoten in plaats van gewurgd zou ik het nog niet hebben gehoord. Ik heb geen flauw idee wat er met die spleetoog is gebeurd, dat zweer ik.'

'Dan... heb ik nog maar één vraag,' zei Bales. 'Hebt ú soldaat Jackson voor dat feestje uitgenodigd?'

'Ja.'

'Waarom? Is het niet ongebruikelijk voor een sergeant om een gewone soldaat uit te nodigen voor een feestje bij een officier? Zeker als er gedronken gaat worden?'

'Hé, Jackson is de schrijver van mijn compagnie. Een goeie vent. Maar hij heeft niet veel vrienden, daarom wilde ik hem de kans geven om eens buiten de basis te komen. Misschien niet zo verstandig, maar het is geen misdaad, of wel?'

'Ik neem aan van niet,' antwoordde Bales – een bewijs van hoe naïef hij nog was in die fase van het onderzoek.

Ik borg het verhoor weer op in het dossier en dacht erover na. Moran had duidelijk geprobeerd om Whitehall te dekken. Toen nog wel. Hij wist natuurlijk van wie die riem was en waarschijnlijk ook wie hem had weggehaald. In elk geval had hij geweten wie bij wie sliep. Dus had hij gelogen.

Net als Whitehall moest hij hebben geweten dat het sperma in No's lichaam uiteindelijk zou worden ontdekt, dus waarom had hij zitten liegen tegen Bales? En waarom had hij zich later bedacht en een belastende verklaring over Whitehall afgelegd?

Het was des te vreemder omdat Whitehall en Moran zichzelf in zo'n onmogelijke situatie hadden gemanoeuvreerd. Er waren geen sporen van braak in de flat gevonden. Whitehall had dom genoeg toegegeven dat hij de buitendeur op slot had gedaan voordat ze gingen slapen en dat niemand anders dan hij een sleutel bezat, behalve de verhuurder. Niet erg slim, als je erover nadacht. Waarom had Whitehall niet beweerd dat de deur open was? En Moran had daarop kunnen inspelen door te verklaren dat hij 's nachts een deur open en dicht had horen gaan, maar dat hij had gedacht dat het Jackson of Whitehall of No was die ging pissen. Dan hadden ze in elk geval de mogelijkheid opengehouden dat er een ongenode gast naarbinnen was geslopen die No had gewurgd.

Het zou Katherine nog heel wat moeite kosten om te bewijzen dat Whitehall erin was geluisd. De idioot had de schijnwerpers volledig op zichzelf en twee andere mannen gericht, van wie er één al tegen hem had getuigd. Dat maakte de complottheorie niet sterker. Jury's en krijgsraden worden altijd achterdochtig als een verdachte beweert dat hij in de val is gelokt door degene die tegen hem getuigt.

Ik zocht in de dossiermap en haalde er een velletje papier uit. Het was een fotokopie van het overdrachtsformulier waarmee het lichaam van No Tae Lee vanuit het ziekenhuis van Itaewon was overgebracht naar het 18e Militaire Hospitaal van het garnizoen Yongsan. Ik zocht de naam van de Amerikaanse officier die voor ontvangst had getekend en belde het militaire hospitaal.

'Mag ik kapitein Wilson Bridges?' vroeg ik aan de opgewekte telefoniste die ik aan de lijn kreeg.

'Momentje graag.'

Ten slotte zei een nog opgewektere stem: 'Dokter Bridges hier.'

'Kapitein Bridges, u spreekt met majoor Sean Drummond. Ik ben een van de advocaten van kapitein Whitehall.'

'Wat kan ik voor u doen?'

'Hebt u het lichaam van No Tae Lee nog altijd in bewaring?'

'Ja,' antwoordde hij. 'Het ligt in de koeling, hier beneden.'

'Zou ik het kunnen zien, als dat uitkomt? Nu meteen, het liefst.'

'Ik vind het best en hij zal er ook geen bezwaar tegen hebben, denk ik.' Bridges grinnikte; ik niet. Het was een slechte lijkschouwersgrap.

'Ik ben er over een kwartier. En kunt u de lijkschouwer ook vragen om erbij te komen?'

'Ik zal er zijn.'

'Bent u patholoog-anatoom?' vroeg ik hoopvol.

'Chirurg, eigenlijk. Maar dit is een klein team, dus we moeten van veel markten thuis zijn.'

'Dan had u aan de universiteit zeker goede cijfers voor pathologie?'

'Nee. Ik was er bijna op gezakt, maar gelukkig heeft geen enkel lijk geklaagd.'

Dat was de tweede flauwe grap binnen enkele seconden. Originaliteit was blijkbaar niet zijn sterkste punt.

10

Het militaire hospitaal was een onoverzichtelijk gebouw met één verdieping, dat sterk naar ontsmettings- en schoonmaakmiddelen rook. Ik vroeg de receptioniste waar ik kapitein Wilson Bridges kon vinden en ze raffelde een paar snelle instructies af, die ongeveer klonken als: zes keer rechtsaf, drie of vier keer linksaf, weer twee keer rechts en dan een lange gang door. Het was geen groot ziekenhuis, dus ik nam aan dat ik het wel zou vinden. Het kostte me twintig minuten.

Bridges' kantoor bleek een klein hokje te zijn, helemaal aan de achterkant, alsof ze hem daar opzettelijk hadden verstopt, uit het zicht van het kritische publiek. Ik klopte aan, de deur ging open en ik begreep waarom.

Wilson Bridges was waarschijnlijk de slonzigste legerofficier die ik ooit had gezien. Zijn witte doktersjas was gekreukt en besmeurd met vlekken waarvan ik de herkomst liever niet wilde weten. Zijn haar was te lang, ongekamd en piekerig. Bij het scheren had hij plekken overgeslagen en de militaire kistjes die onder de zoom van zijn jas uitstaken waren grijs en gebarsten door een chronisch gebrek aan schoensmeer.

Maar optimist die ik ben, zag ik deze tekortkomingen als een hoopvol teken. Een bekende vuistregel is dat je moet oppassen voor militaire artsen met stekeltjeshaar, een gesteven uniform, glimmende schoenen en de rechte rug van een sergeant-majoor. De kans is groot dat zij zichzelf meer als officieren dan als artsen zien. Je kunt je beter laten opereren door types die erbij lopen alsof ze zo uit de droogtrommel zijn gerukt. Dan vinden ze hun werk waarschijnlijk belangrijker dan salueren en marcheren. Maar soms werkt het precies andersom. Dan is zo'n slordige en onverzorgde arts in zijn werk net zo slordig en onverzorgd als hij eruitziet en knoopt hij op de operatietafel je aorta aan je knieschijven vast.

Hij stak zijn hand uit. 'Wilson Bridges, buitengewoon arts.'

'Ik weet het,' zei ik. 'We hebben elkaar net over de telefoon gesproken.'

'O ja, natuurlijk,' zei hij grijnzend. 'Sorry. U ziet er niet uit als een advocaat.'

'O nee?' vroeg ik maar weer. 'Hoe ziet een advocaat er dan uit?'

'Slim,' antwoordde hij.

Ik had kunnen zeggen dat hij meer op een putjesschepper leek dan op een dokter, maar waarom zou ik beledigingen aan hem verspillen?

'Hoor eens, dokter, ik wil u niet achter de broek zitten, maar ik heb haast. Waar is het lichaam?'

Hij gaf me een teken om hem te volgen. We liepen nog verder naar achteren en daalden een trap af naar een slechtverlichte kelder.

'We hebben maar een kleine opslagruimte,' legde hij uit. 'Dus je moet ruim van tevoren reserveren. Er zijn maar vier laden. De meeste doden zetten we meteen op het vliegtuig naar huis.'

'Waarom is Lee hiernaartoe gebracht?' vroeg ik.

'Ik zou het verdomd niet weten. Ik weet alleen dat ik hem moest ophalen en hier onderbrengen.'

'Hebt u zelf de obductie gedaan?'

'Nee, dat was een volledig Koreaanse productie. En dat bedoel ik niet negatief. Ze verstaan hun vak, geloof me. Dokter Kim Me Song heeft persoonlijk sectie verricht.'

'En die is goed?'

'Dat is de man die ze naar alle internationale conferenties sturen om de wereld ervan te overtuigen dat Zuid-Koreaanse artsen voor niemand onderdoen.'

'Shit,' zei ik.

Hij keek over zijn schouder en grinnikte. 'Natuurlijk hebben ze de beste mensen erbij gehaald. Die jongen was de zoon van het grote opperhoofd.'

'Ja, dat zal wel,' zei ik.

Ik hoorde zelf hoe vermoeid dat klonk. De kans was groot dat dokter Kim Me Song in de getuigenbank zou verschijnen, en het is nooit gunstig als je tegenpartij de beste deskundigen heeft.

We sloegen links af naar een kleine kamer waar het behoorlijk fris was. In de hoek stond een speciale airco, die op volle kracht koude lucht produceerde. Bridges knoopte zijn vuile doktersjas dicht en liep snel naar een wand met vier aluminiumladen. Hij bukte zich naar de onderste rij en trok er een open.

'Voilà!' riep hij, terwijl hij de lijkzak openritste tot aan No's voeten, als een goochelaar die een geweldige truc presenteert.

Ik keek hem verwijtend aan en bukte me toen naar No Tae Lee om het lichaam goed te bekijken. Het was naakt, stijf en bleek. Iemand had blijkbaar de moeite genomen om zijn gelaatstrekken te fatsoeneren, want hij keek tevreden, zelfs vredig. Dat klopte niet met de beschrijving in de verklaring van adjudant Bales. Ik vermoedde dat de vader nog was gekomen om een laatste blik op zijn zoon te werpen en dat de Koreaanse artsen hun best hadden gedaan om de suggestie te wekken dat No zonder pijn of ellende naar een betere wereld was overgegaan.

Hij was een knappe jongen met een smal gezicht, een lange, aristocratische neus, een hoog en intelligent voorhoofd en een gespierd, goed geproportioneerd lijf. Hij zag eruit zoals ik me zijn vader op die leeftijd had voorgesteld.

Bridges kwam naast me staan, aan mijn linkerkant, en ik zag zijn blik over het lichaam glijden. De kneuzingen en schaafwonden waren nog te zien.

'Hebt u een kopie van het sectierapport?' vroeg ik.

'Ja, ik geloof dat we een verslag hebben gekregen... een paar dagen nadat ik het lichaam had opgehaald. Maar ik heb het nog niet gelezen.'

Hij liep naar een bureau in de hoek, opende een la en zocht even tot hij een bruine map gevonden had. Hij bladerde hem door terwijl ik nog steeds No's lichaam bestudeerde. Ik wist niet goed waar ik naar zocht. Eigenlijk was ik hier alleen gekomen om met mijn eigen ogen het slachtoffer te zien dat me zoveel ellende had bezorgd. Dat was natuurlijk niet eerlijk, want ik zou niet graag met hem van plaats verwisselen, maar het is makkelijker om de schuld te geven aan een levenloos lichaam dan aan iemand die iets terug kan zeggen.

Ik staarde naar Lees gezicht. Ik heb een theorie dat de meeste mensen het gezicht krijgen dat ze verdienen. We beginnen allemaal als dikke baby's met bolle wangen, kleine lippen, een dopneus en levendige, sprankelende ogen. Maar zo schattig blijven we niet lang. Tegen de tijd dat ze volwassen zijn hebben de meeste mensen een nors gezicht, soms nadenkend, soms verongelijkt of egoïstisch, en soms neutraal en onopvallend – een leegte die op zichzelf al veelbetekenend is.

Lees gezicht was bijna engelachtig: zuiver en onnatuurlijk gezond, zelfs in de dood, niet getekend door zorgen, angsten, hebzucht of andere negatieve emoties. Het was het gezicht van iemand die een gelukkige jeugd had gehad, met liefhebbende ouders, zonder pijnlijke onzekerheden of dramatische mislukkingen. Ik merkte dat ik hem meteen sympathiek vond. En dat gaf me een beeld van zijn vader en zijn moeder, omdat niemand zo'n gezicht krijgt als hij niet vanaf zijn geboorte met liefde wordt omringd.

En ik kreeg een nog grotere hekel aan Thomas Whitehall, die verantwoordelijk was voor dit kille kadaver, schuldig aan verkrachting en moord. Hij had deze jongen het leven ontnomen en zijn ouders van hun kostbaarste schat beroofd.

'Klaar,' zei Bridges vanaf de andere kant van de ruimte.

'Wat?' vroeg ik, verbaasd dat ik mijn hele omgeving was vergeten.

Meestal ben ik niet zo sentimenteel, dus dat voorspelde niet veel goeds. Als een korte blik op No Tae Lee al zo'n ingrijpend effect op mij had, hoe zou een krijgsraad dan reageren als ze een paar uur hadden geluisterd naar het verhaal van een vakkundige aanklager over No's leven, zijn beloften en de afschuwelijke dingen die hem waren aangedaan?

Bridges kwam naar me toe en hield de map omhoog. 'Verschrikkelijk, niet?'

'Ja, dat is het zeker,' mompelde ik. Gelukkig maakte hij nu geen flauwe grappen, anders had ik hem misschien op zijn gezicht geslagen.

'Niet zo mooi,' zei hij, en hij tikte met zijn vinger op het sectierapport. 'Op het tijdstip van zijn dood had hij een alcoholpercentage van 0,051 in zijn bloed. Statistich gezien was hij dus nuchter. Hij heeft ernstige kneuzingen en schaafwonden op zijn buik, zijn schenen, zijn onderarmen en de bovenkant van zijn voeten. En hier, vooral op zijn buik,' zei hij, terwijl hij alle delen van No's anatomie aanwees.

De buik van de jongen vertoonde een paar lelijke kneuzingen en zwellingen.

'Die verwondingen kunnen alleen door zware klappen zijn veroorzaakt. Met een hamer, zou je bijna denken. Het weefsel is ernstig beschadigd en hij heeft een paar gebroken ribben. De doodsoorzaak was verstikking. Die paarse striem om zijn hals is veroorzaakt door een dun en buigzaam voorwerp. Het patroon van de striemen – onzichtbaar voor het blote oog – geeft aan dat het een gevlochten riem moet zijn geweest, zoals militairen die dragen. Aan de kneuzingen en de gescheurde bloedvaten te oordelen moet de riem met grote kracht zijn aangetrokken.'

'En het seksuele verhaal?' vroeg ik hem.

'Zijn anus was flink opgerekt. Dat is heel ongebruikelijk. We krijgen hier soms gevallen, zowel mannen als vrouwen, die aan anale seks hebben gedaan en op die plaats zijn geforceerd. Maar in het algemeen slinken de spieren en het weefsel binnen tien minuten weer tot de normale toestand.'

'Maar bij hem niet?' vroeg ik.

'Nee. Ze hebben hem gemeten, en hij had een ontsluiting van bijna anderhalve centimeter. Daar kan maar één verklaring voor zijn. Hij moet al dood zijn geweest toen hij voor het laatst werd gepenetreerd. Toen stroomde zijn bloed niet langer en konden de spieren niet meer samentrekken.'

We staarden elkaar een paar seconden aan, omdat het een nogal smerig onderwerp was, zelfs voor een arts, laat staan een advocaat.

'Het is uitgesloten dat hij is gewurgd terwijl ze samen bezig waren? Zoals die smeerlappen die zichzelf wurgen om klaar te komen?'

Hij keek weer naar het lichaam. 'Om te beginnen komt de ontvangende partij bij homoseks maar zelden klaar. En zelfs áls Whitehall bij hem was binnengedrongen op het moment van zijn dood, zouden de spieren nog soepel genoeg zijn geweest om weer samen te trekken. Tenzij Whitehall tot meer dan tien minuten na zijn dood nog in zijn lichaam heeft gezeten. Dat zou kunnen, natuurlijk. Technisch gesproken is het dan toch necrofilie.'

'Maar u sluit niet uit dat ze misschien een spelletje deden... wurgseks of zoiets... dat uit de hand gelopen is?'

'Dat had gekund,' zei hij, 'als het lichaam niet zoveel kneuzingen zou vertonen. Hij moet zich hevig hebben verzet.'

'Dat zal wel,' gaf ik somber toe. Ik had vastgesteld dat het sectierapport vermoedelijk klopte en als een sterk bewijs tegen Whitehall kon worden gebruikt. En ik had al eerder vastgesteld dat ik Whitehall niet erg mocht.

Ondertussen had ik nog nooit van mijn leven zo'n pesthumeur gehad. Ik bedankte Bridges voor zijn hulp.

Terug in het hotel liep ik meteen naar de bar. Het was pas drie uur in de middag, maar ik vond dat ik een stevige borrel had verdiend. En wie anders trof ik daar dan Katherine zelf? Ze zat in een donker hoekje, weggedoken achter de jukebox, die een melancholiek nummer speelde over het lot van alle cowboys.

Ik vroeg de barman een whisky te brengen en liep naar haar toe.

'Je ziet er belazerd uit,' zei ze toen ze opkeek en me zag.

Zelf maakte ze ook geen florissante indruk, maar een echte heer houdt dat commentaar natuurlijk voor zich.

'O ja, Meibloesem?' zei ik pissig. 'Moet je horen wie het zegt.'

Ze trok haar lange rok op en schoof met haar voet een stoel voor me naar achteren. Ik wierp een stiekeme blik op haar blote been, omdat ik me niet kon herinneren dat ik haar ooit in iets anders had gezien dan een broek of een rok die tot haar enkels reikte. Voorzover ik wist hád ze misschien niet eens benen en hobbelde ze rond op twee stevige stokken.

Maar ze had wel degelijk benen, zag ik nu. Eén been, tenminste. En het was helemaal geen slecht been: slank en mooi gevormd. Jammer om die artillerie te verspillen aan een lesbienne, vond ik.

'Wil je wat drinken?' vroeg ik.

'Alleen een biertje voor mij,' zei ze. 'Ik kan niet tegen sterkedrank.'

'Eén pils!' riep ik door de bar naar de barman, die de laatste hand legde aan mijn whisky.

'Er werd zeker niet veel gedronken in die commune waarin je bent opgegroeid?' merkte ik bitter op.

Ze keek me geërgerd aan, omdat het wel duidelijk was wat ik van het favoriete genotmiddel van haar ouders vond.

'Ben je ooit in een commune geweest?' vroeg ze.

'Ik heb er een paar in Israël gezien,' gaf ik toe, 'maar niet van die hippie-communes.'

'Jij vindt het allemaal nogal stom, zeker?'

'Onnozel... stom, ja, daar komt het wel op neer.'

De barman kwam met onze glazen en ik kondigde een wapenstilstand af die lang genoeg was om de eerste grote slok van mijn whisky te nemen, die brandend door mijn slokdarm gleed.

'Waar ben jij zo kwaad over?' vroeg ze, terwijl ze met grote ogen naar mijn glas staarde, dat opeens halfleeg was.

'Waarover? Dat jij me al die ellende hebt bezorgd, bijvoorbeeld. Ik kom net terug van het mortuarium, waar ik twintig minuten heb doorgebracht met iemand die me een heel aardige jongen leek. Alleen ademde hij niet meer, en dat lijkt me het werk van onze cliënt.'

'Heb je het sectierapport gelezen?'

'Ja.'

Ze pakte met twee handen haar bierglas, nam een grote slok en keek me aan over de rand. 'En wat vond je ervan?'

'Ik denk dat ze onze cliënt op een stoel in een donkere kamer in Leavenworth zullen vastbinden en hem een paar duizend volt door zijn donder zullen jagen om hem een lesje te leren. Zijn verdiende loon.'

Ze zette haar elleboog op het tafeltje en nam een kleinere, meer damesachtige slok van haar bier. 'Tenzij hij erin is geluisd,' zei ze ten slotte.

'Toe nou, Katherine, zelfs jíj gelooft die onzin toch niet echt?'

'Gun me nou even het voordeel van de twijfel,' zei ze. 'Je roept steeds dat ik moet luisteren, maar nu is het mijn beurt.'

'Goed,' zei ik, met een minzame uitdrukking op mijn gezicht. Nergens kon je Katherine Carlson zo kwaad mee krijgen als door neerbuigend te doen.

Deze keer scheen ze het te negeren. 'Laten we eens aannemen dat Thomas zoveel had gezopen dat hij totaal van de wereld was. Stel dat hij zijn roes lag uit te slapen toen No werd vermoord en dat het lichaam naast hem is neergelegd om hem verdacht te maken.'

'Ach, toe nou,' zei ik.

'Schort je ongeloof nou even op.'

'Oké,' zei ik. 'Dan houd je twee verdachten over: Moran en Jackson.'

'Op wie van die twee zou jij je geld zetten?'

'Moran. Hij is groot en sterk. No Tae Lee was zelf ook geen watje en hij zat onder de kneuzingen, striemen en blauwe plekken. Volgens de dokter leken die verwondingen op zijn buik wel met een moker toege-bracht. Hij had een paar gebroken ribben. Wie hem ook heeft ver-moord, het moet een grote en verdomd sterke vent zijn geweest.'

'Tenzij No zo dronken was dat hij zich niet kon verdedigen.'

'Het probleem met die theorie,' wierp ik tegen, 'was dat zijn alcohol-percentage maar 0,051 was. Misschien was hij om middernacht tech-nisch gesproken nog wel dronken, maar tegen de tijd dat hij werd ver-moord was hij nuchter genoeg om terug te vechten.'

'Oké, daar heb je gelijk in,' zei ze. 'En uit het sectierapport bleken geen klappen op zijn hoofd waardoor hij bewusteloos was geraakt?'

'Nee. Hij had kneuzingen op zijn buik, zijn armen, zijn handen, zijn schenen en de bovenkant van zijn voeten, maar niet op zijn hoofd of in zijn gezicht.'

'Helemaal nergens in zijn gezicht?' vroeg Katherine verbaasd, hoewel ik vermoedde dat ze toneelspeelde, omdat ze veel te ijverig was om het sectierapport nog niet te hebben gelezen.

'Nee,' bevestigde ik.

'Is dat niet vreemd?'

'Ik zou niet weten waarom.'

'Nou, stel dat hij zich tegen zijn aanvaller heeft verzet. Ze raken in ge-vecht en No probeert weg te komen. Waarom heeft hij dan geen klap-pen in zijn gezicht opgelopen?'

Een goede vraag, maar mijn antwoord was nog beter. 'Denk na, Katherine. Als een vent hem probeerde te verkrachten, zal hij hem van achteren hebben benaderd. Zo werkt dat altijd bij twee mannen.'

'Waarom had No dan kneuzingen op zijn buik en zijn schenen?' vroeg ze.

'Ik weet het niet. Misschien is hij eerst van voren aangevallen en heeft de moordenaar zich toen naar achteren geworsteld. Vergeet niet dat iemand hem een riem om zijn nek heeft geslagen. Volgens het sectie-rapport is die riem van achteren strakgetrokken.'

'Misschien,' zei ze, maar zonder een spoor van overtuiging, waarschijn-lijk omdat ze zich aan strohalmen vastklampte om haar verdediging op te bouwen en ze zich liever niet liet afleiden door details als tegenstrij-dige bewijzen of gewoon boerenverstand.

'Hoor eens,' zei ik, 'ik weet dat je er niet over wilt praten, maar hoe meer ik over deze zaak te weten kom, des te meer ik aan je verdediging begin te twijfelen.'

'Blijf maar lekker twijfelen,' zei ze, 'misschien is een scepticus in het team wel goed voor me.'

'Zou kunnen,' zei ik, 'maar bedenk ook wat het voor je cliënt zal bete-kenen als jij je vergist.'

'Over onze cliënt gesproken,' zei ze, en ze nam nog een flinke slok bier, 'ben je klaar voor nog een bezoekje aan Thomas?'

'Waarvoor?'

'Voor zijn gezondheid en welzijn. Om hem een beetje op te beuren.'

'Goed, ik ga mee,' mompelde ik, 'maar als ik eerlijk ben zou ik hem liever met een honkbalknuppel voor zijn kop slaan dan hem opbeuren.'

De auto stond voor en het kostte ons twee uur en meer verkeerde afslagen dan ik me kon herinneren voordat we de gevangenis hadden teruggevonden. Alle borden waren in het Koreaans en Katherine zat op me te kankeren alsof het míjn schuld was dat dit land werd bevolkt door mensen die een soort spijkerschrift gebruikten. Sommige vrouwen zijn nu eenmaal zo.

Het werd al donker toen we de binnenplaats op reden. We lieten de chauffeur achter, met draaiende motor. Het duurde nog een paar minuten om een bewaarder achter een bureau uit te leggen wat we kwamen doen. De man sprak geen woord Engels en staarde ons aan alsof we huis-aan-huisverkopers waren, terwijl ik hem in gebarentaal probeerde uit te leggen wat we wilden. Ik wees naar de witte muur en herhaalde de naam Whitehall, steeds opnieuw. Dat vond ik heel slim van mezelf, maar Katherine keek me woedend aan, alsof ik totaal gestoord was. Dat wil zeggen, totdat de bewaarder eindelijk begon te grijnzen en nadrukkelijk met zijn hoofd knikte, als een gretige pup die het eindelijk begrijpt. Hij liet ons een paar minuten staan, tot hij terugkwam in het gezelschap van de grote politieman met de schouders van een os.

'Wilt u Whitehall spreken?' vroeg hij, terwijl hij zijn tanden bloot grijnsde.

'Alstublieft,' zei ik nederig. 'Een paar minuutjes maar.'

Hij kruiste zijn dikke armen voor zijn enorme borstkas. 'U had eerst moeten bellen.'

'Het spijt me echt,' zei ik. 'We rekenen op uw grenzeloze grootmoedigheid om hem toch te mogen spreken.'

Hij keek me een paar seconden geërgerd aan, alsof hij dacht dat ik hem in de maling nam, of misschien werd hij niet graag grootmoedig genoemd, maar ten slotte liet hij zijn armen zakken en gaf hij ons een teken hem te volgen. We namen weer dezelfde route en opnieuw was het zo onheilspellend stil dat ik een gevangene op de tweede verdieping een wind hoorde laten, ik zweer het.

'Wat is dit? Het leesuurtje weer?' vroeg ik.

'Nee, dit is het gebedsuur.'

'En dat houdt in?'

'Dat ze God om vergiffenis vragen.'

'Zijn het allemaal christenen?'

'Niet als ze hier aankomen, maar wel als ze weer weggaan.'

We hadden Whitehalls cel bereikt en de grote Koreaan zocht in zijn zak naar de sleutel.

'Ik ben de enige met een sleutel,' zei hij toen hij hem in het slot stak en hem krachtig omdraaide. 'Dat is voor Whitehalls veiligheid. Heel wat mensen hier zouden hem graag vermoorden, zelfs bewaarders.'

Ik besloot daar niet op in te gaan. Katherine en ik staken ons hoofd naarbinnen. Ik zei maar niet dat ik hem zelf ook met liefde zou willen vermoorden.

Het duurde even voordat onze ogen aan het donker gewend waren. De zwakke lamp achter het rooster in het plafond gaf nauwelijks genoeg licht om de vloer te bereiken.

'Thomas?' zei Katherine.

Er klonk een zacht geritsel in de hoek van de kleine cel. 'Katherine, ben jij dat?'

'Ja. Hoe is het met je?'

'Ik heb me wel eens beter gevoeld,' zei hij. 'Kom binnen.'

Dat deden we. De cel stonk. Blijkbaar gebruikte Whitehall de kleine metalen waskom voor zijn behoeften, en zo te ruiken werd de kom niet geleegd.

'Neem me niet kwalijk,' zei Katherine tegen de grote Koreaan, 'maar waarom laten jullie zijn vuil niet ophalen? Jezus, dit is walgelijk. Straks loopt hij nog een enge ziekte op.'

'Wees maar niet bang,' stelde de grote Koreaan haar gerust. 'De kom wordt om de drie dagen geleegd. Hij had niet zoveel moeten eten voordat hij hier kwam. Het zal niet lang duren voordat zijn lichaam gezuiverd is, en met zijn nieuwe dieet is het probleem wel opgelost.'

Met andere woorden, Whitehall zou alleen nog kleine porties rijst en water krijgen, zodat hij niet veel ontlasting meer zou produceren. Heel economisch, die Koreaanse gevangenissen.

'Kunt u ons even alleen laten?' vroeg ik. 'We moeten een paar dingen met onze cliënt bespreken en de Amerikaanse wet geeft ons het recht op privacy.'

'Natuurlijk,' zei hij met een glimlach, alsof dat een heel domme vraag was.

Mijn ogen waren nu aan het schemerdonker gewend en ik nam onze cliënt aandachtig op. Hij droeg een Koreaans gevangenispak, dat bestond uit een grove grijze pyjama en een paar linnen slippers. Zijn lippen en zijn gezicht hadden een vreemde vorm en hij had twee blauwe ogen, alsof hij opeens in een wasbeer was veranderd.

'Hard aangepakt, zeker?' vroeg ik hem.

'Heel hard,' zei hij.

'Wie heeft dit gedaan?' vroeg Katherine kwaad, op een toon alsof ze iemand zou kunnen vermoorden.

'Laat maar,' zei Whitehall.

'Niks daarvan! Ik kan dit niet negeren. Ik...'

'Ik zei: laat maar!' schreeuwde Whitehall, zo heftig dat het me niet zou hebben verbaasd als hij haar een klap zou hebben verkocht.

'Verdommc, Thomas, dit kunnen ze toch niet maken?'

'Katherine, het kan nog veel erger! Maak ze alsjeblieft niet kwaad.'

'Ik ga met de minister van Justitie praten,' verklaarde Katherine. 'Desnoods hou ik een persconferentie om de hele wereld te laten weten wat hier gebeurt.'

Whitehall draaide zich om en liet zich op zijn slaapmatje zakken. 'Waarom denk je dat ze dit hebben gedaan? Ze hebben me midden in de nacht naar een kamertje gesleept om naar jou te kijken op CNN. Daarna hebben ze me in elkaar geramd. Nou, daar was ik goed mee geholpen.'

Ik hoorde dat Katherines adem stokte.

Voordat ze nog iets kon zeggen vroeg ik hem: 'Afgezien daarvan, hoe is het hier?'

'Verschrikkelijk.'

'Zou je dat de rest van je leven kunnen volhouden?'

Het bleef een paar seconden stil.

Toen zei hij vanuit het halfdonker: 'Ik zou zelfmoord plegen.'

Het klonk een beetje bizar, omdat hij het niet kwaad zei, of nadrukkelijk, of zelfs dreigend, zoals sommige mensen het zouden hebben gezegd – om medeleven op te wekken of om hulp te vragen. Zijn toon was effen, volstrekt neutraal, alsof hij gewoon een feit constateerde.

'Kapitein Whitehall,' zei ik, 'hoe meer ik me in uw zaak verdiep, des te groter lijkt me de kans dat het daar inderdaad op uit zal draaien. Uw enige kans is Katherine hier. U zult ons dus wat meer moeten vertellen.'

Er gleed een peinzende uitdrukking over zijn gezicht. Eerlijk gezegd had ik gehoopt dat hij na een paar dagen in een Koreaanse gevangenis alles zou hebben verteld wat hij wist.

'Goed,' zei hij ten slotte. 'Ik zal nog twee vragen beantwoorden. Kies ze dus zorgvuldig.'

'Vertel me over No Tae Lee,' zei ik.

Ik hoorde hem een diepe zucht slaken, en het bleef een tijdje stil. Het duurde zo lang dat ik vreesde dat ik zo'n lastige of pijnlijke vraag had gekozen dat hij zou terugkrabbelen.

111

Ten slotte zei hij: 'Ik weet zeker dat het u met afkeer vervult, maar wij hielden van elkaar. Al een maand of vijf. Zijn sergeant had hem naar de afdeling Financiën gestuurd om een paar formulieren in te vullen. Ik was daar toevallig ook, om iets te controleren. We hoefden elkaar maar één keer aan te kijken en toen wisten we het. Allebei.'

'Vijf maanden?' vroeg ik.

'Ja. Daarom had ik die flat buiten de basis gehuurd. Dat was ons... nou ja, u begrijpt het wel. Daar kon ik hem zien en bij hem zijn, in onze eigen omgeving.'

'Dus... eh, hoe moet ik dat zeggen? U ging al vijf maanden met hem om?'

'Regelmatig, ja,' bevestigde Whitehall.

'Maar... hoe zit het dan met getuigen? Er moeten toch getuigen zijn geweest?'

'Nee, geen getuigen. Niet dat ik weet, tenminste. Als homo in het leger word je heel voorzichtig, majoor. Dan weet je je heel goed te verbergen in het donker. En voor een Koreaan is dat nog veel moeilijker.'

'Waarom?' vroeg ik.

'Waarom wat? Waarom we ons verbergen?'

'Nee, dat begrijp ik wel. Waarom het voor Koreaanse homo's nog moeilijker is?'

'Dat weet u niet?'

'Nee, echt niet. Vertel het me maar.'

'Omdat homoseksuelen in Korea als het laagste van het laagste worden beschouwd. Aziaten hebben vaak de vreselijkste vooroordelen. Afkomst en ras zijn voor hen erg belangrijk en ze verafschuwen iedereen die de bloedlijn op een of andere manier lijkt te besmetten of aan te tasten. Koreaanse homo's zijn paria's, uitschot, te verachtelijk voor woorden. Ze durven zelfs geen glimp van hun ware identiteit te laten zien. Dat was de wereld waar No in leefde. Hij was doodsbang om te worden betrapt, veel banger nog dan ik.'

'Maar iedereen – de Koreanen, het Amerikaanse leger, zelfs Moran en Jackson – beweert dat No hetero was. Hoe zit dat dan?'

'Moran en Jackson weten wel beter. De rest zal wel geloven dat hij hetero was. Hij kon heel overtuigend zijn. Hij ging zelfs met meisjes uit om elke verdenking uit te sluiten. En vrouwen waren dol op hem. Hij was een mooie jongen, weet u. Als hij ergens binnenkwam, keken de meisjes verlekkerd naar hem, alsof hij een soort prijsstier was.'

'Wisten zijn ouders het?'

'Absoluut niet. Dat was No's grootste angst. Hij verafgoodde zijn ouders en hij wist dat het hun dood zou zijn. Ik hoopte dat hij met me mee terug zou gaan naar Amerika, maar daar wilde hij niet van horen. Hij zou nooit iets doen om zijn ouders teleur te stellen en schande over zijn familie te brengen.'

Het klonk als een bizarre variant van Romeo en Julia, het oude verhaal van de onmogelijke liefde, alleen had ik in dit geval geen greintje sympathie voor de bedroefde geliefde.

'Goed,' zei ik, om verder te gaan. 'De voordeur van uw appartement zat dus op slot. Er waren geen sporen van braak. Als u No niet hebt vermoord, blijven alleen Moran en Jackson over. Als u een van hen zou moeten aanwijzen, wie zou dan de moordenaar zijn?'

Daar dacht hij een tijdje over na. Als we wilden bewijzen dat Whitehall in de val was gelokt, moesten we een zondebok hebben die we konden beschuldigen. We hoefden niet met zekerheid te bewijzen dat Moran of Jackson de moordenaar was, zolang we de krijgsraad er maar van konden overtuigen dat er misschien ook een andere mogelijkheid was. Met andere woorden, we moesten voldoende twijfel kunnen zaaien over Whitehalls schuld.

'Ze zouden dat geen van beiden hebben gedaan,' zei Whitehall ten slotte.

'Dat vroeg ik niet. We zoeken naar een houvast. U zult een van die twee moeten kiezen.'

'Hoor eens, majoor, misschien ben ik vreselijk naïef, maar ik denk echt niet dat zij schuldig zijn.'

'Jezus, Whitehall, word nou eens volwassen! Zij beweren allebei dat jij het hebt gedaan.'

'Dat zeggen ze niet!' snauwde hij terug. 'Ik heb hun getuigenverklaringen gelezen. Ze beweren dat ze de geluiden van een ruzie hebben gehoord. Ze zeggen dat No bij mij in mijn slaapkamer was. Ze zeggen dat ik de riem van zijn hals heb gehaald. Dat is allemaal waar, behalve die geluiden van een ruzie.'

Daar kon ik niets tegenin brengen, omdat ik hun verklaringen tijdens het tweede verhoor door adjudant Bales nog niet had gelezen.

'Heeft Moran hem verkracht?' vroeg ik.

'U bent al door uw vragen heen.'

'Wat kan mij dat schelen? Geef antwoord.'

'Nee. Ga eerst op onderzoek uit en kom dan maar terug.'

Ik was het liefst op hem afgesprongen om hem een pak op zijn donder te geven. De man leefde op water en rijst, was twee keer in elkaar geslagen en liep kans op de doodstraf of levenslange opsluiting in een Koreaanse gevangenis – wat voor hem gelijkstond aan een doodvonnis, zoals hij zelf al had toegegeven. Hij moest dus zaagsel tussen zijn oren hebben of graag dood willen.

Misschien was dát het wel, bedacht ik opeens. Misschien wilde die idioot een martelaar worden voor de homobeweging, een tragische Lothario die zich voor de goede zaak had opgeofferd. Maar dan zou hij onschuldig moeten zijn, en dat was hij niet.

Ik keek even naar Katherine, die slechts haar schouders ophaalde met een gezicht van: wat doe je eraan?

'Hoor eens, Whitehall,' zei ik, 'ik zal open kaart met je spelen. Je begint me behoorlijk te irriteren. We hebben nog elf dagen om je verdediging voor te bereiden, dus ik zou maar stoppen met die spelletjes.'

'Ik speel geen spelletjes, majoor. Ik heb mijn redenen.'

Hij zat met gebogen rug, in een koppige houding, en ik wist dat hij niet zou toegeven. Ik merkte dat ik kwaad werd. Ik bedoel, een van zijn advocaten lag in het ziekenhuis, op het randje van de dood, terwijl de rest hard aan zijn verdediging werkte. En dan durfde hij te beweren dat hij geen spelletjes speelde?

'Zou je ons in elk geval kunnen vertellen hoe je wilt pleiten?' vroeg ik knarsetandend. 'Schuldig of onschuldig?'

'Onschuldig, natuurlijk.'

'Onschuldig waaraan? Homoseksuele handelingen? Omgang met ondergeschikten? Verkrachting? Moord? Necrofilie?'

'Zegt u het maar, majoor. Dat is toch uw werk? Verdiep u in de feiten en kom dan terug met een goed advies.'

Ik kon mijn oren niet geloven. De brutaliteit van die klootzak! Ik keek hem in het halfdonker woedend aan. Hij keek onbewogen terug. Het enige wat ik van Katherine merkte was haar trage, oppervlakkige, beheerste ademhaling.

Waarom was zij niet net zo pissig als ik? Waarom trapte ze geen scène en schold ze hem niet de huid vol? Zij had de leiding van het team, zij was de baas, zij moest hem redden. Ze zou op hem in moeten praten om de waarheid uit hem te trekken. Ze zou woedend moeten zijn omdat hij zich zo dom gedroeg en het ons onmogelijk maakte om hem goed te verdedigen.

Maar dat was ze niet. Ze bleef ijzig kalm.

11

Ik moest wachten tot elf uur die avond om de baas van het JAG-korps te kunnen bellen. Hij was er niet, maar ik kreeg zijn plaatsvervanger aan de lijn, een brigadegeneraal die Courtland heette, een mooie naam voor een advocaat. In de loop van de jaren had ik een paar keer met hem samengewerkt. We kenden elkaar niet zo goed, maar noemden elkaar wel bij de voornaam. Dat betekende in militaire termen dat hij mij Sean noemde en ik hem generaal.

'Morgen, generaal,' zei ik. 'Ik hoop dat het een mooie dag is daar.'

'Warm, vochtig en benauwd. En over vijf minuten heb ik een vergadering. Wat kan ik voor je doen, Sean?'

'Ik vroeg me af of u wist wie er als auditeur-militair is aangesteld in de zaak-Whitehall.'

'Eh... ja, dat weet ik. Eddie Golden. Ken je hem?'

Dat was een loze vraag. Iedereen bij het JAG kende Eddie Golden of had van hem gehoord.

De luchtvaartdienst van de marine heeft een mooie naam voor haar beste gevechtsvlieger: Top Gun. Dat weet inmiddels de hele wereld, dankzij de melige film met die titel. Het JAG-korps heeft geen gevechtsvliegers, maar wel een soortgelijke titel voor de aanklager die de meeste boeven achter de tralies heeft gebracht: de Hang Man. En al zes jaar lang was Eddie onbetwist onze Hang Man.

Eddie en ik hadden twee keer tegenover elkaar gestaan in de rechtszaal, en aangezien Eddie nog steeds de regerende Hang Man was, had ik geen deuk kunnen slaan in zijn reputatie. Gelukkig nam niemand mij dat kwalijk – behalve mijn cliënten uiteraard – omdat het allebei vrij hopeloze zaken waren geweest. Maar ik was behoorlijk onder de indruk van Eddies optreden.

Hij lijkt nog meer op Robert Redford dan Robert Redford zelf, als dat zou kunnen. Eddie is jongensachtig, geestig en briljant. Hij weet precies op het juiste moment toe te slaan en vrouwelijke leden van de krijgsraad zijn als was in zijn handen. Zelfs de mannen zijn niet ongevoelig voor zijn charme. Eddie heeft namelijk de gave van de paus, zoals dat in onze kringen heet. Als de paus op een prachtige, zonnige dag een wandeling maakt en zijn paraplu opsteekt, zal iedere katholiek binnen een straal van enkele kilometers hetzelfde doen. De paus is immers on-feilbaar. Hetzelfde geldt voor Eddie, tenminste in een rechtszaal.

Ik ben geen wraakzuchtig type, maar ik hou er niet van om twee keer achter elkaar in het stof te bijten. Ik kan leven met een gelijkspel, want dat scheelt niet zoveel met een overwinning. Niet iedereen houdt van winnaars, maar niemand houdt van verliezers. Ik ben tevreden met een plaatsje in de middenmoot. Maar het was een onverteerbaar voor-uitzicht om drie keer op rij van Eddie te verliezen.

Eddie is namelijk geen prettige winnaar. Iedere raadsman die hij ver-slaat stuurt hij een honkbalknuppel met een kerf erin. Dat weet ik, om-dat ik al twee van die knuppels achter in mijn kast heb liggen.

'Shit,' zei ik dus. De generaal grinnikte. 'Kan ik je verder nog helpen?'

'Nee. U wordt bedankt.'

En we hingen op.

Het vreemde was dat dit telefoongesprek me geweldig inspireerde. Mis-schien heb ik dat nog niet gezegd, maar ik mag Eddie niet erg. Nee, laat ik het anders stellen: ik heb de pest aan Eddie.

In het Latijn bestaat een mooie spreuk: *Palmam qui meruit ferat*, wat vrij vertaald neerkomt op: 'Niemand kan aan hem tippen, behalve hij-zelf.' Dat geldt ook voor Eddie. Hij is een zelfvoldane, arrogante, over het paard getilde lul die toevallig altijd wint en niemand de kans geeft dat te vergeten.

Met het vaste voornemen om nooit meer zo'n slaghout van hem te krij-gen bleef ik tot één uur wakker om me door nog een paar dossiers van de stapel heen te werken. Ik begon met Jacksons eerste verklaring.

Soldaat Everett Jackson was twintig jaar oud, kwam uit Merryville in Mississippi en had in dienst een opleiding tot schrijver gevolgd. Hij zat al bijna een jaar in Korea en in zijn hele dossier was niets bijzonders te vinden. Hij leek me een gewone jongen die na zijn middelbare school geen zin of geen kans had gehad om te studeren en daarom met-een in het leger was gegaan, misschien vanwege het avontuur, mis-schien om van huis weg te komen, misschien omdat hij niets beters wist te doen. Maar hij was intelligent genoeg. Zijn GT-score, een militaire test, was 126. Dat is vergelijkbaar met je IQ, dus dom was hij niet.

Ik bekeek de foto die aan de binnenkant van het omslag was geniet en probeerde te vergeten dat ik al wist dat hij homo was. Maar eerlijk ge-zegd zag je dat meteen. En dat is niet eenvoudig, op een zwartwitfoto-tje van het leger waarop iemand in uniform in de houding staat, maar toch was het zo. Hij maakte een weke, verwijfde indruk.

Voordat het gedoogbeleid bestond zou Everett Jackson al binnen tien seconden na aankomst op de opleiding zijn afgevoerd. Een doorgewinterde sergeant-majoor zou aan één blik genoeg hebben gehad. Snuivend zou hij de jongen hebben meegesleurd naar de latrine, hem recht in zijn ogen hebben gekeken en hem hebben toegesnauwd: 'Heb het hart niet om te liegen, knul. Waar steek jij graag je pikkie in?'

Moran had in zijn eerste verklaring beweerd dat hij Jackson had meegenomen naar Whitehalls flat omdat de arme jongen zo weinig vrienden had en altijd maar in zijn eentje in de kazerne zat. Misschien had hij gelijk. De andere jongens hadden waarschijnlijk een hekel aan Jackson en meden hem als de pest.

Maar het intrigeerde me waarom Moran hem had uitgekozen, hem tot schrijver had bevorderd en een verhouding met hem was begonnen. Moran was een stoere, mannelijke vent in wie niemand een homo zou vermoeden. Tenzij hij optrok met een mietje zoals Jackson, natuurlijk. Ik wist niet zeker of Moran en Jackson een verhouding hadden, maar op basis van de feiten leek dat een logische conclusie.

Alleen... waarom had Moran het risico genomen om met Jackson om te gaan als hij zo overduidelijk homoseksueel was?

Hoe dan ook, Jacksons eerste verklaring klopte volledig met die van Whitehall en Moran, vooral omdat hij zogenaamd nergens van wist. Hij was veel te dronken geweest, beweerde hij. Hij zoop altijd te veel. Precies om kwart voor twaalf was bij hem het licht uitgegaan. Dat geloofde ik niet erg. Niet veel mensen keken op hun horloge voordat ze aan de drank bezweken.

Het volgende dat hij zich herinnerde was dat hij bij zijn schouder werd gepakt door iemand die riep dat hij naar de slaapkamer moest verkassen, de tweede kamer links. Dat deed hij. Daarna zou hij als een blok hebben geslapen tot hij om halfzes wakker werd gemaakt door Moran, die hem vertelde dat No dood was. Hij was opgestaan, vertelde hij, en de gang door gelopen om een blik in de kamer te werpen. Daar had hij een korte glimp van het lichaam opgevangen, meer niet, omdat het toen al wemelde van de Koreaanse politiemensen.

Ik legde het dossier neer en las opnieuw de verklaring van sergeant Wilson Blackstone, de eerste MP die op het toneel was verschenen. Volgens Blackstone waren hij en zijn partner pas om 06:08 uur bij het appartement aangekomen. De Koreaanse politie was er toen al. Ik controleerde de verklaring van de dienstdoende MP-officier, die Blackstone ernaartoe had gestuurd. Dat bleek dezelfde kapitein Bittlesby te zijn die ik had gesproken om een Humvee met escorte naar de ambassade te regelen.

Volgens Bittlesby had hij om 05:29 uur een telefoontje van Moran gekregen. Na overleg met zijn kolonel had hij vervolgens met de hoofdinspecteur van het bureau in Itaewon gesproken. Dat was om 05:45 uur. Het moest de Koreaanse hoofdinspecteur twee tot drie minuten hebben gekost om zijn mensen naar het appartement te dirigeren. Itaewon is niet groot. Als het verkeer niet al te druk was om die tijd van de nacht, zouden de Koreaanse agenten misschien tien tot vijftien minuten nodig hebben gehad om Whitehalls appartement te bereiken. Dat betekende dat de Koreanen daar pas om 06:00 uur waren aangekomen, niet veel eerder dan Blackstone.

Met andere woorden, Jackson had gelogen over wat hij wist – en misschien nog over veel meer dingen. Er gaapte een kloof van minstens dertig minuten tussen het moment waarop Moran hem had gewekt en de komst van de Koreaanse agenten.

Het was maar een gok, maar de kans leek me groot dat Whitehall, Moran en Jackson die dertig minuten hadden gebruikt om de situatie te bespreken en hun plan te trekken. Jackson was slim genoeg om dat te verbergen, maar niet zo slim dat hij in zijn verklaring de tijden had aangepast.

Maar wat dan nog?

Het wettigde het vermoeden dat er in elk geval een halfslachtige poging was gedaan om een gezamenlijk alibi te construeren, een gemeenschappelijk verhaal om elkaar te dekken.

Maar daarbij was er iets verkeerd gegaan. Er was een kink in de kabel gekomen en Whitehall had de schuld gekregen. Om te begrijpen waarom hun strategie was mislukt, moest ik eerst hun plannetje reconstrueren.

Ik probeerde me voor te stellen hoe het was gegaan. Het waren allemaal militairen: een kapitein, een sergeant der eerste klasse en een gewoon soldaat. In een ideale wereld betekende dat een gietijzeren pikorde. Whitehall of Moran zouden een plan hebben bedacht. Soldaat Jackson zou gewoon hebben gehoorzaamd. Waarschijnlijk was hij toch al doodsbang om als homo te worden ontmaskerd, om bij een moord te worden betrokken en om in het buitenland door de politie te worden gearresteerd. Jackson zou braaf hebben meegewerkt.

Tenminste, onder normale omstandigheden. En dit was allesbehalve normaal. Het ging om vier homoseksuele mannen, in verschillende seksuele relaties waar ik nauwelijks zicht op had. De hele wereld leek op zijn kop gezet.

Er speelden hier te veel dingen waar ik niets van begreep, dingen die me boven mijn pet gingen. Whitehall had me goed ingeschat. Ik wist bijna niets van homo's en hun verhoudingen. Maar ik kende wel iemand die volledig op de hoogte was.

Dus verliet ik mijn kamer, daalde twee verdiepingen af met de lift en liep naar kamer 430. Ik klopte luid, drie keer, en trok een onschuldig gezicht.

Het licht ging aan in de kamer, het kijkgaatje werd donker, de grendel werd teruggeschoven en de deur zwaaide open.

Katherine droeg een dun T-shirt dat tot een kwart van haar dijen reikte. Ze had inderdaad mooie benen, met lange, strakke spieren, slanke kuiten en fijne enkels. Haar haar zat in de war en ze keek slaperig. Toen ze me zag, kreunde ze nadrukkelijk, niet echt blij om me te zien.

Het deed me genoegen dat ik haar uit haar slaap had gehaald, maar ik probeerde het niet te laten blijken. 'Sorry dat ik je wakker maak,' loog ik luchtig en onverschillig, 'maar ik heb een paar vragen.' Dat laatste was geen leugen.

'Drummond, het is één uur 's nachts!'

'Ja, dat is waar,' zei ik, terwijl ik me langs haar heen wrong. 'Maar je bent nu toch al wakker. Dus kunnen we wel even praten.'

Ze volgde me met een ingehouden vloek en leunde tegen een muur met haar armen over elkaar. 'Ik hoop dat het belangrijk is, Drummond. Echt belangrijk.'

'Goed,' zei ik, terwijl ik me in een stoel liet vallen en mijn voeten op haar bureau legde om haar duidelijk te maken dat dit wel even ging duren. 'Punt één. Geloof jij Whitehall als hij zegt dat No en hij geliefden waren?'

Ze ging weer op bed zitten, schoof onder de lakens en trok ze op tot aan haar kin. 'Drummond, ik ben advocaat, geen leugendetector, als je dat nog niet wist.'

'Ja. Maar ik heb een probleem. Het was een feestje van vier homo's. Een van hen wordt vermoord en in zijn lichaam wordt sperma aangetroffen van twee verschillende mannen. Een van die mannen beweert dat hij en het slachtoffer zielsveel van elkaar houden, een eeuwige liefde die je maar eens in je leven overkomt. Begrijp je mijn probleem? Zijn homo's niet jaloers, zoals hetero's?'

'Natuurlijk wel.'

'Hoe verklaar je dit dan? Als Whitehall en No van elkaar hielden, klopt er iets niet. Waarom zou Whitehall Moran hebben gevraagd om te blijven slapen als hij Whitehalls liefje had verkracht?'

'Ik denk ook niet dat No door Moran is verkracht,' zei ze.

'O nee?'

Ze staarde me lang en nadrukkelijk aan. 'Weet je hoe zeldzaam homoseksuele verkrachtingen zijn?'

'Nee, eerlijk gezegd niet,' gaf ik toe. 'Helaas zit mijn hoofd al vol met nutteloze hetero-ideeën.'

Als ze de ironie al begreep, ging ze er niet op in. 'Dat komt nauwelijks voor, althans niet tussen volwassenen. Homo's zijn seksueel veel minder agressief dan hetero's. Zelfs homoseksuele pedofielen gaan zelden tot verkrachting over, hoewel pedofilie automatisch als verkrachting wordt aangemerkt omdat de slachtoffers minderjarig zijn. Toch is er haast nooit sprake van geweld. Vergeet alles wat je weet over heteroseksuele verkrachtingen.'

'Dus jij beweert dat homoverkrachtingen icts heel anders zijn dan heteroverkrachtingen?'

'Verkrachting is verkrachting, los van de seksuele geaardheid. Ik zeg alleen dat bij meer dan de helft van de heteroverkrachtingen het slachtoffer en de aanvaller elkaar in elk geval kennen. Ook dat is zeldzaam bij homoverkrachtingen. Behalve in de gevangenis, daar gelden die regels weer niet.'

'Ja, en? Jij gelooft dus niet dat No door Moran is verkracht?'

'Wil je echt mijn mening weten?' vroeg ze, met maar een lichte ondertoon van scepsis of sarcasme.

'Wat doe ik hier anders?' vroeg ik. Ik zweeg natuurlijk over de voldoening om haar midden in de nacht uit haar slaap te halen.

'Goed. Ik zal je zeggen wat ik denk. Volgens mij hebben Moran en Thomas vrijwillig van partner gewisseld.'

'Met instemming van die partners?'

'Het zijn volwassen mannen. Zonder hun instemming is dat bijna uitgesloten.'

'Maar waarom zou Whitehall een partner willen opgeven van wie hij zoveel hield, zoals hij beweert?'

'Het is maar een vermoeden, oké? Eigenlijk heeft Thomas je vanavond het motief al genoemd. Hij en No wisten dat hun liefde geen enkele kans had. Thomas zou over vier weken naar Amerika teruggaan. No ging niet mee. Misschien had Thomas, of No, besloten dat het tijd was om elkaar vaarwel te zeggen.'

'Dus jij denkt dat die partnerruil een manier was om van elkaar af te komen? Een soort echtscheiding?'

'Dat zou kunnen. Vergeet niet dat je het over homo's hebt. Ze zochten een nette manier om zich emotioneel van elkaar te distantiëren. Een fysieke scheiding was misschien de eerste stap.'

'En dat deden ze door een soort orgie met partnerruil?'

'Nee, Drummond. Ik denk juist dat het heel behoedzaam en discreet gebeurde. Waarschijnlijk hebben ze zoveel gedronken om hun gevoelens te onderdrukken en zich voor te bereiden op iets wat emotioneel heel zwaar zou zijn. Op een gegeven moment tijdens die avond hebben

ze van partner geruild en zijn ze naar verschillende slaapkamers gegaan.'
'Bij wijze van scheiding?'
'Dat is mogelijk.'
'Komt dat vaker voor? Gaan homo's daar zo mee om?'
'Is er een vaste manier waarop hetero's met een afscheid of een scheiding omgaan?'
'Natuurlijk niet.'
'Homo's dus ook niet. Elke relatie en elke scheiding is weer anders.'
'Goed,' zei ik. 'Denk hier dan ecns over na. Er lag ongeveer een halfuur tussen de ontdekking van No's lijk en de komst van de politie. Wat hebben ze in die tijd gedaan?'
'Wie heeft de politie gebeld?' vroeg ze.
'Moran.'
'O ja? En waarom?'
'Wat?'
'Waarom heeft hij de politie gebeld? Denk na, Drummond. Hij wordt wakker en vindt een lijk in het appartement. Als hij de moordenaar was, of er iets mee te maken had, waarom zou hij dan de politie hebben gebeld? Zouden hij en Thomas niet een manier hebben gezocht om van het lijk af te komen? Zouden ze niet de koppen bij elkaar hebben gestoken om het lijk stiekem de flat uit te smokkelen en ergens in een bos achter te laten, waar het nooit gevonden zou worden? Nou?'
'Dat zal wel, ja.'
'Maar in plaats daarvan heeft Moran de politie gebeld.'
'Wist Whitehall dat?'
'Dat lijkt me wel, ja.'
'Laat ik het dan anders benaderen. Whitehall had ruzie met No. De liefde van zijn leven heeft zojuist geweigerd om met hem mee te gaan naar Amerika. Hij voelt zich afgewezen, gedumpt.'
'Oké...'
'Ze bedenken die partnerruil, maar dat blijkt geen oplossing. Het maakt Whitehall juist ziek van jaloezie. Hij wordt kwaad. Ze verdwijnen samen naar de slaapkamer en hebben seks, maar Whitehall kan zijn emoties niet de baas. Hij wordt agressief. Eerst slaat hij No in elkaar. Misschien raakt hij hem in zijn middenrif, zodat hij geen lucht meer krijgt. Dan trekt hij No een riem om zijn nek en voor hij het weet heeft hij de jongen vermoord. Opzettelijk of niet. Het kan een moment van smeulende woede zijn geweest die opeens tot uitbarsting kwam. De rest van de nacht ligt hij wakker om te bedenken wat hij moet doen. Om te beginnen houdt hij zich slapend als Moran om halfzes de deur van de kamer opendoet.'

121

'Waarom laat hij Moran dan de politie bellen? Waarom probeert hij hem daar niet van af te brengen?'

'Dat is het tweede deel van zijn plan. Whitehall is slim. Als hij protesteert, is dat een schuldbekentenis. In plaats daarvan roept hij: "Godallemachtig, kijk nou eens! Iemand heeft mijn vriendje vermoord! Bel de politie, snel!"'

'Tenzij Thomas echt verbaasd was.'

'Nee, begrijp je het niet? Door zich van de domme te houden wint hij het vertrouwen van Moran en Jackson, zodat ze samenspannen om hem een alibi te geven. Niemand heeft gezien dat hij No heeft vermoord. De andere twee zijn totaal in verwarring en hebben zelf ook dingen die ze willen verbergen. Dus geven ze hem het voordeel van de twijfel. Thomas hoopt dat ze bereid zijn een paar leugens te vertellen om zijn verhaal te ondersteunen. Hij weet dat ze bang zijn voor ontdekking. Hij maakt misbruik van hun vertrouwen en hun angst en waagt de gok.'

'Geen ideaal plan, zou ik denken.'

'Nee, maar we hebben het over een vent die in een aanval van woede zijn geliefde heeft vermoord. Hij is in paniek. Hij was dronken en heeft in een impuls gehandeld. Een ideaal plan is niet mogelijk. Hij weet dat hij het lichaam niet de flat uit krijgt zonder dat Moran en Jackson wakker worden, of de kans loopt om te worden betrapt door een Koreaan die toevallig de lift in stapt als hij daar met een lijk over zijn schouder staat. Hij moet dus improviseren.'

'Weet je,' zei ze, 'volgens mij is dat de lijn die de aanklager zal volgen.'

'Precies. Dat zou ik ook doen, in zijn plaats,' beaamde ik, zonder erbij te zeggen dat ik juist daarvoor naar haar kamer was gekomen: om Eddies strategie te ontleden en er een goede verdediging tegenover te stellen.

Katherine lachte bijna vriendelijk. 'Weet je, Drummond, ik zeg het niet graag, maar je bent best een redelijke advocaat.'

'Ik?' vroeg ik. 'Jij had dit toch bedacht?' Dat was ook zo. Ze had het allang bedacht voordat ik ermee kwam, dus vroeg ik me af wat ze nog meer voor me verborgen hield.

Ze keek me aan over de lakens. 'Is dat een compliment?'

Ik glimlachte. 'Ja, dat is het.'

Ze staarde even naar de muur. 'Ik had nooit gedacht dat ik het nog eens zou zeggen, maar we zijn wel een aardig team.'

'In sommige opzichten wel,' gaf ik met tegenzin toe.

Katherine sloeg de lakens terug, stapte uit bed en trippelde op blote voeten naar de badkamer. Even later hoorde ik water stromen. Ze kwam terug en dronk wat uit een glas. Misschien verbeeldde ik het me, maar ik durfde te zweren dat ze haar haar had gekamd. Het stak niet langer alle kanten uit, maar hing weer als een mooie, lange vlag tot op haar billen. Ze pakte een stoel, trok hem tegenover me en ging zitten. Toen tilde ze die fraai gevormde benen op en zette ze haar voeten naast de mijne.

Het was een bijzonder stimulerend gebaar, zal ik maar zeggen. Ik bedoel, lesbisch of niet, mooie benen had ze wel. Ik ben maar een gewone vent, en hoewel ik wist dat ze een verboden vrucht was, trok mijn lichaam zich daar niets van aan. Op dat moment ontdekte ik bovendien dat ze geen beha droeg onder dat korte, dunne T-shirt. Die leuke kleine jongens van haar dansten een beetje op en neer en de zoom van haar T-shirt schoof omhoog tot boven aan haar dijen. Omdat ze lesbisch was, had ze waarschijnlijk geen idee wat voor uitwerking dat op me had.

Ridderlijk als ik ben probeerde ik uit alle macht om alleen maar naar de vloer te kijken, naar de tafel of de muur – wat dan ook, maar niet naar haar. Het lukte niet, maar ik zweer dat ik mijn best deed.

'Goed,' zei ze, zich er kennelijk niet van bewust dat het de jongeheer geen fluit kon schelen dat ze een pot was, zolang ze maar over de juiste onderdelen en apparatuur beschikte. En dat deed ze. Geloof me, dat deed ze.

'Ben je er nog steeds van overtuigd dat Whitehall schuldig is?' vroeg ze.

'Ja... voor honderd procent,' zei ik, terwijl ik over mijn voorhoofd wreef om mijn ogen te verbergen, zodat ze niet kon zien dat ik naar haar snoezige voetjes staarde.

'En geloof je in mijn hypothese dat ze aan partnerruil deden?'

'Eh... ja, natuurlijk. Waarom niet? Ik bedoel, het zou niet mijn manier zijn om een eind te maken aan een relatie, maar het is niet onmogelijk.'

Ze nam een slok water en ik voelde dat ze naar me keek, hoewel ik het niet zag, omdat mijn ogen op dat moment van haar elegante voeten langs haar fluweelzachte schenen omhooggleden.

'Denk nog even met me mee. Je vroeg vanavond aan Thomas wie No vermoord zou kunnen hebben. Laten we beginnen met Moran. Hij is een vriend van Whitehall, niet? Hij weet wat Whitehall van plan is en helpt hem bij zijn plannetje door een willige partner mee te brengen.'

'Een echte vriend,' beaamde ik sarcastisch.

Katherine had ook mooie knieën, viel me op: niet te groot, niet te klein, niet te knokig, niet te vlezig. Mijn moeder zei dat je een vrouw altijd op haar knieën moest beoordelen. Dat klinkt misschien raar, maar op een vreemde manier had ze wel gelijk.

'Drummond,' zei Katherine opeens, 'hou daarmee op.'

'Wat?' vroeg ik. Ze had me zeker zien gluren.

'Hou op met die heterovooroordelen. Homo's leven in een andere wereld met andere normen. Vooral homo's in het leger.'

'Oké, dus Moran is een geweldige vent,' zei ik, terwijl ik haar knieën vergat en me vergaapte aan haar dijen. 'De nobele kameraad die iedere man zich wenst. Maar wie is Jackson? Morans vaste vriendje of een gewillige slijmbal?'

'Niets meer dan een bereidwillige partner, denk ik. Misschien dat Moran een paar keer met hem geslapen heeft. Er is wel een fysieke band, maar geen emotionele relatie.'

Met een moedige krachtsinspanning maakte ik mijn blik van haar benen los en keek haar aan. Opeens viel het me op dat haar ogen het groenste groen waren dat ik ooit had gezien: diepe poelen tussen gras en bomen, met een glinsterend licht. Er was iets vreemds in de manier waarop ze me aankeek. Maar daar vergiste ik me in. Ze was lesbisch en we hadden zwaar de pest aan elkaar. Anders zou ik hebben gezworen dat ze me zat te versieren.

Ik bedoel, we waren in een hotelkamer, midden in de nacht, met een lekker groot bed. En ze zat vlak naast me, halfnaakt, zo dichtbij dat ik haar haar kon ruiken – lekker luchtje, trouwens.

Maar dit was krankzinnig. We mochten elkaar niet eens.

Toch, krankzinnig of niet, het leek me beter om te vertrekken, en snel ook. Ik bedoel, het kan je zelfbeheersing behoorlijk ondermijnen om zo lang en zo dicht naast een mooie, half ontklede vrouw te zitten.

Haastig stond ik op. 'Hé, ik moet weer gaan,' zei ik met een scheve grijns.

Heel even keek ze stomverbaasd. Als ik niet beter had geweten, zou ik hebben gedacht dat ik een gekwetste blik in haar ogen zag. 'Ga je nou al weg? Heb je me daarvoor uit bed gehaald?'

'Ik weet het. Sorry, alleen... mijn hoofd loopt om. Ik, eh... ik ben doodmoe,' zei ik, terwijl ik haastig de aftocht blies.

Ik had de deur al open en stond half op de gang toen ik Katherine hoorde grommen: 'God, wat kun jij ook een lul zijn, Drummond.'

Waar sloeg dát nou weer op? Ze had blij moeten zijn dat ik haar de kans gaf om weer te gaan slapen. Ik trok de deur achter me dicht en liep mopperend naar mijn kamer terug.

Het duurde een tijdje, maar eindelijk drong het tot me door. De meeste mensen zouden denken dat ik een enorme blunder had gemaakt, dat ze me zichzelf op een presenteerblaadje had aangeboden en dat ik zo stom was geweest om weg te lopen. Misschien was ze niet honderd procent lesbisch, maar bi, en was ik toevallig binnengekomen op een avond dat ze in een betoverende heterostemming was.

Maar andere mensen kennen Katherine Carlson niet zo goed als ik. Ze had me gewoon een lesje willen leren omdat ik haar midden in de nacht had wakker gemaakt. Of misschien had ze me op mijn nummer willen zetten uit principe. Zo zijn sommige vrouwen, geloof me. Het draait allemaal om macht, en de snelste en zekerste manier voor een vrouw om die macht te krijgen is haar benen te laten zien, verleidelijk te lachen en dan verontwaardigd te reageren als de hitsige stier begint te snuiven en met zijn hoef in het zand begint te wroeten.

Ze had de lakens teruggeslagen, was uit bed gestapt, en ik was er bijna met open ogen ingetuind. Het scheelde maar een haartje of ik had een geweldig figuur geslagen. Gelukkig had ik haar doorzien en haar niet de kans gegeven om me voor joker te zetten door me koeltjes te bevelen mijn hand weg te halen en me de deur uit te gooien. In de strijd tussen de seksen had ik deze slag gewonnen.

Voor iedereen behalve Katherine Carlson zou zoiets veel te geniepig en uitgekookt zijn geweest. Maar ik kende haar. Ik kende haar door en door. Ze was de meest rancuneuze en manipulatieve advocaat die ik ooit had meegemaakt. Niemand kan zo'n muur optrekken tussen zakelijk en privé; een deel van dat gif moest naar haar persoonlijke leven lekken.

Hoe dan ook, de douche was zo koud dat het water op mijn huid leek te branden. Ik stierf bijna de bevriezingsdood, maar ook dat overleefde ik.

12

Om vier uur ging de wekker. Ik smeet hem bijna tegen de muur en trok de dekens over mijn hoofd. Maar de ochtendstond had goud in de mond, mompelde ik tegen mezelf, dus liet ik me uit bed zakken en deed ik vijftig snelle push-ups om mijn bloedsomloop op gang te brengen.

De reden voor het vroege uur was dat ik Katherine van haar rampzalige strategie wilde afbrengen. En daar had ik hulp bij nodig. Zonder het te weten ging Whitehall me die hulp geven. Hij zou mijn troef worden.

Slaperig pakte ik de telefoon en ik vroeg roomservice een vers gezette pot koffie te brengen. Ik benadrukte het woordje 'vers'; ik had geen trek in de droesem uit de pot van middernacht.

Daarna stapte ik onder mijn tweede koude douche binnen vier uur. Toen ik eronder vandaan kwam, stonden mijn ogen zo ver open dat de aardige jongen die mijn koffie kwam brengen waarschijnlijk dacht dat ik mijn vinger in het stopcontact had gestoken. Ik gaf hem een flinke fooi en zette de pot bij het raam. Toen trok ik de gordijnen open en ik staarde naar de lichtjes in de verte.

De Koreanen zijn een hongerig, ijverig, hardwerkend volk en de stad begon al tot leven te komen. Kleine scooters met hoge stapels textiel en andere producten stoven al door de straten om hun eerste bestellingen af te leveren bij winkels en groothandels. De bestellers moesten om drie uur zijn opgestaan om al zo vroeg op straat te kunnen zijn. Wat een leven.

Ik pakte de telefoon en vroeg de centrale om het kantoor te bellen van de secretaris van de Amerikaanse militaire academie in West Point. Een hoge, timide vrouwenstem antwoordde en ik zei dat ik de secretaris wilde spreken.

'U bedoelt kolonel Hal Menkle?' vroeg ze beleefd, ik zei beleefd ja en ze vroeg me beleefd om een moment te wachten.

Omdat het West Point was kreeg ik inspirerende marsmuziek te horen tijdens het wachten. Ik marcheerde zachtjes op de plaats tot een norse stem vroeg: 'Wat kan ik voor u doen?'

'Kolonel Menkle?'

'Die wilde u toch spreken?'

Soms weet je meteen dat je iemand niet mag.

'U spreekt met Sean Drummond,' zei ik, 'advocaat van een van de mindere sterren van uw roemruchte academie: Thomas Whitehall. Lichting '91. Ooit van gehoord?'

Het bleef even stil voordat hij zei: 'In '91 was ik hier nog niet. Maar ik weet natuurlijk wie Whitehall is, zoals iedereen.'

'Dat zal wel, ja.'

'We worden al weken overstroomd met verzoeken om inlichtingen door de pers. Wilt u zijn natuurkundeprofessor spreken? Of zijn priester? Zelfs een van zijn voormalige kamergenoten werkt nog aan de faculteit. We hebben een hele lijst. Met wie wilt u beginnen?'

'Die kamergenoot lijkt me wel interessant.'

'Kapitein Ernest Walters. Hij doceert nu werktuigbouwkunde. Eén moment, dan verbind ik u door.'

Er verstreek een seconde, het toestel ging drie keer over en ik hoorde een afgemeten, plichtmatige stem: 'Afdeling Werktuigbouw, kapitein Walters.'

'Hallo, Ernie,' zei ik alsof we de beste vrienden waren, 'je spreekt met majoor Sean Drummond. Ik ben advocaat en een van de verdedigers van je oude kamergenoot Thomas Whitehall.'

'Hoe kan ik u helpen, majoor?' vroeg hij, zo formeel dat het meer klonk als: hé, ik ben je vriend niet, man. Val dood.

'Ha ha,' grinnikte ik, alsof het me niet opviel, 'het moeten een paar moeilijke weken voor je zijn geweest, of niet, Ernie?'

'Ja,' antwoordde hij kil, nog steeds ongevoelig voor mijn warme douche van hartelijkheid. Maar dat was een kwestie van tijd. Ik bedoel, ik kan ongelooflijk charmant zijn en flink met de stroopkwast werken.

'Ik zou niet graag in je schoenen staan,' hield ik dapper vol. 'Ik durf te wedden dat je heel wat ellende over je heen hebt gekregen.'

'Die zeven valse oproepen voor een aids-test op het laboratorium, bedoelt u? Nee, dat was niet leuk.'

'Ach, dat valt nog wel mee.'

'O ja? Dan heb ik het alleen over vanmiddag. Gisteren heeft een of andere klootzak mijn bureauladen volgepropt met roze onderbroeken. Vorige week hebben een paar cadetten 's nachts in mijn lokaal ingebroken, mijn bureau felroze geschilderd en mijn naambordje veranderd in MEVROUW WHITEHALL.'

'Hé, Ernie, ik begrijp wat je moet doormaken. Ik heb dat zelf ook. Een paar dagen geleden heeft een of andere klootzak zelfs het woord "homo's" boven de deur van mijn kantoor geschilderd.'

'O ja?' vroeg hij, opeens veel toeschietelijker. 'Dat heb ik gezien, geloof ik, op CNN. Dat was u toch?'

'Ja, dat was ik,' zei ik. 'Je kunt je wel voorstellen wat een gedonder ik daarmee gekregen heb.'

'Dat was niet gering, zeker?'

'Hou op. De generaals stonden in de rij om me te bellen. Je zou denken dat ik de dochter van de president zwanger had gemaakt. Ik zeg je eerlijk, Ernie, het was een ramp.'

'O ja?' vroeg Walters. Hij klonk nu veel jovialer, wat nog eens bewees dat gedeelde smart halve smart is. 'Moet u horen. Ik ben al acht jaar getrouwd, oké? Ik had al verkering met haar op school en toen ik hier studeerde. Ik bedoel, we hebben drie kinderen. Een paar avonden terug liggen we in bed en opeens draait ze zich naar me toe met zo'n vreemde blik in haar ogen en zegt: "Schat, is er misschien iets wat je me wilt vertellen? Wat dan ook?" Dat gelóóf je toch niet? Ik had haar bijna een dreun verkocht.'

'Jezus. Je eigen vrouw. Dat wordt toch te gek,' zei ik.

'Ik heb het natuurlijk niet gedaan – haar geslagen, bedoel ik. Maar ik ben er wel op geklommen voor een potje rampetampen, tot drie uur in de nacht. Het duurde twee dagen voordat ze weer normaal kon lopen, ik lieg niet. Ze zal niet gauw meer aan mijn mannelijkheid twijfelen, dat verzeker ik je.'

'Ha ha,' grinnikte ik, nu Ernie en ik zo'n geweldige band hadden gekregen door ons gedeelde leed. De kilte was uit zijn stem verdwenen en hij klonk nu ontspannen – echt zo'n jongen uit de Bronx. Niet meer te stuiten als ze eenmaal op hun praatstoel zitten.

Nog steeds grinnikend vroeg ik hem: 'Wat kun je me over Whitehall vertellen, Ernie?'

'Dat ligt eraan. Wat wilt u weten?' antwoordde hij.

'Wat was hij voor iemand?'

'Verdomme, dat vraagt iedereen. Ik weet het niet. Een gewone vent.'

'Toe nou, Ernie. Ik ben niet iedereen. Ik sta straks tegenover een krijgsraad van tien gevoelloze klootzakken die ik een goede reden moet geven om hem niet vijftigduizend volt door zijn donder te jagen. Dus is het belangrijk om te weten wat hij voor iemand was.'

Daar scheen hij even over na te denken, want het bleef een hele tijd stil voordat hij antwoord gaf. Ik nam een groot risico. Misschien had hij Whitehall niet gemogen en kon het hem geen reet schelen of ze hem zouden roosteren als een kerstkalkoen. Maar wat voor keus had ik?

'Blijft het onder ons?' vroeg hij.

'Absoluut.'

'Ik bedoel, dit is niet de onzin die ik aan journalisten vertel om me de pers van het lijf te houden, begrijpt u?'

'Ernie, ik zweer het, van mij krijgen ze geen woord te horen.'

'Oké. Eigenlijk mocht ik Whitehall graag. Hij was een aardige vent en we waren goede vrienden.'

Hij zei het aarzelend, als iemand die zijn teen in het badwater steekt om de temperatuur te testen.

'Waarom?'

'Ach, ik weet het niet. Hij was een geweldige kerel. En een goede cadet. Hij speelde het spelletje mee. Dat bedoel ik niet negatief. Je kon hem vertrouwen. Hij stond voor je klaar als je hem nodig had.'

'Serieus?' vroeg ik.

'Ja, serieus. Ik zal u een verhaal vertellen. In het eerste jaar zat er een joch in mijn compagnie dat er niets van bakte. U kent dat type wel. Zijn schoenen waren niet goed gepoetst, zijn uniform zag er niet uit, hij was altijd de lul bij de kamerinspectie en hij vergat alle dingen die eerstejaars moeten leren en waarover ze elke dag door de ouderejaars worden overhoord. Dat joch was een hopeloos geval en dus kreeg hij last met de ouderejaars. Als een school piranha's schoten ze op hem af. Elke dag zaten ze hem op zijn nek, van 's ochtends vroeg tot 's avonds laat, zodat hij geen rustig moment had om te studeren en na een tijdje zo moe en wanhopig werd dat hij ermee wilde kappen. Dat was ook de bedoeling. Ze probeerden hem weg te pesten. Ze wilden het hem zo moeilijk maken dat hij vrijwillig zou vertrekken of voor al zijn examens zou zakken. Tommy Whitehall zat bij dezelfde sectie. Tommy was de ideale cadet, Mister Perfect, een van die figuren die op West Point aankomen en meteen weten hoe het systeem werkt. U kent dat type wel.'

'Ja.'

'De ouderejaars waren dol op Tommy Whitehall. Alsof hij Coca Cola in Pepsi kon veranderen, weet u wel? En tegen dat joch riepen ze altijd: "Hé, klojo! Kijk eens naar Whitehall. Neem een voorbeeld aan hem, man! Wat is je probleem?" Maar tot grote verbazing van iedereen verscheen Whitehall op een dag totaal onverzorgd op het appèl. Zijn schoenen leken met modder gepoetst, zijn uniform zat onder de vlekken en opeens kon hij zich nauwelijks zijn eigen naam herinneren. De ouderejaars gaven hem op zijn donder, maar niet te erg, omdat het Mister Perfect was, die nooit iets fout deed. Het moest toeval zijn, een incident, een foutje.'

'Ik begrijp het.'

'Maar het bleef tobben met Tommy Whitehall. Het ging bergafwaarts met de ideale student. De ouderejaars vergaten dat andere joch en stortten zich als haaien op Whitehall. Het leek wel zo'n bijbels principe, alsof er maar één ding erger is dan een gewone zondaar: een heilige die van zijn voetstuk is gevallen. Maar niemand wist dat Tommy elke avond tot middernacht wakker bleef om naar de kamer van die sukkel te sluipen en hem te helpen zijn schoenen te poetsen en zijn kamer gereed te maken voor inspectie. Hij hielp het joch zelfs om zijn studieachterstand in te halen. Hij sleepte hem erdoorheen. Als Tommy er niet was geweest, was die knul ermee gekapt of was hij van de academie geschopt. Dat staat vast.'

Ernie vertelde het met de duizelingwekkende snelheid van een echte New-Yorker, maar het was zo'n lang en ingewikkeld verhaal dat zelfs hij uiteindelijk moest stoppen om adem te halen.

Toen zei hij: 'U bent niet achterlijk, natuurlijk, als advocaat en zo. U hebt natuurlijk al geraden wie die sukkel was? Ik bedoel, ik zou hier niet hebben gezeten als Tommy Whitehall er niet was geweest. Ik zeg het u zoals het is. Niemand werkte zo hard als Tommy.'

'Waarom?'

'Shit, geen idee. Ik dacht gewoon dat hij een verdomd goede officier wilde worden. Zo was hij, begrijpt u? Volwassener dan de meeste jongens hier.'

'Volwassener? In welk opzicht?'

'Gedreven, vond ik. Hij kankerde en klaagde nooit en hij deed geen stomme dingen, zoals de meeste andere cadetten.'

'Serieus?'

'Ja, serieus. Ik lieg niet. En ook in de studievakken was hij bijna de beste van ons jaar. Hij had een goed stel hersens. En hij kon boksen. Hij is zelfs kampioen middengewicht geworden van New York. Hij heeft de gouden bokshandschoenen gewonnen. Voor wie iets van boksen weet, is dat zo'n beetje het nationale amateurkampioenschap, omdat de beste boksers uit het hele land daaraan meedoen.'

'Dat wist ik niet,' gaf ik toe.

'Nee. Nou, je leert Tommy ook niet snel kennen. Hij lijkt soms een ongelooflijke lul, totdat hij heeft besloten dat je wel oké bent. Alsof hij een muur van ijs om zich heen heeft, begrijpt u? Ik heb nooit geweten waarom. Nou ja, tot nu toe dan. Wie had dat nou kunnen denken?'

Die muur van ijs was me wel duidelijk. Daar keek ik doorheen. Maar dat zei ik natuurlijk niet.

In plaats daarvan vroeg ik: 'Dus je had nooit enig vermoeden?'

'Verdomme, nee! Shit, we hebben gemeenschappelijke douches hier. Als hij zo was, had je zijn pikkie toch wel zien reageren, niet?'

'Heeft niemand het ooit vermoed?'

'Nee, niemand. Er lopen nu een heleboel mensen rond die beweren dat ze altijd al hebben geweten dat hij een mietje was, maar dat is gelul. Hij heeft nooit iets laten merken. Sterker nog, er waren heel wat vrouwelijke cadetten die op hem aasden. Hij had elke avond een andere meid kunnen krijgen als hij had gewild.'

'Had hij wel afspraakjes?'

'Nee, maar ik heb altijd gedacht dat hij thuis een meisje had. Vier jaar lang had hij een foto op zijn bureau staan, een foto van een prachtige meid met donker haar, grote groene ogen en een smoeltje om je hart te breken. Ik heb er wel eens naar gevraagd, maar hij zei niet veel over haar. Achteraf moet dat camouflage zijn geweest: zo'n foto die al in een lijstje zit als je het koopt, van een model of zo. Die heeft hij erin laten zitten, zodat we allemaal zouden denken... nou, u weet wel.'

Ik luisterde nog maar half, omdat ik mijn beslissende vraag voorbereidde.

Zo nonchalant mogelijk vroeg ik hem: 'Ernie, denk je dat Whitehall een moord kan hebben gepleegd?'

Hij kon niet weten dat mijn voorzichtigheid een bedoeling had. Ik was van plan om kapitein Ernie Walters als getuige op te roepen, of hij wilde of niet. Hij had zoveel gloedvolle dingen gezegd over Whitehall dat hij de ideale getuige was. Ik stond op het punt hem een ticket voor Korea te sturen.

Met tegenzin antwoordde hij: 'Als ik eerlijk ben, majoor, denk ik van wel. Ja, ik geloof dat Tommy het gedaan zou kunnen hebben. Dat meen ik.'

Ik viel van mijn stoel van verbazing. 'O ja?'

'Ja. Maar alleen omdat ik hem heb zien boksen. Dat maakte hem zo verdomd goed. Ze noemden hem de dolle stier, weet u. Hij ging als een wilde tekeer in die boksring. Zijn tegenstanders waren als de dood voor hem.'

'Echt waar?' zei ik. 'Dus... wat denk je? Had hij een verborgen woede, een diepe pathologische motivatie?'

'Hoor eens, ik ben technicus, geen psycholoog. Buiten de ring was hij helemaal niet agressief, maar als bokser wel. Hij leek wel een wild dier dat uit zijn kooi was ontsnapt. Dat was geen boksen meer, dat was doodslag. Hij maaide met zijn armen en zijn vuisten als zo'n oude mitrailleur, *tak-tak-tak*, links en rechts, tot die andere vent onder het bloed zat. Maar Tommy ging door, hij bleef aanvallen. Als ik het zou moeten verklaren, met alles wat ik nu weet, zou ik denken dat het opgekropte woede was, dat het iets te maken had met zijn homoseksualiteit, ja.'

Op dat moment verspeelde Ernie Walters zijn gratis ticket naar Korea. Maar ik gaf het nog niet op.

'Wat denk je, Ernie, zijn er nog andere jaargenoten die een goed woordje voor Tommy zouden willen doen?'

'Verdomme, ik zou het niet weten. Er waren wel jongens met wie hij goed kon opschieten. Iedereen had respect voor hem, dat zeker. En na het eerste jaar durfde niemand hem voor de voeten te lopen. Een heleboel mensen wisten niet eens dat hij de gouden handschoenen had gewonnen, maar hij was ook kampioen van de brigade. Drie jaar achtereen, zelfs.'

'Vertel eens.'

'Oké, goed. Eens in het jaar verzamelen alle cadetten zich in de sporthal voor de boksfinales van de brigade. Het hoogtepunt van het jaar, zeg maar. Wie zich koning mag noemen – de *king...* of in dit geval misschien de *queen*,' grinnikte hij. 'Iedereen zag Tommy boksen. Twee of drie keer werd hij knap gewelddadig. Ik weet nog dat hij tegen een ouderejaars moest boksen die de voorafgaande twee jaar had gewonnen. Shit, dat zal ik niet gauw vergeten. Tommy sloeg hem helemaal verrot. Het bloed spatte in het rond. Hij ramde hem het ziekenhuis in. Die jongen had een gebroken neus, een verbrijzelde kaak en zijn ogen zaten twee dagen dicht. Wekenlang praatten we nergens anders over.'

'Dus iedereen wist dat hij een gewelddadig trekje had?'

'Hoor eens, majoor, als u wilt dat ik op het vliegtuig stap om te komen getuigen dat Tommy Whitehall een verdomd goeie kerel is, dan doe ik dat. Geen punt. Het leger zal er niet blij mee zijn, maar ik wil dat graag voor Tommy doen. En ik weet nog wel vijf of zes andere jongens die u ook kunt vragen. Voordat deze toestand bekend werd had ik u meer dan tien namen kunnen noemen, maar... er zit wel een risico aan, begrijpt u?'

'Ik begrijp het, Ernie. Het zou niet zo mooi zijn geweest als iemand pas in de getuigenbank met dit verhaal op de proppen was gekomen.'

'Geen punt, majoor. Maar misschien kan ik u een tip geven? Onder ons, bedoel ik? Strikt vertrouwelijk?'

'Ernie, ik ben blij met alles wat ik kan gebruiken.'

'Ga eens praten met Edwin Gilderstone. Hij is zowat de oudste majoor in het leger. Hij was Toms professor Engels. Ze konden heel goed met elkaar overweg.'

'Ernie,' zei ik, 'bedankt voor alle info. Je hebt me beter geholpen dan je zelf weet.'

'Hoor eens, majoor, als ik nog iets kan doen voor Tommy, dan kunt u me altijd bellen. Dag en nacht, dat maakt niet uit. Oké? Tommy Whitehall is mijn maat. Daar blijf ik bij, wat die andere klootzakken nu ook zeggen. Daarom heb ik nu zoveel problemen hier, denk ik. En als u Tommy ziet, zeg dan dat ik van hem hou als van een broer. Dat moet u er wel bij zeggen, dat laatste. Om misverstanden te voorkomen, ha ha.'

'Bedankt, Ernie,' zei ik. 'Dat zal ik doen. En wil je me nu weer doorverbinden met de secretaris?'

Er verstreken een paar seconden, het toestel ging twee keer over en ik hoorde de kribbige stem van kolonel Hal Menkle. 'Heb je gevonden wat je zocht, Drummond?' vroeg hij.

'Aan Walters had ik niet veel,' loog ik. 'Kunt u me nog iemand noemen?'

'Je zou aalmoezenier Forbes kunnen proberen. Of luitenant-kolonel Merryweather, die hem wiskunde gaf. En dan is er nog…'

'En zijn professor Engels?' viel ik hem in de rede. 'Edwin Gilderstone?'

'Gilderstone?' herhaalde hij verbaasd en geïrriteerd – zo geïrriteerd dat ik hem hoorde tandenknarsen, ik zweer het.

'Ja, precies. Majoor Edwin Gilderstone.'

'Ik, eh…'

'Hij werkt toch nog aan de faculteit?'

'Misschien. Maar wat voor reden zou je kunnen hebben om met hém te praten? Geloof me, Drummond, de andere mensen die ik noemde weten er veel meer van. Je moet niet op de verkeerde tenen trappen, als je begrijpt wat ik bedoel. Dan kun je in ernstige problemen komen.'

Ik begreep het maar al te goed. Als er zoiets gebeurt als dit, raakt een instelling, welke instelling dan ook, in grote paniek en doet men alles om de schade beperkt te houden. We hadden het over de traditie van de 'Long Gray Line': Robert E. Lee, Ulysses S. Grant, 'Blackjack' Pershing, Eisenhower, Omar Bradley, 'Stormin' Norman Schwarzkopf… en oeps, shit… Thomas Whitehall. Waar kwam die nou vandaan? Heel pijnlijk.

En zoals een wijze oude commandant voor wie ik ooit had gewerkt me al waarschuwde: pijnlijke situaties worden het liefst in de doofpot gestopt. Natuurlijk had de academie bepaalde mensen aangewezen die Whitehall hadden gekend en die nu de juiste dingen moesten zeggen, met de juiste insinuaties om de juiste suggestie over te brengen.

Die suggestie hield in dat Thomas Whitehall het levende bewijs was dat de gedoogpolitiek niet werkt omdat er op die manier homoseksuele moordenaars door de mazen glipten.

'Ik wil Edwin Gilderstone spreken,' verklaarde ik, 'en ik hoop dat u me dat niet zult beletten, want anders moet ik u aanklagen wegens obstructie van mijn verdediging.'

'Rustig maar, Drummond,' zei hij ijzig. 'Je kunt praten met wie je wilt.'

'Dat weet ik,' zei ik, hopelijk nog killer. 'Verbind me maar door.'

Het toestel ging drie keer over en een zachte, vriendelijke stem zei: 'Ed Gilderstone.'

'Hallo, Ed, je spreekt met Sean Drummond,' zei ik. 'Ik ben de advocaat die de unieke eer te beurt is gevallen om Thomas Whitehall te verdedigen. Ik hoorde dat je hem Engels hebt gegeven en dat je hem goed kende.'

'Dat is zo. Ik gaf hem niet alleen Engels, ik was ook zijn studiebegeleider. Daarom zag ik hem regelmatig in de vier jaar dat hij hier was.'

'Zo. Dan heb je zeker de hele dag de pers aan de telefoon?'

'Ik praat niet met de pers,' zei hij, opeens op mopperige toon.

'O nee?'

'Ik mag geen contact hebben met journalisten. Kun je het je voorstellen? De commandant heeft me een officiële brief gestuurd waarin hij me persoonlijk verbiedt om met de pers te praten.'

'O ja? Een spreekverbod? Hoe dat zo?'

Duidelijk een beetje gepikeerd antwoordde hij: 'Ik denk dat ik niet beantwoord aan het beeld dat ze naar buiten willen overbrengen.'

'Wat voor beeld is dat?' vroeg ik naar de bekende weg.

'Ik ben geen jonge, stoere militair, geen commando met een vierkante kop die even vrijaf neemt van het leger om snel een titel te halen, daarna een paar jaar voor leraar speelt aan de academie en dan weer teruggaat naar de troepen. Krijgsprofessoren, noemen ze zichzelf.'

'Wat ben je dan wel, Ed?'

'Ik ben een kleine, kale majoor van drieënvijftig, die al vijftien jaar geleden de laan uit zou zijn gestuurd als ik niet toevallig mijn doctorstitel Engelse letterkunde had van Yale. Want hoe vervelend de academie het ook vindt, ze moeten een paar mensen zoals ik in dienst houden, anders verliezen ze hun geloofwaardigheid als echte universiteit. Maar God verhoede dat de pers iets te weten komt over die hoogopgeleide dinosaurussen in uniform, zoals ik.'

'Hoe lang werk je daar al?'

'Tweeëntwintig lange, moeizame jaren.'

'Juist.' Ik had nu wel genoeg over zijn problemen gehoord. 'We moeten ons land ieder op onze eigen manier dienen.'

'Niet zo neerbuigend, Drummond. Ik was al majoor toen jij nog in de luiers lag.'

'Dat zou best kunnen,' gaf ik toe. Het begon me duidelijk te worden waarom de leiding van West Point liever niet had dat Gilderstone met journalisten sprak. Niet alleen kon hij het officiële standpunt over Whitehall ondermijnen, maar hij was ook een zeurderige, gedesillusioneerde oude kankerpit. Ik zou hem zelf ook op zolder hebben opgesloten en een vrolijke, stoere commando als woordvoerder hebben aangesteld.

Het werd tijd om terzake te komen. 'Wat kun je me over Tommy Whitehall vertellen, Ed?'

'Thomas? Wat ik over Thomas kan vertellen? Alleen dat hij een van de opmerkelijkste jonge mensen is die ik ooit heb ontmoet. Briljant, beheerst, een uitstekende student en een goede atleet. Ik heb geprobeerd een Rhodes-beurs voor hem te krijgen, wist je dat?'

'Echt? Een Rhodes-beurs? Wist ik niet. En is dat gelukt?'

'De idioot wilde zelf niet,' kreunde Gilderstone. 'Doodzonde. Die jongen had een goede kans.'

'O ja? Waarom wilde hij niet?'

'Zelfs als hij die beurs zou krijgen, had hij geen zin om twee jaar in Oxford te verspillen, enkel voor een mooie aantekening in zijn dossier. Zo zei hij het. Stel je voor!'

'Niet te geloven,' zei ik.

'Hij wilde zo snel mogelijk het veld in met de troepen.'

'Wat is daar verkeerd aan?'

'Die arme jongen was totaal gehersenspoeld door de machopropaganda waaraan die weerloze jonge cadetten hier worden blootgesteld. Van gewone officieren heb je er dertien in een dozijn. Je bent zelf advocaat, dus dat weet je wel. Thomas had zoveel meer te bieden. Hij bulkte van het talent. Hij had hier terug kunnen komen om les te geven.'

Een van de dingen die je als advocaat leert is heel goed luisteren. Het ging niet alleen om wát Gilderstone zei, maar vooral ook om het hóé: als een lelijk eendje dat een zwaan beschreef. Er was een reden waarom Ernie Walters me op het spoor van Gilderstone had gezet. En die reden begon nu pootjes te krijgen, en haar, en wratten.

Ik probeerde sluw te zijn en vroeg: 'Dus je was erg op die jongen gesteld, Ed?'

Het duurde een hele tijd voordat hij antwoordde, en na de eerste paar seconden wist ik al dat ik hem had onderschat.

Eindelijk ontplofte hij: 'Er is nooit iets tussen ons gebeurd, Drummond! Helemaal niets!'

'Ed, zei ik dat dan?'

'Niet zo neerbuigend, Drummond, ik heb je gewaarschuwd. Is dat de reden waarom je me belt? Hoe kom je eigenlijk aan mijn naam? Van Thomas zelf? Is dit een heksenjacht? Nou? Kan hij strafvermindering krijgen als hij een paar homo's in uniform noemt? Zit dat erachter?'

'Gilderstone, het zal me een zorg zijn. Voor mijn part hebben jij en

Whitehall elkaar genaaid in het bed van de commandant zelf. Ik wil zoveel mogelijk over hem weten, dat is alles. Ik probeer hem van de elektrische stoel te redden.'

Weer een lange stilte.

'Ik ben nooit met hem naar bed geweest,' zei hij toen, nog steeds kwaad. 'Nooit!'

'Het maakt mij niets uit, Gilderstone, dat zei ik al.'

'Waar is het je dan om te doen?'

'Informatie. Alles wat je me vertelt is vertrouwelijk. Dat ligt vast.'

'Mijn naam wordt niet genoemd?'

'Niet als je dat niet wilt.'

'Nee, dat wil ik niet. Je vindt me misschien een zeikerd, Drummond, maar ik heb geen zin om uit de kast te komen voor Whitehall. Je zult me moeten beschermen.'

Het kostte me grote moeite om mijn afkeer te verbergen. Deze misselijke oude lul bleef mooi op zijn eigen plekje aan West Point zonder een vinger uit te steken om 'de geweldigste jongeman die hij ooit had ontmoet' te helpen. Zo gaat dat waarschijnlijk met mensen die zich hun leven lang in de schaduw verbergen. Algauw hebben ze niet meer persoonlijkheid dan de schaduw waarachter ze wegkruipen.

Hoe dan ook, ik zei kort: 'Akkoord.'

'Goed. Zeg maar wat je weten wilt.'

'Om te beginnen: wist je dat hij homo was?'

'Dat denk ik wel.'

'Dat dénk je? Hebben jullie het daar nooit over gehad?'

'Nee, nooit. Maar... nou, we trokken wel naar elkaar toe, als twee toeristen in een vreemd land.'

'Hoe wist je dan dat hij homo was?'

'Een zesde zintuig, denk ik. Nee, dat is niet helemaal waar. Kijk, Drummond, als je homo bent in het leger, leer je je op een bepaalde manier te gedragen, en dat herken je ook bij anderen. Ik zag Thomas op college, en onder de andere studenten. Ik wíst het gewoon.'

'Maar jullie hebben er nooit over gesproken? Het punt is nooit aan de orde gekomen?'

'Nee, nooit. Maar we wisten het allebei. Vanaf het eerste moment.'

'Je was dus niet zijn minnaar?'

'Drummond, dat zei ik je al. Waarom zou ik hem hebben benaderd? Heb je enig idee wat er zou zijn gebeurd als ze me hadden gesnapt?'

'Had hij wel een minnaar toen hij daar studeerde?'

'Nee. Dat weet ik bijna zeker. West Point is... nou, de heilige tempel van het leger. Alle tradities en taboes die je in het leger tegenkomt worden aan West Point tien keer uitvergroot. Thomas was ongelooflijk gedisciplineerd. Had zich voorgenomen om er een succes van te maken. Hij nam geen onnodige risico's.'

Ik hengelde nog even verder. 'Waarom was hij zo vastberaden?'

'Waarom zijn mensen dat? Omdat ze als kind iets hebben gemist. Omdat hun ouders hoge eisen stellen, of omdat ze met hun broers en zussen concurreren. Of misschien zit het gewoon in de genen.'

'Wat was het bij hem, denk je?'

'Hoe moet ik dat weten? Ik zei je al dat hij erg gesloten was. Mysterieus, zelfs.' Hij klonk niet langer bitter, maar spijtig. 'Ik heb zijn familie nooit ontmoet, en hij sprak met geen woord over hen. Ze zijn ook nooit op de bezoekdagen geweest, voorzover ik weet. Misschien is dat al een aanwijzing.'

'Oké. Iets anders dan. Denk je dat hij een riem om de nek van zijn geliefde had kunnen trekken om hem te vermoorden?' vroeg ik, bewust zo scherp mogelijk.

Hij aarzelde niet eens. 'Ja.'

'Waarom? Uit jaloezie? Wrok? Woede?'

'Nee, niet om zulke platvloerse redenen. Hij is ongelooflijk gedisciplineerd, dat zei ik al.'

'Waarom dan wel?'

In plaats van antwoord te geven vroeg hij: 'Drummond, ben je ooit in gevechtssituaties geweest? Heb je ooit iemand gedood?'

Voordat ik advocaat werd, had ik vijf jaar als officier bij de infanterie gezeten. Die vijf jaar had ik doorgebracht bij een 'zwarte eenheid', zoals dat eufemistisch wordt genoemd: een onderdeel dat zo clandestien opereert dat zelfs het bestaan ervan streng geheim moet blijven. Wij spraken over het 'Regiment', maar mijn eigen eenheid was officieel de 116e Verkennersgroep. Wat we deden had weinig met verkenning te maken, maar des te meer met terreurbestrijding in vredestijd en onaangename, heel riskante operaties in oorlogsgebieden.

Maar dat ging Gilderstone niets aan, natuurlijk. In elk geval was in ik oorlogssituaties geweest. Twee keer zelfs: in Panama en later in de Golfoorlog. En in de tussentijd had ik nog een paar andere interessante acties meegemaakt.

'Ja,' antwoordde ik, en daar liet ik het bij.

'Ik ook,' zei hij. 'In Vietnam, lang geleden. Tot die tijd had ik nooit gedacht dat ik iemand zou kunnen doden. Ik dacht dat ik boven zulke primitieve razernij verheven was – te goed opgeleid, te beschaafd, te ontwikkeld. Zelfs toen ik daar aankwam, dacht ik nog dat ik mijn termijn wel zou kunnen uitdienen met mijn M-16 onder mijn arm, terwijl ik anderen het vuile werk liet opknappen. De werkelijkheid was natuurlijk anders.'

'O ja? Hoe dan?'

In plaats van te antwoorden zei hij: 'Vertel me eens over de eerste keer dat jij iemand hebt gedood.'

Dit spelletje beviel me niet, maar omdat ik vertrouwelijke informatie van hem wilde loskrijgen, had ik geen andere keus dan mee te spelen.

'Goed, Ed. Het was een simpele, overzichtelijke situatie. Ik moest met mijn team een doelwit veroveren en er stond een wachtpost in de weg. Dus heb ik hem gedood.'

'Hoe?'

'Domme vraag, Ed. Ik heb hem gedood. Einde verhaal.'

'Wat voor wapen gebruikte je?'

'Een mes.'

'Heb je hem van achteren beslopen?'

'Ja, Ed, ik heb hem van achteren beslopen.'

'Heb je je hand over zijn mond gelegd om te voorkomen dat hij zou schreeuwen?'

'Ook dat.'

'Waar heb je hem gestoken?'

'Hoe bedoel je, waar ik hem gestoken heb?' vroeg ik. Ik kreeg genoeg van zijn lugubere nieuwsgierigheid.

'Heb je hem zijn keel doorgesneden, of je mes in zijn buik geramd? In zijn hart, misschien, of in zijn rug?'

'In zijn onderbuik. Oké?'

'En toen heb je het omhooggerukt?'

'Ja, natuurlijk.'

'Waarom?'

'Waarom wat?'

'Waarom heb je juist die methode gekozen?'

'Omdat het snel en zeker is.'

'Waarom?'

'Omdat de buik uit zacht weefsel bestaat, Ed. Omdat er geen botten of ribben in de weg zitten. Omdat je een heleboel vitale organen en minstens twee grote slagaders raakt als je je mes met kracht omhoogsteekt.'

'Dus dat was een bewuste keuze?'

'Ed, ik word hier een beetje moe van,' zei ik.

'Was het een bewuste keuze?' drong hij aan.

'Ja, oké. Hoezo?'

'Wat dacht je toen hij stierf?'

'Dat weet ik niet,' loog ik, zwaar geïrriteerd.

'Ja, dat weet je wel. Wat dacht je?'

Ik hoorde de ergernis in mijn stem toen ik zei: 'Luister, Ed, ik vroeg je alleen waarom Whitehall iemand zou kunnen vermoorden. Bespaar me je spelletjes.'

'Je bent vlak bij het doelwit,' zei hij. 'Je hebt je hand over zijn mond geklemd en met je andere arm houd je hem overeind. Je staat zo dicht tegen hem aan dat je zijn hart voelt bonzen. Je ruikt hem als hij scheten laat van angst. Je hoofd is zo dicht bij het zijne dat je hem hoort kreunen van pijn voordat hij zijn laatste adem uitblaast. Het is een heel intiem moment. Wat dacht je toen?'

'Hetzelfde wat ik nu over jou denk. Ik wilde dat die koppige klootzak een beetje voortmaakte. Ik moest met mijn mensen ons doelwit bezetten, dus ik had geen tijd voor dat gereutel.'

'Dan ben je een koelbloedige killer,' zei Gilderstone. 'Een huurmoordenaar. Ik niet, Drummond. Bij mij ging het heel anders. Bij mij knapte er iets. Ik raakte door het dolle heen. Ik dook de struiken in en begon als een wilde om me heen te schieten. Het werd een bloedbad. Ik weet nog steeds niet wat me bezielde. Ik knalde iedereen neer die ik voor mijn loop kreeg.'

'Fijn zo,' zei ik. 'Maar wat heeft dat met Whitehall te maken?'

'Weet je wat ik na afloop deed?' vroeg hij koppig, zonder zich iets van mijn protesten of ergernis aan te trekken.

'Nee, Ed. Wat deed je dan?'

'Ik keek om me heen naar al die mensen die ik had doodgeschoten. Ik telde misschien wel zes lijken. Ik moest kotsen, en daarna schoot ik mezelf in mijn voet. Zomaar. Ik richtte mijn geweer op mijn schoen en vuurde drie schoten af.'

'Dat zal wel pijn hebben gedaan, Ed,' probeerde ik leuk te zijn.

'En weet je wat het grappigste was?'

'Grappig? Ik zou het niet weten,' zei ik. God, wat had ik de pest aan die vent.

'Ik kreeg het Distinguished Service Cross voor betoonde moed, en een Purple Heart, en een ticket naar huis vanwege mijn gewonde voet.'

Ik ben niet vaak sprakeloos, maar nu toch wel. Ik was verbijsterd.

Een Distinguished Service Cross komt vlak na de Medal of Honor. Edwin Gilderstone was een oorlogsheld! Een oorlogsheld met ernstige gebreken, innerlijke conflicten en grote zelfverachting, maar wel een held. Aan de andere kant was hij zo overtuigd van zijn eigen nobele principes dat hij het zichzelf nooit had kunnen vergeven dat hij net zo platvloers, agressief en moordlustig kon zijn als wie dan ook. Volgens mij heb je dan een groot probleem.

Maar dat niet alleen. Ik sprak nu met iemand die de op één na hoogste onderscheiding voor moed op het slagveld had verdiend, maar te schijterig was om een voormalige student van de elektrische stoel te redden. Wat een held...

Op sarcastische toon zei ik ten slotte: 'Goh, Ed, dan moet je wel vreselijk kwaad zijn geworden.'

Zonder daarop in te gaan antwoordde hij droog: 'Thomas Whitehall is heel anders dan jij, Drummond. Hij is net als ik. Hij zou wel door het lint kunnen gaan en iemand vermoorden, maar hij zou er nooit meer overheen komen. Het schuldgevoel zou hem kapotmaken. Dus wat voor indruk maakt hij op je? Die van iemand die zichzelf nog volledig onder controle heeft? Of die van iemand die zichzelf in zijn voet zou willen schieten?'

Dat was het moment waarop ik genoeg had van Edwin Gilderstone en zijn bittere, schijnheilige verhaal. Ik bedankte hem en hing abrupt weer op. Toen schonk ik me nog een kop koffie in en ik staarde uit het raam om alles op een rijtje te zetten.

Whitehalls kamergenoot en zijn mentor hadden geen moment geaarzeld, geen slagen om de arm gehouden. Thomas Whitehall was wel degelijk in staat iemand te vermoorden. Dat was niet wat ik had willen horen. Maar hoe betrouwbaar was hun oordeel?

Ernie Walters was een New-Yorker en dus niet op zijn mondje gevallen. Zijn verhaal was misschien wat overdreven. Hij struikelde bijna over zijn eigen woorden, maar hij had niet gelogen. Hij had twee jaar met Whitehall samengeleefd, was twaalf jaar een goede vriend van hem geweest, beschouwde hem bijna als een broer, maar had nooit iets vermoed van zijn homoseksualiteit. Dat was een behoorlijke blinde vlek. Iemands seksuele voorkeur is een belangrijk deel van zijn karakter, zijn wezenlijke aard. Ernie Walters had er niets van gemerkt.

Gilderstone had meteen geweten dat Whitehall homoseksueel was, maar had zich op een bepaalde manier nog ernstiger in hem vergist dan Walters. Zoals zoveel ouderen had Gilderstone hem waarschijnlijk gezien als een jongen die hij tot een beter, minder gebrekkig model van zichzelf had willen kneden. Dat was de reden voor al dat gelul over verspild talent en Rhodes-beurzen. Hij had Whitehall tot zijn schaduw willen maken, de man die in zijn voetsporen zou treden. Whitehall was een soort zoon voor hem geweest, misschien omdat hij homo was en geen kinderen zou krijgen. Whitehall had zijn voorbeeld moeten volgen, méér moeten worden dan een gewone militair die zijn leven sleet op het slagveld en in de kazerne. Maar Whitehall had nee gezegd. Eén ding had ik nu wel geleerd over de wereld van homo's in het leger:

je hield er vreemde vrienden aan over. Ik bedoel, ik had nu gesproken met Ernie Walters, een heel fatsoenlijke hetero, die nu de grootste ellende over zich heen kreeg omdat hij ooit een kamer had gedeeld met een homo. Toch was hij bereid zijn hele carrière op het spel te zetten om voor Whitehall te getuigen.

Maar ik had ook gebeld met Ed Gilderstone, zelf homo, die misschien wel van Whitehall had gehouden en in elk geval alle begrip voor hem moest hebben. Maar hoewel hij drieënvijftig was en zijn militaire carrière toch geen reet meer voorstelde, was hij niet bereid een poot uit te steken om zijn voormalige student te helpen.

Misschien was Gilderstone het gehavende product van de oude tijd en het oude systeem. Hij was opgegroeid in de jaren vijftig en had gediend in het leger van de jaren zestig, toen *gay* nog gewoon 'vrolijk' betekende en homoseksualiteit gelijkstond aan spot, schande en maatschappelijke ondergang. Als iemand zo lang in de kast heeft moeten leven, zal het daar wel heel donker en eenzaam worden.

Het was een trieste ironie, zoals schrijvers dat noemen. Voor mij was het ongelooflijk frustrerend.

Maar wat me vooral verbaasde was de ontdekking dat Whitehall een goede vent moest zijn. Een geweldige vent zelfs, als Ernie Walters maar half de waarheid had gesproken. En als Gilderstone gelijk had, zou Whitehall ook een ernstige emotionele reactie moeten vertonen op de moord. Daar had ik niets van gemerkt.

Helaas had ik ook gehoord dat mijn cliënt een bokser was met vuisten van beton, armen als mokers en een inzet die aan fanatisme grensde. In elk geval was hij sterk genoeg om neuzen en kaken te verbrijzelen en de afschuwelijke kneuzingen toe te brengen die ik op No's lichaam had gezien.

13

Op het bord boven de deur stond HOOFDKWARTIERCOMPAGNIE, GARNI-ZOEN YONGSAN. Het was een onopvallend gebouw, een stoffige, oude kazerne van rode baksteen, gebouwd door de Japanners in de tijd dat het Koreaanse schiereiland nog een Japanse kolonie was als overblijfsel uit de Russisch-Japanse oorlog.

De Japanners waren bepaald geen verlichte of lankmoedige overheersers geweest. Op domme, wrede wijze hadden ze Korea leeggeroofd en de bevolking als slaven behandeld. Ze hadden zelfs een paar duizend jonge Koreaanse meisjes naar militaire bordelen in heel Azië verscheept om als seksslavinnen voor de soldaten van de keizer te dienen. Het was een diepe belediging van hun cultuur geweest. De Koreanen herinnerden het zich nog levendig. Heel levendig.

Ik liep naarbinnen en vroeg de eerste soldaat die ik tegenkwam om me naar het kantoor van de sergeant der eerste klasse te brengen. Hij wierp me een snelle, verbaasde blik toe en wees naar de derde deur links, waar een groot groen bord de gang in stak met het opschrift SERGEANT DER EERSTE KLASSE.

En dan vraag je je af waarom de manschappen hun officieren zulke sukkels vinden.

Toen ik naarbinnen stapte, stond ik tegenover een donkerharige specialist der vierde klasse. Ze zat achter een grijsmetalen bureau met de telefoonhoorn in haar hand schaamteloos te flirten met iemand aan de andere kant van de lijn. Ik staarde haar aan. Ze was iets te mollig en haar gezicht was te grof om echt knap te zijn, maar ze trok wel de aandacht, dat stond vast. Eén blik op haar en je dacht meteen aan beddengoed en zwaar gehijg.

Het leger heeft strikte regels die vrouwelijk personeel verbieden zichzelf te aantrekkelijk of verleidelijk te maken. Deze dame had die regels totaal overboord gegooid met haar pony vol haarlak, haar grote, glinsterende gouden oorbellen en genoeg poeder, lippenstift en rouge om de hele Berlijnse muur mee te beschilderen. Haar kaken bewogen zich rond een flinke plak kauwgom.

'Eén momentje,' mompelde ze, terwijl ze een hand over de hoorn legde en met haar tong de kauwgom behendig naar haar andere wang verplaatste.

Ik lachte haar warm en vrolijk toe. 'Ik wil uw sergeant der eerste klasse even spreken.'

Ze gaf geen antwoord, maar reageerde wel. Ze trok haar schouders wat naar achteren, een gebaar dat ik meteen herkende als een vrouwelijk trucje om haar borsten te accentueren. Ze was zo rijk gezegend dat ze zich die moeite had kunnen besparen. Zelfs haar wijde uniformblouse liet daar geen twijfel over bestaan.

Toen ze mijn aandacht had, glimlachte ze bemoedigend. 'En mag ik weten waarover, majoor?'

'Ik ben de advocaat van kapitein Whitehall.'

'Kapitein Whitehall?'

'Ja, Whitehall,' zei ik, terwijl ik om me heen keek om te zien of dit de juiste afdeling was. 'Hij had toch het bevel over deze compagnie?'

'Ja, dat is waar,' zei ze. Zonder afscheid te nemen legde ze de telefoon neer en ze stond op. 'Het spijt me, maar de sergeant der eerste klasse is niet aanwezig.'

'Eh... oké. Bedankt,' zei ik en ik wilde weer vertrekken.

Toen bedacht ik me.

'Eén moment, specialist eh...' Om haar naam te kunnen lezen had ik geen andere keus dan me weer naar haar forse boezem te buigen. Gewillig stak ze me haar borsten toe.

'Eh... specialist Fiori,' voltooide ik.

Dat scheen haar te bevallen. De kauwgom verdween weer tussen haar kiezen en haar kaken begonnen te malen.

'Kan ik iets voor u doen?' vroeg ze gedwee.

'Misschien. Kende u kapitein Whitehall?'

'Ja, majoor.'

'Goed?'

'Ik denk het wel. Ik was zijn secretaresse voordat... nou ja, voordat het gebeurde.'

'Dat betekent dat u rechtstreeks voor hem werkte?'

Ze knikte en kauwde nog fanatieker op haar kauwgom.

'Hoe lang al?'

'Zeven maanden. Ik zat in het kantoortje naast zijn kamer. Ik was zijn eh... meisje Donderdag. Dat zei hij altijd.'

'Donderdag?' Ik krabde me op mijn hoofd. 'Vrijdag, misschien?'

'Kan ook wel, ja,' antwoordde ze met een onnozele blik.

Dom genoeg zei ik: 'Dat komt uit een boek, *Robinson Crusoe*. Heb je dat nooit gelezen als kind?'

'Nee,' zei ze, nog harder kauwend. 'Ik hield niet zo van lezen.'

Daar zag ze ook niet naar uit.

Ik leunde ontspannen tegen haar bureau. Zij leunde tegen de andere kant, ook ontspannen. Een beetje té ontspannen misschien, want ze schoof steeds dichter naar me toe, tot ze vlak naast me stond.

'Vond je hem aardig?' vroeg ik.

Ze keek me onderzoekend aan, alsof ze het juiste antwoord zocht op die vraag. Als ze van mij een hint verwachtte, kwam ze bedrogen uit.

Ze zoog even op haar tong en zei: 'Ja, hoor. Ik vond hem best aardig. Heel aardig zelfs.'

'En waarom?'

'Hij was een leuke vent. Iedereen mocht hem graag. In elk geval had iedereen respect voor hem.'

Verbazingwekkend, dacht ik – bijna dezelfde woorden die Ernie Walters had gebruikt.

'Oké,' zei ik. 'En kun je me vertellen waarom iedereen hem mocht of in elk geval respect voor hem had?'

'Hij was een goede officier. Je ziet heel wat officieren als je op het hoofdkwartier werkt. Er staan er wel tweehonderd op het rooster, geloof ik. Ik bedoel het niet verkeerd, maar de meesten zijn klootzakken of watjes.'

'Is het zo erg? En ik dacht nog wel dat officieren de crème-de-la-crème waren.'

'Wat?'

'Het neusje van de zalm,' verduidelijkte ik. Ze keek me vragend aan. 'De beste paarden van stal,' probeerde ik nog eens, maar haar blik werd steeds glaziger.

Niet alleen las ze weinig, maar haar kennis van Frans, visgerechten en het boerenbedrijf liet ook te wensen over.

'Ja, zal wel,' mompelde ze ten slotte, alsof ik haar niet lastig moest vallen met zulke moeilijke problemen. 'Maar kapitein Whitehall was anders. Hij was echt slim, weet u.'

Ik kon me niet aan de gedachte onttrekken dat ze iedereen die zijn eigen veters kon strikken al ongelooflijk slim vond.

Na enig nadenken vervolgde ze: 'En eerlijk. Hij was altijd heel eerlijk.'

'En dat zeg je niet omdat je toevallig zijn secretaresse was?'

'Nee hoor! Zal ik u eens wat vertellen? We mógen niet eens aardige dingen over de kapitein zeggen.'

Ik deed een stap terug en keek haar geschokt aan. 'Echt waar? Meen je dat nou? Wie heeft dat dan verboden?'

'Nou… het is niet officieel verboden. Het staat niet op papier, of zo. Maar het wordt wel gezegd, begrijpt u?'

Ja, ik begreep het.

Zoals de meeste grote organisaties heeft het leger twee communicatie-kanalen, en dit was duidelijk zo'n geval waarin de sergeant der eerste klasse niet zijn troepen kon verzamelen om te brullen: 'De eerste klootzak die ook maar íéts positiefs over Whitehall zegt mag de rest van zijn tijd de plees schrobben.' Nee, dat ging veel subtieler. Ze fluisterden gewoon de juiste instructies in het oor van de juiste sergeant, en voor je het wist gonsde de hele latrine van de geruchten.

Hoe dan ook, ik zei: 'Maar jij vond hem dus een goede commandant?' 'Ja, en ik niet alleen,' verklaarde ze nadrukkelijk, terwijl ze naar een hoge prijzenkast in de hoek wees.

Ik zag een paar oude, half verroeste bekers netjes op de bovenste twee planken staan, met daaronder zes glimmende, splinternieuwe trofeeën. In vredestijd kun je geen veldslagen winnen, want die zijn er niet. Daarom kanaliseert het leger al die energie in wedstrijden tussen de verschillende onderdelen op allerlei gebied. Daarbij gaat het er behoorlijk fanatiek en bloeddorstig aan toe, omdat het de enige manier is voor iemand met ambitie om zich te onderscheiden van de rest.

De trofeeën bewezen dat de hoofdkwartiercompagnie van het garnizoen Yongsan al zes maanden lang de beste eenheid van heel Korea was. Thomas Whitehall bleek een bijzonder energieke en competente officier te zijn. Natuurlijk had hij dat al tegen me gezegd toen ik hem voor het eerst ontmoette, maar daar luister je niet naar, want als de meeste officieren ergens goed in zijn is het zichzelf een veer in hun reet steken. Ik draaide me weer om naar specialist Fiori, die ongemerkt op haar bureau was geklommen in een soort verwrongen houding, met haar heupen opzij gedraaid, haar schouders naar achteren en haar borsten strak tegen de stof van haar uniformblouse. Als ze een bikini had gedragen, zou het een prachtige pose zijn geweest, maar zelfs in dat camouflagepak was het heel verdienstelijk.

Op dat moment drong het tot me door wat een sluwe vos Tommy Whitehall was. Geen wonder dat hij haar voor de deur van zijn kantoor had geparkeerd. Als ze geen nymfomane was, dan gaf ze toch een overtuigende imitatie weg. Heel slim van Whitehall. Ze had gewoon de plaats ingenomen van die foto in dat lijstje op zijn bureau in West Point: een nieuwe vorm van camouflage.

Ik glimlachte tegen specialist Fiori en dankte haar voor haar openhartigheid. Ze zoog haar onderlip naar binnen, knipperde met haar wimpers en draaide haar schouders wat opzij, op een provocerende manier die haar borsten deed deinen als een paar grote zandheuvels in een woestijnstorm. Volgens mij had ze te veel films van Marilyn Monroe gezien.

Ze likte even langs haar lippen. 'Dus u bent advocaat?'

'Ja, dat klopt.'

'Verdient u daarom meer dan andere officieren?'

'Nee,' zei ik, terwijl ik me vastberaden terugtrok naar de deur. Ze had nog maar tijd voor één zwoele blik voordat ik weer veilig op de gang stond.

Ik ging meteen terug naar het hotel om te zien of er nog berichten waren. Maar op het moment dat ik de lobby binnenkwam, liep ik letterlijk tegen een grote groep mannen op. De meesten stonden in de rij om zich te laten inschrijven. Het waren er ongeveer vijftig, sommigen met zwart-witte boordjes, anderen niet. Aan de luidruchtige gesprekken te horen moest het een conventie van conservatieve middenstanders uit het zuiden van Amerika zijn. Heel merkwaardig.

Behendig wrong ik me naar het einde van de rij en ik bleef staan achter een oudere man, lang en vlezig, met een buikje en een dunne krans haar rond zijn grote kalende hoofd. Hij deed denken aan een grote wandelende perzik. Met de punt van zijn schoen schoof hij zijn koffers vooruit toen de rij vorderde.

Ik botste tegen hem op en hij draaide zich haastig om.

Ik deinsde terug en zei: 'O, sorry! Ik deed u toch geen pijn?'

'Welnee, kerel,' teemde hij met een stroperig, zwaar zuidelijk accent.

Ik grijnsde. 'Welkom in Korea. Is dit uw eerste keer?'

'Nee. Ik ben hier al eens in '52 geweest. De oorlog.'

'Dan is het hier wel veranderd, vindt u niet?' vroeg ik.

Dat was altijd een goede binnenkomer bij veteranen uit de Koreaanse oorlog. De laatste keer dat ze het land hadden gezien was het niet veel meer geweest dan kale akkers met bomkraters die letterlijk naar stront stonken, en een aaneenschakeling van kleine, armoedige dorpen met rieten hutjes en ellendige, jammerende mensen die nog geen nagel hadden om hun kont te krabben. Nu zag je alleen nog wolkenkrabbers en glimmende nieuwe auto's en telde het land meer dan een paar miljardairs, geloof me.

'De Heer heeft hier een wonder verricht,' verklaarde hij.

'Absoluut. Is dit een soort reünie van oud-strijders?' vroeg ik, wijzend met mijn kin.

'Nee. We zijn allemaal predikanten hier.'

'Aha!' zei ik tegen Predikant Perzik. 'Dan is het een religieuze conventie, neem ik aan?'

'Nee, dat ook niet. We zijn gekomen voor die Whitehall-affaire. U weet wel, die ho-mo-sek-su-e-le moordenaar.' Predikant Perzik beklemtoonde elke lettergreep, alsof hij het woord maar met de grootste moeite over zijn lippen kon krijgen.

'Hmm. Ja, natuurlijk.'

'We zijn uitgenodigd door het leger,' vervolgde hij, apetrots.

'Het leger? Toe maar. Hoe dan? Hebben ze u gevraagd om hier te komen?'

'Reken maar. Kijk, we waren in Washington voor de grote mars. Hebt u dat hier op de televisie gezien?' vroeg hij op een toon van: hebt u me op de maan zien landen?

'Eh, ja, ik heb het gezien. Heel indrukwekkend,' verzekerde ik hem.

'Ja. Nou, wij hebben die mars dus georganiseerd. Dat waren wij. En een deel van onze groep is uitgenodigd op het Pentagon, waar de stafchef van het leger vroeg of we niet naar Korea wilden. Hij heeft ons zelfs een vliegtuig geleend. Een geschikte vent, dat moet ik zeggen.'

'Geweldig om te horen,' merkte ik op, met mijn eigen versie van een zuidelijk accent, om hem te paaien. 'En als ik vragen mag: wat verwacht het leger nu van u?'

'O, er waren geen voorwaarden of zo. We zijn hier alleen om de mening van alle goede Amerikaanse christenen uit te dragen,' zei hij. 'En het kruis te tonen.'

'Hebt u al plannen hoe u dat wilt doen – het kruis tonen?' vroeg ik zo nonchalant als ik kon in die omstandigheden.

'O, dat zult u nog wel zien,' zei hij met een stralende glimlach, terwijl hij zijn koffer nog een meter vooruitschoof. Toen ontdekte hij de JAG-versierselen op mijn kraag. Zijn blik gleed naar mijn schoenen en weer omhoog.

'Hé, bent u advocaat?' vroeg hij.

'Ja,' gaf ik toe. 'Het slechtste baantje in het leger. Een smet op het militaire blazoen.'

'Hmm,' bevestigde hij, alsof dat helemaal klopte met zijn eigen ervaringen. 'Hebt u enig idee hoe het zal aflopen met die duivel van een Whitehall? Voor de krijgsraad, bedoel ik?'

'Dat kan ik u wel vertellen,' verklaarde ik.

'O ja?' vroeg hij, en meteen draaiden zeven of acht van zijn christelijke broeders zich naar ons om, benieuwd wat ik te zeggen had.

Het was wat je noemt een uniek moment. Ik bedoel, ik zat niet te wachten op een stelletje opgefokte, fanatieke evangelisten die van onze cliënt een duivel wilden maken. De sfeer was al verziekt genoeg. Bovendien hadden we maar één middel om de Koreaanse regering onder druk te zetten: hun angst dat het Amerikaanse publiek aan onze kant zou staan. Ze moesten vooral niet de indruk krijgen dat die vrees ongegrond was.

Ik trok mijn ernstigste gezicht en verklaarde roekeloos: 'Hij wordt natuurlijk vrijgesproken.'

Hij trok zijn kin naar achteren en zijn grote, vlezige wangen begonnen te trillen als pudding. 'Vrijgesproken? Hoe kan dat jongmens nu worden vrijgesproken? Hij lag te slapen naast het lijk. Zijn eigen riem zat om de nek van dat kind gesnoerd. En zijn duivelszaad is in het lichaam gevonden.'

Hij riep het zo luid dat bijna twintig van zijn medepredikanten zich in een groepje om ons heen verzamelden om geen woord te hoeven missen. Ik zag behoorlijk wat angstige gezichten. Het laatste wat ze wilden was publiekelijk de naam van een man bekladden die uiteindelijk onschuldig zou blijken te zijn. Hoe konden ze hun kudde dan nog recht in de ogen kijken als ze thuiskwamen?

'Hoor eens, er zijn hier niet zoveel advocaten en jullie weten hoe graag advocaten roddelen, nietwaar? Dus het gonst van de geruchten.'

'O ja?' Een andere evangelist stapte naar voren. Hij was een paar jaar jonger dan Predikant Perzik en niet zo dik. Hij had een getaand, verweerd, droog gezicht, zoals je wel meer bij zuiderlingen ziet. En harde ogen – 'zwavelogen', zoals mijn moeder zei. Ik besloot hem Predikant Praatjes te noemen.

'Zo hoor je wel eens wat,' zei ik tegen hem.

Predikant Praatjes stak zijn nek een paar centimeter naar voren. 'Wat heb je dan gehoord, kerel?'

'Dat de politie misschien niet zo zorgvuldig is geweest. Dat ze wat voorbarige conclusies hebben getrokken, als u begrijpt wat ik bedoel.'

'Nee,' zei hij. 'Ik begrijp er helemaal niets van.'

'Nou, het zijn natuurlijk geruchten, maar het schijnt dat de Koreaanse politie met zevenmijlslaarzen dat appartement is binnengestormd en de sporen op de plaats van het misdrijf heeft vernietigd. Daardoor zijn de bewijzen niet meer bruikbaar. En ze hebben ook de getuigen onder druk gezet. Vanwege de identiteit van het slachtoffer lagen ze met hun ballen op het blok – sorry voor mijn woordkeus – om een verdachte te noemen, wie dan ook. Zelfs als het nergens op sloeg.'

Ik zag dat hij zijn ogen tot spleetjes kneep, tot er alleen nog twee dunne zwarte strepen overbleven. En het gedeelte van zijn gezicht onder zijn neus kwam in beweging alsof hij met zijn lippen ergens aan nibbelde.

'Is dat zo?' vroeg hij, terwijl hij zich ongelovig naar me toe boog.

'Dat heb ik gehoord, ja,' antwoordde ik, met een blik op mijn horloge, alsof ik me opeens een dringende afspraak herinnerde.

Hij trok zijn schouders samen en zei luid genoeg om voor iedereen verstaanbaar te zijn: 'Hoor eens, kerel, voordat we zijn vertrokken op deze verheven missie hebben we gesproken met een tweesterrengeneraal in het Pentagon. Hij heeft ons alle details van de zaak verteld. Volgens hem is die Whitehall zo schuldig als wat. De jongen heeft geen schijn van kans om te worden vrijgesproken. Dat waren zijn woorden.'

Opeens kreeg ik een bittere smaak in mijn mond. Ik slikte even en probeerde niets te laten blijken.

'O, juist,' zei ik. 'En weet u toevallig nog de naam van die generaal? Ik bedoel, zelfs een generaal kan zich vergissen. En hij zat in Washington, niet hier, aan het juridische front, zal ik maar zeggen. Bovendien is hij geen advocaat, dus wat weet hij er nou van?'

'Ik kan me zijn naam niet meer herinneren,' gaf Predikant Praatjes eerlijk toe. Hij krabde zich op zijn hoofd en zei toen haastig: 'De hele kamer zat vol met generaals toen hij dat vertelde. Maar hij was wél advocaat, net als u. De hoogste advocaat zelfs, dus ik neem aan dat hij wist waar hij het over had.'

De glimlach verdween van mijn gezicht. En omdat ik toch al voor joker stond, keek ik nog eens op mijn horloge en riep: 'Allemachtig, is het al zo laat? Ik moet weg.'

Predikant Perzik glimlachte welwillend, terwijl Predikant Praatjes naar mijn naamplaatje staarde alsof hij het in zijn geheugen wilde prenten en misschien zelfs navraag wilde doen.

Ik liep snel naar de lift en verdween naar mijn kamer. Ik zag bijna scheel van woede. Ik greep de telefoon en vroeg de centrale om een nummer in Washington. Er verstreken een paar seconden voordat de administratief assistent van generaal Clapper, een kapitein met de onnozele naam William Jones, de telefoon opnam.

'Drummond hier,' zei ik met ingehouden woede en verstikte stem. 'Geef me de generaal. Ik wil die klootzak spreken, nu meteen!'

Blijkbaar bevroedde kapitein Jones dat ik ontstemd was.

'Majoor Drummond,' zei hij, zo rustig en redelijk als maar mogelijk was, 'laat ik u een goede raad geven. U kunt beter even afkoelen en straks nog eens bellen.'

'Jones,' antwoordde ik, 'als je me niet onmiddellijk doorverbindt stap ik op het volgende vliegtuig en kom je persoonlijk je nek omdraaien, dat zweer ik je.'

'Eh... nou ja,' zei hij. Waarschijnlijk kwam hij tot de verstandige conclusie dat zijn taakomschrijving hem niet verplichtte zich hierin te laten meeslepen – wat het ook mocht zijn.

Even later kwam generaal Clapper aan de lijn, hartelijk en opgewekt. 'Hallo, Sean! Wat kan ik voor je doen?'

'Wat u voor me kunt doen?' schreeuwde ik. 'Jezus christus! Ik ben net een stelletje zuidelijke evangelisten tegen het lijf gelopen die hiernaartoe zijn gekomen om mijn cliënt te lynchen. En ze beweren dat

149

de stafchef van het leger ze persoonlijk heeft uitgenodigd.'

'Rustig maar, Sean. Het is niet zoals jij het nu vertelt.'

'O nee?' antwoordde ik. 'Luister dan goed, want ik meen het precies zoals ik het zeg. Ik geef u hierbij een officiële waarschuwing dat ik overweeg onmiddellijk een verzoek in te dienen om deze zaak niet-ontvankelijk te laten verklaren. Ik hoop dat u een verdomd goede reden kunt aanvoeren.'

Hij gaf geen krimp. 'De voorzitter van de stafchefs vond het een goed idee als het leger een gebaar zou maken naar de religieuze gemeenschap in het zuiden. We blijven volkomen neutraal in de affaire-Whitehall, maar we kunnen ons niet veroorloven om religieus rechts van ons te vervreemden.'

'Dat meent u niet!'

'Wist je dat zo'n veertig procent van de rekruten uit het zuiden komt? Dat is bijna de helft van de menskracht van het leger. Verdomme, vijfenveertig procent van het officierenkorps komt ook daarvandaan! Ik kom zelf uit Tennessee. En we beantwoorden allemaal aan hetzelfde profiel: nuchtere, godvrezende, vaderlandslievende baptisten. Heb je enig idee wat er met onze rekruteringscijfers zou gebeuren als die dominees vanaf de kansel tegen het leger gaan ageren? En dat is helemaal niet ondenkbaar. Ik kan me de donderpreken al voorstellen tegen die immorele, goddeloze politiek om homo's in het leger toe te laten. Voor je het weet wordt militaire dienst net zoiets als een appartementje huren in Sodom en Gomorra. Je weet hoe wij in het zuiden reageren, Sean, als goede baptisten. Als onze vader, onze moeder of onze dominee iets zegt, dan zullen we recht zitten en luisteren. Jezus, straks blijft er geen leger meer over om je bij aan te melden. Geloof me, Sean, ze hebben ons bij de kloten.'

'En hebt u ze details gegeven over deze zaak? Is dat waar?'

'Daar was niets geheimzinnigs aan. Ze wilden eerst het hele verhaal horen voordat ze in een vliegtuig stapten om hun kerk twee hele weken alleen te laten. Ik heb ze verzekerd dat het proces volgens schema zou beginnen, dat is alles. Verder heb ik ze nauwelijks iets verteld.'

'O nee?'

'Luister nou. Ik heb een paar dingen besproken die ze ook in de krant hadden kunnen lezen. Ik heb geen vertrouwelijke mededelingen gedaan. Alles wat ik zei was allang bekend.'

'Daar begrijp ik nou niets van, generaal. Die evangelisten bezwoeren me dat u had gezegd dat Whitehall zo schuldig was als wat en dat hij geen schijn van kans had om te worden vrijgesproken. Letterlijk uw woorden, zeiden ze.'

Op dit punt moet ik bekennen dat er een lijstje bestaat van ongelooflijk domme dingen die je in het leger kunt doen. En wat staat er bijna bovenaan? Een tweesterrengeneraal op een keiharde leugen betrappen en hem er vervolgens mee confronteren. Je mag best vermóeden dat een generaal liegt, of zelfs wéten dat een generaal liegt, zolang je het hem maar niet in zijn gezicht zegt. Dat is niet alleen stom, dat grenst aan zelfmoord.

Maar elke regel kent zijn uitzonderingen. Stel dat je een eis kunt indienen om een zaak niet-ontvankelijk te laten verklaren, met als gevolg dat de generaal zijn foto op het omslag van *Time* tegenkomt en zijn carrière, zijn reputatie en zijn leven vaarwel kan kussen? In zo'n geval kun je de generaal zelfs vertellen dat je de vorige avond zijn vrouw hebt genaaid en zal hij je grijnzend vragen of het lekker was.

Clapper was niet achterlijk. Dit alles wist hij ook wel.

'Zoals ik het me herinner,' verklaarde hij uiterst formeel, 'heb ik een vraag beantwoord, maar strikt vertrouwelijk. En ik meen zeker te weten dat ik het als mijn persoonlijke mening naar voren heb gebracht en niet als mijn officiële standpunt.'

Als je frasen hoort als 'zoals ik het me herinner' of 'ik meen zeker te weten' of meer van dat fraais, zeker uit de mond van een ervaren advocaat, kun je ervan uitgaan dat je een schuldige klootzak bij de kladden hebt.

'Weet u waar ik me nou zo kwaad over maak?' vroeg ik.

'Nee, Sean, waar maak je je nou zo kwaad over?' vroeg hij. Het kostte hem grote moeite om vriendelijk te blijven.

'Ik weet dat Whitehall het waarschijnlijk heeft gedaan, maar toch staat deze hele benadering me niet aan. Hij verdient net zo'n eerlijke kans om er onderuit te komen als iedereen.'

'En die krijgt hij ook, Sean. Een eerlijk proces voor een onpartijdige krijgsraad. Je kunt iedereen van dat college wraken die je niet bevalt.'

Ik hing op. Opeens was ik het zat om naar hem te luisteren. Hij en de rest van het leger waren bezig de poten onder Whitehalls stoel vandaan te zagen. Misschien verdiende Whitehall dat wel, maar toch was het onethisch en verkeerd. Het deugde niet dat soldaten vertelden dat het hun verboden was om iets positiefs over Whitehall te zeggen; of dat Buitenlandse Zaken hem probeerde te ruilen als een stuk rottend vlees; of dat het leger zijn meest succesvolle aanklager had gekozen, en een militaire rechter die heimelijk aan de kant van die aanklager stond; of dat een stelletje evangelisten door het leger naar Korea was gevlogen om daar in het openbaar mijn cliënt te verketteren.

Wat me nog het meest dwarszat was Katherines verwijt dat ik niet wist hoe mijn eigen partij het spelletje speelde. Ik had koppig volgehouden dat ze zich vergiste. Dat moest ik nu terugnemen en dat vond ik nog het ergste – erger dan wat ook.

In feite stond ik voor een van die onoplosbare morele dilemma's waar professor Maladroit altijd over uitweidde. Op basis van wat Predikant Perzik en Predikant Praatjes me beneden hadden verteld had ik waarschijnlijk een goede kans om de zaak niet-ontvankelijk te laten verklaren. Ik kon de rechter verzoeken om een onderzoek in te stellen naar wat het hoofd van de JAG werkelijk tegen die evangelisten had gezegd. En poeff! Daar ging Thomas Whitehall, als vrij man.

Niet als onschuldig man, maar als vrij man.

Natuurlijk zouden de Zuid-Koreanen witheet van woede worden en de Amerikaanse soldaten misschien tot de laatste man van hun schiereiland gooien.

Zelf zou ik worden benoemd tot chef Juridische Zaken op een of ander eiland in de Aleoeten waar niemand ooit van had gehoord en waar ik mijn dagen zou moeten slijten tot de volgende ijstijd.

Mijn cliënt – een potentiële verkrachter, moordenaar en necrofiel – zou me eeuwig dankbaar zijn.

Katherine zou me de rest van mijn leven kerstkaarten blijven sturen.

En ik zou mezelf nooit meer recht in de ogen kunnen kijken.

Dat waren de argumenten die ik voor mezelf op een rijtje zette toen ik een oplossing probeerde te vinden. Dat deugde al niet, want technisch gesproken hoorde ik niet te aarzelen en had ik geen keus. Het was een duidelijke zaak. Ik moest onmiddellijk mijn collega's en mijn cliënt op de hoogte brengen van wat ik had gehoord. Dat was de enige juiste handelwijze, zowel ethisch als juridisch. Het was ook de makkelijkste weg.

Maar natuurlijk koos ik die niet.

Sommige advocaten willen winnen tot elke prijs. Het gaat hun niet om schuld of onschuld, maar om het winnen, wat het ook kost. Zo ben ik niet.

Clapper was zo dom geweest de indruk te wekken van beïnvloeding door de legerleiding in deze zaak. Geen enkele militair rechter zou dat kunnen negeren. Maar waren Clappers opmerkingen tegen een groepje evangelisten werkelijk van zoveel invloed op de uitkomst van het proces?

Natuurlijk niet. Aan de andere kant kon het geen kwaad om Clapper een tijdje te laten zweten. Dat kon nog nuttig zijn.

14

Ik liep naar de kapsalon om Katherine te spreken. Er heerste een complete chaos. Telefoons rinkelden, assistentes liepen heen en weer om berichten te noteren, gesprekken te verwijzen of briefjes te schrijven en door te geven. De amazone en de mopperkont zaten over de faxmachine gebogen en joegen er hele stapels papier doorheen, zo nerveus als een paar paniekerige kippen.

Ik negeerde hen, en zelfs Imelda, die korzelig opkeek toen ik haar voorbijliep. Waarschijnlijk kon ze het niet verkroppen dat ik haar de afgelopen dagen links had laten liggen. Wat kon het mij ook schelen? Ze had me zelf verraden. Dat was haar eigen keus geweest. Wist ze echt niet dat dit hele stel homo was?

Hoe dan ook, ik liep meteen naar Katherines kantoor. Ze zat te bellen, keek afwezig op en ging weer verder met haar gesprek. Ik liet me in de stoel voor haar bureau vallen. Ik was niet van plan om snel weer op te stappen.

Eindelijk hing ze op. 'Ja?'

'Ik heb heel slecht nieuws.'

'Het gaat toch niet over die religieuze delegatie?' vroeg ze met een wegwerpgebaar.

'O, dus dat weet je al?' vroeg ik, duidelijk verbaasd.

'Drummond, dat wist ik vijf dagen geleden al. Nog voordat ze op het Pentagon waren geweest voor hun instructies.'

Ik was meteen achterdochtig. 'Gelul. Hoe wist je dat dan?'

'Via de OGMM. Die houden me op de hoogte van dingen die ik moet weten.'

'Is dat zo?' drong ik aan.

Ze leunde naar achteren in haar stoel en streek met een hand door haar lange weelderige haar, terwijl ze probeerde te bepalen of ze me wel in vertrouwen kon nemen.

'Dit blijft onder ons, oké?'

Typisch Katherine Carlson. Voordat ik haar zo'n belofte kon doen, vroeg ik: 'Het is toch wel legaal, hoop ik?'

'Toe nou, Drummond. Als het tegen de wet was, zou ik het dan toegeven? Dacht je dat? En nog wel tegenover jóú?'

Daar zat iets in. Ik haalde mijn schouders op.

Ze boog zich naar me toe. 'Heb je enig idee wat de OGMM doet? Wat het voor een organisatie is en hoe ze opereren?'

Ik had geen flauw benul, maar dat ging ik haar niet vertellen, het beste-meisje-van-de-klas.

'Natuurlijk,' zei ik met een blik en een armgebaar die een grote stelligheid moesten suggereren. 'Het is een van die non-profitorganisaties die veel geld krijgen van homo's en rijke sympathisanten met een schuldgevoel. Ja toch?'

'Voor een deel. De financiering klopt. Maar de OGMM is uniek vergeleken bij andere bewegingen voor homorechten. Die club is opgericht door homoseksuele militairen zelf, als een geheime organisatie. Het bestaan ervan was geheim en het lidmaatschap ook. Kort gezegd komen ze op voor homo's die hun land willen dienen zonder dat ze in hun rechten worden aangetast.'

'Maar het is nu niet meer geheim?'

'Het bestaan ervan niet, nee. Ze zijn uit de kast gekomen in '91, toen die grote discussie ontstond. Maar het ledenbestand wordt nog altijd streng bewaakt. Omdat alle actieve leden militairen of reservisten zijn, kunnen ze zich moeilijk bekendmaken zonder voor hun seksuele geaardheid uit te komen. En dan is er nog de inactieve groep van veteranen.'

'Hoe groot zijn ze dan?'

Ze glimlachte. 'Je zou me niet geloven.'

'Zeg het maar.'

'Vierhonderdduizend leden. Zo ongeveer.'

'Versta ik dat goed?'

'Ja, Drummond. De meesten zijn veteraan, een soort homoseksuele vereniging van oud-strijders. Er zijn al leden bij van voor de Tweede Wereldoorlog. Het oudste nog levende lid heeft in de Eerste Wereldoorlog gevochten.'

'En hoeveel zijn er nog in actieve dienst?'

'Ongeveer vijfentwintigduizend, bij de laatste telling.'

Opeens drong het tot me door wat ze me vertelde.

'Je wilt dus zeggen... ja, wat? Dat er op dit moment vijfentwintigduizend homo's en lesbiennes in het leger zitten? En die mensen, eh... houden de OGMM op de hoogte?'

Ze keek als een kat die zojuist een kanarie had verschalkt. 'Het zou je verbazen wat we allemaal weten en hoe snel we het te horen krijgen. We hebben zelfs generaals en admiraals in de gelederen, van wie een paar op heel belangrijke posten. De laatste keer dat ik keek hadden we zevenduizend officieren in actieve dienst.'

Ik kon mijn oren niet geloven. Dit was onvoorstelbaar, een soort leger van vijfentwintigduizend spionnen in uniform. Je wist dus nooit of je er met eentje zat te praten, naast eentje bij een vergadering zat of naast eentje stond te pissen op de wc van het Pentagon. Zelfs op de toiletten van de generaals, blijkbaar. Ze waren onzichtbaar.

'Dat is schandalig,' ontplofte ik. 'Een enorm complot! Ik bedoel, dat is spionage op een ongelooflijke schaal.' Want zo klonk het, in feite.

'Doe niet zo dramatisch, Drummond. Die mensen geven de OGMM heus niet de details van dc defensieplannen. Ze verraden geen geheime gegevens. Ze bellen de OGMM alleen als ze iets zien of horen wat inbreuk maakt op hun rechten. En ze zijn niet deloyaal. Ze zijn trouw aan hun eigen seksualiteit, maar er ook van overtuigd dat ze de Amerikaanse grondwet verdedigen, zoals ze hebben gezworen. En dat doen ze, geloof me maar.'

'Maar ze overtreden de wet,' stamelde ik.

'O ja? Noem dan eens een wet die ze overtreden.'

Daar moest ik even over nadenken. Ik bedoel, dit deugde niet, dat wist ik zeker. Dat kon niet anders. In gedachten doorzocht ik mijn geheugenbank van wetten en precedenten. Daar was ik zo'n twintig seconden mee bezig, terwijl Katherine me geamuseerd aankeek. Voorzover ik kon nagaan had ze gelijk. Zolang ze geen geheime informatie doorgaven, overtraden ze geen enkele wet.

Maar opeens had ik het.

'Aha!' zei ik, ervan overtuigd dat ik de fatale fout in haar argumentatie had gevonden. 'En als ze moeten opgeven van welke organisaties ze lid zijn? Elke nieuwe rekruut moet dat invullen op het vragenformulier. En als je een veiligheidsstatus wilt, moet het nog een keer.'

'Goed punt,' zei ze. 'Behalve dat iedereen weet dat de OGMM een homo-organisatie is. Als ze dus zouden vermelden dat ze lid zijn, zouden ze daarmee ook toegeven dat ze homo zijn.'

'Ja, en?'

'Volgens het gedoogbeleid is het verboden om daarnaar te vragen.'

'Maar het wordt wél gevraagd, Carlson. Daar gaat het om. En als ze het verzwijgen, liegen ze op een officiële vragenlijst. Dat is tegen de wet.'

'Toe nou, Drummond, ik dacht dat je advocaat was! Wat gebeurt er als je een wet wilt uitvoeren die tegen de grondwet indruist? Dan verliest die wet zijn geldigheid.'

'Dat is een cirkelredenering,' wierp ik zwakjes tegen.

Ze glimlachte. 'Een cirkelredenering? Nou en? Daar gaat het bij een wet toch om? De perfecte *Catch 22*. Wij hebben het zelf niet bedacht, we maken er alleen gebruik van.'

Ik had nog steeds mijn twijfels, maar er zat wel iets in, al gaf ik het niet graag toe. Advocaten worden nu eenmaal ingehuurd om dat soort mazen in de wet te vinden.

'Oké,' mopperde ik, niet echt bereid om haar de overwinning te gunnen. Daarom ging ik snel verder. 'Dus de OGMM had jou gebeld om je voor die evangelisten te waarschuwen?'

'Een van de schrijvers op het kantoor van de voorzitter van de stafchefs behoort tot zijn eerste vertrouwelingen. Hij beschouwt haar als een dochter. Ze werkt al voor hem sinds hij brigadegeneraal was. Hij zou er kapot van zijn als hij zou weten dat ze lesbisch is.'

'Dat meen je niet.'

'Echt waar,' zei ze met een glimlach. 'Zij heeft het memo getypt waarin de stafchef van het leger werd gevraagd die predikanten te ontvangen en hen uit te nodigen om naar Korea te vliegen.'

Het duizelde me. Ik kon het allemaal niet zo snel verwerken. 'En wat vind je van die evangelisten?' vroeg ik ten slotte.

Misschien heb ik het al eerder gezegd, maar een van de griezeligste dingen aan Carlson is dat ze zo snel van stemming kan wisselen. Binnen een oogwenk had haar glimlach plaatsgemaakt voor een agressief en oorlogszuchtig masker.

'Dat is de grootste bedreiging tot nu toe.'

'Wat?' vroeg ik stomverbaasd. 'Dat meen je niet. Zo'n stel ouwe dikke dominees uit het zuiden? Wat kunnen die nou voor kwaad aanrichten?' Ik was ook niet blij met hen, maar de grootste bedreiging tot nu toe? Een beetje overdreven.

Ze leunde naar achteren in haar stoel en keek me hooghartig aan. 'Hoor eens, Drummond, ik weet dat je het moeilijk kunt accepteren, maar dit is oorlog. Het is net zoiets als de strijd voor de burgerrechten in de jaren vijftig en zestig. En die evangelisten vormen het machtigste wapen van de fatsoensrakkers en homohaters. Ze zijn de kernbom van de antihomobeweging.'

Ik keek haar ongelovig aan, alsof ze nu echt te ver ging. Want dat vond ik. Maar ik wist ook dat ze kwaad zou worden. En dat werd ze.

Ze zwaaide met een nijdige vinger. 'Kijk niet zo naar me! Ik overdrijf niet. Die evangelisten prediken de ergste vorm van onverdraagzaamheid. Ze schilderen homo's en lesbo's af als perverse zondaars, tegennatuurlijke schepsels, verdorven verleiders. Ze zijn niet anders dan de katholieke priesters uit de Middeleeuwen die hun volgelingen opdroegen om heksen en ongelovigen op de brandstapel te brengen. Hoe kunnen mensen zo dom zijn om te luisteren? Ga eens na hoe vaak ze zich hebben vergist: Galileo, Columbus, Scopes. Waarom worden ze geloofd? Als een andere instantie zo vaak de plank had misgeslagen in belangrijke zaken, zou het zielig en lachwekkend zijn geweest. Onvoorstelbaar.'

'Katherine,' zei ik op bewust neerbuigende toon, 'nu verlies je de realiteit toch uit het oog. Voor jou is het een soort *jihad*, een heilige oorlog. Voor mij is het dat niet. Ik ben advocaat. We zullen deze zaak wel verliezen, en als dat zo is, zal ik een biertje drinken, me een dag of twee lullig voelen en me dan weer voorbereiden op de volgende zaak.'

Goed, misschien overdreef ik een beetje, maar haar reactie was buiten alle proporties. Blijkbaar had ik een gevoelige snaar geraakt, want ze staarde me aan alsof ik vanonder een steen vandaan gekropen was. Alle engelachtigheid was uit haar gezicht verdwenen. Ze liep zelfs rood aan, donkerrood, alsof er een vuur brandde onder haar huid.

'Eruit!' zei ze ijzig en beheerst, maar op het punt om te gaan schreeuwen.

Ik haalde zenuwachtig mijn schouders op. 'Hé, vat het nou niet persoonlijk op.'

'Eruit. Nu! Ik wil je gezicht niet meer zien.'

Ik overwoog nog even om tegen haar in te gaan, maar een van de dingen die ik in het leven heb geleerd is dat logica of redelijkheid geen enkele zin hebben als een vrouw kwaad op je is. Zoals een vacuüm alle lucht uit een kamer zuigt, zuigt de woede van een vrouw alle redelijkheid uit een situatie. Daarom koos ik eieren voor mijn geld en ging ik er als een haas vandoor.

Het hielp niet echt dat Imelda me weer vernietigend aankeek toen ik langs haar heen liep. Mopperkont en de amazone keken ook mijn kant op en leken al evenmin blij me te zien.

Opeens besefte ik iets. Ik was hier seksueel gestrand, eenzaam en geïsoleerd. Ik was de enige heteroadvocaat en ook de enige man die nog was overgebleven binnen het team van de verdediging. Keith was er nog wel, maar lag in coma, waarom ik hem vagelijk benijdde. In de praktijk stond ik dus alleen.

Ik ging terug naar mijn kamer en zette CNN aan. Ik keek uit mijn ooghoek tv terwijl ik me uitstrekte op bed en mijn volgende stap probeerde te bedenken. Op dat moment ving ik een glimp op van Michael T. Barrone, een van die flitsende multimiljardairs van ergens in de dertig, die als internetpioniers nog meer geld hebben verdiend dan God bezat. Ik weet niet waarom, want multimiljardairs zijn meestal ongelooflijk saai, maar toch zette ik het geluid wat harder.

'Dat klopt,' zei Barrone tegen de onzichtbare interviewer. 'Ik heb geld gegeven. En ik zal geld blíjven geven tot ik van hen hoor dat het genoeg is.'

'U bent een zakenman, meneer Barrone,' zei de interviewer. 'En op dit moment is dit een heel impopulaire kwestie. De leiders van een zuidelijk kerkgenootschap roepen al op tot een boycot van uw bedrijf. Bent u niet bang dat het slecht zal zijn voor uw zaken?'

Er verscheen een vastberaden uitdrukking op Barrones gezicht. 'Mijn bedrijf kan me nu niet schelen. De OGMM heeft me om geld gevraagd en ik ben blij dat ik het hun kan geven. Wat hier gebeurt deugt van geen kant. Ik heb zelf ook homo's onder mijn werknemers, zoals iedereen. Dus geef ik geld om mijn principes hoog te houden.'

Michael Barrone verdween in het niets en maakte plaats voor een opname van een paar honderd Amerikanen in de grote lobby van het Shilla Hotel, zo te zien, een van de meest swingende hotels van heel Korea.

Een vrouwenstem die dramatisch probeerde te klinken zei: 'En zo zijn er vandaag nog drie vliegtuigen met homoactivisten in Seoul gearriveerd, naast de drie die vannacht al waren geland en de drie die morgen nog worden verwacht. Zo wordt er een heel nieuwe draai gegeven aan wat nu al de meest dramatische zaak kan worden genoemd die de krijgsraad in tientallen jaren heeft moeten behandelen. Dit is Sandra Milken, rechtstreeks vanuit Seoul.'

Ik liet me met een plof weer terugzakken en vloekte luid. Veel effect had het niet, omdat Carlson me niet kon horen, terwijl het alleen voor haar bedoeld was.

Zij wilde een oorlog tussen twee culturen, en bij God, die zou ze krijgen ook. Dit moest haar idee zijn geweest, haar reactie op al die evangelisten. En geloof me, het was een ongelooflijk slecht idee.

Je kunt niet zomaar een paar honderd boze, schreeuwende Amerikaanse homoseksuelen naar het buitenland afvaardigen – naar Korea, nota bene! – en dan maar hopen dat het goed gaat. Daar zou heel wat ellende en verdriet uit kunnen ontstaan.

15

Zelden had ik zo'n aardige en beleefde man ontmoet als adjudant Michael Bales. Hij lachte zo breed dat het een wonder leek dat zijn gezicht niet barstte. Hij schudde enthousiast mijn hand op en neer en zei dat hij blij was me te ontmoeten, op een toon alsof hij het echt meende. Hij nam me mee naar zijn kantoor, bood me een stoel en koffie aan, vroeg me hoe het ging, hoe Korea me beviel, of mijn kamer in het hotel naar wens was, enzovoort, enzovoort.

Zijn aanpak was natuurlijk heel doorzichtig. Ik had ook niet anders verwacht van een politieman die wist hoe de vlag erbij hing. Als ervaren rechercheur besefte Bales heel goed dat wij onvermijdelijk met elkaar in aanvaring zouden komen. Hij was de man die het onderzoek had gestart. Hij was de belangrijkste getuige van de aanklager, de spil waarom de hele bewijsvoering tegen onze cliënt draaide.

Uiteindelijk zou hij in de getuigenbank terechtkomen, tegenover Carlson of mij, en zouden wij ons uiterste best doen om hem onderuit te halen en in de val te lokken. We moesten immers bewijzen dat hij een incompetente sukkel was, een idioot die de sporen had vernietigd, voorbarige conclusies had getrokken, de getuigen had gemanipuleerd, ontlastende bewijzen voor mijn cliënt over het hoofd had gezien en er in het algemeen een puinhoop van had gemaakt.

Dat was onvermijdelijk. Hij wist het en ik wist het. Iedere raadsman die een vermoedelijk schuldige cliënt verdedigt, heeft geen andere optie dan de geloofwaardigheid van de belangrijkste getuige à charge te ondergraven.

Daarom was hij zo hartelijk. Hij probeerde de condities van het slagveld in zijn voordeel om te buigen, zoals dat in militaire termen heet.

Al zodra ik hem zag, vloekte ik in stilte. Hij was jong, een jaar of vijfendertig, met donker haar, een krachtig gezicht met prettige lichtblauwe ogen en een vriendelijke, innemende lach. Anders dan de meeste CID-rechercheurs, die zich vreselijk kleden, droeg hij een goed gesneden grijs pak met krijtstreep met daarop een effen wit, fris gesteven katoenen overhemd en een eenvoudige gestreepte das. Misschien was hij niet de best geklede man van heel Korea, maar hij kon ermee door. Erger nog, hij leek heel competent en verdomd knap op een ernstige, nuchtere, sympathieke wijze.

Waarom dat ongunstig was? Een krijgsraad is net zo gevoelig voor uiterlijkheden als iedereen. Misschien nog wel gevoeliger. De leden zitten tien uur per dag aan hun stoel gekluisterd, met niets anders te doen dan de hoofdfiguren observeren. Ze kijken en luisteren, kijken en luisteren nog eens, en vormen een oordeel. En vanwege hun specifieke eigenaardigheden laten mannen en vrouwen in het leger zich waarschijnlijk nog sterker beïnvloeden door uiterlijkheden.

Ik had dus liever gezien dat Bales een kalende vent van middelbare leeftijd was geweest met een slecht gebit, een bierbuik, afgetrapte schoenen, een geruit sportjasje en een gestreepte broek. Als ik dan het hof ervan probeerde te overtuigen dat hij verwijtbaar slordig was geweest, zouden ze een blik op Bales werpen en denken: ja, dat zie je zo.

Toen Bales eindelijk klaar was met zijn warme ontvangst, gingen we zitten en staarden we elkaar aan als een stierenvechter en zijn stier.

'Goed, adjudant,' begon ik, 'ik heb uw verklaringen gelezen en ik heb een paar vragen, zoals u al had verwacht.'

Hij vertrok geen spier. 'Natuurlijk, majoor,' zei hij. 'Dat dacht ik wel.'

'Oké. Mijn eerste vraag dan maar. Hoeveel Zuid-Koreaanse politiemensen waren er in Whitehalls flat toen u daar aankwam?'

Hij vermoedde dat het een strikvraag was, dus zweeg hij een tijdje, leek diep na te denken en zei toen: 'Een man of twintig, als ik het me goed herinner.'

'Een man of twintig? Dus u weet het niet precies?'

Weer leek hij na te denken, voordat hij antwoordde: 'Nee, majoor. Ik zou het u niet exact kunnen zeggen.'

'Neem me niet kwalijk dat ik het nog eens vraag. Ik wil graag duidelijkheid. U weet dus niet meer hoeveel Koreaanse politiemensen er in die flat waren?'

Hij keek me strak aan. De plaats van een misdrijf hoort goed bewaakt te worden en bijna hermetisch afgesloten te zijn. Uit de eerdere verklaringen van sergeant William Blackstone had ik sterk de indruk gekregen dat de zaak uit de hand gelopen was.

Nu had ik het gevoel dat ik voor de grote doorbraak stond, de kans waar de verdediging altijd van droomt.

'Nee,' zei hij.

'Dus u weet ook niet wie er toegang hebben gehad tot de plaats van het misdrijf? Is dat juist?'

'Dat zei ik niet,' antwoordde hij, zonder met zijn ogen te knipperen.

'Nee? Maar dat vroeg ik u wel.'

'Nee, u vroeg me hoeveel Koreaanse politiemensen er in de flat rondliepen. Dat weet ik niet precies. Twee agenten bewaakten de deur toen ik aankwam, maar misschien hebben ze er later nog een paar neergezet toen ik al boven was, dat weet ik niet. Misschien stonden er ook agenten bij de achteringang. Ik heb geen idee. En ik zag er drie of vier in de gang naar het appartement van kapitein Whitehall. Maar het is niet uitgesloten dat er nog meer waren. Ik kan het u niet met zekerheid zeggen.'

Hij wachtte even en keek me onderzoekend aan. 'Maar als u me vraagt hoeveel agenten het appartement van kapitein Whitehall zijn binnengegaan, kan ik u dat wel vertellen.'

'O ja?'

'Ja. Sergeant Blackstone en ik hebben de standaardprocedure gevolgd. Hij en zijn partner kwamen vlak na de Zuid-Koreaanse politie bij de flat aan. Ze hebben de namen genoteerd van alle politiemensen die het appartement hebben betreden. Daar is een journaal van bijgehouden. Hun identiteit is nagetrokken en alle bezoekers aan het appartement kregen een escorte.'

'Vreemd, daar heb ik niets over gelezen in uw verklaringen.'

'Natuurlijk niet. We vermelden nooit alle procedures die we op de plaats van het misdrijf hebben gevolgd.'

Als ik niet beter wist, zou ik bijna denken dat Bales een spelletje met me speelde door me opzettelijk een bepaalde kant op te lokken en dan boosaardig de deur in mijn gezicht te slaan. Misschien was het bedoeld als een waarschuwing om niet te brutaal of te agressief te worden in de rechtszaal, omdat hij me anders zou laten boeten. Als dat zijn plannetje was, had het succes.

Maar ik probeerde niets te laten merken toen ik verderging. 'In uw verklaring zegt u dat sergeant Blackstone en inspecteur Choi met elkaar in discussie waren toen u bij de flat aankwam. Kunt u me vertellen waar die ruzie over ging?'

'Jawel. Een gewone kwestie van jurisdictie. Niets bijzonders.'

'Zoals?'

'Wie er verantwoordelijk was voor het verzamelen en omschrijven van de bewijzen, bijvoorbeeld. En wie de getuigen moest verhoren.'

'En die kwesties zijn opgelost?'

'Zeker. Inspecteur Choi is een bijzonder professionele en redelijke politieman. Iemand met veel ervaring bovendien. Het was niet de eerste keer dat Amerikaanse militairen een misdrijf hadden gepleegd in zijn district.'

'Wat is er dan afgesproken?' vroeg ik.

'Zijn mensen zouden de bewijzen verzamelen en beschrijven, en de lijkschouwing voor hun rekening nemen. Onze mensen zouden de getuigen verhoren. Daar had Choi geen probleem mee. Ik geloof alleen dat sergeant Blackstone zich wat te aanmatigend opstelde. Dat irriteerde Choi, maar we hebben het uitgepraat.'

'Hmm,' zei ik. 'Dus het was meer een persoonlijkheidskwestie dan een inhoudelijke discussie?'

'Zo zou ik het willen zeggen, ja.'

'U had er geen moeite mee dat de Koreanen de bewijzen verzamelden?'

'Nee hoor. Waarom zou ik?'

'U en ik weten allebei dat er grote verschillen bestaan tussen de Koreaanse en Amerikaanse regels voor de omgang met bewijsmateriaal. Bovendien wordt de Koreaanse politie daar niet zo in getraind als onze mensen.'

Hij wreef over zijn kin alsof hij dat voor het eerst hoorde en erover na moest denken. Het zag er heel overtuigend uit. Als ik niet beter had geweten, zou ik het bijna hebben geloofd.

Eindelijk zei hij: 'Nou, eerlijk gezegd zijn er wel een paar kleine verschillen in procedure, maar ik kan niets bedenken dat invloed kan hebben gehad op deze zaak. U wel?'

Ook dat was een handige zet van hem, omdat ik duidelijk zat te hengelen en hij niet van plan was de worm aan het haakje te doen.

Om hem te laten zien dat hij niet de enige was die dit spelletje kon spelen, zei ik niets anders dan: 'Ik heb wel een paar ideeën, maar die bewaar ik tot later.'

Hij knipperde één of twee keer met zijn ogen, maar meer ook niet.

'Hebt u het slot van de voordeur goed bekeken?' vroeg ik.

'Ja.'

'Volgens de verklaringen zou het niet zijn geforceerd of op een andere manier gemanipuleerd. Van wie is die conclusie afkomstig? En hoe weet u dat zo zeker?'

'Hoor eens, majoor,' zei Bales, 'de Koreanen hebben kosten noch moeite gespaard bij dit onderzoek. Ze hebben er een inspecteur bij gehaald, een zekere Roh, een expert op het gebied van inbraken. Hij is helemaal overgevlogen uit Taegu omdat hij als de belangrijkste Koreaanse slotendeskundige bekendstaat. Ik ben erbij geweest toen hij het slot onderzocht. En in die dertig minuten heb ik meer over het forceren van sloten geleerd dan in tien uur op mijn rechercheschool. Hij heeft het helemaal uit elkaar gehaald en meegenomen naar het lab om elk onderdeeltje onder een microscoop te bekijken. Daarna heeft hij zelfs een radioactieve test gedaan, op zoek naar deukjes, krassen of sporen op de tuimelaars – elke denkbare aanwijzing dat iemand met dat slot zou hebben geknoeid. Maar hij heeft niets gevonden. We hebben overigens ook vastgesteld dat het een splinternieuw slot was, geïnstalleerd door de verhuurder voordat kapitein Whitehall het appartement betrok. U kunt proberen de verklaring van inspecteur Roh aan te vechten als u dat wilt, maar hij heeft mij voor honderd procent overtuigd.'

Ik wachtte even om in gedachten de feiten op een rij te zetten. Uit Bales' schriftelijke verklaringen wist ik dat hij zich keurig aan de voorschriften had gehouden bij zijn verhoor van Whitehall, Moran en Jackson. Hij had hen op hun rechten gewezen en hen geen moment onder druk gezet of gedreigd. Het leek een modelverhoor. Ik wist nu ook dat de politie zich in Whitehalls appartement aan de regels had gehouden en dat de Koreaanse arts die sectie had verricht een bijzonder vakkundige patholoog-anatoom was. En zojuist had Bales me verteld dat het slot was onderzocht door de nationale autoriteit op dat gebied. Niet zo gunstig, allemaal. Waar ik aanvankelijk nog een paar scheurtjes in het pleisterwerk had vermoed, zag ik nu alleen nog een gladde, witte wand. Ik had nog maar één kans.

'Adjudant, hoe hebt u Moran en Jackson zover gekregen dat ze tegen Whitehall hebben getuigd?'

Hij keek me ongeduldig aan. 'Praten jullie nooit met elkaar?'

'Over wie hebt u het?'

'U en die dame, mevrouw Carlson.'

'Wat bedoelt u?'

'Zij heeft me bijna dezelfde vragen gesteld. Samen met een vent in een mooi pak, Keith of zoiets. Een week geleden al. Dus ik zal u hetzelfde antwoord geven als hun. Ik heb geen idee waarom Moran en Jackson hebben bekend. Bij het eerste verhoor hebben ze gelogen en gedraaid, maar nadat ze officieel in staat van beschuldiging waren gesteld zijn ze blijkbaar van mening veranderd.'

'Hmm,' mompelde ik, om me te herstellen van de ontdekking dat Katherine en Keith adjudant Bales al hadden ondervraagd. Dat was nieuw voor mij. Katherine had er niets over gezegd.

Maar toch ging ik verder. 'Wat hebt u Moran en Jackson in eerste instantie ten laste gelegd?'

'Moran werd verdacht van moord, verkrachting, sodomie, homoseksuele handelingen, samenzwering tot moord, samenzwering tegen de rechtsgang, meineed, insubordinatie, overtreding van zijn generieke orders...'

'Ho! Dat is wel genoeg,' blafte ik. 'En Jackson?'

'Alles wat ik net al zei, behalve verkrachting en sodomie. In zijn geval waren daar geen bewijzen voor.'

Dat had ik kunnen verwachten. Een oude wet in de advocatuur luidt dat de meeste echtscheidingen soepel en vriendschappelijk verlopen totdat de advocaten op het toneel verschijnen. Voor samenzweringen geldt dat ook.

Wat de CID en de legerleiding hadden gedaan was een bekende en geliefde truc: de tactiek van de botte bijl, waarbij je de samenzweerders alle denkbare beschuldigingen naar het hoofd slingert in de wetenschap dat er altijd wel iets blijft hangen als je maar met genoeg modder smijt. Op het moment dat Whitehall, Moran en Jackson angstig naar hun advocaten renden, hadden die aan één bezorgde blik op de bijna eindeloze lijst met aanklachten genoeg om te weten dat hun cliënt aan minstens één ding wel schuldig zou zijn. En omdat advocaten hun cliënten instinctief adviseren om vooral aan hun eigen hachje te denken, stelden ze meteen een schikking met de aanklager voor. De verliezer in dat soort zaken is altijd de man tegen wie de sterkste bewijzen voor de zwaarste aanklacht bestaan – in dit geval moord.

Met andere woorden, Thomas Whitehall had geen enkele kans.

'Wie heeft het op een akkoordje gegooid met de advocaten?' vroeg ik.

'Ikzelf. Met toestemming van de generaal, uiteraard.'

'Natuurlijk,' zei ik droog. 'En door wie heeft de generaal zich in deze zaak laten vertegenwoordigen?'

'Door zijn juridisch adviseur, ene kolonel Janson.'

Gek, maar dat verbaasde me niets.

'En kunt u me zeggen, adjudant Bales, waartoe de aanklachten tegen Moran en Jackson uiteindelijk zijn teruggebracht?'

'Dat kunt u zelf ook nagaan, dus dat mag ik u wel vertellen. Wat er overbleef was het plegen van homoseksuele handelingen.'

'Dat is alles?'

'Dat is alles,' beaamde hij schaapachtig.

Ik bedankte hem beleefd voor zijn tijd en stond op. Hij bleef rustig zitten en ik moet toegeven dat hij absoluut geen zelfvoldane of triomfantelijke indruk maakte. Daar had hij alle reden toe, maar hij beheerste zich. Het is een verdomd lekker gevoel als je een waterdichte zaak kunt verdedigen.

En verdomd vervelend als je aan de andere kant zit.

16

Het rode lampje van het antwoordapparaat knipperde dringend toen ik op mijn kamer terugkwam. Ik toetste de code in en hoorde de woedende stem van Edwin Gilderstone met het verzoek hem onmiddellijk terug te bellen.

Het was al na middernacht in New York, maar Gilderstone klonk veel te wakker en opgewonden om al in bed te liggen. 'Hé, Ed!' zei ik. 'Met Drummond.'

'Klootzak!' schreeuwde hij meteen. 'Vuile leugenaar!'

'Dat zal wel,' beaamde ik. Hij mocht schelden wat hij wilde.

'Je had me beloofd dat het vertrouwelijk zou blijven.'

'Dat is ook zo, Ed. Ik heb er met niemand over gesproken, zelfs niet met mijn collega's. Wat is het probleem?'

'Het probleem? Het probléém, verdomme? Ik word gevolgd.'

'Gevolgd? Door wie?'

'Geen idee. Als mensen je schaduwen, stappen ze niet op je af om zich voor te stellen: "Hallo, ik ben John Smith van de CID en ik zal u de komende dagen volgen." Of wel soms?'

'Dus jij denkt dat het de recherche is?' vroeg ik.

'Ik zeg je net dat ik geen idee heb wie het zijn. Luister je niet?'

'Jawel, Ed. Ik probeer alleen een antwoord te vinden. Waarom denk je dat je wordt gevolgd?'

Het bleef even stil en ik hoorde dat hij diep ademhaalde, alsof hij probeerde zich te beheersen.

'Vanochtend ging ik naar de Post Exchange om wat toiletspullen te kopen en op het moment dat ik uit het academiegebouw kwam dook er een grijze auto op die me de hele weg naar de PX bleef volgen. Later, toen ik ging lunchen, reed diezelfde grijze auto weer achter me aan.'

'Ed, ik wil je niet tegenspreken, maar kan het geen toeval zijn? West Point is New York niet. Het is maar een klein stadje, dus het is niet zo vreemd dat dezelfde auto twee keer op een dag dezelfde kant uit rijdt als jij.'

'Drummond,' zei hij.

'Ja?'

'Ik heb je al eerder gewaarschuwd om niet zo neerbuigend te doen. Natuurlijk was die gedachte ook bij mij opgekomen. Alleen staat diezelfde grijze auto nu halverwege de straat geparkeerd. Het is één uur 's nacht en ik zie de silhouetten van twee hoofden als er een andere auto passeert.'

Misschien had hij gelijk. 'Goed, dan word je gevolgd. Maar waarom zou ík daar iets mee te maken hebben?'

'Toe nou, Drummond. Gisteren heb je me gebeld over Whitehall.'

'Hoor eens, ik heb je beloofd dat ik er niets over zou zeggen en dat heb ik ook niet gedaan. Misschien is het je eigen schuld. Kan het geen vent zijn met wie je een verhouding hebt gehad en die nog altijd naar je smacht?'

Hij grinnikte onaangenaam. 'Lazer op, Drummond.'

'Oké,' bond ik in. 'Maar ik heb niemand iets verteld.'

We praatten nog even. Hij bleef me beschuldigen en ik bleef ontkennen. Ten slotte hingen we maar op.

Natuurlijk was het mijn schuld dat hij werd geschaduwd. Ik bedoel, hoe groot was de kans dat een of andere homo zo verliefd was geworden op een gezette, weinig standvastige, middelbare leraar Engels dat hij hem zou willen *stalken*?

Ik dacht terug aan die onaangename kolonel Menkle van het secretariaat. Hij wist dat ik met Gilderstone had gesproken en blijkbaar had hij iemand op zijn spoor gezet.

Maar wat had het voor nut om Gilderstone te schaduwen? Als het professionals waren, hadden ze zich nooit laten betrappen, zeker niet door een amateur. Dus waren het zelf amateurs, of hadden ze zich opzettelijk laten zien. En in het laatste geval: waarom? Om hem zenuwachtig te maken, natuurlijk. Maar waarom wilden ze een oude homo die al bijna aan zijn pensioen toe was zenuwachtig maken? Uit wrok? Of om hem te muilkorven?

Ik dacht er nog een tijdje over na en kreeg opeens een ingeving. Ik haalde mijn zakmes uit zijn zak en peuterde de hoorn van mijn telefoon open. Het was de enige andere mogelijkheid die ik kon bedenken.

In de tijd voordat telefoons wegwerpartikelen waren geworden, net als melkpakken, kon je het microfoontje en het luidsprekertje nog gemakkelijk losschroeven voor eventuele reparaties. De moderne economie heeft nadelen. Ik beschadigde de hoteltelefoon zo ernstig dat ze hem maar op mijn rekening moesten zetten.

Maar dat was het minste probleem. Ik maakte me meer zorgen over het kleine zwarte dingetje, nauwelijks groter dan een lieveheersbeestje, dat in het luidsprekertje was verborgen.

Toen ik nog bij het Regiment zat, had ik les gehad in elektronische afluistertechnieken. Ik was zeker geen expert, en de technologie had de laatste zeven of acht jaar grote vorderingen gemaakt dankzij miniaturisatie, digitalisering en wat al niet, maar ik kon nog altijd een verborgen microfoontje herkennen als ik er een zag.

Kwaad en ontdaan betastte ik het dingetje. Die klootzak van een Mercer en zijn slimme hulpje Carol Kim!

Ik liep naar het raam en wierp een voorzichtige blik op het parkeerterrein. Het stond vol met auto's, maar ik wist waarnaar ik zocht. Ja hoor, bijna achterin stond een grijze vierdeurs Aries geparkeerd.

Ik keek behoorlijk kwaad, neem ik aan, want toen de man met de zonnebril op de rechterstoel naast Carol Kim me zag aankomen, tikte hij haar haastig op de schouder. Ze startte meteen de motor en schoot zo hard achteruit dat ze de bumper van de auto achter haar raakte. Ik hoorde een flinke klap en er spatte rood en geel glas over het asfalt, maar Carol remde of aarzelde niet. Ze rukte het stuur naar rechts en ging ervandoor. Ik kon niets anders doen dan een schop tegen de zijkant van de auto geven toen ze me voorbijstoof.

Heel dom, natuurlijk. Het was niet alleen een infantiele reactie, maar het deed ook verdomd veel pijn en ik viel achterover op mijn kont. Ik schaafde mijn handen, om nog maar te zwijgen over de blauwe plek op mijn achterste. En ik was blij dat ik legerkistjes droeg, anders zou ik een paar tenen hebben gebroken. Vloekend hinkte ik terug naar het hotel en nam ik de lift naar boven.

Ik doorzocht mijn hele kamer. Ik haalde de schilderijen van de muren, schroefde de lampen los, keek onder het bed en zocht tussen mijn kleren in de kast. Ik vond nog twee microfoontjes, maar ik had er wel twintig over het hoofd kunnen zien.

Wanneer hadden ze dat gedaan? Hadden ze aan mijn reservering gezien welke kamer ik zou krijgen en de afluisterapparatuur al van tevoren aangebracht? Of waren ze later pas binnengekomen? Misschien had een kamermeisje het vuile werk opgeknapt.

Wat was de schade? Had ik iets gezegd of gehoord wat mijn cliënt zou kunnen schaden? Ik kon me geen rampen herinneren, maar iemand die alles had afgeluisterd zou een redelijk beeld hebben van de strategie die ik wilde volgen bij de verdediging. Gelukkig had ik heel andere ideeën dan Katherine en haar team, dus viel de schade nogal mee.

Aan de andere kant was ik wellicht niet de enige advocaat die werd afgeluisterd. En als ik de aanklager was en in het hoofd van de verdedigers zou kunnen kijken, zou ik een geweldige voorsprong hebben. Dat gold nog dubbel zo sterk voor iemand die zo sluw en meedogenloos was als Eddie Golden.

Ik wilde Katherine bellen om haar te waarschuwen, maar mijn vernielde telefoon lag nutteloos op een tafeltje. Dus liep ik haastig naar het HOMOS-kantoor, stormde het secretariaat door en stampte bij Katherine naar binnen.

Voor de verandering zat ze niet te bellen, omdat er drie burgers op haar kamer zaten die allemaal een grote kaart bestudeerden. Het leken me normale types, maar toch hing er een samenzweerderige sfeer. Ik veronderstelde dat ze tot een van de groepen demonstranten behoorden die met het vliegtuig in Seoul waren aangekomen.

'Neem me niet kwalijk, Katherine,' zei ik beleefd, 'maar we moeten even praten. Onder vier ogen, als het kan.'

Ze keek me vermoeid aan, maar zei toen gelaten tegen haar vrienden: 'Willen jullie me een momentje excuseren?'

'Kom maar mee naar buiten,' zei ik tegen haar.

Ze dacht ongetwijfeld dat ik me wilde excuseren voor mijn schandelijke gedrag of weer een tirade tegen haar wilde houden. Ze liep gehoorzaam mee naar de grote eik op het parkeerterrein, waar ze kortgeleden nog dat geweldige interview had gegeven dat zo bevorderlijk was geweest voor mijn carrière.

'We hebben een nieuw probleem,' zei ik tegen haar.

Ze maakte een geluid alsof ze haar keel schraapte, maar omdat ze tegelijkertijd met haar ogen rolde, bedoelde ze er vermoedelijk iets heel anders mee. 'Wat is ons nieuwe probleem, Drummond?'

'Ik heb microfoontjes gevonden in mijn telefoon en de rest van mijn kamer. De nieuwste apparatuur, heel klein.'

Het duurde even voordat ze dit nieuws verwerkt had. Ze staarde me aan en begon toen te ijsberen met haar karakteristieke kleine pasjes.

'Wie heeft ze daar verborgen?'

Dat was een lastige vraag, omdat ik haar niets kon vertellen over mijn geheime contacten met Buzz Mercer en zijn spionnen. Iemand anders dan Katherine, met haar neiging tot woede-uitbarstingen en intieme ontboezemingen tegenover iedere journalist die ze toevallig tegenkwam, had ik misschien in vertrouwen kunnen nemen. Maar we hadden het hier over de loslippigheid in eigen persoon.

'Geen idee,' loog ik half, 'maar waarschijnlijk de Zuid-Koreanen of onze eigen regering.'

'En als we die microfoontjes laten analyseren? Worden we daar iets wijzer van?'

'Ik denk het niet. Wie zulke handige dingetjes gebruikt, zal er ook wel voor zorgen dat ze niet traceerbaar zijn.'

Ze bleef staan en keek me onderzoekend aan. 'Heb je iets over de telefoon gezegd wat een probleem zou kunnen zijn?'

'Ik denk het niet, maar je kunt nooit weten.'

'Hmm,' zei ze, terwijl ze weer begon te ijsberen en de betekenis van deze nieuwe ontwikkeling probeerde te overzien.

'Katherine,' zei ik, terwijl ik haar stoorde in haar gedachtegang, 'als ze mijn kamer afluisteren, hebben ze misschien ook microfoontjes in jouw kamer en die van de anderen verborgen. Wie weet zelfs in de kapsalon.'

Dat was het moment waarop haar gezicht veranderde in een donderwolk. Als de aanklager al onze gesprekken had kunnen horen, zou onze cliënt kansloos zijn. Stel je voor dat iemand bij het pokeren alle kaarten op tafel en in de handen van zijn tegenstanders kon zien. Vermenigvuldig de gevolgen met drie en je had onze situatie.

Er ontsnapten haar een paar weinig damesachtige vloeken. Ze stampte zelfs met haar voet als een pruilend kind. 'Shit, dat is toch niet te geloven!'

'Geloof het maar wel.'

'Dat betekent een schorsing!' verklaarde ze ten slotte.

'Dat denk ik niet.'

'Ik heb nog nooit zo'n schending van de ethiek meegemaakt! Je leest zoiets wel eens in romannetjes, maar ik heb er in werkelijkheid nog nooit van gehoord.'

'Nou, eh...' zei ik heel intelligent.

'Je denkt toch niet echt dat we een schorsing kunnen vermijden?'

'Nou,' zei ik nog eens, op mijn meest verzoenende toon, omdat het nogal een domme vraag was voor iemand met haar juridische kennis.

'Wát, Drummond?'

'Hoe kan er sprake zijn van een schorsing als het proces nog niet eens begonnen is?'

Ze somde vinnig de punten op. 'Goed dan. Om te beginnen eis je een andere rechtbank. Daarna eis je een schorsing van de aanklager en zijn team en een opschorting van hun bevoegdheden. En ten slotte dien je een eis in om de aanklacht te laten vervallen.'

'En als blijkt dat alleen mijn hotelkamer werd afgeluisterd?'

'Jij behoort tot het team van de verdediging.'

'En als ik niet kan aantonen dat ik iets heb gezegd wat onze verdediging zou kunnen schaden?'

'Maakt niet uit. Het feit dat ze ons hebben afgeluisterd is voor ons voldoende om een motie in te dienen.'

'Nee, je hebt bewijzen nodig om die microfoontjes rechtstreeks naar de aanklager te herleiden. Héb je die bewijzen, Katherine? Ik dacht het niet. Bovendien is het bijna uitgesloten dat we de zaak naar een andere rechtbank kunnen verwijzen. Dus wat schieten we er nou helemaal mee op?'

Ik had gelijk. Het was een van de weinige keren dat Katherine geen weerwoord had.

'Hoor eens,' zei ik, 'ik zal ervoor zorgen dat onze kamers elke dag op microfoontjes worden onderzocht. Laat dat maar aan Imelda over.'

'Goed. Maar als ze nog meer afluistcrapparatuur ontdekt, al is het maar één enkel microfoontje, trek ik aan de noodrem. En ze brengt recht-streeks verslag uit aan mij.'

'Mij best. En er is nog iets waar we over moeten praten.'

'Wat dan?'

Ik trok mijn droevigste, meest gekwetste gezicht. 'Bespreek ik geen din-gen met jou?'

'Jawel,' gaf ze toe.

'Ben ik niet behulpzaam en open? Zoals met dit akkefietje?'

'Jawel hoor,' zei ze, zich totaal niet bewust van het afzonderlijke onder-zoek waarmee ik zo ijverig bezig was.

'Ik heb vanochtend Bales verhoord. Hij vertelde me dat jullie hem al hadden ondervraagd, een week geleden. Waarom wist ik dat niet?'

'O, dat,' zei ze met een onschuldige pruillip. 'Het is me zeker ontscho-ten. Ik heb ook zoveel aan mijn hoofd. Sorry, ik ben het gewoon verge-ten.'

Daar trapte ik niet in. Carlson heeft een geheugen als de harde schijf van een computer – een geheugen dat alles opslaat, zonder dat er iets verloren gaat, immuun voor virussen, stroomstoringen en andere na-tuurlijke of onnatuurlijke rampen. Ze was niet het beste-meisje-van-de-klas geworden door gebrek aan hersencapaciteit.

'Gewoon vergeten?' herhaalde ik.

'Ja, ik heb er niet aan gedacht. Dat is alles.'

'Ik bedoel, je had het sectierapport dus al gelezen en Bales dus al onder-vraagd. Heb je nog meer dingen gedaan die je me zou moeten vertel-len?'

'Zoals?'

Bij iemand anders dan Carlson zou dat een onschuldig antwoord zijn geweest.

'Wat dan ook?' vroeg ik dreigend.

Ze keek opeens nadenkend, alsof ze haar database doorzocht op nuttige gegevens.

'Katherine?' zei ik in een opwelling.

'Ja?'

'Vertel me eens over Keith.'

'Wat wil je weten over Keith?'

'Ik vroeg me af waarom ze juist hem te pakken hebben genomen. Was dat toeval, of was hij ergens mee bezig waardoor hij een doelwit is geworden?'

Weer kreeg ze die peinzende uitdrukking op haar gezicht. 'Ik zou zo niet kunnen bedenken waarom.'

'Nee?'

'Nee. Er schiet me niets te binnen.'

'Want als ik zou ontdekken dat je iets voor me achterhoudt, zou ik er behoorlijk de pest in krijgen.'

Ze keek me met die groene ogen onderzoekend aan. 'Heb je enige reden om aan me te twijfelen?'

Ik had wel duizend redenen om aan haar te twijfelen. Een miljoen redenen. Sterker nog, ik kon geen enkele reden bedenken om níét aan haar te twijfelen. Maar in het belang van onze nieuwe samenwerking leek het me beter om me tot het onderwerp te bepalen.

'In dat gesprek op de ambassade zei Keith dat processen tegen de overheid zijn specialiteit waren, maar hij is wel bij jouw verhoor van Bales geweest.'

'Hij is met me meegegaan, ja,' gaf ze toe, 'maar dat zegt verder niets. Hij is een goede advocaat, daarom wilde ik hem er graag bij hebben.'

'Toch is het vreemd dat je hem meeneemt naar een verhoor in een moordzaak terwijl hij normaal civiele zaken doet.'

Ze glimlachte. 'Mijn specialiteit is burgerrechten, met de nadruk op homozaken. En moet je zien waar ik nu mee bezig ben.'

Daar had ze natuurlijk gelijk in. Hoe dan ook, ik had nog werk te doen, bijvoorbeeld Imelda opdragen om al onze kamers op microfoontjes te laten doorzoeken.

17

Ik moest weer door allerlei hoepels springen om bij Whitehall te worden toegelaten, maar deze keer was ik alleen. Whitehalls koppige stilzwijgen zat me dwars, en ik hoopte dat hij wat spraakzamer zou zijn als ik in mijn eentje ging. Misschien dat hij als homo nerveus werd of dichtklapte in het bijzijn van vrouwen.

Tenminste, dat was mijn rechtvaardiging. In werkelijkheid wilde ik Carlson een stap voor blijven door een betere relatie op te bouwen met haar cliënt. Ik kan heel sluw zijn in dat soort dingen.

Ik smokkelde zelfs wat eten en drinken in mijn koffertje mee: drie Big Macs en zes blikjes Molson-bier.

De grote Koreaan met zijn brede schouders bracht me naar de cel en opende de deur. Ik zei dat ik een uurtje nodig zou hebben en vroeg hem om ons in te sluiten, zodat hij weer door kon gaan met wat Koreaanse gorilla's doen als niemand hun diensten nodig heeft. Hij glimlachte, maar het was geen vriendelijke lach en ik vroeg me af of hij nog wel terug zou komen als het uur om was.

Whitehall nam me verbaasd op toen de celdeur achter me dichtviel en op slot ging. 'Bent u alleen?'

'Ja, Tommy. Het wordt tijd om elkaar wat beter te leren kennen.'

Hij stond op en kwam naar me toe. Ik dacht eerst dat hij me een hand wilde geven, maar hij bleef stram voor me staan. 'Welkom in mijn wereld,' was alles wat hij zei, en hoewel mijn ogen nog niet aan het halfduister gewend waren, meende ik toch een vage glimlach te zien. Zijn wereld was claustrofobisch, zeker als je met twee volwassen mannen in zo'n kleine doodskistachtige ruimte zat opgesloten. Maar daardoor was het ook intiem, wat gunstig was voor mijn plannen.

'Ik heb wat voor je meegenomen,' zei ik tegen hem terwijl ik mijn koffertje neerzette, de sloten opende en twee van de Big Macs tevoorschijn haalde. De geur vulde meteen de kleine, krappe ruimte. De hamburgers waren koud, maar wel echt Amerikaans, en ik wist dat ze na een week van water en rijst het gewenste effect zouden hebben. Ik gaf hem de eerste twee en hij bleef een moment doodstil staan, terwijl hij erin kneep en eraan rook, alsof hij niet kon geloven dat ze echt waren. Daarna scheurde hij de verpakking los en werkte hij ze naar binnen als

een boze kobold, knarsend met zijn tanden en kreunend als hij slikte.
'Rustig aan,' waarschuwde ik hem, 'straks word je nog misselijk.'
'Wat kan mij dat schelen!' antwoordde hij, terwijl hij in hetzelfde tempo doorging.
'En ik heb nog een andere verrassing,' zei ik trots, terwijl ik twee blikjes bier uit mijn koffertje haalde en ze opentrok.
Ze maakten dat heerlijke sissende geluid. 'Jezus,' was alles wat hij mompelde voordat hij er een uit mijn hand griste en haastig aan zijn lippen zette. Hij dronk het in één teug half leeg.
Ik keek rustig toe tot hij de twee hamburgers op had voordat ik in een van de hoeken ging zitten. Hij likte nog even zijn vingers af voor de laatste restjes smaak en liet zich op zijn slaapmatje vallen. Ik gaf hem nog een blikje bier.
'Hoe gaat het?' vroeg ik.
'Waardeloos,' gaf hij toe, boerend omdat hij een heel blikje in twee slokken had leeggedronken.
Ik kon de verleiding niet weerstaan. 'Nog erger dan West Point?'
Hij keek me wat verlegen en schuldbewust aan.
'Dat was zeker een stomme opmerking?'
'Ja, nogal.'
We dronken zwijgend ons bier en staarden naar de muren.
Ten slotte keek ik hem weer aan. 'Krijg je nog wat lichaamsbeweging?'
'Ik word één uur per dag gelucht op de binnenplaats. Daar kan ik rondjes joggen. Ze brengen me 's avonds om tien uur naar buiten, als de andere gevangenen slapen. Voor mijn eigen veiligheid, zeggen ze. En de rest van de dag doe ik veel push-ups en sit-ups in mijn cel, om de tijd te doden.'
'Zo krijg je een ijzersterke conditie,' grinnikte ik.
'Ja,' zei hij. 'Kijk maar.'
Hij stond op, schopte zijn sandalen uit, zette zijn voeten tegen de ene muur, liet zich naar voren vallen met zijn handen tegen de andere muur en klom op die manier tegen de wand omhoog. Hij bewoog zich snel en sierlijk, als een kat, tot aan het plafond, dat hij een klein zetje met zijn achterwerk gaf voordat hij langs dezelfde weg weer afdaalde. Hij hijgde niet eens toen hij beneden kwam, alsof hij het wel honderd keer had kunnen herhalen.
'Heel knap, Tommy,' zei ik hoofdschuddend. 'Leren ze je dat op West Point, om zo een muur te beklimmen?'
Ik hoorde een gorgelend geluid in zijn keel, alsof zijn maaginhoud omhoogkwam. Hij slikte een paar keer. 'Shit. Ik heb dit nog nooit geprobeerd na hamburgers en bier.'

Ik grinnikte nog eens. 'Hé, ik heb een paar vrienden van je gesproken.'
'O ja? Wie?'
'Ik heb een goed gesprek gehad met Ernie Walters. Ik moest je de groeten doen en je zeggen dat hij nog altijd van je houdt. Als een broer, zei hij erbij – dat moest ik vooral niet vergeten.'
Ik hoorde een zacht 'hmmpf' ergens diep vanuit Whitehalls borst. 'Ernie zal het wel moeilijk hebben nu.'
'Ja,' zei ik. 'De dag dat ik hem sprak hadden de cadetten zijn bureau roze geschilderd en een naambordje met MEVROUW WHITEHALL op zijn deur gehangen. En tegenover zijn vrouw moest hij bewijzen dat hij nog aan zijn heteroseksuele plichten kon voldoen.'
Whitehall tilde zijn rechterhand op en wreef over zijn lippen.
'Maar hij is zijn gevoel voor humor niet verloren,' ging ik verder. 'En hij vertelt iedereen die het wil weten dat je nog altijd zijn beste vriend bent.'
'Ernie is altijd een verdomd goeie vent geweest,' zei hij, terwijl hij nog steeds over zijn lippen wreef.
'Hij zei geweldige dingen over je. Hij heeft zelfs aangeboden om op het vliegtuig te stappen om hier voor je te getuigen. Natuurlijk...'
'Nee,' viel hij me in de rede.
'Wat?'
'Ik zei nee. Haal het niet in je hoofd om Ernie hierbij te betrekken. Het leger zou hem helemaal kapotmaken. Hij heeft een vrouw en kinderen om voor te zorgen.'
'Tommy, dat is jouw zaak niet. Je moet aan jezelf denken. Ernie is een volwassen kerel die heel goed weet wat hij doet.'
'Ik zei nee,' herhaalde hij ferm. 'En je hoeft ook geen andere karaktergetuigen te zoeken. Dit is mijn probleem en ik wil mijn vrienden niet meeslepen in mijn ondergang.'
Ik had respect voor zijn loyaliteit, maar in zijn positie kon hij zich die nobele ideeën niet permitteren. Het had echter geen zin om een discussie te beginnen – voorlopig niet, tenminste – omdat ik nog geen andere karaktergetuigen had gevonden. Bovendien had ik belangrijkere zaken te bespreken.
'Ik had hem toch niet laten komen,' zei ik. 'Hij vertelde me over je bokscarrière. Allemachtig, je moet een beest zijn geweest in de ring. Jammer genoeg hebben we daar niet veel aan, omdat vier jaargangen studenten aan West Point je hebben zien boksen en het erover eens zijn dat je een gevaarlijke maniak was. Had je niet kunnen gaan tennissen of zo?'
Natuurlijk maakte ik van de gelegenheid gebruik om te zinspelen op

zijn harde vuisten en zijn neiging om zijn tegenstanders tot moes te slaan. Ik wilde zijn reactie peilen.

Maar hij zei niets en staarde zwijgend naar de muur. Dus ging ik verder. 'Ik heb ook met Ed Gilderstone gebeld. Ik kan niet zeggen dat het een gezellig gesprek was, maar hij had wel een hoge pet van je op. Niet dat hij bereid is een vinger voor je uit te steken, trouwens. Hij blijft liever in de kast.'

'Ja, zo is Gilderstone.'

'Had je die reactie al verwacht?'

'Oudere mannen zijn wel vaker zo. Gilderstone houdt het al tientallen jaren verborgen. Hoe langer dat duurt, hoe banger je wordt. Je verzwijgt het voor je ouders, je familie, je beste vrienden, wie dan ook. Dat zal niet veranderen, totdat iemand je bij je haren die kast uit sleept, schoppend en schreeuwend.' Hij wachtte even en zei toen: 'Herinner je je dat homoblad nog dat het leuk vond om beroemde homo's voor hun geaardheid uit te laten komen?'

'Ja, daar staat me iets van bij.'

'Ze hebben twee of drie mensen tot zelfmoord gedreven en zich een hele serie rechtszaken op de hals gehaald,' zei hij. 'Hetero's kunnen zich geen voorstelling maken van de angsten van een homo die altijd heeft geprobeerd een normaal leven te leiden.'

'Wil je er daarom niet voor uitkomen?' vroeg ik.

'Het heeft er helemaal niets mee te maken. Ik bedoel, het zou een zinloze bekentenis zijn. Die schade is toch al geschied.'

'Waar gaat het je dan om?'

'Ik gun ze gewoon de genoegdoening niet. Bovendien vindt Katherine het onverstandig.'

Dat was nieuws voor mij. Ik bedoel, behalve al die andere zaken die ze voor me verzwegen had bleek Katherine haar cliënt dus ook al advies te hebben gegeven op dit punt.

'Zei ze ook waarom?'

'Ze vindt het een goede juridische strategie. Dat begrijp ik ook wel. Hoe meer bewijslast we op hún schouders leggen, des te groter onze kansen, nietwaar?'

'Ja, misschien,' gaf ik toe, omdat hij formeel gezien wel gelijk had. Een goede strafpleiter zal nooit vrijwillig ook maar één ding toegeven. Je moet de officier dwingen om alles uitvoerig te bewijzen, want zelfs als hem dat lukt, vergroot je de kans dat hij ergens een fout zal maken. Behalve als het een volstrekt hopeloze situatie is, want dan ziet de jury zo'n koppige tactiek als een teken dat de verdediging geen poot heeft om op te staan en raak je de sympathie van de juryleden kwijt. Een er-

175

kenning van Whitehalls homoseksualiteit viel volgens mij in die laatste categorie.

Dat begreep Carlson ook wel. Waar was ze dan mee bezig?

'Tommy,' ging ik verder, 'weet je familie dat je homo bent?'

'Ja, dat weten ze. Al sinds ik oud genoeg was om te lopen. Sommige homo's komen er zelf pas vrij laat achter, maar ik wist het vanaf het moment dat ik rationeel kon denken.'

'Hoe komt dat?'

'Omdat ik een fantastische familie heb, denk ik. Mijn ouders zijn echt heel bijzonder. Ze moesten niets hebben van huichelarij of valse schaamte. Je moet gewoon zijn wie je bent, vonden ze.'

'Nu we het er toch over hebben,' zei ik, 'ik heb geprobeerd ze op te sporen. Volgens je dossier ben je opgegroeid in Denver, Colorado, maar daar staan tweeëndertig Whitehalls in het telefoonboek. En in je dossier staan de voornamen van je ouders niet vermeld. Kun je me verder helpen?'

'Laat mijn ouders erbuiten,' zei hij, met grote nadruk.

Ik zuchtte diep. 'Tommy, ze zijn je familie. Natuurlijk willen ze je helpen, en ze zouden heel belangrijk kunnen zijn. Zoals het er nu voor staat, hebben we grote behoefte aan goede karaktergetuigen.'

'Dat kan me niet schelen,' zei hij. 'Laat mijn ouders erbuiten.'

Zo gemakkelijk gaf ik het niet op. 'Hoor eens, er bestaat nu een beeld van jou als een gestoorde en levensgevaarlijke flikker die een andere jongen heeft afgetuigd, vermoord en daarna verkracht. Het zou heel prettig zijn als je moeder in de getuigenbank zou verklaren dat je een schattige baby was en een lieve kleuter. Of als je vader zou vertellen hoe trots hij was toen je aan West Point werd toegelaten.'

'Er komt niets van in.'

'Zijn er dan toch problemen tussen jullie? Gilderstone zei dat hij je ouders nooit op West Point had gezien.'

'Nee, geen enkel probleem. Ik hou van hen en zij houden van mij. Ze doen alles wat ze kunnen, maar ik wil ze hier niet bij betrekken. En waag het niet om ze toch te bellen, majoor.'

'Oké, oké,' zei ik. Dit was een verloren strijd.

Wat wist ik er ook van? Misschien was hij bang dat zijn moeder in de getuigenbank zou antwoorden: 'Tommy? Mijn kleine Tommy? Natuurlijk heeft hij die jongen vermoord. Vanaf de dag dat hij werd geboren speelde hij al met broekriemen en probeerde hij zijn broertjes en zusjes ermee te wurgen. Het was een groot probleem voor ons allemaal.'

Of dat zijn vader zou zeggen: 'God, wat was die jongen blij toen hij tot

West Point werd toegelaten. Hij had zelf al moordlustige neigingen, en daar beloofden ze een professionele killer van hem te maken.'

'Nog een hamburger?' vroeg ik.

'Heb je er nog een?'

Ik haalde de laatste Big Mac uit mijn koffertje, en nog een blikje bier. 'Hier.' Ik stak ze hem toe. 'Maar rustig aan, anders maak je jezelf nog ziek.'

'Dat is het minste van mijn problemen,' antwoordde hij, en daar zou hij wel gelijk in hebben.

Ik leunde tegen de muur. 'Hoe was het om op te groeien terwijl je wist dat je homo was?'

Het duurde even voordat hij antwoord gaf. Hij kauwde op zijn hamburger en dronk van zijn bier. Ten slotte zei hij: 'Hoor eens, ik ben blij met het eten en het bier en het gezelschap, echt waar. Maar je moet niet te ver gaan. Je bent niet mijn vriend, maar een raadsman die door het leger aan mij is toegewezen. Dus waar kom je eigenlijk voor?'

Helaas. Daar ging mijn sluwe poging om zijn verdediging te omzeilen. 'Je hebt gelijk. Ik hoopte dat je wat spraakzamer zou worden door de Big Macs en het bier. Mag ik eerlijk zijn?'

'Ik ga nergens heen. Je mag zo eerlijk zijn als je wilt.'

'Luister dan. De afgelopen vijf dagen heb ik alle details van je zaak onder de loep genomen. Ik heb alle dossiers gelezen. Ik heb het lichaam gezien en het sectierapport bestudeerd. Ik heb met Bales gesproken en me in je achtergrond verdiept. Maar eerlijk gezegd, Tommy, heb ik nog nooit een zaak meegemaakt waarin de aanklager zo sterk stond. Zuiver technisch gezien kan hij onmogelijk verliezen. Ik heb niet één zwak punt kunnen ontdekken, niet één. Begrijp je wat dat betekent?'

'Ik ben de lul,' concludeerde hij.

'Ja. Ik kan er niets anders van maken. Als we geen uitweg ontdekken die we over het hoofd hebben gezien en als de aanklager of de rechter geen fatale vormfout maakt, is er negenennegentig procent kans dat je schuldig wordt bevonden. En je hoeft er niet op te rekenen dat de aanklager of de rechter een blunder maakt. Ze hebben de beste auditeur-militair op deze zaak gezet en de rechter is een van die figuren die ze aan kettingen in de kelder leggen tot ze hun hok uit mogen.'

'Dus het is doorgestoken kaart?'

'Laten we zeggen dat ze het A-team hebben gestuurd. Ik zou ze zelfs niet graag tegenover me hebben als ik een ijzersterke verdediging had.'

Hij dacht daar zwijgend over na.

'Vertel me eens iets,' zei ik. 'En de waarheid graag.'

'Wat?'

177

Ik haalde diep adem en probeerde hem zo doordringend mogelijk aan te kijken. 'Heb jij soldaat No vermoord?'

Het was een vraag waarop hij de eerste keer geen antwoord had willen geven. Maar nu hij de naakte feiten kende, zou hij er misschien anders over denken. We hadden nog maar zeven werkdagen tot aan het proces. Het is nooit een goed idee om de waarheid verborgen te houden voor je eigen advocaat, en in dit geval was het zelfs rampzalig.

Bovendien wilde ik weten wat hij zou antwoorden.

'Nee,' zei hij eenvoudig.

'Weet je dan wie het wél heeft gedaan?'

'Nee. Je hebt geen idee hoe lang ik daar al over heb nagedacht. Ik kan alleen maar zeggen dat het niet Moran of Jackson was.'

'Dat dénk je, Tommy. En dat kan een heel gevaarlijke veronderstelling zijn. Die twee zijn de enige andere kandidaten.'

'We hebben dit al besproken, majoor, en ik blijf bij mijn mening. Ik geloof niet dat zij schuldig zijn. Het moet iemand anders zijn geweest.'

'Iemand anders? De buitendeur van het appartement zat op slot. Jullie zaten twaalfhoog in een flatgebouw van twintig verdiepingen. De ramen waren vanbinnen vergrendeld. Er is een slotenexpert uit Taegu overgevlogen die het slot van de deur uit elkaar heeft genomen en alle onderdelen onder een microscoop heeft onderzocht. Hij heeft geen spoor van braak kunnen ontdekken. Niemand had met dat slot geknoeid.'

'Misschien had iemand een sleutel?' opperde Whitehall, maar op een toon die duidelijk maakte dat hij zich aan strohalmen vastklampte.

'Nee. Je hebt in je eigen verklaring toegegeven dat alleen jij en de verhuurder de sleutels hadden.'

Hij verstijfde enigszins. 'Dat is niet helemaal waar.'

'Wat?'

'Ik, eh... dat was een leugen. No had ook een sleutel. Die had ik hem maanden geleden gegeven, meteen toen ik de flat had gehuurd. Dat heb ik Bales niet verteld omdat het het bewijs zou zijn dat we een verhouding hadden.'

'Verzin je dit niet?'

'Nee, het is de waarheid. Als jullie zijn sleutel nergens kunnen vinden, kan de moordenaar hem hebben gestolen en zo de flat zijn binnengekomen. Dat is toch mogelijk?'

'Maar hoe? Hoe moet de moordenaar aan die sleutel zijn gekomen?'

'Dat weet ik niet.'

Ik dacht er even over na en zei toen: 'Of de verhuurder is op de een of andere manier de sleutels kwijtgeraakt.'

'Dat kan ook.'

Ik stak mijn hand in mijn koffertje en pakte het op een na laatste blikje bier. Ik trok het open, nam een flinke slok en gaf het blikje aan White-hall door, die maar een kleine slok nam voordat hij het me teruggaf. Hij hield me in de gaten, dus nam ik weer een flinke teug. Waarschijnlijk wilde hij zien of ik te schijterig was om uit hetzelfde blikje te drinken als een homo.

'Het is een verdomd rare zaak,' zei ik.

'Vertel mij wat,' beaamde hij.

'Zelfs nog vreemder dan jij denkt, Tommy. Je weet de helft nog niet.'

'O nee?' grinnikte hij. 'Terwijl ik dacht dat ik de enige was die alles wist.'

'Weet je waarom Katherine mij heeft gevraagd als collega?'

'Nou?'

'Ik heb met haar aan Georgetown gestudeerd. Ken je die uitdrukking over twee mensen die vechten als kat en hond? Nou, dat deden wij dus. We waren een wandelend slagveld. Het werd zo erg dat de faculteit helmen en kogelvrije vesten aan de andere studenten uitdeelde uit angst dat ze door afzwaaiers zouden worden getroffen.'

'Ze kan heel koppig zijn.'

'Zo is dat. Begrijp me goed, ze is een verdomd goede juriste. Als ik zelf ergens van werd beschuldigd, zou zij een van de weinige advocaten zijn die ik graag als verdediger had, dat geef ik eerlijk toe. Maar het zou wel een ernstige aanklacht moeten zijn, want anders zou ik haar niet om me heen kunnen velen.'

'Ik word dan ook van een ernstige zaak beschuldigd,' zei hij met een vreemd lachje.

'Het punt is, Tommy, dat ik niet zeker weet waarom ze nu juist om mij heeft gevraagd. Onze verhouding is er in de loop van de jaren bepaald niet beter op geworden. Dat moet ik je vertellen, omdat je steeds gro-tere verschillen zult zien in de manier waarop Katherine en ik denken en te werk gaan. Ik voel me verplicht je daarop te wijzen.'

Dat moest hij even verwerken. Ik kon het niet voor hem verborgen houden, omdat ik anders dan Katherine niet geloofde in het achterhou-den van belangrijke informatie voor mijn cliënt. Zijn leven stond op het spel en dit was weer zo'n voorbeeld van iets wat je wel degelijk kon deren als je het niet wist.

'Hoe dan ook,' ging ik verder, 'het is weer iets waar ik me zorgen over maak. Deze zaak gaat om veel meer dan jou en dit misdrijf alleen. Er spelen allerlei verborgen motieven mee.'

'Dat weet ik,' zei hij. 'Homo's in het leger.'

'Nee, Tommy. Het gaat nog veel verder.'

Hij kromde zijn rug en boog zich naar me toe. 'Wat bedoelt u?'

'Keith is voor een auto gegooid en ligt nu in coma. Ik zou verdomd niet weten wat hier allemaal speelt. Maar er moet meer achter zitten... hoe dan ook.'

Hij staarde naar de tegenoverliggende muur en de schaduwen accentueerden de krachtige lijnen van zijn gezicht. Als hij niet van een homoseksuele moord was beschuldigd en in een Koreaanse gevangenis had gezeten, zou hij het ideale beeld zijn geweest van de 'nobele soldaat' die je op Amerikaanse rekruteringsaffiches ziet: een wilskrachtige kin, heldere ogen, een mooie huid. Je stelt je moordenaars en verkrachters toch altijd voor als types met schichtige, harde ogen, een wat groezelige, pokdalige huid, slechte tanden en dunne, wrede lippen. Whitehall zag er heel anders uit.

Aan de andere kant was dit vermoedelijk een *crime passionel* geweest, geen koelbloedige moord, waardoor de stereotypen niet klopten.

'Tommy, zeg eens eerlijk, zijn er dingen die ik niet weet? Hou je feiten voor me achter?'

Hij zette zijn blikje op de grond en keek me aan. 'Hoor eens, ik weet alleen dat ik op een morgen wakker werd en de man van wie ik hield dood naast me zag liggen. Ik weet niet hoe dat kan of wie dat heeft gedaan.'

'Dan blijft er maar één verklaring mogelijk. Je bent erin geluisd. Opzettelijk in de val gelokt. Daar gaat Katherine ook van uit. Tenminste, dat zegt ze. Denk jij dat ook?'

'Ik zou het niet weten. Misschien heeft een stelletje homohaters ontdekt dat wij een verhouding hadden en hebben ze me op deze manier te pakken genomen. Dat zou toch kunnen?'

'Ja. Het lijkt me onmogelijk te bewijzen, maar het zou kunnen. Wist iemand dat jij homo bent, afgezien van Moran en Jackson?'

'Nee, niemand. Gilderstone raadde het, maar hij is de enige. De enige die het zeker wist, tenminste.'

'Toe nou, Tommy. Je hoeft heus niet zo verlegen te zijn. Je zult toch wel relaties hebben gehad met anderen? Denk goed na. Wie schiet je te binnen? Misschien nog uit de tijd dat je aan West Point studeerde, of zelfs eerder nog, op school. Waar dan ook?'

Er viel een pijnlijke stilte. Ik begreep er niets van, totdat het eindelijk tot me doordrong.

'Je wilt zeggen dat No de eerste was?'

'Eh... ja,' stotterde hij ten slotte.

'Jezus. Daar hoef je je toch niet voor te schamen?' zei ik, en we grinnikten allebei, omdat het op een bepaalde manier toch een vreemde opmerking van me was.

'En No?' vroeg ik, 'Je zei dat hij voorzichtig was, maar had hij misschien vijanden? Of een ex-geliefde met een wrok?'

'Alles is mogelijk. Hij bezwoer me dat ik zijn eerste was, maar ik weet niet of hij loog.'

'Dus jullie waren allebei... maagd? Is dat de juiste term?'

'Ja, zo noemen we dat. En inderdaad, we waren allebei maagd.'

Er klopte dus niet veel van het stereotiepe beeld van de promiscue homoseksuele man. Aan de andere kant, dacht ik, had hij misschien zo weinig ervaring gehad met romantische relaties dat hij juist daardoor minder stabiel had gereageerd op de hoogte- en dieptepunten van zijn allereerste affaire. Een kalverliefde van welke seksuele geaardheid ook kan nogal onvolwassen zijn, met sterke stemmingswisselingen.

'Tommy,' zei ik, 'je weet dat dit voor mij onbekend terrein is, dus neem het me niet kwalijk als ik ongevoelig lijk. Gilderstone beweerde dat hij wist dat jij homo was omdat hij het zelf was en daarom jouw toneelstukje doorzag. Hij hoefde je alleen maar in het gezelschap van andere mensen te zien. Is het mogelijk dat jij en No je op die manier onbedoeld hebben verraden?'

'Hoor eens, sommige homo's zijn makkelijk te herkennen. Je kunt een ringetje in je linkeroor dragen, of opvallende kleren, als een middel om je bekend te maken. Je kunt je verwijfd gedragen of juist je mannelijkheid accentueren. Ik denk niet dat No en ik in een van die categorieën vielen.'

'Dat denk ik ook niet,' gaf ik toe. 'Maar hoe wist je dan dat No ook homo was?'

'Ik, eh... na één blik waren we al verliefd op elkaar.'

'Zo simpel? Een onzichtbare vonk?'

'Wat dacht je dan – een geheime handdruk of zoiets?'

'Dat klinkt zo emotioneel en onverklaarbaar. Daarom had ik het niet verwacht.'

'Heb jij dat dan nooit gehad met een vrouw?'

Daar moest ik even over nadenken. Ik had genoeg lustgevoelens gehad voor bepaalde vrouwen. Dat gebeurde regelmatig; misschien wel te vaak, eigenlijk. En er waren vrouwen met wie ik een sterke emotionele band had gevoeld, hoewel die zich geleidelijk ontwikkelde, als een trage magneet die me heel langzaam een bepaalde kant op had getrokken. Maar ik was nooit al na één blik voor een vrouw gevallen.

'Nee, Tommy. Ik kan me niet herinneren dat ik zoiets ooit heb meegemaakt,' gaf ik toe.

'Jammer.'

'Ja, heel jammer. Mis je No?'

Het was een oprechte vraag, hoewel ik me nooit had kunnen voorstellen dat ik een homo zou vragen hoe erg hij zijn geliefde miste.

'God, ja. Hoe ellendig de situatie ook is, het ergste is dat ik weet dat ik hem nooit meer zal zien. Dat klinkt jou zeker walgelijk in de oren?'

Voor het eerst kwam de gedachte bij me op dat Whitehall misschien niet schuldig was, dat een of andere klootzak in het holst van de nacht de flat was binnengedrongen en het lijk daar had achtergelaten. Hoe moest dat voelen?

'Waarom was hij je eerste?' vroeg ik ten slotte. 'Je bent een knappe vent. Je hebt me verteld dat veel homo's regelmatig andere partners hebben. Waarom ben jij dan anders?'

'Ambitie, denk ik. Deze wereld is nu eenmaal niet homoseksueel. Als je uit de kast komt, kun je best succes hebben als binnenhuisarchitect, kapper of misschien zelfs schrijver, maar wat voor andere beroepen staan er voor je open? Het leger niet, dat is duidelijk.'

'Waarom heb je dan toch voor het leger gekozen?'

'Dat kan ik jou ook wel vragen.'

'Ik zou het niet weten. Mijn vader was beroepsmilitair en… nou ja, het leek me wel een avontuurlijke manier om je brood te verdienen.'

'Mijn vader zat niet in het leger, maar ik dacht ongeveer hetzelfde. Ik ben nogal vrij en ongedisciplineerd opgegroeid. Ik mocht alles wat ik wilde – laat opblijven, spijbelen, noem maar op. Als kind vond ik dat geweldig. Toen ik wat ouder werd, zag ik dat anders. Kun je dat begrijpen?'

'Ik denk het wel,' zei ik, hoewel ik er eerlijk gezegd geen woord van begreep. Ik had in mijn hele leven nauwelijks één vrij of ongedisciplineerd moment meegemaakt.

'In elk geval wilde ik iets met meer structuur en discipline. En een toekomst als kapper of binnenhuisarchitect sprak me ook niet aan.'

Ik knikte.

'Tot nu toe heb ik het altijd naar mijn zin gehad. Zolang ik mijn homoseksualiteit maar kon verbergen zou ik een goede militair kunnen worden, dacht ik.'

'Maar waarom het leger? Er zijn zoveel manieren om je aan dat stereotiepe homobeeld te onttrekken. Of had je altijd al soldaat willen worden?'

'Dat weet ik niet, verdomme. In mijn jeugd heb ik veel oorlogsboeken gelezen, en biografieën van beroemde generaals. Als homo blijf je gevoelig voor jongensdromen. Mijn ouders waren er niet blij mee, als pacifisten. Maar ze hadden geen geld, en West Point betaalt je studie, dus dat was mooi meegenomen – een belangrijke overweging. Zal ik je eens wat raars vertellen? Ze vonden het totaal geen probleem toen ik zei dat ik homo was, maar ze gingen bijna over hun nek toen ik ze vertelde dat ik naar West Point ging. Ironisch, vind je niet?'

'Dus je hebt het onderdrukt, je homoseksualiteit?'

'Ja. Buitenshuis, tenminste.'

'Waarom ben je dan gaan boksen?'

'Geloof het of niet, ik hield echt van die sport. En als ik iedereen kon verslaan in de ring, ik bedoel, als ik ze echt tot moes kon slaan, zou iedereen zeggen: "God, wat een macho!" Wat is er meer hetero dan boksen? Wie heeft ooit gehoord van een homo die de gouden bokshandschoenen won of de bokskampioenschappen van West Point? Jezus.'

'Waarom heb je die Rhodes-beurs geweigerd? Volgens Gilderstone had je een goede kans gehad.'

'Misschien wel, misschien niet. Er waren heel wat goede kandidaten. Bovendien wilde ik gewoon het leger in.'

'Daar was je toch wel gekomen.'

'Ik wilde bij de infanterie. Ik wilde het veld in, door de bossen trekken, schietoefeningen houden en mijn mannen aanvoeren. Waarom zou ik twee jaar hebben verspild in Oxford, terwijl ik gewoon soldaat wilde zijn?'

Hij klonk volledig oprecht, maar ik bespeurde wat vooroordelen bij mezelf. Ik was ook bij het leger gegaan omdat ik bij de infanterie wilde. Voor wie het nog niet weet: de infanterie is het échte leger. En als ik niet door een ernstige verwonding was uitgeschakeld, had ik misschien nog altijd bij de infanterie gezeten. De advocatuur is wel een intellectuele uitdaging en geeft vaak emotionele voldoening, maar voor mij is het toch een standaardbesturingssysteem, om in computertermen te spreken.

Tommy Whitehall en ik hadden dus iets gemeen.

Opeens hoorden we het geluid van voetstappen over de metalen loopbrug naar de cel. Het waren zware, loden stappen en we zaten al bijna een uur te praten. Het moest de gorilla zijn.

'Behandelt hij je een beetje netjes?' vroeg ik.

'Je moet hem niet op zijn uiterlijk beoordelen. Hij valt wel mee. Ik mag hem ergens wel.'

Ik grinnikte en voegde er haastig aan toe: 'Als een broer, natuurlijk. Ik mag hem wel als een broer.'

We zaten allebei te lachen toen de celdeur openzwaaide.

De grote Koreaan snoof even, zag de verfrommelde McDonald's verpakking en de lege bierblikjes en keek me dreigend aan. Ik haalde mijn schouders op. Met die bewijzen had het weinig zin om mijn vergrijp te ontkennen.

Ik stak mijn hand in mijn koffertje, haalde het laatste blikje Molson eruit en hield het omhoog. 'We hebben er een voor jou bewaard,' zei ik bedeesd terwijl ik met een sissend geluid het blikje opentrok.

Hij pakte het aan, bracht het naar zijn mond en dronk het in één teug leeg.

Ik liet Tommy Whitehall achter in zijn cel, zodat hij weer in zijn centje de muren kon beklimmen. De grote Koreaan nam me mee naar de uitgang, terwijl ik nadacht over wat ik had bereikt. Ik had gebruikgemaakt van Whitehalls eenzaamheid, zijn honger en zijn gevoeligheid voor alcohol om hem wat te ontdooien. En dat was gelukt. Tenminste, dat dacht ik. Voordat Carlson het wist, zou ik het vertrouwen hebben gewonnen van onze cliënt.

Maar Whitehall had ook iets bereikt. Ik merkte dat ik hem wel mocht. Dat kwam deels door wat Ernie over hem had gezegd en deels door het feit dat ik zijn advocaat was en dus geneigd was om met hem mee te voelen. Maar het lag ook aan Whitehall zelf. Ik zou niet de eerste advocaat zijn die zich door zijn cliënt liet beetnemen, maar hij leek me een fatsoenlijke en eerlijke vent. En voor het eerst begon ik me af te vragen of hij ondanks alle bewijzen van het tegendeel misschien – heel misschien – toch onschuldig was.

Ik was niet van mening veranderd, maar ik had wel grote twijfels.

18

Twee korte telefoontjes, meer was er niet voor nodig.

Eerst belde ik met de Amerikaanse orde van advocaten. Je betaalt tweehonderd dollar per jaar en je bent lid van de club. Ze sturen je twee keer per jaar een stapeltje brochures over juridische kwesties waarvoor ze in Washington aan het lobbyen zijn en ze houden je op de hoogte van actuele ontwikkelingen in de advocatuur. Bovendien hebben ze een register van alle erkende advocaten in Amerika.

Tenzij Keith Merritt eigenaar was van een privé-praktijkje in Florida, gespecialiseerd in aanklachten wegens medische fouten, of in 1932 was afgestudeerd aan de universiteit van Duke en inmiddels al overleden, was hij geen advocaat en was hij dat ook nooit geweest. De enige andere mogelijkheid was dat hij als jurist nooit het rechtbankexamen had afgelegd. Maar een telefoontje naar de juridische faculteit van Yale, waar hij volgens Katherine had gestudeerd, vertelde me dat dit roemruchte instituut in totaal slechts zes Merritts had afgeleverd, van wie er niemand Keith heette.

Niet dat ik Katherine niet vertrouwde, hoor. Ik geloofde haar gewoon niet. Als je iemand kent zoals ik haar kende, wordt het een gewoonte om alles wat ze zegt te controleren.

Maar wie of wat was Keith Merritt dan wél? En waarom hadden ze hem voor een auto gegooid? Als ik mijn handen niet zo vol had gehad, zou ik me graag in die dringende vraag hebben verdiept. Ik had hulp nodig, bij voorkeur van iemand die niet alleen slim en handig was, maar ook betrouwbaar. Die laatste eis sloot Katherine en de rest van haar clubje uit. Dus bleef alleen Imelda over, die aan alle voorwaarden voldeed. Behalve aan de eis van betrouwbaarheid misschien, de laatste tijd. Ik liep naar het HOMOS-kantoor en wenkte haar. Mopperig volgde ze me naar buiten en ze liep met me mee, nergens naartoe.

Voordat ik iets kon zeggen snauwde ze al: 'Wat zit je toch dwars, man? Je loopt rond alsof je een baksteen in je maag hebt.'

'O, dus dat is je opgevallen?' vroeg ik nijdig. 'Ik werk al acht jaar met je samen, weet je wel? Ik heb je speciaal hiernaartoe laten komen. Ik draag hetzelfde uniform als jij.'

'Ja, dat weet ik.'

'Verdomme, Imelda, ik krijg de zenuwen van die mensen.'

'Welke mensen? Allie en Maria, bedoel je?' vroeg ze onschuldig.

'Ja, die twee,' zei ik. 'Is je niets vreemds aan hen opgevallen? Echt vreemd, bedoel ik?'

'Dat ze advocaten zijn? Nou en? Volgens mij zijn alle advocaten gestoord.'

'Ik zal je een hint geven. Toen je nog een kind was, heeft je moeder toen niet zo'n pijnlijk praatje met je gehouden? Over de bloemetjes en de bijtjes en zo?'

'Ja.'

'Zie je dan niet dat deze bijtjes hun angel aan de verkeerde kant hebben?'

'O.' Ze bleef staan, zette haar goudomrande brilletje recht en keek me onderzoekend aan. 'Omdat ze lesbisch zijn? Is dat het?'

'Juist. Dat is het, ja.'

'Hmm,' zei ze, terwijl ze haar hoofd schudde alsof dit te belachelijk voor woorden was. 'Daar heb ik geen probleem mee.'

'O nee?'

'Het sterft van de lesbo's in het leger.'

'En dat vind jij niet erg?'

'Waarom zou ik? Zolang ze gewoon hun werk doen.'

Ik werd hier zo moe van. 'Vertel me nou niet dat Allie en Maria jou niet de kriebels geven. Jezus, die lange is zo zuur dat ze de verf spontaan van de muren laat bladderen en die kleine kan binnen de kortste keren de hele sfeer verzieken met dat sombere smoel van haar.'

Ze bleef abrupt staan. 'Weet je wat jouw probleem is?'

'Ik geloof niet dat ik een probleem heb.'

'O, dacht je dat? Jij bent een blanke man, dat is jouw probleem.'

'Imelda,' zei ik heel rustig, 'dat heeft er niets mee te maken.'

'Reken maar. Jij hebt nog nooit enige vorm van discriminatie meegemaakt.'

'Laat ik dan de illustere Colin Powell citeren: "Huidskleur is een fysieke eigenschap, homoseksualiteit is een vorm van gedrag". Hij is een zwarte man, als ik me goed herinner. En hij heeft moeite met homo's.'

'Er is geen enkele wet die voorschrijft dat alleen blanken irrationeel kunnen zijn. Misschien ligt het gewoon aan mannen in het algemeen,' wierp Imelda tegen.

'Kiezen of delen,' protesteerde ik meteen. 'Eerst roep je dat het alleen aan blanke mannen ligt, en nu aan mannen in het algemeen.'

Ze kneep haar ogen tot spleetjes, hield haar hoofd schuin en keek me loensend aan. Je kunt beter geen filosofische discussie beginnen met

Imelda. Helemaal geen discussies, trouwens. Als je tenminste op twee ongebroken benen wilt blijven lopen.

'Ik wil je wat vragen,' zei ze.

'Wat?'

'Heb je mij ooit met een man gezien?'

'Hè?'

'Een man. Zo eentje met een piemel en twee ballen tussen zijn benen.'

'Ja, ik weet wel wat mannen zijn! Natuurlijk heb ik je wel eens met een man gezien,' antwoordde ik stijf.

'Nee, dat bedoel ik niet. Heb je me ooit sámen met een man gezien?'

'Ik, eh… nee. Nou en?'

'Heb je daar nooit bij stilgestaan? Heb je je nooit afgevraagd waarom ik al negenenveertig ben en nog steeds geen man heb?'

'Imelda, wat wil je daarmee zeggen?' vroeg ik schor. Ik bedoel, ik kreeg een vermoeden, maar… Dat kon toch niet? Toch niet Imelda Pepperfield, mijn vertrouwde rechterhand, mijn meisje Donderdag… of Vrijdag, of wat dan ook?

'Dat mag jij me niet vragen en ik hoef het je niet te vertellen. Daar komt het gedoogbeleid op neer, nietwaar?' antwoordde ze zelfvoldaan.

'O, mijn god,' kreunde ik, nu ik plotseling met de onafwendbare waarheid werd geconfronteerd. Oké, ik had haar nog nooit met een man gezien, maar daar had ik nooit vreemde gedachten aan verbonden. Ik had altijd gedacht dat ze zo volledig opging in haar werk dat ze met het leger was getrouwd. Of dat ze zo koppig en onafhankelijk was dat ze geen man kon vinden die niet bang voor haar was.

Zonder nog één woord over het onderwerp te zeggen liep ze weer door. Haastig rende ik achter haar aan. 'Hé, wacht nou even.'

Ze keek koeltjes over haar schouder. 'Ik heb niets meer te zeggen,' verklaarde ze ijzig.

'Nee, ik, eh… blijf nou even staan, verdomme.'

Ze hield halt en draaide zich naar me om. 'Wat is er dan?'

'Ik moet je wat vragen,' zei ik moeizaam, omdat ik nog steeds niet had verwerkt wat ze me zojuist verteld had.

Ze tuitte haar lippen en rolde met haar ogen. Ik kende haar goed genoeg om te weten dat ik moest voortmaken, anders kon ik een dreun op mijn neus verwachten.

'Denk jij dat Whitehall het gedaan heeft?'

'Misschien.'

'Dat is nogal vaag.'

'Misschien,' herhaalde ze geheimzinnig.

'Waarom "misschien"?'

'Omdat Whitehall me wel een slimme jongen lijkt. En slimme jongens die in de fout gaan, zorgen er wel voor dat ze niet honderd procent schuldig lijken. Een slimme jongen als Whitehall had wel een manier gevonden om twijfel te zaaien.'

Zo had ik het nog niet bekeken, maar het was een zinnige overweging, zoals de meeste dingen die Imelda zei. Whitehall was een van de besten van zijn jaar geweest aan West Point. En op de ochtend van de moord had hij alle gelegenheid gehad om iets te verzinnen. Hij had niet alle twijfel kunnen wegnemen, maar hij had toch wat verwarring kunnen zaaien, de situatie wat troebeler kunnen maken. Maar dat had hij niet gedaan. Hij was op zijn slaapmatje naast het lijk blijven liggen totdat Moran hem had gevonden. Daarna had hij een halfslachtige, weinig overtuigende poging gedaan om Moran en Jackson tot een paar kleine leugentjes te bewegen. Daardoor had hij de verdenking tegen zichzelf nog groter gemaakt.

Je zou kunnen denken dat hij was bezweken onder de druk, maar ook dat leek niet logisch. Hij was een bokskampioen die kon terugvechten als hij in een hoek werd gedreven.

'Denk je dat iemand hem erin heeft geluisd?'

'Hoe moet ik dat weten?' vroeg Imelda, die nog de pest in had over mijn vooroordelen tegen homo's.

Ik greep haar bij haar arm, keek haar recht aan en zei: 'Hou daarmee op. Ik heb je hulp nodig.'

Ze staarde naar mijn hand en ik liet haar netjes los voordat ze me een knietje in mijn kruis zou geven, of me zou bijten, of gewoon een gat in mijn voorhoofd zou boren met die ogen van zwavelzuur. Ik weet niet of ik dat al heb gezegd, maar Imelda kan knap vals zijn als je haar kwaad maakt. En soms hoef je haar niet eens kwaad te maken. Dan hakt ze gewoon voor de lol je kloten af.

Ze verhief zich tot haar volle lengte en vroeg: 'Wat krijgen we nou? Dus je vindt het geen probleem om de hulp van een lesbo te vragen?'

'Verdomme, Imelda, zelfs als jij lesbisch bent, ben je dat niet echt.'

'Wat?'

'Net als Rock Hudson,' zei ik met een onnozel lachje.

Ze schudde haar hoofd, alsof dat het stomste was wat ze ooit had gehoord. Toen gleed er een berustende uitdrukking over haar gezicht, alsof het niet uitmaakte dat ik zo'n zeikerd was en ze misschien nog een gaatje vrij had in haar agenda om me te helpen uit de goedheid van haar hart.

'Wat is er dan?'

Haastig vertelde ik haar alles, van Katherines onverwachte verzoek om mijn diensten tot aan de verborgen microfoontjes in mijn kamer. Ze klakte met haar tong en knikte geduldig op de juiste plaatsen, maar ze leek niet erg onder de indruk. Zo was Imelda nu eenmaal, onverstoorbaar.

'En wat wil je nu van mij?' vroeg ze toen ik eindelijk uitgesproken was.

'Dat je al onze kamers en het kantoor elke dag op afluisterapparatuur laat doorzoeken. En ik moet weten wie Keith Merritt is en wat hij hier doet.'

'Kun je dat niet gewoon aan mevrouw Carlson vragen?'

'Dat heb ik gedaan. Maar ze liegt.'

'Hmm.'

'Toe nou, Imelda! Je begrijpt mijn probleem toch wel? Katherine voert iets in haar schild. Dat sekr… nou ja, ze is altijd met een of ander complot bezig. En Merritt moet er iets mee te maken hebben. Mensen worden niet zomaar voor een aanstormende auto gegooid.'

'Heb je nou ook problemen met haar? Met mevrouw Carlson?'

'Reken maar,' zei ik. 'Altijd gehad ook. Jij kent haar niet zoals ik. Geloof me, je hebt nog nooit iemand ontmoet die mensen zo stiekem en achterbaks kan manipuleren. Trap er niet in.'

'Ik mag haar wel,' zei Imelda, waarmee ze bewees dat ze al in het web gevangenzat. 'Ik wil haar niet in moeilijkheden brengen.'

'Wie had het nu over moeilijkheden? Geloof me, ze voert iets in haar schild.'

'Oké,' zei ze, en toen draaide ze zich abrupt om, alsof er niets meer te zeggen viel.

'Dank je,' riep ik haar na.

Ze liet me in mijn eentje op de hete stoep staan. Op de een of andere manier had ik het gevoel dat we zojuist de Rubicon waren overgestoken, of hoe je dat noemt als twee mensen die altijd een nauwe band hebben gehad opeens afstand van elkaar nemen.

Imelda Pepperfield lesbisch? Daar moest ik wel even aan wennen. En dat na acht jaar samen! Opeens wist ik hoe Ernie Walters zich moest hebben gevoeld toen hij ontdekte dat Whitehall homo was.

Hoe kon me dat in vredesnaam zijn ontgaan?

19

De bureaucratie in Zuid-Korea is om gek van te worden als het de Koreanen zo uitkomt, en dat is meestal het geval. Maar ze kunnen ook heel snel iets regelen als ze willen, en mijn verzoek om een gesprek met minister Jung Kim Lee van Defensie en zijn vrouw bij hen thuis werd binnen een paar uur goedgekeurd.

Daar was natuurlijk de tussenkomst van minister Lee zelf voor nodig. Hoewel we elkaar heel kort hadden ontmoet, en in een bijzonder ongelukkige situatie, was ik voor hem niemand anders dan een willekeurige Jan, Piet of Kim. Ik veronderstelde dat hij mijn verzoek had ingewilligd uit nieuwsgierigheid of omdat hij me op mijn gezicht wilde slaan omdat ik hem zo grof had behandeld en de man hielp verdedigen die zijn zoon zo gruwelijk had vermoord.

Zenuwachtig stond ik die avond om zes uur in mijn mooist gesteven uniform en mijn glimmendste schoenen precies midden op de mat voor zijn deur. Zijn huis was opgetrokken uit doffe rode baksteen en was ouder dan de meeste Koreaanse huizen, zeker in de stad, hoewel het klein en onopvallend leek naar de maatstaven van een gemiddelde Amerikaanse buitenwijk. Koreanen houden er niet van om met hun rijkdom te koop te lopen, dus leiden ze een onopvallend leven, met tv's en auto's als enige uitzondering. Ze zijn gek op Sony en Mercedes.

Omdat ik al eerder bij Koreanen thuis was geweest, nam ik de culturele voorzorgsmaatregel om me alvast te bukken en mijn veters half los te knopen, zodat ik gemakkelijk uit mijn schoenen zou kunnen stappen. Dat is een Aziatisch gebruik en ik ben een wereldburger, dus ik weet die dingen.

Ik belde aan en de deur werd geopend door een waakzame majoor van het Koreaanse leger met een .38-kaliber pistool op zijn heup. Hij droeg de Koreaanse versie van een camouflagepak en aan zijn pezige, gespierde postuur te oordelen was hij met zorg geselecteerd uit de Koreaanse speciale eenheden, die tot de meest onverzettelijke en gevaarlijkste commando's ter wereld behoren. Waarschijnlijk kon hij tien bakstenen doormidden slaan met zijn voorhoofd. Het viel me ook op dat hij zijn kistjes droeg in huis. Maar dat zag ik pas nadat hij een verbaasde blik op mijn halflosse veters had geworpen.

'Hallo,' zei ik, 'ik ben majoor Sean Drummond. Ik heb een afspraak om zes uur met minister Lee en zijn vrouw.'

'Ik weet wie u bent,' zei hij in vloeiend Engels. 'En u kunt beter uw veters vastmaken, want dit is geen gezicht.'

'Eh... o, natuurlijk,' mompelde ik, terwijl ik me bukte en mijn veters weer vastknoopte zo snel als mijn lenige vingers dat toelieten. Niets is zo belangrijk als een eerste indruk, zeg ik altijd maar.

'Komt u mee,' zei hij toen ik klaar was.

Zoals in veel Koreaanse huizen was het er vrij donker en bestond de spaarzame inrichting uit oude Koreaanse kasten en snuisterijen. De muren waren versierd met lijstwerk en schilderingen van bergen en van die vliegende kraanvogels. De familie Lee had een traditionele Koreaanse smaak.

De majoor ging me voor door een gang en een woonkamer naar een overdekte veranda naast de eetkamer. Ik zag twee oude mensen zitten die thee dronken.

De majoor stapte opzij om me door te laten. Toen volgde hij me en bleef hij achter me staan als een goede lijfwacht. Dat krijg je, in een land dat berucht is om zijn regelmatige staatsgrepen of pogingen daartoe, om nog maar te zwijgen van terreuraanslagen door de vijanden uit het Noorden.

Minister Lee stond op en kwam naar me toe om me een hand te geven. Hij glimlachte niet. Zijn gezicht stond ernstig, maar geïnteresseerd.

'Welkom in mijn huis,' zei hij hoffelijk. 'Mag ik u voorstellen aan mijn vrouw?'

'Hoe maakt u het, mevrouw Lee?' zei ik met een buiging. Ik noemde haar mevrouw Lee, hoewel Koreaanse vrouwen bijna nooit de naam van hun man aannemen. Maar ze zou zich er niet aan storen. Koreanen weten allang dat westerlingen, en Amerikanen in het bijzonder, te onbeschaafd zijn om zich aan hun gebruiken aan te passen en negeren onze slechte manieren daarom beleefd.

'Minister Lee,' zei ik, 'ik wil eerst mijn verontschuldigingen aanbieden voor wat ik heb gezegd in het kantoor van de minister van Justitie vorige week. Ik had geen idee wie u was.'

Hij knikte.

'En mag ik u ook condoleren met de dood van uw zoon? Ik ben veel over hem te weten gekomen en hij was een bijzondere jongeman. Ik kan er slechts naar gissen hoe vreselijk dit verlies voor u allebei moet zijn.'

Weer knikte hij. Nu de diplomatieke beleefdheden achter de rug waren, wuifde hij me naar een stoel tegenover hem en zijn vrouw. Ik wierp een snelle blik op haar terwijl ik mijn broek in de plooi trok. Ze was klein en slank, heel teer, en hoewel ze al halverwege de zestig moest zijn, was nog goed te zien hoe mooi ze ooit was geweest. Een nobele schoonheid. Haar gelaatstrekken leken gebeeldhouwd. Haar leeftijd had lichte wallen onder haar ogen veroorzaakt, maar ze deden me nog steeds denken aan twee grote, zwoele, zwarte parels.

Op haar eigen zedige wijze nam ze mij ook aandachtig op, maar ik kon onmogelijk peilen wat ze dacht. Ik wist wel wat mijn moeder zou hebben gevonden als ik met een riem om mijn hals was gewurgd en de advocaat van de klootzak die het had gedaan nu tegenover haar zat op haar eigen veranda.

Maar mevrouw Lee stond gracieus op en boog zich over de kleine koffietafel tussen ons in. Ze zette een groen porseleinen kopje voor me neer met bleke, waterige thee uit een kleine, verkleurde en gedeukte theepot. Als het mijn moeder was geweest zou er rattengif in die thee hebben gezeten.

'Wat een interessante theepot,' zei ik in een poging het ijs te breken. 'Een familiestuk?'

Het was de minister die antwoord gaf. 'Mijn vader heeft me die pot gegeven toen ik in 1951 in het leger ging. Hij was een arme man. Hij had die pot met zijn eigen handen gemaakt, voordat hij door de Noord-Koreanen werd vermoord. Ik heb hem altijd bij me gehouden, mijn hele carrière, door twee oorlogen heen, en zelfs in de jaren van mijn gevangenschap.'

Ik boog me naar voren en bekeek de theepot wat beter, terwijl hij vroeg: 'Waar wilde u ons over spreken, majoor?'

Ik keek op. 'Meneer de minister, heeft het ziekenhuis de bezittingen van uw zoon aan u teruggestuurd na zijn dood?'

'Ja.'

'Dan wilde ik uw toestemming vragen om die bezittingen te doorzoeken. Daar heb ik het recht niet toe en ik heb er alle begrip voor als u zou weigeren. Maar ik weet zeker dat u de juiste man veroordeeld wilt zien voor de moord op uw zoon. Zijn bezittingen zouden een belangrijke aanwijzing kunnen bevatten.'

De meeste mensen zouden me in rap tempo de deur uit hebben geschopt. Maar ik rekende op het rechtvaardige oordeel van minister Lee, waarvan ik al een voorbeeld had gezien in het kantoor van de minister van Justitie. Toch zette ik me schrap voor een woedeuitbarsting. Hij wierp me een geïntrigeerde blik toe. 'Mag ik u vragen waar u naar zoekt?'

De uitbarsting was uitgebleven, maar nu werd het pas echt lastig. Ik wilde natuurlijk weten of de sleutel van Whitehalls appartement nog in No's bezit was geweest toen hij stierf. Het probleem was dat No Tae Lee, voorzover de minister, zijn vrouw en de hele buitenwereld wisten, niet homoseksueel was geweest en zeker geen relatie had gehad met Whitehall. Hij was een nietsvermoedende, goedgelovige hetero die was meegelokt naar een feestje waar hij was afgetuigd, vermoord en verkracht.

Ik kon moeilijk toegeven dat ik op zoek was naar de sleutel van het liefdesnestje waar No Tae Lee naartoe was gegaan om seks te hebben met de man met wie hij zogenaamd géén verhouding had gehad.

'Meneer de minister,' zei ik zo overtuigend mogelijk, 'mijn cliënt beweert dat er tussen No's bezittingen misschien een bewijs te vinden is dat hem zou vrijpleiten.'

'Hoe kan dat dan?'

'Wij geloven dat iemand anders heeft geprobeerd mijn cliënt de moord op uw zoon in de schoenen te schuiven.'

Ik lette op zijn reactie. Als het de Zuid-Koreanen waren die mijn telefoon en mijn kamer afluisterden, moest hij allang weten dat we wilden bewijzen dat Whitehall erin was geluisd.

Als zijn verbazing niet oprecht was, speelde hij dat bijzonder goed. Zijn hoofd schoot naar achteren, er verscheen een diepe rimpel in zijn voorhoofd en zijn mond vertrok op een vreemde manier. Hij moest een geweldige acteur zijn of werkelijk niet weten wat onze strategie was. Natuurlijk kon niemand tot de atmosferische hoogte van minister van Defensie zijn gestegen zonder redelijk bedreven te zijn in misleiding, vooral in de hoofdstad van Korea, waar intriges een alledaagse sport vormden.

Hij zei iets in rap Koreaans tegen zijn vrouw, die knikte en me ongerust aankeek.

Toen draaide hij zich weer naar mij. 'Wat kan er dan bij No's bezittingen zitten dat kapitein Whitehall zou kunnen helpen?'

'Een stukje papier. Onze cliënt beweert dat uw zoon hem die avond een briefje heeft laten zien. Een briefje waarin hij met de dood werd bedreigd.'

Ik verzon maar wat, maar de minister reageerde zichtbaar geschrokken. Hij staarde even naar de vloer en zijn schrik veranderde in angst. Ik zag het bloed letterlijk uit zijn gezicht wegtrekken. Ik voelde me nog schuldiger omdat ik tegen hem loog, maar nood breekt wetten, ook morele wetten.

'Zei... zei hij ook van wie dat briefje kwam?' stamelde de minister.

'Eh, nee,' improviseerde ik. 'En het was geschreven in het Hangul. Whitehall leest geen Koreaans.'

De minister sprak nog even in het Koreaans met zijn vrouw, die een paar keer knikte. Maar afgezien van wat rimpeltjes om haar ogen en haar mond kon ik haar reactie niet peilen.

Ze stonden op. 'Komt u mee, alstublieft,' zei de minister.

We gingen naar binnen met de lijfwacht dicht op mijn hielen. Hij was goed getraind, als een dobermannpincher.

We liepen de huiskamer door en kwamen in een gang met drie of vier deuren. De minister en zijn vrouw liepen langzaam en met lood in hun schoenen. Het was duidelijk een tocht die ze liever niet hadden gemaakt. Het rook wat muf, alsof de gang al een tijdje niet was gebruikt. Ze openden de tweede deur links en stapten voor me uit naar binnen. Zodra ik de kamer binnenkwam had ik het gevoel of ik een sombere kelder betreden had. De kamer leek veel meer op die van een Amerikaanse dan die van een Koreaanse jongen. De inrichting was totaal anders dan die van de rest van het huis. In plaats van de traditionele Koreaanse slaapmat stond hier een tweepersoons vurenhouten bed. In plaats van lijstwerk en vliegende vogels zag ik posters van – voornamelijk westerse – rocksterren en sporthelden aan de muren. De kamer was keurig, op het spartaanse af. De bewoner moest ongelooflijk netjes zijn geweest. Dat detail klopte in elk geval níét met de Amerikaanse jongenskamers die ik kende.

Mevrouw Lee staarde naar het bed. Haar gezicht betrok en de scherpe trekken verdwenen. Ze liet haar schouders hangen. De minister stak een hand uit en gaf haar een kneepje in haar arm, een ongewoon gebaar in Korea, waar mannen normaal in het openbaar geen affectie voor hun vrouw laten blijken – misschien wel voor hun maîtresse, maar nooit voor hun vrouw.

Op het bureau stond een doos, dichtgeplakt met tape en voorzien van een etiket. Hij was nog niet opengemaakt. Het moesten No's bezittingen zijn die waren teruggestuurd, zoals ik gemakkelijk afleidde uit de houding van minister Lee, die er een moeilijk moment naar staarde voordat hij zijn vinger uitstak en zei: 'Alstublieft, doorzoekt u hem maar.'

Ik trok het plakband los en maakte het deksel open. Er zat wat Koreaans geld in de doos, een portemonnee en een paar sleutels. Ik zag ook een rozenkrans, een zilveren kruis aan een kettinkje, een stapel brieven met een elastiekje eromheen en twee legermedailles.

Ik bladerde de brieven door. Ze waren in het Koreaans en hadden allemaal een voorgedrukt etiket met dezelfde afzender: brieven van No's ouders, raadde ik. Ik maakte de enveloppen niet open, maar keek alleen of er losse papiertjes tussen zaten. Ik doorzocht de portemonnee, waar nog meer geld in zat, een paar creditcards en foto's van minister Lee, zijn vrouw en een opvallend knap meisje. Een afleidingsmanouvre, dacht ik, net als de foto die cadet Whitehall op zijn bureau had gehad. Minister Lee hield me scherp in de gaten en ik had durven zweren dat hij zijn adem inhield. Zijn vrouw staarde naar het lege bed. Zo nu en dan hoorde ik haar snotteren.

Ik bekeek de sleutelring aandachtig. Er zaten zes sleutels aan. Drie ervan leken me autosleuteltjes. De andere waren van koper en ongeveer even groot en van hetzelfde merk als de sleutel van Whitehalls flat die ik al van de verhuurder in Taejom had gekregen. Ik draaide me om, met mijn rug naar hen toe, terwijl ik mijn hand in mijn zak stak en de sleutel eruit haalde. De lijfwacht hield al mijn bewegingen scherp in de gaten. De minister staarde over mijn schouder in het niets.

Ik gaf het stapeltje brieven aan de minister. 'Wilt u die doorkijken, alstublieft? Ik neem aan dat ze van u afkomstig zijn, maar ik kan geen Hangul lezen. Zijn er ook brieven van iemand anders bij?'

Hij pakte het stapeltje aan en haalde het elastiekje eraf. Daarna bladerde hij ze door om te zien of alle afzenders hetzelfde waren.

Weer draaide ik hun mijn rug toe en ik pakte voorzichtig de sleutelbos uit de doos. Ik hield de echte sleutel tegen de drie koperen aan de bos. De laatste leek volkomen identiek. Ik bekeek hem goed. Alle richels, inkepingen en randen waren hetzelfde.

'Ze zijn van mijn vrouw en mij,' hoorde ik de minister zeggen. 'Hebt u verder nog wat gevonden?'

'Eh... nee, meneer,' zei ik, terwijl ik de sleutels teruglegde en me weer naar hem omdraaide. 'Er zaten geen losse blaadjes bij. Geen briefje, zoals mijn cliënt had gezegd.'

'Dit is alles wat we hebben gekregen,' verzekerde hij me, half opgelucht, half iets anders.

'Dan spijt het me dat ik u lastig heb gevallen.'

We bleven onhandig midden in de kamer staan, zonder te weten wat we verder nog moesten zeggen. Ik had het gevoel dat de minister met me wilde praten, me iets wilde vertellen. Zijn ogen waren gericht op het bureau van zijn zoon. Zijn armen hingen slap langs zijn zij. Zijn mond ging een paar keer open en dicht. Wat hij ook wilde zeggen, het kostte hem de grootste moeite.

'Is er nog iets waarover u met me wilde spreken, meneer?' vroeg ik hem. Het duurde een hele tijd voordat hij antwoord gaf. Hij was in gedachten ver weg. Opeens veranderde de uitdrukking op zijn gezicht.

'Ik, eh... denkt u dat kapitein Whitehall onschuldig is?'

Een goede advocaat zou meteen ja hebben gezegd: ja, natuurlijk is mijn cliënt onschuldig. Deze hele zaak is één grote farce en hij moet onmiddellijk worden vrijgelaten. Maar ik wilde niet liegen tegen deze man en zijn vrouw. Verdriet berooft een mens van zijn laatste restje macht en eigendunk. Hij leek geen machtige minister meer in mijn ogen, maar een trieste man die een onpeilbaar groot verlies had geleden. Bovendien had hij zich rechtvaardig getoond op een manier die ik niet had kunnen opbrengen.

'Ik moet u eerlijk bekennen: ik weet het niet. Hij zegt zelf dat hij onschuldig is, maar de bewijzen pleiten tegen hem. Als een van zijn advocaten hoor ik hem alle voordeel van de twijfel te geven. Daartoe heb ik me verplicht.'

Hij knikte beleefd, wat ik als een teken van vergiffenis opvatte voor mijn rol in deze afschuwelijke zaak. Toen pakte hij zijn vrouw bij de hand en hij nam haar voorzichtig mee uit de kamer van hun overleden zoon. De lijfwacht liet hen passeren en stapte toen snel in de deuropening. Ik ontweek zijn blik bijna een minuut totdat hij zich eindelijk omdraaide en me terugbracht naar de voordeur. Ik verdween naar buiten en hij keek me na met een kille blik toen ik de straat uit liep en in de wachtende auto stapte.

Whitehall had de waarheid gesproken. Niet alleen had No een kopie van de sleutel, maar helaas had hij die nog steeds gehad toen hij stierf. Niemand had die sleutel gebruikt om de flat binnen te komen. No was vermoord door iemand in het appartement, nadat de voordeur op slot was gedraaid. Natuurlijk had die sleutel ook een andere waarde als bewijs – als we hem zo wilden gebruiken. Daarmee konden we de krijgsraad ervan overtuigen dat No en Whitehall een relatie hadden gehad.

Ik kan niet zeggen dat ik daar blij mee was. En dan zeg ik het voorzichtig. Eerlijk gezegd voelde ik me een grote klootzak – zo'n knaagdier dat menselijke stront vreet. Ik was het huis van de Lees binnengekomen met een smoes, om het bewijs te vinden dat hun zoon homoseksueel was. De minister kwam op me over als een bijzonder fatsoenlijk mens, en iedere idioot kon zien dat het hart van zijn vrouw gebroken was. En ik beschikte nu over de middelen om hun zoon op de schandelijkste manier aan de kaak te stellen in een land dat homoseksualiteit als een verwerpelijke afwijking beschouwt.

Het ergste was nog dat we Whitehall er niet vrij mee zouden krijgen. No was nog altijd vermoord en verkracht. Katherine en ik konden de nagedachtenis van No Tae Lee – en dus ook de reputatie van zijn ouders – wel bezoedelen, maar wat schoten we ermee op?

Toen we door de straten reden, kon ik het gevoel niet van me afzetten dat de minister me iets belangrijks had willen vertellen. Ik geloof niet dat het hem iets kon schelen of ik dacht dat Whitehall schuldig was of niet. Misschien had hij gezien dat ik de sleutel controleerde, begrepen waar ik mee bezig was en me willen zeggen wat een stuk verdriet ik was. Maar op het laatste moment had hij besloten daar zijn adem niet aan te verspillen, omdat hij zich dan tot hetzelfde bedenkelijke niveau zou verlagen als ik.

20

Ik wist dat we weer in het garnizoen Yongsan waren omdat er op elke straathoek een grijnzende dominee stond die lectuur uitdeelde aan voorbijgangers. De predikanten droegen de kleding van hun ambt en hier en daar stonden groepjes keurige soldaten en hun vrouwen ernstig te luisteren naar wat de evangelisten voor onzin uitkraamden. De Amerikaanse cultuur was in vol ornaat in Korea gearriveerd.

Midden in de lobby was een lange tafel neergezet waarachter mijn nieuwe vriend Predikant Praatjes streng toezicht hield op drie andere evangelisten die als een koninklijk driemanschap achter hoge stapels lectuur hadden plaatsgenomen. Hij wierp me een zoetsappig lachje toe en ik salueerde afgemeten.

Terug op mijn kamer belde ik Katherine op kantoor en vroeg ik haar om me in de bar te treffen. Ze was nog een halfuurtje bezig, zei ze, dus ik plofte voor de tv en keek naar CNN.

Het was een van die verschrikkelijke talkshows. Vier irritante, luidruchtige journalisten zaten schreeuwend rond een tafel en vielen elkaar voortdurend in de rede. Het onderwerp waarover zoveel drukte werd gemaakt was Thomas Whitehall en zijn proces. Over zes dagen zou het beginnen en de journalisten probeerden te voorspellen wie zou winnen en wat de prijs van de overwinning zou zijn voor beide partijen.

Een kale, dikke patser riep maar steeds dat elke andere straf dan de doodstraf een monsterlijke schending van het rechtsgevoel zou zijn. Dat woord bleef hij herhalen, 'monsterlijk', om de kijkers te herinneren aan het walgelijke karakter van het misdrijf. Een andere man, opvallend gekleed in een duur pak met een hoornen bril, mompelde dat Ronald Reagan, de halfgod van alle echte Republikeinen, zich in zijn graf zou omkeren als hij nu nog zou leven. Iemand was blijkbaar vergeten de modieuze idioot te vertellen dat Reagan nog steeds onder ons was. De derde man was kennelijk de enige met een militaire achtergrond. Hij had zich drie of vier jaar in de National Guard verborgen tijdens de oorlog in Vietnam. Hij vond vijf of zes manieren om te zeggen dat het leger een zaak voor mannen was, niet voor mietjes en flikkers. Een vrouw met een paardengezicht, lang, warrig, grijs haar en geen make-up probeerde uit te leggen dat het niet uitmaakte of Whitehall schuldig was en dat je niet alle homo's over één kam kon scheren, maar ze kreeg er nauwelijks een woord tussen. De mannen overschreeuwden haar elke keer als ze haar mond opendeed.

Ik moest meteen denken aan Imelda's uitspraak dat homofobie iets voor mannen was. Misschien had ze gelijk, besefte ik. Je hoorde vrouwen nooit benamingen gebruiken als 'kontridders' of 'befkonijnen'. Zou dat weer bewijzen dat mannen van Mars komen en vrouwen van Venus? Ik werd in mijn doelloze overpeinzingen gestoord toen er luid op de deur werd geklopt. Ik verwachtte Katherine, dus zwaaide ik de deur open en *wham!*, meteen landde er een vuist op mijn neus. Het werd me zwart voor de ogen en ik voelde een elektrische schok die dwars door mijn hersens sloeg. Ik tuimelde achterover en kwam op mijn kont terecht. Een lichaam vloog door de lucht en liet zich met een klap boven op me vallen.

Ik probeerde me te verzetten en weg te draaien, maar dat lukte niet. Degene die boven op me zat en me met zijn vuisten bewerkte was zeker vijfentwintig kilo zwaarder dan ik en had het voordeel van de verrassing. Ten slotte hield ik mijn vingers gestrekt en raakte ik hem precies tegen zijn strottenhoofd. Hij sloeg naar achteren en rolde van me af, kronkelend en rochelend.

Ik probeerde het bloed weg te vegen dat uit mijn neus over mijn lippen en kin droop en ging toen rechtop zitten om te zien wie mijn aanvaller was. Allemachtig. Kolonel Mack Janson, de juridisch adviseur van generaal Spears, had zijn handen om zijn keel geklemd. Zijn ogen puilden uit en hij liep rood aan toen hij uit alle macht probeerde wat lucht in zijn longen te zuigen. Zijn vechtlust was hij kwijt, dus stond ik op en liep naar de badkamer. Ik pakte een mooie witte handdoek, hield hem onder de koude kraan en drukte hem tegen mijn neus. Binnen de kortste keren was het geen witte handdoek meer.

Toen ik weer terugkwam in de kamer zat Janson op zijn knieën. Zijn ademhaling was nog steeds niet florissant, maar hij kreeg genoeg lucht binnen om niet te sterven.

'Vuile klootzak,' hijgde hij schor. 'Ik maak je helemaal kapot.'

Ik schudde mijn hoofd. 'Je lijkt wel een gebarsten grammofoonplaat. Wat mankeert je, verdomme?'

'Ik mag jou niet, Drummond.'

'Dat weet ik,' zei ik. 'Viel je me daarom aan?'

Hij had zijn spraak weer terug. 'Je had bij de minister uit de buurt moeten blijven. Je had nooit naar zijn huis mogen gaan.'

Hij stak een hand uit naar de minibar en hees zich overeind. Hij keek me aan met een haat in zijn ogen die ik nog nooit bij iemand had gezien. 'Je bent een schande voor het JAG-korps en voor het leger. Die arme man en zijn vrouw hebben al genoeg doorstaan. Je had ze met rust moeten laten.'

'Ik heb gedaan wat ik moest doen.'

'En wat was dat, Drummond? Wat had je bij de minister thuis te zoeken?'

'Dat gaat je niets aan.'

'O, dacht je dat? Ik woon hier en het is een deel van mijn werk om dit bondgenootschap in stand te houden.'

'Jammer dan.'

Zijn ogen puilden uit van woede. 'Moet ik je eraan herinneren, Drummond, dat ik kolonel ben en jij maar majoor?'

'De ballen,' zei ik. 'Je hebt je gezag verspeeld toen je me aanviel.'

'Wat deed je daar?' hield hij vol. 'Zocht je bewijzen dat die jongen homo was? Ben je echt bij die mensen binnengedrongen met zo'n smerig plan?'

'Nee. Ik ben op de thee geweest.'

'Ik waarschuw je, Drummond. Laat hun familie met rust. Het is al erg genoeg dat die arme jongen is vermoord... en wat voor walgelijke dingen er daarna nog met hem zijn gebeurd. Maak hun verdriet niet nog groter.'

'Het gaat je geen sodemieter aan,' zei ik nog eens.

'Iemand met een greintje fatsoen zou nooit op zo'n idee gekomen zijn.'

'Ik heb geen fatsoen, ik ben advocaat,' antwoordde ik. 'En nou wegwezen, mijn kamer uit. Als je me nog eens durft aan te vallen breek ik allebei je benen.'

Janson was veel groter dan ik, maar hij had een buikje en hij wist niet dat ik in mijn tijd bij het Regiment goed getraind was in het breken van botten. Hij dacht dat het een loos dreigement was, zag ik, en heel even leek hij te overwegen om me weer naar mijn strot te vliegen. Ik hoopte dat hij het zou proberen. Dan kon ik hem in elkaar slaan. Aan de andere kant, misschien was hij taaier dan ik dacht en zou ik zelf op mijn lazer krijgen. Jezus, dat zou lullig zijn.

Hoe dan ook, hij draaide zich om en verdween de gang op. Natuurlijk kon hij zich weer niet beheersen. 'Ik maak je kapot, Drummond,' verklaarde hij. 'Dat zweer ik je, klootzak. Wacht maar af.'

Ik begon al te denken dat de man maar twintig woorden kende en dat de helft uit 'klootzak' bestond.

Ik bekeek mezelf in de spiegel. Ik bloedde niet meer, maar mijn neus was rood en begon al op te zwellen. Ik zag eruit als een ongeneeslijke zuiplap. Ik trok een schoon shirt aan en liep de trap af naar de bar.

Toen ik binnenkwam, zat Katherine al aan hetzelfde tafeltje naast de jukebox, die weer hetzelfde nummer speelde over het trieste lot van alle cowboys. Dat kon geen toeval zijn – ze moest die plaat zelf hebben gekozen. Vreemde zaak, een lesbo met een obsessie voor cowboys. Waar waren de Village People en Melissa Etheridge?

Ze had een bierglas voor zich staan dat halfleeg was. Ze staarde me aan toen ik ging zitten. 'Wat is er met je neus gebeurd?'

'Een rondje van de zaak, zoals soldaten zeggen.'

'En wat is een rondje van de zaak?'

'Een knokpartij zonder rangen, regels of excuses.'

'Waarom zijn mannen toch zo kinderachtig?'

Op sympathie van mijn collega hoefde ik dus niet te rekenen.

'Hoor eens, ik deed gewoon de deur van mijn kamer open en *wham!* Een dreun in mijn gezicht. Weet je van wie?'

'Met jouw talent om vrienden te maken zou het me niet verbazen als er een hele rij voor je deur had gestaan.'

Bij wijze van uitzondering negeerde ik haar sarcasme. 'Janson,' zei ik. 'Hij was witheet.'

'Waarover?'

'Ik was naar het huis van minister Lee gegaan.'

'Wát?'

'Weet je nog dat Whitehall tegen Bales zei dat hij de enige was met een sleutel van zijn appartement?'

'Ja?'

'Dat was een leugen. Ik ben gisteren bij hem geweest. Toen vertelde hij me dat hij een paar maanden geleden ook een sleutel aan No gegeven had. Die ben ik gaan zoeken.'

Ze keek me ongelovig aan. 'En de minister liet je binnen?'

'Jazeker. Hij is een heer. Bovendien heb ik gelogen over waar ik naar zocht.'

'Heb je die sleutel gevonden?'

'Ja. In een dichtgeplakte doos met No's bezittingen die het ziekenhuis had teruggestuurd.'

Ze nam een slok van haar bier, stak haar hand uit en raakte even mijn neus aan. Het was een onverwacht intiem gebaar, maar het deed verdomd veel pijn.

'Misschien is hij wel gebroken,' zei ze.

'Dat zou niet de eerste keer zijn,' mompelde ik als een onverschillige macho. Katherine rolde met haar ogen en dat verdiende ik natuurlijk.

'We moeten die sleutel als bewijs laten aanmerken. Zo kunnen we aantonen dat No en Thomas een relatie hadden. Het is geen sluitend bewijs

uiteraard, maar de conclusie ligt toch voor de hand. Vind je ook niet?'
'En wat schieten we daarmee op?' vroeg ik, omdat ik al met dezelfde vraag worstelde.
'We slaan een deuk in de argumentatie van de aanklager. En op dit moment is dat alles wat we kunnen doen.'
'Maar daarmee vernederen we de Lees en halen we de reputatie van het slachtoffer door het slijk. Is het dat waard? Want wat bereiken we ermee? Geen vrijspraak voor Whitehall.'
'Wat dacht je van de reputatie van onze eigen cliënt? Is zijn goede naam dan niet door het slijk gehaald?'
'Dit ligt toch wel anders, vind je niet?'
'Nee.'
'Jezus, Katherine. Onze cliënt leeft tenminste nog.'
'Maar hij zit in een Koreaanse gevangeniscel. Hij is in elkaar geslagen en publiekelijk vernederd. Hij krijgt nauwelijks te eten, hij wordt van de smerigste misdaden beschuldigd en hij heeft een goede kans de doodstraf te krijgen. Als je medelijden wilt tonen, Drummond, vergeet dan niet aan welke kant je staat.'
Normaal zou ik hebben tegengesputterd, maar dit was geen echte discussie, omdat ik vanaf het eerste begin al wist hoe ze zou reageren. In haar plaats zou ik hetzelfde hebben gezegd, maar ik had liever dat zíj de keiharde, moeilijke beslissingen nam en niet ik. Zij had de leiding over het team en daar maakte ik nu heel egoïstisch gebruik van.
Dat wist zij zelf ook, natuurlijk.
'In elk geval zullen ze hem niet meer aftuigen. Met nog maar zes dagen tot het begin van het proces willen ze hem niet voor de camera's laten zien met blauwe plekken in zijn gezicht.'
'Schrale troost,' mompelde ze.
'Over die zes dagen gesproken: wat moeten we in vredesnaam zeggen als het proces begint?' vroeg ik, terwijl ik mijn hand uitstak en een slok van haar bier nam. Meer dan een slok, zelfs. Ik dronk het hele glas leeg. Ze staarde naar haar lege bierglas. 'Goede vraag. Ik kreeg vanochtend een telefoontje van de auditeur-militair.'
'Van Eddie Golden?'
'Hij wil me vanmiddag spreken.'
'Zei hij ook waarover?'
'Nee. Wat denk jij? Wil hij iets regelen?'
'Zo achterlijk is hij niet. Hij heeft de meest waterdichte zaak onder handen die ik ooit heb meegemaakt, nog afgezien van alle andere beschuldigingen die tegen Whitehall zijn ingebracht. Nee, hij weet zeker dat hij dit gaat winnen.'

202

'En winnen is belangrijk voor hem?'

Winnen is belangrijk voor iedere advocaat, maar ik begreep wat ze bedoelde.

'Reken maar. De klootzak stuurt zelfs een honkbalknuppel met handtekening naar iedere advocaat die hij heeft verslagen.'

'Leuke jongen, zo te horen.'

'Laat ik het zo zeggen. Stel je een jonge Robert Redford voor die iedereen onder de tafel kan lullen. Het is al eens voorgekomen dat een hele krijgsraad overeind kwam om te applaudisseren na zijn slotbetoog.'

'Je probeert me gewoon bang te maken,' zei Katherine met een sceptische blik die ik me wel kon voorstellen.

'Ik heb het met eigen ogen gezien. Ik was zelf de verdediger in die zaak. Een van de ellendigste dagen uit mijn hele carrière.'

'Wauw.'

'Katherine, Eddie heeft misschien zeven of acht moordzaken gedaan en nooit verloren. Hij is de huidige Hang Man van het JAG-korps en dat is hij al vijf jaar. Ik probeer je zelfvertrouwen niet te ondermijnen, maar het leger heeft niets aan het toeval overgelaten. Een bijna onoverwinnelijke aanklager, een rechter die de pest heeft aan advocaten en een zaak met zoveel bewijzen tegen de verdachte dat we bijna onder het gewicht bezwijken.'

Ik kan me niet herinneren dat ik ooit iets van nervositeit of onzekerheid op Carlsons gezicht heb gezien. Maar nu leek het daar toch op, heel even. Ik wist zeker dat ik me niet vergiste.

'Stel dat Eddie iets wil regelen,' zei ik. 'Ga je daar dan op in?'

Ze bracht haar hand naar haar voorhoofd en begon het te masseren alsof haar hoofd in duizend scherven zou exploderen als ze het niet goed vasthield. Ik had nooit gedacht dat ik medelijden zou hebben met Katherine Carlson, maar nu had ik toch met haar te doen.

'Wat zou jij doen?' vroeg ze met een onheilspellende blik.

'Dat hangt van zijn voorstel af, neem ik aan. Maar ik zou het algauw accepteren. Alles is beter dan moord met voorbedachten rade en een zeker doodvonnis. Ja, ik zou die kans met beide handen aangrijpen.'

'Waarom? Omdat het proces al over zes dagen begint en alles erop wijst dat Thomas schuldig is? Of omdat je zelf ook denkt dat hij het heeft gedaan?'

'Omdat we hem van de elektrische stoel zouden kunnen redden. Dat is misschien het beste waar we op kunnen hopen op dit moment. Dan gaan we later wel in beroep. Misschien ontdekken we onderweg nog iets om hem vrij te krijgen.'

Ze drukte nog harder met haar vingers tegen haar slapen. 'Wíj,

Drummond? Zodra dit proces achter de rug is krijg jij weer een volgende zaak toegewezen, of niet? En de OGMM zal zéker proberen om een nieuwe zaak voor mij te vinden.'

'Whitehall krijgt heus wel een raadsman.'

'Dat is geen keus. Dat accepteert Thomas nooit. Hij heeft al gezegd dat hij het niet op een akkoordje wil gooien,' zei ze. Ik had haar nog nooit zo van streek gezien.

Ik boog me naar voren, pakte haar kleine hand en probeerde haar te kalmeren: 'Haal even diep adem en tel tot tien. Je vat het weer veel te persoonlijk op.'

'Natuurlijk!' ontplofte ze, terwijl ze abrupt haar hand losrukte en me vernietigend aankeek.

Ik was even bang dat ze ging slaan. Ik beweer niet dat ik iets van vrouwen begrijp, zeker niet van lesbische vrouwen als Katherine, maar nu stond ik toch echt perplex. Deze vrouw kon sneller van stemming wisselen dan mannequins van kleren.

'Verdomme, Katherine, ik vraag je alleen om nuchter na te denken. Je moet goed weten wat je wilt voordat je met Golden gaat praten. Geloof me, voordat je met je ogen kunt knipperen heeft hij je volledig ingepakt. Ze noemen hem niet voor niets Snelle Eddie.'

Eigenlijk noemden we hem Snelle Eddie omdat hij de meiden sneller in en uit bed kon krijgen dan enige andere man op aarde. Niet dat ik me daar bij Katherine zorgen over maakte, want haar elektroden zaten andersom.

Ze keek me nog steeds nors aan, maar zei toen: 'Misschien is het beter als jij met me meegaat.'

'Met alle plezier,' zei ik, hoewel dat niet zo was. Ik had helemaal geen behoefte om Eddie Golden ooit nog te zien. Een mens moet zijn tekortkomingen kennen en Eddie had de mijne al twee keer glashelder aan het licht gebracht, tegenover een jury van andere militairen. Ik was als de dood voor Eddie.

21

Ik moet toegeven dat Katherine zich met bijna bovenmenselijke snelheid had hersteld. Ze was koel als een ijsberg toen we bij Eddies kantoor aankwamen. Energiek en zelfverzekerd stapte ze naar binnen, alsof het haar eigen kantoor was en ze de rechter en alle bewijzen in haar zak had. Helaas was Eddie niet snel onder de indruk. Hij stond op vanachter zijn bureau en begroette ons met die filmsterlach van de succesvolle knappe jongen die toch zo gewoon was gebleven. Maar het was ook de grijns van een roofdier dat op het punt stond ons te verslinden.

'Mevrouw Carlson, het is me werkelijk een groot genoegen om u eindelijk persoonlijk te ontmoeten,' verklaarde hij, terwijl hij haar warm de hand drukte – op en top de gentleman.

Toen draaide hij zich naar mij toe en keek me onderzoekend aan. 'En jij bent, eh... Drummond, toch? Hebben we elkaar al niet eens ontmoet?'

Heb ik dat al gezegd? Eddie Golden is een meester in het spelen van psychologische spelletjes.

Ik knikte bedeesd en zei: 'Eh... ja, we hebben elkaar twee keer ontmoet, Eddie.'

'Natuurlijk!' riep hij uit, alsof hij het vergeten zou zijn als ik zijn geheugen niet had opgefrist. 'Die Dressor-zaak in... Wanneer was het ook alweer... De zomer van '95, niet? En, eh... Clyde Warren, in '99? Jij was toch hun advocaat?'

Reken maar dat Eddie nog alles weet over alle zaken die hij ooit gewonnen heeft.

'Precies, Eddie. Ik heb thuis nog twee van je honkbalknuppels in de kast liggen.'

'Ha ha,' grinnikte hij, met zo'n gezicht van: het is natuurlijk een flauwe gewoonte, maar ik kan er niets aan doen. 'Goed,' zei hij, weer op de toon van de meest charmante gastheer in het universum. 'Ga zitten, allebei. Willen jullie iets drinken? Koffie? Fris?'

'Nee, niets,' zei Katherine. 'We komen niet voor de gezelligheid.'

'Natuurlijk,' antwoordde hij, nog steeds met een glimlach, maar ook met een medelijdende ondertoon.

Katherine en ik gingen naast elkaar zitten. Ze kneep me even in mijn been om me eraan te herinneren dat zij het woord zou voeren, vooral nu Eddie me al op mijn nummer had gezet met zijn verwijzing naar het verleden.

'Waar wilt u ons over spreken, majoor Golden?' vroeg ze.

'Het leek me een goed idee om kennis te maken voordat het proces begint,' zei hij lachend, met kuiltjes in zijn wangen die ik graag van zijn gezicht zou hebben geveegd.

'Ik weet al genoeg over u. Wat wilt u van mij nog weten?'

'O, u hoeft mij niets over uzelf te vertellen, mevrouw Carlson. Iedereen die de afgelopen acht jaar een krant of een tijdschrift heeft opengeslagen is op de hoogte van uw briljante juridische carrière. Daarom stel ik het zo op prijs om u eindelijk in levenden lijve te ontmoeten. Ik wil niet overdrijven, maar het zal me een waar genoegen zijn om met u de degens te kruisen in de rechtszaal.'

Als iemand anders dat had gezegd, zou het irritante stroopsmeerderij zijn geweest en was geen mens erin getrapt. Maar uit de mond van Eddie klonk het nog oprecht ook. Hij was de meester. Hij wist staande ovaties te krijgen van een jury. Aan zijn gezicht en zijn hele houding te zien zou je denken dat hij op audiëntie was bij de koningin van Engeland.

Ik hoopte vurig dat Katherine niet voor zijn mooie praatjes zou vallen. Haastig keek ik opzij. Jezus! Ze zat te stralen en te blozen als een schoolmeisje dat door de aanvoerder van het footballteam voor het schoolbal werd gevraagd. Ze sloeg haar benen een paar keer over elkaar en wriemelde met haar vingers.

'Dank u, majoor Golden. Ik verheug me er ook bijzonder op.'

'Zeg toch Eddie.'

'Natuurlijk, Eddie. En ik ben Katherine.'

'Ik weet het. Kan ik echt niets voor jullie inschenken?' vroeg haar nieuwe maatje Eddie weer. Ik werd misselijk.

'Nee hoor. Het is zo warm dat ik toch al de hele dag loop te drinken,' zei Katherine met haar meest engelachtige glimlach.

Misschien heb ik het al gezegd, maar Katherine is echt een mooie vrouw, op zo'n manier dat je haar bijna niet durft aan te raken, als een breekbare porseleinen pop. Ze is zeker niet het type dat je in je dromen meeneemt naar een goedkoop motel voor een middagje rauwe seks. Ze is meer het meisje waarmee je hoopt dat je moeder je zal zien. Maar ze was ook lesbisch, dus had ze niet moeten vallen voor Eddies knappe kop en zijn seksuele charmes. Toch viel ze als een blok voor hem. Ze leek als was in zijn handen.

'Het spijt me erg dat je met zo'n zaak bent opgezadeld,' vervolgde Eddie. 'Wat een ramp.'

'Hoezo?' vroeg Katherine met een lieve lach.

'Nou, de verdediging staat machteloos, zou ik denken. Whitehall kan zich niet beroepen op noodweer en hij is er niet ingeluisd of zoiets. En dan die seksuele smerigheid! Jezus, dat zal niet goed overkomen bij een jury van legerofficieren.'

'Sommige zaken liggen nu eenmaal moeilijker dan andere.'

'Zeg dat wel,' antwoordde Eddie met een innemende grijns.

'Natuurlijk zijn er allerlei aspecten die jij vermoedelijk nog niet hebt ontdekt,' vervolgde Katherine met een bedeesd lachje.

'Zoals?'

'Toe nou, Eddie. Mag een meisje geen geheimen hebben?'

Hij grinnikte vrolijk. 'Maar natuurlijk,' zei hij, alsof dat grote onzin was. Maar als Katherine wilde duelleren, vond hij het best.

'Is er iets specifieks waarover je ons wilde spreken, Eddie?'

Voor het eerst sinds we waren binnengekomen maakte hij zijn blik van haar los en speelde hij met iets op zijn bureau. Hij keek wat onwillig, alsof hij eigenlijk niet over de zaak wilde praten maar liever van Katherines aanwezigheid wilde genieten. Ik bedoel, die man was echt een natuurtalent.

Ten slotte zei hij: 'Nou, Katherine, ik wilde weten of we tot een schikking zouden kunnen komen.'

'Een schikking?' vroeg ze, alsof dat het laatste was wat ze had verwacht.

'Ik moet je wel zeggen,' vervolgde Eddie haastig en met een hulpeloos armgebaar, 'dat mijn bazen daar weinig voor voelen. Zij willen een keihard proces om de Koreanen weer vertrouwen te geven in de Amerikaanse rechtspraak. Zij willen dat Whitehall de zwaarst mogelijke straf krijgt. Ze zullen niet tevreden zijn met minder dan een doodvonnis.'

Katherine boog zich snel naar voren en staarde hem met grote ogen aan. 'Een doodvonnis? O, mijn god.'

'Ja. Maar aan de andere kant is een proces ook een grote verspilling van tijd en moeite, dat zul je met me eens zijn. Vooral als de uitkomst toch al vaststaat. Bovendien ben ik eerlijk gezegd nooit een voorstander van de doodstraf geweest. Wat schiet je ermee op? Je wekt het slachtoffer er niet mee tot leven en je maakt het misdrijf niet ongedaan. Dus wat is het nut?'

Dat hoorde bij Eddies stijl. Hij dwong graag je instemming af door duizend retorische vragen te stellen en jou het idee te geven dat je zelf antwoordde. Ik vond het een goedkope tactiek, maar bij hem werkte het wel, dat moest ik toegeven.

Hij speelde nu in op Katherines linkse opvattingen. Hij wist heel goed dat ze tegen de doodstraf moest zijn en wilde haar laten zien dat ze iets gemeen hadden.

Het was maar goed dat hij met haar praatte en niet met mij, anders zou ik hem erop hebben gewezen dat hij zijn titel van Hang Man vooral te danken had aan de vijf keer dat hij iemand tot de doodstraf had laten veroordelen. Hij had meer doodvonnissen op zijn naam staan dan willekeurig welke drie legeradvocaten bij elkaar.

Maar Katherine zat braaf te knikken, volledig in zijn ban. Hij had haar onverdeelde aandacht.

'Wat stel je dan voor?' vroeg ze timide.

Eddie leunde naar achteren in zijn stoel en haakte zijn duimen achter zijn broekriem. Hij zuchtte diep om te laten merken hoe vervelend hij dit allemaal vond, alsof de last van de hele wereld op zijn schouders drukte. Een prachtige voorstelling, heel overtuigend, ik kon niets anders zeggen.

'Een schuldbekentenis op alle punten. In ruil daarvoor krijgt hij levenslang, zonder kans op gratie.'

'Op alle punten?' herhaalde Katherine geschrokken.

Eddie haalde zijn duimen achter zijn riem vandaan en boog zich naar voren, bijna helemaal over zijn bureau. Hij legde zijn handen met de handpalmen omhoog, alsof hij de genade van de hemel afsmeekte, en zijn ogen stonden zo begripvol dat je echt zou geloven dat zijn hart bloedde.

'Katherine, Katherine, ik moet je zeggen dat ik een groot persoonlijk risico neem door zover te gaan. Dat zweer ik je. Als hij niet op alle punten schuld bekent, kan ik niets meer voor je doen.'

Hij zat nu te onderhandelen als een autoverkoper: hé, ik zou je deze auto graag verkopen, maar dan moet je mijn aanbod accepteren; anders krijg ik problemen met mijn baas, die centendief.

Katherine zat recht overeind op haar stoel en staarde hem nog steeds aan.

'Op alle punten?' vroeg ze opnieuw, alsof ze problemen had met haar gehoor.

'Hé, het spijt me. Echt waar. Het is alles of niets. Maar denk eens goed na. Wat maakt het voor verschil? Als hij schuldig pleit aan moord met voorbedachten rade, stelt de rest toch niets meer voor? Als hij levenslang krijgt voor moord, zijn de andere aanklachten niet meer relevant. Ze kunnen zijn straf toch niet langer maken. Dit is het beste aanbod dat ik je kan doen. Denk er maar over.'

Katherines gezicht stond nu smekend. 'Weet je het zeker, Eddie? Op alle punten? Kun je niet iets onbelangrijks schrappen, bijvoorbeeld het plegen van homoseksuele handelingen? Zelfs niet voor mij?'

Op de een of andere manier wist hij zich nog verder over zijn bureau te buigen, zodat zijn absurd knappe gezicht vlak bij het hare kwam. 'Het spijt me, Katherine, maar dat is mijn voorstel,' fluisterde hij.

'Sodemieter op, man!' brulde ze opeens, zo hard dat ik bijna van mijn stoel viel.

Eddie deinsde terug. 'Wat?'

'Hou toch op met je gezeik, Golden! Moet ik het voor je uittekenen? Ik zal je in die rechtszaal zo'n rotschop verkopen dat ik met de punt van mijn schoen je amandelen kan opereren! Godvergeten arrogante klootzak! Je hebt geen idee welke onaangename verrassingen Drummond en ik nog voor je in petto hebben. Wacht maar af, opgeblazen kikker.'

Die arme Eddie verkeerde in shocktoestand. Net als generaal Spears had hij zojuist zijn eerste dosis ontvangen van wat ik jarenlang over me heen had gekregen. Ik had bijna medelijden met hem. Ze had zo'n braaf meisje geleken, als was in zijn bekwame handen... Maar ze had hem een rad voor ogen gedraaid. Het ene moment had die arme sukkel nog vrolijk door een warme, zonnige woestijn gewandeld, maar opeens... *whoesj!*... werd hij bedolven onder een lawine van sneeuw en ijs. Katherine stond abrupt op en ik volgde haar naar buiten. Ik had maar nauwelijks de tijd om me naar Eddie Golden om te draaien en mijn middelvinger naar hem op te steken. Kinderachtig, dat weet ik wel, maar ik liet me meeslepen door het moment.

Buiten het JAG-gebouw was ik even mezelf niet meer. Ik greep Katherine letterlijk beet, tilde haar op en danste met haar rond. Ze begon te lachen en te giechelen, waarna ze me sommeerde om haar onmiddellijk weer neer te zetten voordat ze me een knietje in mijn kruis zou geven, zo hard dat mijn kloten door mijn oren naar buiten zouden knallen. Ik deed dus maar wat ze zei.

'God, dat was geweldig!' jubelde ik enthousiast.

'Nee, het was leuk,' wees Katherine me terecht. 'Het zou pas geweldig zijn geweest als ik het waar kon maken.'

'Dat is zo,' moest ik toegeven. En ik stond weer met beide benen op de grond.

'Jezus, wat een gladjanus die vent.'

'Glad? Vond je dat al glad? Wacht maar tot je hem echt aan het werk ziet,' waarschuwde ik haar.

We liepen zwijgend naar de poort, verdiept in onze eigen gedachten.

'Waarom willen ze een schikking?' vroeg Katherine ten slotte.

'Ze willen het risico beperken, zeker in deze zaak. En ze zijn bang dat we minister Lee zullen vernederen door zijn zoon openlijk een homo te noemen. Ze vermoeden dat we nog iets achter de hand hebben.'

'Zou het iets te maken hebben met jouw bezoek bij hem thuis?'

'Ik denk het wel. Daarom was Janson zo kwaad. Ik durf te wedden dat hogerhand – misschien Brandewaite of Spears – Golden heeft opgedragen ons een voorstel te doen. Janson was er waarschijnlijk tegen maar moest zich erbij neerleggen. Daarom is hij zo pissig geworden dat hij zich op mij heeft afgereageerd.'

Ik zei er niet bij dat Clapper, de hoogste baas van het JAG-korps, misschien achter dit voorstel zat. Als we verloren, kon ik altijd nog in beroep gaan op grond van onrechtmatige beïnvloeding door de legerleiding, met name Clapper zelf. Hoe meer ik erover nadacht, des te groter leek me de kans dat dit idee van hem afkomstig was. Jezus, wat zou ik graag als onzichtbare toeschouwer bij dat gesprek aanwezig zijn geweest.

'Ik denk dat je je vergist,' zei ze. 'Volgens mij zijn ze gewoon bang voor die zeshonderd demonstranten die de OGMM naar Korea heeft overgevlogen.'

'Dat is misschien ook een factor,' gaf ik toe.

'Een factor? Ze zijn als de dood voor ons. Dus lijkt het me hoog tijd om de druk een beetje op te voeren.'

'En wat heeft dat voor zin?' vroeg ik geïrriteerd en ongerust, want dat was ik.

'Als we er over vijf dagen niet beter voor staan dan nu, moeten we het misschien op een akkoordje gooien. Maar we kunnen in elk geval proberen om betere voorwaarden af te dwingen.'

'Bijvoorbeeld?'

'Dat ze die aanklachten wegens homoseksuele handelingen en omgang met ondergeschikten laten vallen.'

'Wat hebben we daaraan?'

'Dat zijn de twee punten die ik kwijt wil,' zei ze zonder nadere uitleg. 'Vertrouw me nou maar,' ging ze verder. 'Om Snelle Eddies eigen woorden te citeren: als hij schuldig pleit aan moord met voorbedachten rade, stelt de rest toch niets meer voor.'

Ik kende Katherine te goed om te geloven dat ze zomaar iets zei. Ik had geen idee wat ze in haar schild voerde, maar ze had een plannetje.

22

Ik reed weer langs McDonald's en nam vier Big Macs mee, naast de medische voorzieningen die ik al had gekocht, waaronder nog wat blikjes Molson en een fles Johnny Walker Blue. Voor wie het nog niet weet: dat is de beste Johnny Walker die er te koop is. En voor wie dat ook niet weet: hij kost een kapitaal. Ik had moeite mijn tranen te bedwingen omdat ik er zelf geen slok van zou krijgen.

De bewaarder achter het bureau herkende me meteen, dus hoefde ik geen pantomime meer op te voeren of me als een clown aan te stellen om hem duidelijk te maken dat ik Whitehall wilde zien. Hij ging zijn zwaargebouwde landgenoot halen, die met een nijdig gezicht kwam aanlopen, bepaald niet blij om me te zien.

Hij nam me mee naar een zijkamertje en trok de deur achter ons dicht. 'Er mogen geen spullen meer Whitehalls cel worden binnengesmokkeld,' verklaarde hij. 'Maak uw koffertje open, zodat ik het kan doorzoeken.'

Ik deed het, en de geur van de Big Macs steeg eruit op. Grijnzend boog hij zich over het koffertje. Hij stak zijn grote handen erin, haalde de fles Johnny Walker Blue tevoorschijn en staarde ernaar alsof het de Heilige Graal was.

'Die is voor jou,' zei ik. 'En twee Big Macs.'

Hij keek me scherp aan, met zijn hoofd schuin en de spieren van zijn schouders strak gespannen. Ik wist niet of het een moreel dilemma was of dat hij me in elkaar wilde rammen wegens deze brutale poging tot omkoping.

'Heb je enig idee wat een fles Johnny Walker Blue kost?' vroeg ik snel. 'Tweehonderdtwintig dollar,' mompelde hij, niet zonder passie in zijn stem. Ik heb een bijna griezelig talent om iemands voorkeur voor dranken aan te voelen. Natuurlijk moest hij van whisky houden, met zijn kop. Hij was veel te lelijk om iets anders te drinken.

Gretig verborg hij de fles onder zijn hemd, hij propte de twee hamburgers in zijn broekzakken, sloot mijn koffertje en gaf het terug. Toen kromde hij met een sluw gezicht zijn vinger.

Bij Whitehalls cel aangekomen maakte hij de deur open en wuifde hij me naar binnen. 'Eén uur,' zei hij.

'Bedankt,' antwoordde ik. Hij liet de deur achter me dichtvallen en verdween.

Ik draaide me om. 'Hallo, Tommy.'

Whitehall stond niet op. Hij lag op zijn rug. 'Dag, majoor.'

Met mijn voet schoof ik mijn koffertje in zijn richting. 'Maak maar open. Ik heb weer wat lekkers bij me.'

Mijn ogen waren nog niet gewend aan het halfdonker, maar ik hoorde hem met mijn koffertje bezig. De sloten sprongen open en de opdringerige lucht van fastfood vulde weer de cel. Gelukkig maar, want het stonk er naar stront – de gevolgen van mijn vorige bezoekje, nam ik aan. Het volgende moment hoorde ik hem kauwen toen hij de eerste hamburger naarbinnen werkte. Daarna het sissende geluid van een blikje Molson dat werd opengetrokken. En nog een, voor mij. Ik pakte het aan, leunde zelfvoldaan tegen de muur en luisterde naar de dierlijke geluiden waarmee hij at en dronk. Ik moest hem in een goede stemming brengen, bereid om te luisteren. Het werd tijd voor ons belangrijkste gesprek tot nu toe.

'Wat zegt u weinig,' merkte Whitehall op toen hij klaar was met de hamburgers. 'Wat is er? Staan we er niet goed voor?'

'Nee, Tommy, allesbehalve.'

'Hmm,' zei hij, een teken van wanhopige berusting of een neutraal commentaar; ik wist het niet. Misschien was er niet veel verschil tussen. 'Hebt u naar de sleutel gezocht?' vroeg hij.

'Ik heb hem gevonden. Ik ben bij minister Lee thuis geweest en de sleutel zat tussen No's bezittingen, in een dichtgeplakte doos.'

Hij zweeg een tijdje. 'Wat is hij voor een man?' vroeg hij toen.

'Minister Lee?'

'Ja. No's vader.'

'Een indrukwekkende figuur. Vrij lang voor een Koreaan, wel een meter vijfenzeventig, tenger, rustig, met zilvergrijs haar en een krachtig gezicht... statig, dat is misschien het juiste woord.'

'Dat klinkt als No,' zei Tommy. 'Hij heeft het dus van zijn vader, zo te horen.'

'Zijn moeder is ook niet lelijk. Ze moet een grote schoonheid zijn geweest en ze is nog steeds heel aantrekkelijk,' zei ik, en ik voegde eraan toe: 'De oude man redt het wel, maar zijn vrouw heeft het vreselijk moeilijk. Toen we No's slaapkamer binnenkwamen dacht ik dat ze zou instorten.'

Ik wilde zien hoe hij daarop zou reageren, maar het was te donker. Ik dacht dat ik een zucht hoorde, maar misschien verbeeldde ik me dat maar.

Na een tijdje vroeg hij: 'Maar No had de sleutel dus nog toen hij stierf?'
'Ja. En de verhuurder had ook alle exemplaren nog. Weet je wat dat betekent, Tommy?'
'Ik heb het niet gedaan,' zei hij, maar op een heel gelaten toon, alsof hij het moe was dat steeds te herhalen en hij wist dat ik hem toch niet zou geloven.
'Katherine en ik hebben vandaag met de aanklager gesproken. Hij heeft ons een voorstel gedaan.'
'Wat dan?'
'Als je op alle punten schuld bekent, zal hij niet de doodstraf eisen. Dan krijg je levenslang.'
'En dan komt er geen proces?'
'Alleen een snelle hoorzitting, en nog een latere zitting voor de uitspraak, maar het vonnis staat dan al vast. We mogen verzachtende omstandigheden aanvoeren en om clementie vragen, maar dat zal niets veranderen aan de straf. Het belangrijkste punt is dat je door een schuldbekentenis het recht verspeelt om in beroep te gaan wegens vormfouten, een onrechtmatig proces of een onevenredig zwaar vonnis. Je kunt dan alleen nog in beroep gaan als er nieuwe bewijzen aan het licht komen.'
'En hoe groot is die kans?'
'Het gebeurt wel eens. Niet vaak, maar soms. Het kan zijn dat de werkelijke dader uit schuldgevoel zichzelf aangeeft. Of een rechercheur die met een ander onderzoek bezig is, ontdekt bij toeval iets wat met deze zaak te maken heeft. We kunnen overwegen om een privé-detective in te huren die blijft spitten. Maar dat kost geld, veel geld.'
'Meer dan ik bezit, zeker?'
'Je krijgt oneervol ontslag uit het leger, dus je soldij stopt. Een goede privé-detective kost een paar honderdduizend dollar per jaar.'
'En als ik eenmaal ben veroordeeld trekt de OGMM haar handen van me af?'
'Dat hangt ervan af, Tommy.'
'Waarvan?'
'Van Katherine. Ze werkt al acht jaar voor hen en ze is hun beste advocaat. Misschien heeft ze wel invloed.'
Hij dronk van zijn bier en dacht erover na. Ik weet zeker dat hij er langer over had nagedacht, want al snel vroeg hij: 'En als we het op een proces laten aankomen?'
'Dan is onze enige hoop dat de aanklager of de rechter een catastrofale blunder maakt.'
'En wat is de kans daarop?'

Ik liep naar hem toe en ging naast hem op zijn slaapmatje zitten. Ik haalde nog twee biertjes uit mijn koffertje, trok ze open en gaf hem er een. We kwamen nu bij de harde en onaangename waarheid over de rest van zijn leven. Het ging er nu om hoe ik het aanpakte.

'De meeste rechters zijn vooringenomen. Ze horen natuurlijk objectief te zijn, maar niets menselijks is hun vreemd. Misschien zijn ze eerst strafpleiter of officier geweest, waardoor ze de rechtspraak vanuit die hoek bekijken, of misschien hebben ze bepaalde ideeën over de interpretatie van de grondwet. De rechter die wij krijgen is duidelijk vóór de aanklager en tegen de raadsman. Dat lijkt een en hetzelfde vooroordeel, maar dat is niet zo. Het zijn twee heel verschillende zaken.'

'Ik trek dus aan het kortste eind?'

'Het leger heeft je aan het kortste eind láten trekken.'

'Kan Katherine hem aan?'

'Katherines tactiek is gevormd door het feit dat ze vooral homoseksuele militairen heeft verdedigd in zaken waarin ze de wet altijd tegen zich had. Haar grote kracht is theater. Ze heeft gevoel voor show. Ze is heel expressief en kan iemand met de grond gelijkmaken. En ze heeft de naam dat ze de rechter uit zijn tent kan lokken. Weet je wat dat betekent?'

'Leg maar uit.'

'Een rechter is verantwoordelijk voor alles in het proces. Hij moet de orde en het decorum bewaken en de advocaten matigen in hun gedrag. Afhankelijk van het complexe karakter van de zaak moet hij tientallen lastige beslissingen nemen: over de bewijzen, over de grenzen van het verhoor en het kruisverhoor, over de toon en de houding van de advocaten. Soms schorst hij de zitting en trekt hij zich terug om over een moeilijke kwestie na te denken, maar meestal velt hij zijn oordeel spontaan, in de rechtszaal. Katherines kracht is dat ze zich onsympathiek maakt bij de rechter. Ze probeert hem kwaad te maken, te provoceren. Het klinkt misschien gek, maar ze doet haar best om de rechter tegen zich in te nemen. Ze dient allerlei loze bezwaren in, zodat de rechter eraan gewend raakt om haar terecht te wijzen. Opeens komt ze dan met een geldig bezwaar, in de hoop dat de rechter op de automatische piloot zal reageren. Misschien laat hij daardoor een bewijsstuk toe dat niet deugt. Misschien ondersteunt hij een verklaring van de officier die vooringenomen is. Kortom, ze bestookt de rechter met een heleboel onzin, maar ergens zit er een zinnige eis tussen, verpakt in vage termen. Haar hele tactiek is de geïrriteerde rechter te bombarderen met bezwaren, in de hoop dat hij een vormfout zal maken. Die vormfout wordt dan de basis waarop ze in beroep kan gaan. Katherines kracht is niet het winnen van zaken, maar het torpederen ervan.'

'Het klinkt als een handige strategie,' zei Whitehall.

'De meeste advocaten vinden het dubieus,' zei ik, 'omdat het feitelijk een manier is om de wet te ontduiken. Ik bedoel, als een advocaat zijn cliënt vrij krijgt omdat hij de rechter zo irriteert dat hij op een cruciaal moment een procedurefout maakt, is daarmee dan recht geschied?'

'Dus jij vindt Katherine dubieus?'

'Dat zei ik niet. Haar specialiteit is het verdedigen van mensen die worden beschuldigd van het overtreden van een wet die zij zelf moreel verwerpelijk vindt. Ze bestrijdt dus kwaad met kwaad. In haar ogen brengt dat de zaak in evenwicht, daar ben ik van overtuigd.'

'Maar bij deze rechter zal dat haar niet lukken, denk je?'

'Nee, niet bij deze rechter en niet bij deze aanklager. Kolonel Barry Carruthers heeft zelfs advocaten in de cel laten gooien. Hij is een kwaaie pier, Tommy, en hij verwacht Katherines spelletje, omdat ze daar bekend om staat. De aanklager is waarschijnlijk de beste van het hele leger. Dat moet ik je eerlijk vertellen. Eddie Golden heeft nog nooit een moordzaak verloren. Hij heeft er zeven of acht gedaan en in vijf gevallen is het doodvonnis uitgesproken.'

'Is hij echt zo goed?'

'Ik heb twee keer tegenover hem gestaan en twee keer verloren.'

'Is dat de reden waarom het leger hem heeft aangewezen?'

'Dat is precies de reden waarom Eddie Golden hier nu is. Het leger neemt geen enkel risico.'

'Ben je bang voor Golden?'

'Als de dood. Hij is een ideale aanklager, met een ideale zaak, ideale getuigen en een ideale rechter. De omstandigheden werken niet in ons voordeel, Tommy.'

Hij dacht daar weer even over na, zonder zijn bier aan te raken. Hij zat voorovergebogen en zijn kaakspieren bewogen als zuigers op en neer.

'Waarom vertel je me dit allemaal?' vroeg hij ten slotte. 'En waarom is Katherine er niet bij?'

'Je weet nog dat ik je heb gewaarschuwd dat zij en ik verschillende ideeën hebben over bepaalde punten?'

'Ja, dat weet ik nog.'

'Dit is een van die dingen. Ik geloof in openhartigheid tegenover mijn cliënt. Zij niet. En er is nog iets, maar dat moet tussen jou en mij blijven, oké?'

'Goed,' zei hij weifelend en onzeker.

'Katherine en ik hebben verschillende motieven. Zij werkt voor de OGMM. Ze zet zich in voor homorechten, dat is haar levenswerk. Als iets die zaak in gevaar brengt, weet ik niet hoe ze zal reageren.'

215

'En wat is jouw motief?'

'Ik ben beroepsmilitair, Tommy. Ik zet me in voor de waarheid, de gerechtigheid en de Amerikaanse manier van leven. Ik hou er niet van om met de regels te sjoemelen of te proberen het systeem te verslaan. Ik provoceer geen rechters en ik speel geen spelletjes. Als jij onschuldig bent, zullen we proberen dat aan te tonen. Als de aanklager een procedurefout begaat, mogen we daar gebruik van maken. Wij hebben het beste en het eerlijkste rechtsstelsel ter wereld. Je betaalt voor je kaartje en je mag in de draaimolen. Maar probeer niet onder het hekje door te kruipen.'

'Begrijp ik het nou goed? Katherine laat me vallen als ik de homobeweging zou schaden en jij laat me vallen als ik je principes bedreig?'

'Nee, Tommy. Niemand laat je vallen. Maar ook advocaten zijn vooringenomen, net als rechters. En ik moet je nog voor iets anders waarschuwen. Katherine is emotioneel betrokken bij jouw zaak. Ze vat het persoonlijk op. Dat is niet gunstig. Advocaten horen te werken vanuit een kille, harde logica.'

Tommy stond op en begon door zijn cel te ijsberen. Hij had maar ruimte voor drie stappen de ene kant op en drie stappen de andere, maar zelfs met die beperkingen bewoog hij zich nog als een gekooide panter, soepel en gespierd, met lange, sierlijke passen.

'Dus ik heb een advocaat die alles wil doen om te winnen en een advocaat die niet vals wil spelen. Een advocaat die vanuit haar emotie werkt en een advocaat die het een zorg zal zijn. Een advocaat die zich fanatiek voor de homobeweging inzet en een advocaat die homo's haat.'

Ik wilde niet toegeven dat dat een redelijke samenvatting was, maar het kwam dicht in de buurt. Behalve dat laatste punt.

'Tommy,' zei ik, 'ik ben geen homohater.'

'Maak jezelf niets wijs. Wij homo's kunnen een homohater op afstand ruiken. En dat is een smerig luchtje.'

'Ik ben geen homohater, Tommy. Ik geef toe dat ik er moeite mee heb, maar meer ook niet.'

'Oké,' zei hij, niet alsof het echt oké was en hij me geloofde, maar alsof hij geen zin had in een discussie. 'Dus je hebt moeite met me.'

'Hoor eens,' zei ik, 'daar moet je niet zwaar aan tillen. Jezus, ik heb ook moeite met mijn eigen moeder, of met soldatenkistjes op een warme dag.'

'Maar je denkt niet dat je moeder of je soldatenkistjes iemand hebben vermoord en daarna verkracht.'

'Dat is waar,' gaf ik toe, 'maar dat denk ik van jou ook niet. En daar heb ik nog de meeste moeite mee.'

Hij bleef abrupt staan, draaide zich om en staarde me aan. 'Geloof jij dat ik onschuldig ben?'

'Onschuldig? Dat wil ik niet zeggen, Tommy. Je bent een officier die een verhouding heeft gehad met een soldaat – een homoseksuele verhouding. Maar ik geloof niet dat je hem hebt vermoord en verkracht.'

'Oké. Waarom niet?'

'Noem het maar instinct. Ik bedoel, alle feiten wijzen overduidelijk naar jou, op één ding na.'

'En wat is dat?'

'Jijzelf.'

'Hoe bedoel je?'

'Jij past niet bij het misdrijf. Je bent te slim om je op die manier in de nesten te werken. En volgens mij ben je er ook veel te fatsoenlijk voor. De sleutel die No van je had, bewijst dat jullie een verhouding hadden. En als je op dat punt de waarheid spreekt, klopt de rest van je verhaal misschien ook.'

'Hoe is het dan gebeurd, denk je?'

'Ik heb geen flauw idee. Maar in één ding had Katherine gelijk.'

Hij grinnikte even, totaal onverwachts. 'Waarin zou Katherine dan gelijk kunnen hebben?'

'Dat je erin bent geluisd, in de val bent gelokt. En niet bepaald door een beginneling.'

23

Ik hoorde het luiden van de kerkklokken, boven het bonzen op mijn deur uit. Ik draaide me om en keek nijdig op de wekker. Het was zondagmorgen, kwart over vijf. Als ik een pistool had gehad, zou ik die klootzak voor mijn deur hebben neergeschoten. Pas twee uur daarvoor was ik eindelijk in slaap gevallen, omdat ik één ding niet kan verkroppen, en dat is een onschuldige cliënt die geen enkele kans op vrijspraak heeft.

Ik trok haastig mijn broek aan. Ik had al iemand op zijn gezicht geslagen en dat was mijn rantsoen voor een week, dus loerde ik voorzichtig door het kijkgaatje tot ik de bovenkant van Imelda's hoofd zag. Misschien heb ik dat nog niet gezegd, maar Imelda is maar een meter drieënvijftig en weegt hooguit vijfenzestig kilo, maar er zit heel wat dynamiet in die kleine verpakking.

Ik deed de deur open en ze stampte naar binnen zonder iets te vragen. Ook dat hoort bij Imelda. Ze denkt dat de hele wereld van haar is. Ooit moet iemand haar eens van die gedachte afhelpen, maar ik niet. Ik kijk wel uit.

'Oké,' snauwde ze, bij wijze van binnenkomer. 'Keith Merritt.'

'Ja. Keith Merritt.'

'Hij heet niet eens Keith Merritt.'

'Nee,' beaamde ik, omdat ik zelf al tot die conclusie was gekomen. 'Keith Merritt is niet de naam van de vent in dat ziekenhuisbed.'

'Zijn paspoort is vals.'

'Zijn paspoort is vals,' herhaalde ik. Hoe wist ze dat in vredesnaam?

'Ik heb navraag gedaan bij de ambassade. Er bestaat wel een Keith Merritt met dat paspoortnummer, maar hij is advocaat ergens in Florida,' ging ze haastig verder, alsof ze mijn gedachten had gelezen, zoals ze meestal deed. Ik vond dat nogal griezelig.

'Wie is hij dan wel?'

'Dat is niet zo moeilijk.'

'O nee?'

'Hij heeft vingerafdrukken en vingerafdrukken kun je vergelijken, nietwaar?'

'Natuurlijk,' zei ik. 'Dus jij hebt zijn vingerafdrukken genomen?'

'Natuurlijk heb ik dat gedaan. De man ligt in coma, dus zo moeilijk is

218

dat niet. Je gaat zijn kamer binnen en rolt zijn vingers even door de inkt. Hij merkt het toch niet. Het enige probleem was een kennis bij de CID te vinden om ze te controleren.'

'Maar wie is hij dan wel, onze Keith Merritt?' vroeg ik weer.

Ik bedoel, ik speelde het spelletje mee, maar ik wist ook wel waarom ze zo'n lang verhaal hield. Dat is een oude truc van sergeants om je ervan te overtuigen hoe ijverig en slim ze zijn en hoeveel contacten ze wel niet hebben. Dan haal je je geen domme ideeën in je hoofd, bijvoorbeeld dat je ze wel kunt missen of zo.

'Zijn naam is Frederick Melborne.'

'Hmm.'

'Van Melborne & Partners.'

'En dat is geen effectenmakelaar, neem ik aan?'

'Nee, zeker niet,' zei ze ijzig. 'Het is een detectivebureau in Alexandra, Virginia.'

'Dus hij is privé-detective.'

Ze trok haar kin naar achteren en keek me aan langs haar neus. 'Hij zal wel niet de portier zijn, hè?'

Ik begon te vermoeden dat ze zo'n toon aansloeg omdat ze nog steeds de pest in had over die lesbische kwestie. Ik heb zulke dingen snel door. 'En heeft die Melborne een vergunning?'

'Natuurlijk heeft hij een vergunning,' blafte ze, terwijl ze een papiertje uit haar zak haalde. 'Nummer AL223-987,' las ze. 'Uitgegeven door de staat Virginia in het jaar 1995.'

'Dus dat is in orde.'

'En hij is een ex-militair. Hij was luitenant bij de militaire politie. Hij heeft gestudeerd aan Penn State, met een RTOC-beurs. Daarna heeft hij drie jaar in Fort Benning gezeten, waar hij de Good Conduct Medal en de Army Commendation Medal heeft verdiend voordat hij uit het leger stapte om voor zichzelf te beginnen. Hij weet dus de weg hier.'

'Imelda, ik ben diep onder de indruk,' zei ik met mijn beminnelijkste glimlach, om ons probleem uit de wereld te helpen. Per slot van rekening deed een beminnelijke glimlach ook wonderen voor Eddie Golden. Waarom dan niet voor mij?

'Ik ben nog niet klaar,' antwoordde ze grimmig, zonder zich te laten inpakken door mijn charmes. 'Melborne was hier zelfs al eerder dan mevrouw Carlson. Twee weken eerder.'

'Interessant. En weten we waar hij naar op zoek was?'

'Natuurlijk weten we dat,' antwoordde ze, alsof dat de stomste vraag was die ze ooit had gehoord. 'Volgens sommige vrienden vroeg hij waar je als homo kon uitgaan en dat soort dingen.'

'Dus hij kwam om te feesten of om te infiltreren in de plaatselijke homoscene?'

'Dat zeg ik toch?'

'Maar waarom?'

Ze blies met haar lippen. 'Moet ik teruggaan om het hem te vragen? Hij ligt in coma. Ik denk niet dat hij veel zegt.'

Ik ging op de rand van het bed zitten terwijl Imelda me vanachter haar kleine brillenglazen onderzoekend opnam.

Het liefst had ik willen zeggen: 'Zie je wel, Imelda? Ik had dus gelijk. Ik heb het je toch gezegd? Dat secreet van een Katherine heeft mij... eh, jou... eh, ons allemaal belazerd.' Dat had ik willen zeggen. Maar Imelda trommelde met haar vingers tegen haar been alsof ze moeite had zich te beheersen, dus bedacht ik me.

In plaats daarvan zei ik: 'Blijkbaar heeft hij iets ontdekt wat bepaalde mensen niet goed uitkwam. En ik zal je nog eens wat zeggen. Volgens mij is Melborne ingehuurd door de OGMM en heeft hij van hen de namen van een paar homo's hier gekregen, zodat hij in de plaatselijke gemeenschap kon infiltreren. Katherine heeft hem gebruikt om discreet de achtergrond na te gaan van No, Moran en Jackson.'

'Dat zou kunnen,' antwoordde Imelda onverschillig.

'Maar wie heeft hem gebruikt als poetslap voor de motorkap van die auto? Homo's die het niet beviel dat hij zijn neus in hun zaken stak? Een fanatieke antihomogroepering die met hem een voorbeeld wilde stellen? Of heel iemand anders?'

Imelda trommelde nog steeds met haar vingers tegen haar been en ik zag aan haar gezicht dat ik niet alle medewerking van haar kreeg.

Ik stopte met mijn veronderstellingen en vroeg: 'Heb je soms iets op je lever?'

Ze schoof haar brilletje omlaag over haar neus. Wie Imelda kent, weet dat dat een veeg teken is, zoals een slagschip dat de vlag hijst als voorbereiding op de strijd.

'Wil je dat echt weten?'

Eigenlijk niet, maar ik had er zelf om gevraagd, dus zei ik: 'Natuurlijk.'

'Ik vind dat jij en mevrouw Carlson een schop onder jullie kont verdienen, allebei. Dat vind ík.'

'Hoezo?'

'Jullie zouden je moeten schamen. Jullie spelen spelletjes met elkaar terwijl die arme man kans loopt op de elektrische stoel. Hoe zou jij het vinden om in zijn schoenen te staan? Hoe zou jij het vinden als je twee advocaten had die je moeten helpen, maar in plaats daarvan steeds ruziemaken met elkaar?'

Ik had natuurlijk kunnen zeggen dat ze het overdreef, maar dat was muggenziften. Ik had kunnen zeggen dat het allemaal Katherines schuld was – dat was het ook – maar Imelda Pepperfield was een militair uit de oude school en kende dus maar twee nuances: zwart en wit. Wie zich probeerde te verschuilen achter grijstinten kwam van een koude kermis thuis.

'Oké, oké,' zei ik dus maar. 'Ik zal mijn leven beteren.'

'Dat is je geraden,' was alles wat ze zei voordat ze naar buiten stormde. Imelda had duidelijk de pest in, deels omdat ze de hele nacht aan de telefoon had gezeten om Melbornes ware identiteit te achterhalen, deels omdat... nou ja, daarom. Daar moet je Imelda voor kennen.

Ik nam een douche en ging naar beneden om te ontbijten. Terug op mijn kamer vond ik een envelop die onder mijn deur door was geschoven. Ik maakte hem open en las in een strak handschrift dat ik om acht uur op het kantoor van generaal Spears werd verwacht. De tijd, acht uur, was tien keer onderstreept met een zwarte viltstift. Waag het niet om weer te laat te komen, Drummond!

Het was al zeven uur, dus had ik nog een halfuur om mijn schoenen te poetsen, mijn haar te kammen en elke vierkante centimeter van mijn uniform te persen. Tenminste, dat had ik moeten doen als ik een serieus en ambitieus officier was geweest. In plaats daarvan keek ik naar een onnozele zondagochtendkomedie op de televisie voordat ik naar het kantoor van de grote baas slenterde.

Dezelfde kolonel zat weer achter zijn bureau, maar nu was hij in burger omdat het zondag was en droeg ik een uniform.

Gedachtig aan onze vorige, minder geslaagde ontmoeting bracht ik een saluut dat een saluut mocht heten. Het trok een rookspoor door de lucht. De meest kritische en zeikerige sergeant-majoor zou er trots op zijn geweest.

'Majoor Drummond meldt zich volgens orders, kolonel!' zei ik.

Ik zei het luid en duidelijk, om indruk te maken op de man. Een kinderhand is gauw gevuld, vooral als je van West Point komt.

Maar hij schudde zijn hoofd en keek me aan met een zure blik die tulpen kon laten verwelken. 'Drummond, je bent toch advocaat?'

'Jawel, kolonel! Advocaat bij het JAG-korps, kolonel!' Ik voelde me een echte militair, en dat op zondagmorgen.

'Dan zou je moeten weten dat je binnenshuis geen saluut mag brengen aan een hogere officier die niet in uniform is.'

Ik had mijn vingertoppen nog tegen mijn voorhoofd, dus krabde ik maar even aan een plekje boven mijn rechteroog dat helemaal niet jeukte.

Op ijzige toon kreeg ik instructie om me bij de generaal te melden en twee keer te kloppen. De kolonel vroeg me om dat te herhalen, zodat ik zeker wist dat het twee keer was, niet één of drie keer. Hij was een kerel naar mijn hart. We zouden nog dikke vrienden worden.

Ik klopte dus twee keer, niet één of drie keer, en generaal Spears keek op van de stukken die hij zat te lezen. Ik bleef voor zijn bureau staan en zag dat hij ook in burger was op deze prachtige zondagmorgen.

Mij hoef je niets te vertellen over militaire etiquette, dus knikte ik alleen maar en ik zei beleefd: 'Goedemorgen, generaal.'

Hij schoof zijn papieren opzij, stond op en liep om zijn bureau heen. 'Ga zitten, alstublieft,' zei hij met een gebaar naar de zithoek bij de deur. We gingen snel zitten, ik tegenover hem op de bank, hij in zijn stoel. Hij trok de knieën van zijn broek op en keek me aan.

Na een paar seconden vroeg hij: 'En, hoe gaat het?'

'Goed, generaal,' loog ik. 'Kon niet beter.'

Hij schonk me een vriendelijke grijns. 'We hebben nog een lange week voor ons. Morgen komt de rechter aan. De pers is al met drommen gearriveerd. Tegen woensdag zijn er meer journalisten in Korea dan soldaten.'

'Het wordt een groot gebeuren,' beaamde ik. Totaal overbodig, maar dat kon hem niet schelen, zo te zien.

'Heb je ooit zo'n belangrijke zaak gedaan, Drummond?'

'Nee, generaal.'

'Sta je erg onder druk?'

'Als een fietsband onder een tientonner.'

Hij grinnikte even. 'En hoe is het met je cliënt?'

'Zou erger kunnen, generaal. Niet veel, maar het zou erger kunnen.'

Hij knikte. 'Koreaanse gevangenissen zijn geen pretpark. Maar het zijn beste mensen, de Koreanen. Dit is al mijn derde termijn hier. Ik kwam hier in het begin van de jaren zestig, als jonge luitenant. En ik heb hier het bevel gehad over mijn eigen brigade, eind jaren tachtig. Het is ongelooflijk wat de Koreanen hebben gepresteerd. Wonderbaarlijk. Het is een heel bijzonder volk.'

'Ja, generaal. Het zijn geweldige mensen.'

Er viel een korte stilte. De plichtplegingen waren achter de rug, we hadden met moeite de schijn opgehouden dat we de beste maatjes waren, en het werd tijd om spijkers met koppen te slaan – wat dat ook mocht betekenen.

Hij wond er geen doekjes om. 'Drummond, ik moet je zeggen dat ik heel ongelukkig ben met de manier waarop jouw team zich gedraagt. Héél ongelukkig.'

'Bedoelt u iets in het bijzonder?' vroeg ik. Alsof ik dat niet zou weten.
'Om te beginnen die propaganda van mevrouw Carlson. Ik had je al gezegd dat ik hier geen mediacircus van wilde maken. Dit is niet het moment om het vuurtje nog op te stoken.'

Zo nederig mogelijk zei ik: 'Hoor eens, generaal, je kunt een civiel raadsman niet verbieden naar de pers te lopen. Dat is hetzelfde als een junk bij zijn naald weghouden. Het is een verslaving, daar kunnen ze niets aan doen. Bovendien hebben ze er alle recht toe.'

Het leek me zelf een zinloos protest. Ik vertelde hem niets wat hij nog niet wist en zijn gezicht stond opeens veel ernstiger of achterdochtiger, of wat dan ook.

'Laat me je dan vertellen wat me écht niet bevalt. Jouw bezoekje aan minister Lee.'

'Ik ben het aan mijn cliënt verplicht om alle mogelijkheden te onderzoeken om zijn onschuld te bewijzen. Het was geen sociaal bezoekje en het was evenmin mijn bedoeling om de minister en zijn vrouw lastig te vallen.'

Meer wilde ik er niet over zeggen, omdat de vondst van Whitehalls sleutel bij No's bezittingen het enige feit was waarmee we de aanklager nog konden verrassen. Bovendien ging het Spears niet aan.

Maar zoals ik al eerder zei heeft Spears van die harde, doordringende ogen, waarmee hij me nu strak aanstaarde. Ik schoof ongemakkelijk heen en weer op de bank.

'Weet je dat ik samen met minister Lee in Vietnam heb gevochten?'

Ik schudde mijn hoofd. Hoe moest ik dat in godsnaam weten?

De uitdrukking op zijn gezicht veranderde enigszins, werd misschien zelfs milder. 'Ik ben zes maanden Amerikaans verbindingsofficier geweest bij de Eerste Infanteriedivisie van het Koreaanse leger, waar Lee bataljonscommandant was. De meeste Amerikanen weten niet eens dat de Koreanen in Vietnam hebben gevochten. Het waren goede soldaten, met een reputatie van onverzettelijkheid. De Vietcong was als de dood voor hen, daarom hoefden de Koreanen niet zo vaak in actie te komen als de meeste Amerikaanse eenheden. De Vietnamezen gingen hen zoveel mogelijk uit de weg.'

'Ik heb de verhalen gehoord,' zei ik, naar waarheid. En dat waren geen prettige verhalen. Misschien waren ze overdreven, maar er gingen geruchten dat Zuid-Koreaanse troepen oren afsneden als trofeeën en afgehouwen hoofden van de Vietcong op palen zetten om hun aanhangers te ontmoedigen. Aan de andere kant: misschien was dat wel zo.

Hoe dan ook, de generaal staarde uit het raam, verzonken in zijn mijmeringen. 'Op een dag was een Koreaans bataljon op patrouille toen ze

plotseling werden aangevallen door twee volledige brigades van het reguliere Noord-Vietnamese leger. Ze stonden tegenover een numerieke meerderheid van bijna tien keer zoveel man. Achteraf vermoedden we dat de Noord-Vietnamezen de Vietcong – allemaal zuiderlingen – wilden laten zien dat de Koreanen niet onoverwinnelijk waren. Of misschien wilden ze de Koreanen uit het land verdrijven door ze een verpletterende nederlaag toe te brengen. Het zat ze geweldig dwars dat een ander Aziatisch volk zich met hun oorlog bemoeide. Hoe het ook zij, algauw was de strijd in volle gang. Ik vloog er met een helikopter naartoe en landde bij de commandobunker van het bataljon, ongeveer twintig minuten na het begin van de schermutselingen. Lee had het commando, maar dat had je al begrepen.'
Ik knikte.
'De Koreanen vochten anders dan wij Amerikanen. Ze beschikten niet over een hele vloot jagers en helikopters of over duizenden stukken geschut. Ze vertrouwden niet op hun vuurkracht maar vochten man tegen man. Dat wisten de Noord-Vietnamezen ook, dus gingen ze in de aanval met alles wat ze hadden. God, ik heb nog nooit zo'n hevig, wanhopig gevecht gezien.'
'Hoe liep het af, generaal?'
'In de meeste veldslagen is er wel even een pauze waarin de twee partijen zich hergroeperen of hun posities consolideren voordat de strijd weer oplaait. Hier niet. Dit was één lange, onophoudelijke aanval. Lees troepen vormden een haastige linie, maar de Noord-Vietnamezen braken er een paar keer doorheen. Groepen Noord-Vietnamezen zwierven rond tussen de Koreanen, met geweren en granaten. Sommigen hadden bommen tegen hun lichaam gebonden en hoopten zo de commandobunker te bereiken. Dat hadden de Noord-Vietnamezen goed bekeken. Als ze het hoofd hadden afgehakt, zou het lichaam de strijd opgeven, wisten ze. Binnen tien minuten na mijn aankomst was ik totaal het overzicht kwijt.'
Hij wendde zich af van het raam en keek me aan, hoewel ik het gevoel had dat hij me niet zag, maar op een heel andere plaats was, in een heel andere tijd.
'Het was een hel. Ik zag Lee naar buiten stormen en drie mannen doden met een doodgewone schep. Kun je het je voorstellen? Hij had zijn pistool leeggeschoten, dus ging hij drie man te lijf met niets anders dan zo'n korte spade. Zo wanhopig was de situatie. Het duurde drie uur voordat de Koreaanse divisie een paar helikopters van een naburige Amerikaanse divisie had geleend om versterkingen aan te voeren. Toen was een kwart van Lees mannen al gesneuveld. De medische helikop-

ters hadden vier uur nodig om alle gewonden over te brengen. Er lagen misschien wel vier- of vijfhonderd Noord-Vietnamese doden op het slagveld, vanaf de buitenste linies tot aan de teams die door de Koreaanse verdediging waren gebroken.'

'Ik heb gehoord dat hij een groot soldaat was,' zei ik.

Spears schudde zijn hoofd. 'Groot? Nee, dat is het woord niet. Ik heb jouw vader ook gekend, Drummond, wist je dat? Híj was een groot soldaat. Een klootzak om voor te werken, schijnt het, maar een groot militair. Lee was nog meer dan dat. Ik heb gezien dat twee van zijn officieren zich voor hem wierpen om hem tegen kogels te beschermen. Denk je dat iemand zich in de baan van een schot zou hebben geworpen om jouw vader te redden?'

Zoals ik mijn vader kende, zouden zijn mannen hem waarschijnlijk in de baan van het schot hebben geworpen om zichzelf te redden. Begrijp me goed, ik hou van mijn vader en vind hem een geweldige kerel, maar hij heeft zijn eigenaardigheden.

De generaal had zijn punt gemaakt, dus kwam hij weer terzake. 'Als er maar een kleine kans bestond dat je cliënt onschuldig is, zou ik geen probleem hebben met wat je hebt gedaan. Verdomme, dan zou ik zelf de aanval op Lees huis hebben geleid om je te helpen zijn zolder te plunderen. Maar Whitehall is schuldig. We hebben een grondig Artikel 32-onderzoek ingesteld voordat ik de zaak bij de krijgsraad aanhangig maakte. Ik heb nog nooit zo'n waterdicht bewijs gezien.'

Een Artikel 32-onderzoek is de militaire variant van een onderzoeksjury in de burgermaatschappij, maar in plaats van een jury achter gesloten deuren benoemt het leger een majoor of een luitenant-kolonel om vast te stellen of er genoeg gronden en bewijzen zijn om een krijgsraad bijeen te roepen.

Ik opende mijn mond om iets te zeggen, maar hij maakte een kapbeweging om me het zwijgen op te leggen. Hij was een van die imposante figuren die zelfs in burger zoveel gezag uitstralen dat je daar niet tegenin gaat.

'Ik heb navraag naar je gedaan, Drummond. Iedereen zegt dat je een verdomd goede advocaat bent, met ethische opvattingen. Dus stel jezelf de volgende vraag. We hebben je een voorstel gedaan om het leven van je cliënt te sparen, om op die manier geen karaktermoord te hoeven plegen op een van de dapperste mannen die ik ooit heb ontmoet. Wat heeft het voor zin om Lees reputatie te verwoesten en misschien dit bondgenootschap om zeep te helpen, enkel en alleen voor een zinloze poging om een schuldige moordenaar uit de gevangenis te houden? Je hebt genoeg ervaring in de rechtszaal. Hoe schat je zijn kansen in? Het zou geen Pyrrusoverwinning worden, maar een Pyrrusnederlaag. Jouw cliënt heeft deze situatie zelf over zich afgeroepen... wij niet. Hoe ver ben je bereid te gaan? Hoeveel schade ben je bereid aan te richten uit zijn naam?'

Het waren goede, zinnige vragen, en de generaal had een scherp inzicht in de psychologische problemen waar advocaten voor staan. Alleen was er weer een nieuw probleem bij gekomen.

Ik keek hem zo rustig en kalm mogelijk aan en zei: 'Generaal, mijn cliënt is onschuldig.'

'Dat kun je niet menen.'

'Ik meen het voor honderd procent. Hij is erin geluisd.'

Spears sloot zijn ogen als een teken van vermoeide berusting.

Eindelijk opende hij ze weer en hij keek me fronsend aan, met een onpeilbare teleurstelling in zijn blik. 'Dus zo wil je het spelen?'

'Generaal, we hebben geen andere keus.'

Hij stond abrupt op en ik volgde haastig zijn voorbeeld. Hij staarde me aan tot ik er zelf genoeg van kreeg en naar de deur liep.

'Drummond?' riep hij me na voordat ik buiten stond.

Ik draaide me om en keek hem aan.

'Ik hoop dat je nog in de spiegel kunt kijken als deze zaak achter de rug is.'

'Daar zal ik voor zorgen, generaal.'

Onder de talloze karikaturen in de film en de media bestaat een beeld van generaals als dikke, sigaren rokende, opgeblazen idioten die het zo druk hebben met het oppoetsen van hun eigen ego dat ze nauwelijks de weg kunnen vinden naar de achttiende hole op de golfbaan. Natuurlijk bestaan zulke types ook, en als Spears' juridisch adviseur ooit tot generaal zou worden bevorderd zou hij in die categorie vallen, maar generaal Spears zelf was karakteristiek voor een veel grotere groep: ernstig, bedachtzaam en heel intelligent – een persoonlijkheid voor wie je wel respect móét hebben en van wie je dat respect ook graag zou verdienen.

Spears had in de Golfoorlog het bevel gehad over een eenheid die twee van Saddams beste divisies op hun donder had gegeven. Hoewel hij dat niet wist, was ik erbij geweest en had ik het gezien. Hij was een verdomd goede militair. En hij moest nu het beste zien te maken van een explosieve situatie. Bijna zonder enige waarschuwing zou hij betrokken kunnen raken bij het grootste conflict sinds de Tweede Wereldoorlog.

Het ergste was dat ik absoluut geen bewijs had voor de onschuld van Thomas Whitehall. Het was een gevoel. En zoals iedere advocaat je kan vertellen moet je in dit soort zaken nooit op je gevoel afgaan. Dat is net zoiets als Russische roulette spelen met vijf patronen in de cilinders. Bovendien had Spears gelijk. Als dit achter de rug was, wilde ik nog in de spiegel kunnen kijken zonder dat hij barstte.

24

Katherine dacht dat ze twee vliegen in één klap kon slaan. Kolonel Barry Carruthers, de militair rechter die aan onze zaak was toegewezen, zou om zeven uur 's ochtends met een militaire vlucht op de lucht-machtbasis van Yongsan arriveren. Dat wist Katherine omdat het uitge-breid in het nieuws was geweest.

Katherine zou hem het liefst onder aan de vliegtuigtrap hebben opge-wacht, maar omdat hij op een militaire basis landde, zou het haar nooit lukken om haar aanhang door het streng bewaakte hek naar binnen te loodsen. Daarom rekende ze uit hoe laat de rechter met zijn militaire konvooi bij het garnizoen van Yongsan zou aankomen.

Ze zorgde ervoor dat er om tien over acht een ontvangstcomité voor Barry Carruthers zou klaarstaan voor de hoofdingang. Precies om die tijd arriveerden er onverwachts zeven bussen, een stuk of dertig taxi's en een paar mensen op fietsen bij de poort van het garnizoen. Het duurde ongeveer een minuut voordat iedereen was uitgestapt en de groep zich had georganiseerd, maar toen stonden er zeshonderdtwintig beoefenaren van de tegendraadse liefde klaar, de meesten onopvallend gekleed, maar een selecte minderheid in opvallend flamboyante kleren. Vlak naast hen, voor God en vaderland en een paar dozijn cameraploe-gen, stond ondergetekende, die probeerde niet zo ongemakkelijk en met de situatie verlegen te lijken als hij zich voelde. Bovendien was ik in uniform. Ik wist dat ik daarvoor zou moeten boeten, maar wie A zegt moet ook B zeggen.

Ik was gekomen omdat ik me schuldig voelde na Imelda's scherpe ver-wijten. Ik was gekomen omdat ik mijn cliënt wilde tonen dat ik on-voorwaardelijk achter zijn verdediging stond. Ik was gekomen omdat ik Katherines vertrouwen wilde winnen, zodat ze me haar geheimen zou vertellen. Ik was gekomen omdat ik vurig hoopte dat Katherine ge-lijk had en dat we het leger misschien konden dwingen tot betere voor-waarden voor Tommy Whitehall.

In elk geval was ze zo verstandig geweest om officieel toestemming te vragen. Ze had een verzoek ingediend via het kantoor van de burge-meester, onder een valse naam en met de smoes dat we de rechter pu-bliekelijk welkom wilden heten. Strikt genomen was dat de waarheid, afhankelijk van je interpretatie van een hartelijk welkom. En omdat zelfs de Koreaanse kranten kolonel Barry Carruthers hadden beschreven als een soort Roy Bean – de laatste van de genadeloze strafrechters uit het wilde westen – vonden de Koreanen het waarschijnlijk wel leuk dat hij door een groepje Amerikanen zou worden ontvangen. Dus zetten ze alle vereiste stempels op Katherines verzoek en beloofden ze zelfs voor bewaking te zorgen.

Daarom stonden er een stuk of vijfentwintig Koreaanse ME'ers in blauwe pakken, met die mooie helmen en zwarte wapenstokken achter hun schilden. De schilden vertoonden nogal wat deuken en krassen, want de Koreaanse oproerpolitie krijgt voldoende oefening in de praktijk.

Ik had geen idee wat die agenten dachten toen ze ons zagen aankomen, want zo'n demonstratie had de Republiek Korea waarschijnlijk nog nooit meegemaakt. De commandant van het peloton greep zijn radio en begon met een rood hoofd te schreeuwen tegen iemand aan de andere kant. Ongetwijfeld probeerde hij een paar ambtenaren ervan te overtuigen dat dit helemaal geen ontvangstcomité was maar een demonstratie – en wat voor een! Je zou die mensen moeten zien.

Dus haakten we onze armen in elkaar en wachtten af. De cameraploegen hadden grote belangstelling voor mij, omdat ik de enige was in uniform. Ik keek nerveus op mijn horloge en hoopte dat Carruthers' konvooi geen radio aan boord had of dat niemand op het idee zou komen om hen te waarschuwen dat ze een andere ingang moesten nemen. Want dan zouden we aardig voor paal staan met z'n allen.

Maar ik was vooral bang voor wat er zou gebeuren als de Zuid-Koreanen eenmaal hadden besloten wat ze met ons moesten. Zoals de meeste Aziaten staan de Koreanen niet bekend om hun snelle besluiten, omdat ze eerst met iedereen moeten overleggen. Dat schrijft hun cultuur nu eenmaal voor.

Soms echter kunnen ze je verbazen. En ik was niet zo optimistisch over de uitkomst. De stad Seoul telt ongeveer honderdduizend ME'ers, en op alle strategische punten staan grijze, getraliede politiebussen. Ze hebben allemaal radio aan boord en bij het eerste teken van problemen sturen ze rooksignalen omhoog en verzamelen ze zich bliksemsnel op de plek des onheils. Katherine beschikte over zeshonderdtwintig ongewapende burgers, van wie de helft vrouwen, hoewel sommigen van hen hun mannetje stonden, zo te zien.

Ik was nog steeds bezig de kans op een catastrofe te berekenen toen zes van die grote getraliede bussen de straat door stormden uit de richting van Itaewon. En in het midden van die colonne van grijze bussen reden twee Humvees van het Amerikaanse leger en een zwarte Kia-sedan, ongetwijfeld met de genadeloze Barry Carruthers aan boord.

De voorste bus kwam op ons af, hoewel hij krachtig afremde. Ik zag dat een van de Koreanen voorin iets in een radio riep, waarschijnlijk om instructies te vragen. Blijkbaar kreeg hij die ook, want hij keek opzij en schreeuwde iets tegen de chauffeur, waarop de bus met piepende remmen tot stilstand kwam. Er verstreek een lange minuut terwijl de man met de radio druk overlegde met iemand aan de andere kant.

Katherine vroeg me ademloos wat er aan de hand was... alsof ík dat wist. Ze had per slot van rekening meer ervaring met dit soort demonstraties dan ik. Ze moest er al minstens tien hebben meegemaakt, terwijl ik nog maagd was.

Toen zwaaide de deur van de voorste bus open en hij braakte een groep ME'ers uit. Een paar seconden later stroomden ook de andere vijf bussen leeg. Ongeveer tweehonderd man oproerpolitie in blauwe uniformen trokken hun vizier omlaag, vormden hun linies, verspreidden zich en kwamen op ons af.

Op hetzelfde moment arriveerde er een aantal blauw-witte Koreaanse politiewagens. Binnen twee minuten stonden er vijftien of twintig auto's onder verschillende hoeken schuin op de weg. Enkele tientallen politiemensen liepen wat heen en weer, krabden zich op het hoofd en vroegen zich af hoe het verder moest.

Katherine moest zich nu toch zorgen maken, maar ze bracht koeltjes haar megafoon omhoog en riep: 'Dit is een vreedzame demonstratie. Wij hebben toestemming van de burgemeester van uw stad om hier te zijn. We zoeken geen moeilijkheden.'

Ik draaide me om en vroeg: 'Denk je dat ze Engels spreken?'

Ze grinnikte en zette de megafoon weer aan haar mond. 'Ik herhaal: dit is een vreedzame demonstratie.'

Ik keek naar de oproerpolitie. Zo te zien hadden ze haar niet verstaan, niet begrepen of kon het ze geen reet schelen. Ze rukten op, min of meer in formatie. Steeds deden ze twee afgemeten passen achter elkaar, vormden een rechte lijn en hielden hun schilden voor zich uit als een aaneengesloten muur. Ik hoorde de officieren instructies schreeuwen. Jammer dat ik geen Koreaans kende en hen niet kon verstaan.

Ik wierp een blik op Katherine, die strak naar het naderende front staarde maar heel rustig zei: 'Geen paniek. Dit is de vaste procedure. Ze blijven oprukken tot ze vlak bij ons zijn. Bluffen en vluchten, heet dat. Zij bluffen en wij vluchten.'

Ik keek om. De demonstranten achter me leken niet verontrust. De meesten waren veteranen, nam ik aan. Ze kenden het spel. Maar als ze zich vergisten? Als het niet bluffen en vluchten werd, maar bluffen en slaan? Dit was immers het buitenland. Misschien hadden ze hier nog nooit van Amerikaanse ME-technieken gehoord.

Zelf was ik doodsbenauwd. Ik ben militair en heb een paar oorlogssituaties meegemaakt, maar dan was ik in elk geval net zo goed bewapend als de tegenstander, dus hadden we gelijke kansen. Bovendien is het heel grimmig en beangstigend om die gedisciplineerde robots onstuitbaar op je af te zien komen. Je ziet hun wapenstokken vlak boven hun schilden uit en in gedachten voel je die dingen al op je hoofd neerdalen.

Algauw was de linie ons tot op twintig meter genaderd, toen vijftien, tien... en nog steeds rukten ze op. Twee stappen, halt. Twee stappen, halt. Anderhalve meter bij ons vandaan bleven ze staan, precies zoals Katherine had voorspeld.

Een paar cameramensen en fotografen doken in de smalle brandgang tussen ons in, wierpen zich op de grond en maakten opnamen vanuit hun horizontale positie. Ze dachten zeker dat ze een Oscar, een Tony, een Nobelprijs of een Pulitzerprijs konden winnen, of wat voor achterlijke onderscheiding je ook kunt krijgen als je een ongelooflijk stomme stunt uithaalt en de beelden hebt om het te bewijzen.

Katherine bleef stokstijf staan, maar ik hoorde dat ze diep ademhaalde om haar zenuwen in bedwang te houden. Ik voelde mijn eigen hart in mijn keel bonzen.

Opeens, vanuit het niets, hoorde ik een doffe knal achter me. Bijna onmiddellijk volgden er nog een paar schoten uit een snelvurend wapen, nu ergens voor ons. Toen brak de hel los. Mensen doken schreeuwend naar de grond, niet alleen demonstranten maar ook ME'ers.

Opeens kreeg ik een zet naar voren, recht op de politie af. Ik keek om me heen om te zien wie er vuurde. Op de heuvel ontdekte ik één man met een wapen – een M-16, zo te zien – maar ik hoorde ook schoten uit een andere richting, ergens links van me, dat wist ik zeker.

De schutter die ik had gezien was een Zuid-Koreaanse politieman.

Ik duwde iedereen opzij en worstelde me naar de rand van de menigte toe. Ik zag twee demonstranten recht voor me uit tegen de grond gaan terwijl het bloed uit hun borst en hun hoofd spatte. Een politieman had zijn wapenstok laten vallen. Ik bukte me, griste de knuppel van de grond en gebruikte hem om me een weg te banen door de meute.

Het kostte me maar enkele seconden om de rand van de groep te bereiken, en het volgende moment rende ik naar de schutter op de heuvel toe. Hij stond er nog steeds, een meter of veertig verderop, en een stem in mijn achterhoofd riep: wees niet zo stom, Drummond, doe het nou niet. Maar mijn benen luisterden niet naar mijn hoofd en bleven op eigen kracht rennen.

Toen had ik geluk. De man had zijn magazijn leeggeschoten en haalde er nog een uit een zak van zijn vest. Hij keek omlaag en zag mij op zich af komen, zwaaiend met een wapenstok. Hij nam haastig een besluit, smeet het wapen op de grond, draaide zich om en begon te rennen.

Ik hoorde nog steeds iemand schieten, links van me, maar ik sprintte verder. De Koreaanse politieman die ik achternazat was zo'n vent met korte dikke beentjes die honderd keer per seconde de grond raakten. Ik was groter en had langere benen. Over een grotere afstand had ik hem gemakkelijk kunnen inhalen, maar hij was een betere sprinter dan ik. Hij rende een flauwe helling op in de richting van Itaewon met al zijn steegjes en winkeltjes – de ideale plek om een achtervolger af te schudden.

Drie meter voor me uit zag ik een andere Zuid-Koreaanse politieman plat op de grond liggen. Ik zwaaide met mijn stok en raakte hem niet te hard op zijn achterhoofd, voldoende om hem een paar seconden uit te schakelen. Toen bukte ik me en trok ik zijn pistool uit de holster. Hij had instinctief zijn handen opgeheven om zijn hoofd te beschermen en vocht niet terug.

Toen ik opkeek, zag ik dat mijn prooi bijna Itaewon had bereikt, een meter of zestig voor me uit. Ik zag dat hij mensen opzij duwde, oude dametjes, een paar kinderen, iedereen die hem voor de voeten kwam.

Ik probeerde nergens anders meer aan te denken en rende voor wat ik waard was. Mijn longen brandden, maar ik trachtte het te negeren. Bij de hoek van de eerste winkelstraat sloeg ik links af. Koreanen stoven angstig alle kanten op en voor het eerst besefte ik welke indruk dit moest maken. Eerst zagen ze een Zuid-Koreaanse politieman, angstig op de vlucht, en daarna een Amerikaanse soldaat die hem achtervolgde met een pistool in zijn hand.

Ik keek om me heen, maar kon de Koreaanse agent nergens meer ontdekken. Hij was niet de straat overgestoken, anders had ik hem moeten zien. Blijkbaar was hij in een van de winkeltjes of steegjes aan mijn kant van de straat verdwenen. Ik was maar twee of drie keer in Itaewon geweest en ik kende het niet goed.

Maar opeens had ik weer geluk. Ik zag twee vrouwen die eruitzagen als Amerikaanse huisvrouwen, slepend met grote boodschappentassen vol met spullen.

Ik rende naar hen toe. Ze staarden allebei naar het pistool in mijn hand. 'Hallo,' hijgde ik, 'hebt u ook… *hijg, hijg…* een Koreaanse politieman gezien?'

Een van de vrouwen bleef naar mijn pistool staren, maar knikte toch. 'Waar… *hijg, hijg…* is hij naartoe gegaan?'

Ze draaide haar hoofd naar een steegje, een meter of tien verderop.

Ik liet hen staan en stormde de hoek om. *Beng!* De kogel nam een lapje huid en spierweefsel van mijn linkerschouder mee. Wat me het leven redde waren die jaren van schietoefeningen bij het Regiment. Ik reageerde instinctief en dook door de lucht met mijn pistool vooruit, zoekend naar een doelwit. Ik hoorde nog twee schoten en landde met een klap op mijn buik, zonder dat ik mijn tegenstander had ontdekt. Ik hapte naar adem, maar wist me op de een of andere manier op mijn knieën te hijsen, terwijl ik het pistool nog steeds in een halve cirkel bewoog. Maar afgezien van een paar Koreanen die zich in paniek tegen de muren van het steegje drukten, zag ik geen mens.

Ik probeerde weer wat lucht te krijgen, maar het duurde een paar kostbare seconden om mijn longen vol te zuigen. Toen stond ik op en liep het steegje door, wat langzamer nu. Ik zwaaide het pistool in een regelmatige boog van links naar rechts.

Links van me hoorde ik een schot en ik begon te rennen. Het steegje splitste zich in twee korte, smalle straatjes. Ik zou niet hebben geweten welke kant ik op moest als ik niet een Koreaan midden op straat had zien liggen. Hij had een groot, donker gat in zijn voorhoofd en bloed druppelde op de stenen. Zijn ogen waren geopend en glazig. Ik kende die blik. Hij was dood.

Ik rende langs hem heen. Het straatje eindigde abrupt bij een hoge betonnen muur. Een doodlopende steeg. Op dat punt wordt het altijd link, want we kennen allemaal de waarschuwing over de kat in het nauw die rare sprongen maakt, en dat was blijkbaar de situatie hier.

Ik vertraagde mijn pas. Voorzichtig liep ik langs de linkerkant, dicht onder een muur, met mijn pistool voor me uit, klaar om te vuren op alles wat bewoog. Opeens schoot er iets naar buiten uit een deuropening vlak voor me. Ik liet mijn pistool zakken en haalde bijna de trekker over. Goddank deed ik het niet. Het was een klein Koreaans jongetje dat me uitdrukkingsloos aanstaarde. Waarschijnlijk dacht hij dat ik een speelgoedpistool in mijn hand had of dat ik een filmster was en dat de straat als decor diende, want opeens keek hij om zich heen met zo'n blik van: 'Hé, waar is de camera?'

Met mijn pistool weer vooruit gericht in mijn rechterhand stak ik mijn linkerarm naar het jochie uit en trok ik hem aan zijn kraag terug, zodat ik hem achter me had. Dat vond hij blijkbaar erg leuk, want hij giechelde en volgde me op de hielen.

Ik sloop weer verder, tot ik uit mijn ooghoek een snelle beweging zag.

Ik greep het kind en liet me naar achteren vallen, net op het moment dat drie kogels het raam raakten waar ik zojuist nog had gestaan. Terwijl ik viel vuurde ik drie snelle schoten af, ongeveer in de richting waar ik de beweging had gezien. Ik wist wel dat ik geen kans had hem te raken en probeerde wanhopig dekking te vinden.

Een paar seconden verstreken, ik hoorde nog een schot, en toen niets meer. Langzaam kwam ik overeind. Het jongetje had begrepen dat mijn pistool geen speelgoed was en ik geen filmster in een Hollywood-spektakel. Hij staarde me verbijsterd aan, met zijn mond wijdopen, op het punt om te gaan gillen. Hij keek naar mijn been, dat verdomd veel pijn deed. Ik volgde zijn blik en zag dat ik bloedde, maar niet door een kogel. Toen de schoten het raam hadden geraakt was de ruit verbrijzeld. Een scherp stuk glas had zich in mijn linkerdijbeen geboord en stak nu in een gemene hoek uit mijn vlees.

Ik moet bekennen dat ik niet zo'n onverschrokken type ben dat rustig een grote scherf uit zijn eigen been trekt, grijnzend ondanks de pijn. Maar ik moest toch iets doen, dus wrikte ik maar wat aan dat gemene stuk glas, terwijl ik een serie vloeken losliet die het kind gelukkig niet kon verstaan. Zijn moeder zou me niet dankbaar zijn geweest.

Eén verbijsterd moment bleef ik zitten en probeerde ik iets aan de pijn te doen, voordat ik besefte dat ik daar onmogelijk kon blijven, hoeveel pijn ik ook had. Dus stond ik op en hinkte ik in de richting van de schutter. Ik hield mijn pistool weer voor me uit. Toen ik bij de hoek kwam van de winkel van waaruit hij had gevuurd, drukte ik mijn rug tegen de muur en schoof ik voetje voor voetje verder. Een paar seconden later had ik de deur bereikt.

Zoals de meeste getrainde politiemensen je kunnen vertellen is dit een moment van waarheid en gevolgen. Laten we beginnen met de waarheid. De enige manier om die winkel binnen te komen was door de deur. Hoewel je dat filmhelden voortdurend ziet doen, staat het gelijk aan zelfmoord. Deuropeningen zijn smal, de schutter verwacht je, hij staat stil en hij heeft zijn pistool in de aanslag. Natuurlijk krijgt hij je te pakken. Het maakt niet uit of je naar binnen springt, rolt of het met een achterwaartse salto probeert. Hij haalt gewoon de trekker over en het is afgelopen.

Daarom hebben politiemensen schokgranaten, en soldaten handgranaten, die ze door een deuropening kunnen gooien om op de klap te wachten en dan pas naar binnen te stormen.

Helaas had ik geen granaten.

Dus bleef ik daar een lang en moeilijk moment staan, terwijl ik over mijn mogelijkheden nadacht. Ik zag een grote mand met kleren tegen de muur staan, anderhalve meter verderop. Ik hinkte erheen en pakte hem. Toen stak ik het pistool achter mijn riem, ik tilde de mand op en smeet hem door de deuropening.

Niets. Geen schot, zelfs geen geluid. De schutter moest zulke goede ogen hebben dat hij meteen had gezien dat het een mand met kleren was, of hij was gewoon te slim voor me en hield zijn kruit droog. Het was ook nog mogelijk dat hij door een achterdeur was gevlucht. Als dat zo was, kon ik het verder vergeten, want met al dat warme bloed dat langs mijn been loop zou ik hem niet meer kunnen inhalen.

Nu komen we dus bij de gevolgen. Ik hield mijn adem in, dook door de deuropening naar binnen en schoot in het wilde weg mijn pistool leeg. Daarna bleef ik doodstil op de grond liggen, met suizende oren en half verlamd, wachtend tot de schutter om een toonbank heen zou kijken om me dwars door mijn kop te schieten.

Dat gebeurde niet. Ik wachtte een hele tijd, terwijl ik hulpeloos met mijn lege pistool door de lucht zwaaide. Nog steeds gebeurde er niets. Ik zal niet beweren dat ik teleurgesteld was, hoewel het ernaar uitzag dat de politieman was ontkomen. Ten slotte stond ik maar op en keek ik om me heen, tot ik een blik over de achterkant van de toonbank wierp, en voilà. Daar was mijn schutter. Hij lag op zijn buik, met zijn gezicht omlaag. Er was een groot stuk van zijn achterhoofd weggeschoten.

Dit is het moment waarop ik een geheimpje moet bekennen. Naast al mijn andere gebreken ben ik ook nog een slechte schutter. Serieus. Dat is de reden waarom ze me bijna niet tot het Regiment hadden toegelaten. En daarna hebben allerlei wapenexperts vijf jaar lang geprobeerd me te leren schieten. Na een tijdje gaven ze het allemaal op.

Ik staarde naar dat gat in het achterhoofd van de politieman en zei een stil gebed. Dank u, God, dat u dit voor me hebt gedaan, mompelde ik maar steeds. Wanneer heb ik hem geraakt, God? Toen ik tegen de grond sloeg, daar op straat? Had een van mijn kogels hem toevallig in zijn voorhoofd geraakt en hem ruggelings over die toonbank heen gesmeten? Of toch op het moment dat ik wild schietend de winkel binnenstormde?

Ik bukte me en draaide hem om. Het eerste wat ik zag was de loop van zijn eigen pistool die hij in zijn mond had gestoken. Het tweede wat me opviel was dat hij witte katoenen handschoenen droeg, die met bloed waren doordrenkt.

25

Volgens de eerste telling waren er twaalf doden en negentien gewonden gevallen, van wie er drie in zo'n ernstige toestand verkeerden dat de artsen het al op vijftien doden hielden. Twee van de doden en vier van de gewonden waren journalisten. Er waren geen Zuid-Koreanen onder de slachtoffers, tenzij je een Koreaans-Amerikaanse verslaggever meetelde die een Amerikaans paspoort had. Hij was dood. Of tenzij je een Zuid-Koreaanse politieman meetelde die zichzelf een kogel door zijn kop had gejaagd en een andere die door een Amerikaanse officier op zijn hoofd was geslagen.

Diezelfde onfortuinlijke Amerikaanse legerofficier zat nu in een kleine, benauwde, stinkende cel op het politiebureau van Itaewon. En hij voelde zich knap ongelukkig. Belazerd, zelfs. Hij was gearresteerd wegens het aanvallen van een politieman en de diefstal van een dodelijk wapen, te weten een pistool. Ook werd hij ervan beschuldigd dat hij een Koreaanse burger door het hoofd had geschoten en in koelen bloede een Koreaanse politieman had vermoord.

Ik werd uit de cel naar een verhoorkamertje aan de achterkant van het politiebureau gebracht. Hoewel 'gebracht' een eufemisme is. De hele weg werd ik gesleept, geduwd, geschopt, geslagen en tegen de muren gegooid. Tegen de tijd dat ik als een lappenpop door de deuropening van het verhoorkamertje naar binnen werd gesmeten, had ik suizende oren en een bloedneus. Ik kon niet helder meer denken en bloedde hevig uit de wond in mijn been.

Ik keek op van de grond en zag twee heren in burger aan een lange houten tafel zitten: een Koreaan en een Amerikaan. De een was adjudant Michael Bales en de andere had wat mij betreft Tjap Tjoi kunnen heten. Ik zag bijna scheel van woede en ik wilde nog maar één ding: iemand op zijn gezicht slaan.

'Verdomme, Bales,' mompelde ik met ernstig gezwollen lippen, 'kom van die stoel af en help me overeind. Ze hebben me in elkaar geslagen.' Ik zat op mijn knieën en wist niet of ik kon opstaan, maar ik was wel majoor en Bales adjudant, en rangen gelden ook buiten de poort.

Hij glimlachte. 'Val dood, klootzak. Je komt zelf maar overeind.'

Ik schudde mijn hoofd en probeerde het gesuis in mijn oren weg te slikken. Hoorde ik dat nou goed? Wat was hier in godsnaam aan de hand? Waren die woorden werkelijk afkomstig van Michael Bales, de gevierde rechercheur, die volbloed Amerikaan uit het Midwesten?

Ik greep me aan een stoel vast en hees me omhoog. Ik had in mijn leven al een paar verhoorkamers meegemaakt, dus ik wist wat de bedoeling was. Ik liet me op de stoel vallen en keek om me heen. Wat ik zag beviel me niet erg. Anders dan Amerikaanse verhoorcellen had deze kamer geen doorkijkspiegel, en voorzover ik kon nagaan hingen er ook geen videocamera's in de hoeken van het plafond. Dat beloofde niet veel goeds. Die camera's en doorkijkspiegels waren bedoeld om de ondervragers te beletten hun meest extreme fantasieën uit te leven, als je begrijpt wat ik bedoel.

Ik nam Bales onderzoekend op en ook hij beviel me niet. Hij glimlachte, maar niet bepaald vriendelijk. Het was een lachje zonder een spoor van medeleven.

Op grond van dat lachje begon ik met: 'Ik wil mijn raadsman spreken. Ik zeg geen woord totdat er een advocaat bij is.'

Bales grinnikte en bestudeerde zijn nagels. 'De misdrijven waarvan je wordt beschuldigd zijn op Koreaans grondgebied gepleegd, Drummond. De Koreanen maken dus de dienst uit. En zij geloven niet in die flauwekul.'

'Dan wil ik een vertegenwoordiger van de ambassade. Ik ben een Amerikaans burger. De internationale verdragen geven me dat recht.'

De Koreaan boog zich naar voren. 'Ik ben hoofdinspecteur Choi en ik heb de leiding van dit onderzoek. Ik bepaal hier de regels, niet u. Dit is mijn land, Drummond.'

Sneller dan ik het kon zien, en zeker sneller dan ik kon reageren, schoot zijn vuist over de tafel heen en raakte mijn kaak. Ik vloog naar achteren, viel met stoel en al omver en kwam op de een of andere manier op mijn buik terecht. Ik moest een paar keer mijn hoofd schudden om te controleren of het nog aan mijn lijf vastzat.

Iemand moet behoorlijk sterk zijn om zo'n klap uit te delen vanuit zithouding. Ik zou het onthouden.

'Sta op, klootzak,' beval Bales.

Ik zakte een paar keer door mijn knieën voordat ik mijn evenwicht hervonden had en weer op mijn benen stond. Ik voelde me duizelig en gleed steeds uit over het bloed dat een plas vormde op de vloer – míjn bloed, uit mijn schouders, mijn been, mijn neus en god mocht weten waar nog meer.

Ik bukte me, zette de stoel weer overeind en ging zitten.

'Mag ik vragen waar ik van beschuldigd word?' vroeg ik heel beleefd.

'Moord,' zei Choi.

'Ik heb hem niet vermoord,' antwoordde ik. 'Ik zag dat hij bij de poort op de menigte vuurde. Daarom ben ik hem achternagegaan. Hij heeft zelfmoord gepleegd.'

Bales leunde naar achteren op zijn stoel en streek over zijn kin. Hij keek alsof hij de hele affaire hoogst amusant vond.

'Tweevoudige moord, om precies te zijn,' zei Choi. 'De burger die u hebt vermoord heette Kang Soon Moo. Hij was een zwakbegaafde man van tweeënveertig en u hebt hem door het hoofd geschoten. De politieman die u hebt vermoord was Kim Moon Lee. Hij was al twaalf jaar agent in deze wijk en heeft vier keer een onderscheiding gekregen wegens betoonde moed. Hij was een betrouwbare, toegewijde, uitstekende politieman. Hij laat een vrouw en twee jonge dochters achter.'

'Ik zeg u,' herhaalde ik, 'dat ik zag hoe hij vanaf de heuvel op de menigte vuurde met een M-16.'

Nu boog Bales zich weer naar voren en hij vroeg sarcastisch: 'En toen? Toen heb je je uit de meute losgemaakt en ben je hem achternagegaan? Zonder wapen? En toen hij je zag werd hij zo bang dat hij zijn M-16 weggooide en ervandoor ging?'

'Zo is het precies gegaan, ja,' snauwde ik kwaad, hoewel ik besefte hoe belachelijk dat klonk.

Bales grinnikte. 'Ik zou denken dat een advocaat toch een beter alibi zou kunnen verzinnen.'

Om de een of andere reden werd ik daar nog kwader om. 'Ach, sodemieter op.'

Nu was het Bales die zijn vuist over de tafel zwaaide en me raakte. Ik viel gewoon naar achteren en landde op mijn kont. Bales was lang niet zo sterk als Choi. Ook dat zou ik onthouden.

Toen ik eindelijk weer opkeek, stond Bales over me heen gebogen. Hij schopte me twee keer in mijn buik. Ik zei zoiets als 'Oefff!' en klapte in elkaar als een strandstoel. In mijn ellende vulde ik mijn vorige notitie nog aan. Hij schopte harder dan hij sloeg. Veel harder.

Terwijl ik naar adem hapte, zei Choi: 'Er was maar één schutter bij dat hek, Drummond. En die is in een auto gesprongen en de halve stad door gejaagd voordat hij wist te ontkomen. En dat was niet agent Lee.'

Ik hees me langzaam op mijn knieën. Bales stond nog steeds over me heen, dus smeekte ik hem: 'Nee! Alsjeblieft, niet schoppen...'

Hij bleef nog even staan en deed toen een stap terug. Ik dacht dat hij me met rust zou laten, maar opeens draaide hij zich op zijn hakken om en gaf me een geweldige trap tegen mijn hoofd.

Ik weet niet hoe lang ik buiten westen was, maar toen ik weer bijkwam hadden Bales en Choi me op een stoel gehesen. Ik was kletsnat. Waarschijnlijk hadden ze een emmer water over me heen gegooid om me bij te brengen. Ik had ongeveer overal pijn waar je maar pijn kunt hebben, behalve misschien in mijn kruis, wat alles bij elkaar een geluk bij een ongeluk mocht heten.

Ik was nog niet sterk genoeg om mijn ogen op te slaan en hoorde Choi lachen. 'Verdomme, Michael,' zei hij tegen Bales, 'wees voorzichtig met die voeten van je. Ik heb je al gewaarschuwd bij Jackson. Je had hem bijna doodgeschopt.'

Bales grinnikte een beetje. 'Nou ja, in elk geval heeft die flikker wel zijn mond opengedaan.'

'En ik moest een rapport opstellen dat hij in elkaar was geslagen door een celgenoot. Je kunt niet aan de gang blijven.'

Het leek me het beste om me op dat moment stil te houden. Ik had ongelooflijk veel medelijden met mezelf en had meer klappen en schoppen gekregen dan een mens verdiende, dus hield ik mijn ogen dicht en deed ik of ik nog bewusteloos was. En dat valt eerlijk gezegd niet mee als je overal pijn hebt en je het bloed uit allerlei schaaf- en vleeswonden voelt druppelen.

Choi kreeg er eindelijk genoeg van om te wachten tot ik bijkwam, dus waarschuwde hij Bales nog eens om niet te hard te schoppen en ging hij vervolgens een paar agenten halen om me naar een cel te slepen.

De twee politiemensen kwamen binnen en grepen me onder mijn oksels. Ik bleef slap tussen hen in hangen, hoewel mijn linkerschouder, waarin ik een schampschot had gekregen, brandde alsof iemand er een bijtend zuur overheen had gegoten.

Ze legden me op een slaapmatje, en hoewel ik graag had willen slapen, had ik te veel pijn. Ik kon voorzichtig onder één ooglid door kijken, maar het andere leek dichtgelast. Er stond een bewaarder vlak achter de tralies, die een blootblad las en kennelijk op een teken wachtte dat ik weer bij bewustzijn was. Ik vermoedde dat hij Choi moest waarschuwen zodra ik weer bijkwam, zodat ze me naar het verhoorkamertje konden terugbrengen om een bekentenis uit me te slaan.

Natuurlijk dacht ik ook na over de zaak-Whitehall, hoewel die op dat moment niet boven aan mijn lijstje van prioriteiten stond, dat geef ik eerlijk toe.

Ik had me ernstig vergist in Michael Bales, dat was duidelijk. Hij was dus geen model-officier. Hij leek meer op Dirty Harry, maar dan kwaadaardig. Samen met zijn makker Choi had hij soldaat Jackson – en vermoedelijk ook Moran – afgetuigd om een verklaring los te krijgen.

Maar wat kon het me schelen? Ik kon elk moment nog zo'n afranseling verwachten en werd al bijna misselijk bij het vooruitzicht. Ik wist zeker dat Choi iets tegen Bales zou zeggen als: 'Hé, Michael, gebruik nou alleen je vuisten, dan krijgen we die klootzak wel klein.'

Twee uren gingen voorbij, maar tegen het einde van de middag hoorde ik voetstappen en het gerinkel van een sleutelbos. Waarschijnlijk was hun geduld op. Ik bleef stil liggen, hield me dood en bad wanhopig voor mijn redding. Ik hoorde Koreaanse stemmen en voelde me zo ellendig dat ik dood wilde. Ik had al zo lang onbeweeglijk op het matje gelegen dat mijn hele lichaam stijf was en mijn kneuzingen en wonden helse pijn veroorzaakten.

Ik wist dat ik een nieuw pak slaag niet zou kunnen doorstaan. Als Bales en Choi een bekentenis van me wilden dat ik iedereen in die menigte had vermoord, zou ik die meteen geven. Dan zochten ze het later maar uit.

Ik voelde dat ik door een paar sterke handen overeind werd gesleurd van het matje. Ik kreunde van pijn, tot ik een stem hoorde.

'O god, Sean, wat hebben ze met je gedaan? Jezus!'

Ik deed één oog open, omdat het andere nog was opgezwollen en dichtzat door Bales' laatste trap. Ik probeerde te glimlachen, maar mijn lippen waren zo dik dat het een griezelig gezicht moest zijn.

Ik had nooit gedacht dat ik nog eens blij zou zijn om Katherine Carlson te zien. Maar dat was ik. Als ik niet zo wankel op mijn benen had gestaan, was ik haar in de armen gevlogen om haar te zoenen.

Maar dat was een zinloze gedachte, want op hetzelfde moment besloot mijn lichaam dat het tijd werd om mijn zenuwuiteinden wat rust te gunnen. Ik verloor het bewustzijn.

26

Je raadt nooit wie ik het eerst zag toen ik weer bijkwam. Kapitein Wilson Bridges, MD, stond over een kaart gebogen die waarschijnlijk mijn medische gegevens bevatte. Het goede nieuws was dat hij opereerde in zijn hoedanigheid als chirurg en niet als patholoog-anatoom. Het slechte nieuws was dat zijn witte jas was besmeurd met geronnen bloed: het mijne.

'Hallo, doc,' zei ik, maar zo klonk het niet. Het deed meer denken aan een brulkikker met keelontsteking.

Zijn ogen gleden van de kaart naar mijn gezicht en hij deed een stap naar me toe.

Toen hield hij een vinger voor mijn ogen en zei: 'Volg die eens.'

Ik deed het, terwijl hij zijn vinger van links naar rechts bewoog en terug.

Daarna pakte hij mijn linkerpols en keek op zijn horloge. Ik zei geen woord, omdat ik zijn concentratie niet wilde verstoren. Het was tenslotte mijn lichaam dat hij onderzocht en ik wilde niet dat hij fouten zou maken.

Hij noteerde iets op dat onafscheidelijke klembord en hing het aan een haak. Ik zag dat ik twee infusen in mijn arm had.

Kapitein Bridges glimlachte. 'U overleeft het wel, majoor.'

'Ik heb zo verdomd veel pijn,' mopperde ik, 'dat ik het niet eens wíl overleven.'

Hij grinnikte.

'Ja, erg hè?' zei ik.

Hij grinnikte opnieuw – hij wel. Hij was niet beschoten, hij had geen vlijmscherp glas in zijn been gekregen en hij was niet in elkaar geschopt door meer mensen dan je op de vingers van één hand kon tellen.

'Hoe lang lig ik hier al?'

'U bent hier gistermiddag binnengebracht. We hebben een ambulance gestuurd om u op te halen, na een telefoontje van uw raadsman. O, en u bent nu een grote held.'

'O ja? Laat horen,' drong ik aan. Per slot van rekening, hoe vaak raak je als een boksbal bewusteloos en kom je als een held weer bij?

'Een van de cameraploegen heeft opnamen van u gemaakt toen u door

241

de menigte rende, achter die schutter aan. Het is overal op het nieuws geweest, zelfs bij CNN.'

Dat was dus de reden waarom Katherine me uit het politiebureau van Itaewon vandaan had gekregen.

'Hoe ernstig was het?' vroeg ik.

'Het bloedbad, bedoelt u?'

Zijn woordkeus was mijn eerste aanwijzing voor wat er wat gebeurd. Ik knikte.

Hij schudde zijn hoofd. 'Vanochtend hebben we er weer twee verloren. Dat brengt het totaal op veertien doden. Tien van de gewonden liggen hier, de rest wordt behandeld in Koreaanse ziekenhuizen, verspreid door de stad. Het mortuarium bij ons in de kelder was te klein. We moesten een koelwagen huren voor alle lijken. Als u niet een van die schutters op de vlucht had gejaagd hadden we waarschijnlijk nog twee of drie extra wagens nodig gehad.'

Ken je die uitdrukking dat 'alle politiek plaatselijk is'? Hetzelfde geldt blijkbaar voor ziekenhuizen. Bridges maakte zich meer zorgen over de capaciteit van zijn mortuarium dan over het lot van die arme mensen die tegen een kogel waren opgelopen. Verderop in de gang zat waarschijnlijk een oud dametje te klagen dat ze zoveel formulieren moest typen. En drie deuren verderop zat een voorraadbeheerder die problemen had omdat... nou ja, het is wel duidelijk.

Nu het punt toch ter sprake kwam, vroeg ik: 'Hoe ben ik eraan toe?'

'Niet slecht. U zult wel een paar weken met een stok moeten lopen. U hebt twee gebroken ribben, maar op de foto's zag ik dat u al eerder wat ribben hebt gebroken, dus u weet hoe het gaat. Ik heb ze met tape ingezwachteld. Voorlopig moet u zich een beetje rustig houden en niet aan sport doen.'

Dat was geen probleem, want vreemd genoeg had ik opeens geen zin meer om een marathon te lopen, zoals anders.

Hij stak zijn hand uit, pakte een spiegeltje en hield het voor mijn gezicht. Eén blik was genoeg. Er sloeg een golf van medelijden door me heen met de zielige, lelijke klootzak die me aankeek. Ik zag nauwelijks één vierkante centimeter die niet was gekneusd of geschaafd. Ik miste een tand en een andere was half afgebroken. Mijn neus vertoonde een vreemde hoek.

'U bent behoorlijk in elkaar geslagen,' zei Bridges, wat wel de prijs moest verdienen voor het understatement van het jaar.

'Jezus,' mompelde ik. Ik had moeite mezelf te herkennen. Haastig trok Bridges het spiegeltje weer weg.

'U zult een tijdje wat minder succes hebben bij de dames, maar het heelt wel weer,' stelde hij me gerust. 'En u krijgt mooie kronen waar nooit meer gaatjes in komen.'

Kapitein Bridges had de gevoelige aanpak van een rottweilerpup, merkte ik.

Hij grinnikte nog eens en zei: 'In elk geval zit er nu een dame te wachten om u te zien. Ze is niet meer weg geweest sinds u hier werd binnengebracht. Ik mocht ook niemand toelaten voordat ze met u gesproken had, zei ze. Ik kan wel een handdoek over uw gezicht gooien of haar een blinddoek voordoen voordat ik haar binnenlaat.'

Zei ik een rottweilerpup? Foutje, ik bedoelde een volwassen pitbull.

Ik had Katherine verwacht, maar het was de harteloze, bloeddorstige Carol Kim die binnenkwam. Ze bleef bij mijn bed staan, keek eens naar mijn gezicht, pakte het klembord van de dokter en bestudeerde de gegevens. Nou, daar was ik klaar mee. Ze controleerde de naam op de kaart om zeker te weten dat het wrak in bed inderdaad Drummond was.

'God, wat zie jij eruit,' mompelde ze, nog steeds met haar ogen op het klembord.

Ik bracht mijn hand omhoog en streek een lok haar uit mijn gezicht. 'Beter zo?'

'Ja, dat scheelt stukken,' zei ze met een zuur lachje. Toen liet ze haar kleine, strakke kont op de rand van mijn bed zakken.

Ze pakte het laken en trok het omlaag tot aan mijn middel. Klinisch bestudeerde ze mijn lichaam. Ik keek zelf ook en zag nog meer blauwe en blauwzwarte plekken, vrij regelmatig verspreid. Ik had een verband om mijn schouder en witte tape om mijn ribben.

'Verdomme, ze hebben je wel toegetakeld.'

Alsof ik dat nog niet wist.

'Het was trouwens geweldig wat je hebt gedaan,' zei ze toen. 'We zijn heel trots op je.'

'Ja, nou...' zei ik plichtmatig.

Dat gezegd zijnde haalde ze een cassetterecorder tevoorschijn, drukte op een toets en legde hem op het bed.

Op gewichtige toon zei ze: 'Majoor Sean Drummond, de officier van het Amerikaanse leger die aanwezig was bij het bloedbad. Datum en tijd, 23 mei, kwart over tien 's ochtends. Dit gesprek vindt plaats in het 18e Militaire Hospitaal.'

Ze trok haar gezicht in een zakelijke frons. 'Majoor Drummond, zou u kunnen beschrijven wat u gistermorgen bij het bloedbad voor de hoofdingang van het garnizoen Yongsan hebt gezien?'

We waren allebei advocaat, dus gingen we over in ons flegmatieke jargon, terwijl ik zo uitvoerig en exact mogelijk alles beschreef wat ik me herinnerde, vanaf het moment dat de demonstranten bij het hek waren verschenen tot aan het pak slaag dat ik van de Zuid-Koreaanse politie had gekregen. En de schop van Michael Bales, laat ik die vooral niet vergeten. Ik besteedde zelfs ruim aandacht aan Bales en Choi. Carol Kim leek niet erg geïnteresseerd, maar ik wilde het allemaal vastleggen, in duidelijke taal. Eigenlijk wilde ik Bales' scalp de rest van mijn leven aan het voeteneind van mijn bed hebben hangen, zodat ik er elke morgen bij het wakker worden naar zou kunnen kijken: 'Je verdiende loon, klootzak.' Misschien heb ik dat nog niet verteld, maar wraakzuchtigheid is een van mijn sterke punten. Of zwakke punten, wat dan ook.

Toen ik na een halfuur eindelijk uitgesproken was, pakte ze haar recorder en verwisselde ze het bandje. Daarna begon ze opnieuw met een introductie, legde de recorder neer en keek me recht in mijn ogen. Nou ja, in mijn ene oog, want het andere zat nog dicht.

'U verklaart dat u één enkel schot achter u hoorde voordat het automatische geweervuur begon. Waar kwam dat schot vandaan?'

'Dat weet ik niet. Het was een onverwacht schot, ergens achter uit de groep demonstranten... of achter hen. Het klonk niet dichtbij.'

'Een pistool of een geweer?'

'Dat kon ik niet horen. Hoezo, wat maakt dat uit?'

'Majoor, wilt u eerst mijn vragen beantwoorden? Dan leg ik het later wel uit.'

'Mij best.'

'Weet u zeker dat de Koreaanse politieman die u hebt achtervolgd op de menigte vuurde?'

'Hij had een M-16 op ons gericht, het wapen schokte en ik zag dat er mensen geraakt werden en tegen de grond sloegen. Ja, ik weet zeker dat hij op de menigte schoot.'

'Maar hij stopte met schieten toen hij u zag aankomen? Waarom?'

'Op het moment dat hij me zag, had hij net zijn magazijn leeggeschoten. Hij stak zijn hand in zijn vest om een nieuw te pakken, maar waarschijnlijk besefte hij dat hij het magazijn niet meer in zijn wapen zou kunnen laden voordat ik hem had bereikt.'

'Hoe lang duurt het om een magazijn te verwisselen?'

'Dat hangt ervan af. Een goed getrainde soldaat krijgt het misschien binnen tien seconden voor elkaar. Iemand die minder vertrouwd is met zo'n wapen heeft er twintig of dertig seconden voor nodig. Je moet op een knop drukken om het oude magazijn eruit te krijgen, dan steek je het nieuwe erin en haal je de hendel over om een patroon in de kamer te brengen.'

'Op de tv-beelden die we hebben gezien was u nog twintig of dertig meter bij hem vandaan toen hij het wapen liet vallen en ervandoor ging. Waarom deed hij dat, denkt u?'

Dat vond ik een stomme vraag en dat liet ik merken ook. 'Misschien wel omdat hij een stel mensen had vermoord en liever niet gepakt wilde worden.'

'Majoor, alstublieft, dit is belangrijk. De opnamen van de cameraploeg zijn een beetje vaag. De cameraman lag onder vuur en de camera trilde, waardoor het beeld onscherp is. U hebt de schutter goed kunnen zien. Wat denkt u dat er door zijn hoofd ging?'

'Oké. Waarom ik denk dat hij niet het risico wilde lopen om gepakt te worden? Ik had een wapenstok in mijn hand. Ik rende op hem af, maar ik was nog een meter of dertig bij hem vandaan en hij was een rappe sprinter. In een fractie van een seconde heeft hij een besluit genomen – het verkeerde besluit. Hij had dat magazijn in zijn wapen moeten laden om me neer te schieten. Aan de andere kant vond hij wellicht dat hij al genoeg mensen had gedood.'

Ze hield haar hoofd schuin. 'Laten we even een sprong maken naar het moment waarop u hem in een hoek had gedreven in dat winkeltje in die doodlopende steeg. Hij vuurde een paar schoten af en u viel neer met een grote glasscherf in uw been. Zo vertelde u het toch?'

'Ja.'

'U ging naar binnen en vond daar zijn lijk achter de toonbank?'

'Klopt.'

'U draaide hem om en zag dat hij zijn pistool in zijn mond had gestoken?'

'Inderdaad. Eerst dacht ik nog dat ik hem zelf geraakt had met een gelukstreffer, omdat hij op zijn buik lag en een groot gat in zijn achterhoofd had. Maar toen ik hem omdraaide, zag ik dat hij de loop van zijn eigen pistool in zijn mond had.'

'Dus u denkt dat hij zelfmoord heeft gepleegd?'

'Dat lijkt me een logische conclusie. Tenzij iemand hem een handje heeft geholpen door dat pistool in zijn mond te duwen.'

'Maar u hebt niemand anders in die winkel gezien?'

'Nee, geen mens. En ik heb nog naar een achterdeur gezocht omdat ik me afvroeg waarom hij niet gewoon was gevlucht. Maar er was geen andere uitgang.'

'Waarom zou hij zelfmoord hebben gepleegd?'

'Geen idee. Maar ik wil hier wel verklaren dat ik daar blij om ben. Anders had ik hier niet meer gezeten, denk ik.'

Ze bukte zich al om de recorder uit te zetten toen ik haar hand pakte en tegenhield.

'Nog één ding,' zei ik. 'Hij droeg handschoenen. Witte katoenen hand-schoenen, zoals taxichauffeurs hier ook dragen. Ze waren doordrenkt met bloed.'

'Handschoenen?'

'Ja, witte. Ik bedoel, het is mei en het is bloedheet, dus ik vond dat nog-al vreemd. Volgens mij droeg hij handschoenen om geen vingerafdruk-ken achter te laten op zijn M-16. Misschien waren hij en die andere schutter al steeds van plan geweest hun wapens weg te gooien en te vluchten.'

'U weet zeker dat hij handschoenen droeg?'

'Natuurlijk weet ik dat zeker. Vraag het maar na bij de Koreaanse poli-tie.'

'We hebben met de Koreaanse politie gesproken, maar ze zeiden daar niets over.'

'Toch is het zo,' hield ik vol. Het was wel geen belangrijk punt en het bewees ook niets, maar het suggereerde wel een mate van voorbedach-ten rade van de kant van de schutter.

Ze schakelde de recorder uit.

'Oké,' zei ik. 'Wat is de bedoeling hiervan?'

Een diepe zucht ontsnapte aan haar longen, alsof ze onder grote druk stond.

'Terwijl jij hier in het ziekenhuis lag, is er een felle discussie uitgebro-ken tussen onze regering en de Republiek Korea. Dat bloedbad is over-al in het nieuws. Het probleem is alleen dat niemand weet wat er is ge-beurd of waarom. Dus worden er nu van alle kanten beschuldigingen geuit.'

Ik ging rechtop zitten en zei: 'Beschuldigingen waarvan?'

'De protestactie, of de demonstratie, was goedgekeurd door de stad Seoul en stond onder bescherming van de Zuid-Koreaanse autoriteiten. Daar is geen twijfel over. Maar de Zuid-Koreanen willen natuurlijk niet de schuld krijgen van veertien Amerikaanse doden en zestien gewon-den. Zij beweren dat een Amerikaanse demonstrant het eerste schot heeft gelost en dat één of twee Zuid-Koreaanse politiemensen hebben teruggeschoten uit zelfverdediging. Je geeft zelf toe dat het eerste schot ergens achter jou vandaan kwam. Andere getuigen bevestigen dat.'

Ik dacht na. Het klopte met de feiten en het leek een logische verklaring voor een chaotisch incident. Maar toch bleven er vragen.

'Waarom ging mijn schutter er dan vandoor? Als hij alleen uit zelfver-dediging vuurde, waarom vluchtte hij dan? En die andere man, de tweede schutter?'

'Dat weet niemand. Het schijnt dat hij ook een Zuid-Koreaanse agent was. Hij droeg een politie-uniform, smeet zijn wapen weg en verdween. Het was een M-16 met weggevijlde serienummers. Niemand weet precies wie hij was.'

'Een Zuid-Koreaanse agent? En ze weten niet wie hij was? Hoe kan dat nou?'

'Dat is de vraag waar alles om draait. Er heerste paniek op de plek van het bloedbad. Er werd een aantal Koreaanse politiewagens naartoe gestuurd, maar niemand heeft appèl gehouden toen ze daar aankwamen. De man is gevlucht in een politiewagen. Dat bleek heel handig te zijn, want de centrale zond meteen een oproep uit aan alle eenheden om een Koreaanse politiewagen aan te houden... je kunt je voorstellen wat een chaos dat werd.'

'En jij denkt dat ze echt niet weten wie hij was?'

'Wie zal het zeggen? Misschien proberen ze hem te dekken, misschien hebben ze echt geen idee. Ik bedoel, het komt hun natuurlijk heel goed uit dat hij niet beschikbaar is voor ondervraging. Maar het is ook lastig.'

'En de schutter die ik achterna ben gegaan is dood, dus weet niemand waarom ze het vuur hebben geopend.'

Ze stond op en trok haar jurk recht. 'Daar komt het op neer, ja.'

'En het is hún land.'

'Ook dat,' beaamde ze, terwijl ze haar recorder pakte en in haar tas borg. 'Ik moet haast maken om je verklaring uit te typen en naar Washington te sturen. Jouw getuigenis speelt een heel belangrijke rol, zoals je wel zult begrijpen.'

Voordat ze kon vertrekken, zei ik: 'Wacht even. Wat is mijn positie in het geheel? Ik bedoel, als die twee politiemensen alleen uit zelfverdediging hebben geschoten, waar sta ik dan? Plus het feit dat de schutter die ik achtervolgde nog een Zuid-Koreaan door het hoofd heeft geschoten?'

'Dat wordt nu allemaal onderzocht. De Zuid-Koreanen geven toe dat het heel moedig van je was om hem van die heuvel te verjagen. Daar heb je levens mee gered. Ze sluiten ook niet uit dat hij zelfmoord heeft gepleegd. Er wordt nu sectie verricht. Maar je wordt nog wel beschuldigd van het aanvallen van een politieman en het stelen van zijn wapen. En van de andere dode die in dat steegje is gevonden staat nog niet vast wie hem een kogel door het hoofd heeft geschoten. In dat opzicht blijf je een verdachte. De kogel is door de schedel heen gegaan en niet teruggevonden. De arme man was zwakbegaafd.'

Ze legde een vinger tegen haar onderlip en keek me aan met een onaangename frons. Het was een blik die niet veel goeds voorspelde, als je begrijpt wat ik bedoel.

'Ik wil niet zeggen dat je hem in koelen bloede hebt vermoord, maar je was wel betrokken bij een vuurgevecht. Je was gespannen en stond onder grote druk. Je kon elk moment bezwijken. Weet je zeker dat je hem niet hebt neergeschoten, Drummond?'

En dat gaf aardig aan hoe ze over me dacht.

Ik zei iets tegen haar wat ik ongetwijfeld veel diplomatieker had moeten formuleren. Aan de andere kant, ik ben advocaat en als ze me wilde aanklagen wegens seksuele intimidatie... nou, ik was onder invloed van medicijnen en ik verrekte van de pijn, dus ik kon niet verantwoordelijk worden gesteld voor mijn vuilbekkerij.

27

Imelda en Katherine verschenen twee uur later. In die twee uur had ik fanatiek maar tevergeefs geprobeerd hen aan de telefoon te krijgen. Daar was ik niet blij mee.

Maar één blik op Katherines gezicht was voldoende om me in een mildere stemming te brengen. Ze had donkere wallen onder haar ogen. Het was haar aan te zien dat ze sinds het bloedbad niet meer had geslapen. En ze had de dikke, rode ogen van iemand die veel had gehuild.

Imelda gedroeg zich heel beschermend tegenover haar, viel me op. Ze hield de deur voor haar open, trok een stoel voor haar bij en bemoederde haar als een bezorgde adjudant.

Imelda keek op me neer, bestudeerde mijn gezicht, maakte een paar misprijzende geluiden en richtte haar aandacht weer op Katherine. Imelda Pepperfield was tenslotte een vrouw, en in de vrouwelijke hiërarchie van grote rampen stond lichamelijk lijden minder hoog op de lijst dan zielenpijn.

'Je ziet er belazerd uit,' snotterde Katherine.

'Ik voel me ook belazerd. Maar bedankt dat je me uit dat rattennest hebt weggehaald. Nog zo'n pak slaag had ik niet overleefd. Dan had ik bekend dat ik jouw collega was.'

Ze glimlachte alsof ze de grap begreep, maar ik zag aan haar ogen dat ze haar gevoel voor humor was kwijtgeraakt. Niet dat ze ooit veel gevoel voor humor had gehad – voorzover ik had gemerkt, tenminste.

'Wat je hebt gedaan, Sean… was ongelooflijk dapper. De cameraman belde me zodra hij zijn tape had gezien. Hij wilde weten wie je was. Hij zei dat hij een opname had van een wildeman die als een gek door de menigte was gestormd, naar de schutter toe, terwijl om hem heen de mensen dood in elkaar zakten.'

'Nou ja…' zei ik, blozend onder mijn blauwe plekken. 'Hoe gaat het met jou?'

'Het was de verschrikkelijkste dag van mijn leven.'

'Voor mij was het ook geen lolletje,' klaagde ik, omdat ik haar niet kon toestaan om hoger te scoren in de ellende-toptien.

Katherine en Imelda wisselden een soort heimelijke blik en Katherine keek opeens nog verdrietiger.

Ze had zichtbaar moeite haar emoties onder controle te houden toen ze zei: 'Eh... Maria is neergeschoten.'

'Maria? Maria de mopperk... eh, ónze Maria?'

Katherine keek naar de grond en knikte.

Ik voelde een ijsklompje in mijn maag. 'Hoe is het met haar?'

Katherine staarde nog steeds naar de grond. 'Ze is dood.'

Dat moest ik even verwerken. Niet dat ik Maria zo goed kende. We hadden in hetzelfde kantoor gezeten, maar nauwelijks tien woorden met elkaar gewisseld. Afgezien van een paar zeldzame lachjes had ons contact zich beperkt tot fronsende blikken en pogingen elkaar te negeren.

'Dat spijt me,' zei ik, wat een volslagen onzinnige opmerking is, maar mensen mompelen dat nu eenmaal in zulke situaties en daarom mag het.

Katherine knikte.

'Hoe houdt Allie zich?'

'Niet best. Ze woonden al tien jaar samen. Ze... ze hielden heel veel van elkaar.'

Ik knikte verlegen en moest weer wanhopig naar woorden zoeken. Ik mocht Allie wel, deels omdat het zo'n vreemd type was dat je haar wel leuk moest vinden óf haten. En omdat ik geen reden had haar te haten, vond ik haar wel leuk. Op een bepaalde manier. Ook omdat ze zo onverzettelijk was en ik daar altijd bewondering voor heb, zelfs bij een lesbo van een meter vijfentachtig met een gezicht als van een Zuid-Amerikaanse papegaai.

Katherine bespaarde me de noodzaak om nog meer nietszeggendheden te mompelen.

Ze stond op en begon te ijsberen. 'Ik kende die mensen. Het waren mijn vrienden. Ik ben zo kwaad! Het is om gek van te worden. De Zuid-Koreanen proberen de zaak in de doofpot te stoppen. Eerst hebben ze mijn vrienden vermoord en nu komen ze met een lulverhaal dat wij het eerste schot zouden hebben gelost. Alsof wíj begonnen zijn.'

'Het eerste schot kwam inderdaad van onze kant van de menigte. Dat heb ik gehoord, en jij ook. Kan een van de demonstranten een wapen hebben gehad?'

Ze schudde nijdig haar hoofd. 'Toe nou. Ze zijn allemaal met commerciële vluchten hiernaartoe gekomen. Dan moet je langs metaaldetectors en de douane.'

'Nou en? Je kunt plastic vuurwapens langs metaaldetectors smokkelen, of gedemonteerde pistolen in je bagage. Je zou zelfs hier ter plaatse nog een wapen kunnen kopen. Amerikaanse militairen mogen een privé-

wapen bezitten als ze het maar laten registreren bij de MP's. Ik wil niet vervelend zijn, maar sommige van jouw vrienden koesteren wrok en zijn sociaal onaangepast. Misschien wilde een van hen een daad stellen.'
'Doe niet zo achterlijk. Waarom zouden onze mensen op de Zuid-Koreanen hebben gevuurd?'
'Draai die vraag eens om. Waarom zouden de Zuid-Koreanen op óns hebben geschoten? Met tv-camera's in de buurt?'
Ik zag aan haar gezicht dat ze niet in de stemming was voor een redelijke discussie, dus vroeg ik haar: 'Hoe staat het proces ervoor?'
'Ik heb twee weken uitstel gevraagd.'
'Heb je al iets gehoord?'
'Ik weet alleen dat Golden zich verzet. Hij vindt de moordpartij irrelevant voor de zaak.'
'Dat had ik je wel kunnen vertellen. Hij heeft alles goed voorbereid en hij kan niet wachten om in de schijnwerpers te staan. Eddie wil graag beroemd worden.'
'Nou, de rechter is hier, de getuigen zijn hier, alles is klaar. Hoe zullen ze beslissen, denk je?'
'Het hangt af van Brandewaite en Spears. Brandewaite is een diplomaat, dus hij wil dit zo gauw mogelijk achter de rug hebben. Hij ziet een snelle veroordeling als een eerste stap om de breuk te helen.'
'Er is maar één probleem. Het schijnt dat twee van Thomas' advocaten een aanklacht van de civiele overheid aan hun broek krijgen.'
'O ja? Waar word jij dan van beschuldigd?'
'Het indienen van een misleidend verzoekschrift om toestemming voor die demonstratie. En het aanzetten tot geweld. Bovendien schijnt er in Zuid-Korea zoiets te bestaan als een nationale veiligheidswet. En volgens die bepalingen heb ik de veiligheid van de Republiek Korea in gevaar gebracht.'
Ik was vaag bekend met de wet waar ze het over had. Het was een controversieel statuut dat al dertig jaar bestond en door een van de eerste dictators was ingesteld. Het is zo'n wet waar iedere dictator van droomt, omdat de formulering zo vaag is dat je er alle kanten mee op kunt.
Ik had met haar mee moeten voelen, maar ik kon haar die triomf niet gunnen. 'Denk je dat jíj het moeilijk hebt? Ik word beschuldigd van het aanvallen van een politieman en diefstal van een wapen. En, o ja, ik sta ook nog onder verdenking van moord op een zwakbegaafde man.'
Imelda, die ons zwijgend had aangehoord, liep plotseling om Katherine heen, totdat ze vlak naast mijn bed stond.
'Zijn jullie klaar?' vroeg ze op scherpe toon.

'Wat?' Katherine keek verbaasd op.

'Ik vroeg,' zei Imelda met een woedende blik langs haar kleine dopneus naar ons allebei, 'of jullie eindelijk klaar waren met dat zelfbeklag! Dat zielige gedoe heeft nu wel lang genoeg geduurd.'

Ik haalde diep adem, krabde me op mijn hoofd en ontweek haar blik. Ik voelde al wat er ging komen, maar Katherine had geen idee. Ze had nog nooit een woede-uitbarsting van Imelda meegemaakt. Kort gezegd is dat een gesprekje waarbij alleen Imelda aan het woord is en jij op de juiste momenten mag knikken alsof je het helemaal met haar eens bent. Je kunt haar natuurlijk ook negeren of tegenspreken, maar dat raad ik niemand aan.

Katherine keek vragend.

'Oké,' zei Imelda, met het voetenwerk van een bokser. 'Jullie hebben een cliënt in de gevangenis. Misschien dat zijn proces op vrijdag begint, misschien ook niet. Een van jullie advocaten is uitgeschakeld, een andere heeft groot verdriet. Jullie tweeën leven tenminste nog. Jullie liggen niet in het ijs van een van die koelwagens op het parkeerterrein. Ben ik tot zover duidelijk?'

Ik knikte enthousiast alsof ik haar helemaal kon volgen. 'Ja ja, Imelda. Ik ben blij dat ik nog leef.'

Katherine keek haar stomverbaasd aan. Verkeerde reactie.

'Begrijp je het soms niet, meisje?' snauwde Imelda, terwijl ze zich naar Katherine toe boog en haar de woorden bijna in het gezicht spuwde. 'Heb je me soms niet verstaan?'

Katherine opende haar mond, maar Imelda stak een dreigende vinger op, vlak voor Katherines neus. Ze bracht haar gezicht tot vlak bij dat van Katherine, verwrongen van woede. Haar ogen schoten vuur.

'Geen woord!' blafte Imelda. 'Ik wil geen woord meer van jullie horen! Als ik jullie cliënt was, zou ik jullie wurgen. Allebei! Dat meen ik. Al dat zelfbeklag van jullie. God bewaar me. God bewaar me.' Ze stampte met haar voet alsof ze een insect verpletterde.

Ik zag dat Katherine een snelle blik in mijn richting wierp. Ze zag dat ik zo heftig zat te knikken dat ik zowat mijn nek brak. En in mijn ogen – althans het ene oog dat ik open kon krijgen – was niets anders te lezen dan eerbied en ontzag.

Zoals ik al zei: Katherine is niet achterlijk. Ze begon ook te knikken, eerst nog zwakjes, maar algauw net zo heftig als ik.

'Goed dan.' Imelda draaide zich op haar hakken om en keek me aan. 'Ik zal een rolstoel regelen om die magere kont van je naar buiten te rijden. En ik wil geen kik meer horen, jongen, want je mankeert helemaal niets. Dat dénk je alleen maar.'

Ja, ja, knikte ik nadrukkelijk, dat denk ik alleen maar. Vergeet die kneuzingen en hechtingen en verbanden nou maar. Hysterische inbeelding, iets anders is het niet.

Ze draaide zich weer om naar Katherine. 'En vergeet wat er gisteren is gebeurd, hoor je me? Denk alleen nog aan die jongen in de cel. Laat de Zuid-Koreanen maar aan de majoor en mij over. Heb je dat goed begrepen?'

Katherine knikte nu zelfs nog heftiger dan ik. Haar nek zwiepte op en neer als een berkenstam in een storm. Ik zweer dat ik het speeksel van haar lippen zag spatten.

Natuurlijk deed ik meteen een poging om nog enthousiaster te kijken, en dat valt niet mee als je gezicht helemaal opgezwollen is en je een voortand mist. Ik zag eruit als een gretige Halloween-pompoen die nauwelijks kon wachten tot de grote avond.

'We zijn er klaar voor, Imelda!' riep ik. 'We staan te popelen, verdomme. Haal die rolstoel en snel! Ik moet hier weg.'

Ze nam me even onderzoekend op, concludeerde dat ik weer genoeg pit in mijn donder had, en draaide zich om naar Katherine, die nog steeds nadrukkelijk zat te knikken. Onmiddellijke en onvoorwaardelijke gehoorzaamheid, iets anders duldt Imelda niet. Dus hees ze haar broek op en stampte ze luidruchtig de kamer uit, zachtjes vloekend en tandenknarsend – Imelda's manier om haar voldoening te laten blijken. Dezelfde geluiden maakt ze als ze een goede biefstuk naar binnen heeft gewerkt.

Zodra de deur achter haar dichtviel klonk het geluid van twee mensen die een kamervol lucht uit hun longen bliezen.

'Jezus,' zei Katherine, terwijl ze zachtjes haar nek masseerde. 'Dat had ik nooit achter haar gezocht. Zo'n klein vrouwtje.'

Zelf probeerde ik mijn gehavende gezicht weer in de normale stand van rubberen nonchalance te krijgen. 'Nou, je vroeg er ook om,' zei ik. 'Met al dat zelfmedelijden van je.'

'Attila,' zei ze met moordlust in haar ogen, 'begin nou niet weer.'

'Grapje,' zei ik. En verdomd, ze giechelde.

'Hé, Meibloesem,' zei ik toen, 'hoe lang hebben we nog? Drie dagen?'

'Drie dagen. Dat is alles.'

'En hij is erin geluisd. Oké?'

'Absoluut. Iemand heeft hem de schuld in de schoenen geschoven.'

Ik stak mijn arm uit en we drukten elkaar de hand.

Ik grijnsde tegen haar, zo oprecht als ik kon, maar als je denkt dat ik erin trapte, vergis je je toch. Dit was Katherine Carlson. Eerst zou ik de grenzen van onze nieuwe samenwerking grondig moeten verkennen.

'En wanneer vertel je me hoe het zit met Frederick Melborne?' vroeg ik met een nog bredere grijns.

Ze keek me verrast aan, maar glimlachte toen snel. 'Dus je hebt ontdekt wie Fred is?'

'Ja. Maar wie is hij echt?'

'Een verdomd goede privé-detective. Hij heeft zelf in het leger gezeten. Hij weet de weg en hij is gespecialiseerd in homozaken.'

'Ha! Precies wat ik dacht. Vanaf het eerste moment al.'

Ze glimlachte weer. 'Natuurlijk dacht je dat, Drummond, natuurlijk.'

'Echt waar,' loog ik.

'Drummond, Fred had je meteen al door. Jezus, hij nam je zo te pakken dat ik even dacht dat je flauw zou vallen. Je had je gezicht moeten zien toen hij je een hand gaf die eerste avond. Hij hoefde maar even zijn Liberace-nummer te doen en je vluchtte de kamer uit als een bange eekhoorn.'

Ik voelde dat ik bloosde. 'Wat? Was dat gespeeld?'

'Natuurlijk was het gespeeld.'

'Maar hij ís toch homo, of niet?'

'Natuurlijk is hij homo. Maar ook een echte macho. Hij wilde je alleen maar op de proef stellen.'

En die test had ik duidelijk niet goed doorstaan. Maar ik gunde haar niet de kans er lang van te genieten.

'Wat deed hij hier precies?' vroeg ik snel. 'Onderzoek naar de achtergronden van No, Moran en Jackson?'

'Alleen van No. Moran is een open boek. Fred heeft gesproken met een paar OGMM-leden die al jaren met hem samenwerken. Zij hebben ons geholpen een profiel op te stellen. Moran is een sterke, gespierde vent en een echte kroegvechter. Hij heeft heel wat vriendjes versleten maar nooit een geliefde bedreigd of in elkaar geslagen. Je zou het niet zeggen, maar hij is een heel tedere minnaar. En Jackson doet er niet toe. Hij speelt nauwelijks een rol. Hij is er wel bij geweest die avond, maar hij heeft er waarschijnlijk weinig van begrepen. Nee, het draait allemaal om No Tae Lee.'

'En wat heeft Melborne ontdekt?'

'Niets.'

Ik keek haar ongelovig aan. 'Niets?'

'Ik zweer het je. Niemand heeft No ooit gezien in de bekende homobars. Hij heeft nooit een ander vriendje gehad dan Thomas. Hij heeft nooit met iemand geflirt, is nooit door iemand versierd en heeft nooit laten blijken dat hij homo was.'

'Maar als dat wel zo was, zal hij met Koreaanse homo's zijn opgetrokken, neem ik aan. Misschien heeft Fred op de verkeerde plaatsen naar liefde gezocht.'

Sorry, maar dat zinnetje heb ik altijd al willen gebruiken.

Ze leunde naar achteren op haar stoel en schudde haar hoofd. Ze was niet geïnteresseerd in mijn flauwe grappen.

'Daar hebben wij ook aan gedacht, natuurlijk. Fred heeft zelfs een paar plaatselijke privé-detectives ingehuurd om met school- en studievrienden van Lee te praten. Hij heeft echt overal gekeken.'

'Zou Fred die avond in Itaewon een afspraak hebben gehad? Zou iemand iets hebben ontdekt?'

'Dat is mogelijk. Hij vertelde mij niet alles wat hij deed, dus het zou best kunnen.'

De deur vloog open en Imelda kwam weer binnen. Ze duwde een rolstoel voor zich uit waar een stok aan hing. Ik moest haar en Katherine vragen om me uit bed te helpen. Gelukkig had ik een onderbroek aan, hoewel het misschien niet veel uitmaakt om naakt rond te lopen in het bijzijn van een paar lesbiennes – niet veel anders dan je in een mannenkleedkamer vertonen zonder handdoekje. Imelda gooide een ziekenhuisschort over me heen en reed me naar de uitgang.

Op dat moment doemde dokter Bridges op, die ons de weg versperde. 'Waar gaat dat heen?' vroeg hij, met zijn armen over elkaar geslagen. 'We vertrekken,' zei ik. 'Nu meteen.'

Hij schudde zijn hoofd, dus vroeg ik: 'Hebt u mijn advocaat, Katherine Carlson, al ontmoet? Ze is gespecialiseerd in patiëntenrechten. Ze krijgt altijd haar zin.'

Voor wie het nog niet wist: artsen en advocaten hebben weinig met elkaar op. Voornamelijk omdat artsen soms fouten maken waardoor mensen sterven of verminkt raken, en… nou, de rest is bekend.

Dokter Bridges staarde Katherine aan alsof ze Dracula was en zij ontblootte haar tanden om in stijl te blijven. Beleefd deed hij een stap opzij en brulde toen zo hard als hij kon: 'Oké, ik heb u een verantwoord medisch advies gegeven. U vertrekt hier uit eigen vrije wil. Als u aan een infectie overlijdt, ben ik juridisch niet aansprakelijk.'

Toen ik hem voorbijreed, knipoogde hij even. Een man naar mijn hart.

28

Wat mij het meest bezighield was de vraag waarom die Koreaanse politieman *seppuku* had gepleegd. Voor wie het niet weet, seppuku is de oosterse versie van zelfmoord.

Eén mogelijkheid was dat de Zuid-Koreanen de waarheid spraken en dat een van de demonstranten een schot had gelost, waarop de politieman zijn zelfbeheersing had verloren. Hij had het vuur geopend en toen hij me op zich af zag komen had hij zijn wapen weggegooid en was hij gevlucht. Op het moment dat hij even pauzeerde om zijn magazijn te verwisselen was het pas tot hem doorgedrongen dat hij over de schreef was gegaan door in het wilde weg op een menigte te schieten. Tijdens de achtervolging had hij er nog langer over nagedacht en had hij beseft dat hij iets vreselijks had gedaan: hij was door het lint gegaan, had onschuldige burgers gedood en zou een hoge prijs moeten betalen. Er zou een onderzoek komen dat schande over hem, zijn familie en het hele korps zou brengen. Ten slotte had ik hem in een hoek gedreven. Hij wist niet dat ik zo'n slechte schutter was, dus dacht hij dat er geen uitweg meer was en hij had zelfmoord gepleegd om het onderzoek en de eeuwige schande te ontlopen.

Sommige Aziaten denken zo. Zelfmoord kan een eervolle daad zijn om een schandelijke misstap uit te wissen – een misstap zoals schieten op een groep ongewapende, onschuldige mensen.

Goed, dat was een mogelijkheid. Maar er waren ook andere verklaringen denkbaar. De twee schutters vormden een team. Ze hadden niet gevuurd uit zelfverdediging, niet in een opwelling en zeker niet in het wilde weg. Ze waren gekomen om in koelen bloede zoveel mogelijk Amerikanen dood te schieten en daarna te vluchten. Ze hadden bewust een bloedbad aangericht. Ze hadden een daad willen stellen.

Alleen... wie zou zoiets doen? Dezelfde mensen die Melborne voor een auto hadden gegooid? Of hadden die twee incidenten niets met elkaar te maken?

Omdat ik niet erg in toeval geloof, ging ik er voorlopig van uit dat de twee aanslagen het werk waren van dezelfde mensen. Daarom zat ik nu in een rolstoel voor het hek van het garnizoen van Yongsan, voortgeduwd door Imelda, terwijl ik druk aanwijzingen gaf. Ik leek een kribbige oude man met een nog kribbiger verpleegster.

De straat was afgesloten en de plaats van het bloedbad was afgezet met een geel politielint. Koreaanse en Amerikaanse MP's zochten druk naar sporen. Op het wegdek waren krijttekeningen gemaakt van de slachtoffers die daar gisteren hadden gelegen, terwijl hun lichaamssappen over het asfalt sijpelden. De bloedvlekken waren nog zichtbaar. Hier en daar lagen vertrapte spandoeken en borden, achtergelaten in blinde paniek toen twee mannen met automatische wapens een regen van kogels hadden afgevuurd op de dichte menigte.

Vanuit mijn rolstoel probeerde ik de gebeurtenissen te reconstrueren die aan het bloedbad vooraf waren gegaan. Ik herinnerde me een grote massa demonstranten met spandoeken en hun armen in elkaar gehaakt, in afwachting van de confrontatie. Links had een peloton oproerpolitie gestaan, de eerste groep die door de gemeente was gestuurd als bescherming van ons 'ontvangstcomité'. Zes bussen stonden nog voor ons, met stationair draaiende motoren, en om de paar seconden arriveerden er politiewagens met zwaailichten. De linie van politiemensen kwam langzaam onze kant op, steeds met twee passen tegelijk, dan een pauze, dan weer twee passen en weer een pauze. Anderhalve meter bij ons vandaan hadden ze halt gehouden.

Zo stonden we oog in oog: demonstranten en politiemensen, volledig op elkaar geconcentreerd, onherroepelijk en noodlottig tot elkaar veroordeeld. Iedereen – journalisten, cameraploegen, omstanders – lette op de naderende confrontatie. Iedereen staarde naar de smalle, zinderende breuklijn tussen de twee partijen. Niemand lette op een schutter achter in de menigte of op twee Koreaanse politiemensen die hun dodelijke posities innamen aan weerskanten van de weg. Honderden potentiële getuigen hadden alleen maar oog voor de confrontatie die elk moment kon beginnen.

Ik sloot mijn ogen en probeerde me het eerste schot te herinneren: een doffe knal ergens achter me. Heel ver achter me. Te ver om afkomstig te kunnen zijn uit de groep demonstranten zelf. Daar was ik bijna zeker van. Het was natuurlijk mogelijk dat een van de demonstranten was achtergebleven bij de rest. Maar dan zou hij of zij toch behoorlijk zijn opgevallen. Waarschijnlijk hadden politiewagens ook de straat achter de demonstranten afgezet, net als aan de voorkant, dus moesten daar heel wat Koreaanse agenten hebben rondgelopen.

Zou iemand van hen dan niet de demonstrant hebben gezien die een geweer of een pistool tevoorschijn haalde en een schot loste? Ja, dat kon niet anders. Een schutter valt altijd op.

Ik opende mijn ogen en zag twee mannen naar me toe komen, een Koreaan en een Amerikaan.

Michael Bales was weer op en top de joviale Amerikaan, de vriend van groot en klein. Maar op mij kwam hij niet echt vriendelijk meer over. Zijn gezicht leek een masker, met de valse grijns van een boosaardig dier.

'Jezus, majoor, ik ben blij dat u het hebt overleefd,' verklaarde hij, met een stem die droop van sarcasme. 'Het is toch verschrikkelijk wat die klootzak met u heeft gedaan.'

'We hadden u nooit met die schoft in één cel mogen zetten,' deed Choi een duit in het zakje. 'We hadden hem verkeerd ingeschat. Maar we laten het er niet bij zitten. We hebben hem al aangeklaagd en hij zal zijn gerechte straf niet ontlopen, dat verzeker ik u.'

Voor zijn rol in dit Zuid-Koreaanse volksdrama was hij vervallen in steenkolenengels en had hij zijn gezicht in een meelevende plooi getrokken.

'Goddank kwam uw advocaat met de film van die cameraploeg,' vervolgde Bales. 'Als ze tot de volgende morgen had gewacht, zouden we u weer hebben opgesloten bij die etterbak. Dan zou hij u misschien wel hebben doodgeslagen.'

Het was een sterk nummer, dat moest ik toegeven. Op hun eigen onnavolgbare wijze maakten ze me duidelijk dat ze al een alibi hadden geregeld. Het zou me niet verbazen als ze een heel peloton agenten hadden klaarstaan om te getuigen dat ik tot moes was geslagen door mijn nietbestaande celgenoot.

Ik keek op naar Imelda, die haar handen om de handgrepen van mijn rolstoel had geklemd. Ze hoorde de sarcastische ondertoon en stond te koken van woede.

Ik zou het liefst uit mijn rolstoel zijn gesprongen om het tweetal voor hun kloten te schoppen, maar voordat ik iets kon zeggen ging Bales weer verder. 'Ik wil niet vervelend zijn, majoor, maar ik moet u vragen de plaats van het misdrijf te verlaten. Dit is verboden gebied. We zijn bezig met een uitvoerig politieonderzoek en we kunnen niet riskeren dat iemand de sporen vernielt. Dat zult u wel begrijpen, als advocaat.'

Hij speelde nu weer de rol van de bescheiden rechercheur die alleen zijn werk deed. Ik had de grootste moeite om niet mijn middelvinger naar hem op te steken.

Maar voordat ik iets kon zeggen, draaide Imelda de rolstoel behendig bij hen vandaan en reed ze me terug naar het gele lint van de politieafzetting.

'Hé, prettige dag nog verder!' riep Bales.

'Ja, een prettige dag,' echode Choi.

Toen we het lint waren gepasseerd en aan de andere kant van het hek stonden vroeg Imelda: 'Hebben zij je in elkaar geslagen?'

'Mm-mm,' mompelde ik kwaad.

Ze zei verder niets, alsof het zomaar een vraag was.

Toen we terugkwamen in de kapsalon, werd ik meteen opgevangen door Allie de Amazone. Ze deed vreselijk haar best om me te helpen toen Imelda me naar binnen reed. Ze zette me achter een bureau, haalde koffie voor me en bleef naast me staan als een bezorgde kip naast een ei met een barst erin. Ik was een totaal ander mens geworden in haar ogen: iemand om respect voor te hebben. Ik had bloed vergoten voor de goede zaak.

Ik zei haar hoe erg ik het vond van Maria. Ze knikte somber en snotterde even. Ze was helemaal in het zwart – in de rouw, nam ik aan. De aanblik van Allie met dat lange, magere lijf van een meter vijfentachtig, gestoken in een zwarte legging en een lange zwarte jurk en dat piekerige haar erboven, benam me bijna de adem.

Ik was geroerd, echt waar. Misschien was het medelijden, maar ik koesterde opeens een diepe affectie voor haar.

Bovendien was het niet onprettig dat twee vrouwen zoveel werk van me maakten en al mijn wensen probeerden te vervullen. Dus bleef ik slap in mijn rolstoel hangen, hoestte soms even, kreunde wat en keek gepijnigd om me heen. Een halfuur lang liepen ze zich de benen uit het lijf om koffie, bekers water, papier en potloden voor me te halen, totdat Imelda achterdocht kreeg en me in mijn oor siste: 'Hou op met die aanstellerij, anders geef ik je een reden om te kreunen!'

Ik gehoorzaamde. Ik richtte me op in mijn rolstoel en vertelde haar en Allie dat ze een medisch wonder hadden verricht en dat ik me een heel nieuw mens voelde, dankzij hen. Liefdezusters, dat waren ze. Imelda rolde met haar ogen en Allie grijnsde als een bedeesde jongejuffrouw die door de plaatselijke dekhengst voor het dorpsfeest was gevraagd.

Daarna begonnen we aan een overzicht zoals je dat op de rechtenfaculteit wordt geleerd. De bedoeling van dat overzicht is een verzameling losstaande chaotische gebeurtenissen in een schema onder te brengen en naar mogelijke relaties en verbanden te zoeken. Allie noteerde de feiten op een schoolbord, terwijl we ideeën en verklaringen uitwisselden. En onmiddellijk werd me duidelijk dat ik haar schromelijk had onderschat. Ze had een bijna fotografisch geheugen voor gebeurtenissen, feiten en omstandigheden.

Na twee uur leek het schoolbord een reusachtig spinnenweb, geweven door een schizofrene spin die aan de amfetaminen was. De lijnen liepen kriskras door elkaar.

De uitkomst was als volgt. We hadden drie uitgangspunten, of hoe je het ook wilt noemen. Punt één: de moord op No Tae Lee. Punt twee: de aanslag op Fred Melborne, alias Keith Merritt. Punt drie: het bloedbad bij de demonstratie. Als we die drie punten met elkaar konden verbinden, hadden we een dodelijk spinnenweb.

Rechts van dit schema hadden we een lijst van mogelijke motieven genoteerd.

Onze redenering ging ongeveer zo. Mensen vermoorden andere mensen in het algemeen uit hartstocht of kil eigenbelang. Onder het kopje 'hartstocht' vallen emoties als woede, haat, jaloezie of lust. Tot het kille eigenbelang behoren zaken als hebzucht, politiek of het verbergen van andere misdrijven. Natuurlijk doden mensen elkaar soms ook per ongeluk, of uit een ziekelijke nieuwsgierigheid, of voor de lol, of omdat ze niet goed bij hun hoofd zijn, maar in dit geval hadden we waarschijnlijk niet te maken met een dader waaraan een of meer steekjes los zaten.

Als een hetero een homo vermoordt, gebeurt dat meestal uit afkeer. Dat wordt een misdaad uit hartstocht of haat genoemd, maar psychiaters die er verstand van hebben, kunnen je vertellen dat de heteromoordenaar probeert iets te bewijzen tegenover zijn eigen groep, omdat hij bewondering wil afdwingen als iets wat hij in zijn eigen ogen eigenlijk niet is: een echte macho, een man van actie. In feite komt zo'n misdrijf dus voort uit een misselijkmakende innerlijke zwakte of zelfhaat.

Als je ervan uitging dat Whitehall onschuldig was aan de moord op No en je vervolgens de drie gebeurtenissen met elkaar verbond, zou je kunnen afleiden dat er een dader achter zat met een verzengende haat tegen homo's. Meer dan één dader zelfs. Een heel netwerk. En waarschijnlijk geen Amerikanen, want de man die op de demonstranten had geschoten was een Koreaan geweest. We wisten ook dat een van de schutters als politieman was geïdentificeerd. De ander had een politie-uniform gedragen, een M-16 gebruikt en was er in een politiewagen vandoor gegaan. Stel dat het geen vermomming was en hij ook een eerlijke, onvervalste diender was geweest. Daarbij kwam mijn vermoeden dat er een derde politieman vanachter de menigte het eerste schot had afgevuurd als excuus voor het bloedbad.

'Weet je waar alles naartoe wijst?' vroeg Allie opeens. En meteen beantwoordde ze haar eigen vraag: 'Naar het politiebureau van Itaewon.'

Ken je dat gevoel dat iemand iets zegt en je op hetzelfde moment beseft hoe logisch dat eigenlijk is, zodat je je afvraagt waarom je er zelf niet op gekomen bent? Dit was zo'n moment.

'Ja,' zei ik verbaasd.

Allie staarde naar het schema. 'Het bureau van Itaewon heeft het onderzoek naar de moord op No geleid. Ze hadden makkelijk de bewijzen kunnen vervalsen om Thomas erin te luizen. Fred was in Itaewon toen hij voor die auto werd gegooid. Ook dat is door de politie van Itaewon onderzocht, maar ze konden geen getuigen vinden. De politiewagens bij de demonstratie kwamen vermoedelijk ook uit Itaewon. De agent die jij hebt achtervolgd, Sean, werkte bij dat bureau.'

Dat was allemaal waar. Allie had de punten met elkaar verbonden. Haar professoren konden trots op haar zijn. Als het klopte, had Allie de oplossing van de zaak gevonden.

Dankzij Allie hadden we eindelijk een verdachte. Alleen was het een heel politiebureau. Dat klinkt idioot, maar aan de andere kant zijn corrupte politiebureaus niets bijzonders. Denk alleen maar aan dat bureau in New York dat verdachten verhoorde met behulp van stroomstokken. Of dat complot van agenten in New York dat later in een film nog door rechercheur Serpico werd opgerold. Of, nog recenter, die rechercheurs in Los Angeles die verdachten neerschoten en bewijzen vervalsten om elkaar te dekken.

Eerlijk gezegd zou het me heel goed uitkomen als het politiebureau van Itaewon de ware schuldige was. Het klinkt misschien wraakzuchtig, maar ik kon er niets aan doen.

Alleen, wat was de rol van Bales? Wat had hij ermee te maken? Werd hij gebruikt? Was hij een sadistische stroman die voor de kick gevangenen in elkaar sloeg, maar te dom was om te zien wat er om hem heen gebeurde?

Dat was voorlopig nog niet duidelijk.

Maar verder lag Allies suggestie zo voor de hand dat het bijna griezelig werd.

'Wat is het motief dan?' vroeg ik na enig nadenken.

Ze krabde zich op haar hoofd en zei: 'Haat. Ze hebben de pest aan homo's.'

'Zou kunnen,' mompelde ik, dus noteerde ze dat op het schoolbord. Toch vond ik dat geen voldoende sterk motief. We discussieerden nog een tijdje. Volgens mij was er wel érg veel hysterische homohaat nodig om zoiets te organiseren. Het leek me vergezocht. Allie verzekerde me dat zij er veel meer van wist en dat het regelmatig voorkwam. Ik hoefde alleen maar te denken aan de manier waarop de zwarten werden behandeld in het oude – of niet zo oude – Amerikaanse zuiden. Of hoe hippies waren mishandeld door de politie van burgemeester Daley in Chicago. Of hoe het Amerikaanse leger met homo's omging.

Dat was toch anders, vond ik, maar daar was Allie het niet mee eens.

Alle vormen van psychose hadden dezelfde wortels, beweerde ze. Zo praatten we nog een tijdje heen en weer, totdat Imelda blafte: 'Zo is het wel genoeg. We moeten verder!'

Ze had ons de hele tijd zwijgend aangehoord en bij wijze van hoge uitzondering scheen ze het idee te hebben dat we eindelijk ons geld verdienden als advocaten. Maar natuurlijk had dat luie stelletje ongeregeld wel een strenge scheidsrechter nodig om tot resultaten te komen.

Ik reed een paar keer met mijn stoel op en neer en zei toen: 'Een politiek motief, zou dat ook kunnen? Haat tegen Amerika, bijvoorbeeld?'

'Hoe dan?' vroeg Allie.

'Stel dat een deel van de Koreaanse politie banden heeft met een van die nationalistische anti-Amerikaanse groepen die je hier zoveel hebt. Stel dat ze erachter kwamen dat No homofiel was en een affaire had met een Amerikaanse officier. Dat is niet zo moeilijk. De flat ligt in hun district en ze hebben natuurlijk spionnen op straat. Ze zien die Amerikaanse officier en zijn Koreaanse vriendje een paar keer per week de flat binnengaan. Ze zoeken het uit en No blijkt de zoon van een minister te zijn. Dat vinden ze misschien pas écht walgelijk. Ik bedoel, Koreanen vinden het al een racistische belediging dat onze soldaten met Koreaanse hoertjes slapen, maar homoseks is nog een graadje erger. Whitehall vergreep zich aan een Koreaans lichaam, en dat is ernstig, maar No haalde doelbewust zijn eigen ras door het slijk. Dus hebben ze No vermoord en Whitehall – een Amerikaanse officier van West Point – de schuld in de schoenen geschoven. Twee vliegen in één klap. Misschien had Fred al te veel ontdekt en hebben ze daarom geprobeerd hem ook te vermoorden. Daarna kwam die demonstratie en zagen ze hun kans schoon om echte schade aan te richten.'

Imelda en Allie staarden me aan, wisselden toen een blik en schudden hun hoofd.

'Sean, hoor nou eens,' zei Allie. 'Om te beginnen wist niemand iets van de bedoeling of het tijdstip van onze demonstratie. Katherine heeft dat verzoekschrift onder valse voorwendsels ingediend.'

'De politie wist van de demonstratie,' wierp ik tegen. 'Dat hadden ze van het kantoor van de burgemeester gehoord. Misschien hadden ze een vermoeden van de werkelijke bedoeling.'

'In de tweede plaats,' ging ze verder, 'waren het politiemensen die op de menigte vuurden. Hoe kunnen ze dan lid zijn geweest van een anti-Amerikaanse groepering?'

'Hebben jullie de Olympische Spelen van '88 op tv gezien?'

Ze schudden allebei hun hoofd.

'De Spelen van '88 werden hier gehouden, in Seoul. Dat was een groots moment voor de Koreanen, hun visitekaartje voor de wereld, een internationale erkenning van alles wat ze hadden bereikt. Op de dag van de openingsceremonie was het stadion tot de nok toe gevuld: tweehonderdduizend toeschouwers met van die kleine Koreaanse vlaggetjes. Toen de Amerikaanse afvaardiging het stadion binnen marcheerde, stond het publiek bijna als één man op om ze uit te jouwen. Ik meen het serieus. Even later verscheen de Russische delegatie en stond bijna het hele stadion op om ze toe te juichen.'

'Dat kan ik niet geloven,' zei Allie. 'We zijn toch bondgenoten?'

'Dat weet ik. De Russen hebben Kim Il Sung aan de macht geholpen. Ze waren verantwoordelijk voor de aanval op Zuid-Korea, ze hebben Noord-Korea vijftig jaar lang overeind gehouden met wapens en voedsel, en toch werden ze toegejuicht in Seoul. Terwijl onze mensen, de afvaardiging van een land dat Zuid-Korea heeft gered ten koste van vijftigduizend Amerikaanse doden, en vervolgens miljarden heeft uitgegeven om hen vijftig jaar tegen het Noorden te beschermen, werden uitgefloten.'

'Dat slaat nergens op,' zei Allie.

'Het is een paradox, maar één ding weet ik wel: ze hebben genoeg van die Amerikaanse troepen op hun grondgebied. Ze willen niet langer van een ander land afhankelijk zijn. Ze willen zich niet meer door Amerika laten vertellen wat ze moeten doen. Ze vertrouwen onze motieven niet, en eerlijk gezegd zijn dic ook heel moeilijk uit te leggen, zelfs in Amerika. Ik bedoel, wat hebben wij aan Korea? Ze sturen ons immigranten, goedkope elektronica en auto's, die Amerikaanse arbeiders liever in eigen land zouden produceren, nietwaar?'

Allie leunde tegen het schoolbord. 'En jij denkt dat ze zelfs Amerikanen zouden vermoorden om ons hier weg te krijgen?'

In de hoek stond een televisie aan en juist op dat moment schakelde CNN over voor een rechtstreeks verslag van de aankomst van de Amerikaanse minister van Buitenlandse Zaken, die uit een lange, gestroomlijnde 747 van de Amerikaanse luchtmacht stapte. Ze droeg een hoed met een brede rand, een soort cowboyhoed die ze bij buitenlandse reizen altijd op had, waarschijnlijk omdat zo'n achterlijke persvoorlichter haar ervan had overtuigd dat ze die hoed tot haar handelsmerk moest maken. Ik vond het een domme gedachte, niet alleen omdat het zo kinderachtig was, maar ook omdat die grote hoed totaal niet bij haar gezicht paste.

Hoe dan ook, ze keek streng en onverzoenlijk toen ze onder aan de vliegtuigtrap kwam, waar de Koreaanse president klaarstond om haar te ontvangen. Het normale protocol schreef voor dat de minister van

Buitenlandse Zaken werd verwelkomd door haar directe collega. Het feit dat de president zelf was gekomen, bewees de ernst van de situatie. Nog opvallender was dat de minister en de president elkaar geen hand gaven.

Er werd teruggeschakeld naar een correspondent in Washington, die een interview hield met een boos homoseksueel Congreslid uit Massachusetts, een man met een rood gezicht.

'Meneer Merrigold, denkt u echt dat uw voorstel om onze troepen uit Korea terug te trekken enige kans van slagen heeft?'

'Reken maar!' snauwde hij. 'Ik heb al voldoende steun gekregen bij het indienen. En elk uur neemt die steun nog toe. Ik zal u iets vertellen. Ik zal héél Amerika iets vertellen. Dames en heren, dit gaat niet langer over homo's. Vergeet hun seksuele geaardheid nu maar even. Het waren Amerikanen die daar op straat zijn vermoord. Als de Republiek Korea onze burgers niet wil beschermen, waarom zouden wij hen dan wél verdedigen? Als zij volharden in deze doofpotaffaire, zal de laatste Amerikaanse militair aan het eind van deze maand vertrokken zijn. Later sturen we Federal Express wel om de spullen op te halen.'

Hij maakte plaats voor de charmante presentatrice in de studio, die haar best deed om ernstig en bezorgd te kijken. 'Nu is de minister van Buitenlandse Zaken dus door de president gestuurd om te proberen nog iets te redden van een situatie die door alle commentatoren als bijna hopeloos wordt beschouwd. Het dodencijfer van het bloedbad in Korea is inmiddels opgelopen tot vijftien. Vier van de gewonden verkeren nog in levensgevaar. De Republiek Korea houdt vol dat haar politiemensen zijn geprovoceerd door een scherpschutter uit de rijen van de demonstranten. Bronnen in het Congres beweren dat het voorstel tot terugtrekking van de Amerikaanse troepen een redelijke kans maakt.'

Imelda liep naar de hoek en zette de televisie uit. We gingen weer aan het werk.

29

Het was heel slim wat Katherine probeerde. En het getuigde van lef. Moran en Jackson werden vastgehouden in het cellenblok van het garnizoen Yongsan en Katherine had een fax naar kolonel Barry Carruthers gestuurd om toestemming te vragen voor een verhoor.

Waarom dat zo slim was? Omdat we nu een goede reden hadden om aan te nemen dat Bales en Choi de twee mannen met geweld hadden gedwongen om tegen onze cliënt te getuigen. Ik had heel moedig mijn eigen lichaam geofferd om dat bewijs te krijgen. Zo nobel ben ik wel.

En het getuigde van lef omdat Moran en Jackson als getuigen à charge op de lijst stonden en wij officieel pas met hen mochten spreken tijdens het proces, bij het kruisverhoor.

Maar Katherine had haar verzoekschrift handig gemotiveerd met het argument dat Moran en Jackson, afgezien van onze eigen cliënt, de enige nog levende getuigen waren van wat zich in dat appartement had afgespeeld, en dat we dus de kans moesten krijgen om vast te stellen of hun getuigenis misschien gunstig zou kunnen zijn voor onze cliënt. Dat klonk nogal vergezocht in deze fase van de zaak, maar de Amerikaanse rechtspraak wemelt van zulke vergezochte mogelijkheden. Snelle Eddie verzette zich met hand en tand tegen het verzoek. Je zou denken dat hij ons vanuit zijn onaantastbare positie wel wat ruimte zou gunnen, maar hij was meedogenloos. Daarom antwoordde Carruthers dat hij met Katherine wilde spreken om haar argumenten te horen. Volgens het protocol moest ik met haar mee.

Dat beviel Imelda niet erg. Haar tactiek was om Katherine en mij gescheiden te houden. Ze wist dat Katherine en ik hormonaal tot ruzie waren veroordeeld.

Hoe dan ook, eindelijk stonden Katherine en ik voor de deur van het kantoor van kolonel Barry Carruthers. We ijsbeerden allebei nervcus heen en weer. Dat wil zeggen, Katherine ijsbeerde, terwijl ze in stilte haar strategie repeteerde. Ik hinkte met een stok en vloekte binnensmonds omdat mijn lichaam vurig terugverlangde naar die rolstoel. Maar ik wilde niet dat de rechter me de eerste keer in dat ding zou zien en me als invalide zou beschouwen. Het was beter dat hij me met een stok zag, als een halve invalide. Zo werkt de logica van een macho.

De secretaresse van de rechter, die met hem meegevlogen was, zat ijverig haar nagels te vijlen en negeerde ons. Wij waren immers advocaten en de afkeer van haar baas van onze soort was besmettelijk.

Ze keek zo nu en dan naar een knipperend rood lampje op haar telefoon tot het ten slotte doofde. Dat was het teken dat de rechter beschikbaar was en Katherine en mij kon ontvangen. Ze gaf ons een ijzig knikje en we stapten voorzichtig het hol van de leeuw binnen.

Het eerste wat me opviel was dat de kamer donker was. Echt heel donker. De zonwering was neergelaten, de gordijnen waren dicht en het enige licht kwam van een kleine bureaulamp, gericht op niemand anders dan de rechter zelf.

Het tweede wat me opviel was dat Barry Carruthers een indrukwekkende man was om te zien. Hij was ooit left-tackle geweest bij Notre Dame en was sindsdien alleen maar angstaanjagender geworden. Hij was zwart, diepzwart, met een grote, brede kop en dikke, borstelige wenkbrauwen. De rest was hoekig: een hoekige neus, harde ogen en strakke lippen. Zijn gezicht leek zo scherp dat hij je ermee aan repen zou kunnen snijden. Een menselijke stiletto.

Hij droeg een groen uniform en een shirt met korte mouwen. Zodra je hem zag, wist je dat de man fanatiek aan zijn conditie werkte, want zijn mouwen sloten strak om zijn grote, sterke biceps. Eén keer zijn spieren spannen en hij kon weer naar de winkel voor een nieuw overhemd.

'Ga zitten,' zei hij. Niet vriendelijk of boos, maar wel kil.

Katherine nam de stoel rechts van me. Ik leunde naar voren op mijn stok en liet me met een klap op mijn stoel vallen.

Carruthers staarde naar zijn rechtervuist, waarmee hij zo'n rubberen knijpballetje kneedde. Ik was blij dat ik niet het balletje was dat in die vlezige vuist tot moes werd geknepen. Je zag hoe de pezen van zijn enorme armen zich spanden en ontspanden.

Ik wierp een blik op Katherine, die redelijk standhield – voorzover ik kon zien. Op mij hadden de onheilspellende duisternis en de ongelooflijke afmetingen en kracht van de man een verpletterend effect. Ik wilde hier zo snel mogelijk vandaan. Maar Katherine wist haar zenuwen aardig in bedwang te houden.

'U had mijn verzoekschrift gekregen, kolonel?' vroeg ze, ferm maar beleefd.

Hij negeerde haar vraag nadrukkelijk. 'U bent de jongedame die de demonstratie van gisteren heeft georganiseerd en geleid?' vroeg hij in plaats daarvan. Dat 'jongedame' was wel goed gevonden: neerbuigend én autoritair.

'Dat klopt,' gaf Katherine toe, zo luchtig mogelijk.

'Die was neem ik aan bedoeld om mij in verlegenheid te brengen?'

'Allerminst. Het was een uiting van publieke woede over de arrestatie van een onschuldig man. Thomas Whitehall heeft No Tae Lee niet vermoord en als ik de kans krijg zal ik dat bewijzen ook.'

Niet gek, vond ik. Katherines stem klonk koel, zakelijk en afstandelijk. Ze gaf geen krimp. Het was zo'n geval van David die Goliath trotseerde.

Hij staarde nog steeds naar zijn vuist. 'Vijftien doden in het mortuarium, verdomme. Een breuk in een vijftig jaar oude alliantie die misschien niet meer te herstellen is. Een publieke vernedering voor allebei de naties. Niet slecht voor één dag werk, mevrouw Carlson, vindt u wel?'

Katherine vertrok geen spier. 'Het had een vreedzame, legale demonstratie moeten worden.'

De rechter keek nog steeds naar zijn hand, die het balletje steeds verder fijnkneep. Zijn onderarm leek een bundel slangen die op en neer glibberden in een trage dans.

'U was toch gewaarschuwd door generaal Spears? Hij heeft u gezegd dat de toestand hier licht ontvlambaar was. Wat mankeerde u? Kon u geen weerstand bieden aan de verleiding?'

Daar gaf Katherine geen antwoord op, gewoon omdat er geen antwoord mogelijk was. De kolonel was woedend en zette haar stevig op haar nummer. Daar had hij alle reden toe. Afgezien van de verschrikkelijke gevolgen die Katherine noch iemand anders had kunnen voorzien, liet geen enkele rechter zich graag provoceren door verklaringen in de pers en publieke demonstraties. Katherine had een lucifer bij een staaf dynamiet gehouden en het dynamiet liet haar nu weten dat het niet op prijs werd gesteld.

Toch ontging het me niet dat de rechter misbruik maakte van de situatie door Katherine het mes op de keel te zetten. Heel slim van hem. Dat bespaarde hem de moeite om haar als een insect te verpletteren voor het oog van de hele krijgsraad.

Ik keek snel opzij. Katherine maakte allesbehalve de indruk dat ze onder haar stoel wilde wegkruipen, eerder dat ze hem over het bureau naar zijn strot wilde vliegen.

'Geeft u mij soms de schuld?' vroeg ze.

De staaf dynamiet kneep nog harder en sneller in het balletje. Misschien dat Katherine het leuk vond om rechters te treiteren, maar ik zag er de lol niet van in. Voordat een van beiden nog een woord kon zeggen kwam ik haastig tussenbeide. 'Wat is uw beslissing over het verzoekschrift, kolonel? Ik vraag dat nu officieel.'

267

Carruthers legde het balletje midden op zijn bureau en staarde er een tijdje naar. Ik begreep het al. Dat balletje moest Katherine voorstellen. Als hij dat kleine stukje rubber niet had gehad, zou hij waarschijnlijk de armen van haar romp hebben gerukt om ermee op haar kop te timmeren.

Voor het eerst ging zijn blik naar mij. 'Daarvoor zijn we toch hier, Drummond? Om jullie verzoekschrift te behandelen?'

Ik had het nog niet gezegd, maar de rechter had een diepe, zware stem, zo'n stem die de lucht deed trillen, dwars door je huid drong en afketste tegen je botten.

Ik kuchte even en boog me naar voren. 'Mevrouw Carlson en ik vinden het van groot belang dat we die twee mannen te spreken krijgen.'

'Dan zult u met betere juridische argumenten moeten komen dan ik in uw verzoekschrift gelezen heb.'

'Die hebben we,' zei Katherine. 'We zijn geen van beiden aanwezig geweest bij het Artikel 32-onderzoek, voorafgaande aan de krijgsraad. We hebben niet de kans gekregen om alle feiten zelf te onderzoeken. Als u dit verzoek afwijst, vinden we dat een goede grond voor beroep.'

Haar toon was beleefd, maar ze had net zo goed haar middelvinger kunnen opsteken. Als een advocaat een rechter durft te dreigen om zijn besluit als een grond voor beroep te gebruiken – hoe beleefd dat ook wordt geformuleerd – is dat net zo brutaal als... nee, nog erger. Ik kan niets ergers bedenken, eerlijk gezegd.

Een luid en woedend gesnuif ontsnapte aan Carruthers' neus en zijn bovenlichaam schoot naar voren. Hij richtte zijn vlijmscherpe ogen op haar knappe gezichtje. 'Is dat een dreigement?'

'Jawel, kolonel,' zei ze koeltjes. 'Ik heb zojuist gedreigd. Met alle respect, uiteraard.'

'Dan zal ik...'

Ik kreeg een visioen van twee treinen die met volle snelheid op elkaar afstormden, dus riep ik met bijna overslaande stem: 'Ik zal het uitleggen. We hebben net gehoord dat Moran en Jackson over informatie beschikken die mogelijk de onschuld van onze cliënt kan bewijzen. Als we die informatie niet snel krijgen, zal dat desastreus zijn voor onze verdediging. Dan krijgt onze cliënt geen redelijke kans en hebben wij dus geen andere keus dan beroep aan te tekenen.'

Hij hield zijn hoofd schuin en krabde aan zijn oor. 'Ga door.'

Ik keek naar Katherine en ze knikte dat ik het over mocht nemen. Ze liet het zelfs zo haastig aan mij over dat ik me afvroeg of ze een spelletje met me speelde, haar versie van de sympathieke en de onsympathieke smeris. Of de dappere en de laffe smeris, in dit geval.

Ik slikte maar eens en zei: 'Wij denken dat de verklaringen van Moran en Jackson onder dwang tot stand zijn gekomen.'

Daar dacht hij even over na. Hij pakte het rubberen balletje en begon het weer te kneden. Nu was ik het die in die vlezige vuist werd verpletterd.

'Ik hoop dat u goede gronden hebt voor die verdenking.'

'Die hebben we inderdaad. Gisteren ben ik ondervraagd door dezelfde politiemensen die Moran en Jackson hebben verhoord. Zoals u aan mijn fysieke toestand kunt zien hebben ze een... bijzonder grote overredingskracht, zal ik maar zeggen.'

De kamer was zo donker dat hij moest opstaan om het licht aan te doen. Daarna liep hij een paar keer om me heen om de schade te inspecteren.

Ten slotte ging hij weer zitten. 'Hoor eens, Drummond, het is geen nieuws dat de Koreanen niet zo zachtzinnig te werk gaan bij een verhoor als wij. Maar als je op die gronden protest wilt aantekenen, moet je je precedenten beter bestuderen. De Amerikaanse wet erkent het wangedrag van buitenlandse politiediensten in hun eigen land niet als reden om de officier niet-ontvankelijk te verklaren.'

'Dat weet ik ook wel, kolonel,' antwoordde ik, 'maar er was een CID-rechercheur aanwezig toen ik in elkaar werd geslagen.'

'Dat is heel betreurenswaardig, maar de CID heeft geen macht over de Koreaanse politie. Hetzelfde precedent.'

'Inderdaad, maar hij heeft deelgenomen aan de mishandeling. En diezelfde CID-rechercheur was bij de ondervraging van Moran en Jackson. Hij is zelfs de belangrijkste getuige van de aanklager.'

'Dien dan een klacht tegen hem in. Maar het feit dat hij u heeft geslagen is geen bewijs dat hij dat met de andere twee ook heeft gedaan.'

'Dat is waar. Alleen was er een moment tijdens mijn verhoor waarop hij en zijn Koreaanse collega dachten dat ik nog bewusteloos was. Toen hoorde ik ze iets zeggen over het pak slaag dat ze soldaat Jackson hadden gegeven.'

Carruthers kende het dossier blijkbaar. 'U hebt het over Bales?'

'Ja, kolonel.'

Hij liet het rubberen balletje op zijn bureaublad stuiteren. 'Wees voorzichtig, Drummond. Natuurlijk wil je de belangrijkste getuige van de tegenpartij in diskrediet brengen, maar ik sta advocaten niet toe om zomaar iemands goede reputatie door het slijk te halen. Niet als ik presideer. Bales is de jongste adjudant van de CID, met een staat van dienst waar iedere politieman van droomt. Ik zal het je eerlijk zeggen: probeer me niet te belazeren.'

'Mag ik net zo eerlijk zijn?'

'Daar reken ik op, Drummond.'

'Oké, het zit zo. Drie uur voordat Bales en zijn Koreaanse collega mij ondervroegen, kwam er een hele stoet Koreaanse agenten langs mijn cel, die allemaal de sleutel hadden. Ik ben zo vaak getrapt en geslagen dat ik de tel kwijtraakte. Of ik dat kan bewijzen? Nee. Daarna ben ik naar een verhoorkamertje gesleept waar Bales en zijn Koreaanse vriendje, inspecteur Choi, zaten te wachten. Zij hebben me zo toegetakeld dat ik bewusteloos raakte. Kan ik dat bewijzen? Nee. Er hebben zoveel mensen van dat bureau aan die mishandeling meegewerkt dat ze een muur van stilte zullen optrekken die nog harder is dan de snavel van een specht.'

'Wat wilt u dan bereiken met Moran en Jackson?'

'We willen weten of zij ook in elkaar geslagen zijn – of hun bekentenis is afgedwongen of niet.'

'Laten we eens aannemen dat dat zo is. Kunt u dat dan bewijzen voor de krijgsraad?'

'Ik betwijfel het, kolonel. Choi heeft al een valse verklaring afgelegd dat Jackson door een celgenoot zou zijn afgetuigd. Ik weet niet wat voor verhaaltje er over Moran is opgehangen.'

'Wat wilt u dan precies? Waarom zou ik het toelaten als u het niet kunt bewijzen?'

'Omdat we op die manier misschien andere zaken op het spoor kunnen komen.'

'Wat voor zaken, kunt u me dat ook zeggen?'

Opeens besefte ik dat Carruthers heel wat slimmer was dan ik had gedacht. Ik denk dat hij vanaf het eerste begin al wist dat we heel andere motieven hadden.

Ik wisselde een blik met Katherine. Als we Carruthers zouden vertellen dat we het politiedistrict Itaewon verdachten van een massaal complot waar het bloedbad van de vorige dag deel van uitmaakte, zou hij ons allebei de nek omdraaien.

Katherine nam het weer over. Zij was tenslotte de baas. 'Nee, kolonel, niet op dit moment.'

Carruthers leunde weer naar achteren in zijn stoel. Hij dacht nog steeds na en liet het balletje op en neer stuiteren. 'Maar toch denkt u dat ik uw verzoek zal inwilligen?'

'Ja, kolonel,' zei Katherine, en het ontging me niet dat ze opeens zo gedwee leek als een mak lammetje. Heel verdacht. De onsympathieke smeris was opeens de sympathieke smeris geworden.

Wel slim van haar. Er is een moment voor confrontatie, maar ook een moment om in te binden.

Het balletje lag stil en de rechter boog zich naar voren.

'Goed, ik zal jullie mijn beslissing laten weten. Maar als ik het toelaat, moet de aanklager erbij aanwezig zijn. Moran en Jackson zijn zijn getuigen en hij heeft het recht te delen in alles wat jullie ontdekken. En nog iets, noem dat maar punt één. Als jullie iets nieuws te horen krijgen, wil ik dat onmiddellijk weten. Zonder uitstel. Ik wil geen verrassingen tijdens de rechtszaak. Niet in dit geval. Begrepen?'

'Begrepen, kolonel,' antwoordden we allebei beleefd.

'Punt twee: vergeet vooral punt één niet. God sta jullie bij als je punt één vergeet. En mevrouw Carlson, ik raad u aan mij niet te verwarren met die sukkels die u in het verleden in de val hebt laten lopen. Pas op, want ik draai u door de gehaktmolen.'

Katherine staarde hem aan en ik moet toegeven dat ik geen moment twijfelde dat Barry Carruthers meende wat hij zei. Ik was er ook van overtuigd dat hij Katherines dossier had doorgenomen en alles wist van haar toneelstukjes.

'Wilt u nu even naar de gang gaan, mevrouw Carlson? Ik heb iets te bespreken met Drummond hier.'

Ze kon moeilijk weigeren; het was per slot van rekening zijn kantoor. Voor één keer sprak ze hem niet tegen. Ze mopperde of sputterde niet eens, maar stond zwijgend op en verliet de kamer.

Ik bleef zenuwachtig achter en vroeg me af wat er ging komen. Als hij geen getuigen wilde, kon het niet veel goeds zijn.

Hij pakte het balletje en begon het weer te kneden.

'Drummond, moet ik je nog vertellen dat onze vrienden in Washington niet erg blij zijn met jouw optreden hier?'

Dus daar ging het over. Hij had de burger gevraagd te vertrekken zodat we even konden praten als soldaten onder elkaar. Hij moest de post afleveren, zoals dat heet. Ik zakte onderuit op mijn stoel.

'Nee, kolonel, dat dacht ik al.'

'Je bent speciaal advocaat bij de SPECAT, nietwaar?'

'Jawel,' antwoordde ik, hoewel mijn mond van verbazing openviel.

Ik had zojuist toegegeven dat ik een Special Actions-advocaat was, verbonden aan een geheime rechtbank die heel gevoelige zaken behandelt van militairen van de 'zwarte' eenheden: onderdelen die zich bezighouden met missies die zo geheim en gevoelig zijn dat het leger niet eens toegeeft dat ze bestaan. Er zijn meer van zulke eenheden dan het publiek denkt, nogal paradoxaal natuurlijk, omdat het publiek er helemaal niets van mág weten. Uiteraard met de opvallende uitzondering van Delta Force, de bekendste niet-bestaande eenheid uit de militaire geschiedenis.

Hoewel militairen van zwarte eenheden een eed afleggen om nooit met een woord over hun werk te spreken, vergeten ze die eed meestal meteen zodra ze van een ernstig misdrijf worden beschuldigd en dreigen ze uit de school te klappen als ze geen strafvermindering krijgen. Ook bestaat het gevaar dat een openbare krijgsraad informatie zou kunnen prijsgeven die de staatsveiligheid in gevaar brengt.

Vandaar het bestaan van de SPECAT, waar ik werk. De rechters daar zijn met zorg geselecteerd. We hebben allemaal een veiligheidsstatus zo lang als je arm. Ik was bij deze krijgsraad gekomen vanwege mijn achtergrond bij het Regiment, de 'zwartste' eenheid van allemaal, nadat ik tijdens een missie zo ernstig gewond was geraakt dat mijn carrière als infanterieofficier – wat die ook voorstelde – definitief voorbij was. Hogerhand stuurde me naar de universiteit om rechten te studeren en liet me de investering terugbetalen als SPECAT-advocaat.

Daar zouden ze nu wel spijt van hebben.

Rechter Barry Carruthers hoorde dat natuurlijk niet te weten, omdat het bestaan van het SPECAT-hof net zo geheim werd gehouden voor het JAG-korps als voor de rest van de buitenwereld.

'Drummond,' zei hij grijnzend, 'ik heb vier jaar als SPECAT-aanklager gewerkt.'

'Daar had ik geen idee van,' gaf ik toe.

'Het is al lang geleden,' zei hij. 'Maar ik zit hier niet om gezellig herinneringen op te halen aan het leven als SPECAT-advocaat.'

'Nee, dat zal wel niet. U zit hier om me te vertellen dat ik me aan de regels moet houden.'

'Ik heb nog nooit van een rechtszaak gehoord die zoveel ellende heeft veroorzaakt. Je beseft toch wel dat dit hele bondgenootschap op het punt staat uit elkaar te vallen?'

'Dat zeggen ze op het nieuws, ja.'

'De media weten de helft nog niet, Drummond. De minister van Buitenlandse Zaken is hier voor een laatste poging om de zaak te redden. Persoonlijk geef ik haar niet veel kans. Je zou de berichten moeten zien die heen en weer gaan tussen hier en Washington. Niet zo mooi. En als jij en mevrouw Carlson straks voor mijn krijgsraad proberen te bewijzen dat No homoseksueel was, zou ik niet wachten op het laatste Amerikaanse vliegtuig vanaf dit schiereiland, omdat onze jongens dan aan boord van de troepenschepen gaan en het niet lang zal duren voordat Oom Kim uit het Noorden besluit om hier een langdurig bezoekje te komen brengen.'

'Edelachtbare, ik...'

'Niks "edelachtbare". We weten allebei dat dit geen officieel gesprek is tussen rechter en advocaat. We praten nu even onder vier ogen, als mannen onder elkaar.'

'Juist.'

Hij keek me recht aan en wachtte toen even om me duidelijk te maken dat dit een beslissend moment was. 'Geloof je echt dat Whitehall onschuldig is?' vroeg hij toen. 'En draai er niet omheen, Drummond. Ik ben de jury niet. Je hoeft mij niet te overtuigen. Geef me een eerlijk antwoord.'

Ik aarzelde geen moment. 'Ik denk dat hij onschuldig is aan moord, verkrachting en necrofilie. De andere aanklachten zullen wel kloppen.'

Hij leunde naar achteren in zijn stoel en staarde me nog steeds aan. Ik denk dat hij probeerde in mijn ziel te kijken om te zien of ik in staat was de waarheid te spreken of altijd een leugenachtige en onbetrouwbare strafpleiter zou blijven.

Ten slotte knikte hij met zijn grote hoofd en zei: 'Goed. Doe maar wat je moet doen. Praat met Moran en Jackson. Vrijdag beginnen we met het proces en mogen jij en Carlson alles uit de kast halen. Jullie gaan je gang maar. Ik zal het jullie niet makkelijk maken, maar als – nota bene – een Amerikaanse militair nog geen eerlijk proces kan krijgen, hebben jij en ik het verkeerde beroep gekozen.'

Ik bedankte hem, stapte de gang in en vond Katherine. Zodra we buiten kwamen bleven we staan, verblind door de felle zon en onder de indruk van het gesprek.

'We hebben toestemming om met Moran en Jackson te praten,' zei ik. 'En het proces begint op vrijdag. We mogen er hard tegenaan gaan.'

Ze knikte. 'Vrijdag. Er hard tegenaan.'

We zwegen allebei.

Toen lachte ik. 'Ach, hij valt wel mee. Het is een grote brombeer.'

Katherine giechelde nu ook. 'Hoorde je wat hij zei? Hij dreigde dat hij me door de gehaktmolen zou draaien. Wat is dat voor gelul? Ik bedoel, wie zégt nou zoiets?'

'Iemand die het meent.'

Ze zuchtte. 'Jezus, ik verheug me niet op dit proces.'

30

Imelda stond ongeduldig te wachten bij de deur van de kapsalon. Ze greep me bij mijn arm en sleurde me mee naar een kamertje achterin, waar ze de deur achter ons dichttrok.

'Michael Bales,' zei ze.

'Ja. Michael Bales.'

'Ik heb wat onderzoek naar hem gedaan.'

'Je hebt onderzoek naar hem gedaan.'

'Hij is nu vijf jaar in het land. Hij kwam voor een termijn van drie jaar, is hier getrouwd met een Koreaanse en heeft zijn verblijf verlengd.'

'Dus hij heeft een permanente plaats?' vroeg ik – of concludeerde ik. Dat geldt voor militairen die er genoeg van krijgen om steeds van het ene eind van de wereld naar het andere te worden overgeplaatst en daarom een verzoek indienen om op één basis te mogen blijven. Dat komt vooral vaak voor in Korea, omdat veel Amerikaanse jongens met Koreaanse meisjes trouwen die geen zin hebben om hun ouders te verlaten om in een onbekende cultuur in een heel ander werelddeel te gaan wonen.

'En wie denk je dat zijn vrouw is?'

'In elk geval doet ze aan SM. In het weekend sturen ze de kinderen naar opa en oma, zodat ze elkaar kunnen vastbinden en lekker afranselen.'

'Chois zus.'

'Dat is een grapje?'

Domme vraag, natuurlijk, want Imelda Pepperfield maakt nooit grapjes. Ik heb haar wel eens een mop horen vertellen, maar eerlijk gezegd heeft ze geen idee hoe je de clou moet brengen. Ze is een van die mensen die alleen geestig zijn als ze dat niet zo bedoelen. Een natuurlijke comédienne, zal ik maar zeggen.

Heel anders dan ik. Met mij blijf je lachen, of je wilt of niet.

'Bales is de grote man hier. Hij krijgt alle belangrijke zaken en hij heeft er meer opgelost dan Jezus zieltjes heeft gered.'

'En we weten nu hoe hij dat doet, nietwaar?'

'Hij slaat ze verrot en geen haan die ernaar kraait.'

Tegen de tijd dat we weer naar buiten stapten had Katherine al met Snelle Eddie gebeld en een afspraak geregeld in het cellenblok. We hadden nog maar twee dagen. Katherine liet er geen gras over groeien.

Omdat allebei de getuigen militairen waren lag het voor de hand dat ik met haar mee zou gaan. We besloten ook Imelda mee te nemen, officieel als stenografe, maar in werkelijkheid omdat ze een ervaren onderofficier was die misschien dingen zouden opvallen die ons ontgingen. Zo werkt het leger. Er worden allerlei signalen afgegeven tussen manschappen en onderofficieren waar burgers en officieren geen idee van hebben.

Twintig minuten later arriveerden we bij het ccllenblok. Een lange, slungelige MP ving ons bij de deur op en liep sloom voor ons uit naar een verhoorkamertje. Eddie zat er al, naast een kleine, spichtige jongen die een doodsbange indruk maakte. Hij had golvend blond haar, een bleek, mager gezicht, rode littekens van uitgeknepen puistjes en grote, ronde, angstige blauwe ogen. Ik herkende zijn gezicht van de foto. In werkelijkheid zag hij er nog verwijfder uit.

'Morgen, Eddie,' zei Katherine, met een onbeschofte grijns naar Golden.

'Ga zitten,' zei Eddie, die niet langer zijn charme losliet op Katherine of mij. Daarvoor is hij te slim. Eddie verspilt geen ammunitie.

Katherine stak Jackson over de tafel haar hand toe. 'Hallo, Everett, ik ben Katherine Carlson, de advocaat van Thomas Whitehall.'

Ze lachte hem stralend toe. Ze was een mooie vrouw en zelfs voor een homo als Jackson is een glimlach op het gezicht van een knappe vrouw nog altijd prettig om te zien. Ik bedoel, ik kon mijn ogen niet van haar afhouden. Goed, ik ben hetero, maar zij niet – wat nog eens bewees hoe ingewikkeld alles was in deze zaak. Jackson gaf haar een hand.

Ze wees naar Imelda en mij. 'En dit zijn majoor Sean Drummond, mijn collega, en specialist der zevende klasse Imelda Pepperfield, onze juridisch medewerkster.'

Hij keek vluchtig onze kant op en richtte zijn aandacht meteen weer op Katherine. Ik zag dat Imelda zich in een hoek had teruggetrokken met een gepijnigde uitdrukking op haar gezicht.

'Everett,' vervolgde Katherine, 'ik ben ingehuurd door de OGMM, waarvoor ik nu al zo'n acht jaar werk. Als civiel advocaat, uiteraard. Mijn specialiteit is homozaken in het leger. Ik geloof in die strijd. Ik vind dat het leger toegankelijk moet zijn voor homo's en ik verdien mijn geld door daarover te procederen.'

Dat was een handige zet van haar. Ze vertelde Everett Jackson, een soldaat die gevangenzat en op het punt stond oneervol te worden ontslagen wegens het verrichten van homoseksuele handelingen, dat het haar levenswerk was om op te komen voor jongens zoals hij. In feite zei ze dus: hé, laat je niet inpakken door die advocaat rechts van je. Ja, die knappe vent in dat groene uniform. Goed, hij lijkt misschien wel aardig, maar hij wordt betaald om jongens zoals jij het leger uit te schoppen. Ik ben te vertrouwen, Everett, ik sta aan jouw kant. Laten we vrienden worden.

Jackson knikte, alsof hij het begreep. Ik probeerde me onzichtbaar te maken, zodat hij niet mijn kant op zou kijken en zou vragen: en hij dan? Is hij dan geen homohater?

Maar Eddie was ook niet gek.

'Laat je door haar niet in de luren leggen, Everett,' zei hij meteen. 'Zij is de advocaat van Thomas Whitehall, de man die No Tae Lee heeft vermoord en jou al deze ellende heeft bezorgd. Ze is helemaal niet geïnteresseerd in jou, alleen in haar eigen cliënt.'

Jacksons blik ging een paar keer van Eddie naar Katherine, maar ik had geen idee wat hij dacht.

'Natuurlijk heeft hij gelijk, Everett,' zei Katherine snel. 'Ik moet Thomas Whitehall verdedigen. En dat zal ik doen, zo goed als ik kan, omdat ik weet dat hij onder druk wordt gezet, net als jij. Zoals je ook onder druk bent gezet om die laatste verklaring af te leggen, is het niet?'

Jackson had nog steeds geen woord gezegd. Er was hem ook niets gevraagd. De aanklager en de verdediger waren te druk bezig zich van zijn sympathie te verzekeren.

'Everett,' vervolgde Katherine, 'ik zal je vertellen waar dit precies om gaat. In je verklaring zei je dat je door sergeant der eerste klasse Moran was uitgenodigd voor een feestje bij kapitein Whitehall. Klopt dat?'

Hij keek naar Eddie, die hem met een knikje toestond om antwoord te geven. Het feit dat hij naar Eddie keek was geen gunstig voorteken.

'Dat is zo, mevrouw,' zei Jackson.

Een stralende, warme, vriendelijke glimlach. 'Je hoeft geen mevrouw te zeggen, Everett. Ik heet Katherine. Ik sta niet zo op mijn strepen als die militairen hier.'

'Goed dan, Katherine. Ja, sergeant Moran had me uitgenodigd.'

'Vond je dat niet vreemd? Ik bedoel, hoe vaak word je uitgenodigd voor een feestje bij een officier?'

'Een beetje vreemd, ja. Maar ik was eh, nou…'

'Je was speciaal bevriend met sergeant der eerste klasse Moran?'

'Ja, dat klopt. Ik dacht… nou ja, ik dacht dat ik als zijn *date* was uitgenodigd.'

'Natuurlijk,' zei Katherine, alsof dat de normaalste zaak van de wereld was, ook in het leger. Per slot van rekening was ze een voorvechtster van homorechten. Hij hoefde zich niet te schamen om haar de intieme details te beschrijven. Hij kon het haar vertellen zoals het was, zonder zich bezwaard te voelen. Zij was immers zijn enige échte vriendin in deze kamer. 'Hoe dan ook,' ging Jackson verder, 'ik vond het eerst nog vreemd, maar Whitehall, eh... de kapitein, was echt heel aardig. Ik bedoel, hij leek heel aardig. Hij schonk een borrel voor me in en hij praatte een hele tijd met me. Ik, eh... ik voelde me wel op mijn gemak.'

'En wat deed Carl Moran? Praatte hij met No Tae Lee?'

'Ja. Een tijdje, tenminste.'

Opeens boog Eddie zich naar voren op zijn stoel. 'Wat krijgen we nou, verdomme? Wat hebben deze vragen met het verhoor te maken?'

'Pardon?' reageerde Katherine geïrriteerd, op een toon van: waar bemoei jij je mee?

Eddie toonde haar een glimp van zijn vriendelijkste beulsgezicht. 'Dame, u bent hier niet om alvast een kruisverhoor van mijn getuige te repeteren. De schriftelijke instructie van de rechter is duidelijk. U kunt alleen vragen stellen die betrekking hebben op het verhoor van Jackson. Meer niet.'

'Mag ik je exemplaar van die instructie even zien?'

In onze haast om naar kantoor terug te gaan hadden we niet gewacht op ons eigen exemplaar. Heel dom, natuurlijk.

Hij gooide het triomfantelijk over de tafel naar haar toe. Ze pakte het op, las het door en gaf het aan mij. Ik las het ook en gaf het aan Imelda, die het aan Eddie teruggaf zonder dat ze het had gelezen.

Het was een beperkte instructie. Carruthers was niet achterlijk. We hadden gezegd dat we de mogelijkheid wilden onderzoeken dat de getuigen waren mishandeld. We konden dus alleen vragen stellen over de gebeurtenissen na de arrestatie. Punt uit.

Katherine had een moment nodig om zich te herstellen. Ze haalde een paar keer diep adem en glimlachte weer tegen Jackson, maar deze keer was haar lach een beetje geforceerd.

'Oké, Everett, laten we het dan hebben over wat er is gebeurd nadat je was gearresteerd. Waar hebben ze je naartoe gebracht?'

'Naar het politiebureau van Yongsan. Daar hebben ze ons allemaal naartoe gebracht.'

'En wat gebeurde daar?'

'Nou, eerst hebben ze ons verdeeld over verschillende kamers. Daarna hebben ze mijn vingerafdrukken genomen. Ze stelden een heleboel vragen en...'

'Wie stelde die vragen?' viel ik hem in de rede.

'Een Koreaanse politieman. Zijn naam weet ik niet meer. Het klonk als, eh...'

'Als Choi?'

'Ja, majoor. Zoiets.'

'Een politieman in uniform of een rechercheur in burger?'

'Hij was in burger. Ik geloof dat hij zei dat hij hoofdinspecteur was of zo.'

'En waar was dat?'

'In een kamertje aan de achterkant.'

'Waren er ook Amerikanen bij?'

'Nee.'

'Goed. En toen?' vroeg Katherine.

'Daarna ben ik in een cel gezet totdat de MP's me kwamen halen en me naar de basis brachten. Daar hebben ze me opgesloten in een kamer van de MP-post, totdat adjudant Bales en diezelfde Koreaan binnenkwamen om me nog meer vragen te stellen.'

'Hebben ze je aangeraakt?' vroeg ik.

Opeens verbrak hij het oogcontact. Hij keek naar Eddie, die knikte dat hij antwoord mocht geven.

'Nee,' zei hij. 'Eh... nee, ze hebben me niet aangeraakt.'

Ik boog me naar hem toe. 'Weet je dat zeker?'

'Ja, majoor, dat weet ik zeker.'

'Wat gebeurde er toen?' vroeg Katherine.

'Na een uurtje of zo werd ik vrijgelaten en kon ik weer naar mijn onderdeel terug.'

Katherine draaide zich om en keek me aan. Ik haalde mijn schouders op.

Katherine draaide zich weer naar Jackson. 'Je hebt toen met een advocaat gesproken?'

'Ja, dat klopt.'

'Waarom?'

'Dat weet ik niet. Ik was op de plaats van een moord geweest. Wie weet wat die Koreaanse politiemensen dachten. Het leek me veiliger.'

'En adviseerde die advocaat je om terug te gaan en je eerste verklaring te herzien?'

Jackson keek weer naar Eddie. Toen aarzelde hij even.

'Ja. Hij vond dat ik de waarheid moest vertellen. Ik bedoel, ik heb niemand vermoord of verkracht.'

'Heb je nog met Carl Moran gesproken voordat je terugging?'

'Ja. Dat was ik hem wel verplicht, vond ik. Ik kon hem niet aan zijn lot overlaten.'

'Bedoel je dat je wist dat Moran ook had gelogen in zijn officiële verklaring tegenover de militaire politie?' vroeg ik.

Eddie boog zich weer naar voren. 'Drummond, je gaat te ver.'

'Helemaal niet,' protesteerde ik. 'Jouw getuigen zijn twee keer verhoord en hun eerste en tweede verklaring kloppen niet met elkaar. Wij hebben het recht te weten waarom.'

Eddie krabde even aan zijn kin. 'Vind ik niet,' zei hij toen. 'Zullen we de rechter bellen om het hem te vragen?'

'We willen alleen maar de waarheid weten. Waar ben je zo bang voor?'

Hij glimlachte. 'Nergens voor. Als hij straks in de getuigenbank zit, mag je hem vragen wat je wilt. Zolang het maar relevant is, uiteraard. Anders maak ik je af. En je weet nog hoe dat voelt, nietwaar, Drummond?'

Had ik dat al gezegd? Ik mag Eddie Golden niet zo. Sterker nog, ik heb gruwelijk de pest aan hem. En niet alleen omdat hij twee keer de vloer met me heeft aangeveegd, maar ook omdat hij zo'n ongelooflijk verwaande lul is. Blijkbaar liet ik die gevoelens duidelijk blijken, want Katherine legde een hand op mijn arm om me te kalmeren. Ik zat nog een tijdje te koken, maar ik hield mijn mond.

'Everett,' ging Katherine verder, 'dit is heel belangrijk. Ben je een tweede keer naar het bureau van Itaewon gebracht?'

Hij keek weer nerveus naar Eddie, maar die zei niets.

'Ik, eh… sorry. Wat vroeg je ook alweer?'

'Of je een tweede keer naar het bureau van Itaewon was gebracht,' zei ik.

'Nee, eh… ik ben er nooit meer geweest.'

Hij loog, en hij was geen goede leugenaar, want hij durfde Katherine niet aan te kijken en hij werd rood.

Katherine drong aan. 'Ben je ooit geslagen? Heeft adjudant Bales of inspecteur Choi je ooit aangeraakt? Hebben ze geprobeerd je onder druk te zetten?'

'Nee, nooit,' antwoordde hij in paniek, bijna struikelend over zijn woorden. 'Ze hebben me nooit aangeraakt en niemand heeft me geslagen.'

'Dat is raar, Everett,' zei ik tegen hem. 'Ik heb een kopie van een verklaring van het bureau van Itaewon dat je wel geslagen bent.'

Opeens keek hij geschrokken. 'Wat?'

'Je hoort me wel. Ik heb een officiële verklaring van de politie dat jij bent geslagen op het bureau van Itaewon.'

Jackson opende zijn mond, maar voordat hij iets kon zeggen greep Eddie hem bij zijn arm en zei tegen mij: 'Laat me die verklaring zien.'

'Die heb ik niet bij me,' antwoordde ik. Dat was waar. Omdat ik die verklaring nooit had gekregen, kon ik hem ook niet bij me hebben.

Maar hij bestond wel: het valse rapport dat Choi had opgesteld, zoals ik hem tegen Bales had horen zeggen – de verklaring dat Jackson door een celgenoot was afgetuigd. Ik moest zo snel mogelijk een verzoekschrift indienen bij het Koreaanse ministerie van Justitie om die verklaring boven water te krijgen. Niet dat ik daar veel hoop op had.

Eddie glimlachte nu. 'Je zegt dat je bewijzen hebt die de verklaring van mijn getuige tegenspreken. Ik wil eerst die bewijzen zien voordat hij antwoord geeft.'

Ik vroeg me af hoeveel Eddie eigenlijk wist. Besefte hij dat zijn getuigen logen? Of was hij alleen maar geïnteresseerd in een volgende overwinning en sloot hij gewoon zijn ogen voor de feiten? Of dacht hij dat Katherine en ik een stel louche strafpleiters waren die probeerden hem een loer te draaien?

Hoe dan ook, we waren in een patstelling terechtgekomen en Eddie keek al op zijn horloge. 'Als jullie het niet erg vinden, ik heb nog een drukke dag voor de boeg. Tenzij jullie met redelijke bezwaren komen, laat ik Jackson weer naar zijn cel terugbrengen en haal ik Moran.'

Zonder op een antwoord te wachten liep Eddie naar de deur en wenkte hij een bewaarder. Jackson werd met gebogen hoofd afgevoerd. Ik vond het veelzeggend dat hij zich niet meer naar ons omdraaide of ons aankeek voordat hij vertrok. Niet één keer. Hij wilde weg, zo snel als Eddie dat kon regelen.

We bleven achter als advocaten onder elkaar. Met Imelda, natuurlijk, die nog steeds zwijgend in de hoek stond en alles volgde.

'Jullie klampen je aan strohalmen vast,' grinnikte Eddie. 'Wat is het probleem, Carlson? Ik dacht dat je zei dat jij en Drummond nog grote verrassingen voor me hadden?'

Zoals gezegd: Eddie speelt graag psychologische spelletjes.

Ik was ziedend, maar Katherine bleef kalm en onbewogen, omdat die spelletjes ook haar favoriete sport waren.

Ze grijnsde. 'Dat is ook zo, Eddie. We willen alleen een paar slordigheden rechtzetten.'

'Natuurlijk, Carlson. Je hoopt dat je Bales onderuit kunt halen in de getuigenbank. Dat had ik wel verwacht, maar het is een slecht idee.'

'O ja? Waarom is het een slecht idee?'

'Omdat er niets op Bales valt aan te merken. Hij wordt beschouwd als een van de beste drie agenten binnen de hele CID. Er is maar één rechercheur die meer arrestaties op zijn naam heeft staan, en Bales heeft de meeste veroordelingen tot stand gebracht. En er is nog nooit een aanklacht wegens geweld tegen hem ingediend.'

Katherine keek Eddie strak aan. 'Hij deugt niet.'

Eddie beantwoordde haar blik. 'Als je dat in de rechtszaal durft te herhalen, zul je er spijt van krijgen. Dit is een krijgsraad, Carlson, geen proces in een zwart getto in Amerika. Onze jury bestaat uit tien legerofficieren, die respect hebben voor de CID. Als jij dit punt aansnijdt, zal ik drie dagen lang bewijzen wat een geweldige vent hij is. Ik zou er mijn tijd niet aan verspillen als ik jou was.'

'We zullen zien,' zei Katherine. 'Laten we eerst eens horen wat Moran te zeggen heeft.'

Dat was het moment waarop de deur openging en sergeant der eerste klasse Carl Moran werd binnengeleid. Zijn blik gleed door de kamer en bleef even rusten op ieder van ons.

Eddie stond op en schoof een stoel terug. Moran slenterde ernaartoe en ging zitten.

Als ik nog dacht dat je homo's altijd kon herkennen in een menigte, moest ik die bewering nu definitief inslikken. Moran leek op zijn foto, alleen was hij in werkelijkheid nog groter en sterker, een wandelende spierbundel. Onwillekeurig stelde ik me voor hoe hij met zijn grote handen een riem om de nek van No Tae Lee had getrokken, terwijl de jongen rochelend voor zijn leven vocht en stuiptrekkend zijn laatste adem uitblies.

Katherine stelde iedereen weer voor en begon met haar bekende inleiding: ik ben je grote vriendin hier, niet die keurig verzorgde griezel die naast je zit. Hij vindt dat alle homo's moeten worden gevierendeeld. Vertel me alles maar.

Maar Carl Moran was een heel ander type dan Everett Jackson. Hij maakte absoluut geen angstige, kwetsbare of timide indruk. Hij was een taaie veteraan, met de littekens om het te bewijzen. Katherine had me verteld dat hij volgens de verhalen een teddybeer was in de slaapkamer, maar hij leek me een keiharde.

Katherine vroeg hem hoe zijn arrestatie was verlopen en hij gaf ongeveer dezelfde antwoorden als Jackson. Eerst waren ze meegenomen naar het bureau van Itaewon om te worden geregistreerd, daarna hadden ze even in een Koreaanse cel gezeten en later waren ze naar de MP-post overgebracht, waar ze volgens de regels waren verhoord. Toen hij terugkwam, had hij een tijdje met zijn geweten geworsteld en een advocaat gebeld. Ten slotte was hij teruggegaan naar de MP-post om een vrijwillige en volledige bekentenis af te leggen.

Ik wachtte geduldig tot Katherine klaar was met haar vragen, zonder één keer tussenbeide te komen of haar in de rede te vallen. Ze deed het goed, maar het leek een hopeloze missie. Ze kwam geen stap verder. Toen ze klaar was, boog ik me naar voren, plantte mijn ellebogen op de tafel en keek Moran een hele tijd sceptisch aan.

Hij probeerde me zo lang mogelijk te negeren maar zei toen toch: 'Wat is er? Hebt u iets te vragen, majoor?'

'Ja, ik heb een vraag. Je zegt dat je niet geslagen bent?'

'Klopt,' grinnikte hij. 'Zie ik eruit als iemand die zich door een stel spleetogen laat aftuigen? Jezus, de eerste die een vinger naar me uitsteekt sla ik helemaal verrot.'

Hij bestudeerde mijn blauwe plekken en kneuzingen en ik had het gevoel dat hij heel goed wist hoe ik eraan kwam. En ik had nog sterker het gevoel dat hij me uitdaagde.

'Niet als je geboeid bent of op een stoel zit vastgebonden, Moran. Niet als zij met z'n tienen zijn en jij maar alleen. Niet als je doodsbang bent om wegens moord te worden aangeklaagd. Vooruit, man, het is geen schande. Vertel het ons maar. Heeft iemand je geslagen?'

Hij boog zich over de tafel en keek me recht in mijn ogen. 'Niemand heeft me met een vinger aangeraakt, dat zweer ik. Niet die spleetogen, niet Bales of wie dan ook. Dat is de waarheid. Niemand heeft me geslagen.'

Toen, in een soort opwelling, zei ik: 'Nog een laatste vraag. Je bent naar een advocaat geweest. Heb je Jackson toen nog gewaarschuwd dat je ging bekennen?'

'Natuurlijk. Jackson is nog maar een jochie. Ik voelde me verantwoordelijk voor hem.'

Dat was alles wat ik wilde weten. Voilà! De man was gestruikeld over zijn eigen ego.

Eddie, die de vergissing onmiddellijk besefte, riep haastig: 'Goed. Genoeg over dit onderwerp. Sergeant Moran, dank u voor uw hulp. U kunt weer terug naar uw cel.'

Moran keek verbaasd. Hij wist dat hij iets verkeerds had gezegd, maar hij begreep niet wat. Ten slotte stond hij op en slenterde naar de deur, waar twee MP's klaarstonden om hem terug te brengen naar zijn cel.

Toen de deur achter hem dicht was gevallen, ging Eddie weer zitten en glimlachte. Het was zijn roofdiergrijns, waarbij zijn mondhoeken bijna zijn oorlelletjes raakten. 'Tevreden?' vroeg hij.

Dat was het enige risico dat we hadden genomen door hier te komen. Eddie wist nu wat we van plan waren. Net als wij had hij gehoord dat zijn getuigen zich hadden vergist in wie er het eerst naar een advocaat was gegaan en wie de ander had aangeraden om te bekennen. Er zat dus een zwakke plek in zijn betoog, maar hij wist nu waar. En als ik Eddie kende, zou hij dit grondig repeteren met zijn getuigen, zodat ze tijdens het proces niet dezelfde fout zouden maken.

'Bijzonder tevreden,' zei Katherine, en we deden allebei ons best een zelfverzekerde glimlach op ons gezicht te toveren, alsof we de overwinning binnen handbereik hadden.

'Vergeet het maar,' waarschuwde hij ons ernstig, terwijl hij opstond en weer op zijn horloge keek. 'Geloof me, Carlson, probeer niet om Bales onderuit te halen. Die kans zal ik je niet geven, en deze rechter ook niet.'

Vol vertrouwen stapte hij de kamer uit. Zodra hij was vertrokken maakte onze valse lach weer plaats voor sombere gezichten. Er viel niets te lachen. Katherine en ik praatten nog even na, zoals advocaten doen na een mislukt verhoor. We vroegen ons af wat we dan wél hadden moeten vragen, hoe we onze vragen dan wél hadden moeten formuleren, hoe we de getuigen dan wél hadden moeten benaderen – kortom, hoe we onze laatste kans hadden verprutst.

Terneergeslagen stapten we naar buiten en we liepen naar onze auto op het parkeerterrein.

'Dat hebben jullie goed gedaan,' merkte Imelda op, toen we waren ingestapt.

'Wat?' vroeg Katherine.

'Ik zei dat jullie het goed hebben gedaan.'

'O ja?' vroeg ik.

'Jullie weten nu toch hoe het zit?'

'Eh... ja,' zei ik. 'Wat bedoel je precies?'

Imelda draaide zich snel om en keek me aan. Haar hand ging naar haar oren om haar brilletje recht te zetten. 'Moran sprak de waarheid. Ze hebben hem met geen vinger aangeraakt.'

'Natuurlijk niet,' zei ik – met tegenzin, maar toch.

Imelda keerde zich weer om en grinnikte. 'Die Bales heeft wel een goed instinct. Een man als Moran heeft een enorm ego. Hij zal nooit toegeven, al sla je hem helemaal in elkaar. Vergeet het maar. Dus pak je de zwakste van de twee om de sterkste onder druk te zetten.' Ze grinnikte nog eens.

Natuurlijk had Imelda gelijk. Zo was het gegaan. Op de een of andere manier hadden Bales en Choi het tweetal weer teruggehaald naar het bureau in Itaewon. Ze hadden ontdekt dat Moran en Jackson een relatie hadden. Ze wisten ook dat Moran een ego had als een slagschip – dat zag iedereen – en dus hadden ze Jackson net zo lang geslagen totdat Moran, de grote teddybeer, het niet meer kon verdragen en door de knieën was gegaan om zijn vriendje te beschermen.

Ik keek naar Katherine, maar zij staarde nog steeds naar Imelda's achterhoofd.

'Wist je dat het JAG-kantoor een register bijhoudt van iedereen die om juridische bijstand komt vragen?'

Katherine glimlachte. 'Nee, dat wist ik niet. Dat komt mooi uit.'

'Ja,' zei ik. 'We hoeven alleen maar na te gaan op welke dag Jackson en Moran juridisch advies hebben gevraagd, dan kunnen we aantonen of ze door hun advocaten zijn overtuigd of door een stel sadistische smerissen. Als er iets niet klopt, kun je Eddie ermee om de oren slaan.'

'Dat heb ik al nagevraagd,' mompelde Imelda vanaf de voorbank.

Katherine boog zich naar voren. 'Sorry, wat zei je?'

'Dat heb ik al nagevraagd, zei ik. Pas twee dagen nadat ze hun definitieve verklaring hadden afgelegd zijn Jackson en Moran voor het eerst naar een advocaat gestapt.'

Kijk, zo is Imelda. Ze speelt vals. Nog voordat we Moran en Jackson hadden gesproken wist zij al dat ze hadden gelogen over hun advocaten. En zo had ze hun verzinsels kunnen ontzenuwen.

Als ik twintig jaar ouder was, zou ik onmiddellijk met die vrouw trouwen.

31

Dit was de situatie.

Twee van de belangrijkste getuigen hadden gelogen. Een van hen was mishandeld, waarna ze allebei een valse verklaring hadden afgelegd. De leugen in die verklaring was vermoedelijk hun bewering dat ze hadden gehoord dat Whitehall en No die nacht ruzie hadden gehad.

Een andere hoofdgetuige, Michael Bales, had ook gelogen. Hij had Jackson in elkaar geslagen om zijn bewijzen rond te krijgen.

No Tae Lee had een sleutel gehad van het liefdesnestje, hoewel Eddie daarvoor wel een aannemelijke verklaring zou kunnen verzinnen, bijvoorbeeld dat Whitehall zo slim was geweest om de sleutel in No's zak te steken nadat hij hem had vermoord.

We wisten niet hoe iemand in het appartement had kunnen inbreken om No te doden. Tenzij de politie loog, natuurlijk, of de expert zijn werk slecht had gedaan. Of als het een politiecomplot was dat vertakkingen had tot buiten het bureau van Itaewon.

In elk geval was onze cliënt professioneel in de val gelokt. We wisten niet door wie, of waarom, en dat waren belangrijke vragen. We vermoedden dat een heel politiebureau erbij betrokken was, maar daarvoor zouden we harde bewijzen moeten hebben, anders zouden we worden weggehoond in de rechtszaal.

Ik belde kolonel Carruthers om hem te melden wat we hadden ontdekt. Ik vertelde hem over de tegenstrijdigheden in de twee verklaringen, over het JAG-register en de leugens van Jackson en Moran over wie de ander had geadviseerd om te bekennen en wanneer ze voor het eerst een advocaat hadden geraadpleegd.

Hij luisterde beleefd en bedankte me voor het telefoontje. Het waren geen doorslaggevende bewijzen, zei hij. Dat wist ik ook wel. Maar hij raadde me aan om verder te spitten. Het was toch een merkwaardige leugen. Ook dat wist ik al.

Zodra ik had opgehangen, pakte Allie me bij mijn arm en nam ze me mee naar een zijkamertje. Nee, zo rustig ging het niet. Ze trok mijn arm zowat uit de kom en ik slaakte een kreet toen ze me naar binnen sleurde.

'Au!' zei ik met een dreigende blik.

'Doe niet zo kleinzerig.'

'Maar dat deed pijn,' klaagde ik. Dat was ook zo. Het deed behoorlijk pijn, niet alleen door al mijn kneuzingen, maar ook omdat Allie zo sterk was als een os. Als ze wilde, kon ze de vloer met me aanvegen, dacht ik opeens. Zelfs als ik weer in topconditie was, zou ik weinig tegen haar kunnen uitrichten.

Ze negeerde mijn gezeur. 'Hoe ging het?'

'Niet goed,' gaf ik toe. 'Moran en Jackson spraken elkaar tegen, maar die schade kan Golden wel repareren met een paar goede instructies. We zijn nog nergens.'

Haar gezicht vertrok tot een somber masker. Dat was vreemd, in de eerste plaats omdat ze zo'n gezicht had, en in de tweede plaats omdat ik haar alleen nog maar kwaad of minachtend had gezien. Nee, dat is niet waar. Ik had haar ook liefdevol naar Maria zien kijken. Deze nieuwe uitdrukking op haar gezicht herinnerde me er weer aan hoe verdrietig deze hele zaak voor haar geworden was. Ze was haar geliefde kwijtgeraakt. Dat hield misschien niet rechtstreeks verband met Whitehalls schuld of onschuld, maar wel met de rest van de zaak. De enige manier waarop ze deze situatie nog enige zin kon geven was door Whitehalls onschuld te bewijzen.

Ze leek me de laatste vrouw waar je medelijden mee moest hebben, maar toch had ik met haar te doen. Ik kon geen woorden vinden om haar te troosten.

'Het spijt me,' zei ik ten slotte. 'Ik weet het ook niet meer.'

Ze dacht een tijdje na. 'En die tv-opnamen van het bloedbad?' vroeg ze toen. 'Is het nuttig om die nog eens te bestuderen?'

'Het kan in elk geval geen kwaad.'

Ik had geen zin mijn tijd te verdoen, maar ik wilde haar ook niet teleurstellen. 'Een laatste strohalm,' zei ik.

'In dat stadium zijn we nu, nietwaar?'

Daar kon ik niets tegenin brengen, dus knikte ik maar zwijgend. Allie belde het plaatselijke ABC-kantoor. Ze klonk werkelijk heel charmant en zelfs een beetje sexy aan de telefoon toen ze een of andere journalist vroeg of we die opnamen konden bekijken.

Het zou wel een koude douche voor de man zijn als hij de vrouw achter de stem in levenden lijve ontmoette, dacht ik.

De studio bevond zich op de elfde verdieping van een grote, glimmende, nieuwe flat aan Namdung Plaza. We namen de lift, en de Koreanen die met ons instapten keken verbaasd naar Allie, die ruim een kop groter was dan zij, maar ook nog de aandacht zou hebben getrokken als ze even lang was geweest.

Daarna staarden ze naar mij, waarschijnlijk omdat ze veronderstelden dat zij degene was die me tot moes geslagen had.

Je zag aan hun gezichten wat ze dachten. Vreemd volk, die Amerikanen. Hoe zijn ze ooit zo rijk geworden, zo succesvol en zo machtig? Een goede vraag, trouwens, die ik mezelf ook regelmatig stel.

Een magere jongen in jeans en een T-shirt ontving ons in de hal van de kleine studio. Hij keek geschokt naar Allie. Ik begreep meteen dat hij de man moest zijn met wie ze zo charmant getelefoneerd had. Allie knipoogde tegen me en ik had moeite een grijns te onderdrukken, omdat ik haar tot dat moment nooit had gezien als een vrouw met vrouwelijke listen en een zekere handigheid in de strijd tussen de seksen. De twee verschillende seksen, bedoel ik.

De jongen stelde zich voor als Harry Menker. Hij was de cameraman die het bloedbad op tape had vastgelegd en daar was hij erg trots op. Hij nam de tijd om ons te vertellen hoe hij de schoten had getrotseerd om de opnamen te maken die de hele wereld waren overgegaan. Daar had hij trouwens geen royalty's voor gevangen, klaagde hij, omdat hij voor de tv-maatschappij werkte, die nu al het geld van zijn moedige optreden incasseerde.

Allie en ik luisterden meelevend en maakten instemmende geluiden. Het was tenslotte zíjn film. Hij nam ons mee naar een achterkamer die hij de Review Room noemde. Daar zaten twee technici te wachten. De band stond al klaar. We kregen stoelen aangeboden en ze doofden de lichten.

'Wat je op de televisie zag, zijn clips,' legde Harry Menker behulpzaam uit. We hebben de bloederigste beelden eruit geknipt – lichamen die door de lucht werden gesmeten, mensen die lagen te vloeken. Maar we laten jullie nu de complete, ruwe versie zien.'

Ik keek naar Allie, die triomfantelijk teruglachte. Misschien zou dit bezoekje toch iets opleveren.

De eerste vijf minuten zagen we opnamen van de demonstranten en de politie. Zelf kwam ik ook een paar keer opvallend in beeld. 'We waren verbaasd dat er iemand van het leger bij was,' zei Harry. 'En in uniform, nog wel. Jij durft.'

Daarna hoorden we het eerste schot en werden de opnamen steeds wilder. We zagen flitsen van het asfalt, benen en voeten. De camera danste zo woest op en neer dat je er duizelig van werd. Op de geluidsband was Harry's commentaar te horen: 'Shit! Godallemachtig... O, jezus.'

Harry liet zich wat onderuitzakken op zijn stoel. 'Ik eh... ik was bang.' 'Ik ook,' zei ik.

Als op een teken verscheen ik nu zelf op het grote scherm. Ik duwde mensen weg. Lichamen vlogen door de lucht, maar daar had ik geen schuld aan. Ze werden door kogels geraakt en tegen de grond gesmeten. Ik besefte nu pas hoe weinig het had gescheeld of ik was zelf ook neergeschoten.

'O, mijn god,' mompelde Allie en ze kneep me zo hard in mijn arm dat ik bijna een kreet van pijn slaakte.

Ze moest iets hebben gezien, dus zei ik: 'Kunnen jullie de band stopzetten? En teruggaan naar het moment waarop het schieten begint? Dan kunnen we het misschien in slowmotion bekijken.'

Dat deden ze. En nog eens.

'Je mag van geluk spreken dat je hier nog zit, man,' zei Harry, de cameraman.

Hij had gelijk. Vanaf het eerste moment had de schutter voortdurend op míj gericht. Er was geen twijfel mogelijk. Hij had geprobeerd me te raken. Maar omdat hij zo slecht richtte, waren al die mensen om me heen getroffen.

Maar wat me pas bij de derde keer opviel was wat Allie meteen al had gezien. Een demonstrant vlak achter me gaf me een duw naar voren, in de richting van de oproerpolitie. Ze had haar hoofd naar links gedraaid en zag dat de twee mensen naast me werden getroffen. Ze vermoedde dat de volgende kogel raak zou zijn, dus wierp ze zich naar voren en gaf ze me een zet. Het was maar zo'n klein meisje dat ik me afvroeg waar ze die kracht vandaan haalde. Maar ze wist me opzij te duwen. Ze redde mijn leven door zelf in de baan van het schot te duiken.

Voor de derde keer zag ik hoe haar hoofd explodeerde in een fontein van bloed. Het was Maria, uiteraard.

Ik draaide me opzij en keek hulpeloos naar Allie. Haar borst schokte en tranen stroomden over haar wangen. Ze kreunde van pijn en verdriet en ik voelde dat mijn keel werd dichtgeknepen.

Ik legde een arm om haar schouder en trok haar tegen me aan. We moeten een vreemd stel zijn geweest, Allie zoveel groter dan ik en zo totaal ontredderd. Harry en zijn assistenten keken verbaasd toe, totdat ze beseften dat we hevig geëmotioneerd waren door iets wat we hadden gezien. Ze zetten de projector stil en slopen tactvol de studio uit.

'Allie, wat verschrikkelijk,' zei ik ten slotte. 'Ik had geen idee.'

Ze gaf geen antwoord. Ze zat daar alleen maar te huilen en ik kon me niet herinneren dat ik me ooit van mijn leven zo ellendig had gevoeld. Of misschien is ellendig niet het juiste woord. Ik schaamde me en ik had het gevoel dat ik tekortgeschoten was. Maria was me niets verschuldigd geweest. Minder dan niets zelfs. Vanaf het eerste moment dat ik haar had gezien had ik over haar geoordeeld en haar genegeerd, wat misschien wel de ergste vorm van minachting is die er bestaat.

Je leest altijd verhalen over helden die mensen het leven redden en vertellen wat ze dachten en hoe ze zich voelden op dat ene moment waarop ze iets ongelooflijk moedigs deden. Je leest nooit hoe het voelt om degene te zijn die wordt gered, vooral als je redder het niet heeft overleefd. Daarom zal ik je maar vertellen hoe dat is. Je voelt je zo schuldig dat je je hart uit je lijf zou willen rukken.

Op de een of andere manier voelde Allie dat blijkbaar aan, want ze legde haar lange arm om mijn schouder en trok me naar zich toe. Zo bleven we een paar minuten zitten, geen van beiden in staat om een woord te zeggen, allebei doodongelukkig, zij vanwege haar verlies en ik omdat ik het liefst met Maria van plaats zou hebben geruild. Dat wilde ik natuurlijk niet écht, en ook daarover voelde ik me weer schuldig.

Ten slotte trok Allie haar arm terug, ze stond op en verdween om Harry en zijn technici te halen. Ze zetten de apparatuur weer aan en we keken grimmig verder.

Er was een opname waarin ik me snel bukte om de wapenstok op te rapen. Op het moment dat ik dat deed, werden drie demonstranten achter me geraakt. Hun hoofden spatten uiteen als rijpe meloenen. Als ik me niet had gebukt, zou ik zelf getroffen zijn.

'Wauw!' zei Harry. 'Kijk nou toch, man.'

Hij spoelde de scène nog twee keer in slowmotion terug totdat ik er genoeg van had om mensen te zien sterven door kogels die voor mij bedoeld waren.

'Ga maar door!' blafte ik.

Op de volgende beelden zag ik mezelf in de richting van de schutter rennen. Dat zag er niet slecht uit, al zeg ik het zelf. Allie stak zelfs haar hand uit en gaf me een kneepje in mijn arm – om me te troosten, denk ik.

Harry hield zijn camera op mij gericht, zodat de figuren om me heen wat onscherp en vaag bleven. Ik zag mezelf met die wapenstok zwaaien, de politieman neerslaan en me bukken om zijn pistool te stelen. Ik dacht dat ik nog iets anders zag, maar dat drong zo snel niet tot me door.

Ik rende de heuvel op naar de schutter en beleefde weer het moment waarop hij het magazijn uit de zak van zijn vest rukte. En er viel me nog iets op. Hij wierp een blik naar rechts. Toen keek hij mij weer aan en liet hij zijn wapen vallen.

Ik liet hen dat beeld – het moment waarop hij zijn besluit nam – nog vijf of zes keer terugspoelen. Hoe vaker ik het zag, des te duidelijker het werd. Die blik opzij was niet toevallig. De schutter keek bewust naar iemand rechts van hem. Hij vroeg om instructies. Hij keek naar zijn baas, of naar zijn uitkijk.

Toen herinnerde ik me dat ik al eerder iets vreemds had gezien. 'Ga eens terug naar het punt waarop ik net uit de menigte vandaan kom,' zei ik. 'En weer in slowmotion, graag.'

Dat deden ze. Waarschijnlijk dachten ze dat ik nog eens wilde genieten van mijn meest glorieuze moment. Eerlijk gezegd ben ik daar ook niet boven verheven.

Hoe dan ook, ik keek nu niet naar mezelf, maar naar iets anders, wat ik nu duidelijker zag. Het was een vage, onscherpe figuur, maar hij had iets vreemds.

'Ga eens terug en stop het beeld als ik dat zeg.'

Het was niet met zekerheid te zeggen. De opname was niet scherp genoeg. De gedaante stond twintig of dertig meter bij me vandaan. Maar hij viel op omdat hij recht overeind bleef staan. Hij dook niet naar de grond, hij probeerde niet te vluchten, hij stond daar gewoon, met zijn handen in zijn zij, in de houding van iemand die het bevel voerde. En hij bevond zich bijna exact op het punt waar de schutter zich naartoe had gedraaid om instructies te vragen.

Ik keek Harry aan. 'Kan ik een kopie krijgen van die band?'

'Natuurlijk,' zei hij.

Allie en ik wachtten op de videoband. Toen pakte ik haar hand en we vertrokken.

Buiten gekomen vroeg Allie: 'Wat zag je nou eigenlijk?'

Ik vond het niet prettig, vooral niet omdat het háár idee was geweest om de opnamen te gaan bekijken, maar ik had geen keus. 'Niets.'

Ze keek me ongelovig aan. 'Niets? Waarom heb je dan een kopie gevraagd?'

'Ik zou het niet weten. Ik denk om nooit te vergeten hoe Maria mijn leven heeft gered.'

Het was natuurlijk laag-bij-de-gronds om die smoes te gebruiken, maar ik wist dat Allie dan niet verder zou vragen, want hoe kon ze daar nu iets tegen inbrengen?

Ze lachte grimmig en knikte. Toen we naar de basis terugreden dacht ik weer aan die figuur in de film, terwijl Allie opnieuw de nachtmerrie beleefde van het moment waarop de vrouw van wie ze hield door haar hoofd geschoten werd.

Terug op kantoor glipte ik ongezien naar buiten en ik belde met mijn mobieltje het kantoor van generaal Spears. Ik meldde aan mijn favoriete kolonel dat ik Mercer wilde spreken, en wel meteen. Ik gaf hem het nummer van mijn mobiele telefoon. Hij zei dat hij het zou doorgeven en hing op.

Ik bleef drie minuten in de schaduw van een boom staan wachten voordat mijn telefoon ging.

'Drummond,' zei hij, 'Mercer hier.'

'Ik moet je spreken,' zei ik. 'Het is belangrijk.'

'Ik heb het druk. Hoe belangrijk?'

'Verdomd belangrijk.'

'Goed. We zullen voorzichtig moeten zijn, want je wordt in de gaten gehouden.'

'Door wie?' vroeg ik.

'Dat vertel ik je later nog. Ga naar de kampwinkel en blijf in de buurt van de sieraden. Dan merk je het wel.'

Ik pakte mijn stok en zei dat ik over een uurtje terug zou zijn. Toen hinkte ik naar de Post Exchange. De PX lag toevallig aan de andere kant van Yongsan en ik vervloekte Mercer toen ik zwetend met mijn stok de basis overstak. De koelte van de airco toen ik binnenkwam was zo heerlijk dat ik bijna de grond kuste. Ik liep naar de afdeling sieraden en bekeek een paar horloges. Toen ik eindelijk opkeek, zag ik de meedogenloze en kille Carol Kim aan de andere kant van de glazen vitrines staan, verdiept in de oorbellen.

Ze hield er een paar omhoog, schudde haar hoofd en slenterde naar de stereo's. Ik kwam langzaam achter haar aan. Ze keek naar een paar enorme Infinity-speakers tot een man haar voorbijliep. Ze keek snel op en hij knikte. Daarna kromde ze een vinger in mijn richting als teken om haar te volgen.

Eerlijk gezegd vond ik dat geheimzinnige gedoe nogal lachwekkend. Het zou me niet verbazen als die mensen de wc-bril met een geigerteller controleren voordat ze gaan poepen. Carol Kim liep een paar deuren door naar de opslagruimte aan de achterkant.

We zigzagden om stapels dozen en kasten heen tot we een hoek om kwamen en Buzz Mercer tegen het lijf liepen. Letterlijk.

'Verdien je wat bij als bewaker in de tijd van je baas?' vroeg ik.

'Ha ha,' zei hij, hoewel hij het volgens mij niet geestig vond. Dat was het misschien ook niet. 'Je wordt door twee mensen geschaduwd, Drummond,' zei hij. 'Ze zijn niet naar binnen gekomen, maar als je hier te lang blijft zullen ze achterdochtig worden. En zorg dat je iets koopt voordat je vertrekt, anders wekt dat argwaan.'

'Wie zijn het?' vroeg ik.

'Dat weten we niet zeker. We hebben vanochtend foto's van ze genomen en die worden nu bekeken door onze vrienden van de Koreaanse

CIA. De reden dat we je hebben gevraagd helemaal hiernaartoe te komen was dat ze dan door het poortje voor de winkel moesten. Iemand heeft daar hun papieren gecontroleerd. Misschien weten we straks meer.'

Terwijl hij dat vertelde zag ik zijn blik over mijn kneuzingen en blauwe plekken glijden. Sommige waren al geel geworden aan de randen, zodat ik een soort wandelende caleidoscoop van kleuren was. Hij leek niet echt te schrikken van mijn toestand.

Ik zocht in mijn broekzak en haalde de videoband eruit die ik van Harry had gekregen en gaf die aan hem.

'Dit is een ruwe ABC-tape van het bloedbad. Heb jij mensen die de beelden kunnen vergroten en verscherpen waar ze te vaag zijn?'

'Dat ligt eraan hoeveel pixels de camera heeft vastgelegd.'

'Oké, ik zal je vertellen waar het om gaat. Op een bepaald punt in de film, waar ik net uit de menigte kom en naar een van de schutters ren, zie je dat hij stopt met vuren om zijn magazijn te verwisselen.'

'Dat weten we allemaal, Drummond,' zei hij vermoeid. 'Het is op alle tv-zenders geweest.'

'Jawel, maar daar gaat het niet om. Kijk goed naar die schutter vlak voordat hij besluit om zijn wapen weg te gooien en ervandoor te gaan. Dan kijkt hij even naar rechts.'

Ik zag nu enige interesse in zijn ogen. 'Oké. Je bedoelt dat hij een spotter had, of iemand anders die hem hielp?'

'Precies. Ik denk dat ik vlak langs hem heen gelopen ben. Hij staat recht overeind, heel kalm, terwijl iedereen naar de grond duikt of wegrent. Deze vent kijkt rustig toe, heel beheerst. Daarom wil ik dat jullie die beelden wat opvijzelen.'

Mercer pakte de videoband aan. 'Wie denk je dat het is?'

'Geen idee.'

'Goed, we zullen ons best doen.'

'Hoe lang gaat dat duren?' vroeg ik.

'Moeilijk te zeggen. Het kost niet veel tijd om het te coderen, te comprimeren en via de satelliet naar Langley te sturen. Maar het is daar nu twee uur 's nachts. Ze zullen een paar technici uit bed moeten halen om aan de slag te gaan.'

'Het is de moeite waard,' zei ik. 'Geloof me.'

'O ja? Vertel me eens wat meer, Drummond.'

'Nog niet. Zorg eerst maar voor een duidelijke opname van die man.'

Op dat moment ging Mercers mobiele telefoon. Hij bracht hem naar zijn oor en draaide zich om, zodat hij ongestoord met een van zijn spionnen kon fluisteren. Het was een kort gesprek.

Hij borg zijn mobieltje weer op en keek me aan.

'De mensen die jou volgen zijn Koreaanse politiemannen. Ik denk dat ze je schaduwen omdat je zoveel moeilijkheden hebt veroorzaakt.'

'Ja, dat zal wel,' zei ik.

Het was nu woensdagmiddag. Het proces zou op vrijdagochtend beginnen. We hadden nog zesendertig uur. Ik hoopte dat ik geen spoken zag en dat de technici van de CIA genoeg kleurenpixels konden vinden om een redelijk beeld samen te stellen van de man. Hopelijk was het niet iemand die doof en blind was en alleen was blijven staan omdat hij geen idee had wat er om hem heen gebeurde. En als het maar geen boom was.

32

Het werd tijd dat Katherine en ik weer een bezoekje brachten aan onze cliënt. Met nog dertig uur te gaan tot aan het begin van het proces hadden we het moment bereikt waarop we spijkers met koppen moesten slaan. We stapten in de auto en ik stond erop om eerst langs de McDonald's en de Class VI te gaan. Voor niet-ingewijden: de Class VI is de militaire versie van een slijterij, maar belastingvrij dus lekker goedkoop. Als die zuiplappen in Amerika zouden weten hoeveel Uncle Sam aan accijnzen rekent, zou er een tweede Amerikaanse Revolutie uitbreken.

Ik kocht twaalf blikjes Molson en nog een fles Johnny Walker Blue. Ik verspilde wat tijd aan een zinloze poging om Katherine te overtuigen dat haar makkers van de OGMM de rekening mochten betalen, maar Katherine is heel principieel in die dingen. Omkoperij viel niet onder de onkostenregeling van de OGMM.

We zaten wel gezellig te kletsen op weg naar de gevangenis, maar er vielen ook lange stiltes en ik merkte dat Katherine verstrooid en nerveus was. Ze speelde steeds met een leren bandje om haar linkerpols en staarde soms spijtig uit het raampje, alsof ze helemaal niet in die auto wilde zitten en helemaal niet met onze cliënt wilde gaan praten.

Ik veronderstelde dat ze het moeilijk vond om tegenover Whitehall te moeten toegeven dat zijn verdediging bijna kansloos was. Dat is nooit een prettig gevoel. Aan de andere kant had Katherine het grootste deel van haar juridische carrière cliënten moeten vertellen dat ze geen schijn van kans hadden. Ik weet niet hoe haar totale score eruitzag, maar het zou me niet verbazen als het 0 tegen 100 was voor de tegenpartij. Ze had heel wat beroepszaken gewonnen, want dat was het doel van haar strategie, maar ze moest er nu toch aan gewend zijn dat voorzitters van de jury aarzelend opstonden, haar blik ontweken en tegen de rechter zeiden: 'Hang de klootzak maar op.'

Waarom was ze dan zo gespannen? Het lag toch niet aan de publieke aandacht, nam ik aan. Ze had in haar leven al meer publiciteit gehad dan tien andere advocaten bij elkaar. Haar foto had op de cover van tijdschriften gestaan, ze had in nieuwsrubrieken gezeten en haar momenten van roem beleefd bij Larry King en Katie Couric.

Kwam het doordat dit een moordzaak was? Het zwaarste vonnis bij het gemiddelde homoproces is hooguit een paar jaar gevangenisstraf. Vaak blijft het beperkt tot oneervol ontslag uit het leger – en of je nu door het leger of door je baas wordt ontslagen, dat maakt niet veel uit. Nu stond er veel meer op het spel en misschien kon ze daar niet tegen. De mogelijkheid dat haar cliënt de doodstraf kon krijgen begon misschien aan haar te knagen.

Zodra we ons bij de receptie hadden gemeld kwam de gorilla al aanstormen. Een grote, hongerige grijns gleed over zijn gezicht toen hij mij zag. Ik knipoogde en wees naar het ontvangstkamertje. Hij rende er bijna naartoe.

Toen de deur achter ons dichtviel stak hij zijn hand in mijn koffertje. Met een gretig lachje haalde hij de whisky en zijn twee hamburgers eruit en vervolgens bracht hij ons naar Whitehalls cel. Ik had die Pavlov nog heel wat trucjes kunnen leren.

Eén uur, zei hij weer, voordat hij ons de cel in loodste en vertrok, terwijl zijn vingers de whiskyfles streelden. Ik zag groen van jaloezie. Ik had die Johnny Walker Blue met mijn eigen tong willen strelen.

Thomas stond op en keek een lang moment naar onze sombere gezichten. Toen stak hij zijn hand uit. Ik gaf hem een hand. Katherine omhelsde hem en ik zweer dat ze zich tegen hem aan drukte en op zijn schouder begon te janken. Ik hoorde haar onderdrukt snikken en zag haar schouders schokken.

Hij streelde haar haren en zei: 'Hé, hé! Toe nou, meid. Rustig aan, Katherine. Maak je niet zo druk. Ik weet dat je je best doet.'

Eindelijk maakte ze zich van hem los. Ik krabde me eens op mijn hoofd. Ik had al veel meegemaakt in mijn werk, maar een advocaat die lag te snikken tegen de schouder van haar cliënt? Deze hele zaak leek de omgekeerde wereld. Maar nog vreemder was het om Katherine Carlson te zien met tranen op haar wangen. Je kunt je niet voorstellen hoe verwarrend dat voor me was.

Ik vond het hoog tijd worden om de stemming in de kleine cel wat te verbeteren, dus zette ik mijn koffertje neer, maakte het open, gooide Whitehall twee Big Macs toe en pakte drie blikjes bier.

'Hé, Tommy,' zei ik. 'Een vent komt een café binnen met een aap. Hij neemt een kruk aan de bar en de aap gaat naast hem zitten. De man bestelt een borrel, terwijl die aap alles opvreet onder handbereik: pinda's, olijven, citroenschijfjes, zelfs servetten. Na een tijd slentert de aap naar het biljart, waar twee mannen staan te spelen. Hij springt er bovenop, grijpt de rode bal en slikt hem in één keer in. De eigenaar van de aap slaat zijn borrel achterover en zegt tegen de barman en de andere gasten: "Sorry, hoor. Die schurk eet alles wat hij te pakken kan krijgen. Ik zal het wel betalen, dat zweer ik." Dat doet hij ook, en hij vertrekt. Een maand later komt hij weer binnen met zijn aap. Ze gaan aan de bar zitten en de man bestelt een borrel. Iedereen in het café kijkt toe als de aap zijn poot over de bar steekt, een kers pakt, hem voor zijn oog houdt, hem vervolgens in zijn reet steekt en hem dan opeet. Het is zo'n smerig gezicht dat een paar mensen misselijk worden. Zijn eigenaar zegt tegen de barman: "Hé, het spijt me. Ik weet dat het walgelijk is, maar sinds hij die biljartbal heeft opgevreten meet hij eerst alles wat hij eet.'"

Tommy lachte zich blauw. Hij zat werkelijk te schateren. Ik bedoel, het was wel een aardige mop, maar zó leuk was hij nu ook weer niet. Door de spanning en de druk balanceerde hij blijkbaar op de rand van de emotionele afgrond.

Katherine zei alleen maar koeltjes: 'Is dat een mop?'

'Nou,' zei Tommy, 'volgens mij is het een parabel voor mijn situatie hier. Ik ben net als die aap. Nu ik tien dagen in deze cel heb gezeten, heb ik mijn toekomst kunnen meten.'

Katherine fronste, maar ik grinnikte omdat hij gelijk had.

Daarna gingen we alle drie op Tommy's slaapmatje zitten, met Katherine in het midden en onze rug tegen de muur. Een paar minuten dronken we zwijgend van ons bier, terwijl Tommy zijn hamburgers verorberde. Het was eigenlijk een ridderlijke poging van Tommy en mij om Katherine de tijd te gunnen zich te herstellen van haar huilbui.

Daarna vertelde Katherine helder en zakelijk wat er de afgelopen dagen allemaal was gebeurd, vanaf het bloedbad, via onze ontmoeting met de rechter, tot aan onze ondervraging van Jackson en Moran. Ze legde hem uit wat wij vermoedden en hoe weinig bewijzen we daarvoor hadden. Ze vertelde dat Snelle Eddie waarschijnlijk de vloer aan zou vegen met ons zielige betoog en de paar verrassingen die we nog in petto hadden.

Tommy liet haar uitspreken. Zo nu en dan nam hij een slok van zijn bier. Verder bleef hij onbeweeglijk zitten, rustig en zonder te reageren. Ik kreeg het gevoel dat hij alles al wist wat ze hem vertelde.

Ik had bewondering voor zijn zelfbeheersing. Als ik in zijn plaats had geweten dat iemand mij wilde laten opdraaien voor een moord en andere smerige misdrijven, en ik zou van mijn advocaten hebben gehoord dat ze mijn verdediging totaal hadden verknald, zou ik als een razende tekeer zijn gegaan.

Toen Katherine uitgesproken was, stond hij op en haalde hij nog drie Molsons uit mijn koffertje. Hij trok ze open en gaf er twee aan Katherine en mij.

'Jezus,' zei hij met een trotse grijns naar mij, 'ben je echt naar die demonstratie gegaan?'

'Ik kon er geen weerstand aan bieden,' gaf ik toe.

'God, dat had ik graag willen zien.'

'Je bent misschien de enige ter wereld die het níét heeft gezien. Alle tv-stations hebben het uitgezonden.'

'Zou je er geen problemen mee krijgen?'

'Dat zal wel,' beaamde ik.

Het leger is niet erg wraakzuchtig, maar zoals bij elke organisatie zijn er grenzen. Een wereldwijd uitgezonden reportage over een officier in uniform tussen een zee van homo's is niet precies wat het Amerikaanse leger bedoelt met 'Wees alles wat je kunt zijn'. Ik had geen hoge verwachtingen van de volgende promotieronde. Maar Tommy Whitehall had grotere problemen dan ik.

'Thomas, ga zitten, alsjeblieft,' zei Katherine. 'We moeten een paar beslissingen nemen.'

Tommy hurkte tegenover ons. Het was echt een Aziatische houding, dat hurken. Na tien dagen in een Koreaanse gevangenis nam hij de inheemse gebruiken al over.

'Ik zal er niet omheen draaien,' zei Katherine. 'Golden is een sluwe, ervaren officier. Misschien kunnen we een van zijn getuigen onderuit halen, vermoedelijk Jackson. Moran niet, die geeft geen krimp. En Bales is nog harder. Die zal op de krijgsraad overkomen als een nobele ridder in een opgepoetst harnas.'

'Oké,' zei Tommy.

Katherine zuchtte heel diep. 'Ik adviseer je om hun voorstel te accepteren.'

Tommy sprong overeind. 'Wát?'

'Hoor eens, het bevalt mij ook niet, maar dan ben je wel gered van de elektrische stoel. En we winnen tijd.'

'Ik beken geen schuld. Vergeet het maar, dat doe ik niet.'

'Thomas, luister nou alsjeblieft. We hebben nog maar één dag. Zodra we die rechtszaal binnenstappen geldt het aanbod niet meer. Dan trekken ze het in. Ik wil graag nog met de tegenpartij praten om te zien of ze de aanklachten wegens homoseksuele handelingen en omgang met gewone manschappen willen schrappen. Als je schuld bekent aan moord en verkrachting, stemmen ze daar wel mee in, denk ik.'

'Dat kan me niet schelen.'

Ze stak haar hand uit en pakte Whitehalls been. 'Dan lééf je tenminste nog. En de rest van mijn leven blijf ik proberen om beroep aan te tekenen. Ik zal nooit opgeven, Thomas. Nooit. Dat weet jij ook wel.'

'Nou en? Moeten we dan allebei hierom ons leven verpesten? Ik verdom het.'

Katherine keek naar mij. Haar gezicht stond smekend. Ze deed een beroep op me om tussenbeide te komen en haar cliënt ervan te overtuigen dat dit de beste oplossing was.

'Groot gelijk, Tommy,' zei ik.

'Wát?' brulde Katherine.

'Hij heeft groot gelijk. Hij is erin geluisd.'

'Kun je dat bewijzen?' vroeg Katherine naar de bekende weg.

'Nee,' gaf ik toe.

'Wat wil je dan, man? Een paar dagen geleden vond je dat voorstel nog de beste keus. Zo heb je mij ook overtuigd.'

Dat wist ik en dat vond ik heel vervelend. Maar ik kon Katherine niet vertellen dat ik samenwerkte met mijn makkers van de CIA. Toegegeven, ik had geen garanties, maar we hadden maar één opening nodig om te kunnen scoren. 'Ik ben van mening veranderd,' was alles wat ik zei.

Ik keek naar Tommy. Katherine had nog steeds haar hand op zijn been. Hij staarde me aan.

'We zullen de bewijzen vinden,' zei ik. 'Misschien niet voor het proces begint, maar ze komen er wel. Het kan me niet schelen of ik mijn rang moet opgeven en op persoonlijke titel verder moet. Maar we zullen die bewijzen vinden.'

'Zou je dat doen?' vroeg Tommy.

'Absoluut,' verzekerde ik hem.

Dat was ook zo. Ik had het net besloten. Om te beginnen waren er heel wat mensen vermoord en daar moest iets tegen gedaan worden. Eén van die mensen was zelfs gestorven om mij te redden. Het leek misschien sentimenteel, maar was ik haar niet iets verplicht? Daarnaast had ik heel wat cliënten veroordeeld zien worden, maar was ik nog nooit zo overtuigd geweest dat iemand erin was geluisd als in het geval van Whitehall. Ik stond niet achter Tommy's leefwijze, maar hij was een verdomd goede soldaat. En zoals de rechter had gezegd: als zelfs een Amerikaanse militair zijn recht niet kan halen, droeg ik het verkeerde uniform.

Bovendien hadden Bales en zijn maten me tot moes geslagen. En ik heb al gezegd dat ik behoorlijk wraakzuchtig kan zijn.

En verder ben ik nog koppig, op het stompzinnige af. Iedereen die me kent zal dat beamen.

'Ik, eh...' zei Tommy.

Maar voordat hij die gedachte kon afmaken ontplofte Katherine. 'Luister toch niet naar hem, Thomas!'

Ze keek me met haar felle groene ogen woedend aan. 'Dit gaat helemaal niet om Tommy, of wel? Dit gaat om Georgetown!' Ze draaide zich abrupt om naar Whitehall. 'Hij heeft het nooit kunnen verkroppen dat ik als beste van ons jaar ben geëindigd. Hij was tweede en daar is hij nooit overheen gekomen. Luister niet naar hem! Dit gaat niet om jou. Hij probeert me gewoon te slim af te zijn. Je moet niet naar hem luisteren.' Whitehalls blik gleed van haar gezicht naar het mijne. En op het mijne stond stomme verbazing te lezen.

'Jezus, dat meen je niet!' riep ik.

Ik bedoel, ze had me inderdaad verslagen – met een tiende decimaal van een honderdste punt. Zo'n klein verschil dat de faculteit onze cijfers tien keer had moeten narekenen. Ze waren zelfs teruggegaan om alle examens, tentamens en oefenprocessen van de voorafgaande drie jaar in de berekening mee te nemen. En wat was de uitkomst? Katherine had één meerkeuzevraag meer gescoord dan ik. Dat was het, één vraagje maar. Echt waar. En weet je wat het ergste was? Dat ze die vraag waarschijnlijk had gegokt. Eén dartspijltje in een pikdonkere kamer.

Had ik daar de pest over in? Ja, natuurlijk. Op dat moment, tenminste. Ik bedoel, als het Wilson Holbridge Struthers III was geweest, de jongen die zo'n beetje in de bibliotheek wóónde en door iedereen werd beschouwd als de grootste juridische griezel die ooit de gangen van de rechtenfaculteit van Georgetown onveilig had gemaakt, dan had ik daarmee kunnen leven. Maar zo was het niet. Struthers kwam pas op de derde plaats. Katherine Carlson was met de eer gaan strijken. Carlson, nota bene.

Ik haalde drie keer diep adem. Ik liet me niet door haar provoceren. Ik zou kalm en redelijk blijven. Onze studententijd lag al lang achter ons. Whitehall had in het begin gezegd dat hij een harde keuze zou maken, en dit was zijn kans. Misschien had hij het zich anders voorgesteld, maar ik had hem eerlijk gewaarschuwd dat het zo kon aflopen.

Zo rustig en beheerst mogelijk zei ik: 'Toch zou ik dat voorstel niet accepteren.'

'Hoor eens, Thomas,' snauwde Katherine minachtend, 'dan hoef je in elk geval niet bang te zijn voor de doodstraf. En ik kan je wel zeggen dat het tegenwoordig bijna onmogelijk is om een doodvonnis te laten herroepen. De rechtbanken hebben genoeg van al die beroepszaken tegen de doodstraf. Ik ben geen expert op dat gebied, maar ik heb wel onderzoek gedaan. Maar één op de twaalf wordt teruggedraaid. Bovendien hebben zelfs de civiele rechtbanken de uitvoering van de doodstraf versneld, en dit is een militair hof. Het leger zou je al binnen een jaar op de stoel kunnen zetten, of misschien wel binnen zes maanden.'

'Hou op, jullie,' zei Thomas. 'Allebei.'

Katherine en ik keken elkaar verbaasd aan.

Zijn gezicht stond volmaakt kalm. 'Het heeft niets met jullie te maken. Ik beken geen schuld.'

'Waarom niet, Thomas?' vroeg Katherine.

'Omdat ik onschuldig ben. Omdat mijn liefde voor No niet verkeerd of verdorven was. Ik doe het gewoon niet.'

Hij en Katherine staarden elkaar een hele tijd aan. Het was zo'n moment waarop de lucht geladen is met elektriciteit en woorden alleen maar in de weg zitten. Ten slotte stond Katherine op, ze schudde aan de tralies en riep de bewaker.

De gorilla verscheen, met wankele tred. Het was duidelijk dat hij al van de versnaperingen had gesnoept. Hij was zo dronken dat hij een hele tijd met de sleutels stond te rammelen voordat hij eindelijk de deur openkreeg en Katherine naar buiten stormde.

Ik keek Tommy aan. 'Dan moet ik ook maar gaan.'

'Ja, natuurlijk. Hou me op de hoogte, wil je?'

Dat beloofde ik hem. Ik gaf hem plechtig een hand. Toen verliet ik de cel en liep langzaam de gang door. Ik had geen haast om Katherine in te halen.

Het was een lange, gespannen terugrit naar de basis.

33

Om twee uur in de nacht werd er op mijn deur geklopt. Ik liet me uit bed vallen en strompelde naar de deur, waar ik eerst door het kijkgaatje loerde om te zien of er niet iemand aan de andere kant stond die me pijn wilde doen. Niet dat een paar extra builen zo'n verschil zouden maken, natuurlijk.

Carol Kim en een schimmige figuur die ik niet herkende stonden voor de deur, dus deed ik maar open. De andere figuur bleek Buzz Mercer te zijn. Hij leek vermoeid en verbijsterd.

Ik droeg alleen mijn groene legershort, dus pakte ik zedig een zachte witte badjas uit de kast en wees hun de twee stoelen bij het raam. Zelf plofte ik weer op bed.

'Is het gelukt?' vroeg ik, wat een domme vraag was. Waarom zouden ze anders om deze tijd hebben aangeklopt?

Carol opende een tas en haalde er een serie kleurenfoto's uit, in totaal een stuk of dertig.

'Kijk maar,' zei ze, terwijl ze me het stapeltje gaf. 'Zit hier de man bij die je bedoelde?'

Op de eerste paar foto's zag ik andere mensen. Ze stonden wel recht overeind, maar verlamd van angst, in stille paniek of verstijfd van schrik. Dat zag je aan hun houding, hun gezicht, hun uitstraling. De vijfde was de man die ik zocht. De CIA-technici hadden dat waarschijnlijk ook aan zijn houding gezien, want ze hadden nog zes afdrukken van hem gemaakt.

Pas toen ik bij de vijfde foto van die reeks kwam, hadden ze op de een of andere manier genoeg pixels bij elkaar geschraapt en voldoende versterkt, vergroot of vervormd om een herkenbaar gezicht te krijgen. Ik moest een gevoel van triomf onderdrukken. Daar stond hij, met zijn handen in zijn zij. Hoewel zijn gezicht nog vaag bleef, zag ik aan de stand van zijn hoofd en de hoek van zijn kin dat hij de menigte overzag zoals een trotse boer over een veld met jonggerijpte tarwe kijkt. Alleen liet inspecteur Choi zijn blik over een complete slachting glijden.

Ik haalde de foto eruit en liet hem aan Kim en Mercer zien. 'Dat is hem.'

'Wie is het?' vroeg Mercer, die uit mijn reactie terecht afleidde dat ik hem kende.

'Hoofdinspecteur Choi van het politiebureau Itaewon. Hij had de leiding van het moordonderzoek in de zaak-No Tae Lee. Hij was het eerst op de plaats van het delict en later heeft hij met adjudant Bales van de CID samengewerkt om de zaak op te lossen.'

Mercer en Kim bestudeerden de foto wat grondiger.

Ik kon het niet helpen maar voegde eraan toe: 'Hij is ook een van de hufters die me in elkaar hebben geslagen.'

'Maar wat bewijst die foto nou eigenlijk?' vroeg Carol. 'Ik geef toe dat het een beetje vreemd is dat hij daar zo staat, maar wat dan nog?'

Het was een goede vraag. Het feit dat Choi aandachtig het bloedbad observeerde betekende op zich heel weinig. Misschien was hij gewoon een ijskoude klootzak die het wel amusant vond. En het bewees ook niets dat de schutter die ik had achtervolgd eerst in Chois richting had gekeken voordat hij zijn wapen weggooide. Hij had ook naar twee dozijn andere mensen kunnen kijken. Of misschien had hij gewoon kramp in zijn nek gehad.

'Ik zal je zeggen wat er zo interessant aan is,' antwoordde ik. 'Toen ik werd gearresteerd en, eh... verhoord, beweerde Choi dat er maar één schutter was geweest: de man die was ontkomen. Hij hield vol dat de schutter die ik achterna had gezeten niets met de schietpartij te maken had.'

Mercer bekeek Chois foto nog eens scherp. 'Maar hij moet jouw schutter hebben gezien. Verdomme, hij stond maar dertig meter bij hem vandaan. Waarschijnlijk heeft hij de lege hulzen tegen de straat horen kletteren; de schoten heeft hij dus zeker gehoord.'

'Precies,' zei ik. 'Dus waarom probeerde hij me te beschuldigen van moord op een vent van wie hij wist dat hij op de menigte had gevuurd? Die dode agent behoorde tot zijn eigen district! Hij kende hem van gezicht.'

Mercer, die snel kon nadenken, zei: 'Omdat hij probeert iets te verdoezelen. Omdat hij zelf banden had met die schutters en dat probeerde te verbergen.'

'Oké, goed. Laten we het nu wat breder zien. Choi is hoofdinspecteur in het district Itaewon. No is daar vermoord en Choi is een van de twee leiders van het onderzoek. Hij en zijn zwager Bales weten het zo voor te stellen dat Whitehall de schuld krijgt. Denk even aan Keith, de man die nu in coma ligt. Hij is aangevallen in hetzelfde district, Itaewon, en ook die zaak is onderzocht door Choi en zijn mensen, die beweren dat ze geen getuigen konden vinden. Ik bedoel, Merritt is vanaf een drukke straathoek voor een auto geworpen. Natuurlijk heeft iemand iets gezien. En dan het bloedbad. De enige schutter die we kennen was een politieman van hetzelfde politiebureau. De andere ook, durf ik te wedden.'

Aan haar gezicht te zien drong het nu zelfs tot Carol door.

'Weet je wat ook zo vreemd is?' zei ik.

'Nou?' vroeg Mercer.

'Die politieman die ik achternazat... Toen hij dacht dat hij geen kant meer uit kon, stak hij zijn pistool in zijn mond en schoot hij zich door zijn kop. Dat is behoorlijk extreem, vind je niet? Wat voor iemand zou dat doen?'

Mercer knikte. 'Een Noord-Koreaan.'

'Precies.'

Weet je nog dat ik iets vertelde over een Noord-Koreaanse onderzeeboot die een paar jaar terug aan de grond gelopen was? Zodra die boot strandde, was de hele bemanning van vijftien zeelui en een stuk of tien commando's van boord gegaan. Toen ze de kust bereikten, stelden de zeelui zich gehoorzaam achter elkaar op, waarna de commando's de rij langs liepen en hen een voor een door het hoofd schoten. Daarna gingen de commando's uiteen en probeerden ze terug te komen naar Noord-Korea, omdat ze wisten dat hun missie – wat het ook was – tot mislukken gedoemd was. Er volgden een paar wilde weken waarin het hele Zuid-Koreaanse leger jacht maakte op de commando's om hen te doden. Een paar commando's boden hevig verzet en doodden nog een paar Zuid-Koreaanse soldaten. Het vreemde was dat niet één Noord-Koreaanse commando gevangen werd genomen. Eén of twee ontkwamen, maar de anderen sneuvelden in de strijd of pleegden zelfmoord.

Er bestaat een lange en gruwelijke historie van Noord-Koreaanse agenten en saboteurs die zelfmoord hebben gepleegd om hun aanhouding en ondervraging te voorkomen. Dat is zo beangstigend aan Noord-Korea. Het is geen natie. Het is de grootste sekte ter wereld, groter dan de groep van Jones, of die in Afrika, of die in Waco, waar iedereen zijn leven wil geven voor de goede zaak.

Buzz Mercer wipte op en neer in zijn stoel, terwijl hij de mogelijkheden overwoog. Voor hem, de CIA-chef die verantwoordelijk was voor het hele schiereiland, was het een complete ramp. Ik dacht al een hele dag over de ongelooflijke consequenties na, maar kon ze nog altijd niet bevatten.

Mijn theorie was als volgt. Choi en nog een paar andere agenten op het politiebureau van Itaewon waren Noord-Koreaanse infiltranten. Het was immers een ideale plek voor spionnen! Itaewon is de enige plaats in Zuid-Korea waar bijna alle Amerikaanse soldaten en buitenlandse toeristen wel eens komen. Het is een winkelparadijs voor buitenlanders en een exotische vleesmarkt voor de hitsige wensen van de niet-Koreaan. Het ligt vlak bij het commando van de Koreaans-Amerikaanse alliantie, het hoofdkwartier waar de plannen worden gemaakt, waar alle informatie over Noord-Korea wordt beoordeeld en waar de sterke en zwakke militaire punten van het verbond worden geanalyseerd en opnieuw geanalyseerd in een eeuwigdurende cyclus, zoals soldaten nu eenmaal doen.

Stel dat majoor John Smith van de inlichtingendienst besluit om op een avond bij zijn vrouw weg te glippen voor een verboden avontuurtje. Choi en zijn mannen hebben spionnen in de buurt van de bordelen. Als Smith aan zijn gerief is gekomen en de rekening heeft betaald, pakken ze hem op en nemen hem mee naar het bureau om hem aan de tand te voelen. Ze kunnen zijn carrière en zijn gezin kapotmaken, of ze kunnen het op een akkoordje gooien.

Of misschien is het de politicus Smith, die naar Korea is gekomen voor een officieel werkbezoek en wat onschuldige seksuele pleziertjes op zijn vrije avond. Of misschien is het sergeant Smith, de secretaris van kolonel Jones, de officier belast met strategische planning. De mogelijkheden waren eindeloos en verontrustend.

En de chantage hoefde zich niet te beperken tot seks. Het kon ook een arrestatie zijn wegens winkeldiefstal, of zwarte handel, of een dronken vechtpartij. Elk vergrijp van een Amerikaan in Itaewon zou onmiddellijk worden gemeld aan het politiebureau. Het doelwit hóéfde niet eens over de schreef te gaan. Choi en zijn mannen konden ook zelf een aanklacht verzinnen om een aantrekkelijk slachtoffer in hun netten te verstrikken, in plaats van te wachten op toevallige kandidaten die elke dag tegenstribbelend werden binnengebracht.

Zo'n buitenkans deed zich voor in de persoon van Thomas Whitehall, die een appartement huurde om daar in het geheim zijn mannelijke geliefde te kunnen ontmoeten die toevallig de zoon was van de Zuid-Koreaanse minister van Defensie.

Mercers ogen verloren opeens hun verre blik. Hij sperde ze open en staarde nadenkend voor zich uit.

'Ga maar na,' zei ik. 'Choi ziet een nog veel betere kans dan chantage en het verzamelen van inlichtingen. Hij ruikt een mogelijkheid om de hele alliantie op te blazen. Hij steekt de lont in het kruitvat door No te vermoorden en een Amerikaanse officier de schuld in de schoenen te schuiven. Dan gooit hij een paar duizend liter superbenzine op het vuur door een stel Amerikanen te vermoorden vlak voor de poort van het garnizoen van Yongsan, onder het oog van twintig tv-camera's.

Hij schiet zelfs een paar reporters neer om hun woede nog groter te maken.'

Carol had het eindelijk begrepen. Ze liet haar tas vallen en zei: 'O, mijn god.'

'Natuurlijk zijn het maar gissingen,' gaf ik toe. 'Je zou ook twee of drie andere verklaringen kunnen bedenken. En geloof me, ik heb ze helemaal uitgewerkt. Maar probeer eens een oplossing te vinden die overal bij past.'

'Geloof je dit echt?' vroeg Mercer. 'Ik bedoel, verzin je nu niet een groot complot alleen om je cliënt vrij te krijgen?'

'Hé, ik ben advocaat. Natuurlijk doe ik dat.'

34

Om zeven uur 's ochtends zat ik op Mercers kantoor, terwijl Carol het politiebureau van Itaewon belde. De luidspreker was ingeschakeld, zodat Mercer, ik en een paar agenten het gesprek konden volgen. Carol maakte zich bekend als Moon Song Johnson en vroeg of ze hoofdinspecteur Choi kon spreken.

Hij kwam aan de lijn en ze begon te kwetteren als een onnozele Koreaans-Amerikaanse huisvrouw die met een heel belangrijke Amerikaanse kolonel op de basis was getrouwd. Ze had Michael Bales en zijn vrouw, Chois zus, via wederzijdse kennissen ontmoet en Bales had gezegd dat ze altijd zijn zwager kon bellen als ze ooit problemen had.

Nou, een probleem had ze nu, klaagde ze. Een groot probleem zelfs. Ze was de vorige dag in Itaewon gaan winkelen en een of andere schurk had de riemen van haar tas doorgesneden en was ermee vandoor gegaan. Choi besteedde vijf minuten aan de standaardvragen zoals wanneer, waar en hoe. Zo te horen las hij ze op van een politieformulier.

Opeens begon Carol te huilen. Er hadden heel belangrijke dingen in haar tas gezeten, vertelde ze, van haar militaire legitimatie tot aan haar paspoort. Het zou een ramp zijn als ze die niet terugkreeg. Choi verzekerde haar dat hij zijn best zou doen. Hij had alles onder controle in zijn district, zei hij. Het was allemaal een kwestie van de juiste inlichtingen, en die had hij. Hij zou de kooplui waarschuwen, zodat ze het wisten als de dief zou proberen haar creditcard of legitimatie te gebruiken. Carol vroeg hem of het een Amerikaan kon zijn die haar tas gestolen had, omdat Amerikanen van die barbaren waren die zich niets van de wet aantrokken – haar geweldige echtgenoot uitgezonderd, natuurlijk. Choi gaf toe dat Amerikanen een verdorven en misdadig volk vormden, maar hij betwijfelde of ze zo'n vergrijp zouden plegen buiten hun basis, omdat de straf daar zoveel hoger lag dan binnen het garnizoen zelf. Moest ze de winkels op de basis ook bellen, vroeg Carol. Dat leek Choi een goed idee. Ja, die moest ze maar waarschuwen. Voor alle zekerheid. Dan konden ze uitkijken naar haar creditcards en legitimatie. Ze vroeg of hij dacht dat de crimineel aan zijn vangnet zou kunnen ontsnappen. Nee, stelde hij haar gerust, dat dacht hij niet. Het kon even duren, maar zodra de dief iets uit haar tas gebruikte, zouden

Chois talloze tipgevers hem onmiddellijk op de hoogte brengen.

Carol bedankte hem en vroeg of ze Bales mocht bellen om naar de vorderingen van het onderzoek te informeren. Ja, natuurlijk, antwoordde Choi beleefd. Ze moest maar contact houden met Michael.

Mijn respect voor Carol Kim steeg aanzienlijk. In een gesprek van zeven minuten had ze hem alle woorden laten zeggen. Een van de mannen die tegen de muur geleund stond haalde meteen het bandje uit de recorder en verdween.

Daarna werd een Koreaan in burger binnengelaten. Hij scheen iedereen in het kantoor te kennen, behalve mij, dus stelde Mercer ons aan elkaar voor. Hij heette Kim, zoals een op de drie Koreanen, en hij was Mercers collega bij de KCIA, de Koreaanse versie van de CIA. Er waren wel enkele grote verschillen, omdat de KCIA geen restricties kent voor binnenlandse operaties en ook niet wordt gehinderd door allerlei sociale beperkingen. Als de KCIA je wil ontvoeren en je knieschijven wil breken om informatie van je los te krijgen, dan mag ze dat doen.

Kim had een stapel dossiers onder zijn arm en hij zag er wat verfrommeld en verfomfaaid uit, alsof hij uit zijn bed was gebeld. Dat was hij ook, door Buzz Mercer.

De mappen onder zijn arm waren de personeelsdossiers van de honderdtien politiemensen van het bureau Itaewon. Hij legde ze op Mercers bureau en verdeelde ze in twee nette stapels: een grote stapel van tachtig of negentig dossiers en een kleine van twintig tot dertig.

Toen keek hij Mercer aan. 'We hebben ze met COMESPRO vergeleken en dit was het resultaat.'

Zijn Engels was vlekkeloos, zonder een spoor van een accent, wat niet ongebruikelijk is voor Koreanen die worden uitgekozen voor belangrijke functies waarin ze regelmatig met Amerikanen moeten samenwerken. Daarvoor worden mensen genomen die vloeiend Amerikaans spreken, compleet met het Amerikaanse idioom. Dat doen de Koreanen niet alleen omdat ze gastvrije mensen zijn, maar ook omdat Amerikanen veel loslippiger worden in het gezelschap van mensen die net zo klinken als zij. Vooral bij het inlichtingenwerk is dat een groot voordeel.

Mercer knikte dat hij begreep wat Kim bedoelde. Dat zou wel zo zijn, want hij had dit waarschijnlijk al honderd keer bij de hand gehad. Maar ik had geen idee waar Kim het over had. Dus kuchte ik even om zijn aandacht te trekken.

'Neem me niet kwalijk,' zei ik ten slotte, 'maar wat is COMESPRO in vredesnaam? Kunt u dat even uitleggen?'

Kim keek naar Mercer, die knikte. Blijkbaar was dat het teken dat ik mocht worden ingewijd in dit geheim. Hij glimlachte zelfvoldaan en ik moest meteen denken aan mijn leraar uit groep acht, een arrogante klootzak die zijn hele leven omringd was geweest door kinderen van twaalf en daarom dacht dat hij de slimste man ter wereld was. Inlichtingenofficieren herinneren me vaak aan hem, los van hun nationaliteit. Omdat ze allerlei duistere geheimen kennen waar wij gewone mensen geen weet van hebben, gedragen ze zich altijd een beetje verwaand en superieur. Kennis is macht, zullen we maar zeggen.

Hoe dan ook, hij zei: 'Oké, majoor, zoals u waarschijnlijk weet hebben we een groot spionageprobleem hier in Zuid-Korea. In Amerika heb je in het algemeen twee soorten spionnen. Om te beginnen de buitenlanders, die het land binnenkomen met buitenlandse papieren en zich dan vestigen. Meestal opereren ze vanuit ambassades, het VN-hoofdkwartier in New York of een andere internationale instelling die als dekmantel dient. Ze zijn voor de FBI vrij eenvoudig te identificeren en te volgen. En dan heb je de incidentele burger die zijn eigen land verraadt – in Amerika meestal voor geld. Die spionnen zijn veel moeilijker op te sporen.'

Ik kon er niets aan doen. 'Zoals die Koreaans-Amerikaanse analist, bedoelt u, die voor onze militaire inlichtingendienst werkte en bij u op de loonlijst stond?'

'Natuurlijk werkte hij niet voor ons,' zei hij, nog steeds met een stralende glimlach. 'Maar iemand zoals hij zou goed in het profiel passen. Hij voelde een etnische verbondenheid met Zuid-Korea, hij had geldzorgen en er waren bedragen op zijn bankrekening gestort die hij niet wettig kon verantwoorden. Ik begrijp wel waarom uw contraspionagedienst hem voor een agent van ons aanzag.'

Zijn glimlach werd nog breder. 'Dat was hij natuurlijk niet. Wij zouden onze belangrijkste bondgenoot nooit bespioneren.'

Mercer en hij moesten er hartelijk om grinniken, alsof dat allemaal bij het spel hoorde. Hun spel.

'Hoe het ook zij,' richtte Kim zich weer tot mij, 'onze problemen zijn veel ernstiger. Noorderlingen of zuiderlingen, we zijn allemaal Koreanen. We spreken dezelfde taal, we zien er hetzelfde uit, we kleden ons gelijk en we hebben dezelfde cultuur. Miljoenen zuiderlingen zijn vluchtelingen of afstammelingen van vluchtelingen die uit Noord-Korea hiernaartoe kwamen toen de Koreaanse oorlog uitbrak. Veel zuiderlingen hebben familie in Noord-Korea. Ze zijn kwetsbaar voor allerlei vormen van pressie. En dan heb je de infiltranten. Die komen al vijftig jaar deze kant op, soms per onderzeeboot of gewoon te voet over de demarcatiegrens. Maar de laatste tijd pakken de Noord-Koreanen het nog efficiënter aan.'

'Hoe dan?' vroeg ik.

'Neem bijvoorbeeld uw vriend Choi.'

'Goed. Laten we Choi nemen.'

'Volgens onze gegevens is Lee Min Choi geboren in Chicago in de Verenigde Staten, als zoon van twee Zuid-Koreanen die in 1953 naar Amerika waren geëmigreerd. Zijn ouders kwamen in 1970 bij een verkeersongeluk om het leven, zodat hij als wees achterbleef. Hij keerde naar Korea terug toen hij zeventien was, wat wel vaker gebeurt. Veel Koreaanse emigranten hebben moeite zich in hun nieuwe vaderland aan te passen en komen uiteindelijk weer terug. Hij gaf zijn Amerikaanse nationaliteit op, maakte zijn middelbare school af in Seoul, haalde uitstekende cijfers bij de staatsexamens en ging studeren aan de SNU, de Nationale Universiteit van Seoul, zoiets als Harvard bij u. Aan de SNU studeerde hij af als een van de besten van zijn jaar. Daarna had hij elke droom kunnen vervullen die hij maar wilde. Vreemd genoeg koos hij voor het politie-examen. Geloof me, dat is uniek voor iemand die aan de SNU heeft gestudeerd. Hij had gemakkelijk een topfunctie kunnen krijgen bij Hyundai, Daewoo of een andere vooraanstaande *chaebol.*'

'Dus hij was eigenlijk Amerikaan?' vroeg ik.

Kim haalde zijn schouders op. 'Misschien. De Noord-Koreanen worden steeds handiger, zoals ik al zei. Ze weten dat de achtergrond van iedereen die voor een gevoelige functie in aanmerking komt grondig wordt onderzocht, dus vinden ze steeds slimmere manieren om valse personalia te fabriceren. Misschien waren Chois ouders wel Noord-Koreaanse *sleepers* die veertig jaar geleden met dat doel naar Chicago waren gestuurd. Of misschien is Choi van zijn leven nog nooit in Chicago geweest.'

'Hij maakte op mij in elk geval de indruk dat hij een tijdje in Amerika moest hebben gewoond.'

Kim keek weer even naar Mercer, die opnieuw knikte. Ik had recht op nog een geheimpje.

'Wij vermoeden dat de Noord-Koreanen een geheim kamp hebben waar agenten worden opgevoed tot Koreaanse Amerikanen. De kandidaten komen als baby in het kamp en zetten nooit een voet meer buiten het hek. Ze eten Amerikaans voedsel, ze krijgen les op nagebouwde Amerikaanse scholen en ze kijken zelfs naar de Amerikaanse televisie via de satelliet. Een Amerikaanse schrijver, Nelson DeMille, heeft een roman geschreven, *Het internaat,* over zo'n verzonnen kamp in de Sovjet-Unie. Wij denken dat er in Noord-Korea werkelijk zoiets bestaat.'

'En Choi zou het product ervan zijn?'

'Hoor eens, Drummond,' zei Mercer, 'we weten niet eens zeker of dat kamp wel bestaat. In de loop van de jaren hebben we geruchten gehoord van een paar hooggeplaatste overlopers. Er zouden Amerikaanse krijgsgevangenen werken die na de oorlog nooit meer zijn teruggekeerd. Natuurlijk vertellen sommige van die overlopers je de wildste verhalen. Wie zal het zeggen?'

'Goed,' zei ik. 'Dus het schijnt dat Choi weer uit Amerika naar Korea is teruggekomen toen hij zeventien was. En zijn zus, Bales' vrouw?'

Kim krabde zich op zijn hoofd. 'Welke zus?'

'Adjudant Michael Bales heeft met Choi samengewerkt aan het onderzoek in de Whitehall-zaak. Hij schijnt getrouwd te zijn met Chois zus.'

Kim pakte een dossier en bladerde het door, op zoek naar iets. 'Wij weten niets van een zus,' zei hij toen.

'Met wie is Bales dan getrouwd?'

'We zullen het uitzoeken,' zei Mercer.

'Jullie hadden het over doorlichtingsmethoden,' zei ik.

'Ja,' beaamde Kim. 'Ons grootste probleem is dat we tot 1945 door Japan werden overheerst en door Japanse ambtenaren werden bestuurd. In de laatste dagen van de Tweede Wereldoorlog hebben ze de archieven vernietigd, waardoor we geen historische gegevens meer hadden over onze burgerbevolking. Tussen 1950 en 1953 zijn duizenden van onze dorpen en steden verwoest en daarmee ook een groot aantal gemeentelijke en regionale archieven. Miljoenen mensen raakten hun huis kwijt. Er vond een grootscheepse binnenlandse migratie plaats en veel noorderlingen vluchtten naar het zuiden. Het hele Koreaanse volk was in beweging, alsof ons land met een grote mixer door elkaar werd geroerd.'

'Daarom is het hier zo verdomd moeilijk vast te stellen wie nu eigenlijk voor wie werkt,' zei Mercer.

Kim knikte instemmend. 'Ongeveer drie jaar geleden hebben we een computerprogramma ontwikkeld om een beeld te krijgen van grote bevolkingsgroepen. Dat programma is het Communist Screening Program of COMESPRO – geen mooie naam, misschien, maar het werkt. Het programma maakt gebruik van speciale profielen om ons te wijzen op mensen die een nader onderzoek verdienen, ongeveer zoals jullie douane een programma gebruikt om naar mogelijke drugskoeriers te zoeken. Als we bijvoorbeeld de stamboom van een familie niet verder kunnen traceren dan twee generaties, geeft het programma een waarschuwing. Als iemand vanuit een ander land is geïmmigreerd, is dat ook een waarschuwing.'

'Dan moet Choi toch door dat programma zijn aangewezen?' vroeg ik.

'Ja, dat is zo, maar voorlopig gebruiken we het alleen voor onze strijd-krachten, de inlichtingendiensten, enkele gevoelige ministeries en de buitenlandse dienst. We hadden nog niet overwogen om het ook voor de politie toe te passen. Die is niet belast met de nationale veiligheid, dus waarom zouden we?'

Ik wees op de stapel dossiers. 'Is dat het resultaat van uw onderzoek naar het hele politiebureau van Itaewon?'

Hij wees zelf naar de grootste stapel. 'Deze dossiers zijn door COMESPRO goedgekeurd.' Hij legde een hand op de kleinere stapel. 'Dit zijn de ver-dachte gevallen, tweeëntwintig in totaal.'

'Misschien hebt u dus een groot spionagenet binnen dat politiebureau?'

Kim glimlachte neerbuigend. 'Ik wil u niet teleurstellen, majoor, maar een vijfde van alle gevallen die wij onderzoeken is volgens COMESPRO verdacht. Dit is dus een heel normale verhouding. Met veel van deze mensen is helemaal niets aan de hand – waarschijnlijk met niemand. Bovendien hebben we zoiets nooit eerder meegemaakt. Spionnen en agenten opereren alleen. Ze kunnen wel tot een grotere cel behoren, misschien onder het gezag van één figuur, maar ze hebben onderling geen contact. Dat is de veiligste strategie. Als er een wordt aangehou-den, kan hij de anderen niet verraden, omdat hij niet weet wie ze zijn. De leider van een cel heeft meestal een alarmsysteem voor het geval een van zijn mensen wordt opgepakt, en een goed voorbereide vluchtroute om bij het eerste teken van gevaar te kunnen verdwijnen.'

'Dus u denkt dat we in de verkeerde hoek zoeken?'

'Het lijkt me een heel onwaarschijnlijk verhaal, eerlijk gezegd. U pro-beert uw cliënt te redden, maar ik denk dat uw fantasie met u op de loop is gegaan.'

Ik keek naar Mercer. 'Wat denk jij?'

Hij wisselde een blik met zijn collega. 'Er zit misschien iets in, Kim. Niet zo dramatisch als Drummond het nu voorstelt, maar het is ver-dacht.'

Kim haalde ongelovig zijn schouders op tegen ons, maar ik vroeg me af wat hij werkelijk dacht. Het punt is dat Zuid-Koreanen het een grote schande zouden vinden als een van hun politiebureaus was aangevreten door Noord-Koreaanse termieten. Maar misschien ging mijn fantasie nu weer met me 'op de loop'.

Mercer keek weer naar zijn collega van de KCIA en zei: 'Hoor eens, we willen proberen ze uit hun tent te lokken. Daarom vraag ik jullie om de vluchtroutes af te sluiten.' Hij gaf Kim een foto van Michael Bales die ze eerder die ochtend uit zijn personeelsdossier hadden gelicht.

'Dit is Michael Bales,' ging hij verder. 'Als hij in het vliegtuig of op de boot wil stappen, hou hem dan tegen. Hij is een slimme jongen en een goed getrainde politieman. Misschien zal hij zich vermommen en heeft hij een vals paspoort, dus laat deze foto ook veranderen zodat je weet hoe hij eruitziet met een baard of snor, met een bril en blond haar, of verkleed als vrouw. Ik weet dat blanken in jullie ogen allemaal op elkaar lijken, dus laat een stel compositiefoto's verspreiden van hoe hij eruit zou zien in vermomming. En zorg dat je geen fouten maakt, Kim. Stel me niet teleur.'

Kim knikte. 'Geen probleem.' Hij pakte zijn stapels dossiers en wilde vertrekken.

'Nog één ding,' zei Mercer. 'Kunnen jullie Choi laten schaduwen?'

Kim glimlachte innemend. 'Het komt voor elkaar, Buzz.'

'Goed. Als we deze zaak oplossen, zal ik ervoor zorgen dat mijn baas in Langley jouw baas hier vertelt dat het jouw werk was. Ik had een paar vreemde dingen ontdekt, ik ben naar jou toe gegaan voor hulp en jij hebt ontdekt hoe het zat.'

Kim grijnsde nu nog breder. 'Dat zou heel vriendelijk van je zijn, Buzz.'

Daarna gaven ze elkaar een hand en Kim vertrok. Ik had bewondering voor Mercer. Hoe pijnlijk het ook voor de Koreanen zou zijn om hier een spionagenetwerk te ontdekken, vlak onder hun neus, het zou nog pijnlijker worden als de eer van die ontdekking naar de Amerikanen ging. Op deze manier konden ze hun gezicht redden. En bovendien had Kim nu een sterk persoonlijk motief om ons zo goed mogelijk te helpen.

35

Ik ging bij het secretariaat van de rechter langs om de lijst met jurykandidaten voor de krijgsraad op te halen. Daarna liep ik naar de kapsalon voor een kort bezoekje, zodat Katherine niet zou denken dat ik was ontvoerd of vermoord en in het bos begraven. Daar hoopte ze waarschijnlijk op, dus liet ik mijn gezicht maar zien om haar dag te verpesten.

Het was een geweldige drukte op kantoor. Over minder dan twintig uur zou het proces beginnen en Katherine, Allie, Imelda en haar onbetaalbare assistentes waren bezig met de laatste dringende klussen die elk goed geolied advocatenkantoor nog moet afhandelen voordat de voorstelling begint.

Op een tafel lag een stapeltje keurig getypte verzoekschriften. Ik schudde mijn hoofd en bleef staan om ze door te bladeren. Katherine was blijkbaar van plan om ze om 15:59 uur bij de rechter in te dienen, één minuut voor sluitingstijd. Het maakte niet uit dat Carruthers haar had gewaarschuwd, Katherine was vastbesloten hem mateloos te irriteren met zo'n stapel laatste verzoekschriften om rechterlijke uitspraken. Ze kon het niet helpen. Ze had geen zin om haar tactiek van de laatste acht jaar overboord te gooien alleen omdat een rechter had gedreigd haar 'door de gehaktmolen te draaien'.

Ik stak mijn hoofd om de deur en zag dat ze met iemand zat te bellen. Ze leek nerveus maar zag er prachtig uit. Toen ze opkeek, stak ze meteen haar middelvinger naar me op. Het was niet zomaar een gebaar – ze meende het.

Ik liep naar Allies zijkamertje.

'Hoe gaat het?' vroeg ik.

Ze keek me onverwachts kil aan. 'Waar heb jij gezeten? We sterven van het werk en we hadden wel wat hulp kunnen gebruiken.'

'Ik heb wat laatste dingetjes geregeld,' zei ik grijnzend.

'Zoals?'

'Ik heb het grootste deel van de ochtend op het kantoortje van de rechter zitten wachten op de lijst van kandidaat-juryleden.'

'En heb je die nu?'

Ik knikte. 'De langste lijst die ik ooit heb gezien. Er staan bijna tachtig officieren op. Ze verwachten blijkbaar dat er een heleboel gewraakt zullen worden. En terecht. Gezien de aard van de aanklachten zullen heel wat mensen toegeven dat ze er zo van walgen dat ze geen objectief oordeel kunnen vellen.'

'Onder tachtig officieren zullen we toch wel tien objectieve mannen en vrouwen kunnen vinden?' zei Allie.

'Het probleem is dat ik nog nooit een lijst heb gezien met zoveel infanterieofficieren.'

'En?' vroeg ze, op een toon die duidelijk maakte dat ze maar weinig van het leger begreep. De ene officier is de andere namelijk niet.

'Het leger heeft ongeveer zesentwintig verschillende dienstvakken. Je hebt advocaten, zoals ik, en artsen, bevoorradings- en onderhoudsdiensten, financiële afdelingen en noem maar op. Hoe meer een functie overeenkomt met die in de burgermaatschappij, des te groter de kans dat de man of vrouw met die functie ook als een burger denkt. Het enige verschil is dan dat de militair elke dag in een apenpakje naar zijn werk moet.'

'Maar infanterieofficieren zijn anders?'

'Heel anders. Dat zijn de jezuïeten van het leger. Ze zijn dol op discipline en het handhaven daarvan. Als JAG-officieren proberen we ze meestal zoveel mogelijk uit de jury van een krijgsraad te weren.'

'Nou, dan wraken we ze allemaal,' zei Allie.

'Van de eerste dertig namen op die lijst komt tweederde van de infanterie. Die keuze is sterk gekleurd. We mogen van geluk spreken als we de helft kunnen lozen.'

Ik voelde dat er iemand achter me stond en draaide me om. Het was Katherine.

Ze had meegeluisterd en haar gezicht stond ijzig. 'Nou, jij bent de klootzak die onze cliënt heeft aangeraden om het aanbod niet te accepteren,' zei ze. 'Vind je dat nog steeds zo'n goed idee, Drummond? Denk je nog steeds dat je onze cliënt het beste juridische advies gegeven hebt?'

'Mijn mening deed er weinig toe. Hij was toch niet van plan het voorstel te accepteren.'

Ze keek me strak aan. 'Dat vroeg ik je niet. Vind je nog steeds dat je hem het beste juridische advies hebt gegeven?'

'Het beste juridische advies? Dat weet ik niet. Het was wel míjn beste advies.'

Haar gezicht stond koud en hard. Ze keek me vernietigend aan, maar ik liet me niet vernederen. Dit was wat psychologen projectie noemen. Ze was kwaad op haar cliënt en omdat ik het met hem eens was geweest en op dit moment het enige doelwit was, koelde ze haar woede nu op mij.

314

Ze priemde met een vinger naar mijn gezicht. 'Zorg dat je vanmiddag om drie uur op mijn kantoor bent met je strategie voor het juryverhoor. Dat is toch jouw specialiteit? Ik wil een analyse van alle potentiële juryleden en een uitvoerige lijst met vragen en kritiek.'

'Goed.'

Ze wees nog steeds met haar vinger. 'En verder bemoei je je nergens meer mee. Vanaf dit moment beperkt jouw taak zich uitsluitend tot adviezen over militair recht. Je hebt geen contact meer met onze cliënt. Je spreekt niet meer met de rechter. Je neemt niet meer deel aan de besprekingen over onze strategie. Als je maar één keer buiten je boekje gaat, zal ik je uit het team laten zetten. Is dat duidelijk?'

'Heel duidelijk.'

Ze stampte terug naar haar kantoor. Ik keek naar Allie, maar ze ontweek mijn blik. Kennelijk hadden Katherine en haar staf in mijn afwezigheid een paar beslissingen over me genomen. Ik was niet langer een vertrouwd lid van het team. Misschien was ik dat ook nooit geweest.

Ik pakte mijn lijst met kandidaten en hinkte weg. Ik had wel kunnen blijven om met Katherine in discussie te gaan, maar wat schoot ik daarmee op? Bovendien kwam het me wel goed uit. Nu had ik de tijd om achter Bales aan te gaan zonder me te hoeven bezighouden met het proces.

Ik ging meteen terug naar mijn hotelkamer en stelde werktuiglijk een plan op voor het juryverhoor. Daar had ik acht jaar ervaring mee, dus het was vrij simpel. Eerst omcirkel je de namen van officieren die de verdediging gunstig gezind kunnen zijn – in dit geval vrouwen, minderheden en officieren uit de softe sector. In die volgorde. Daarna zet je pijlen bij de mensen die je er zelf niet bij wilt hebben. Je begint met de infanterie, vooral de hogere rangen, want hoe langer een officier in dienst is, des te meer hij of zij besmet is geraakt door de cultuur met al haar vooroordelen.

Vervolgens stel je een normale reeks vragen op, zoals: hebt u krantenartikelen gelezen of tv-programma's gezien over deze zaak waardoor u misschien een bepaalde mening is opgedrongen? Je moet die vraag wel stellen, maar het is een tweesnijdend zwaard. Je kunt er net zoveel potentieel gunstige kandidaten als tegenstanders mee kwijtraken. Daarna komen de vragen die alleen een ervaren militair advocaat kan stellen. Hebt u ooit een militair bestraft voor homoseksueel gedrag? Omdat Whitehall kapitein was, moest de jury ook bestaan uit rangen van kapitein en hoger. Dus hadden alle infanterieofficieren bevelvoerende functies gehad. Een redelijk aantal van hen zou ooit zijn geconfronteerd met soldaten die zich aan homoseksuele handelingen hadden schuldig gemaakt, waarop een straf had moeten volgen. Ik betwijfelde of veel officieren publiekelijk zouden toegeven dat ze het door de vingers hadden gezien. Op die manier konden we aardig wat infanteristen lozen.

Ik bedacht een leuke vraag: 'Hebt u ooit een andere man gekust of betast?' De gemiddelde man zal daar vrij negatief op reageren. Van mannen met een hoog testosterongehalte – para's, commando's, infanteristen – kun je een agressieve reactie van minachting en walging verwachten, kortom: een duidelijk vertoon van homofobie, op grond waarvan we nog een aantal infanterieofficieren konden wraken.

Ik noteerde nog een paar van zulke gemene vragen en vond toen dat ik wel genoeg gedaan had. Ik belde Mercer om te zeggen dat ik onderweg was. Die waarschuwing had te maken met de Koreaanse agenten die me volgden. Als ik overstak naar de andere helft van Yongsan, waar Mercer kantoor hield, zouden zijn mensen in het wachthokje bij de poort de Koreanen kunnen tegenhouden.

Ik hinkte naar Mercers kantoor, waar het zo druk was als in een mierenhoop. Er liepen meer spionnen rond dan ik kon tellen. Mercer moest versterkingen hebben opgetrommeld, misschien van andere kantoren op het schiereiland, of helemaal uit Japan. Ze hadden zich georganiseerd in zeven of acht teams. Een paar agenten stonden met aanwijzers voor een schoolbord en overlegden zachtjes met hun groep. Er hing een energieke, gespannen sfeer.

Ik zag een paar mensen nieuwsgierig mijn kant op kijken toen ik voor Mercers deur bleef staan en aanklopte. 'Binnen!' brulde hij. Hij zat weer te bellen met die speciale mobiele telefoon en liet zijn stem meteen tot een gefluister dalen. Onnozel gedoe. Ik liet me op een stoel vallen en wachtte tot hij klaar was.

Dat duurde niet lang. 'Klaar voor het grote feest?' vroeg hij.

'Ik kan nauwelijks wachten.'

'Carol is nu bij de vrouw van Bales.'

We hadden nog gezocht naar een manier om Bales' vrouw van de basis weg te lokken voor ik bij Mercer was vertrokken om met Katherine te gaan praten. Voor het welslagen van onze operatie zou Bales' vrouw van huis moeten zijn.

'Hoe heb je het voor elkaar gekregen?' vroeg ik nieuwsgierig.

'We hebben de vrouw van de bevelvoerende kolonel van de MP-brigade gevraagd haar uit te nodigen voor een spontane lunch. Carol is daar als serveerster. De lunch eindigt om twee uur, dus we hebben nog maar een uurtje.'

'Oké, aan het werk,' zei ik, en Mercer nam me mee. Zodra we zijn kamer uit kwamen, brulde hij dat iedereen zijn positie moest innemen. De agenten in het kantoor gehoorzaamden als één man.

316

Het kostte me tien minuten om naar de MP-post te hinken. Ik meldde me bij de dienstdoende sergeant en zei dat ik adjudant Bales wilde spreken. Hij waarschuwde Bales via de intercom dat hij een bezoeker had, wees toen naar een gang en zei dat ik bij de zesde kamer links moest zijn. Ik kende de weg, verzekerde ik hem, en hij ging weer verder met zijn werk.

Bales keek nauwelijks op toen ik binnenkwam. Hij kwam niet overeind en stak me niet zijn hand toe. Hij beperkte zich tot een verstrooide, weinig hartelijke blik.

'Ik moet u even spreken,' zei ik.

Hij wees naar de houten stoel voor het bureau en ik ging zitten. Bales leunde naar achteren in zijn stoel, wreef over zijn kin en draaide zijn hoofd mijn kant op, half geërgerd, half nieuwsgierig. Hij dacht waarschijnlijk dat ik nog een laatste, wanhopige poging wilde doen om meer te weten te komen over de Whitehall-zaak, of me nog eens wilde beklagen over de mishandeling, met wat dreigementen aan zijn adres.

'Het proces tegen Whitehall begint morgen,' zei ik.

'Dat heb ik gehoord.'

Ik keek op mijn horloge. De grote wijzer stond tussen 12:04 en 12:05. Het telefoonnet in Itaewon zou precies om 12:05 worden lamgelegd. Dat had Buzz' vriend Kim geregeld. Een halfuur lang zou er niemand kunnen bellen in Itaewon. Zoals ik al zei, de KCIA kan dingen voor elkaar krijgen waar de CIA alleen maar van droomt.

Ik keek op en zei: 'Weet u wat zo vreemd is?'

Hij glimlachte. 'Wat is er zo vreemd?'

'Nou, dat al die misdrijven in Itaewon hebben plaatsgevonden. Ga maar na: de moord op No, de moordaanslag op Keith Merritt en het bloedbad bij de poort. En wie heeft steeds de leiding van het onderzoek? Choi aan Koreaanse kant en u namens de Amerikanen.'

'Ja. Als je de beste bent, krijg je de moeilijkste zaken.'

'Dat zal wel.'

Hij streek zijn haar naar achteren. 'Dat hoort er nu eenmaal bij,' zei hij, alsof hij het werkelijk meende.

'U hebt het er zeker wel druk mee?'

'Ik red het wel.'

'Die indruk heb ik ook, adjudant. Ik ben zelfs in het archief gedoken en heb alle zaken nog eens doorgenomen die u en Choi samen hebben onderzocht. Dat is het mooie van computerbestanden. Je voert gewoon twee namen in en de computer doet de rest. Vroeger zou het drie assistenten een maand hebben gekost om al die gegevens te verzamelen. De zegeningen van de moderne tijd.'

317

Hij plantte zijn ellebogen op het bureau, opeens geïnteresseerd in wat ik te zeggen had.

'Hoe gaat het in zijn werk?' vroeg ik. 'Belt Choi u zodra er iets interessants gebeurt? Jezus, de afgelopen vijf jaar hebben jullie een recordaantal zaken opgelost.'

'Nee. Ik krijg mijn instructies van hogerhand, zoals elke CID-agent hier. Ik kan het ook niet helpen dat ik meer zaken oplos dan de andere jongens. Misschien is het zuiver geluk, of misschien werk ik wat harder.'

Ik schudde mijn hoofd. 'Toe nou, adjudant, er moet meer aan de hand zijn. U hebt tachtig procent van uw zaken opgelost. Geen rechercheur ter wereld komt daar zelfs maar in de buurt. Je bent al een held als je tot vijftig procent komt. Sherlock Holmes kon een voorbeeld aan u nemen.'

Hij grijnsde ongeduldig. 'Wat is het probleem, majoor? Hebt u problemen met een rechercheur die zijn werk goed doet?'

'Nou, er is nog iets anders wat ik nogal vreemd vond. Bijna tachtig procent van uw zaken speelde zich af in Itaewon.'

'Wat is daar zo vreemd aan? Ik zit hier al vijf jaar. Ik heb goede bronnen, een heel leger van tipgevers, en ik weet de weg. Ik heb een uitstekende relatie met het bureau van Itaewon en dat weten mijn bazen ook, dus leggen ze veel van die zaken op mijn bordje.'

'Waarom hebt u zo'n goed contact met het bureau Itaewon? Omdat u getrouwd bent met Chois zus?'

'Dat helpt,' zei hij met een glimlach.

'Dat is ook weer zoiets vreemds waar ik u naar wilde vragen. Ik heb een onderzoek ingesteld naar de achtergrond van hoofdinspecteur Lee Min Choi. Hij is in 1954 geboren in Chicago en in 1970 teruggegaan naar Korea, waar hij aan de Nationale Universiteit van Seoul is afgestudeerd als een van de besten van zijn jaar. Een bijzondere man.'

'Ja, dat is hij.'

'Iemand zoals hij heeft de wereld aan zijn voeten. Hij had in een van die glimmende torenflats in het centrum kunnen zitten om miljoenen te verdienen. Hij had op de beurs kunnen handelen. Maar hij koos voor de politie, nota bene!'

'Choi is niet geïnteresseerd in geld. Hij is een bijzondere man, zoals u al zei.'

'Ja, dat zal wel,' zei ik nonchalant. 'Het enige probleem is dat hij geen zus heeft.'

Bales' ellebogen vlogen van het bureau en hij liet zich met een klap in zijn stoel terugvallen alsof dat het geestigste was wat hij ooit had gehoord.

Hij grinnikte zelfs. 'Ik weet niet wie dat onderzoek heeft gedaan, maar u kunt het beter overdoen. Mijn vrouw is in Chicago geboren, in 1962. Daar heeft ze met haar broer tot 1970 gewoond, toen hun ouders verongelukten.'

Ik krabde me op mijn hoofd en keek verbaasd. 'De meisjesnaam van uw vrouw is Jin May Lee, nietwaar?'

'Dat klopt.'

'En ze is geboren in Chicago?'

'Ja.'

'Volgens de gegevens is er tussen 1957 en 1970 nooit een Jin May Lee geboren in een ziekenhuis in Chicago. Hetzelfde geldt trouwens voor Lee Min Choi.'

Dat was waar. Mercer had de FBI gevraagd een snel onderzoekje te doen, maar tot nu toe hadden ze geen spoor kunnen vinden van Choi of zijn zus.

Bales boog zich naar voren en keek me nijdig aan. 'Misschien is hun moeder thuis bevallen, met een vroedvrouw. Hebt u daar ook aan gedacht? Hun ouders waren arme immigranten die moeite hadden de eindjes aan elkaar te knopen. Ik heb het Jin May nooit gevraagd, maar het zou me niet verbazen.'

'Ach, daar had ik niet aan gedacht,' zei ik op een toon van: oeps, foutje.

'Waar haalt u trouwens het recht vandaan om een onderzoek in te stellen naar mij of mijn vrouw? Wat heeft dat te betekenen? Moet ik een klacht tegen u indienen?'

'Nee, dat hoeft niet,' verzekerde ik hem.

Meteen sloeg hij een verzoenende toon aan. 'Hoor eens, ik weet dat we problemen met elkaar hebben. Ik begrijp best dat u de pest in hebt. Maar u moet het niet zo persoonlijk opvatten.'

Ik grijnsde breed, zodat hij goed het gat kon zien waar ooit een tand gezeten had. 'Ik? Vat ik het persoonlijk op?'

'Het spijt me dat het een beetje uit de hand liep op het bureau. Wij dachten dat u een onschuldige politieman had vermoord. U weet hoe smerissen reageren als iemand van hen het slachtoffer wordt. Dat is geen excuus, maar… nou ja, het spijt me. Oké?'

'Ja hoor,' zei ik sarcastisch, hoewel die toon aan hem verspild was. We wisten allebei dat ik hem nooit zou vergeven.

Abrupt stond ik op om te vertrekken. Bij de deur draaide ik me nog even om, alsof me iets te binnen schoot.

Ik sloeg me tegen het voorhoofd. 'Nog één ding.'

De arrogante klootzak had het lef om vriendelijk tegen me te lachen. 'Natuurlijk. Wat kan ik voor u doen, majoor?'

'Wat uw vrouw betreft, sorry dat ik zo overdreven reageerde, maar ik vond het zo vreemd dat ik haar geboortegegevens en die van haar broer in Chicago nergens kon vinden dat ik het CIA-bureau hier heb gebeld om te vragen of zij het konden uitzoeken. Daar zijn ze slim genoeg. Ik weet zeker dat ze zullen ontdekken dat Choi en zijn zus gewoon thuis geboren zijn.'

Jammer dat ik geen fototoestel bij me had. Je had zijn gezicht moeten zien.

Ik verliet de MP-post en liep naar een grijze dienstauto die twee straten verderop langs de stoep stond geparkeerd. Mercer zat voorin en ik liet me op de achterbank vallen, naast een van zijn mensen.

De radio van het dashboard was op een luidspreker aangesloten, zodat we konden meeluisteren naar wat er gebeurde in Bales' kantoor. Vroeg in de morgen was een van Mercers agenten het kantoor binnengedrongen en had een paar microfoontjes geplaatst, zodat Mercer het hele gesprek had kunnen volgen. Hij stak waarderend zijn duim naar me op, terwijl hij scherp naar de geluiden uit de luidspreker luisterde. Het was mijn taak geweest om Bales voor dreigende problemen te waarschuwen en hem zo uit zijn tent te lokken.

We luisterden een tijdje terwijl Bales met iemand zat te praten, waarschijnlijk een MP, over de details van een zaak waaraan ze werkten. Bales klonk ongeduldig en kortaf. Hij wilde de man zo snel mogelijk weg hebben. Eindelijk hoorden we de deur dichtvallen en even later het geluid van Bales die een nummer toetste. Een van de microfoontjes zat in de hoorn van zijn telefoon, dus we konden meeluisteren. Op dat moment hoorden we niets anders dan het vreemde gesis van een telefoonlijn die buiten werking is. Hij probeerde het nog eens en gooide toen met een klap de hoorn erop.

Een halve minuut bleef het stil. We hoorden hem ademen, zwaar en onrustig. Toen pakte hij de telefoon en probeerde het opnieuw. Weer dat gesis. Bales belde nu een ander nummer.

Het toestel ging drie keer over, voordat een antwoordapparaat werd ingeschakeld en een stem zei: 'Hallo, dit is het huis van Bales. Wij zijn er nu niet, maar als u...'

We hoorden dat Bales twee toetsen indrukte om de berichten op het apparaat terug te luisteren. De eerste boodschap was van Choi: 'Michael, wees heel voorzichtig. Maak dat je wegkomt, nu meteen. De Amerikaanse inlichtingendienst is ons op het spoor. Neem een andere identiteit aan en verdwijn.'

De stem stond op het bandje van Bales' antwoordapparaat bij hem thuis, en het was wel degelijk Chois stem. Maar het korte bericht was geknipt en geplakt uit het telefoongesprek dat Carol die ochtend met Choi had gevoerd. Zodra de vrouw van Bales van huis was weggelokt, hadden Mercers technici zijn nummer gebeld en het nepbericht op Bales' antwoordapparaat gezet.

Bales hing op, wat zachter nu, en we hoorden zijn stoel kraken toen hij naar achteren leunde en probeerde kalm te blijven. Een paar seconden verstreken voordat hij een la opende en er wat in rommelde. Blijkbaar zocht hij iets.

Toen pakte hij de telefoon weer en belde een ander nummer. Nu kreeg hij de echte Choi aan de lijn, waarschijnlijk op zijn mobieltje. Daar hadden we niet aan gedacht, heel dom.

'Choi, met mij,' zei Bales.

'Ja, Michael, wat is er?'

'Ik heb je bericht gekregen. Wat is er in godsnaam aan de hand?'

'Welk bericht?'

'Op mijn antwoordapparaat, thuis.'

'Ik heb niets ingesproken op je antwoordapparaat.'

Er viel een verbijsterde stilte. Mercer draaide zich om en we grijnsden allebei. De hele zaak zou nog verkeerd kunnen gaan, maar het was een pervers genoegen om te horen hoe de schurken verstrikt raakten in ons net.

'Wel verdomme, Choi!' riep Bales half in paniek. 'Ik had die klootzak van een advocaat hier op kantoor, om me te vertellen dat hij had ont-dekt dat jij en Jin May niet uit Chicago komen. Hij had jullie gegevens niet bij de ziekenhuizen kunnen vinden, dus had hij het aan de CIA ge-vraagd. Daarna hoorde ik jouw stem op mijn antwoordapparaat, met het bericht dat ik moest vluchten. Ik ken jouw stem toch zeker wel, Choi? Je was het echt.'

'Kalm nou maar, Michael,' zei Choi rustig. 'Ik heb je niet gebeld. Iemand speelt een spelletje met ons.'

'Precies.'

Toen zei Choi: 'Herinner je je Plan B?'

'Ja, natuurlijk.'

'Doe dat dan.'

'En Jin May?'

'Waar is ze nu?'

'Geen idee. Ze was thuis toen ik vanochtend wegging, maar ze nam niet op toen ik belde. Dat wijf is misschien winkelen bij de PX, weet ik veel. Of ze hebben haar al te pakken.'

Hij noemde haar 'dat wijf'. Zo te horen waren de heer en mevrouw Bales niet echt gelukkig getrouwd.

Ten slotte zei Choi op gespannen toon: 'Maak je maar niet druk over haar. Ik zal zien of ik haar kan vinden, maar ze weet wat ze moet doen als ze wordt gepakt. Ga jij nou maar.'

'En fase drie?' vroeg Bales. 'Dat is nog...'

'Michael, schiet op.'

'Oké, oké,' zei Bales en ze hingen allebei op. Drie seconden later hoorden we de geluiden van Bales die overeind kwam achter zijn bureau en door zijn kantoor liep. De deur ging open en dicht.

Michael Bales was op de vlucht, maar niet voordat hij zijn makker Choi had gebeld en dat hadden we juist willen voorkomen. We hadden Bales willen isoleren, zonder hulp en zonder enig idee wat er met Choi was gebeurd. Mensen in paniek maken domme fouten en daar gokten we op. Nu moesten we ons zorgen maken over Plan B, wat dat ook mocht zijn.

In elk geval had het telefoontje naar Choi met bijna absolute zekerheid bewezen dat ik gelijk had. Het klonk als een omvangrijk spionagenet. Mercers chauffeur schakelde en we reden snel terug naar het CIA-complex. Daar renden we naar de verbindingsconsole die haastig was opgesteld in de grote kamer voor Mercers kantoor.

Vijf technici met koptelefoons zaten rond de console. Ze noteerden de meldingen en coördineerden de acties van Mercers agenten in het veld. De CIA had misschien niet geweten wanneer de Sovjet-Unie zou instorten, maar ze wisten wel iets van surveillance.

Ik bleef staan kijken en was onder de indruk. Bales' auto was voorzien van een zendertje dat verbonden was met een GPS-satelliet, en tegen de muur was een grote elektronische kaart geprojecteerd. Een rood lichtpuntje verwijderde zich gestaag van Yongsan, in de richting van het internationale vliegveld, ongeveer veertig minuten rijden van het centrum van Seoul. Bales moest worden gevolgd door drie of vier auto's, want er kwamen regelmatig rapporten binnen bij de radiotechnici achter de console.

Een van Mercers mensen gaf hem een kop koffie en hij dronk ervan terwijl hij trots zijn operatie overzag. Ik haalde ook een kop en pakte een stoel, omdat mijn gehavende en gekneusde lichaam moe was van het staan.

We wilden Bales de kans geven om naar het vliegveld te rijden, een ticket te kopen en naar de pier te lopen voordat hij werd aangehouden. In het oorspronkelijke plan hadden we er geen rekening mee gehouden dat hij Choi zou bellen en dat we bewijzen zouden hebben voor Chois aandeel in het complot. Maar Bales was militair. Als hij een ticket kocht en probeerde te vluchten, gold dat als desertie en was hij er gloeiend bij.

322

Hij zou nog altijd een excuus kunnen verzinnen voor zijn telefoontje naar Choi, maar niet voor een vluchtpoging uit Korea.

Ik vond het allemaal een beetje omslachtig en vroeg me af waarom ze hem niet gewoon arresteerden, maar Mercer wilde een concrete aanklacht tegen Bales. De eerste stap om een verrader klein te krijgen is hem dwingen zichzelf te beschuldigen. Mercer was de CIA-chef, dus wat wist ík ervan? En het waren mijn zaken niet.

Er verstreek ongeveer een halfuur. Na een tijdje worden zulke surveillances nogal saai, omdat je niets anders doet dan een auto volgen. Zelfgenoegzaamheid ligt dan op de loer. Ik weet niet of het daardoor kwam, maar opeens begonnen de radiotechnici in hun microfoons te schreeuwen en trok Mercer een gezicht alsof iemand een brandende lucifer onder zijn schoen hield.

We begrepen algauw dat Bales een lange tunnel in was gereden. Zijn achtervolgers wilden niet te dicht bij hem blijven om geen argwaan te wekken. Toen zijn auto uit de tunnel kwam volgden ze weer de vaste procedure, wat inhield dat iemand hem eens in de drie minuten passeerde om een blik op hem te werpen. De eerste keer dat een auto hem inhaalde toen hij uit de tunnel kwam, bleek het niet Bales te zijn die achter het stuur zat, maar een Koreaan.

Mercer rukte de microfoon uit de handen van een technicus en brulde tegen zijn team dat ze de auto tot stoppen moesten dwingen. Dat deden ze. De Koreaanse bestuurder sprong meteen naar buiten. Toen rende hij de weg op, wierp zich voor een aanstormende auto en werd tot moes gereden.

36

Ken je dat oude gezegde dat een ongeluk zelden alleen komt? Zonder aarzelen greep Mercer de telefoon en belde Kim, zijn collega bij de KCIA. Haastig legde hij uit wat er was gebeurd en vroeg hem om Choi onmiddellijk te arresteren. Kim antwoordde rustig dat alles onder controle was en dat Choi en drie van zijn collega's op dat moment zaten te lunchen in een restaurant in het hartje van Itaewon. Een KCIA-agent was hen naar binnen gevolgd en vier andere agenten stonden buiten om de ingang van het restaurant in de gaten te houden. Mooi zo, zei Mercer. Geen tijd te verliezen, pak hem maar op.

Tien minuten later belde Kim terug. Zijn team was naar binnen gegaan om Choi te arresteren, maar Choi en zijn jongens waren nergens meer te bekennen in het restaurant. Wel vonden ze de agent die hen had geschaduwd. Zijn lijk was achtergelaten op een wc-pot in een hokje van de herentoiletten. Ze hadden zijn keel opengesneden van oor tot oor. Terwijl de KCIA-agenten de voorkant van het restaurant in het oog hielden, waren Choi en zijn maten via de achterkant ontkomen.

Kim zat er flink mee in zijn maag, maar voor Mercer was het net zo pijnlijk dat hij Bales was kwijtgeraakt, dus stonden ze quitte. Dat was nog een geluk. Nu hoefde ik niet getuige te zijn van de normale ruzies en scheldpartijen die onvermijdelijk het gevolg zijn als maar één van de partijen een blunder heeft begaan. Ambtenaren vinden altijd troost in een gezamenlijke mislukking. Choi en zijn collega's waren goed getrainde agenten die door Mercer en Kim schromelijk waren onderschat. Zo lag het.

Maar Mercer en Kim waren ook geen amateurs. In plaats van te blijven zeuren over hun fouten, organiseerden ze onmiddellijk een nationale jacht op de twee schoften. Ze kibbelden nog wel over de vraag wie de kantoren en appartementen van Bales en Choi moest doorzoeken, maar na een paar harde woorden besloten ze gezamenlijke teams te vormen, zodat beide partijen een gelijke kans kregen om de sporen en bewijzen te onderzoeken. Ik hoorde het aan, maar ik stond erbuiten, dus dacht ik aan andere dingen.

Bijvoorbeeld dat Eddie Golden opeens geen poot meer had om op te staan. Zijn hele betoog wankelde en dreigde met een klap ineen te storten. Twee van zijn belangrijkste getuigen waren zojuist op de vlucht geslagen en dat betekende een fors probleem voor Eddie. Zodra hij het hoorde zou hij natuurlijk Carruthers bellen en om uitstel vragen terwijl hij de aanklacht opnieuw probeerde op te bouwen.

Dat herinnerde me eraan dat het al halfdrie was geweest. Dus zei ik tegen Mercer dat ik nog meer te doen had, omdat ik nog altijd een van Whitehalls advocaten was en het proces de volgende morgen om acht uur zou beginnen. Hij krabde zich op zijn hoofd en probeerde een reden te vinden om me bij zich te houden. Toen hij niets wist te bedenken nam hij afscheid en drukte hij me op het hart met geen woord over de gebeurtenissen te spreken.

Dat beloofde ik hem, op voorwaarde dat hij rechter Carruthers zou bellen om hem te vertellen dat twee van de belangrijkste getuigen van de auditeur-militair de benen hadden genomen en werden gezocht in verband met... welk misdrijf Mercer ook wilde verzinnen. Hij zei oké en ik vertrok.

Tegen de tijd dat ik op het HOMOS-kantoortje aankwam, had Mercer blijkbaar de rechter al gesproken en had Carruthers op zijn beurt Katherine gebeld om het haar te vertellen. De hele ploeg was bezig met een indianendans. Slecht nieuws doet gauw de ronde, maar rampzalig nieuws is sneller dan de bliksem. Rampzalig nieuws voor Eddies gevoelige oortjes was voor ons natuurlijk manna uit de hemel.

Imelda keek nogal vreemd naar me toen ik binnenkwam, alsof ze vermoedde dat ik er iets mee te maken moest hebben, hoewel ze nog niet wist wat. De anderen waren totaal niet nieuwsgierig of achterdochtig. De algemene stemming was dat God heel veel van de homoseksuele mens moest houden omdat hij persoonlijk had ingegrepen voor de goede zaak. Ik liep naar Katherines kantoor en stak mijn hoofd naar binnen. Ze zat achter haar bureau, draaiend op haar stoel, dolenthousiast.

'Hé, wat is hier aan de hand?' vroeg ik, de onschuld zelve.

'Heb je het niet gehoord dan?'

'Wat?'

'Bales en Choi zijn verdwenen. Het hele land is naar ze op zoek.'

'Dat meen je niet! Verdwenen? Zomaar?'

'Ja, raar hè? Carruthers belde om het me te vertellen.'

'O ja?'

'Over dertig minuten heb ik een afspraak met hem en Golden op zijn kantoor.'

Ik kwam binnen en legde wat papieren op haar bureau: de strategie voor het juryverhoor. 'Dat is geweldig nieuws,' zei ik. 'En hier had je om gevraagd.' Toen draaide ik me om en wilde vertrekken.

'Hé, waar ga je naartoe?' vroeg ze.
'Ik?'
'Ja, jij.'
'Naar de bar van het hotel.'
'Wat?'
'Luister eens, dame, mijn dag zit erop. Ik heb me rot gewerkt aan die stukken. Ik ben moe en ik heb dorst. Ik ga me een stuk in mijn kraag drinken en dan onder de wol.'
Er gleed een verbaasde, niet-begrijpende uitdrukking over haar gezicht. 'Dus je gaat niet met me mee naar Carruthers?'
Ik schudde mijn hoofd. 'Nee.'
'Ben je niet nieuwsgierig dan?'
'Absoluut niet.'
Ze stond op, liep om haar bureau heen en bleef voor me staan. Ze leunde tegen haar bureau, met haar achterste tegen de rand, haar armen over elkaar en haar benen gekruist.
'Dus je denkt dat ik hem alleen wel aankan?'
'Jij? Je was toch de beste van ons jaar? Ik ben de sukkel die op de tweede plaats kwam en daar nooit overheen is gekomen.'
'Dat bedoelde ik niet zo,' zei ze, terwijl ze een stap naar me toe deed. 'Dat weet je best.'
'En dat ik niet meer met de rechter mocht praten, meende je dat ook niet? Dat ik me niet meer met de strategie mocht bemoeien en niet meer met onze cliënt mocht spreken?'
'Drummond, ik was kwaad. Als jij kwaad bent, zeg je dan nooit dingen waar je later spijt van hebt?'
Daar ging ik niet op in. 'Ach, het geeft niet, joh. Echt niet. Hoe lang gaat dat proces duren, twee of drie weken? Dat beschouw ik maar als de vakantie die jij hebt verpest. Er zijn genoeg leuke bars in deze stad en die Koreaanse vrouwtjes zijn ook niet gek.'
'Verdomme, Drummond, ik zei toch dat het me speet?'
'Waarom word je toch altijd zo kwaad op me?'
'Niet altijd hoor.'
'O nee? Zodra je me ziet, loop je al rood aan en kijk je alsof je ergens mee wilt gooien.'
Ze liep recht op me af en deed iets totaal onverwachts. Ze stak haar handen uit, trok mijn hoofd naar zich toe en kuste me. Niet zo'n slappe, droge, snelle zoen, maar een echte, warme, natte, lange kus, diep van binnenuit. Op mijn lippen.
Ik verstarde. Ze drukte haar tengere lichaam tegen me aan en ik verstarde nog meer.

Ten slotte liet ze me los en keek in mijn ogen alsof ze daar iets zocht. Ik weet niet wat, maar ik stond als een gek met mijn ogen te knipperen omdat ik totaal verbijsterd was. Een paar uur geleden had ze me nog willen wurgen, nu kroop ze tegen me aan op een heel prettige manier. Die vrouw was zo onvoorspelbaar als een tyfoon. Wat had dit nou weer te betekenen?

'Wat was dat?' vroeg ik.

'Wat denk je?'

Ik lachte wat verlegen en onnozel. 'Eh... het was een kus, geloof ik, maar...'

Voordat ik mijn zin kon afmaken deed ze het opnieuw. Maar nu trok ik haar ook tegen me aan en bleken al onze rondingen en hoeken, hobbels en bobbels opeens heel goed in elkaar te passen. Ik laat me net als iedereen makkelijk belazeren, maar ik voelde toch echt een elektrische vonk overslaan. Ze sloeg haar armen om mijn nek en draaide met haar heupen tegen mijn buik op een prettig verwarrende manier – een nette beschrijving van een biologische reactie die je in gemengd gezelschap niet ter sprake brengt.

Ik liet mijn vingers over haar rug glijden en voelde haar lichaam trillen en huiveren als dat van een kat. Ik hoorde een zwaar gehijg, maar dat was ik zelf, omdat mijn longen die prettige, zwoegende beweging maakten waardoor je hoofd weet dat de rest van je lichaam in de stemming is voor ondeugende dingen.

Nu moet ik iets bekennen wat je waarschijnlijk in geen duizend jaar van me zou hebben verwacht. Als het op breekbare emotionele situaties aankomt, ben ik... nou, hopeloos. Op romantisch gebied ben ik de bekende olifant in de porseleinkast. Ik kan er niets aan doen. Ik zeg altijd de verkeerde dingen op het goede moment. Ik ben bruusk als ik luchtig zou moeten zijn, grof als ik discreet moet wezen, lollig als ik gevoelig zou moeten reageren. In zaken van de liefde ben ik doctor Kevorkian.

Ik had de onbedwingbare neiging om te roepen: hé, wat krijgen we nou? Zo kussen lesbo's niet. Lesbo's wrijven hun heupen niet tegen een man aan. Lesbo's beginnen niet te tintelen en te spinnen als een man ze streelt.

Maar dat deed ik niet. Ik stond op het punt om zoiets te zeggen, maar juist op dat moment klopte iemand met zijn knokkels op de deur. Ik werd gered door de bel, of de klop op de deur of wat dan ook.

Katherine liet me haastig los, trok haar jurk recht, fatsoeneerde haar haar en haalde een paar keer diep adem. Ik leunde tegen de muur en keek naar haar. Ik was te verbaasd om iets te doen. Ik kon het niet meer volgen.

Ze deed de deur open en Imelda stormde naarbinnen. Ze wierp één blik op Katherine, en toen op mij, tegen de muur geleund. Meteen kneep ze haar ogen samen en perste ze haar lippen op elkaar.

Maar het enige wat ze zei was: 'Tijd voor onze afspraak bij de rechter. Heb je alles?'

Katherine glimlachte bedeesd. 'Ik geloof het wel. Majoor Drummond en ik hadden het er net over of hij mee moest gaan.'

'Natuurlijk,' brieste Imelda. 'En Allie ook. Ze heeft hard genoeg gewerkt. Nu mag ze ook wel de beloning.'

Katherine knikte tegen Imelda alsof ze dat al steeds van plan was geweest. Maar ze keek nog steeds naar mij. 'Drummond schijnt te denken dat hij er niet bij hoort. Ik probeerde hem ervan te overtuigen dat we zijn militaire kennis nodig hebben.'

Imelda keek me verontwaardigd aan. 'Heb je daar problemen mee?'

'Eh, nee,' zei ik snel. 'Absoluut niet. Ik ga graag mee, natuurlijk.'

'Mooi zo,' verklaarde Imelda en ze vertrok, fluitend tussen haar tanden – een tic van haar als ze een situatie niet helemaal kan volgen.

Katherine liep me voorbij en streek uitdagend met haar lichaam langs het mijne. 'Kom mee, Attila.'

37

Eddies gezicht toen hij Allie het kantoor van Carruthers binnen zag komen maakte het bezoekje al meer dan de moeite waard. Eddie stond als een brave jongen op toen hij werd voorgesteld, maar bij hoge uitzondering kon de charmeur heel even zijn stroopkwast niet vinden.

Eddie is iets kleiner dan ik, en Allie torende al boven mij uit, dus keek hij nog hoger tegen haar op. Hij staarde haar geschokt aan. Bovendien is Eddie zo'n jongen die veel tijd in de sportschool doorbrengt met het stalen van de spieren om indruk te maken op het andere geslacht. Maar Allie dwong hem bijna op zijn knieën toen ze hem een hand gaf. Het leek haar geen moeite te kosten, maar je kon de botjes in Eddies hand letterlijk horen kraken. De tranen stonden hem in de ogen toen ze hem losliet.

Daarna zag ik dat hij zijn hand afveegde en dat maakte me woedend. Allie zag het ook en de uitdrukking op haar gezicht herinnerde me aan de eerste keer dat wij elkaar hadden ontmoet, die avond op Katherines hotelkamer. Toen had ze mij ook zo aangekeken. Daar was ik niet echt trots op.

Carruthers vertrok geen spier. Hij behandelde Allie met respect, als de intelligente, eerlijke en hardwerkende advocaat die ze was. Hij gedroeg zich heel hoffelijk, totaal niet verbaasd, en hij steeg weer een paar punten in mijn achting.

Met zware stem vroeg hij ons te gaan zitten en dat deden we. Daarna gaf hij een korte samenvatting van de situatie. Hij merkte op dat het proces over zestien uur zou beginnen en dat er al zo'n vierhonderd journalisten uit allerlei landen in Korea waren aangekomen. Ze bevolkten alle bars van Seoul, in gretige afwachting van hun kans om dit intrigerende en belangrijke proces voor elke huiskamer en ontbijttafel ter wereld te kunnen verslaan. Alle noodzakelijke voorbereidingen waren getroffen, zei Carruthers. Er was een speciale eenheid MP's uit Amerika overgevlogen om de veiligheid te garanderen. Legerofficieren gedetacheerd bij vredesoperaties en militaire steunpunten in de verste uithoeken van de wereld waren naar Korea gehaald om een voldoende lange lijst op te stellen van jurykandidaten die nog niet waren beïnvloed door de golf van publiciteit over deze zaak. Hij merkte op dat het nu al het proces van de eeuw werd genoemd, nog groter dan de zaak tegen O.J. Simpson, omdat er van de uitkomst zoveel afhing; omdat het om zulke afschuwelijke misdrijven ging; omdat het lot van een hele alliantie op het spel stond; en omdat in de nasleep van deze zaak misschien belangrijke wetten zouden worden veranderd.

Eddie zat te draaien op zijn stoel. Carruthers liet duidelijk doorschemeren dat uitstel in dit stadium ondenkbaar was.

De rechter keek ons een voor een onderzoekend aan en besloot toen: 'Desalniettemin heeft majoor Golden om een verdaging gevraagd.'

'Op welke gronden?' vroeg Katherine meteen.

'Omdat twee belangrijke getuigen à charge op onverklaarbare wijze verdwenen zijn,' zei Eddie.

Katherine schudde haar hoofd alsof dat een grapje moest zijn. 'Dat begrijp ik niet. Twee politiemensen die zomaar zijn verdwenen? Toe nou.'

Eddie schoot naar voren op zijn stoel. 'Ik weet zeker dat het een onnozel misverstand moet zijn en dat ze binnenkort wel weer zullen opduiken. Ik vraag alleen om uitstel tot dinsdag om dit probleem op te lossen.'

'En als ze er dinsdag nog niet zijn?' vroeg Katherine.

'Dan zal ik me moeten redden.'

'Waarom doe je dat nu dan niet?' vroeg Katherine.

'Omdat de zaak van de auditeur-militair ongunstig is beïnvloed door onvoorziene omstandigheden. Jezus, we praten over de twee leiders van het politieonderzoek!'

'Dat is jouw probleem,' snauwde Katherine terug. 'Jij bent verantwoordelijk voor je eigen getuigen. Ik kan het ook niet helpen dat je ze kwijt bent.'

Ik genoot met volle teugen. Het kwam niet vaak voor dat Eddie vanuit het defensief moest opereren. Eerlijk gezegd had ik hem nooit anders dan in de meest voordelige omstandigheden gezien. Tot dit moment. Hij zat nu zelfs te zweten.

'Hou op met dat gekibbel!' blafte Carruthers. 'Dit is niet het moment voor juridische spelletjes. Mevrouw Carlson, kunt u leven met dat uitstel?'

'Twee dagen geleden, toen er vijftien demonstranten gewelddadig waren gedood, heb ik om een verdaging gevraagd,' zei Katherine kil. 'Golden vond dat bloedbad te onbetekenend.'

'Dat weet ik,' zei Carruthers – uiteraard, want hij had zelf besloten om geen uitstel toe te staan. 'Hij vond het niet onbetekenend, maar irrelevant. Dat is iets anders.'

'Goed,' zei Katherine, terwijl ze ook naar voren schoof op haar stoel, 'dan zal ik het over de relevantie hebben. Ik heb een onschuldige cliënt die al bijna twee weken in een kerker zit die de Koreanen een gevangenis noemen. Hij is geslagen, geestelijk mishandeld, en hij leeft van water en rijst. Het besluit om hem naar die cel over te brengen is genomen door onze eigen regering. Ik zie niet in waarom hij een dag langer die marteling zou moeten doorstaan omdat de auditeur zijn getuigen niet kan vinden.'

'Die paar dagen extra doen hem toch geen kwaad?' mompelde Eddie defensief.

Carruthers tandenknarste van ongeduld. Hij klonk nu echt geïrriteerd. 'Mevrouw Carlson, ik vroeg u of uitstel een ernstig probleem zou betekenen voor uw verdediging. Niet voor uw cliënt, maar voor uw verdediging.'

Dat was het moment waarop ik besloot tussenbeide te komen. 'President,' vroeg ik, 'kan ik me even afzonderen met mijn collega's?'

Katherine keek me verbaasd aan.

Eddie wierp me een hoopvolle, smekende blik toe.

Carruthers knikte. 'Links in de gang is een vergaderkamer. Vijf minuten?'

Normaal zijn vijf dagen nog niet lang genoeg als je drie advocaten samen in een kamer zet. Maar ik zei: 'Vijf minuten is uitstekend.'

Katherine, Allie en ik liepen de deur uit en de gang door naar de vergaderkamer. Zodra de deur achter ons was dichtgevallen draaide Katherine zich op haar hakken naar me om. 'Wat krijgen we nou?'

'We moeten hier goed over nadenken.'

'Dat heb ik al gedaan,' verklaarde Katherine ferm. 'Die kleine klootzak is ons op geen enkel punt tegemoet gekomen. Hij kan doodvallen.'

'Zo kun je het ook bekijken.'

'Is er dan nog een andere manier?' wilde Katherine weten.

Ik stapte terug en leunde tegen de muur. Mijn blik gleed over hun gezichten. 'Stel dat we morgen beginnen. Hoe zeker zijn we dan van de overwinning?'

Ze waren allebei advocaat, dus het antwoord lag voor de hand.

Allie streek met een hand door haar piekhaar. 'Je kunt de uitkomst van een proces nooit voorspellen.'

'Dat is een ijzeren wet,' beaamde ik rustig.

'Hij zal zijn hele betoog moeten omgooien,' zei Allie. 'Hij zal andere getuigen moeten oproepen. Er staan een stuk of tien andere Koreaanse politiemensen op zijn lijst en dan heeft hij nog die twee MP's die het eerst op de plaats van het delict waren. Plus de patholoog-anatoom en die slotenspecialist. Zij kunnen de gaten aardig opvullen.'

'Als we hem tot dinsdag geven,' zei Katherine, 'zal hij elke minuut gebruiken om een nieuwe zaak op te bouwen rond die andere getuigen. Als we hem dwingen om morgen te beginnen, loopt hij nog op de feiten achter en moet hij improviseren.'

Ik wreef over mijn kin. 'Ja, dat is waar.'

Katherine keek me nieuwsgierig aan. 'Maar...?'

'Hoor eens, niemand wil Eddie zo graag te grazen nemen als ik. Ik heb twee van zijn lullige honkbalknuppels in mijn kast.'

'Maar...?' herhaalde Katherine.

'Maar ik ken Eddie. Hij lijkt misschien in paniek vandaag, maar morgen is dat weer over. Geloof me. Hij wordt niet voor niets Snelle Eddie genoemd. Een ego als het zijne laat zich niet lang onderdrukken. Als hij zich herstelt en eens goed nadenkt, zal hij zelfs beseffen dat hij sterker staat nu die twee verdachte smerissen zijn gevlucht.'

'Hij zal verdomd goed moeten zijn om daar nog wat van te maken,' zei Allie.

'Allie, hij is niet alleen verdomd goed,' zei ik, 'hij is de beste van het hele leger.'

Ze knikte.

'Maar als we de aanklachten wegens moord, verkrachting en necrofilie al vóór het proces kunnen ontzenuwen?' vroeg ik.

'Domme vraag, natuurlijk,' zei Katherine. Toen hield ze haar hoofd schuin. 'Hoe?'

'Drie dagen extra geeft ons de tijd om onderzoek te doen naar Choi en Bales. We weten dat ze niet deugen. Het halve bureau Itaewon deugt niet. Stel dat we dat kunnen bewijzen?'

Katherine beet op haar lip. Zij had de leiding van het team, dus het was uiteindelijk haar beslissing. Ze keek me doordringend aan. Je zág de raderen bijna draaien toen ze de mogelijkheden overwoog.

'Drummond, nou niet stoer doen. Denk je echt dat je iets boven water kunt krijgen? Nog voor het proces?'

'Ik hoop het wel, maar ik kan het niet garanderen.'

Er viel een lange, gespannen, pijnlijke stilte. Ik had makkelijk praten, maar ik zou niet in Katherines schoenen willen staan. Ondanks mijn argumenten zou Eddie de volgende morgen misschien nog zo in de war zijn dat hij geen schijn van kans had. Aan de andere kant zou de eerste dag waarschijnlijk grotendeels worden besteed aan het juryverhoor en misschien de eerste verklaringen. Dan had Eddie zaterdag en zondag om zijn zaak weer op de rails te krijgen. Dat was natuurlijk niet veel.

Aan de andere kant hadden we het hier over Snelle Eddie. Wat voor iemand anders één dag was, kon voor hem twee weken zijn. En stel dat ik verder niets meer zou ontdekken over Bales en Choi? Stel dat ze alleen maar een stofwolk hadden achtergelaten?

Katherine keek naar Allie, die knikte. Met tegenzin, maar ze knikte.

Ten slotte knikte Katherine ook. Ze keek niet blij, of zelfverzekerd, of tevreden, maar haar hoofd ging op en neer.

Met nog twee minuten over liepen we terug naar de kamer van de rechter. Eddie zat onderuitgezakt in zijn stoel en had zich al op het ergste voorbereid. We wisten dat Carruthers het niet nodig had, maar hij zou wel graag Katherines instemming krijgen met het uitstel. Anders zou ze weer naar de pers rennen om heibel te trappen. Haar vriendjes van de media waren hier met een heel leger naartoe gevlogen. Korea is niet bepaald een toeristenparadijs, dus wachtten ze met smart op het begin van de show. Knorrige journalisten zijn een nachtmerrie voor iedereen. En als de rechter gedwongen was haar te negeren, zou ze dat later op een of andere manier als een grond voor beroep kunnen gebruiken.

Nee, het was veel prettiger voor iedereen als ze gewoon toestemde.

Katherine ging weer zitten en keek Eddie vernietigend aan.

'En?' vroeg Carruthers.

'Oké, president.'

'Oké?' herhaalde Eddie stomverbaasd. Ik betwijfel of Eddie in zijn hele juridische carrière ooit iemand iets heeft toegegeven. Hij is het type dat waarschijnlijk naar de begrafenissen gaat van de mensen die hij heeft helpen veroordelen. Zo is Eddie, geloof me.

'Ja, dat zei ik, Golden. Je krijgt drie dagen.'

Ik zag dat Eddie het liefst iets scherps en venijnigs zou hebben gezegd, alleen om zijn gram te halen, maar Katherine had hem bij de kloten, dus hij hield wijselijk zijn mond.

'Goed dan,' zei Carruthers. 'Majoor, u hebt tot dinsdagochtend 08:00 uur om uw getuigen op te sporen. Mevrouw Carlson, het hof dankt u voor uw inschikkelijkheid.'

We stonden allemaal op om te vertrekken. Toen we buiten kwamen bleef Katherine nog even bij de deur staan en vroeg ze Allie om door te lopen. We wachtten een minuutje tot ze buiten gehoorsafstand was. Toen zei Katherine: 'Wat voer je in je schild?'

Ik spreidde mijn handen. 'Wat bedoel je?'

'Probeer me niet te belazeren, Drummond. Ik ken je.'

'Ik? Jou belazeren?'

Ze keek me doordringend aan. 'Je bent ergens mee bezig, nietwaar? De enige reden waarom ik hiermee heb ingestemd was dat ik veronder-

stelde dat je iets had – een spoor, een aanwijzing, wat dan ook.'
Ik schudde mijn hoofd. 'Nee, ik heb helemaal niets.'
Katherines grote groene ogen werden opeens nog groter. 'Luister, Drummond. Ik heb net de grootste beslissing van mijn juridische carrière genomen, alleen vanwege jou. De grootste beslissing van mijn leven. Je hebt geen idee hoe belangrijk dit voor me is.'
'Waarom heb je mij eigenlijk gevraagd als je collega in deze zaak?' vroeg ik.
'Een eerlijk antwoord?'
'Nee, lieg maar. Omdat ik zo knap en sexy ben, zeker?'
Ze glimlachte half. 'Dat was het niet, geloof me.'
'Zie je?' zei ik. 'Jij hebt jouw geheimpjes en ik de mijne.'
Haar halve glimlach verdween en ze keek me rustig aan. 'Ik zal je één ding zeggen. Ik heb die klootzak drie dagen extra gegeven, alleen op jouw aandringen.'
Ik knikte.
'Dat betekent dat je drie dagen hebt om iets te verzinnen,' ging ze verder. 'Drie dagen om mij iets in handen te geven waarmee ik kan bewijzen dat Thomas Whitehall geen moordenaar en verkrachter is. Als je dat niet lukt, zal ik een manier vinden om de rest van je leven te verzieken. En denk maar niet dat je aan me kunt ontsnappen. Ik zal je weten te vinden en je het leven zuur maken. Is dat goed begrepen?'
Weet je nog dat ik zei dat je Katherine niet vaak ziet huilen? Ik had haar ook nog nooit dreigementen horen uiten. Dat paste gewoon niet bij haar. Juridische dreigementen wel, natuurlijk, maar nooit persoonlijke. Ik keek haar goed in de ogen en twijfelde er geen moment aan dat ze meende wat ze zei. Zonder nog een woord te zeggen liep ze door en liet me staan op het hete beton, terwijl ik me afvroeg wat ik in vredesnaam moest doen. Niet dat ik bang voor haar was of zo, maar ik had opeens de wanhopige behoefte om iets te vinden. En snel ook, want ik zei nou wel dat ik niet bang voor haar was, maar ik heb een grote mond... een erg grote mond.
Ik ging terug naar Mercers kantoor. Hij zat achter zijn bureau met de gebruikelijke kop koffie aan zijn lippen. Die man dronk zoveel koffie dat hij bruin vocht in zijn aderen moest hebben. Als je hem zijn koffie afpakte, zou hij waarschijnlijk leeglopen als een grote ballon met een gat erin.
Hij keek verbazend ongelukkig.
'Hé, chef, hoe staat het ervoor?' vroeg ik.
Dat 'chef' was een sluwe manier om aan te geven dat ik nog wel wat werk voor hem wilde doen.

Hij scheen de hint niet te begrijpen. Hij mopperde iets over Choi en Bales, die in het niets leken te zijn verdwenen. Eigenlijk waren ze verdwenen in Seoul, en dat was niet niets, als je het mij vraagt. Het was een grote wereldstad met vijftien miljoen inwoners en minstens hetzelfde aantal schuilplaatsen waar ze zich verborgen konden houden. Misschien waren ze niet eens meer in Seoul of zelfs niet binnen duizend kilometer van Korea.

'Choi heeft een miljoen plaatsen waar hij zich kan verbergen,' zei ik.

Mercer nam nog een slok koffie. Hij zag er afgepeigerd uit en het was niet moeilijk te raden dat hij behoorlijk op zijn lazer had gekregen omdat hij Bales had laten ontsnappen. De blunder met Choi kon hij nog afschuiven op Kim en de KCIA, maar dat is net zoiets als beweren dat je alleen verantwoordelijk bent voor het zinken van de onderkant van de *Titanic* terwijl iemand anders de bovenkant onder de golven heeft laten verdwijnen.

De CIA lost dit soort dingen op door de spionnen in hun kraag te grijpen, streng te ondervragen en vast te stellen hoeveel schade er is aangericht, waar en hoe. Anders moet je van het ergste uitgaan en daarnaar handelen. Het ergste in dit geval was wel heel erg. Het hele defensieplan van Zuid-Korea was misschien gecompromitteerd en zou daarom herschreven moeten worden. Duizenden eenheden moesten misschien worden verplaatst, mijnenvelden verschoven, de bewaking van de havens herzien, enzovoort. Miljoenen mannen en vrouwen moesten een nieuwe training krijgen om de nieuwe plannen uit te voeren. Dat zou jaren gaan kosten, en vele miljarden dollars.

De grote vraag was wie Bales en Choi allemaal hadden gechanteerd en gemanipuleerd. Er werkten honderden mensen in gevoelige functies op het grote hoofdkwartier van het bondgenootschap. Choi was al twintig jaar actief, en zelfs als hij maar eens per jaar een sukkel in zijn net gevangen had, betekende dat nog een heel leger van informanten. En dat Choi nu was gevlucht wilde niet zeggen dat zijn spionnen ook waren gestopt met hun activiteiten. En de loodgieters van de CIA konden hun werk niet doen als ze niet wisten waar het lekte.

Mercer keek alsof hem dat uitvoerig duidelijk was gemaakt door iemand met de harde stem van het gezag. Ik had met hem te doen.

Hoewel, dat is niet helemaal waar. Ik had hem de oplossing op een presenteerblaadje aangeboden en hij had de ratten laten ontkomen. Hij had Bales en Choi onmiddellijk moeten arresteren. Voor mijn part had hij dertig auto's achter Bales aan gestuurd naar het vliegveld en nog iemand in Bales' kofferbak verborgen. Hij had een gok gewaagd en verloren.

Hoe dan ook, ik vroeg: 'Weet iemand al wat er gebeurd is?'

Hij haalde zijn schouders op. 'Wij denken dat er een andere auto met een paar medeplichtigen in die tunnel op Bales stond te wachten. We hebben geen idee wie de man was die zijn auto uit de tunnel naar buiten reed. Hij had geen legitimatie, maar hij werkte duidelijk voor Choi. Dat was Plan B, neem ik aan. Choi had blijkbaar in de gaten dat hij werd gevolgd. Nadat Bales hem had gebeld moet hij zijn maatregelen hebben genomen. Misschien heeft hij zich door zijn eigen mensen laten schaduwen en hebben zij de jongens van de KCIA ontdekt.'

'Hij heeft geen tijd verloren laten gaan. Hij is verdomd goed,' merkte ik op – zo overbodig dat ik er zelf niet goed van werd.

'Ja,' zei Mercer, nog somberder.

Ik haakte mijn stok over de rand van zijn bureau en liet me op een stoel vallen. 'Heb je hun kantoren en appartementen laten doorzoeken?'

'Ja.'

'En Bales' vrouw?'

'Carol heeft haar bij die lunch gearresteerd. Dat is het enige wat goed ging, verdomme.'

'Waar is ze nu?'

'De KCIA heeft haar.'

'Wat? Heb je haar overgedragen?'

'Ja.'

'Waarom?' vroeg ik. 'Je hebt haar op een militaire basis aangehouden. Ze is de vrouw van een militair. Ze valt onder jouw jurisdictie.'

Hij keek wat schichtig, alsof hij niet trots was op zichzelf. 'Omdat de KCIA ruimere bevoegdheden heeft dan wij.'

Dat was een mooie manier om te zeggen dat de KCIA de vrouw haar nagels kon uittrekken en haar aderen kon volspuiten met waarheidsserum.

Maar ik matigde me geen oordeel aan. Wie weet zou ik hetzelfde hebben gedaan als ik in zijn schoenen stond. Verdomme, misschien zelfs als ik in mijn eigen schoenen stond. Er waren heel wat onschuldige mensen vermoord en waarschijnlijk had Bales' vrouw daar iets mee te maken, hoe dan ook.

'Bovendien,' ging hij verder, 'weten ze beter hoe ze met Noord-Koreaanse infiltranten moeten omgaan dan wij.'

'Is dat een handigheid?' vroeg ik.

'Ja. Die lui vormen een apart slag. Weet je hoe Carol haar heeft gearresteerd?'

'Hoe dan?'

'Een slaapmiddel in haar thee. Zodra ze haar slaperig zag worden kwam

Carol achter haar staan en ramde haar een stalen plaatje in haar mond zodat ze niet kon bijten. Twee andere agenten schoten haar te hulp, gooiden touwen om haar heen en hielden haar op haar plaats.'

'Dat klinkt nogal extreem,' merkte ik op.

'Daar is een reden voor. Veel van die Noord-Koreanen hebben een gifpil in een van hun kiezen. Serieus. Herinner je je nog dat Noord-Koreaanse stel dat een bom aan boord van een KAL-vliegtuig had gebracht? De KCIA kreeg ze wel te pakken, maar die man stak een vinger in zijn mond, draaide aan een kies en... *plonk!* Hij was al dood voordat hij de grond raakte.'

'Zou de KCIA iets uit haar kunnen krijgen?'

'Hangt ervan af hoe taai ze is. Meestal hebben ze wel resultaat binnen tweeënzeventig uur.'

'Dat duurt te lang voor ons.'

'Ja. Choi en Bales zullen ervan uitgaan dat ze is opgepakt en zich dus schuilhouden op een plaats die zij niet kent. Ze zullen hun plannen aanpassen.'

Ik wreef over mijn kin en keek hem aan met de blik waardoor ik volgens veel mensen op een Libanese tapijtverkoper lijk. 'Dus? Heb jij nog ideeën?'

Hij haalde zijn schouders op. 'Misschien kan Bales' vrouw ons nog iets nuttigs vertellen. Of misschien vinden we iets bij de huiszoeking.'

'Je klinkt niet erg hoopvol.'

'Dat ben ik ook niet. Die jongens waren getrainde agenten.'

'Choi misschien, maar Bales niet.'

Hij keek me aan over de rand van zijn koffiebeker. 'Wil je me soms iets vertellen?'

Ik streek nog steeds over mijn kin. 'Als ik zelf aan de zoekactie meedoe, valt me misschien iets op wat jullie over het hoofd zien.'

Mercer was niet gek. 'Je bedoelt dat je zelf in hun dossiers wilt snuffelen om te zien of je iets kunt vinden om Whitehall vrij te krijgen.'

Ik glimlachte. 'Als ik iets tegenkom wat mijn cliënt kan helpen, is dat mooi meegenomen.'

Hij schudde zijn hoofd en rolde met zijn ogen. Hij had een zware dag gehad, dat was duidelijk. 'Hoor eens, Drummond, als jij hun bezittingen wilt doorzoeken, zeg het dan. Ik was je nog iets schuldig, en ik kom altijd mijn verplichtingen na. Ga je gang.'

'Zou je me Carol Kim kunnen lenen?'

'Je dacht toch niet dat ik je in hun dossiers zou laten kijken zonder toezicht? Neem haar maar mee.'

Hij had gelijk. Ik wilde al opstaan.

'Nog één ding,' zei hij.

'Ja?'

'Weet je nog dat Bales met Choi belde?'

'Natuurlijk.'

'Denk eens terug. Herinner je je wat hij zei vlak voordat ze over Plan B begonnen?'

'Hij vroeg wat er met zijn vrouw moest gebeuren.'

'Nee, daarna.'

'Daarna kan ik me niets herinneren,' gaf ik toe.

'Bales vroeg hem naar fase drie.'

'Wat is in godsnaam fase drie?'

Mercer keek verdrietiger dan ik ooit een man heb zien kijken. 'Dat zouden we graag willen weten.'

38

Ik vroeg Mercer of Carol me kon ophalen in de snackbar op de basis. Ik had sinds de vorige dag niet meer gegeten en het dreigde weer een lange nacht te worden. Ik was halverwege mijn tweede doorbakken hamburger en slurpte luidruchtig van een waterige chocolademilkshake toen Carol binnenkwam.

Hoe ik dat wist? Nou, op het moment dat ze binnenkwam was de snackbar afgeladen met soldaten die luidkeels zaten te kankeren dat ze zo'n waardeloze week hadden gehad, of onwaarschijnlijke verhalen hielden dat ze op vrijdagavond eindelijk een meid zouden versieren, toen opeens alles stilviel. De hele snackbar verstarde – het omgekeerde effect van een steentje in een vijver. Kijk, Carol zag er lang niet slecht uit, hoewel ze geen oogverblindende schoonheid was, maar deze mannen hadden sinds Whitehalls arrestatie de basis niet meer mogen verlaten en alles met tieten dat op twee benen liep zag er in hun ogen fantastisch uit.

Er klonk een bijna universele zucht van verbazing toen ze de cafetaria door liep en bij mijn tafeltje bleef staan. Ik zag er nog steeds verfomfaaid uit na het pak slaag, en als zo'n honderd jonge kerels allemaal precies hetzelfde denken op precies hetzelfde moment kan de telepathische echo oorverdovend zijn.

Jezus, wat moet ze nou met zo'n opgelapte ouwe vent? Die klootzakken van officieren zitten ook altijd goed.

Ik keek de snackbar rond en koesterde me met gepaste trots in hun universele afgunst, omdat ik een man ben en het mannen niets kan schelen of jaloezie op valse fundamenten is gegrond. Mij niet, tenminste. Ik ben blij met alles wat ik kan krijgen.

'Gefeliciteerd met de arrestatie van mevrouw Bales,' zei ik toen ze ging zitten.

'Bedankt,' antwoordde ze nonchalant, alsof het niets voorstelde – gewoon een dag in het leven van een geheim agent. Niet eens een vermelding in haar dagboek waard.

'Honger?' vroeg ik, kauwend op mijn hamburger.

Ze keek ernaar met iets van walging. 'Nee, eh... ik eet straks wel wat. Ergens anders.'

'Weet je het zeker? Het kan een lange nacht worden.'

Ze staarde nog steeds naar de vette hap in mijn hand. 'Heel zeker.'

'Oké, dan moet je het zelf maar weten. Ik zal je zeggen wat de bedoeling is. Kun je me naar Bales' vrouw brengen?'

'Als je wilt. Waarvoor?'

'Uit nieuwsgierigheid. Ik wil gewoon weten hoe ze eruitziet.'

'Mij best.'

'En daarna wil ik de onderzoeksdossiers van Bales en Choi doorwerken.'

'Die zijn al weggehaald uit hun kantoren. De dossiers van Bales liggen bij ons, die van Choi bij de KCIA.'

'Maar je kunt er wel aan komen?'

'Ik denk het. Het zijn er wel veel. Dozen vol. Dat kan de hele nacht gaan duren.'

'Ik heb toch niets beters te doen.'

Ze zuchtte hoorbaar bij de gedachte om de hele nacht met mij te zitten opgescheept. 'Ik ook niet.'

'Mooi zo,' zei ik, terwijl ik met luid gesmak wat ketchup van mijn vingers likte. 'Laten we dan maar gaan.'

Maar op het moment dat ik opstond, wilden mijn benen opeens niet meer. Als ik me niet aan de hoek van het tafeltje had vastgegrepen zou ik door mijn knieën zijn gezakt. Carol Kim liep haastig om het tafeltje heen, pakte me bij mijn schouders en trok me weer omhoog.

'Gaat het?' vroeg ze.

Ik schudde een paar keer mijn hoofd. 'Ik weet het niet. Het zullen de blessures wel zijn. Mijn lijf... eh, het werkt niet zoals ik wil.'

'We hoeven dit niet vanavond te doen. Het kan ook een andere keer.'

'Nee, het moet vanavond. Alsjeblieft.'

Dapper zette ik nog een stap, maar weer zakte ik door mijn knieën.

Dus legde ze een arm om mijn middel, terwijl ik mijn arm om haar schouder sloeg en me door haar liet ondersteunen. Na een paar passen richtte ik me weer op. Alle ogen in de snackbar waren op ons gericht. Honderd smachtende jonge gezichten staarden naar ons alsof ze hun eigen moeder zouden willen vermoorden om in mijn schoenen te mogen staan.

Ik ben zo gemeen dat ik me er soms voor schaam. Maar zoals ik al zei, ik ben blij met alles wat ik kan krijgen.

Een halfuur later kwamen we aan bij de KCIA. Het was een onopvallend grijs, vierkant gebouw in een drukke straat. Je zou het zo voorbijgelopen zijn, maar het was het enige kantoorgebouw dat ik ooit had gezien helemaal zonder ramen op de onderste drie verdiepingen. De ramen begonnen pas op de vierde, en dan nog waren het maar kleine, smalle venstertjes.

Carol liet haar CIA-pasje zien aan een bewaker en we mochten doorrijden naar een afgesloten parkeerterrein. Daar zetten we de auto neer en liepen toen naar de hoofdingang, waar twee professionele bewakers haar legitimatie bekeken, een nummer belden en een paar seconden in het Koreaans overlegden. Daarna kregen we allebei een gelamineerd plastic pasje met een clip aan de achterkant.

Carol leek de weg te kennen, want ze nam me mee door een serie gangen en twee trappen op naar een kantoortje aan de zijkant. Daar zaten een stuk of zes mannen in donkere zijden pakken, die thee dronken, sigaretten rookten en zachtjes met elkaar praatten. Ze schenen Carol te herkennen.

Ze sprak een paar minuten met hen in het Koreaans en legde zo nu en dan haar vinger tegen haar getuite lippen in een gebaar van bezorgdheid. Ze leek veel meer gereserveerd, bijna onderdanig, in het gezelschap van Koreaanse mannen.

Een van de mannen stond ten slotte op en nam ons mee door twee deuren naar een volgende kamer die blauw stond van de rook. Een Koreaanse heer zat over een tafel gebogen, met zijn jasje over de rugleuning van zijn stoel, zijn das los en zijn mouwen opgerold. Het was Kim, Mercers collega van de KCIA.

Hij stond op. Carol boog, zonder hem de hand te schudden. Ze hield zich aan het Koreaanse protocol. Ik kreeg wel een hand van Kim. 'Majoor Drummond, blij u weer te zien.'

'Insgelijks,' zei ik. 'Hoe gaat het?'

Hij trok een pijnlijke grimas. 'Het is niet een van mijn beste dagen.'

Ik kon het niet helpen. 'Ja, dat ging goed fout vanmiddag.'

'Die klootzak heeft ook nog een van mijn mensen vermoord. Hij heeft hem de keel afgesneden als een varken.'

Ik geloof dat Kim niet langer twijfelde aan mijn oververhitte fantasie.

'En hoe is het met uw gevangene?' vroeg ik.

'Die zal niet snel meewerken.'

'O nee?'

'Ze is goed getraind. Ze heeft nog geen woord gezegd.'

Ik wilde het hem niet zeggen, maar toen ik nog bij het Regiment zat, was ik zelf ook getraind in ondervragingen – maar dan als gevangene, omdat wij meestal in vijandelijk gebied opereerden en we dus bestand moesten zijn tegen verhoren en martelingen. Een of andere idioot had bedacht dat oefening de beste leermeester is en dus mochten we regelmatig aan de bak. Daarom beschouw ik mezelf als redelijk deskundig op het gebied van verhoortechnieken, maar strikt vanuit het standpunt van het slachtoffer.

'Wat doet u met haar?' vroeg ik.

'We passen geen fysieke technieken toe. Iedereen denkt dat wel, en eerlijk gezegd houden we dat fabeltje ook in stand.' Hij trok zijn schouders een eindje op. 'Dat maakt de angst van de gevangenen nog groter. In werkelijkheid geven we de voorkeur aan slaapberoving.'

Ik grijnsde. Slaapberoving is een wat minder snelle techniek dan nagels uitrukken, maar het is veel effectiever. Als de gevangene zijn verzet eindelijk opgeeft, breekt hij ook volledig. Ik weet het. Het was mij ook eens overkomen bij de training. Aan het eind had ik mijn ondervragers alles verteld wat ze wilden weten.

'Mag ik haar zien?'

Hij haalde zijn schouders op. 'Als u wilt. Zolang u maar niet met haar praat.'

We gingen een andere kamer binnen. De muren en de vloer waren bekleed met een stevig wit isolatiemateriaal – niet om de gevangenen tegen de muur te kunnen smijten, maar om alle geluid te dempen. Aan het plafond brandde een grote, sterke lamp. Het licht deed pijn aan je ogen, zodat je voortdurend knipperde, hoewel het felle schijnsel nog door je oogleden heen drong.

Een vrouw zat op een stoel met haar rug naar ons toe. Ze was vastgebonden met witte riemen, zodat ze geen vin kon verroeren, zelfs niet haar hoofd. Er was een soort halter om haar hoofd bevestigd die haar verhinderde haar oogleden te sluiten, wat na een tijdje een kwelling wordt omdat de oogbollen droog en pijnlijk worden. Zelfs de stoel was wit geschilderd. De enige kleur in de kamer was die van haar eigen huid. Ze was spiernaakt, om haar gevoel van vernedering en kwetsbaarheid nog te vergroten. Het monochrome wit was bedoeld om het effect van de slaapberoving te versterken. Om haar nog verder te vernederen gaven ze haar wel te eten en te drinken, waardoor ze bleef plassen en poepen en zichzelf bevuilde.

Na twee of drie dagen zou ze volkomen uitgeput zijn, beroofd van haar eergevoel, gek van verveling, fysiek gebroken en hopelijk bereid om te praten. Zelfs een zenboeddhist die niets liever wil dan mediteren zou dit niet langer dan een paar dagen volhouden.

Ik liep om haar heen en nam haar van voren op. Ze zei geen woord. Ze keek me scherp en hooghartig aan, maar zelfs die agressieve blik kon één simpel, onweerlegbaar feit niet verhullen: de vrouw was een adembenemende schoonheid. Ze had klassieke hoge jukbeenderen, grote verleidelijke ogen, volle sensuele lippen en een prachtig gevormd gezicht. Haar haar was zo dik en glanzend dat het bijna een pruik leek. Haar lichaam was de droom van een atleet, met brede schouders, sterke harde spieren en een platte buik. Als ze maar één onsje vet te veel bezat, kon ik niet zien waar ze dat had verborgen.

Ik voelde me ongemakkelijk, als een voyeur, maar mijn belangstelling voor Bales' vrouw was zuiver professioneel. Er spookte een theorie door mijn hoofd en zij vormde een belangrijk stukje van de puzzel.

Ik keek naar haar gezicht en ze staarde uitdagend terug. Een gezicht kan veel verraden over een mens. Je kunt veel verborgen houden over jezelf, maar een leven van gelaatsuitdrukkingen en houdingen vertaalt zich uiteindelijk in een masker. Het masker van deze vrouw straalde een ongelooflijk zelfvertrouwen uit, dat grensde aan arrogantie. Ze had het gezicht van iemand die eraan gewend was orders te geven. Natuurlijk zijn mooie vrouwen ook vaak verwend, maar de hooghartigheid van deze vrouw kwam niet voort uit een overdaad aan aandacht en complimentjes. Ze was opvallend gedisciplineerd en onverzettelijk, en ze had dat lichaam niet gekregen door op de bank te liggen, bonbons te eten en de bedienden te commanderen.

Ten slotte knikte ik tegen Kim als teken dat ik genoeg gezien had. Zwijgend vertrokken we weer.

Terug in de wachtkamer stak Kim nog een sigaret op en vroeg: 'Wat vindt u ervan?'

'Ik denk dat u gelijk hebt. Ze zal niet snel instorten. Ze is uitstekend getraind, dus zal het bij haar veel langer duren voordat die slaapberoving effect krijgt. Bovendien heeft ze een enorm ego, waardoor vernederingen weinig vat op haar hebben.'

Hij keek niet echt gelukkig bij die woorden, hoewel ik hem waarschijnlijk niets vertelde dat hijzelf en zijn agenten nog niet wisten.

'Hebt u haar gebit bekeken?' vroeg ik hem.

'Natuurlijk. Er zat een cyanidecapsule in de derde kies van achteren.'

'Nee, ik bedoel de kwaliteit van haar gebitsverzorging.'

'Dat ook. Ze heeft mangaanvullingen, primitief aangebracht.'

Hij leek onder de indruk dat ik die vraag stelde. Het enige wat communistische geheime diensten bijna altijd over het hoofd zien bij de camouflage van hun spionnen is de slechte gebitsverzorging in hun landen. Als deze vrouw werkelijk in Chicago zou zijn geboren en opgegroeid, zou ze zilveren of porseleinen vullingen hebben gehad, aangebracht volgens de techniek van een ijdele samenleving die zelfs gevulde kiezen nog op sieraden wil laten lijken.

Ik leunde tegen de muur. 'Waarom denkt u dat Noord-Korea een agente zou sturen die eruitziet zoals zij, om samen te werken met Bales en

Choi? En waarom zouden ze haar bij Bales in huis hebben geplaatst?'
'Hopelijk zal ze dat ons vertellen,' zei Kim.
Ik keek even naar Carol, die aan de tafel zat en het bedeesde Koreaanse meisje speelde dat haar plaats kende in deze mannenmaatschappij.
'Heb jij haar horen praten?' vroeg ik.
'Ik heb het grootste deel van de lunch achter haar gestaan en naar haar geluisterd.'
'En hoe is haar Engels?'
'Uitstekend. Alsof ze een Amerikaanse is. En zo gedroeg ze zich ook. Ze at zelfs met mes en vork, hoewel de andere Amerikaanse vrouwen eetstokjes gebruikten. Dat vond ik wel interessant.'
Ik keek naar Kim. 'Misschien is zij een van de kinderen die zijn opgevoed in dat Amerikaanse dorp waar u het over had.'
'Misschien.'
Ik draaide me weer naar Carol toe. 'Wat viel je verder nog op?'
'Ik vind het vreemd dat ze hier pas vijf jaar geleden zou zijn gearriveerd.'
'Ja, vlak nadat Bales hier ook werd gedetacheerd.'
'Een lokvogel?' opperde Kim.
'Dat zou kloppen met het tijdpad,' beaamde ik.
Ze was in elk geval mooi genoeg voor een lokvogel. Voor wie niet op de hoogte is van de lagen en listen van het spionagewereldje: lokvogels zijn vrouwen die een doelwit voor een affaire moeten verleiden. Ze dienen als aas voor pijnlijke situaties waarmee het slachtoffer kan worden gechanteerd.
'Maar Bales was toen toch nog niet getrouwd?' vroeg ik. 'En hij had geen gevoelige functie met hoge risico's en toegang tot belangrijke gegevens?'
Dat pleitte tegen de mogelijkheid van een lokvogel. Als het slachtoffer is getrouwd en een buitenechtelijke verhouding begint, is hij kwetsbaar. Als hij een belangrijke positie heeft en veel geheimen kent, laat de tegenpartij hem opzettelijk weten dat het meisje met wie hij slaapt een buitenlandse agente is. Ook dat maakt hem kwetsbaar voor chantage. Maar Bales viel in geen van beide categorieën. Als de tegenpartij zijn bazen had verteld dat hij met een Noord-Koreaanse spionne sliep, zouden ze hun schouders hebben opgehaald en gezegd: 'O ja? Hoe ziet ze eruit? En is ze goed in bed?'
'Wat me ook opviel,' zei ik, 'was hoe Bales over haar sprak toen hij vanmiddag met Choi belde. Hij noemde haar "dat wijf". En toen Choi zei dat hij zich niets van haar moest aantrekken en zonder haar moest vluchten, protesteerde hij niet en leek hij ook niet te aarzelen. Dat klinkt niet als een gelukkig huwelijk.'

De andere twee knikten. De gevangene die op die witte stoel zat vast-gebonden leek steeds belangrijker te worden. En geheimzinniger.

Maar ik had een voorsprong op hen. Ik had al wekenlang over Michael Bales nagedacht. En ik had hem in verschillende situaties meegemaakt en daardoor een beter inzicht gekregen in zijn duistere karakter.

'Hoe zou het Choi in eerste instantie zijn gelukt om Bales aan zijn kant te krijgen?' Ik keek naar Carol. 'Hebben jullie de FBI gevraagd zijn achtergrond na te gaan?'

'Natuurlijk.'

'En?'

Ze keek naar de muur en begon de feiten op te dreunen. Ze had het geheugen van een advocaat en ze werkte het lijstje zonder fouten af.

'Bales is geboren in Warrenton in Nevada, waar zijn vader een zuivelbedrijf heeft. In 1987, toen hij achttien was, ging hij in dienst, meteen na zijn eindexamen. Hij koos voor de militaire politie, waar hij het goed deed en tot adjudant opklom. Hij is nooit eerder getrouwd geweest, is nooit in geldnood geweest en heeft geen slechte eigenschappen. Toen hij voor zijn veiligheidsstatus werd doorgelicht zijn er geen belastende feiten gevonden. De onderzoekers hebben met een paar van zijn voormalige leraren en schoolvrienden gesproken, en met één ex-vriendinnetje. Volgens iedereen was hij een leuke vent, eerlijk en betrouwbaar, een echte Amerikaanse jongen. Nooit in aanraking geweest met de politie of betrokken bij een schandaal.'

'Dus,' zei ik, 'hebben we het over een man die vijf jaar geleden in Korea is aangekomen met een geweldige toekomst voor de boeg, maar opeens besloot om voor Noord-Korea te gaan werken. Dat klinkt niet erg logisch.'

'Geld,' meende Kim. 'Geldzucht is gemakkelijk te verbergen. Bij Amerikanen is het altijd hetzelfde motief: volg het geld.'

Je zou denken dat hij zoveel Amerikaanse films had gezien dat hij nu zelf als een B-filmacteur begon te klinken. Of je kon zeggen dat hij er niets van begreep, als buitenlander. Maar Kim en zijn geheime dienst hadden heel wat Amerikaanse verraders gerekruteerd – ontmaskerd of niet – dus wist hij waarschijnlijk waar hij het over had.

Ik keek op mijn horloge. Het was na elven 's avonds. Ik knikte naar Carol. Ze begreep de hint en stond op om te vertrekken.

Ik draaide me om naar Kim. 'Bedankt. Als we iets meer te weten komen, bellen we wel.'

'Ik hoop het,' zei hij en ging weer zitten.

Ik had het gevoel dat dit zijn straf was. Hij had een fout gemaakt, waardoor Choi was ontsnapt en een van zijn agenten had vermoord. Als boetedoening zat Kim nu in dit kamertje te wachten tot de prachtige dame in de kamer ernaast eindelijk bereid was om te praten. Met andere woorden, hij had zichzelf ook veroordeeld tot slaapberoving.

Nu ik hen allebei had gezien, zou ik mijn geld op haar zetten.

39

Er waren natuurlijk andere manieren om dit aan te pakken, maar ik vroeg Carol om een paar assistenten de dozen met de dossiers van Bales en Choi naar mijn hotelkamer in de Dragon Hill Lodge te laten brengen. Ik geloof niet dat het mijn charme was waarmee ik haar zover kreeg. Het zou middernacht zijn tegen de tijd dat we op de basis terugkwamen, ze had nog steeds niet gegeten en Koreaanse restaurants gaan al vroeg dicht. Het hotel had in elk geval roomservice.

Ze leek me niet echt ongerust dat ze zou bezwijken voor mijn mannelijke charisma en in mijn bed terecht zou komen. Waarom zouden we dan niet in een comfortabele hotelkamer gaan zitten werken in plaats van op een stoffig kantoor?

Zo'n zestig procent van de dozen werd in beslag genomen door Chois dossiers. Ze waren geschreven in het Hangul, wat een groot probleem voor me was, omdat ik nog maar één Koreaans symbool herkende: het karakter voor homoseksueel, dat ik de laatste tijd zo vaak geschreven had gezien. Daarom liet ik het aan Carol over om zijn dossiers door te spitten.

Ik wachtte tot ze roomservice had gebeld voordat ik haar uitlegde wat ik hoopte te bereiken. Ik vroeg haar om alle zaken uit Chois dossiers te lichten die betrekking hadden op een Amerikaan die een misdrijf had gepleegd, getuige was geweest of op een andere manier iets met een vergrijp in Itaewon te maken had gehad. Ze hoefde ze niet te lezen, alleen maar uit te zoeken en op een stapel te leggen. En niet langer dan drie jaar terug. Ten slotte vroeg ik haar of ze de namen en de rangen van de betrokken militairen in het Engels op het omslag wilde noteren.

Zelf dook ik in de dossiers van Bales. Het voordeel van mijn acht jaar ervaring als strafpleiter was dat ik wist hoe je een politierapport moet lezen. Je krijgt daar handigheid in. Je weet welke informatie belangrijk is en welke details alleen met zinloze procedures te maken hebben. Je weet naar welke pagina's je moet zoeken en welke je meteen kunt overslaan.

Bovendien bleek Bales heel systematisch en zorgvuldig te werken, zonder wijdlopige beschrijvingen. Dat herinnerde ik me nog van zijn verklaringen in de Whitehall-zaak, en ik zag het nu weer in deze rapporten. Jammer dat de man niet deugde, anders zou hij een ideale smeris zijn geweest.

Alle vergrijpen die waren gepleegd door mensen met een lagere rang dan majoor sloeg ik over. Niet dat luitenants, sergeants of soldaten geen verraders kunnen zijn of belangrijke posities kunnen hebben – bijvoorbeeld als schrijver van een bevelvoerende generaal, die bijna alles ziet wat zijn baas ook te zien krijgt – maar op dit moment voerde me dat te ver. Iemand anders moest die stapel later nog maar eens doorwerken om te zien of er gevallen bij waren die een nader onderzoek verdienden. Ik haalde elk rapport eruit over een majoor of iemand van een hogere rang, of hun echtgenotes of kinderen. Het leger schrijft voor dat open dossiers twee jaar lang bewaard moeten blijven, met nog een derde jaar voor gesloten zaken. Ik had dus Bales' administratie tot drie jaar terug. Ik stond ervan versteld hoeveel officieren of hun familieleden op de een of andere manier met de politie in aanraking waren gekomen. Carol en ik zaten te eten terwijl we werkten. Het hele onderzoek kostte me drie uur en ik hield uiteindelijk een stapel over van bijna honderd dossiers. De meeste vergrijpen stelden niet veel voor: rijden onder invloed, winkeldiefstal, zwarte handel in PX-artikelen op de Koreaanse markt, gluurderspraktijken, dat soort dingen. Maar je weet nooit waarmee je iemand onder druk kunt zetten. Wat de een een onnozele kwestie vindt, is voor de ander een pijnlijke zaak. En er waren wel degelijk sappige verhalen bij, tot en met prostitutie. Daar was zelfs de vrouw van een kolonel bij betrokken geweest, die drie keer was betrapt. Een legerkapitein was gearresteerd voor een gewapende overval. Een majoor was aangehouden toen hij door een raam naar de vrouw van een generaal gluurde. Een luitenant-kolonel had zich als potloodventer aan een paar schoolkinderen laten zien.

Carols stapel leek twee keer zo dik als de mijne en ze moest nog een hele doos doorwerken. We wreven allebei flink in onze ogen. We waren al sinds de vorige nacht aan het werk, toen zij en Mercer bij mijn hotelkamer hadden aangeklopt.

Ik stond op, rekte me uit en liep naar de badkamer om wat koud water over mijn gezicht te plenzen. Toen ik terugkwam liep Carol te ijsberen. Ze had haar derde fles bronwater opengemaakt. Om er wat makkelijker bij te zitten had ze haar schoenen, haar kousen en haar jasje uitgedaan. Ze droeg alleen nog een korte rok en een dunne blouse zonder mouwen.

'Moe?' vroeg ik.

'Afgepeigerd. Het doet me denken aan de examentijd van mijn eerste jaar rechten.'

Ik grinnikte. 'Nou merk je eens hoe advocaten hun brood moeten verdienen. Zie je wat je mist?'

Ze liet zich met een klap op het bed vallen en veerde op en neer. 'Hé, wat een lekker bed.'

Voordat ze in slaap kon vallen zei ik tegen haar: 'Neem jij die laatste doos nog even door? Dan begin ik met het vergelijken van de zaken.'

Kreunend kwam ze weer overeind. 'Zit er een systeem in?'

'Jazeker. Ik zal je uitleggen hoe ze te werk gingen, volgens mij. Choi deed het eerste onderzoek als er een Amerikaan betrokken was bij een misdrijf in Itaewon. Hij is de eerste die op de plaats van het delict arriveert, de eerste die de feiten op een rij zet, de getuigen verhoort en de bewijzen verzamelt. Daarna belt hij Bales. Stel dat de schuldige een aantrekkelijke kandidaat is, iemand die ze kunnen chanteren en manipuleren. Wat dan?'

Ze streek met twee handen door haar haar en masseerde haar hoofdhuid. 'Ik weet het niet. Dan brengt hij Bales in contact met de verdachte, zogenaamd als Amerikaanse waarnemer bij het verhoor.'

'Precies. Zodra de verdachte een Amerikaanse CID-rechercheur ziet, weet hij dat het foute boel is. Dan is het geen eenvoudig vergrijp meer buiten de basis, dat wordt afgedaan door de Koreaanse politie. Nee, opeens wordt het een ernstige zaak, die ook bij de Amerikanen terechtkomt, die gemeld zal worden aan zijn commandant en die zijn carrière in gevaar kan brengen.'

'En dus zweet hij peentjes.'

'Ja. Misschien moet Bales op dat moment bepalen of de verdachte de moeite waard is. Het is mogelijk dat hij een snel onderzoek instelt naar de achtergrond van de man om te zien of hij een belangrijke positie heeft en of ze hem onder druk kunnen zetten.'

'Ondertussen sterft de verdachte duizend doden en vraagt hij zich af welke rampen hem boven het hoofd hangen.'

'Terwijl Choi en Bales de spanning nog wat opvoeren.'

'Ik zie het voor me.'

'Goed. Laten we aannemen dat Bales overlegt met Choi en zegt dat ze hem niet willen, dat hij niet het juiste type lijkt. Dan gooien ze de vis weer terug. Hoe doen ze dat?'

'Ik neem aan dat Bales een Amerikaans politierapport schrijft over de verdachte en het misdrijf noteert in het register van het garnizoen.'

'Precies. Ze zetten de raderen van het justitiële apparaat in beweging. De verdachte heeft geen idee dat hij om heel andere redenen is doorgelicht en afgevoerd.'

'We zoeken dus naar officieren die door Choi zijn aangehouden, zonder dat Bales een corresponderend rapport voor de Amerikanen heeft geschreven?'

Ik glimlachte. 'In sommige gevallen zal iemand anders dan Bales het Amerikaanse rapport hebben geschreven. Of het onderzoek leverde gewoon niets op. Maar ik durf te wedden dat we zaken tegenkomen die wel degelijk tot een veroordeling hadden moeten leiden, maar die aan Amerikaanse kant op mysterieuze wijze in de doofpot zijn verdwenen.'

'En jij denkt dat Choi die dossiers zou hebben bewaard?'

'Natuurlijk. Anders zou dat heel dom zijn, en zelfs gevaarlijk. Misschien dat hij er een gesloten dossier van maakt, zogenaamd wegens gebrek aan bewijs of een vastgelopen onderzoek, en het vervolgens in een bureaula laat verdwijnen. Hij is hoofd van de recherche daar. Wie zal zijn onderzoeken nog eens natrekken? Maar misschien dat iemand ooit vraagt: "Hé, Choi, hoe is het eigenlijk afgelopen met die Amerikaanse officier die probeerde een dure Rolex te jatten bij de oude juwelier Lee?" Dan haalt Choi gewoon het dossier uit de la en is alles in orde.'

Ze begon aan de volgende doos, terwijl ik de Koreaanse en Amerikaanse dossiers met elkaar vergeleek. Ik had Bales' zaken op alfabet gelegd, waardoor het wat sneller ging. Toen ik klaar was, had ik ongeveer twintig Koreaanse zaken waarover geen Amerikaans politierapport bestond. Ik legde ze op een keurig stapeltje. Carol had er nog zes gevonden in de laatste twee dozen. Haastig controleerde ik de eerste vier, maar de vijfde trok onmiddellijk mijn aandacht. De verdachte was ene kolonel Mack Janson, alias Piranha-lippen, de juridisch adviseur van generaal Spears. Dat dossier legde ik helemaal apart, als toetje.

Carol knielde naast me op de grond en we werkten onze stapeltjes door. Ik vroeg haar om het misdrijf op te lezen, met de verklaringen van de getuigen en de bewijzen die waren gevonden. We konden meteen zes dossiers afvoeren omdat het vergrijp te onbenullig was of omdat er te weinig bewijzen waren. Iemand anders moest ze later nog maar eens bekijken om te zien of we de zaak hadden onderschat of iets hadden gemist.

Toen stuitten we op het eerste verdachte geval. Daarna konden we er twee elimineren, maar het volgende dossier was ook weer raak. Uiteindelijk hielden we zeven zaken over waar een luchtje aan zat.

Ik had de beste natuurlijk voor het laatst bewaard. Ik gaf haar het dossier van Mack Janson en vroeg haar de belangrijkste feiten op te lezen. Ze legde een vinger tegen haar lippen. 'Even kijken. Aangehouden op 19 april 1999 voor... O, mijn god, dit geloof je niet.'

'Laat horen!' brulde ik.

'Pedofilie.'

Ze bladerde nog even verder en las de details. Ten slotte zei ze: 'Blijkbaar is er nog een Amerikaanse woonwijk buiten de basis, aan de rand van Itaewon?'

'Ja, dat klopt. Twee grote flats, een voor lagere officieren en een voor hogere onderofficieren.'

'Er waren meldingen binnengekomen over Amerikaanse kinderen die waren betast door een forse blanke man. Die meldingen gingen naar het politiebureau van Itaewon omdat de kinderen buiten de grenzen van de woonwijk werden gelokt voordat ze werden gemolesteerd. Het was Michael Bales die het aan Choi doorgaf en de Amerikaanse kant van het onderzoek leidde.'

'Dan had er een rapport van moeten zijn in Bales' stapeltje.'

Ze zat nog steeds met haar parmantige neusje in het dossier van Choi gedoken. 'De Amerikaanse autoriteiten vroegen het bureau Itaewon om te patrouilleren rond de woonwijk. Op 19 april ontdekte agent Pang een forsgebouwde Amerikaan in jeans en een sweatshirt, die een klein jongetje uit de woonwijk bij zich had. Hij nam het kind mee naar een braakliggend stuk grond achter een kantoorgebouw. Toen Pang hem volgde, zag hij dat de man zijn broek had laten zakken en bezig was de onderbroek van het jongetje uit te trekken.'

'Jasses,' zei ik. 'Ik heb de pest aan pedofielen.'

'Wie niet? Hoe dan ook, de Amerikaan werd aangehouden en naar het bureau Itaewon gebracht. Choi noteerde de verklaring van de agent die hem had gearresteerd en nam de zaak over. Hij belde Bales en samen ondervroegen ze de verdachte.'

'Sla het verslag van het verhoor eens op en vertel me wat er staat.'

Ze bladerde verder en keek toen op. 'Er is geen verslag van het verhoor.'

'Nee, logisch. En wat is de conclusie van het onderzoek?'

Ze las de laatste pagina. 'Zaak gesloten wegens gebrek aan bewijs.'

'Gebrek aan bewijs? Ha! Die klootzak had zijn broek al naar beneden.'

'Ken je hem?'

'Ja, ik ken hem. Janson is advocaat en juridisch adviseur van Spears. Hij heeft het toezicht op de afhandeling van de zaak-Whitehall. Hij zorgde ervoor dat alles in een stroomversnelling kwam. Hij heeft geregeld dat Whitehall werd overgebracht naar een Koreaanse gevangenis. Hij heeft de rechter en de auditeur-militair gekozen, en vermoedelijk ook de kandidaten voor de jury.'

Carol legde het dossier neer. 'Wauw.'

'Ja, wauw. Die klootzak heeft geprobeerd het hele proces te manipuleren.'

40

Het had weinig zin om nu te gaan slapen, dus we werkten door. Carol schreef Engelse samenvattingen van alle relevante punten in de negen rapporten die we eruit hadden gelicht. Ik las haar aantekeningen door en deed er briefjes bij met aanbevelingen hoe we het aantal nog konden terugbrengen.

De resterende dossiers leken allemaal verdacht, maar drie ervan vielen onmiddellijk op. Zo zaten er bijvoorbeeld geen getuigenverklaringen bij, evenmin als bij Jansons dossier.

Een van de zaken betrof een legerofficier van de inlichtingendienst, getrouwd met een Koreaanse vrouw die was betrapt bij zwarte handel. Op het moment dat ze werd aangehouden reed ze in een busje met een voorraad van meer dan honderdduizend dollar aan Amerikaanse cosmetica. Koreaanse vrouwen zijn gek op buitenlandse cosmetica, die door de regering wordt belast met hoge accijnzen om de Koreaanse economie te beschermen. Daarom vormt die een gewild artikel op de zwarte markt. Aangezien ze op heterdaad was betrapt met een busje vol spullen, leek het onmogelijk dat de aanklacht was geseponeerd.

Het tweede dossier had betrekking op een luitenant-kolonel van de luchtmacht, die bij Strategische Planning werkte en was aangehouden wegens verkrachting van een veertienjarig Koreaans meisje. Je krijgt een instinct voor die dingen en er klopte iets niet. Er zat een foto van het meisje in het dossier, maar ze leek geen veertien. Niet in mijn ogen, tenminste. Maar misschien was ze gewoon vroegrijp. Alleen had ze een harde trek in haar gezicht, de uitdrukking van een ervaren hoertje na haar zoveelste klant. De Amerikaanse officier bezwoer dat ze tippelde en dat hij haar had betaald. Het meisje beweerde dat hij haar in een steegje had getrokken en haar had aangerand. Er was geen medisch onderzoek gedaan. Het meisje zei dat ze vijf getuigen had, maar die waren nooit verhoord. Het was moeilijk te bepalen met zo weinig bewijzen, maar het rook naar een valstrik.

Het laatste dossier betrof de marinekapitein die belast was met het protocol op het hoofdkwartier. Het protocol is het kantoor dat regelingen treft voor alle belangrijke bezoekers: hotelkamers, auto's, chauffeurs, ervaren gidsen en beveiliging als dat nodig is. Het stelt zelfs hun roosters samen. In dit geval was de kapitein aangehouden wegens doorrijden na een verkeersongeluk met dodelijke afloop. Hij werd beschuldigd van rijden onder invloed en doodslag. Het slachtoffer was een twintigjarig zwanger Koreaans meisje, dat de aanrijding zelf had overleefd maar haar baby had verloren. De kapitein had geprobeerd weg te komen maar was tot stoppen gedwongen door een menigte woedende Koreanen die het ongeluk hadden gezien. Zaak gesloten, geen gronden voor vervolging.

Tegen halfvijf was Carol op mijn bed in slaap gevallen en verdween ik naar de badkamer voor een douche. Ik stonk een uur in de wind en moest een paar verbanden verschonen.

Toen ik terugkwam, legde Carol net de telefoon neer. 'Wie was dat?' vroeg ik.

'Je collega, mevrouw Carlson.'

'Wat wilde ze?'

'Dat zei ze niet. Ze hing meteen weer op.'

Dat klonk niet gunstig. 'Hoezo?'

'Ik denk dat ze geen vrouw had verwacht. Ik zei dat je onder de douche stond.'

Ik had andere problemen op dat moment, dus bromde ik wat en vroeg Carol iemand te bellen om de dossiers terug te brengen.

We bestelden een ontbijt bij roomservice, in mijn geval een vette kaasomelet en een pot koffie. Carol nam een bakje fruit met nog twee flesjes bronwater. Uit onze eetgewoonten – en nog heel wat meer – bleek duidelijk dat we niet bij elkaar pasten.

Daarna ruimden we de kamer op en borgen we alle dossiers weer in de dozen, behalve de negen verdachte gevallen. Het ontbijt kwam en we vielen aan.

Terwijl we zaten te eten, vroeg ik: 'Waarom gedraag je je zo zedig en bedeesd als er Koreaanse mannen bij zijn?'

Daar dacht ze even over na, alsof het onbewust was. 'Mijn vader is een heel traditionele Koreaan. Hij houdt van Amerika, maar hij is de Koreaanse gebruiken trouw gebleven. Het komt bij hem vandaan, denk ik.'

'Hè? Dus elke Koreaanse man doet je aan je vader denken?'

Ze grinnikte. 'Ik hoop het niet. Maar Koreaanse mannen voelen zich daar prettiger bij. Van de meeste Amerikaanse vrouwen moeten ze weinig hebben. Die vinden ze bazig en streberig, soms zelfs onbeschoft. En dat komt nog harder aan als het een vrouw van Koreaanse afkomst is.'

'Ha! En ik dacht nog wel dat je zo geëmancipeerd was.'

'We vergissen ons allemaal wel eens. Ik dacht dat jij een slonzige, brutale, irritante eikel was.'

'O ja?'

Ze keek om zich heen. 'Je kamer is eigenlijk vrij netjes. Ik weet niet waarom ik je slonzig vond.'

Ik werkte nog een hap omelet naar binnen. 'Ander onderwerp. Ik heb me steeds afgevraagd waarom jullie mijn telefoon en mijn hotelkamer afluisterden.'

Ze keek verbaasd op. 'We luisteren je niet af.'

'Lul niet. Hoor eens, ik sta aan jullie kant, je kunt het me rustig vertellen.'

Ze kneep haar ogen halfdicht. 'Wij luisteren je kamer niet af.'

'Nou, ik heb zo'n klein zwart dingetje in mijn telefoon gevonden, en nog twee andere hier in de kamer.'

'Wanneer?'

'Weet je nog die dag dat ik naar het parkeerterrein rende en jullie er als een haas vandoor gingen?'

'Natuurlijk. Ik kon het niet geloven. Misschien werd je in de gaten gehouden. Je had me kunnen verraden.'

'Hé, ik dacht niet na. Ik had net drie microfoontjes ontdekt.'

'En jij dacht dat die van ons waren? Waarom zouden we dat doen? Om je plannen af te luisteren voor Whitehalls verdediging?'

'Ja, dat dacht ik. Vreemd genoeg.'

'Drummond, geloof het of niet, maar de CIA heeft wel andere dingen te doen dan een advocaat af te luisteren die een proces voorbereidt.'

Ze keek me verbaasd aan. 'En hoe weet je dat je niet nog steeds wordt afgeluisterd?'

'Omdat Imelda, mijn assistente, de kamer elke dag laat controleren.'

'Dus de microfoontjes zijn weg?'

'Ja, allemaal,' antwoordde ik vol vertrouwen.

'Heb je rekening gehouden met langeafstandsapparatuur?'

'Van die omgekeerde megafoons, bedoel je?'

'Dat is precies wat ik bedoel,' zei ze, terwijl ze naar het raam liep. Ze trok de gordijnen open en keek naar buiten. Het begon al licht te worden. 'Luister, Drummond, toen jij die microfoontjes weghaalde, wisten de mensen die ze hadden aangebracht dat je ze had ontdekt. Als ze echt belangstelling voor je hebben, zijn ze gewoon op een andere methode overgestapt.'

Ze speelde het overtuigend, maar ik trapte er niet in. Ik had wel verwacht dat ze het zou ontkennen, maar ik wilde haar wel laten weten dat ik het wist.

Haar blik gleed over het parkeerterrein, alsof ze naar een auto zocht, een bestelwagen of een busje misschien, groot genoeg om een richtmicrofoon te verbergen.

'Kun je die dingen op één enkele kamer richten in een groot hotel zoals dit?' vroeg ik. 'Pikken ze dan niet allerlei bijgeluiden op?'

'Als mensen zitten te praten in de kamers eromheen, heb je last van achtergrondgeruis en storing. Maar niet nu, midden in de nacht, als iedereen slaapt.'

Ze bleef stug in haar rol, dat moest ik toegeven.

Ik liep ook naar het raam en kwam naast haar staan. Ze draaide zich om en keek me aan.

Ik wees met mijn vinger naar het parkeerterrein. 'Snel!' riep ik. 'Bel je mensen en zeg dat ze die auto aanhouden, daar.'

Ze wilde iets zeggen, maar ik grijnsde. Weer keek ze naar het parkeerterrein. Opeens zette een grijs busje zijn lampen aan, reed achteruit en ging er met piepende banden vandoor. Je kon het rubber bijna hóren schroeien.

'Jezus!' riep ik.

Carol rende naar de telefoon. Ze toetste een nummer in en wachtte ongeduldig tot er werd opgenomen. 'Carol Kim!' riep ze toen. 'Er rijdt een busje met Noord-Koreaanse spionnen vanaf de Dragon Hill Lodge naar de uitgang toe. Een grijs busje zonder ramen. Laat iemand het tegenhouden.'

Toen ze ophing, wierp ze me een vermoeide blik toe. Ik kon het haar niet kwalijk nemen. Ik had haar net een goede kans door de neus geboord om een paar Noord-Koreanen te vangen. Maar tot mijn verdediging kan ik aanvoeren dat ik haar echt niet geloofde totdat ik het met eigen ogen had gezien.

Ik wilde mijn excuses maken, maar opeens kreeg ik mijn verstand weer terug. We moesten ingrijpen. En snel ook, want anders...

41

De rest van de ochtend verliep als volgt. Auto's van de CIA en de militaire politie reden nog urenlang heen en weer over de basis, op zoek naar de verdachten van wie Carol en ik de namen aan Mercer hadden doorgegeven.

Drie van de verdachten, bleek al snel, waren overgeplaatst vanuit Korea en liepen dus niet onmiddellijk gevaar, hoewel Mercer toch uit voorzorg een bericht naar hun nieuwe posten stuurde om hen voor hun eigen veiligheid in verzekerde bewaring te laten stellen totdat alles achter de rug was. Hij had al genoeg fouten gemaakt en hij nam geen risico.

Een vierde verdachte was met verlof ergens in Korea. Omdat wij hem niet konden vinden zou dat de Noord-Koreanen vermoedelijk ook niet lukken. Maar via de Amerikaanse en Koreaanse kanalen ging wel een bevel uit om hem onmiddellijk aan te houden als iemand hem zag.

De verdachten vijf tot en met acht werden zonder probleem opgepakt, ook kolonel Piranha-lippen, die letterlijk uit zijn kantoor werd gesleurd onder het oog van twee van zijn juridisch medewerkers. Ik zou er wat voor over hebben gehad om daarbij te zijn.

De negende verdachte, de kapitein van het protocol, had pech. Ze vonden hem eenzaam aan zijn keukentafel, met een grote wond op zijn hoofd waaruit bloed en hersenpulp over zijn ontbijt druppelde.

Niemand had enig idee hoe het was gebeurd. Niemand had de moordenaars zijn appartement zien binnengaan. Niemand had het schot gehoord. Het was een aanslag door een professional, die een geluiddemper had gebruikt. Het lichaam van de kapitein was nog warm en het bloed nog vochtig. De MP's die zijn flat waren binnengedrongen vermoedden dat hij pas een halfuur tot een uur dood kon zijn.

Het was tien uur 's morgens en ik kreeg een uitvoerige uitleg van Buzz Mercer zelf. Hij leek me wel tevreden, omdat hij een groep vermoedelijke spionnen had kunnen oppakken en zo zijn pijnlijke blunder van de vorige dag een beetje goed had kunnen maken. Maar zijn ergernis was toch groter, omdat ik de Noord-Koreanen had getipt dat we hen hadden ontdekt, waardoor een toch al chaotische situatie nog onoverzichtelijker was geworden.

De twee andere mannen die dit verhaal moesten aanhoren waren generaal Spears en Brandewaite, die links van me zaten. Buzz Mercer keek wel geërgerd, maar Spears' gezicht stond nog veel zorgelijker en Brandewaite leek bereid om van een hoge rots te springen. Dat zou ik hebben toegejuicht.

'Jezus, wat een ramp,' mompelde Brandewaite steeds weer.

'In dit stadium weten we natuurlijk nog niet hoe groot de schade is,' zei Mercer. 'Ik moet u eraan herinneren dat de acht mannen die we nu in hechtenis hebben nog slechts verdachten zijn. We hebben hen aangehouden voor hun eigen veiligheid. En voor een verhoor, uiteraard.'

Brandewaite snoof een paar keer. 'Wanneer weten we meer?'

'Dat kan ik echt niet zeggen,' antwoordde Mercer.

Hij zei het op een besliste, onverschillige toon, die me de indruk gaf dat de mannen elkaar niet echt mochten. Ook dat verbaasde me niet. Brandewaite was het schoolvoorbeeld van de onberispelijke, gladde, narcistische man van de jaren negentig. Mercer met zijn stekeltjeshaar en zijn harde, broodnuchtere optreden was eerder een product van de jaren vijftig. Geheim agenten en diplomaten – als je die in een blender gooit, komt er een heel giftig sapje uit.

Zelf had ik het liefst door de grond willen zakken in het gezelschap van deze machtige mannen, die op dat moment bepaald geen hoge dunk van me hadden.

Spears keek me regelmatig aan vanonder die dreigende, donkere wenkbrauwen. Ik vroeg me af wat hij dacht, hoewel ik dat liever niet wilde weten.

'Op dit moment zijn we bezig voor iedereen advocaten te vinden,' vervolgde Mercer.

'Hebben ze daar allemaal om gevraagd?' vroeg Spears.

'Nee, maar daar zorgen wij automatisch voor. We willen straks niet over vormfouten struikelen.'

'Heel onverstandig,' zei Brandewaite. 'Dan schiet het helemaal niet op. Ze zullen geen woord meer zeggen als die advocaten er eenmaal zijn.'

Hij wierp een zure blik naar mij.

'Houdt u zich nou bij uw eigen werk, dan doe ik het mijne,' zei Mercer ongeduldig.

Brandewaite priemde met een zorgvuldig gemanicuurde vinger in zijn richting. 'Op dit moment hebt u alleen een stel Amerikaanse officieren in hechtenis en één lijk. Dus spaar me uw adviezen. Zorg dat u resultaten krijgt, en snel.'

Zo ging het nog een tijdje door, terwijl ik nadacht over de legerkapitein die door zijn hoofd geschoten was. Waarom juist hij? Ik bedoel, de mensen die ons vanaf het parkeerterrein hadden afgeluisterd hadden Carol en mij de namen van alle verdachten horen noemen. Sommigen van hen hadden waarschijnlijk niets met de zaak te maken en zouden een goede reden kunnen geven waarom hun naam niet in Bales' dossiers voorkwam of waarom Choi de zaak had geseponeerd. Maar ik was ervan overtuigd dat we er minstens drie of vier zouden overhouden die door Choi waren gechanteerd.

Dus waarom hadden ze alleen die marinekapitein geëlimineerd? Carol had Mercer om tien voor halfzes gewaarschuwd en de MP's waren om zes minuten over halfzeven het appartement van de kapitein binnengekomen, wat inhield dat hij misschien al om zes uur was vermoord. Met andere woorden, zodra de Noord-Koreanen hoorden wat wij vermoedden, hadden ze een moordenaar gestuurd om hem te doden. Mack Janson werd pas om halfnegen aangehouden en een andere verdachte niet eerder dan negen uur.

Zou ik me dan toch vergissen? Waren de anderen dan niet schuldig? Was de kapitein de enige vis die in Chois netten was verstrikt? Of hadden de Noord-Koreanen de andere verdachten gewoon niet kunnen benaderen? Of was er nog iets anders aan de hand?

Hoewel ik me liever gedeisd hield, vroeg ik toch: 'Meneer Mercer, waarom denkt u dat ze die marinekapitein hebben vermoord?'

Mercer en Brandewaite zaten weer te ruziën en het duurde even voordat hij aandacht had voor mij. 'Wat?'

'Die marinekapitein?'

'Elmore. Harold Elmore.'

'Ja, precies... Harold Elmore. Waarom zouden ze hem uit de weg hebben geruimd? Ik bedoel, als ik het goed uitreken hadden ze twee tot drie uur de tijd om nog een paar anderen te elimineren. Waarom hebben ze dan meteen Elmore door zijn hoofd geschoten en de rest met rust gelaten?'

Mercer zoog op zijn lippen. 'Ik zou het verdomd niet weten. Van alle verdachten op de lijst heeft Elmore in feite de minst gevoelige positie.'

'U kende hem toch, generaal?' vroeg ik.

'Reken maar,' antwoordde Spears. 'Harry was mijn protocolofficier. Ik zag hem elke dag. Hij bracht elke ochtend rapport uit. Wij krijgen veel belangrijke bezoekers en Harry was verantwoordelijk voor hen. Zonder de bewijzen zou ik dit verhaal nooit hebben geloofd.'

'Waarom niet?'

'Omdat Harry een prima kerel was. Hij kwam van de marineacademie, hij had vijfentwintig jaar ervaring en hij stond bekend als een hardwerkende, eerlijke en betrouwbare officier.'

Ik haalde mijn schouders op, maar met respect. 'Jawel, generaal. Maar op een avond ging hij naar een café en dronk een borrel te veel. Voordat hij het wist zat hij in zijn auto op weg naar huis, voelde een klap tegen de bumper en zag een aanstaande moeder over zijn motorkap vliegen. Daarna werd hij naar een buitenlands politiebureau gebracht, waar hij te horen kreeg dat hij werd beschuldigd van rijden onder invloed en doodslag, met de kans op twintig jaar gevangenisstraf.'

'Had hij toegang tot militaire plannen en gevoelige informatie?' vroeg Mercer.

Spears keek verbaasd. 'Hij had wel de hoogste veiligheidsstatus, maar hij kreeg alleen te zien wat hij moest weten voor zijn werk. En dat was niet veel militair materiaal, in Harry's functie.'

'Zat hij bij besprekingen over oorlogsplannen, briefings van inlichtingenofficieren, dat soort dingen?' vroeg ik.

'Normaal niet, nee. Hij zal er wel eens bij zijn geweest, vooral als hij een heel belangrijke bezoeker moest escorteren.'

'Zoals een senator?' vroeg Brandewaite.

'Senators krijgen niets te horen over oorlogsplannen. Nee, ik bedoel de minister van Defensie, of de voorzitter van de stafchefs. Die komen hier een paar keer per jaar. Zelfs de president is vorig jaar nog geweest.'

Er viel even een stilte.

Spears was de eerste die weer iets zei. 'Harry ving de belangrijkste mensen altijd persoonlijk op. Daar heb ik nooit iets achter gezocht. Ik dacht altijd dat Harry, nou... zich verantwoordelijk voelde voor de moeilijkste opdrachten.'

Ja, zo zat het natuurlijk, dacht ik. Elmores gasten waren wél op de hoogte van heel gevoelige informatie. Hij kon bij de geheimste besprekingen aanwezig zijn en later verslag uitbrengen aan Choi. En hij was de laatste die iemand zou verdenken, omdat zijn functie zo kleurloos en plichtmatig leek. Hij was de man die binnenkwam om de gasten hun jas aan te reiken, een onbelangrijke begeleider, iemand die ervoor zorgde dat de vips op tijd van de ene bespreking naar de andere kwamen.

Was dat de reden waarom de Noord-Koreanen hem hadden gechanteerd? En waarom ze hem nu hadden vermoord?

'Wist hij iets wat hem bijzonder maakte?' vroeg ik.

'Misschien was hij wel de enige verrader,' opperde Brandewaite, 'en zijn de anderen onschuldig. Misschien hebben ze daarom alleen hém gedood.'

Hoe graag Spears, Mercer en zelfs ik dat wilden geloven, het was natuurlijk onzin. In gedachten zag ik die politieman dat braakliggende veldje op komen terwijl hij Janson betrapte met zijn broek omlaag, bezig om een arm jochie zijn onderbroek af te stropen. Om misselijk van te worden. En voeg daarbij alle manipulaties van Janson in de zaak-Whitehall. Nee, Elmore kon onmogelijk de enige schuldige zijn.

'Waarschijnlijk was hij nuttig voor Choi omdat hij wist wanneer er vips in de stad waren,' zei Mercer. 'Een belangrijke senator bijvoorbeeld, of een generaal. Misschien kende Elmore zelfs hun persoonlijke voorkeuren.'

'Verdomme, Buzz,' zei Spears, 'we hebben hier geen escortservice voor onze hoge gasten.'

'Dat weet ik wel, generaal. Ik wil alleen maar zeggen dat sommige mannen die hier komen, een weekje weg van mamma en de blèrende kinderen, helemaal aan het andere eind van de wereld, de kans zullen aangrijpen voor een oriëntaals avontuurtje. Ik bedoel, wie zal het te weten komen? Nou, Elmore en zijn mensen dus. Die praten met de lijfwachten van de vips. Misschien regelen ze zelfs wel een auto met chauffeur.'

'Dat klinkt aannemelijk,' zei ik. 'Op die manier kan hij potentiële slachtoffers hebben aangewezen die Choi kon chanteren. Wie weet hebben de Noord-Koreanen hem vermoord om te voorkomen dat hij iemand zou compromitteren. Misschien wilden ze een belangrijke spion beschermen, of meer dan één.'

Dat was een heel vervelende gedachte, zoals duidelijk te lezen stond op alle gezichten. Maar hoe vervelend ook, het klonk wel logisch. Als Elmore een soort pooier was geweest voor Choi, kende hij de namen op Chois lijstje. En dat was een goede reden om hem zo snel mogelijk te elimineren. Daarom nam Elmore een bijzondere positie in.

'Jezus,' mompelde Brandewaite. 'Ik hoop dat het niet nog erger wordt. Ik voel me nu al beroerd.'

Mercer, die genoot van Brandewaites ellende, strooide nog wat zout in de wond. 'Natuurlijk wordt het nog erger. Het zou me niets verbazen als het zich uitstrekt tot de ambassade zelf.'

Met de blik die Brandewaite hem toewierp had je komkommers kunnen koken.

We praatten nog een paar minuten zinloos heen en weer, tot het duidelijk was dat niemand meer iets zinnigs te melden had. Spears en Brandewaite moesten belangrijke telefoontjes plegen met hun superieuren in Washington over de ramp die zich dreigde te voltrekken. Ze stonden op en vertrokken.

Mercer haalde een verse kop koffie en nam er zelfs een voor mij mee. Hij had medelijden met me of we begonnen vrienden te worden.

Onzin, natuurlijk. Hij werkte bij de CIA. Natuurlijk was het medelijden.

'Wat denk jij, Drummond?' vroeg hij. 'Hebben ze Elmore om zeep geholpen omdat hij te veel wist?'

'Dat staat wel vast,' antwoordde ik.

'Het is moeilijk om sympathie te voelen voor die klootzak. Hij heeft zijn eigen land verraden, verdomme. In elk geval hebben ze hem de ellende van een arrestatie en een proces bespaard.'

'Ja, dat is waar,' beaamde ik, en ik nam een slok koffie.

Hij keek me scherp aan van boven zijn kopje. 'Weet je al genoeg om Whitehall vrij te krijgen?'

Ik stak mijn hand uit, met de handpalm omlaag, en draaide hem heen en weer. 'Hoeveel mag ik van jou als bewijs aanvoeren?'

'Geen woord. Het sterft hier van de journalisten. Wie zijn mond voorbijpraat krijgt met mij te doen, dat beloof ik je.'

'Dan zou ik mijn geld niet op Whitehall zette,' antwoordde ik.

Ik had al veertig uur niet geslapen en ik was doodop. De adrenaline van de afgelopen uren was uitgewerkt en wat er overbleef was een lege huls.

'Jezus,' zei Mercer ten slotte, 'je ziet er belazerd uit. Ga slapen, man.'

Ik lachte grimmig. 'Je bedoelt dat ik voor vandaag wel genoeg schade heb aangericht?'

'Schade? Drummond, je bent een wandelende aardbeving. Ik kan niet wachten tot dat vervloekte proces eindelijk voorbij is en ik je van dit schiereiland kan trappen.'

Ik grijnsde en stond op. 'Zouden Bales en Choi nog lang uit handen van de politie kunnen blijven?'

'Ik denk het wel. Misschien zijn ze op een Noord-Koreaanse vissersboot of onderzeeboot gestapt. Of misschien hadden ze een privé-vliegtuigje klaarstaan waarmee ze zijn gevlucht, onder de radar door.'

'Jammer,' zei ik. Wat zou dat betekenen voor Whitehalls proces? En voor Katherine, die verwachtte dat ik haar de middelen in handen zou geven om hem vrij te krijgen? Als die middelen op dit moment een hotelkamer in Pjongjang binnenstapten, was ik ze definitief kwijt.

'Ja,' beaamde de CIA-chef. 'Verdomd jammer.'

42

Volgens de Amerikaanse wet beginnen de aanklager en de advocaat elke zaak met een discussie over inzage. De eerste echte schermutselingen gaan om inzage in de bewijsvoering: alles wat er te melden valt over het misdrijf, de bewijsstukken en de getuigen. Dat moet je weten voordat de zaak begint, omdat je daar je strategie op baseert. Bovendien behoedt het je tijdens het proces voor pijnlijke verrassingen die je hele betoog onderuit kunnen halen. Anders zou de officier bijvoorbeeld een videoband kunnen produceren waarvan je het bestaan niet wist en waarop beelden te zien zijn van je cliënt die een knielend slachtoffer door het hoofd schiet. Jouw verhaal dat het zelfverdediging was lijkt dan opeens wat minder overtuigend.

De officier, die de staat vertegenwoordigt, heeft vrij toegang tot alles wat de politie weet, wat hem een grote voorsprong geeft. De wet beseft dat ook en compenseert dat door de advocaat alle mogelijkheden te bieden om dezelfde feiten te verzamelen als de officier, die verplicht is alle getuigen en bewijsstukken die hij tijdens het proces wil opvoeren van tevoren aan de verdediging te melden.

Er was een tijd dat de gerechtshoven zo lankmoedig waren dat de verdediging het voor het zeggen had. Met andere woorden, de officier moest de hele inhoud van zijn tas omkeren, terwijl de advocaat maar een beperkt deel van zijn kennis aan de officier hoefde te melden. Dat waren gouden tijden voor de verdediging, voordat Ronald Reagan en George Bush twaalf aaneengesloten jaren de macht hadden en het Hooggerechtshof een krachtige conservatieve injectie kreeg.

Tegenwoordig is de uitwisseling van feiten ongeveer gelijkwaardig. Het gaat erom dat geen van beide kanten alle kennis over de zaak monopoliseert en tijdens het proces de tegenpartij op oneerlijke wijze kan overvallen.

Deze inleiding is alleen bedoeld om uit te leggen waarom Eddie bij Carruthers een verzoekschrift indiende over mij. Ik zei al eerder dat Eddie in juridische kwesties zijn meerdere bijna niet kent. Ik weet niet of hij het sluw had gespeeld en al een paar dagen met dit plannetje rondliep, of dat hij het pas had bedacht na onze bespreking met Carruthers, de middag daarvoor.

Het kwam erop neer dat Eddie vroeg wat mijn rol was geweest in de verdwijning van zijn belangrijkste twee getuigen. Op de een of andere manier had hij ontdekt dat ik was mishandeld toen zij me hadden gearresteerd, en hij wilde weten of ik een persoonlijke vete tegen hen was begonnen. Hij suggereerde in feite dat ik misschien de grens was overgestoken van objectieve advocaat naar iemand die een persoonlijk belang had bij de zaak.

De wet stelt vreemde regels aan de relatie tussen advocaten en wie er verder nog in een zaak optreedt. Stel dat een van de strafpleiters is getrouwd – of het bed deelt – met de rechter of de voorzitter van de jury. Dan hoor je je terug te trekken. Bij dit voorbeeld ligt dat natuurlijk voor de hand, maar er zijn ook veel subtielere gevallen. Zo kan een advocaat bijvoorbeeld kennis bezitten over belangrijke getuigen van de tegenpartij, omdat hij heeft samengewerkt met een inlichtingendienst van de overheid. Ook in dat geval zal hij zich moeten terugtrekken.

Eddie wist niets van mijn activiteiten, maar hij had wel een gevoel in zijn onderbuik, en het instinct achter dat platte wasbordje werkte uitstekend. Dus vuurde hij een goed gericht schot af in het donker.

Hoe ik dat wist? Omdat er een grote rode sticker op mijn hoteldeur was geplakt toen ik terugkwam. Ik herkende Katherines handschrift en de tekst luidde: MIJN KAMER! NU METEEN!

Haar kille ontvangst sprak boekdelen. Ze opende de deur, staarde me ijzig aan, smeet me Eddies verzoekschrift in mijn gezicht, draaide zich op haar hakken om en liep naar het raam. Daar liet ze zich op een stoel vallen en wachtte.

Ik las de tekst. Eddies verdenkingen waren vaag en sommige details sloegen nergens op, maar de grote lijn klopte wel en dus had ik een groot probleem. Het kwam erop neer dat hij wilde weten of ik op een of andere manier betrokken was geweest bij de vlucht van zijn twee hoofdgetuigen. Dat was een brede formulering, zo breed dat ik er niet onderuit kon.

De waarheid was dat ik waarschijnlijk een grens was gepasseerd. Dat was niet mijn bedoeling geweest. Onbewust was ik veel verder bij de contraspionageactiviteiten van de CIA betrokken geraakt dan ik had verwacht en ergens onderweg was ik een actieve deelnemer geworden.

'Nou?' vroeg Katherine toen ik alles had gelezen.

'Tja,' antwoordde ik ontwijkend. Ik voelde dat ik rood werd, maar ik hoopte dat mijn blauwe plekken en korsten dat verborgen.

Het leek nog kouder te worden in de kamer. 'Hebben we een probleem?'

'Dat is mogelijk,' gaf ik toe.

'Laat horen,' beval Katherine. Ze had natuurlijk alle recht om het te weten.

Maar ik kon haar terechte nieuwsgierigheid niet bevredigen. De zaak-Bales-Choi was streng geheim. Als ik haar één woord vertelde en Mercer kreeg opeens journalisten op zijn stoep, dan zou ik de gevangenis in draaien.

'Ik kan je niets zeggen,' antwoordde ik.

Ze keek woedend. 'O nee, Drummond? Je bent mijn militair adviseur in deze zaak. Je werkt voor mij. Ik heb er recht op om te weten wat je hebt uitgespookt.'

'Reden te meer waarom ik je niets kan zeggen. Als ik dat zou doen, zou ik jou besmetten. Dan loop je hetzelfde risico om te worden uitgesloten.'

Dat wilde ze natuurlijk niet horen, maar het was wel waar. Als ik haar zou vertellen wat ik over Bales en Choi te weten was gekomen door mijn samenwerking met de CIA en de KCIA, zou ze delen in de kennis die ik had verzameld.

Op dit moment wist iedereen binnen het team van de verdediging dat het bureau Itaewon verdacht was en dat Choi en Bales de zaak hadden gemanipuleerd en onze cliënt erin hadden geluisd, hoewel daar geen bewijzen voor waren. Vooral hun motief was nog een raadsel. Misschien was het haat tegen de Amerikanen, zoals ik tijdens een strategische bespreking had geopperd. Misschien was het hysterische homohaat, zoals Allie dacht. Wellicht ging het om geld of wilden ze hun score opvoeren. Of misschien waren ze een stel moordlustige, sadistische maniakken die onrust wilden zaaien, gewoon voor de lol.

Ik was de enige die hun ware motief kende en dat bracht me in een moeilijke positie. Ik kon het voor de krijgsraad niet naar voren brengen en na Eddies verzoekschrift kon ik het zelfs niet met Katherine bespreken zonder het risico dat zij ook zou worden uitgesloten.

Maar dat was niet wat ze wilde horen, zoals ik al zei.

'Geef je toe dat je bij dubieuze activiteiten betrokken bent geweest?'

'Ik geef helemaal niets toe.'

We staarden elkaar kil en vijandig aan, secondenlang.

Ten slotte zei Katherine: 'Over een uur hebben we een bespreking met Carruthers en Golden.'

'Laat maar zitten,' zei ik. 'Ik zal onder vier ogen met Carruthers praten om een oplossing te vinden.'

'Dat kan wel zijn, maar moet ik voorbereidingen treffen om jou door een andere advocaat te laten vervangen?'

'Lijkt me geen slecht idee,' moest ik toegeven, hoe spijtig ook. Er was een goede kans dat ze een andere militair jurist zou moeten vinden. 'Ik kan je wel wat namen geven,' zei ik behulpzaam.

Ze gaf geen antwoord.

'Ik ken een paar goede advocaten hier in Korea,' vervolgde ik aarzelend. 'Een man in Pujan die heel goed is. Echt iemand voor jou. Als je wilt, zal ik hem bellen om te horen of hij tijd heeft.'

Terwijl ik nog stond te brabbelen stond ze op en liep ze naar haar bureau. Ze draaide me haar rug toe en begon te bladeren in haar papieren. 'Geef me zijn naam maar door vóór drie uur vanmiddag, dan kan ik hem nog op tijd aanmelden. En wil je nu gaan?'

Ik werd gewoon weggestuurd.

Ik verroerde geen vin, hoewel Katherine deed alsof ik al vertrokken was. Ik wist dat ze kwaad was over deze nieuwe tegenslag, maar ik ben natuurlijk niet achterlijk. Dat telefoontje naar mijn kamer, midden in de nacht, moest er iets mee te maken hebben. Heel pijnlijk.

Maar vanwege de juridische verwikkelingen kon ik haar niet vertellen wat Carol Kim daar te zoeken had gehad. Ik kon niet tegen haar zeggen: hé, luister, ze is een CIA-agente en we waren net bezig het grootste spionagenetwerk in de geschiedenis van ons land op te rollen.

Zelfs als ze me zou geloven, zou Mercer me levend villen.

Ik had het daarbij moeten laten. Ik had de aftocht moeten blazen met mijn staart tussen de poten. Maar om een of andere reden wilde ik dat niet.

Ik schuifelde wat met mijn voeten en kuchte. 'Over vannacht...'

Eerst gaf ze geen antwoord, alsof ze het niet had gehoord.

Pas toen ze besefte dat ik niet van plan was te vertrekken, mompelde ze: 'Wat is er met vannacht?'

'Je hebt mijn kamer gebeld om een uur of vijf.'

'O ja?' vroeg ze, zonder enige zichtbare reactie.

'Het was niet wat je dacht.'

Ze stond nog steeds met haar rug naar me toe en las haar papieren. 'Ik dacht helemaal niets. Ik kan me niet eens herinneren dat ik heb gebeld.'

'Toe nou. Ik stond onder de douche en een vrouw nam op.' Ik vulde de gaten in. Totaal onnodig, natuurlijk, maar een gekwetste vrouw kan spelletjes spelen en daar moet je gewoon in meegaan. Dat is een van de eerste regels in het leven.

'Hmm,' mompelde ze, met een lichte stemverheffing, alsof ze zich afvroeg hoe het iets anders had kunnen zijn dan wat ze dacht.

'Katherine, die vrouw was een zakelijk contact. Het was ook een eh... zakelijke bespreking.'

Ze bleef met haar rug naar me toe staan. Ik zie die dingen scherp en ik wist dat het geen goed teken was. Misschien had ik het anders moeten zeggen – 'zakelijk' was een woord dat je ook op een heel ongunstige manier kunt uitleggen. Wat voor zaken worden er immers geregeld op een hotelkamer om vijf uur in de nacht?

'Ik weet wel dat het raar klinkt dat ik een douche nam terwijl er een vrouw bij me op de kamer was. Dat geeft misschien de verkeerde indruk. Maar ik was al de hele nacht bezig geweest en ik had behoefte aan een douche.'

'Ga weg,' mompelde ze.

Alweer verkeerd geformuleerd: 'bezig geweest'. Ik had gewoon 'wakker' moeten zeggen. Of ik had mijn mond moeten houden.

'Hoor eens, ik, eh...'

Ze draaide zich bliksemsnel om en wees met haar kleine hand naar de deur. 'Ga weg, zei ik. En dat meen ik.'

Haar stem was koud als ijs.

Ik vertrok.

En ik deed het enige wat me nog restte. Ik liep naar het kantoor van de rechter en zei tegen zijn misprijzende secretaresse dat ik hem privé moest spreken. Ze gaf me hooghartig opdracht om te gaan zitten en te wachten. Dus ging ik zitten en wachtte.

Eindelijk trok ze haar verwaande neus weer op en zei ze dat ik naar binnen mocht.

Het was weer donker in het kantoor. Ik vroeg me af of dat iets met Carruthers' stemming te maken had: licht op een vrolijke dag, donker als hij zin had om iemand te vermoorden.

Ik stak mijn hoofd naar binnen en zei: 'Goedemorgen. Ik wilde u graag persoonlijk spreken.'

'Kom binnen en ga zitten,' zei hij.

Ik liet me op de stoel tegenover zijn bureau vallen, met een diepe zucht. Als je denkt dat ik nerveus was, dan klopt dat. Een bekentenis doen achter een hekje van een donkere biechtstoel tegenover een priester die verplicht is je te vergeven, is één ding. Een bekentenis doen tegenover een genadeloze rechter, van aangezicht tot aangezicht, in de beslotenheid van zijn eigen kamer, is heel iets anders. Onwillekeurig moest ik denken aan dat oude militaire gezegde dat God pas de kans krijgt je te straffen als het leger met je klaar is.

Hij keek me onderzoekend aan. 'Drummond, je ziet er nog beroerder uit dan gisteren. Je moet het niet overdrijven. Ga slapen, jongen.'

Ik kreeg genoeg van al die mensen die me steeds vertelden dat ik er zo belazerd uitzag. Dat gaat ook vervelen.

Hoe dan ook, ik zei: 'Ik geloof dat ik een probleem heb. Carlson heeft me het verzoekschrift van Golden laten lezen.'

Hij hief zijn grote, vlezige hand op. 'Daar mogen we niet over spreken zonder de advocaat en de auditeur erbij. Het verzoekschrift is al ingediend.'

Ik grijnsde zuur. 'Dat weet ik wel, maar kunnen we niet even onder vier ogen praten, van man tot man?'

Hij leunde naar achteren in zijn grote stoel en ik had graag willen zeggen dat hij een toeschietelijke of zelfs maar geamuseerde indruk maakte. Dat was niet zo.

Toch waagde ik het erop. 'Het gaat om een hypothetisch geval. Stel dat een advocaat bij een criminele zaak betrokken is. Plotseling blijkt het geen criminaliteit te zijn, maar spionage. Stel dat die advocaat door de Amerikaanse geheime dienst wordt benaderd en om informatie wordt gevraagd. Gaat dat over de schreef?'

De uitdrukking op zijn gezicht veranderde. Hij boog zich naar voren in zijn stoel en de rimpels in zijn gezicht werden dieper – álle rimpels, in zijn voorhoofd, rond zijn lippen en zelfs bij zijn oren.

'Het verstrekken van informatie is op zichzelf niet strijdig met de ethiek, zolang het maar geen inbreuk maakt op de vertrouwelijke relatie tussen raadsman en cliënt.'

'Nee, daar is geen sprake van. Maar stel dat het steeds verder gaat. Er worden mensen vermoord en de advocaat besluit dat hij meer moet doen dan alleen maar informatie verstrekken.'

'Als hij slachtoffers kan voorkomen, is het zijn morele plicht om dat te proberen. Dan moet hij de helpende hand bieden.'

'Ja, maar voordat hij het weet helpt hij de geheime dienst bij het opsporen van spionnen. En toevallig blijken twee van die spionnen de belangrijkste getuigen van de auditeur te zijn.'

Dat ik Carruthers' volledige aandacht had was nog te zwak uitgedrukt. Hij hield zijn hoofd in een vreemde hoek, alsof hij moeite had met ademhalen.

'Bales en Choi?' vroeg hij.

'Eh, kolonel... we hebben het over een hypothetisch geval,' wees ik hem terecht.

'Oké. Theoretisch zou dat een groot probleem kunnen zijn. Hoeveel heeft die advocaat ontdekt door zijn hulp aan de geheime dienst?'

Ik zuchtte onbedoeld. 'Heel veel. Bijvoorbeeld dat de twee getuigen de kern vormden van een groot spionagenet. Hij heeft zelfs meegeholpen om hen op de vlucht te jagen.'

'Dus hij is dingen te weten gekomen die relevant zijn voor de zaak?'

'Jazeker. Hij heeft de aannemelijke theorie ontwikkeld dat zijn cliënt in de val is gelokt door dit spionagenetwerk. Maar zelfs als hij dat zou kunnen bewijzen – en dat kan hij nog niet – zou hij die bewijzen niet tijdens het proces kunnen gebruiken. Het is een hypothetisch geval, zoals ik al zei, maar de geheime dienst heeft hem gewaarschuwd dat er niets mag uitlekken.'

Carruthers schudde zijn grote hoofd en rolde met zijn ogen. 'Heeft deze geheimzinnige advocaat dit al besproken met zijn collega's? Heeft hij er iets over gezegd?'

'Nee, kolonel. Dat is onmogelijk. Omdat de advocaat bij geheime zaken betrokken is en al zijn collega's burgers zijn, heeft hij hun er niets over verteld.'

'Godallemachtig,' zei Carruthers. Ik had het zelf niet beter kunnen zeggen.

'Hoe dan ook,' ging ik verder, 'de aanklager heeft nu een verzoekschrift ingediend om onze hypothetische advocaat te dwingen te erkennen dat hij zijn relevante kennis heeft ontleend aan zijn samenwerking met een belangrijke overheidsdienst. Maar dat is kennis die hij duidelijk niet met de aanklager kan delen.'

Carruthers snoof een paar keer, hees zich uit zijn stoel, liet zich weer terugvallen en wreef met zijn stompe vingers over zijn ogen en voorhoofd. Hij staarde een hele tijd naar zijn bureau. Ik keek naar de grond en hield ook mijn mond. Ik had al genoeg gezegd.

'Onze hypothetische advocaat zou zich moeten terugtrekken,' zei hij ten slotte.

'Het nadeel daarvan,' zei ik 'is dat het een grote klap zou betekenen voor zijn cliënt. De wet hoort eerlijk te zijn en dit is heel oneerlijk.'

'Dat kan zo zijn, maar onze advocaat beschikt over relevante kennis die hij op onwettige wijze heeft vergaard. En zelfs als hij met een bovenmenselijke wilskracht die feiten niet tijdens de zitting zou gebruiken, zou het effect hetzelfde zijn als wanneer hij zich had teruggetrokken. Ook dan zou zijn cliënt immers geen nut hebben van wat zijn raadsman had ontdekt.'

'Dat is waar,' gaf ik toe.

'En als hij die kennis wél zou gebruiken, of als ik zelfs maar zou vermoeden dat hij die kennis gebruikte, zou ik het proces nietig moeten verklaren en hem moeten schorsen.'

'Ik zal zorgen dat u mijn brief morgen op uw bureau hebt,' zei ik verdrietig.

'Goed. Dat is de juiste procedure. En ik verklaar hierbij officieel dat u geen enkel contact meer mag hebben met mevrouw Carlson en haar team. Als ik ontdek dat u maar op honderd meter afstand van haar komt, zal ik het proces schorsen en nieuwe advocaten voor Whitehall aanwijzen. Is dat goed begrepen?'

'Jawel, kolonel,' zei ik. 'Wilt u Carlson zelf op de hoogte brengen?'

Hij knikte.

'En haar zeggen dat ik kapitein Kip Goins als mijn vervanger aanbeveel?'

Ik stond op en liep naar de deur.

'Drummond,' zei hij.

Ik keek over mijn schouder. 'Ja, kolonel?'

'Het spijt me dat het zo gelopen is, dat meen ik. Ik verheugde me erop om je op de zitting te zien. Ik weet niet waarom, maar ik had het gevoel dat het heel onderhoudend zou worden.'

'Nou, een andere keer misschien.'

Hij knikte en ik vertrok. Ik kon me niet herinneren dat ik me ooit zo terneergeslagen en gefrustreerd had gevoeld. Ik had een cliënt van wie ik wist dat hij onschuldig was, een collega die me niet meer vertrouwde en me zeker niet meer mocht, en ik had twee van de zwaarste en ellendigste weken van mijn leven doorgemaakt, helemaal voor niets.

43

Het kostte me drie minuten om de brief te typen. De inhoud was kort maar krachtig: IK, MAJOOR SEAN DRUMMOND, VERZOEK HIERBIJ TE WORDEN ONTHEVEN VAN DE VERDEDIGING VAN KAPITEIN THOMAS WHITEHALL.

Geen dramatisch of bloemrijk verhaal, want de wet houdt niet van passie of mooie woorden. Ik zette mijn handtekening eronder, belde Imelda en vroeg of ze een van haar assistentes wilde sturen om het briefje te bezorgen. Zodra ze was vertrokken liet ik me op mijn bed vallen.

Tot mijn verbazing viel ik meteen in slaap. Je zou denken dat ik onrustig zou liggen woelen om over de situatie na te denken, maar daar was ik te moe voor. Dertig seconden nadat mijn hoofd het kussen had gemaakt was ik al in coma. Ik sliep als een marmot.

Tenminste, tot de telefoon ging. Het was zes uur in de avond en ik had zeven uur geslapen. Ik nam op en hoorde de stem van generaal-majoor Clapper, de commandant van het JAG-korps.

'Drummond, ben jij dat?' vroeg hij.

'Hallo, generaal. Ja, ik ben het,' antwoordde ik. Natuurlijk had ik zijn stem herkend.

'Ik hoor net dat je je hebt teruggetrokken.'

'Eh... ja,' mompelde ik slaperig.

'Kun je me uitleggen waarom?'

'Nee, generaal, dat moet maar wachten tot ik weer in Washington ben. Of we moeten via een beveiligde lijn bellen.'

'Goed, dan wachten we wel. Wanneer kom je terug?'

'Zodra u het zegt, hoewel ik blij zou zijn met een paar dagen verlof. Ik ben een beetje, eh... in elkaar geslagen en beschoten en zo, en ik heb de laatste vier of vijf dagen nauwelijks geslapen.'

'Ach, het is toch vrijdag,' zei hij. 'Kun je zondagavond op het vliegtuig stappen?'

'Ik zal vanavond boeken.'

Een lange stilte en toen: 'Sean?'

'Ja, generaal?'

'Ik heb een lang bericht over je ontvangen van generaal Spears.'

Daar zat ik echt op te wachten. Naast al die andere ellende schreef de plaatselijke commandant nog briefjes aan mijn baas om me met de grond gelijk te maken. Ik zag het restant van mijn carrière in een flits voorbijgaan. Een heel korte flits, geloof me.

'Hij schrijft dat je je uitstekend hebt gehouden,' zei Clapper, 'en dat het land je veel verschuldigd is. Ik weet niet precies wat je daar hebt gedaan, maar je mag trots zijn.'

Als ik niet naar adem had gehapt, had ik kunnen zeggen: 'Ach, generaal, het stelde niets voor.'

Maar Clapper wachtte daar niet op. Hij zou me maandag wel op kantoor zien, zei hij en hing weer op.

Ik stond op, belde roomservice en vroeg of ze een licht doorbakken biefstuk wilden brengen, met wat aardappels en een fles wijn. Ik kon me niet herinneren wanneer ik mezelf voor het laatst op een rustige, ontspannen avond had getrakteerd, maar ik vond dat ik het verdiend had. Ik wentelde me in zelfmedelijden.

Ik schoor me en nam een lange, hete douche. Toen ik de badkamer uit kwam, klopte roomservice op de deur. Ik nam het blad aan, gaf de jongen een fooi en installeerde me voor de televisie.

Ik zette hem aan en keek onder het eten naar de nieuwssamenvatting van CNN, een halfuur later nog een keer, en concludeerde dat de wereld het afgelopen uur niet dramatisch was veranderd. Bij gebrek aan iets anders zapte ik naar een Koreaanse zender.

Het kan heel leuk zijn om buitenlandse nieuwslezers hun lippen te zien bewegen, ook al heb je geen idee wat ze zeggen. Je kijkt naar de beelden achter hen, of naar een korte reportage en probeert het verhaal erbij te bedenken. Het is alsof je een stripboek koopt met alle plaatjes, maar zonder tekst in de ballonnetjes. Die moet je zelf verzinnen.

Eerst keek ik naar een verhaal over een stel baby's in wiegjes in een grote ruimte – een weeshuis of zoiets. De reportage ging waarschijnlijk over mishandelde en verwaarloosde weeskinderen, maar daar was ik niet voor in de stemming.

Daarom stelde ik me voor dat de nieuwslezer zei: 'Vandaag heeft Bill Gates, de Amerikaanse miljardair, bekendgemaakt dat hij een erfenis van één miljard dollar schenkt aan ieder van deze baby's. De rij mensen die bij dit weeshuis voor de deur staat om een baby te adopteren strekt zich uit tot China. De vliegvelden en havens worden overspoeld door nog meer kandidaat-ouders uit de hele wereld, die graag een kind willen meenemen.'

Een mooi verhaal met een happy end, niet?

Daarna zag ik een stukje over een groep sombere arbeiders die in staking waren. Ze droegen witte maskertjes voor hun gezicht en zaten allemaal voor een grote fabriek met dertig schoorstenen. Die beelden maakten plaats voor een aantrekkelijke, jonge, vrouwelijke verslaggever met een microfoon.

Wat ze zei? Waarschijnlijk dat deze arbeiders staakten voor een dollar per uur loonsverhoging, zodat ze hun gezinnen te eten konden geven, terwijl de directie van de fabriek politie en onderkruipers liet aanrukken om hun een lesje te leren.

Nee, daar had ik geen zin in. Dus zei ze in mijn fantasie iets anders: 'De voorzitter van Lipto Motors beaamde vandaag de klacht van zijn stakende werknemers dat het een schande was dat hij tweehonderd miljoen dollar per jaar verdient. Daarom bood hij aan zijn persoonlijke kapitaal en dat van de andere directeuren in één grote pot te storten en te verdelen onder de arbeiders die de auto's daadwerkelijk produceren.'

Ik ben geen socialist, maar ik vond dat een mooi einde.

Daarna volgde een rechtstreekse reportage over de Amerikaanse minister van Buitenlandse Zaken. Ze stapte uit een grote zwarte limousine met twee Amerikaanse vlaggetjes op de neus en verdween tussen twee rijen Zuid-Koreaanse soldaten in smetteloze uniformen naar de zij-ingang van het Zuid-Koreaanse Blauwe Huis, de plaatselijke versie van het Amerikaanse Witte Huis. Ze droeg nog steeds die lelijke hoed met brede rand. Vlak naast haar liep mijn oude vriend Arthur Brandewaite, keurig als altijd, die erg zijn best deed en voor de camera's probeerde belangrijk te lijken.

De nieuwslezer bewoog zijn lippen, maar ik lette niet meer op. Ik had me niet gerealiseerd dat de minister van Buitenlandse Zaken nog in Korea was. Ik dacht dat ze het gebruikelijke bliksembezoek had afgelegd: een paar besprekingen en persconferenties, en op naar de volgende brandhaard. Ik bedoel, hoe lang kunnen hoge diplomaten over een rechtszaak of zelfs een bloedbad overleggen? Raken ze niet snel uitgepraat? Als je een paar dagen op één plaats blijft, voltrekt zich wel weer een ramp ergens anders in de wereld die deze catastrofe uit het nieuws verdrijft, en moet je daarnaartoe.

Vervolgens kwam er een Amerikaanse marineofficier in beeld met vier gouden kapiteinsstrepen op zijn mouw. Er stond wat spijkerschrift onder de foto, waarschijnlijk zijn geboorte- en sterfdatum. Ik veronderstelde dat het Harry Elmore was en dat de media een of ander verhaaltje te horen hadden gekregen over een inbraak waarbij hij was doodgeschoten. Harry zag er niet slecht uit. Het moest een recente foto zijn, vanwege die kapiteinsstrepen. Hij had eerlijke blauwe ogen, een krachtige kin en een mond die veel leek te lachen.

Wie had dat kunnen denken? De man had niet eens een belangrijke positie gehad. Waarom was Choi dan toch in hem geïnteresseerd? Een protocolofficier? Ik weet veel van het Amerikaanse leger en als Spears me niet had verteld dat Elmore soms bij belangrijke briefings zat, zou ik niet hebben gedacht dat hij ooit gevoelige informatie onder ogen kreeg. Verdomme, dat besefte Spears ook pas toen hij gedwongen werd erover na te denken.

Maar hoe wist Choi dat? Had Bales het hem verteld? Maar hoe moest een eenvoudige adjudant van de CID dat weten, als zelfs Elmores eigen baas, een viersterrengeneraal, zich niet had gerealiseerd hoeveel materiaal de man te zien kreeg?

Opeens drong het tot me door – het enige wat we over het hoofd hadden gezien.

Ik boog me opzij en belde het nummer dat Buzz Mercer me had gegeven, zodat ik hem niet langer via Spears' beulsknecht hoefde te bereiken.

Mercer nam zelf op. 'Ja?' hoorde ik zijn droge stem.

'Met Drummond. Ik moet je onmiddellijk spreken.'

Ik hoorde hem zuchten. 'Drummond, het is al laat en ik ben moe. Kan het niet wachten?'

'Ja hoor,' zei ik. 'Als je het niet erg vindt dat de Amerikaanse minister van Buitenlandse Zaken straks door Choi en zijn trawanten wordt vermoord, in je eigen achtertuin.'

44

Het probleem was dat we niet wisten naar wie of wat we moesten zoeken. We hadden zelfs geen idee of hij – of zij, of zij in het meervoud – er wel zou zijn. Erger nog, ik was de enige die echt geloofde dat er iemand zou zijn.

Ik denk dat Mercer en Carol Kim me gewoon mijn zin gaven omdat ik zo fanatiek had aangedrongen. Of misschien vonden ze dat ik een kans verdiende omdat ik al vaker de spijker op zijn kop had geslagen. Als je paard de eerste twee races wint, heb je de neiging ook de derde keer je geld erop te zetten.

Dus slenterden we met vijf van Buzz' agenten door de menigte bij het Blauwe Huis, in de hoop iemand te ontdekken die er op een of andere manier niet thuishoorde.

Helaas leek niemand daar echt thuis te horen. Of iedereen, natuurlijk, het was maar hoe je het bekeek.

Er waren Zuid-Koreaanse ambtenaren die hier rondliepen, omdat ze door de staf van de Koreaanse president waren opgetrommeld om de Amerikaanse minister van Buitenlandse Zaken het gevoel te geven dat ze zo populair was dat mensen zelfs 's avonds laat nog toestroomden om haar te zien. En dan waren er nog honderden journalisten. Nu het Whitehall-proces was uitgesteld, waren de meesten hiernaartoe gekomen om hun tv-station, hun krant of hun weekblad ervan te overtuigen dat ze toch op een eerlijke en nuttige manier hun brood verdienden. En dan waren er nog de echt nieuwsgierige idioten die zo'n saai leven hadden dat ze overal wel naartoe wilden en bereid waren uren te wachten om een glimp van een beroemdheid op te vangen.

Een van die nieuwsgierige idioten was ongeveer een meter vijfentachtig en had piekerig haar, dat meteen opviel omdat ze zo hoog boven de massa uittorende. Ik was verbaasd om Allie hier te zien, omdat ze me geen type leek dat aan sterrenverering deed. Misschien was ze toevallig voorbijgekomen en even blijven staan om te zien waar al die drukte om was.

De minister van Buitenlandse Zaken zat binnen te eten met de president van Zuid-Korea. De volgende morgen zou ze vertrekken. Volgens de gegevens die Buzz had opgevraagd moest het diner om kwart over negen afgelopen zijn, waarna de Amerikaanse minister in konvooi naar het huis van minister Jung Kim Lee van Defensie zou rijden. Daar zou ze haar deelneming betuigen en haar excuses aanbieden uit naam van de Amerikaanse president en het hele Amerikaanse volk voor de tragische moord op zijn zoon.

Al die informatie was gemakkelijk te krijgen. Het rooster van haar laatste dag had zelfs in de Zuid-Koreaanse kranten gestaan. De minister van Buitenlandse Zaken wilde het Zuid-Koreaanse volk laten weten wat ze deed. De camera's en de pers moesten overal bij zijn. Ze wilde de wereld laten weten dat de op twee na hoogste politicus van de Amerikaanse regering vriendschappelijk met de Zuid-Koreaanse president dineerde op haar laatste dag, alsof de ernstige breuk in de relatie op miraculeuze wijze was hersteld. Het hele Zuid-Koreaanse volk moest er getuige van zijn dat ze een oosters gebaar maakte door langs de bedroefde ouders te gaan om haar respect te betuigen en haar verontschuldigingen aan te bieden.

Er was maar één probleem. Toen zij en haar veiligheidsmensen haar rooster samenstelden en publiceerden, wisten ze nog niet dat de protocolofficier van de alliantie voor Noord-Korea werkte.

Want dat, had ik eindelijk begrepen, was de reden geweest waarom Harry Elmore door Choi was geronseld. Elmore kende de plannen voor de vip-bezoeken. Hij kende de veiligheidsvoorzieningen. Hij was een van de twee of drie mensen die altijd toegang hadden tot de vips. Zijn kantoor drukte de pasjes, nam de verzoeken in ontvangst en bepaalde wie wel of niet in de buurt van de machtigen der aarde mochten komen. Zelfs als het bezoek onder gezag stond van Buitenlandse Zaken, hoefde Harry alleen maar zijn collega – de protocolofficier op de ambassade – te bellen om hem te zeggen dat hij twee dozijn pasjes nodig had.

Ik was ervan overtuigd dat ze voortdurend overlegden. Waarschijnlijk dreven ze zelfs een koehandeltje, als Belgische diamantairs. 'Hé, Harry, ik hoor dat de Dallas Cowboy Cheerleaders hiernaartoe komen om het moreel van de troepen op te vijzelen. Kun je me dertig tickets toeschuiven, onder de tafel?' 'Geen probleem, Bill. Maar luister, ik heb twintig Koreaanse vrienden die graag in het gezelschap van de Amerikaanse minister van Buitenlandse Zaken gezien willen worden. Kun je dat regelen?'

Buzz had een paar mensen bij elkaar gezet om de lijsten door te werken van iedereen die een pasje had om voorbij de afzetting te komen, maar we wisten dat het hopeloos was. Wie Choi ook had gestuurd om het karwei op te knappen, het zou iemand zijn die een valse naam gebruikte en die we toch niet zouden herkennen.

Dus konden we weinig anders doen dan wat we deden. Mercer had een van zijn mensen gestuurd om de chef van de lijfwacht van de minister op de hoogte te brengen van onze verdenkingen, en de rest zwierf nu door de menigte, speurend naar bekende gezichten of verdachte activiteiten.

Een deel van het probleem waren de Noord-Koreanen over wie we het al eerder hadden: die types met gifcapsules in hun kiezen. Professionele veiligheidsmensen zullen je vertellen dat elke moordenaar die zijn of haar leven wil wagen om een aanslag te plegen ongeveer negentig procent kans heeft op succes. Dat blijkt uit de geschiedenis. Denk maar aan de moord op Lincoln, op president Garfield, op Bobby Kennedy en op John Lennon. Dat waren allemaal gestoorde figuren die bereid waren heel dichtbij te komen en hun kans op een veilige aftocht op te offeren aan de kans om hun doel te bereiken.

Ten slotte liepen we Carol Kim tegen het lijf en vonden we een plek waar we konden overleggen, terwijl we de menigte in de gaten hielden. Carols blik gleed over de mensen. 'Er zit me iets niet lekker,' zei ze.

'Wat?' vroeg haar baas.

'Waarom zouden de Noord-Koreanen de Amerikaanse minister van Buitenlandse Zaken willen vermoorden?'

Omdat ze genoeg hebben van die hoed, zei ik bijna, maar ik wist me te beheersen. 'Goede vraag,' beaamde ik. 'Waarom?'

'Ja,' zei Mercer. 'Het is te stom voor woorden. Zelfs als het geen oorlog zou veroorzaken, zouden we nooit meer een soldaat van Koreaanse bodem terugtrekken tot heel Noord-Korea een verre herinnering zou zijn. En dat is wel het laatste wat ze willen.'

Soms, zonder dat je ernaar zoekt, stuit je plotseling op de waarheid. Het overvalt je gewoon.

De moordenaar of moordenaars zouden mensen moeten zijn die je nooit met Noord-Korea in verband zou brengen. Want als een Zuid-Koreaan de Amerikaanse minister van Buitenlandse Zaken zou vermoorden zou dat het absolute einde betekenen van de alliantie.

En juist op dat moment kwam een grote groep demonstranten de hoek om, onze kant uit. Schreeuwend en joelend rukten ze op. Ze hadden spandoeken bij zich en droegen bijna allemaal van die witte mondkapjes, zoals veel Aziaten doen om hun longen tegen smog te beschermen of niet herkenbaar te zijn voor de politie als ze toeslaan.

Het was tien over negen. Over vijf minuten zou het diner afgelopen zijn. De demonstranten hadden hun actie opzettelijk laten samenvallen met het vertrek van de Amerikaanse minister uit het Blauwe Huis. Ze wilden al die tv-camera's en journalisten laten zien dat deze symbolische verzoeningsmaaltijd een klucht was, dat het Zuid-Koreaanse volk nog altijd woedend was over de dood van No Tae Lee en dat ze dat tuig van het Amerikaanse leger niet langer in hun land wilden hebben.

Aan de andere kant was het een bekend feit dat Noord-Koreaanse agenten en sympathisanten de Zuid-Koreaanse studenten- en arbeidersbeweging op grote schaal hadden geïnfiltreerd en protesten of rellen konden organiseren waar en wanneer ze maar wilden.

Ik keek Buzz Mercer aan en we wisselden een blik van: 'O, verdomme!' Ergens in de grote groep demonstranten moesten zich mensen bevinden met pasjes om voorbij het politiekordon te komen.

45

Mevrouw de minister koos juist dat moment om vastberaden uit het Blauwe Huis naar buiten te komen en tussen de twee rijen soldaten door naar haar auto te lopen.

Wie dit ook had georganiseerd, hij moest een goed gevoel voor timing hebben en een grondige kennis van de werkwijze van de Zuid-Koreaanse oproerpolitie. Omdat er voor deze demonstratie geen toestemming was gevraagd bij de autoriteiten van Seoul, was er maar een kleine groep ME'ers in blauwe uniformen aanwezig.

Een peloton van een man of dertig hing bij een grijze politiebus rond. Ze verwachtten geen moeilijkheden, dus waren ze niet met helmen en schilden uitgerust. De meesten zaten over kleine brandertjes gebogen waarop ze rijst en noedels kookten.

Er stonden maar tien agenten in uniform klaar, een symbolische eenheid, omdat de menigte rond het Blauwe Huis als vreedzaam werd beschouwd. En dan was er nog de erewacht die een strak kordon moest vormen voor de minister van Buitenlandse Zaken op weg naar haar auto. Ze hadden wel geweren, maar het was de vraag of daar ook munitie bij zat.

Eén ding werd meteen duidelijk: niemand had hierop gerekend. Er was geen centraal gezag dat een ordelijke reactie kon organiseren op deze situatie, die bliksemsnel uit de hand liep. Ik zag de leider van de in het blauw gestoken troepen zijn mannen toeschreeuwen dat ze hun helmen en schilden moesten pakken en een linie moesten vormen. Op hetzelfde moment brulde hij iets in de radio, waarschijnlijk om versterkingen op te roepen. Maar dat was zinloos. Ze zouden hier nooit op tijd kunnen zijn.

De erewacht deed wat ceremoniële troepen altijd doen. Ze bleven strak in formatie en hielden hun wapens voor de borst als groet aan de vooraanstaande dame die tussen hen door liep.

Opeens stormde de menigte demonstranten naar voren en rende als een warrige kluwen de straat door naar het Blauwe Huis. Ze braken dwars door de groep vreedzame toeschouwers en journalisten heen, smeten mensen opzij en sleepten anderen mee door hun snelheid en massa. Ze gilden en schreeuwden, zwaaiend met hun borden en spandoeken. De kleine groep jonge agenten in het blauw rende hen tegemoet. Ze hielden hun helmen, schilden en wapenstokken in hun handen, in een indrukwekkend dappere poging zich tussen de demonstranten en de diplomaten in te werpen.

De lijfwachten van de minister hadden een fractie van een seconde om een beslissing te nemen. Ze konden de minister grijpen en haar terugduwen naar het Blauwe Huis, of ze konden haar zo snel mogelijk meesleuren naar de kogelvrije, zwarte sedan die bij de stoep te wachten stond. Het portier werd al opengehouden door een Zuid-Koreaanse soldaat. De auto was dichterbij dan het huis.

Het leek de beste keus op dat moment. Ze tilden haar letterlijk de lucht in en droegen haar naar de auto toen de onberispelijke soldaat die het portier openhield naar voren stortte en het portier in het slot viel. De soldaat bleef voorover op de grond liggen, alsof hij een klap op zijn achterhoofd had gekregen met een goedendag of de Aziatische variant daarvan. Op dit soort momenten kan een fractie van een seconde alle verschil maken. En ik had bewondering voor de veiligheidsagenten van de Amerikaanse minister. Ze drukten haar onmiddellijk plat tegen de grond en twee van hen wierpen zich boven op haar, terwijl de andere twee hun pistool trokken en zich naar de menigte keerden. Ze zagen meteen dat de situatie niet meer onder controle was en omdat wij hen voor gevaar hadden gewaarschuwd namen ze geen enkel risico.

Buzz Mercer en ik renden al naar de minister toe toen we de eerste harde knal hoorden, boven het rumoer van de mensenmassa uit. Een van de veiligheidsagenten werd naar achteren gesmeten. Een fontein van bloed spoot uit zijn hoofd. Weer een knal. De andere agent greep naar zijn buik, zakte door zijn knieën en stortte voorover.

Beng, beng, beng! Nog drie schoten. Maar Carol en ik hadden de minister nu bereikt, samen met zeven of acht Zuid-Koreaanse politiemensen met getrokken pistolen.

Soms vraag je je af hoe twee seconden zoveel verschil kunnen maken. Of wat er zou zijn gebeurd als Clapper me niet wakker had gebeld. Of als ik me niet zo had verveeld dat ik langs de Koreaanse nieuwszenders had gezapt. Dan zou het allemaal heel anders zijn gegaan, omdat ik waarschijnlijk de enige in de menigte was die hem herkende en wist hoe gevaarlijk hij was.

Hij hield zijn politieschild omhoog, richtte zijn pistool en je had kunnen zweren dat hij alle recht had om hier te zijn en dat hij gewoon zijn werk deed. Hij had zelfs het juiste pasje op zijn uniform gespeld.

Met al zijn ervaring viel Lee Min Choi helemaal niet op tussen de andere agenten.

Ik stond vlak naast hem stil. Ik keek hem aan en hij draaide zijn hoofd naar me toe, in een van die verbijsterende milliseconden die een eeuwigheid lijken te duren.

Toen richtte hij zijn pistool om me neer te schieten, en ondanks al die jaren bij het Regiment en mijn training in het man-tegen-mangevecht wist ik meteen dat ik geen kans had. Ik zag het pistool naar mijn buik wijzen. Hoe snel ik ook reageerde, het maakte niets uit, want ik zou onmogelijk snel genoeg kunnen zijn.

Maar voordat hij de trekker kon overhalen landde er een vuist op zijn onderarm die hem het pistool uit de hand sloeg. Het wapen kletterde tegen de grond voor zijn voeten en we draaiden ons allebei opzij om te zien wie hem had geraakt. Allie stond naast hem en keek hem woedend aan.

Chois blik ging naar de grond, maar op het moment dat hij zich bukte om zijn pistool op te rapen ramde Allie haar gestrekte vingers keihard tegen zijn keel. Een explosie van pijn moest zich door Chois lichaam verspreiden. Ze had hem ongelooflijk hard geraakt, met alle kracht die ze in zich had. Ze had zijn adamsappel dwars door zijn luchtpijp geslagen, als een spijker door een ballon. Zijn hoofd schoot naar voren en er ontsnapte een misselijkmakend, gorgelend, rochelend geluid aan zijn opengesperde mond. Hij zakte door zijn knieën, en zijn handen vlogen naar zijn keel in een wanhopige poging nog wat lucht in zijn longen te zuigen.

Ik wierp me op de grond en tastte naar zijn pistool. Dat was de juiste manoeuvre, maar ook weer niet.

Want wat gebeurde er nu? Ik keek net bijtijds op om een Koreaanse relschopper door de menigte te zien dringen met in zijn hand een zwarte metalen kogel die een ervaren militair als ik meteen als een handgranaat herkende.

Hij was zo dichtbij dat zelfs ik, slechte schutter die ik was, hem onmogelijk kon missen. Ik dacht niet eens na. Ik griste het pistool van de grond en schoot hem neer. De kogel raakte hem midden in zijn voorhoofd. En omdat ik vanaf de grond vuurde tilde de kogel hem een eindje omhoog en smeet hem naar achteren.

Het volgende moment klonken er twee knallen. De eerste was lang niet zo zwaar als de tweede. De eerste was nauwelijks meer dan een knalletje. Het klonk mij nog wel luid in de oren, maar het was een gewoon pistoolschot. De tweede knal was oorverdovend en trok alle aandacht. Dat was de handgranaat die midden in de menigte ontplofte.

Later kwamen ze tot de volgende reconstructie. Choi had een pasje gekregen van Harry Elmore. Daarmee was hij voorbij de afzetting gekomen, zodat hij zich onder de andere Koreaanse politiemensen had kunnen mengen. Geen van de andere agenten kon zich herinneren dat hij er aan het begin van de avond al bij was geweest, dus vermoedelijk had hij zijn gezicht pas vlak voor de moordaanslag durven te vertonen. Hij moest de hele actie coördineren en erop toezien dat alles volgens plan verliep.

Het was waarschijnlijk Choi die met de kolf van zijn pistool de Koreaanse soldaat bij het portier van de auto van de Amerikaanse minister had neergeslagen en het portier voor haar neus had dichtgegooid.

De demonstrant was met een granaat gewapend, omdat ze dat wapen hadden gekozen voor hun plan. Stel dat het Choi niet was gelukt het portier te sluiten voordat de minister de auto had bereikt en door haar lijfwacht naar binnen was geduwd. Dan had de auto toch niet kunnen vertrekken door al die demonstranten die de straat versperden, want zelfs een Amerikaanse minister van Buitenlandse Zaken heeft vreemd genoeg niet het recht om over een stuk of tien buitenlanders heen te rijden in hun eigen land. Haar auto zou dus langs de stoep zijn blijven staan en de demonstrant zou zijn op scherp staande handgranaat onder de wagen hebben gegooid. Eén ding staat vast. Ook kogelvrije auto's zijn niet onkwetsbaar voor zware explosies vanaf de onderkant, waar zich de benzinetank bevindt. De bodemplaat van die auto's is niet zo zwaar bepantserd. Het zou dus een behoorlijke explosie zijn geworden.

Maar het lukte Choi wel om dat portier dicht te gooien. Daarom gingen ze over op het tweede plan. Voorzover de veiligheidsagenten van de Amerikaanse minister Choi al hadden gezien, zouden ze hebben gedacht dat hij aan hun kant stond. Hij hield zijn politieschild omhoog toen hij de veiligheidsagenten neerschoot en de weg vrijmaakte voor de jongen met de granaat om boven op de minister te springen en hen allebei op te blazen. Ballistische proeven toonden aan dat de kogels die de drie Amerikaanse veiligheidsagenten hadden gedood allemaal uit Chois pistool afkomstig waren.

Uiteindelijk doodde de zelfmoordterrorist nog vier andere mensen en hij verwondde er negen. Gelukkig voor de minister had ik hem vanaf de grond neergeschoten, want daardoor vloog de jongen achterwaarts de menigte in en rolde de granaat naar achteren uit zijn handen, zodat een paar ongelukkige zielen de klap en de scherven moesten opvangen die voor haar bestemd waren geweest.

De zelfmoordterrorist bleek een ouderejaarsstudent te zijn van de universiteit van Kwangju, ongeveer tweehonderd kilometer ten zuiden van Seoul. Hij was een volbloed Zuid-Koreaan. Hij was geboren en getogen in Kwangju, de hoofdstad van een Zuid-Koreaanse provincie die bekendstond als een broeinest van antiregeringsgezinde en anti-Amerikaanse bewegingen. Tweeëntwintig jaar geleden was zijn vader met talloze andere burgers van Kwangju gedood door Zuid-Koreaanse troepen die op bloedige wijze een grote opstand in de stad onderdrukten. Volgens Koreaanse geruchten waren de Koreaanse troepen die de opstand neersloegen erheen gestuurd op aandringen van het Amerikaanse militaire commando. Dat was niet waar, want de troepen waren ingezet door een boze, ambitieuze militaire dictator, die achteraf de feiten verdraaide om de schuld in de schoenen van anderen te schuiven, maar de mythe bleef bestaan. De student was heel actief geweest in antiregeringsgezinde groeperingen binnen de universiteit. Hij stond bij iedereen bekend als een heethoofd en een fanatieke vijand van Amerika. Hij was de ideale moordenaar en daarom had Choi hem gekozen. Als hij de minister van Buitenlandse Zaken zou hebben gedood en als Choi gewoon weer in de menigte was ondergedoken en verdwenen, zou iedereen hebben gedacht dat Zuid-Koreaanse extremisten een Amerikaanse minister hadden gedood op de trappen van het Zuid-Koreaanse presidentiële paleis.

De student had Choi waarschijnlijk nooit ontmoet en wist vermoedelijk niet eens dat hij voor Noord-Korea werkte. Iemand aan de universiteit had hem gerekruteerd, hem verteld wat hij moest doen en hem de handgranaat gegeven. Zijn haat had de rest gedaan. In het onwaarschijnlijke geval dat hij het zou hebben overleefd en zou zijn verhoord, zou de wereld er toch van overtuigd zijn geweest dat de Amerikaanse minister was vermoord door een fanatieke Zuid-Koreaan. Want dat was de waarheid.

God mocht weten wat er dan zou zijn gebeurd met het toch al zwaar geteisterde bondgenootschap.

Choi wist niet te ontkomen. Hij stikte op de plek waar Allie hem had neergeslagen. Het leven hangt van toevalligheden aan elkaar. Dat Allie bij het Blauwe Huis was en de tegenwoordigheid van geest bezat om naar het strijdtoneel toe te rennen, het pistool weg te slaan en Choi te doden, was zo'n verbazingwekkend voorbeeld. Het leek op een ingrijpen van bovenaf, met Allie als Gods wrekende hand. Ze vonden Choi toen ze de doden en gewonden afvoerden. Zijn ogen puilden uit hun kassen en het bloed druppelde nog uit zijn keel op het beton. Ik had geen greintje medelijden met hem.

Wat me wel speet was dat een Zuid-Koreaanse agent had gezien dat ik een pistool opraapte en iemand neerschoot. Zijn reactie was die kleine knal waar ik het over had: de kogel die zich in mijn onderrug groef, vlak naast mijn ruggengraat, en me als een vis op het droge tegen het beton smeet.

Dat was de kogel waardoor bij mij het licht uitging.

46

Raad eens wie ik het eerst zag toen ik bijkwam?

Het was een déjà vu, zoals dat heet. Dokter Bridges en ik waren weer in dezelfde situatie als toen we elkaar de vorige keer hadden gezien. Ik lag plat op mijn rug in een ziekenhuisbed, in dezelfde kamer nota bene, en hij stond naast het bed, terwijl hij mijn pols voelde en aantekeningen maakte op een klembord. Ik durfde te wedden dat het zelfs hetzelfde klembord was.

Ik zei zoiets als: 'O, jezus,' en hij grinnikte.

'Hé, u bent weer een held,' zei hij toen.

Hij hield een krant voor mijn gezicht omhoog. Het was de *Herald Tribune* en de vette kop luidde: DE ONFORTUINLIJKE HELD.

Een cynische journalist had groot plezier beleefd aan het feit dat de man die het leven van de Amerikaanse minister van Buitenlandse Zaken – en daarmee misschien de hele alliantie – had gered, door een Koreaanse politieman als dank voor de moeite was neergeschoten.

Waarom werd niemand daar kwaad om, vroeg ik me af.

Hij liet de krant weer zakken en hield een vinger voor mijn oog, die ik moest volgen; de bekende procedure.

Op bijzonder klinische toon zei hij: 'De kogel is op een paar millimeter langs uw ruggengraat gegaan. U hebt geluk gehad.'

'Hoeveel geluk?'

Hij las iets van een kaart. 'De kogel heeft uw ruggengraat gemist, dat zei ik toch?'

'Ja, het zal wel.'

'Ik zie hier dat u al eerder bent neergeschoten, dus u kent de procedure. U zult nog een tijdje in een rolstoel moeten zitten en met een stok moeten lopen. Maar met wat fysiotherapie zal het bijna weer goed komen.'

Ik denk dat ik opgelucht had moeten zijn, maar wie ooit een tijdje fysiotherapie heeft gehad weet dat dat geen lolletje is.

'Bíjna goed?' kreunde ik. 'Wat betekent dat nou weer?'

Hij grinnikte bij zichzelf. 'U was al niet helemaal goed. Ik ben geen wonderdokter. Ik kan u niet beter maken dan u was.'

Dat is ook zo'n ouwe mop die dokters leuk vinden. Geen wonder dat het ziekenhuis deze vent diep achterin verborgen hield, zo ver mogelijk bij de mensheid vandaan.

Hij hing het klembord terug aan het haakje en zei: 'Er zit weer een dame op u te wachten. Ze had me gevraagd om naar binnen te gaan en u wakker te maken. Ik heb haar gezegd dat u uw rust nodig hebt, maar zij vond dat zij beter wist wat goed voor u was dan ik.'

'Hoe ziet ze eruit?' vroeg ik.

Hij haalde zijn schouders op.

'Wat betekent dat?' vroeg ik.

'Ze heeft me geen moment met rust gelaten sinds u hier ligt. Als ik u niet zou oplappen, zou ze mijn nek breken, dreigde ze. Dat meende ze echt, geloof ik. Heel angstaanjagend.'

Hij draaide zich snel om en vertrok. Even later vloog de deur weer open en stampte de tyfoon in eigen persoon naar binnen: de enige echte Imelda Pepperfield.

Ze nam me onderzoekend op en snoof een paar keer luid.

'Je weet toch dat je hier niet hoort te zijn?' vroeg ik.

'Natuurlijk weet ik dat.'

Ik probeerde te fronsen, maar in plaats daarvan grijnsde ik.

'Heb je pijn?' vroeg ze.

'Nee hoor,' gaf ik eerlijk toe. 'Ik heb zoveel morfine in mijn lijf dat je mijn arm eraf zou kunnen rukken zonder dat ik iets zou voelen.'

Ze knikte een paar keer en zei toen: 'Je hebt het verdomd goed gedaan, majoor.'

Als je Imelda Pepperfield een beetje kent, dan weet je dat een compliment van haar lippen net zoiets is als water uit een rots. Met andere woorden, het is zeldzaam. Maar als het gebeurt, moet je er niet verlegen of schuw op reageren maar er met volle teugen van genieten.

Ik lag dan ook als een idioot te stralen en Imelda stak daadwerkelijk een hand uit en gaf me een klopje op mijn hoofd. Ik voelde me als een kat die over zijn rug werd geaaid door zijn trotse baasje.

Ze parkeerde haar kont op de rand van mijn bed. 'Je moest je terugtrekken,' zei ze, wat ik al wist.

'Er waren wat conflicten,' antwoordde ik, omdat ik ook Imelda onmogelijk kon vertellen wat er werkelijk was gebeurd. Anders dan ik hoorde zij nog bij Katherines team en dus mocht ik haar niet compromitteren.

'Het proces begint morgen,' zei ze tegen me.

'Is het vandaag dan al maandag?'

'Ja. Ze hebben je platgespoten, zodat je de hele zondag hebt geslapen.'

Ik staarde naar de muur tegenover me. Mijn voldoening over mijn heldenstatus en zo was opeens verdwenen.

'Ik ben naar kapitein Whitehall geweest,' zei ze.

'O ja?'

'Iemand had hem verslaafd gemaakt aan hamburgers en bier, dus hij vertoonde afkickverschijnselen.'

Dat moest Katherine haar hebben verteld, dacht ik. Ik stelde me Imelda al voor met de gorilla, Whitehalls cipier. Waarschijnlijk had ze hem niet eens hoeven om te kopen met een fles Johnny Walker Blue. Ze zou hem hooguit hebben beloofd dat ze zijn oren niet van zijn kop zou trekken als hij haar liet passeren met de smokkelwaar.

Hoe dan ook, ik zei: 'Wat vond je van hem?'

Ze zoog haar lippen naar binnen en leek er even op te bijten.

'Die jongen heeft een besluit genomen. Als ze hem veroordelen, zal hij een manier vinden om zelfmoord te plegen. Hij had zo'n blik in zijn ogen. Dat is mijn mening.'

'Ja,' antwoordde ik, omdat ik al tot dezelfde conclusie was gekomen. Eén ding dat ik over Whitehall had geleerd was dat hij iemand was die deed wat hij zei. Ik betwijfelde zelfs of hij tot het beroep zou wachten.

'En hoe schat je zijn kansen in?' vroeg ik.

'Ik zou niet graag in zijn schoenen staan. Die Eddie Golden is een harde.'

'Ken je Snelle Eddie?' vroeg ik verbaasd.

'Ik heb een paar keer voor hem gewerkt.'

'O ja? Dat heb je me nooit verteld.'

Het leger heeft een kleine kern van ervaren juridisch medewerkers die rouleren. Ze worden ingezet waar ze nodig zijn. Het lag dus voor de hand dat Imelda wel eens aan Eddie Golden was toegewezen. Geen wonder dat ze zich in een hoek had teruggetrokken toen we Jackson en Moran hadden ondervraagd of ze waren mishandeld.

Er gleed een uitdrukking van afkeer over Imelda's gezicht. Dat wil zeggen dat ze keek alsof iemand een glas bijtend zuur door haar keel had gegoten.

'Ik was er niet trots op. Die man heeft geen scrupules. De waarheid interesseert hem niet, als hij maar wint.'

'Nou, hij moet het opnemen tegen Katherine, en een betere is er niet. Ze zal Eddie het vuur na aan de schenen leggen, reken daar maar op.'

Imelda gaf geen antwoord.

'Is mijn vervanger al aangekomen?' vroeg ik daarom.

'Kapitein Kip Goins. Ja, gisterochtend. De rechter had het geregeld.'

'Kip is een prima vent. Hij heeft ook twee moordzaken gedaan, dus hij kent het klappen van de zweep.'

Ook daar reageerde ze niet op.

Ik vermoedde wat er aan de hand was. Imelda en ik waren al een hele tijd samen. Na al die jaren van samenwerking hadden we een bijzondere band gekregen. Maar er was meer. Imelda was een soort talisman voor me, zoals dat konijnenpootje dat een para kust voordat hij uit een vliegtuig springt.

Misschien hield ik mezelf voor de gek, maar ik had het gevoel dat het voor Imelda ook zo was.

'Hoor eens, jij sleept ze er wel doorheen. Laat Golden geen trucs uithalen met Katherine. Zorg dat ze goed oplet.'

Imelda knikte, maar ik kreeg niet de indruk dat ze er veel vertrouwen in had.

Toen stak Bridges zijn hoofd om de deur en zei dat het tijd werd voor mijn schoonheidsslaapje. Imelda sprong van mijn bed en liep langzaam en onwillig naar de deur. Zodra ze verdwenen was drukte ik op de bel naast mijn bed. Een verpleegster die eruitzag of ze 250 kilo kon tillen kwam haastig de kamer in.

'Ik heb een telefoon nodig,' zei ik.

Ze wilde tegensputteren, maar ik keek haar aan met een blik die biefstuk kon grillen en herinnerde haar eraan dat ik een majoor was van het Amerikaanse leger. Als ze niet snel met die gespierde kuiten uit mijn ogen zou verdwijnen om een telefoon te zoeken, dan zwaaide er wat.

Zodra het toestel naast mijn bed stond, belde ik het nummer van Buzz Mercer. Bij wijze van uitzondering leek hij echt blij mijn stem te horen. Dat mocht ook wel – ik had hem voor een ramp behoed.

'Kom hiernaartoe. Nu meteen,' zei ik.

Wat kon hij daarop zeggen? Hoor eens, Drummond, ouwe makker, ik weet wel dat je bijna je leven hebt gegeven om de alliantie en mijn carrière te redden en zo, maar ik heb nog wat achterstallige administratie? Als hij iets anders zou hebben gezegd dan ja, zou ik op de een of andere manier mijn bed uit zijn gekomen om hem te wurgen.

Twintig minuten later werd er zachtjes op de deur geklopt en stak hij zijn kleine kop met stekeltjeshaar naar binnen.

'Kom erin,' zei ik.

Hij was niet alleen. Carol volgde in zijn kielzog. Ze haalden twee stoelen uit de hoek en zetten ze bij mijn bed. Toen boog Buzz zich naar me toe en schudde mijn hand. Voorzichtig, natuurlijk, want ik had een paàr infusen in mijn arm.

'De bazen in Washington zullen wel blij met jullie zijn,' zei ik.

Buzz grijnsde van oor tot oor. 'Laten we zeggen dat ik hier mijn pensioen wel haal. En Carol is voorgedragen voor de Gold Medal.'

De Gold Medal is een geheime onderscheiding voor geheim agenten die zich verdienstelijk hebben gemaakt. Het grote publiek hoort er niets over, dus stelt het als onderscheiding weinig voor, maar spionnen zijn nu eenmaal anders dan gewone mensen.

En hoewel Buzz dat niet zei, lag het voor de hand dat hij zelf ook een Gold Medal zou krijgen als Carol ermee werd onderscheiden. Maar hij was te veel een man van de jaren vijftig om dat te zeggen.

Met warme onoprechtheid riep ik: 'Nou, van harte gefeliciteerd allebei. Jullie verdienen alle eerbewijzen waarmee een trotse natie jullie kan belonen.'

Dat was mijn achterbakse manier om hen eraan te herinneren dat ze alles aan mij te danken hadden. Zij kregen een Gold Medal en ik een kogel in mijn rug.

Carol, de arme meid, nam mijn valse eerbetoon heel serieus. Ze bloosde zelfs en staarde verlegen naar de grond. Buzz niet. Buzz ontgaat niet veel, zoals ik al zei.

'Wat kan ik voor je doen?' kwam hij terzake.

Ik hou van mensen die er niet omheen draaien.

'Ik heb nog een voormalige cliënt die in een Koreaanse gevangenis zit weg te kwijnen. Hij is onschuldig, maar geen enkele advocaat ter wereld kan dat op dit moment bewijzen.'

Buzz streek met zijn hand door die korte stekeltjes van hem. 'Drummond, ik heb je al gezegd dat deze zaak niet bekend mag worden.'

'Waarom niet? Het is toch achter de rug?'

'Achter de rug? We hebben vanochtend nog vier verraders opgepakt.'

'Nog vier?' vroeg ik.

'Precies. En van de eerste vier weten we nu dat er drie voor Noord-Korea werkten. Jezus, hier mag echt geen woord van uitlekken. Nu nog niet. Dat zou een ramp zijn.'

'Waarom? Het moet toch een keer bekend worden. Zo gaat het altijd, Buzz. Waarom niet nu? Dan kunnen we een onschuldig mens redden.'

Hij schudde koppig zijn hoofd. 'Eerst moeten we de schade opnemen. Dat gaat weken duren, misschien wel maanden. Het is een ernstige zaak, Drummond. Die jongens hebben misschien de hele militaire structuur verraden. Het opperbevel heeft tijd nodig om strategische plannen te veranderen, een nieuw aanvalsschema voor de luchtmacht op te stellen, legeronderdelen te verschuiven en de bewaking van de havens en vliegvelden te verbeteren. Je vertelt de tegenpartij niet dat je weet hoeveel zij weten totdat je zelf de nodige voorbereidingen hebt getroffen. Dat is regel één van de contraspionage.'

Ik probeerde me op te richten en me naar hem toe te buigen, maar opeens merkte ik dat mijn platgespoten lijf mijn centrale zenuwstelsel negeerde.

Ik hijgde van frustratie. 'Hoor eens, kunnen we geen redelijke oplossing vinden?'

'Ik ben bereid te luisteren.'

'Als we dit nu afhandelen in een gesloten en geheime zitting?'

'Is dat mogelijk?'

'Dat hangt van de rechter af. Dan moet ik hem natuurlijk wel uitleggen hoe het zit.'

Hij wreef over zijn kin. 'Is hij te vertrouwen?'

'Natuurlijk.'

'Zou het enig verschil maken?'

'Dat hoop ik wel. Hij kan beslissingen nemen op grond van onze feiten. En de auditeur-militair moet erbij aanwezig zijn. Het is niet gebruikelijk, maar rechters overleggen ook regelmatig met advocaten om onderhandse beslissingen te nemen over belangrijke punten. En ze krijgen bewijzen te zien die de jury nooit onder ogen krijgt.'

Ik had geen idee wat Mercer zou beslissen. Hij zei niet ja en hij zei niet nee. Hij dacht na.

'Ik neem aan dat jullie op het Witte Huis zullen worden ontvangen,' zei ik, 'om een schouderklopje te krijgen van de grote man zelf. En betaalt de CIA geen bonus uit voor dit soort dingen? In elk geval genoeg om je de komende jaren geen zorgen meer te hoeven maken over de huur of de hypotheek. Je hebt zeker een huis in McLean, Buzz? Ik bedoel, de jongens van het Bureau wonen graag in de buurt van het hoofdkwartier. En het zal niet meevallen om de hypotheek af te lossen terwijl je hier...'

'Verdomme, Drummond, het is wel duidelijk. Genoeg geluld. We zullen ons best doen.'

'Nog één ding.'

'Ja?'

'Ik wil weten wat Bales' vrouw jullie heeft verteld toen ze doorsloeg. Een opname van haar getuigenis op video zou heel welkom zijn. Als de bewijzen maar onweerlegbaar zijn.'

Hij nam me vanonder zijn wenkbrauwen op. 'Wie zei dat ze was doorgeslagen?'

'Buzz, het is geen kritiek op je deskundigheid, maar hoe wist je anders dat er nog vier verraders waren?'

Hij rolde met zijn ogen. Eén moment dacht ik dat hij me echt wel mocht. Maar dat was natuurlijk onzin. Geheim agenten hebben geen gevoel.

47

Ik voelde me bijzonder vereerd door de manier waarop het was geregeld. Het proces begon dinsdagmorgen om acht uur, zoals afgesproken. Twee dagen lang ruzieden Katherine en Eddie over de kandidaten voor de krijgsraad. In dat opzicht was het een van de bloedigste schermutselingen uit de geschiedenis van de militaire rechtspraak.

De militaire wet kent niet zulke ingewikkelde procedures als het federale strafrecht, maar het scheelt niet veel. Zolang Katherine kon aantonen dat een bepaalde kandidaat een vooroordeel koesterde tegen homo's, kon ze hem wraken. Eddie had het moeilijker, omdat je iemand niet kunt afwijzen omdat hij géén vooroordeel tegen homo's heeft. Eddie moest aannemelijk maken dat een kandidaat geloofde dat homo's een bedreigde minderheid vormden, dat ze het recht hadden om tot het leger te worden toegelaten, dat ze een volstrekt normale en zelfs bewonderenswaardige leefwijze hadden, maar dat ze slachtoffer waren van een militaire heksenjacht en valselijk van allerlei misdrijven werden beschuldigd. Niet veel militairen zouden toegeven dat ze er zo over dachten.

Het gevolg was dat Katherine de grootste slachting aanrichtte. Ze weerde alle fatsoensrakkers met een vooroordeel tegen homo's en zocht naar tien mannen of vrouwen die eerlijk over homoseksualiteit konden oordelen of er eigenlijk geen mening over hadden. De infanteristen onder de kandidaten werden met de grond gelijkgemaakt. Ze stuurde er meteen vijftien naar huis, als ik goed telde. Op de definitieve lijst kwamen ook drie vrouwen terecht, een veel betere score dan ik had verwacht. Zoals Imelda al had gezegd zijn vrouwen in het algemeen minder bevooroordeeld in seksuele zaken. Afgezien van bigamie en overspel, tenminste. Als je cliënt daarvan wordt beschuldigd, wil je het liefst geen vrouwen in de jury.

Katherine deed het uitstekend.

Hoe ik dat wist? Omdat het leger bij hoge uitzondering de media had toegelaten bij het proces. Er stonden zelfs camera's in de rechtszaal en dat was uniek in de historie van de krijgsraad, voorzover ik wist. Maar gezien de grote publieke interesse voor de zaak en het belang dat heel Korea aan de uitkomst hechtte, zou een zitting achter gesloten deuren een ramp zijn geweest. Om het bondgenootschap in stand te houden had het leger zijn gebruikelijke terughoudendheid opgegeven.

De ochtend van de derde dag begon Eddie met zijn betoog. De tv-camera's draaiden en hij genoot zichtbaar van de aandacht. Dit was het moment waarop hij zijn hele leven had gewacht. Hij paradeerde voor de camera's, sprak voor de vuist weg en hield een verhaal van exact een halfuur. Hij leek inderdaad griezelig op de jonge Robert Redford en de camera's benadrukten dat nog.

Het was indrukwekkend, al geef ik dat niet graag toe. Eddie was briljant. Beknopt, maar toch geëmotioneerd. Hij wist de verleiding te weerstaan om te veel voor de bühne te acteren, hoeveel moeite hem dat ook kostte. Steeds opnieuw benadrukte hij het walgelijke karakter van de misdrijven. Hij herinnerde iedereen eraan dat de verdachte aan West Point had gestudeerd, dat hij een ervaren officier was, een man die in alle opzichten zijn plicht had gedaan, maar zich toch als een kille en wrede moordenaar had ontpopt.

Zo haalde hij heel sluw de eerste slag binnen. Want het was duidelijk dat Katherine wilde aantonen dat haar cliënt een uitstekende officier was met een indrukwekkende staat van dienst, die onmogelijk de smerige misdaden kon hebben gepleegd waarvan hij werd beschuldigd.

Op de een of andere manier had Eddie ook Whitehalls bokscarrière ontdekt. Hij zei er een paar dingen over en wees erop dat de ernstige kneuzingen op No's lichaam volgens de patholoog-anatoom moesten zijn veroorzaakt door een goed getrainde, sterke vent.

Regelmatig herinnerde hij de krijgsraad op een subtiele manier aan het homoseksuele karakter van het misdrijf, om in te spelen op alle onderdrukte vooroordelen die de juryleden misschien nog hadden. Het was meesterlijk.

Daarna verhief hij zich tot zijn volle lengte en overtrof hij zichzelf. Hij vroeg de raad en de tv-kijkers zich in te leven in No Tae Lee. Stel je voor dat je eenentwintig bent, knap en intelligent, de zoon van liefhebbende ouders en met een schitterende toekomst voor je. Stel dat je door een Amerikaanse officier wordt uitgenodigd voor een borrel in zijn appartement. Je voelt je vereerd en je gaat graag mee. Je bent gesteld op Amerikanen, je vertrouwt hen en je kijkt op tegen Amerikaanse officieren. Dus je gaat op de uitnodiging in. Maar de Amerikanen worden dronken en je begint te vermoeden dat je een fout hebt gemaakt. Dan... Eddie wachtte even voor het dramatische effect... grijpen ze je beet. Je schopt en je slaat om je te verzetten, maar tevergeefs. Er worden verschrikkelijke dingen met je uitgehaald. Twee van hen houden je vast, terwijl de derde je misbruikt. Ze zijn dronken en ze gebruiken jou op een smerige manier om hun tegennatuurlijke lusten te botvieren. Je schreeuwt van pijn, maar ze slaan een hand voor je mond. Je smeekt ze om te stoppen, maar ze lachen je uit. Dan wordt er een riem om je hals gelegd en aangetrokken, steeds strakker...

Daar zweeg Eddie. Hij keek de leden van de krijgsraad een voor een aan, met een onpeilbaar verdriet in zijn ogen. Toen staarde hij naar de grond en schudde zijn hoofd alsof hij niet verder kon, alsof necrofilie te afschuwwekkend was, alsof een diepe walging hem belette zijn verhaal af te maken. Ten slotte slikte hij een paar keer, vermande zich en keek weer naar de tien gezichten op de jurytribune. Hij legde zijn handen op het hekje, toverde een dappere, strenge uitdrukking op zijn gezicht, boog zich naar hen toe en zei heel zacht: 'U bent Amerikaanse officieren. Voor het einde van dit proces zult u te horen krijgen welke verschrikkelijke schade Thomas Whitehall ons beroep, onze reputatie, onze diepbeschaamde natie heeft toegebracht. Toon de wereld... toon de familie van No Tae Lee... toon het volk van Zuid-Korea dat wij een eerzaam vak uitoefenen. Wis de afschuwelijke smet weg die ons blazoen heeft besmeurd. Laat de wereld zien dat wij weten hoe we moeten omgaan met de man achter de tafel van de verdediging. Laat de wereld zien... ach, dat hoef ik u niet uit te leggen. U weet wat u te doen staat.' Toen draaide Eddie zich om en liep terug naar de tafel van de auditeur, met een energieke woede in zijn tred alsof hij niet kon wachten om deze schandvlek voor zijn professie uit te wissen.

Ik vond het er wat dik bovenop liggen, en het was meer een requisitoir dan een inleiding, maar dat bewees nog eens hoe ongelooflijk zelfverzekerd Eddie was. Hij had alle juiste snaren geraakt. Hij had niet één keer Whitehalls rang genoemd, alsof Tommy die niet meer verdiende. Hij had benadrukt hoe ernstig Whitehall het militair bedrijf te schande had gemaakt, omdat legerofficieren nauwer met hun organisatie zijn verbonden dan wie ook. Eddie had dat vuurtje nog eens opgestookt en hun gezegd dat ze vooral niet mochten vergeten hoe Tommy het leger had vernederd. Bovendien liet hij zich verdedigen door een civiel advocaat. Hij probeerde nu al afstand te scheppen tussen haar en de jury.

Maar hoe goed Eddie ook was voor de camera, Katherine was werkelijk spectaculair. Zodra je haar naar de jurytribune zag lopen, wist je dat dit het verschil was tussen amateurtoneel en Broadway. Eddie had gewoon niet haar ervaring of haar aangeboren talent voor theater. Bovendien was Eddie te trots op zijn uiterlijk. Hij liep als een pauw. Katherine bewoog zich als een gracieuze zwaan die nooit een spiegel had bezeten omdat ze die niet nodig had. Ze bleef één veelzeggende seconde doodstil staan om de camera de kans te geven zich alleen op haar te richten. En wat de wereld zag was een kleine, tengere, eenvoudig geklede vrouw zonder opsmuk en met een engelengezicht. Ik keek geboeid naar haar en opeens zag ik het. Ze leek precies op die beelden van de Maagd Maria die je in kerken ziet. Ze had zo'n simpele, wezenlijke zuiverheid dat het me een steek in mijn hart bezorgde.

Als je haar zo zag, vroeg je je onwillekeurig af hoe een vrouw zoals zij ooit een moordenaar en lijkenverkrachter zou kunnen verdedigen.

Toen begon ze. En meteen werd duidelijk waarom de OGMM haar als troef had ingezet. Ze straalde een geweldige energie uit voor de rechtbank. Ze gloeide van overtuigingskracht. Ze was niet schel, langdradig of kortaf, maar haar woorden stroomden als withete lava uit een menselijke vulkaan, sierlijk en vloeiend langs de helling van de berg.

Ze sprak twee minuten en vroeg de jury toen naar haar cliënt te kijken. Tien hoofden draaiden zich onmiddellijk zijn kant op. Zelfs de camera's richtten zich op Tommy Whitehall, die met kaarsrechte rug achter de tafel zat, in zijn groene uniform. En op dat moment stokte mijn adem. Ik wist werkelijk niet waarom dat niet eerder tot me was doorgedrongen. Maar zoals ze wel eens zeggen: de camera liegt niet. Toen ik Tommy's gezicht op de televisie zag, trof de waarheid me als een mokerslag. Opeens wist ik het. Eindelijk begreep ik het.

Ik moest me beheersen om niet te schreeuwen. Het liefst zou ik uit dat ziekenhuisbed zijn gesprongen om naar de rechtszaal toe te rennen. Ik zou op Katherine Carlson zijn afgevlogen en haar in mijn armen hebben genomen. Ik zou haar hebben gekust en getroost, en haar om vergiffenis hebben gesmeekt.

Het volgende moment richtte de camera zijn en mijn aandacht weer op Katherine. Misschien kwam het door mijn nieuwe inzicht, maar ze leek droeviger dan ik ooit iemand had gezien. Ze gaf toe tegenover de jury dat Eddie Golden heel sterk stond, sterker dan de wereld ooit in zo'n proces had meegemaakt. Alle bewijzen, alle getuigen, alle argumenten die Eddie naar voren bracht zouden ogenschijnlijk elke twijfel wegnemen dat kapitéin Whitehall de misdaden had begaan waarvan hij werd beschuldigd.

Maar dat had een reden, verklaarde ze. De bewijzen tegen kapitein Whitehall waren opzettelijk vervalst. Misschien zou ze dat niet kunnen bewijzen. Dat gaf ze meteen al toe, want ze was niet van plan te liegen of de jury te misleiden. De mensen die haar cliënt in de val hadden gelokt hadden geen fouten gemaakt en geen belastende aanwijzingen tegen zichzelf achtergelaten. Ze hadden hun plan goed doordacht en zorgvuldig en vakkundig uitgevoerd. Ze hadden op bijzonder slimme wijze haar cliënt de schuld in de schoenen geschoven. Dat was ook niet zo moeilijk. Een paar eenvoudige stappen, meer was er niet voor nodig. Als u naar de aanklager luistert, waarschuwde Katherine hen, als u zijn getuigen hoort, als u zijn bewijsstukken ziet, vergeet dan niet dat dit gefabriceerde bewijzen zijn voor een moord die door iemand anders is gepleegd en op kapitein Whitehall is afgewenteld. Denkt u zich de positie van kapitein Whitehall eens in. Vereenzelvig u vooral niet met Eddie Golden, want hij is de grootste domoor in dit gerechtsgebouw. Hij is er met open ogen ingetuind en dus is hij de beste bondgenoot die de echte moordenaar zich maar kan wensen. Onthoud dat goed bij alles wat hij zegt. Hij is al in de val gelopen.

In die omstandigheden had Katherine nauwelijks sterker kunnen openen. Toch zat Snelle Eddie tevreden achter zijn tafel en hij probeerde tevergeefs een zelfvoldaan lachje te onderdrukken. Katherine had hem het signaal gegeven dat alle ervaren advocaten onmiddellijk herkennen. Ze had in haar eerste betoog toegegeven dat ze geen verweer had tegen de bewijzen van de aanklager. Dus had ze gekozen voor de enige weg die haar overbleef: ze wilde de jury overtuigen van een complot. Ze vroeg hun niet de getuigen of de feiten te negeren, maar ze als bewijzen te beschouwen voor de sluwheid van de samenzweerders. Ze kon Eddies bewijzen niet ondermijnen, dus viel ze zijn eigen geloofwaardigheid aan.

Een aardige tactiek, maar ik kende Eddie. Hij zou geen spaan van haar heel laten.

Katherine liep terug naar haar tafel en de rechter wenkte haar en Eddie voor overleg. Het was tijd voor een reclameblok, maar ik wist al wat er zou gebeuren.

Toen de reclame afgelopen was, begon de zaal leeg te stromen. De verslaggever meldde dat de rechter de zaak had geschorst voor de rest van de dag. Eddie en Katherine verzamelden de papieren van hun tafeltjes. Katherine glimlachte toen ze wegliep en dat vond ik nogal vreemd. Maar waarschijnlijk was ze blij met een extra dag om een nieuwe strategie uit te stippelen, nieuwe feiten te ontdekken of een nieuwe verrassing voor Eddie te bedenken.

Ik zette de televisie uit en probeerde te slapen. Ik zou mijn slaap hard nodig hebben om dit tot een goed einde te brengen.

Ongeveer drie uur later druppelden ze binnen. De eersten waren een paar MP's die een blik in mijn kamer wierpen, zich toen weer terugtrokken en zich op de gang voor mijn deur opstelden.

Daarna kwamen Buzz en Carol. Toen twee technici met een tv-toestel, een videorecorder en een grote camcorder op een statief. Toen de griffier. Toen Eddie, nors en verongelijkt. Toen kapitein Kip Goins, mijn vervanger bij Katherines team, die nu haar plaats innam omdat er geheime militaire informatie ter sprake zou komen. Ten slotte, toen alles in gereedheid was gebracht, verscheen kolonel Carruthers in uniform. Het was voor het eerst dat ik hem met al zijn versierselen en onderscheidingen zag, en voor het eerst dat ik besefte dat hij zelf bij de infanterie had gediend. Ik zag het aan de infanteriebadge op zijn borst, met een commandoplaatje, twee Purple Hearts en een Silver Star. Geen wonder dat hij zo'n ijzervreter was – met alle respect, uiteraard.

Aan de andere kant van de kamer was een metalen bureau neergezet, en eerlijk gezegd zag Carruthers er wat komisch uit toen hij probeerde zijn grote lijf achter dat kleine bureautje te persen. Maar het was veelzeggend dat er niemand grinnikte of zich er op enige manier vrolijk over maakte.

Toen iedereen had plaatsgenomen tegenover de rechter, ging de deur opnieuw open en kwam er een oudere Koreaan binnen die achterin bij de deur ging zitten. Het was minister Lee van Defensie. Ik had erop gestaan dat hij werd uitgenodigd, maar tot dat moment had ik niet geweten of hij zou komen.

Carruthers keek vorsend om zich heen en begon met de verklaring dat deze hoogst ongebruikelijke procedure noodzakelijk was om het recht zijn loop te laten hebben. Toen wees hij naar de camcorder en deelde ons mee dat alles op de band zou worden opgenomen en bewaard met het oog op een mogelijk beroep. We dienden ons te houden aan de procedures van een normale rechtszitting. We zouden vertrouwelijke getuigenverklaringen te horen krijgen, en als er maar één woord zou uitlekken van wat hier werd besproken, zou er een nieuwe krijgsraad komen die hij zelf zou voorzitten. En dat zou geen prettige vertoning worden, verzekerde hij ons.

Hij keek zo dreigend dat Buzz Mercer zich verslikte.

Vervolgens haalde Carruthers een houten hamer uit zijn zak en sloeg daarmee een paar keer op zijn bureautje.

Mercer moest plaatsnemen op de stoel tegenover het bureau van de rechter, waar hij de eed aflegde tegenover de griffier. De rechter stelde hem een paar inleidende vragen: wie hij was, wat voor werk hij deed en wat zijn betrokkenheid was bij deze zaak.

Eddie zat in een hoek van de kamer en ik hield hem scherp in de gaten. Zo nu en dan keek hij schichtig mijn kant op. Ik zag dat hij nieuwsgierig was naar mijn rol en zich er ook nerveus over maakte. Ik was hier niet als advocaat, omdat ik me al had teruggetrokken. En ik was ook geen getuige. Ik was voor deze gelegenheid benoemd tot militair assistent van rechter Barry Carruthers.

We hadden een brandbrief gestuurd aan het militaire hof van toezicht in Alexandria te Virginia, waarin we onze bedoelingen uitlegden. Ze antwoordden dat ze zoiets nog nooit hadden meegemaakt. Maar ik was advocaat van het hof, dus was er in het militaire strafrecht niets te vinden dat dit in de weg stond. Je kon maar één rechter hebben bij een strafproces, maar welke wet verbood hem een assistent aan te stellen?

Aangezien niets dat hier besproken zou worden van tevoren aan een van beide partijen bekend was gemaakt, en zelfs niet aan de rechter, was dit een unieke gebeurtenis. Aan de andere kant hadden Carruthers en ik allebei voor het SPECAT-hof gewerkt, waar de vreemdste dingen heel vanzelfsprekend waren in het belang van de staatsveiligheid.

Toen Mercer had verteld wie hij was en wat voor rol hij speelde in deze zaak, droeg de rechter daarom de afhandeling over aan zijn speciale assistent – aan mij, dus.

'Meneer Mercer,' begon ik, 'zou u zo vriendelijk willen zijn het hof te beschrijven hoe u tot de ontdekking kwam dat adjudant Michael Bales en hoofdinspecteur Lee Min Choi actief waren als agenten voor Noord-Korea?'

Ik dacht dat Eddie ter plekke een hartaanval zou krijgen. Hij kwam half overeind en ik wist dat hij wilde protesteren, maar Carruthers gaf twee stevige klappen met zijn hamer en Eddie liet zich zwijgend weer in zijn stoel zakken.

Ik leidde Buzz door zijn verhaal. Op belangrijke punten onderbrak ik hem en vroeg om een nadere toelichting bij bepaalde conclusies of wat meer details over een nieuwe wending in het onderzoek. Het werd wat pijnlijk als mijn eigen naam opdook, zoals natuurlijk regelmatig gebeurde, maar ik zat hier niet als advocaat maar als assistent van de rechter, dus het had geen ontoelaatbare invloed op de zaak.

Het kostte ongeveer een uur om het hele verhaal uit de doeken te doen en iedereen, zelfs Eddie, hing aan Mercers lippen. Stap voor stap kregen de mannen en vrouwen in deze kamer de complexe details te horen van de grootste contraspionagezaak uit de Amerikaanse geschiedenis. En het publiek wist nog van niets.

Toen Buzz uitgesproken was, bleef het even stil. Je kon het geen verbijsterde stilte noemen, het leek meer op een groep mensen die in een kamer naar een bom zaten te staren die net door het plafond was gevallen – nog niet geëxplodeerd, maar met een tikkende klok. Niemand durfde zich te bewegen, iets te zeggen of zelfs maar adem te halen.

Eindelijk kwam Eddie weer tot zichzelf. 'Kolonel,' riep hij geïrriteerd, 'mag ik de getuige ondervragen?'

'Natuurlijk,' zei Carruthers. 'Maar dit is een normale procedure, dus de verdediging heeft voorrang.'

Die arme Kip zat als verstijfd in zijn stoel. Ik zag hem schichtig om zich heen kijken toen hij zich afvroeg wat hij in vredesnaam aan een CIA-bureauchef moest vragen die zojuist twee getuigen à charge als Noord-Koreaanse spionnen had ontmaskerd.

Ten slotte schudde hij zijn hoofd. 'Ik wacht wel tot het kruisverhoor.' Dat was handig van Kip. Eerst liet hij Golden zijn best doen, dan kon hij later altijd nog proberen om de schade te herstellen.

Eddie stond op en begon te ijsberen, helemaal in zijn rol van advocaat. Ik wilde hem nog zeggen dat er geen tv-camera's bij waren en dat hij zich niet hoefde aan te stellen, maar hij hield er zelf al mee op en bleef voor Buzz staan.

Op de een of andere manier wist hij een geamuseerd gezicht te trekken. 'Mijn beste meneer Mercer, het spijt me erg. Het was een heel interessant verhaal, maar ik heb geen bewijzen van u gehoord dat Michael Bales en Lee Min Choi agenten van Noord-Korea zijn.'

'Nee, dat is waar,' zei Buzz.

'Dat dacht ik al,' zei Eddie, meteen weer vriendelijk. 'Wat u vertelde was een heel omstandig betoog waarvoor wel twintig verschillende, aannemelijke verklaringen denkbaar zouden zijn. U bent een ervaren inlichtingenofficier, nietwaar? Veronderstellingen kunnen heel gevaarlijk zijn in uw werk. Bent u het daarmee eens?'

Buzz krabde op zijn hoofd en knikte. 'Absoluut, majoor. Een van de grootste fouten die je kunt maken.'

'En Michael Bales is niet aanwezig en kan zich dus ook niet verdedigen.'

'Dat is zo,' zei Buzz. 'Hij lijkt in het niets te zijn verdwenen.'

'En Choi is dood?'

'Ja, die is dood,' antwoordde Buzz, met duidelijke voldoening. 'Hij is gedood door een collega van majoor Drummond.'

'U vraagt ons dus om zomaar te geloven dat zij agenten waren van Noord-Korea?'

'Nee, zo wil ik dat niet zeggen. Ik...'

Er is een wet onder advocaten dat je een mogelijk vijandige getuige nooit vragen stelt waarop je het antwoord al niet weet. Eddie had zijn best gedaan dat te vermijden en met zijn eerste vier of vijf vragen geprobeerd te peilen wat Mercer wist. Zo had hij het risico wat verkleind, maar nu waagde hij toch de gok. Hij had de wet overtreden, en hij wist het.

Maar hij stond niet voor niets bekend als Snelle Eddie. 'Dat was alles,' zei hij snel.

Buzz had zijn mond al open om iets te zeggen – dat was ook duidelijk zijn bedoeling – maar Eddie boog zich naar hem toe en keek hem venijnig aan. 'Dat was alles, zei ik, meneer Mercer.'

Eddie liep terug naar zijn stoel. Zijn enige probleem was dat hij al juridische zelfmoord had gepleegd.

Carruthers keek naar Kip. 'Hebt u nog vragen?'

Misschien had Kip het toch wel gevraagd, maar na Eddies voorzet had Kip de bal maar voor het inschieten. Hij stond glimlachend op en aarzelde geen moment.

'Laat ik u om te beginnen feliciteren, meneer Mercer. Als militair en Amerikaan ben ik onder de indruk van de dienst die u dit land bewezen hebt.'

'Dank u, kapitein,' zei Buzz, die alles uit zijn rol haalde wat erin zat.

Toen Kip keek naar mij. 'En u ook, majoor Drummond. U bent een ware held.'

'Dank u,' mompelde ik.

Kip grijnsde en draaide zich weer om naar Mercer. 'Ik weet dat u een drukbezet man bent, daarom heb ik maar één vraag voor u.'

'Ja?'

'Beschikt u over concrete bewijzen voor het feit dat Michael Bales en Lee Min Choi agenten van Noord-Korea waren?'

'Ja.'

'En wat zijn die bewijzen?'

'Nou,' zei Buzz, wijzend op het tv-toestel, 'ik heb een videoband meegenomen. We hebben de echtgenote van Michael Bales ondervraagd, die ook als inlichtingenagent voor Noord-Korea werkte.'

'Mogen we die band zien?' vroeg Kip vanzelfsprekend.

'Natuurlijk. Daarom heb ik hem meegebracht.'

48

'Ik protesteer!' riep Eddie, zo hard dat ik dacht dat hij zich een breuk zou schreeuwen. Dat zou geweldig zijn. Ik had hem graag in elkaar zien zakken, jammerend en kronkelend van pijn.

De twee technici negeerden hem, reden het tv-toestel naar een plaats waar iedereen het kon zien, en staken de zwarte videoband in de recorder.

Carruthers keek naar Golden. 'Wat is er?'

'Als dit bewijs afkomstig is van Bales' echtgenote, is dat ontoelaatbaar. Een vrouw mag nooit worden gedwongen tegen haar man te getuigen.'

'Aangenomen dat ze gedwongen is,' zei Carruthers, met een vragende blik naar Mercer. 'Is dat zo?'

Buzz haalde zijn schouders op. 'In zekere zin. Ze hebben haar vijf dagen slaap onthouden.'

Kip stond op. 'Ik geloof dat majoor Golden een beetje in de war is. Deze getuigenverklaring heeft geen betrekking op de verdachte, Thomas Whitehall, maar op een belangrijke getuige à charge.'

Carruthers krabde zich eens op het hoofd. 'Misschien is het punt toch relevant. Ook een afgedwongen verklaring van de vrouw van een getuige tegen haar man zou niet toelaatbaar kunnen zijn.'

Ik mengde me in de discussie. 'Mag ik een poging doen dit punt op te helderen voor het hof?'

Golden keek kwaad, maar Carruthers knikte.

'Meneer Mercer,' zei ik, 'zou u ons de volledige naam kunnen geven van de vrouw op die videoband?'

'De naam op haar militaire familiepasje is Lin May Bales.'

'Is dat haar echte naam?'

'Nee. Haar echte naam is Chin Moon Lee.'

'En waar komt ze vandaan?'

'Volgens de formulieren die ze bij het Amerikaanse militaire gezag heeft ingevuld was ze geboren in Chicago in Illinois, en is ze in 1995 hiernaartoe gekomen.'

'Is dat juist?'

'Nee. Chin Moon Lee heeft nooit een voet in de Verenigde Staten gezet. Ze heeft haar hele leven doorgebracht in een speciaal kamp in

Noord-Korea, tot het moment waarop ze door een onderzeeboot is afgezet aan de oostkust van de Republiek Korea.'

'U zegt dus dat alles wat ze aan het militaire gezag heeft verteld toen zij en Bales de huwelijkspapieren aanvroegen gelogen was?'

Buzz grinnikte en antwoordde zakelijk: 'Bijna. Behalve het hokje dat ze heeft aangekruist om te verklaren dat ze vrouw was. Dat is ze inderdaad, dat kan ik getuigen.'

'En hoe zou u hun huwelijk omschrijven?'

'Dat was geen huwelijk, maar een dekmantel. In werkelijkheid had ze het bevel over Choi en Bales. Ze is hiernaartoe gestuurd om toezicht te houden op hun operatie toen duidelijk werd dat het in spionagetermen een goudmijn was.'

'Sorry. Waarvoor werd ze hierheen gestuurd, zei u?'

'Om de hele operatie te leiden.'

Zelfs ik schudde verbaasd mijn hoofd toen ik dat hoorde. 'Dus zij was de baas?'

'Ja. Ze gaven haar een dekmantel als Chois zus en lieten haar trouwen met Michael Bales om die dekmantel nog overtuigender te maken. Een handige oplossing, ga maar na. Ze woonde nu midden op een Amerikaanse basis als vrouw van een officier, ze had het bevel over de man met wie ze samenwoonde en Choi kon zo vaak langskomen als hij maar wilde, zonder dat iemand argwaan kreeg.'

Op dat punt hadden we verwikkeld kunnen raken in zo'n langdurige discussie die je vaak in bigamiezaken tegenkomt over de vraag of een huwelijk rechtsgeldig is als een van de partners een valse naam heeft gebruikt, maar dat had nu weinig zin.

Eddie schoof heen en weer op zijn stoel en probeerde een redelijk bezwaar te bedenken, maar waarschijnlijk besefte hij dat hij alleen maar voor aap zou staan. Toch hoopte ik dat hij het zou proberen.

'Laat de band maar zien,' zei Carruthers, en Eddie hield zijn mond.

Minister Lee stak zelf zijn hand uit om het licht uit te doen.

Het tv-scherm flikkerde toen de band werd gestart en we zagen een vrouw op een witte stoel zitten, in het midden van een witte kamer. Er was een wollen deken over haar lichaam gegooid om haar naaktheid te bedekken.

Ze zag er smerig en doodmoe uit, en haar haar hing in vette pieken. Maar ze was nog altijd adembenemend mooi.

De eerste dertig seconden wisselde ze een paar woorden met een man die zich achter de camera bevond. Ze spraken Koreaans, dus verstond ik niet wat er gezegd werd, maar haar stem en haar houding waren smekend. De stem van de man klonk hard, autoritair en scherp.

Ten slotte liet ze gelaten haar hoofd hangen en knikte even, totaal uit-geput.

'Beschrijf uw relatie met Michael Bales,' zei de ondervrager.

Hij liet haar alles vertellen wat we al van Buzz Mercer hadden gehoord, alleen maakte het veel meer indruk uit de mond van deze vrouw die op een stoel zat vastgebonden. Carol Kim had gelijk. Haar Engels was per-fect, compleet met een accent uit de omgeving van Chicago. Dat was ook geen wonder. Net als Choi had ze tot aan haar komst naar het Zui-den haar hele leven in dat speciale kamp gezeten dat Kim, de KCIA-man, had beschreven. Daar had ze les gehad van voormalige Amerikaanse krijgsgevangenen.

Daarna kwamen de vragen over haar rol binnen het complot. Ze bleek ook verantwoordelijk te zijn voor de verraders die Bales en Choi in hun netten hadden verstrikt. Met horten en stoten, vaak aarzelend, vertelde ze dat ze de verraders liet weten welke informatie haar bazen in Noord-Korea nodig hadden. Zij verzamelde alle inlichtingen en op markt-dagen ging ze de stad in om de oogst door te geven aan een contactman die voor het transport naar het Noorden zorgde.

Toen kwam het onderwerp waar wij op zaten te wachten.

'Hoe is Michael Bales geronseld?'

Ze staarde naar de grond, alsof ze moeite had het zich te herinneren, misschien omdat ze moe was of omdat ze Bales niet wilde verwarren met alle andere Amerikanen die ze in de val hadden gelokt.

Ten slotte zei ze: 'Dat was een maand voordat ik hier aankwam. Bales ging op een avond naar de King Mae Bar in Itaewon. Hij dronk erg veel en ging naar boven met een prostituee. Bales houdt... nou, hij houdt van ruige seks. We hebben altijd problemen met hem gehad, ook toen hij al was ingelijfd. Maar die avond, toen Bales dat hoertje neukte, sloeg hij haar ook in elkaar...' Ze haalde een paar keer diep adem, alsof ze ex-tra zuurstof nodig had om door te gaan. 'Hij sloeg haar neus dwars door haar hersens. Ze kreeg een hersenbloeding en stierf. Choi deed het on-derzoek. Bales maakte zich meteen bekend als politieman en Choi be-sefte hoe waardevol hij zou kunnen zijn.'

'Dus ze kwamen tot een afspraak?' vroeg de onzichtbare ondervrager.

'Ja... een afspraak.'

'Zo simpel?'

Ze knikte.

'En toen?'

'Wie maakt zich nou druk over de dood van een hoertje? Wie zal er een klacht indienen als de moordenaar nooit wordt gevonden – haar pooier soms? Choi schreef in zijn rapport dat Bales aanwezig was geweest als rechercheur, niet als verdachte. En na twee maanden sloot hij het dossier als een onopgeloste zaak.'

'Was u niet bang dat Bales zou vluchten of op de afspraak terug zou komen?'

'Er waren altijd duplicaatdossiers met de werkelijke feiten. Die had ik uit voorzorg naar het Noorden gestuurd. Ik kon ze weer terughalen als… als dat nodig zou zijn.'

'En wat deed Bales voor u?'

Haar kin viel op haar borst, maar haar oogbollen draaiden omhoog, zodat ze de ondervrager nog kon aankijken. 'Ik, eh… ik ben moe. Vraag dat later maar.'

De ondervrager brulde iets tegen haar in het Koreaans. Ik verstond het niet, maar zij duidelijk wel. Meteen vloog haar hoofd weer omhoog.

'Geef antwoord,' zei de ondervrager. 'Wat deed Bales voor u?'

Haar hoofd rolde naar achteren, alsof ze probeerde het bloed naar haar hersens te laten stromen. 'Het eerste jaar… leverde hij ons alleen achtergrondinformatie over verdachten. Hij had toegang tot militaire personeelsbestanden en FBI-dossiers. Dat was nuttig.'

'Wat nog meer?'

'Na een paar jaar werkte hij ook mee aan de valstrikken. Choi belde hem als hij een slachtoffer had gevonden. Bales hielp hen te… overreden. Amerikanen schrokken altijd als ze hem zagen binnenkomen. Hij zette hen onder druk.'

'Betaalde u hem?'

'Een beetje. Dat geld stortten we op een buitenlandse rekening. Maar dat interesseerde hem niet erg.'

'Waarom niet?' vroeg de ondervrager.

Haar kin zakte weer op haar borst, maar nu praatte ze verder, hoewel ze lange pauzes liet vallen. 'Hij is heel egoïstisch. Choi zorgde ervoor dat hij de reputatie kreeg van een superrechercheur.' Ze grinnikte bij zichzelf, alsof dat een goede grap was die alleen zij begreep. 'Heel geestig, eigenlijk. Bales' chefs schoven hem de meeste gevallen toe van misdrijven die buiten de basis waren gepleegd. En toen zijn termijn erop zat, vroegen ze hem of hij niet langer in Korea wilde blijven.'

'Vertel ons eens over die Amerikaan, Keith Merritt.'

'Nee,' zei ze met zwakke stem. 'Ik moet nu slapen… Dat hebt u beloofd.'

Het scherm ging abrupt op zwart, maar het geluid liep door. Er waren voetstappen te horen, het geluid van vier harde klappen en een vrouw die schreeuwde van pijn. Daarna kwam het beeld weer terug. Haar

wangen waren rood en ze staarde haar ondervrager aan met een mengeling van afkeer en woede.

De ondervrager blafte iets tegen haar in het Koreaans en ze knikte instemmend.

'Hij was hier al weken eerder dan de rest. En hij snuffelde rond. Twee
dagen na zijn aankomst had hij al een gesprek met Bales, dus hielden
we hem in de gaten. En, eh... later kwamen hij en Carlson terug om
Bales nog eens samen te ondervragen. Hij kreeg een glas water en daar
haalde Bales zijn vingerafdrukken af. Bales stuurde ze naar de FBI.
Merritt bleek geen advocaat te zijn maar privé-detcctive.'

'Hebt u geprobeerd hem te vermoorden?'

'Dat hebben andere mensen gedaan: twee agenten uit Inchon. We wilden
niet het risico lopen dat onze eigen mensen zouden worden herkend.'

'En waarom hebt u die aanslag gepleegd?'

'Eerst probeerde hij te bewijzen dat No homoseksueel was. Later vermoedde hij dat Whitehall erin was geluisd. Maar hij had geen bewijzen.' Ze zweeg en staarde even naar de grond. 'Toch... begonnen we
ongerust te worden. Misschien zou hij een onderzoek instellen naar
Bales en Choi.'

'Hoe hebt u dat ontdekt? Hebt u zijn kamer afgeluisterd?'

'Nee, alleen het appartement van Whitehall, in de maanden voordat hij
werd aangehouden. Melborne was privé-detective. We waren bang dat
hij... de microfoontjes zou ontdekken. Dus hebben we andere methoden gebruikt om hem af te luisteren.'

Haar hoofd zakte weer naar voren. We zagen de ondervrager op de rug
toen hij naar haar toe liep en haar even door elkaar schudde, zo hard dat
haar hoofd heen en weer slingerde. Ze leek weer wakker te worden.

'Zo hoorden we dat Merritt zijn verdenkingen besprak met Carlson,
Whitehalls advocaat.'

'En hoe kwam Melborne tot die conclusie?'

'Het waren maar gissingen. Toch kwam hij dicht bij de waarheid.'

'Dus hebt u hem naar Itaewon gelokt?'

'Dat was Chois idee. Een van onze mensen belde Merritt om te zeggen
dat ze moesten praten. Merritt kreeg aanwijzingen om door een bepaalde straat naar een bepaalde winkel te lopen. Onze man zei hij dat
hij Merritts foto in de krant had gezien. Hij zou hem oppikken om te
praten.'

Het bleef even stil en ik dacht na over Melbornes discussie met
Katherine. Waarom had Katherine mij nooit iets verteld over zijn verdenkingen? Was ze daarom op het idee gekomen dat Whitehall erin was
geluisd?

Maar voordat ik de kans kreeg er langer over na te denken zei de onder-vrager: 'Vertel ons over Whitehall.'

Weer liet ze haar hoofd hangen alsof ze diep moest nadenken om zich de details te herinneren. Als je in aanmerking nam dat ze vijf of zes da-gen niet geslapen had, vond ik het nog een wonder dat ze meer kon dan kwijlen en wartaal uitslaan.

Het beeld ging weer op zwart en we hoorden een paar klappen en kre-ten van pijn. Toen jammerde ze iets in het Koreaans dat klonk als een smeekbede. Dc stem van de ondervrager was hard en genadeloos.

We zagen de vrouw weer zitten. 'Vier, vijf maanden geleden kwamen we op het spoor van Whitehalls affaire met No. Ze dachten zelf dat ze heel discreet waren… onnozel, natuurlijk. Als een appartement aan een Amerikaan wordt verhuurd moet de verhuurder dat aan de politie mel-den.'

'Dus zo wist Choi het?'

'Hij lette altijd op dat soort dingen. Meestal zochten Amerikanen een plek om hun vriendinnetjes te kunnen ontmoeten… een verhouding te hebben.'

'Waarom hebt u niet geprobeerd Whitehall te ronselen?'

Ze keek recht in de camera. 'Hij was te onbelangrijk. Hij had maar een onbeduidende functie op de basis. Ik gaf Choi opdracht om Whitehall door een paar agenten in de gaten te laten houden om te zien wat hij deed.'

'En toen stuitte u op No Tae Lee?'

Ze knikte. 'Twee of soms vier keer per week ontmoetten ze elkaar in die flat. Ten slotte hebben we microfoontjes aangebracht.'

'Van wie was het idee afkomstig om No Tae Lee te vermoorden?'

Een fractie van een seconde kwam er weer iets terug van haar uitda-gende houding – of misschien was het trots.

'Van mij.'

'Waarom?'

'Dat ligt toch voor de hand? Om de Amerikanen uit Korea te verdrij-ven.'

'En waarom juist die nacht?'

'Ze stonden op het punt uit elkaar te gaan. Het was onze laatste kans.'

Onwillekeurig keek ik naar de hoek achter in de kamer waar minister Lee zat. Hij staarde naar het televisiescherm, met zijn armen over elkaar geslagen en een uitdrukkingsloos gezicht. Ik huiverde bij de gedachte wat er door hem heen moest gaan.

'Hoe bent u die flat binnengekomen?'

'We zijn niet binnen geweest.'

'O nee?'

'No werd altijd om halfvier wakker om terug te gaan naar de basis. Soldaten moeten present zijn als de sergeants hun ronde maken door de kazerne voor het ochtendappèl. Als hij had ontbroken, zou hij moeilijkheden hebben gekregen.'

'Dus hij is buiten de flat vermoord?'

De camera bleef even op haar gericht, tot het duidelijk was dat ze in slaap was gevallen. Haar kin was omlaaggezakt en aan de deining van haar borsten was te zien dat ze sliep. Weer ging het beeld op zwart, een paar klappen, een kreet van pijn, een bevel in het Koreaans en haar gezicht verscheen weer op het scherm.

'We hebben hem in het trappenhuis vermoord. No vocht hevig terug. Hij raakte Choi een paar keer. Maar ten slotte wisten de mannen hem in bedwang te houden. Ze sloegen hem in elkaar. Het moest de indruk wekken dat hij behoorlijk was afgetuigd.'

'Hoe is hij vermoord?'

'Choi haalde de eh… riem van No's broek en heeft hem daarmee gewurgd.' Ze wachtte even en haar bovenlip krulde een beetje omhoog. 'Toen No zich had aangekleed, had hij per ongeluk de verkeerde riem genomen, bleek achteraf: die van Whitehall. Dat kwam ons goed uit,' mompelde ze.

De ondervrager zei iets op scherpe toon, alsof hij er weinig goeds in kon ontdekken. Ze staarde hem aan met een dodelijk vermoeide uitdrukking op haar gezicht, maar met een blik in haar ogen alsof ze hier toch een punt had gescoord.

'Hoe hebt u hem teruggebracht naar het appartement?' vroeg de ondervrager.

Nu wist ik het antwoord al voordat ze het gaf. 'No had een sleutel… in zijn zak. Die had hij maanden eerder al van Whitehall gekregen. Met die sleutel is Choi naarbinnen gegaan en heeft daar het lichaam naast Whitehall gelegd. De deur had een automatische grendel. Hij viel weer in het slot toen ze hem dichttrokken.'

'Hoe wekte u de suggestie dat het lichaam was verkracht?'

'Choi had zo'n ding bij zich. Een…?' Ze leek opeens verward en zei iets in het Koreaans.

'Een dildo,' vertaalde de verborgen stem voor haar.

Ze knikte. 'Die hebben ze gebruikt en twintig minuten in het lichaam gelaten. Choi had al veel seksmisdrijven onderzocht. Het was zijn idee. Het was een aardig detail.'

Toen ik weer omkeek voor een snelle blik op minister Lee, staarde hij naar de grond en liepen er tranen over zijn wangen. Ik voelde zijn pijn.

Een van de weinige feiten die ik zelf in deze zaak had kunnen vaststellen was hoeveel hij en zijn vrouw van hun zoon hadden gehouden. Geen enkele ouder hoort de moord op een kind te hoeven meemaken – en zeker niet naar een van de moordenaars te hoeven luisteren die de lugubere details van dat misdrijf beschrijft.

'En daarna ging Choi terug naar het bureau?'

Ze schudde haar hoofd.

'Waar dan naartoe?' schreeuwde de man. 'Waar ging hij dan heen?'

'Naar huis. Daar wachtte hij op het telefoontje. Bales wachtte bij mij.'

'Bedoelt u dat Bales erbij was?'

'Natuurlijk. Hij geniet van die dingen. Ik zei toch dat hij een sadist was?'

Daarna wisselden de onzichtbare ondervrager en een andere verborgen man een paar woorden in het Koreaans en werd het scherm weer donker.

Het duurde enkele seconden voordat de minister het licht aandeed. Toen ik me naar hem omdraaide zag ik alleen nog zijn rug verdwijnen, de deur uit.

De rest van de kamer bleef stil. Eddie zat voorovergebogen in zijn stoel, lijkbleek. Dat is een van de vele dingen die me niet bevallen aan die klootzak. Het kon hem geen reet schelen dat er iemand op beestachtige wijze was vermoord of dat een onschuldige man daar bijna voor was opgedraaid. Hij had alleen de pest in dat hij deze zaak niet zou kunnen winnen.

Carruthers bestudeerde de psychologische slachting in de kamer en vroeg toen iedereen om te vertrekken, behalve de pleiters van beide partijen en mij. We wachtten bijna een minuut tot de anderen waren vertrokken en er alleen nog rauwe emoties achterbleven, plus een rechter en drie advocaten.

49

De andere drie verzamelden zich om mijn bed als een heksenkring. Eddie keek zuur, Kip keek verheugd en zelf keek ik... nou, bedroefd. Hoe blij ik ook was dat de feiten eindelijk op tafel lagen, ik stond dichter bij de slachtoffers in deze zaak dan wie dan ook in de kamer, en het was gruwelijk geweest om dat ijskoude kreng te horen vertellen hoe ze een jonge knul hadden vermoord en het leven van zoveel mensen hadden verwoest.

Het waren slachters, de dame en haar vriendjes.

Carruthers keek grimmig en vastberaden.

'Die aanklachten wegens moord, verkrachting en necrofilie moeten vervallen,' zei Kip.

Heel even leek het of Eddie een hartaanval zou krijgen, maar ik keek hem woedend aan, en hoewel ik nog in bed lag met een groot gat in mijn rug zou ik eruit zijn gesprongen om zijn knappe smoel te verbouwen als hij ook maar één protest had laten horen.

'Mee eens,' zei Carruthers. 'Die aanklachten zijn geschrapt.'

'En de rest?' vroeg ik.

De rechter kneep met wijsvinger en duim in de brug van zijn neus.

'Dat weet ik nog niet. En dat kan ik ook niet beslissen. De bewijzen lijken overduidelijk aan te tonen dat er homoseksuele handelingen hebben plaatsgevonden tussen een officier en lager personeel. Dat is geen misdrijf, maar wel een vergrijp.'

Ik wilde iets zeggen, maar ik had niets toe te voegen dat Carruthers nog niet wist, dus hield ik mijn mond.

'Geen woord van jullie hierover totdat ik een oordeel heb geveld,' zei hij en hij schorste toen de zitting, als je het zo kon noemen. Even later kwamen de technici binnen om het tv-toestel, de videorecorder en de camcorder – die alles had vastgelegd – weg te halen.

Voordat ik het wist had ik mijn ziekenhuiskamer weer voor mij alleen. Ik dacht na over alles wat er was gebeurd, totdat mijn ogen dichtvielen en ik in slaap sukkelde. Als je gewond bent en vol morfine zit, is er maar heel weinig voor nodig om uitgeput te raken.

Vier uur later werd ik gewekt door dokter Bridges, die binnenstormde met drie opgewonden verpleegsters. Ze ruimden de kamer op, renden om mijn bed heen, trokken mijn lakens recht en vervingen mijn ziekenhuishemd door een keurige pyjama. Bridges had zelf een gesteven en brandschone witte doktersjas aan en zijn haar was gekamd – nou ja, zo goed en zo kwaad als dat ging. Hij leek nu op een stekelvarken. Als ze een kwast en een emmer groene muurverf hadden gehad zouden ze de kamer nog een verfje hebben gegeven. Met mijn militaire ervaring begreep ik meteen wat er aan de hand was. We kregen hoog bezoek en de commandant van het ziekenhuis had dokter Bridges opdracht gegeven om mij en mijn kamer tiptop in orde te maken.

Even later vloog de deur open en zag ik generaal Spears, waarnemend ambassadeur Arthur Brandewaite en minister Lee van Defensie binnenkomen. Generaal Spears wees in de richting van de deur en dokter Bridges en zijn verpleegsters verdwenen zo snel dat ze bijna een rookspoor achterlieten.

Ik probeerde me overeind te hijsen in bed, maar Spears zei: 'Blijf maar liggen, Drummond.'

'Jawel, generaal,' zei ik – niet geestig of origineel, maar passend bij de situatie.

Het drietal stelde zich op rond mijn bed en keek op me neer. Als je denkt dat ik zenuwachtig was, dan klopt dat. Ik werd omringd door drie van de krijgsheren van Korea en ik lag in bed met een gat in mijn rug. Als het fout ging, zou ik niet eens kunnen vluchten.

Ik had geen idee wat ze wilden, maar ik verwachtte niet veel goeds. Ik had net de zaak-No Tae Lee laten ontploffen en deze drie heren met een groot probleem opgezadeld. Ik had aangetoond dat de zoon van de minister homoseksueel was geweest, terwijl wel duizend mensen me duizend keer hadden gewaarschuwd voor dat taboe. Ik slikte een paar keer en keek naar die gezichten.

Ten slotte streek Brandewaite over zijn fraaie kin en zei: 'We zitten met een heel bijzondere situatie, lijkt me.'

'Dat zitten we zeker,' beaamde generaal Spears. 'Maar soms, ondanks de omvang van de tragedie, zijn er toch kansen.'

'Precies,' zei Brandewaite.

Het had grappig kunnen zijn als ik maar het flauwste benul had gehad was ze bedoelden.

'Drummond,' zei Brandewaite, 'vanmiddag hebben we contact gehad met het Witte Huis en de president van Korea.'

Ik knikte begrijpend, maar ik begreep er niets van.

Maar voordat Brandewaite nog een woord kon zeggen, stapte minister Lee naar voren. 'Alstublieft, laat u dit aan mij over. Ik zou majoor Drummond graag een moment onder vier ogen willen spreken.'

Spears en Brandewaite knikten allebei met respect en stapten de kamer uit.

'Majoor Drummond,' zei de minister, 'ik wil u iets zeggen.'

'Ja, meneer?'

'Mijn vrouw en ik, wij... wij hielden erg veel van onze zoon.'

Hij moest even stoppen, omdat het hem grote moeite kostte. Hij haalde een paar keer diep adem en zei toen: 'Ik schaam me niet voor No, dat moet u goed begrijpen.'

'Jawel, meneer de minister.'

'Hij heeft geworsteld met wat hij was. Hij wilde dat we trots op hem konden zijn. En dat wáren we ook. Hij kon het niet helpen hoe hij in elkaar zat.'

'Nee, meneer.'

'Natuurlijk wisten we dat onze zoon van mannen hield. Kinderen kunnen zulke dingen niet voor hun ouders verborgen houden.'

Dat had ik al vermoed, vanaf het moment dat we met ons drieën No's slaapkamer waren binnengegaan. De minister had toen zijn mond opengedaan alsof hij strijd leverde met zichzelf om iets te zeggen. Ik dacht dat hij had willen toegeven dat hij wist dat zijn zoon homoseksueel was.

Waarom had hij dat toen niet gezegd? Omdat hij vond dat hij de nagedachtenis van zijn zoon het geschenk van de stilte verschuldigd was, denk ik. Koreanen zijn vreemd, in dat opzicht. Hoewel ze het meest christelijke volk van Azië vormen, aanbidden en eren ze nog steeds hun overleden voorouders. Ze hebben zelfs een belangrijke nationale feestdag, Chusok, waarop ze allemaal als lemmingen naar begraafplaatsen in het hele land trekken om eer te bewijzen aan hun voorvaderen en voormoeders, of hoe je dat ook zegt.

Ik kon me geen voorstelling maken van het verdriet dat hij en zijn vrouw moesten verwerken. Daarom had hij waarschijnlijk zo zijn best gedaan om eerlijk te zijn tegenover Whitehall. Ik denk dat hij vanaf het eerste begin al vermoedde dat Whitehall het niet gedaan had, omdat zijn zoon nooit een relatie zou zijn begonnen met een man die tot zulke vreselijke dingen in staat was. Daarom hoopte hij waarschijnlijk dat we Tommy's onschuld zouden bewijzen en de echte moordenaars zouden vinden. Misschien draaide ik mezelf een rad voor ogen, maar dat dacht ik echt. Al sinds het moment dat ik bij hem en zijn vrouw was geweest, in hun huis.

Hij legde zijn hand op mijn arm. 'Ik heb de president van Zuid-Korea gevraagd om bevel te geven tot de vrijlating van kapitein Whitehall. En ik heb generaal Spears verzocht alle aanklachten in te trekken.'

Ik slaakte een zucht van verbazing.

'Ik wil niet proberen de relatie van mijn zoon met Whitehall te verbergen. Nu niet meer. Maar het is beter voor onze beide naties als we gewoon verklaren dat mijn zoon door de Noord-Koreanen is vermoord en dat ze een val voor Whitehall hebben gezet, zoals ook uw demonstranten door Noord-Koreanen zijn omgebracht. Dat is het beste voor ons bondgenootschap.'

Ik wilde iets diepzinnigs zeggen, iets om zijn pijn te verzachten en dit wat gemakkelijker voor hem te maken.

Het enige wat ik kon uitbrengen was: 'Het is de waarheid, meneer de minister. Uw zoon is vermoord door de Noord-Koreanen.'

Hij knikte op de veelzeggende manier van sommige wijze oude mensen, gaf me nog een klopje op mijn arm en vertrok.

Even later kwamen generaal Spears en Brandewaite weer binnen. Ze bleven een paar seconden zwijgend naast mijn bed staan totdat Brandewaite zei: 'Ik wil je alleen zeggen, Drummond, dat ik je helemaal niets kwalijk neem in deze zaak.'

Ik geloofde mijn oren niet. Ik bedoel, voorzover ik me kon herinneren was ík het die alle reden had om hém iets kwalijk te nemen. Maar ja, zo zitten diplomaten nu eenmaal in elkaar: altijd de feiten verdraaien in hun eigen voordeel. Of had ik het nu over advocaten? Maakt niet uit.

Zelfs generaal Spears leek het een idiote opmerking te vinden, want hij wachtte tot Brandewaite zich had omgedraaid en terugliep naar de deur voordat hij met zijn ogen rolde en een kort gebaar met zijn rechterhand maakte dat door de meeste mensen als redelijk grof zou zijn geïnterpreteerd.

Zodra Brandewaite verdwenen was, tastte de generaal in zijn zak, haalde er een medaille met een mooi lintje uit en legde die naast me op het bed.

'De president vroeg me om je dit te geven en erbij te zeggen dat het land heel trots op je is en dankbaar voor je inzet.'

Ik keek even naar de medaille en de generaal leek naar woorden te zoeken. Ten slotte kneep hij me in mijn arm. 'Sean, niemand is trotser op wat je hebt bereikt dan ik, maar wat de buitenwereld betreft is dit allemaal nooit gebeurd. Er is een aanslag gepleegd en jij hebt het leven van de minister gered, maar de rest zal nooit bekend worden.'

Ik knikte alsof me dat niets uitmaakte en dat deed het waarschijnlijk ook niet.

Hij zweeg een moment voordat hij zei: 'Kerel, de meeste mensen zouden zo'n medaille maar een schamele beloning vinden voor wat jij hebt gedaan, maar in ons beroep betekent het alles.'

Toen draaide hij zich op zijn hakken om en liet me alleen. Ik betastte de kleine medaille die hij voor me had achtergelaten en keek er nog eens naar. Verdomd, hij leek sprekend op het Distinguished Service Cross, de op één na hoogste onderscheiding voor betoonde moed.

Maar misschien had ik het me allemaal verbeeld. Ik bedoel, het was toch nooit gebeurd, hoorde ik? Bovendien stond ik stijf van de morfine en was ik in elkaar geslagen, gestoken en beschoten, en toen nog eens neergeschoten. Dan haal je je wel eens dingen in je hoofd.

50

De fysiotherapie was inderdaad net zo'n ramp als ik had verwacht. Ze brachten me met een medische vlucht over naar het Walter Reed en hielden me prettig verdoofd tot ik daar aangekomen was. Daarna konden de nazi's van het Walter Reed een eerste blik op me werpen. Zodra de medicijnen waren uitgewerkt maakten ze mijn leven tot een hel.

De opvattingen van het leger over geneeskunde kunnen worden samengevat met dat oude spreekwoord: wie zijn kind liefheeft, zal de roe niet sparen. Of: wie van het paard valt, moet snel weer opstijgen.

Ik kan nog wel even doorgaan met die onnozele gezegden, want in die zes weken in het Walter Reed kreeg ik er zo'n twee miljoen te horen van de sadisten die me elke morgen uit mijn slaap haalden en me dwongen mijn eigen bed op te maken, die me vieze puddinkjes brachten die ik nog moest opeten ook, en nog veel meer onzeglijke wreedheden. Mijn persoonlijke favoriet was een verpleegster van ruim honderd kilo, die op de derde dag verscheen om me op mijn buik te rollen en me een klysma toe te dienen. Ik verzette me met hand en tand, ik zweer het, maar ik moest helaas het onderspit delven.

Op de zesde avond kwam er een officiële koerier van Buitenlandse Zaken met een handgeschreven briefje van de minister zelf, die me bedankte dat ik haar het leven had gered en me uitnodigde voor een privé-etentje zodra ik weer uit het ziekenhuis was. Ik had een dubbel gevoel over die uitnodiging. Ik bedoel, ze is een aardige dame en zo, maar waar zouden we over moeten praten? Aan de andere kant was dit mijn kans om haar te overreden die vreselijke hoed niet meer te dragen, dus misschien zou ik toch op de uitnodiging ingaan.

Een paar dagen later kreeg ik een heel aardige brief van Tommy Whitehall, die me uitvoerig bedankte voor alles wat ik had gedaan. Ik kan niet zeggen dat we elkaar echt goed hadden leren kennen – en dan nog in heel pijnlijke omstandigheden, als dat het juiste woord is – maar ik mocht hem graag. En ik vond hem een verdomd goede officier. Als ik nog bij de infanterie had gezeten en in een oorlogssituatie terecht was gekomen, zou ik graag een vent als Tommy aan mijn zij hebben gehad. Een paar dagen daarna kwam er een leuk briefje van Allie, die schreef dat ze had genoten van de samenwerking en hoopte dat ik me wat beter voelde. Ze gaf me zelfs haar adres en telefoonnummer voor het geval ze ooit iets voor me kon doen. Misschien wel het eerste wat ik zou doen als ik uit deze martelkamer bevrijd was, dacht ik, was haar mee uit eten nemen. Ik bedoel, ze is niet het type waarmee ik in het algemeen uit eten ga, bijvoorbeeld omdat ze te lang voor me is en van dat piekerige haar heeft, zodat we een merkwaardig stel zouden vormen, maar eerlijk gezegd zouden de eer en het genoegen geheel aan mijn kant zijn.

Maria, Allie, Whitehall en deze hele zaak hadden me in elk geval aan het denken gezet over de vraag of homo's en lesbo's openlijk tot het leger moesten worden toegelaten. Op het eerste gezicht: waarom niet? Heeft dit land echt zo'n overschot aan patriotten dat het zich kan veroorloven om Amerikanen te weigeren die vrijwillig een paar kostbare jaren van hun leven in dienst van dat land willen stellen? En heeft de overheid ooit scrupules gehad in het opleggen van belastingen aan homo's die daar openlijk voor uitkomen? Ik bedoel maar.

Aan de andere kant weet ik niet of wij hetero's er wel goed mee kunnen omgaan. Misschien is het ons probleem en niet het hunne. Want een probleem blijft het.

Imelda kwam een paar keer langs. Ze bracht me mijn post en een fles wonderolie, die volgens haar al mijn kwalen zou genezen. Ze kan nogal eigenaardig en ouderwets zijn in die dingen. De derde keer ging ze naast mijn bed zitten en riep ze dat ik moest ophouden met die aanstellerij en weer aan het werk moest gaan. Ze zou het nooit toegeven, maar ik wist dat ze me miste.

O ja, wat Imelda betreft: of ze echt lesbisch is? Nee, dat denk ik niet. Volgens mij wilde ze alleen een frisse wind laten waaien door mijn bekrompen geest. Als je Imelda goed kent, weet je dat ze niet verheven is boven een toneelstukje als haar dat zo uitkomt. Bijvoorbeeld toen ze die laatste keer bij me op bezoek kwam in dat ziekenhuis in Korea. Toen wilde ze niet weten hoe het met me ging, welnee. Ze had de dokter bevolen om me wakker te maken, zodat ze me een schuldgevoel kon aanpraten, waardoor ik nog een laatste poging zou doen voor Tommy Whitehall. Kijk, zo zit Imelda in elkaar. Ze doet alles wat nodig is om de klus te klaren. Ze is nog helemaal een kind van het oude leger, tot en met haar legergroene onderbroek. En als je denkt dat Katherine geslepen is: Imelda kan veel beter schaken.

Op een dag zat ik tv te kijken toen de Noord-Koreaanse minister van Defensie een bezoek aan Zuid-Korea bracht. Elke deskundoloog in elke talkshow hield een verhaal over de onverwachte dooi in de relatie tussen de twee onverzoenlijke vijanden. Ze noemden het een wonder, maar dat was het niet.

Ik bedoel, Noord-Korea is eenzaam en failliet. Er wonen miljoenen ongelukkige, hongerige mensen, en elke idioot kan zien dat het land weinig toekomst meer heeft en dat de tijd begint te dringen. Ik vermoedde dat Chois complot de laatste wanhoopspoging van de Noord-Koreanen was geweest om de situatie nog naar hun hand te zetten. Als het was gelukt, zou de Noord-Koreaanse minister van Defensie misschien ook een bezoek aan Zuid-Korea hebben gebracht, maar in een wat andere rol, aan het hoofd van een troepenmacht van drie miljoen man. Natuurlijk zou dat alsnog kunnen gebeuren – niets was uitgesloten – maar die kans leek opeens veel kleiner.

De tweede dag van de vierde week, net toen ik dacht dat ik gek zou worden van verveling, gloorde er aan de horizon iets van hoop en redding. Ze kwam mijn kamer binnen in haar gebruikelijke broekpak met krijtstreep en met een uitpuilende boodschappentas onder haar arm. Eerst zei ze geen woord. Zwijgend pakte ze een stoel, deed zorgvuldig de deur achter zich dicht en zette de stoel onder de deurkruk, zodat niemand ons zou kunnen storen.

Ik kwam overeind in bed en trok verlegen de lakens op tot aan mijn kin.

Ze kwam naar me toe en liet zich op het bed vallen.

'Hallo, Attila.'

Ik glimlachte. 'Hé, Meibloesem.'

Ze lachte terug. 'Wacht maar tot je ziet wat ik voor je heb meegenomen.'

Ze zocht in haar tas en wat kwam eruit? Een grote fles Johnny Walker Blue, formaat magnum. Echt, het was de grootste fles die ik ooit gezien had, helemaal gevuld met kostelijk, vurig, goudkleurig vocht. Hij moest haar minstens vijf- of zeshonderd dollar hebben gekost, schatte ik. Ik wreef in mijn ogen en staarde ernaar.

'Pak maar aan,' zei ze, terwijl ze me de fles toestak. 'Ik kan me zoiets niet veroorloven met mijn salaris, maar de OGMM vond dat je een tegemoetkoming in de onkosten verdiende.'

'Goh, ik weet het niet,' zei ik. 'Ik bedoel, het leger heeft strenge bepalingen tegen het aannemen van giften van meer dan vijftig dollar. En dan nog wel van een club als de OGMM.' Maar toen rukte ik de fles uit haar hand. 'Aan de andere kant... als het een legitieme onkostenvergoeding is, ligt dat natuurlijk heel anders.'

Snel schroefde ik de dop eraf en ik nam een grote slok. Ik kreeg een glazige blik in mijn ogen en mijn keel leek in brand te staan.

'Waar is Tommy?' vroeg ik toen ik weer iets kon zeggen.

'Thuis, met verlof.'

'Hmm. Blijft hij in het leger, of neemt hij ontslag?'

'Dat heeft hij nog niet besloten. Hij is ook wel verbitterd. En hij weet dat ze alles wat hij doet onder een microscoop zullen leggen als hij blijft.'

'Ja, het is een moeilijke beslissing. Hij zal het wel bespreken met jullie vader en moeder, neem ik aan?'

Het lukt niet vaak om Katherine Carlson te verrassen, maar nu overviel ik haar toch. Ik bedoel, ik had haar echt te pakken. Haar hoofd schoot naar achteren en haar mond viel open.

'Wist je dat hij mijn broer was?'

'Ja, natuurlijk. Meteen al,' verzekerde ik haar.

'Leugenaar.'

Ik haalde mijn schouders op. Natuurlijk had ik het moeten weten toen Ernie, Whitehalls oude kamergenoot aan West Point, me vertelde over de foto die Tommy op zijn bureau had staan. Dat moest een foto van zijn zus zijn geweest. En ik had de familiegelijkenis moeten zien, al die keren dat we samen in de cel hadden gezeten. Maar het was me niet opgevallen. Totdat ik hen allebei had gezien door het oog van de camera.

'Waarom heb je het me niet verteld?'

'Dat kon ik niet.'

'Waarom niet? Misschien zou ik me dan wat gevoeliger hebben opgesteld. Misschien zou ik dan niet zoveel pijnlijke blunders hebben gemaakt.'

'Jij? Gevoelig? Jezus, Drummond, toe nou toch.'

'Ik wil het weten.'

'Goed dan. Het was een oude belofte.'

'Vertel.'

'Toen Thomas naar West Point vertrok, liet hij zijn hele familie beloven dat we uit zijn buurt zouden blijven.'

'Waarom? Schaamde hij zich voor jullie?'

'Een beetje, misschien, maar dat vonden we niet erg. We dachten eigenlijk dat hij zich voor het leger schaamde, omdat het zo bekrompen kon zijn. Het leger had ons niet kunnen waarderen.'

'Omdat je ouders hippies zijn?'

'Zeker weten. Toen Thomas ouder werd, kreeg hij steeds meer moeite met hun levensstijl. Daar had hij gewoon niets mee. Herinner je je die oude tv-serie nog, *Family Ties*?'

'Wat? Tommy was Michael J. Fox, bedoel je?'

Ze grinnikte. 'Ten voeten uit. Niemand in de commune begreep iets van hem. Wij droegen allemaal afdankertjes, maar Thomas had altijd een geperste broek en glimmend gepoetste schoenen. Als we cowboytje speelden, wilden wij de onderdrukte indianen zijn, maar Thomas speelde de cavalerieofficier. Waarom denk je dat ik hem Thomas noem en geen Tom of Tommy? Daar stond hij op. Hij was gewoon anders.'

'En misschien maakte hij zich ongerust omdat jij voor de OGMM werkte?'

'Ook dat.'

Ik knikte, want ze had gelijk. Hoeveel ik ook van het leger hou, het is een nogal rechtlijnige organisatie. Daar is het zelfs berucht om. Aanpassing en eenvormigheid zijn bijna synoniem met het leger. Een alternatieve levensstijl wordt niet op prijs gesteld door de groene machine.

'Heb je het daarom gedaan?' vroeg ik. 'Heb je je daarom gespecialiseerd in homorechten binnen het leger?'

'Dat heeft er misschien mee te maken. Je dacht toch niet dat ik lesbisch was, of wel?'

'Nee, natuurlijk niet,' loog ik.

Ze grinnikte, omdat ze wist dat ik zat te liegen.

'Dus jij besloot je leven te wijden aan een kruistocht voor je broer? Zit het zo?'

'Gedeeltelijk. Ik hou veel van Thomas en ik ben heel trots op hem. Ik ben niet zo dol op het leger en ik begrijp niet waarom dit land hem – en nog een paar honderdduizend anderen – zou willen verhinderen een groep soldaten aan te voeren in de oorlog. Misschien zou ik dit werk sowieso wel hebben gedaan, maar de inspiratie van mijn eigen broer maakte het veel persoonlijker.'

'En wat dacht je? Omdat jij voor de OGMM werkt, zou je onbedoeld zijn seksuele geaardheid hebben verraden als iemand erachter kwam dat jullie broer en zus zijn?'

'Daar waren we allebei bang voor, ja.'

'Toch had je het mij wel kunnen vertellen.'

'Nee, dat ging niet. Vooral na zijn arrestatie moest het geheim blijven. Als de krijgsraad had geweten dat ik zijn zus ben, zouden ze me onmiddellijk hebben geschrapt als advocaat, vanwege mijn persoonlijke betrokkenheid.'

Daar had ze natuurlijk gelijk in.

'Maar... Whitehall? Hoe komt hij aan die naam?'

'Nou ja, Carlson was de naam van de commune waarin ik geboren ben. Hoe denk je dat het dichtstbijzijnde stadje heette?'

'Even denken. Nergenshuizen?'

Een gewiekste advocaat maak je niets wijs. Ze gaf me een tik op mijn kin.

Ik nam nog een flinke slok en verzamelde al mijn moed. Ik had al vier weken zenuwachtig gewacht op een kans om dit recht te zetten. Ten slotte zei ik: 'Die nacht dat je me belde… weet je nog?'

'Welke nacht?'

'Jezus, moet ik het voor je spellen?'

'O, dat…'

'Het was zuiver zakelijk, dat zweer ik je. Ik was alleen bezig om je broer vrij te krijgen.'

Ik had het natuurlijk op tien andere manieren kunnen brengen, maar hé… een beetje schuldgevoel van haar kant kon geen kwaad.

Ze keek me strak aan en ontweek het onderwerp. In plaats daarvan vroeg ze: 'Heb je al iets over Bales gehoord? Of is hij in rook opgegaan?'

'Nee, ze hebben hem te pakken gekregen,' zei ik.

'O ja?'

'Ja. Hij was met een vals paspoort naar de Filippijnen gevlucht en daar ondergedoken. Maar blijkbaar had hij weer een hoertje in elkaar geslagen en toen de Filippijnse politie hem arresteerde hebben ze de Amerikaanse ambassade ingelicht, en voilà…'

'Hoe heb je dat gehoord?'

'Dat geloof je niet als ik het je vertel.'

'Laat horen.'

'Goed dan. Zodra hij werd aangehouden riep hij dat hij een advocaat wilde. Je raadt nooit naar wie hij vroeg.'

Ze begon te lachen.

'Echt waar,' zei ik. 'De commandant van het JAG-korps heeft me zelf gebeld om te vragen of ik er zin in had.'

'Heb je nee gezegd?'

'Wat denk je?'

Ze keek me smalend aan.

'Ik heb gezegd dat ik erover na zou denken.'

Ze trok haar neus op en dat stond haar schattig. Toen keek ze op haar horloge en stond op. Ze boog zich over me heen en gaf me een kus. Midden op mijn voorhoofd, als een grootmoeder, zonder enige passie. Au, dat deed pijn.

Toen richtte ze zich op en ze keek me aan met een vreemd lachje.

'Weet je, Sean,' zei ze, 'je hebt het echt heel goed gedaan. En dat zeg ik niet zomaar. Er waren momenten dat Allie en ik eraan twijfelden of je de zaak zou kunnen oplossen, maar het is je toch gelukt. Ik stond al op het punt om Goldens voorstel aan te nemen, gewoon om tijd te winnen.'

Ze had eens moeten weten. Maar daar kon ik haar nooit iets over vertellen, dus bloosde ik maar en zei: 'Ach, ja…'

Katherine lachte nog breder. 'Nee, echt. Zonder jou hadden we het nooit gered. Of zonder Buzz Mercer. Ik heb de pest aan de CIA, maar dit hebben ze goed geregeld. Wil je ze namens ons heel hartelijk bedanken?'

Dat was het moment waarop ik haar met open mond aanstaarde.

Ik slikte en stamelde wat, probeerde diep adem te halen, maar voordat ik iets kon zeggen haalde ze haar schouders op, sloeg zich tegen het voorhoofd en zei: 'Ach, natuurlijk. Ik vergeet nog iemand, bedoel je? Carol Kim. Een deel van de eer gaat ook naar haar.'

'Hoe wist je...' sputterde ik. 'O, mijn god. Die microfoontjes? Waren die van jou?'

Ze knikte. 'Hé, rustig nou, Attila. We hebben je voorganger ook afgeluisterd. Zo ontdekten we dat hij informatie doorspeelde aan de juridisch adviseur van Spears. Daarom heb ik hem de laan uit gestuurd. Zoals ik al eerder zei: jij hebt geen idee hoe je eigen partij dit spelletje speelt. Toen ik om jou vroeg, hoopte ik dat jij wél betrouwbaar zou zijn, maar in die omstandigheden kon ik geen risico nemen.'

Opeens vielen alle stukjes van de puzzel op hun plaats.

Ze grijnsde nog breder. 'Ik wil het je niet inwrijven, maar we hebben zelfs je ziekenhuiskamer afgeluisterd. Die rechtszitting daar was machtig interessant! Hoe keek Golden eigenlijk toen Mercer klaar was met zijn verhaal?'

Ik wist wat ze probeerde. Ze wilde me niet de kans geven haar verrot te schelden. 'Mijn ziekenhuiskamer?' brulde ik. 'Heb je goddomme zelfs mijn ziekenhuiskamer afgeluisterd?'

Ze knikte.

'Maar hoe dan?'

'Wat?'

'Doe niet zo onnozel! Hoe is het je in godsnaam gelukt om mijn ziekenhuiskamer af te luisteren?'

'Nou, ik heb het niet persoonlijk gedaan. Kapitein Bridges heeft geholpen. Hij is betalend lid van de OGMM, moet je weten.'

Ik denk dat ik behoorlijk kwaad keek, en ik boog me al naar voren om iets te zeggen, toen ze haar hand uitstak en een vinger tegen mijn lippen legde.

'Hoor eens, voordat je nou over de rooie gaat... Als we je niet hadden afgeluisterd, hadden we nooit geweten dat je Mercer had gebeld over die aanslag bij het Blauwe Huis en zou Allie er niet zijn geweest om je tegen Choi te beschermen.'

Op dat moment drong het pas goed tot me door hoe Katherine me vanaf het eerste begin volledig had belazerd. Ze had precies geweten waar ik mee bezig was. Sterker nog, ze had me gemanipuleerd en me laten spartelen als een achterlijke makreel aan het eind van een vissnoer.

Geen wonder dat ze niet had aangedrongen om een verplaatsing toen ik de afluisterapparatuur had ontdekt. Het was niets voor haar om zo snel toe te geven. Waarom had ik toen geen argwaan gekregen? Het waren haar eigen microfoontjes geweest. Toen ik ze had weggehaald en met-een naar haar toe was gerend, had ze een driftbui voorgewend, zich door mij laten overtuigen en ze daarna gewoon vervangen.

Maar Imelda dan? Die zou toch elke dag mijn kamer laten schoonve-gen? Ze had me twee of drie keer verzekerd dat ik niet meer werd afge-luisterd. Het duurde even voordat het tot me doordrong: Imelda had ook in het complot gezeten. Dat betekende dus dat ik me moest vergis-sen en dat ze lid was van.... O, mijn god, van de OGMM.

Ik probeerde alle implicaties en complicaties te overzien, maar het werd me gewoon te veel. Vanaf het allereerste moment was ik een hulpeloze vlieg geweest in Katherines web.

Ze had alles geweten over de Noord-Koreanen. Ze had alles geweten wat ik over het politiebureau van Itaewon had ontdekt – zodra ik het ontdekte.

En dus wist ze ook dat er geen romantische verwikkelingen waren ge-weest tussen Carol Kim en mij. Maar ze had haar rol gespeeld als een ware actrice en me op de juiste momenten uitgedaagd en aangespoord. En nog een ander stukje viel nu ook op zijn plaats. Opeens begreep ik waarom ze zo wanhopig had geprobeerd de aanklachten wegens homo-seksuele handelingen en omgang met ondergeschikten geseponeerd te krijgen. Van alle beschuldigingen aan het adres van haar broer waren dat verreweg de minst belangrijke. Waarom had ze zich daar dan zo druk over gemaakt? Omdat ze wist dat haar broer No niet had ver-moord, juist omdat hij haar broer was. Omdat ze mijn vorderingen had gevolgd toen ik steeds dichter bij de waarheid kwam. Ze was ervan uitgegaan dat ik de werkelijke moordenaars wel zou vinden. Dus had ze haar broer willen vrijpleiten van de enige twee aanklachten die nog overbleven – de enige twee feiten waaraan hij werkelijk schuldig was.

Het was verbijsterend – en briljant. Ik voelde me zo stom dat ik het liefst door mijn matras zou zijn gezonken.

Maar waarom had ze me niet verteld dat Melborne een privé-detective was, of wat zijn verdenkingen waren? Of dat Whitehall haar broer was? Ik bedoel, wat was het risico daarvan?

Opeens begreep ik alles. Of bijna alles. Misschien had haar broer het zelf ook geweten. Misschien had Tommy Whitehall opzettelijk dingen voor me achtergehouden, om me te dwingen zelf op onderzoek uit te gaan en te graven naar feiten die ik nooit zou hebben gecontroleerd als hij en Katherine me vanaf het eerste begin alles hadden verteld wat ze wisten. Tommy had gewacht tot ik volledig was vastgelopen voordat hij me vertelde over de sleutel die hij aan No had gegeven.

Weet je, Katherine kent me gewoon te goed. Ik bedoel, dit ging niet alleen om vertrouwen, hoewel dat ook wel een rol zal hebben gespeeld. Maar ze wist dat ik niet tegen mijn verlies kan, hoe koppig ik mijn best zou doen om haar te verslaan, de loyaliteit van haar cliënt te winnen, mezelf te bewijzen als een betere straatvechter, een betere jurist, een betere strafpleiter. Ze wist dat ik me uit de naad zou werken om haar af te troeven. En dat was me bijna gelukt. Ze had het perfect georganiseerd.

Of misschien was dat nog niet alles en had ze al die moeite gedaan om me op mijn nummer te zetten, om te laten zien dat ze echt beter was dan ik.

Of misschien had het daar allemaal niets mee te maken. Want als ze me één ding had geleerd was het wel dat ik nooit echt wist wat er in dat mooie, slimme koppie van haar omging. Die vrouw was een wandelend mysterie.

Ik schudde nog steeds geschokt mijn hoofd toen ze naar de deur liep en de stoel onder de kruk vandaan haalde.

'Hé,' zei ik, 'waarom had je die stoel tegen de deur gezet?'

Ze zette hem weer terug naast mijn bed. 'Ik weet het niet. Zomaar.'

Ze gooide haar tas over haar schouder en streek met een hand door haar weelderige haar.

'Weet je,' zei ik, 'ooit zullen ze me wel vrijlaten hier.'

'Behalve als ze je aan een psychiatrische test onderwerpen, Attila.'

'Ja, misschien. Maar ik heb nog vakantie tegoed. De laatste keer dat ik met verlof was heeft iemand het verpest.'

Ze legde een vinger tegen haar onderlip en ik zweer je dat ik nog nooit zo'n betoverend gebaartje heb gezien.

'Ga dan naar Bermuda. Het schijnt daar te wemelen van de Zweedse stewardessen.'

'Nee, dat vertellen ze de toeristen. Je ziet er alleen maar uitgebluste secretaresses met getoupeerd haar en een Bronx-accent.'

Ze knikte, alsof ze dat ook had gehoord.

'Nou, Attila, het spijt me, maar ik moet ervandoor. Over een uurtje moet ik op de rechtbank zijn.'

Ik denk dat ik teleurgesteld keek, of ontzet, of misschien wel suïcidaal. Ze keek me even aan, boog zich over me heen en kuste me weer. Recht op mijn mond, deze keer. Misschien was het uit medelijden, of uit triomf, maar ik zei al eerder dat ik tevreden ben met alles wat ik krijgen kan.

Toen stapte ze de deur uit en was verdwenen.

Natuurlijk wist ik heel goed waarom ze die stoel tegen de deur had gezet. Daar moet je Katherine voor kennen, om dat te begrijpen. Ik bedoel, nog voordat ze de kamer binnenkwam wist ze dat ik seksueel nog niet echt in het land der levenden was.

Die stoel, dat was gewoon om me te treiteren.

Of misschien was het een belofte, een hint dat ik een stoel tegen háár deur zou mogen zetten zodra ik hier weg was.

Niet dat ik er veel toekomst in zag, eerlijk gezegd. Ze is echt de meest achterbakse en onbetrouwbare advocaat die ik ooit heb meegemaakt, dat moet je van me aannemen. Ze was niet voor niets de beste van ons jaar geweest.

Lees ook van A.W. Bruna Uitgevers B.V.

Brian Haig

Missie: Kosovo

Majoor Sean Drummond wordt naar Kosovo gezonden met een gecompliceerde missie: hij moet onderzoek doen naar de wandaden van een peloton Groene Baretten. Deze elite-eenheid wordt beschuldigd van massamoord op een groep van 35 Serviërs en zou daarmee het oorlogsrecht hebben overtreden. Ze zijn geïnterneerd in afwachting van het juridische onderzoek.

Al snel realiseert Drummond zich dat hij in een *no-win*-situatie is beland: als hij de Amerikanen onschuldig verklaart, dan zullen de media hem ervan beschuldigende zaak in de doofpot te stoppen; maar verklaart hij hen schuldig, dan verraadt hij zijn medesoldaten en kan hij zijn eigen militaire carrière wel vergeten. Toch begint hij met zijn collega-juristen in Tuzla een intensieve serie verhoren, die echter een hoop tegenstrijdige verklaringen opleveren.

Wat is er precies gebeurd op die bewuste middag in de binnenlanden van Kosovo? En waarom houden de mannen elkaar zo duidelijk de hand boven het hoofd? Wie is er te vertrouwen?

De antwoorden hierop zal Sean Drummond alleen kunnen krijgen als hij bereid is zijn eigen reputatie op het spel te zetten...

ISBN 90 229 8525 3

Lees ook van A.W. Bruna Uitgevers B.V.

David Baldacci

De laatste man

FBI-agent Web London heeft een vlekkeloze reputatie en een uitstekende staat van dienst. Maar tijdens een inval van zijn eenheid in een drugspand gaat het helemaal mis. Het blijkt een hinderlaag te zijn en het complete team komt om het leven... met uitzondering van London.

Londons mysterieuze ontsnapping aan de dood roept nogal wat vraagtekens op binnen de FBI. Is hij een lafaard die zijn collega's in de steek liet, of, nog erger, een verrader die ze in de val heeft gelokt? Vastberaden om zijn onschuld te bewijzen stelt London een eigen onderzoek in en gaat op zoek naar de enige getuige, de tienjarige Kevin Westbrook, die kort na de schietpartij is verdwenen. Maar de FBI en London zijn niet de enigen die op zoek zijn naar Kevin...

Dan komen er aanwijzingen boven water die erop wijzen dat de hinderlaag en Kevins verdwijning verband houden met een gijzelingsactie van enkele jaren daarvoor.

ISBN 90 229 8582 2

Lees ook van A.W. Bruna Uitgevers B.V.

John Grisham

Het dossier

Als Ray Atlee een brief ontvangt van zijn zieke vader met daarin het bevel om langs te komen, geeft hij hieraan vanzelfsprekend gehoor. Niemand durft immers 'de Rechter', zoals Reuben V. Atlee gedurende zijn lange carrière werd genoemd, te trotseren.

Wanneer Ray op het afgesproken tijdstip arriveert, treft hij de Rechter dood aan. De schok is groot, maar Ray's verdriet slaat om in verbijstering als hij in het dressoir naast het lichaam van zijn vader drie miljoen dollar vindt. Hoewel de Rechter altijd de eerlijkheid zelve is geweest, begrijpt Ray ogenblikkelijk dat deze vondst een smet zal werpen op zijn vaders reputatie. Hij verbergt het geld en besluit niemand erover te vertellen, zelfs zijn broer niet. Maar al snel blijkt dat hij toch niet de enige is die op de hoogte is van het geld...

In een poging de herkomst van de drie miljoen dollar te achterhalen, gaat Ray op onderzoek uit. Alle sporen lijken dood te lopen, totdat hij bij het doornemen van zijn vaders archief ontdekt dat er één dossier ontbreekt...

ISBN 90 229 8583 0